mare

Carol Bruneau

GLASSTIMMEN

Roman

Aus dem kanadischen Englisch
von Gregor Hens

mare

Die Übersetzung wurde gefördert vom

Canada Council for the Arts | Conseil des Arts du Canada

Die Deutsche Bibliothek verzeichnet diese Publikation in der Deutschen Nationalbibliografie; detaillierte bibliografische Daten sind im Internet unter http://dnb.ddb.de abrufbar.

Die Originalausgabe erschien 2007 unter dem Titel »Glass Voices« bei Cosmosant Books, Toronto.

1. Auflage 2010

Lektorat: Meike Herrmann
Typografie und Einband:
Farnschläder & Mahlstedt, Hamburg
Schrift: Stempel Garamond
Druck und Bindung:
CPI Clausen & Bosse, Leck
Printed in Germany
ISBN 978-3-86648-121-3

www.mare.de

KAPITEL I

Ein Tag, so klebrig wie die Melasse, mit der sie damals Heuschrecken in die Falle gelockt haben, und sie steht in der Küche! Einen blöderen Zeitpunkt hätte sie sich nicht aussuchen können, um sich am Herd abzurackern *(worauf du einen trinken kannst, Harry Caines!)*, was für ein Hundeleben das ist. Er hat's natürlich gut da oben, vertrödelt mal wieder den ganzen Tag. Die Regeln, die für sie gelten, gelten offenbar nicht für ihn. Aber was soll man machen. Heu einfahren, Gurken einlegen, solange die Sonne scheint – oder was ganz anderes: *Lass dich mal anfassen, Mädchen!*, würde Harry sagen, er sollte sich schämen in seinem Alter. Aber so ist er nun mal, so war er schon immer. Jetzt kniet sie auf allen vieren und sucht nach dem passenden Topf. Immerhin ist das Linoleum angenehm kühl, auch wenn ihr ein stechender Schmerz in die Knie schießt. Herrje, sie sieht schon die Überschrift im *Herald:* Versteinerte Frau in Armview gefunden, Ehemann wollte sich gerade rasieren.

Wie Lots Frau in der Bibel, warum auch nicht, zu einer Salzsäule erstarrt ... Für zehn Töpfe Dillgurken müsste es reichen, wenn sie nur endlich den Einmachtopf fände. Diese Schränke sind ja wie Kleintierkäfige: Was hat sich Harry eigentlich dabei gedacht, für jedes Teil ein eigenes Fach zu bauen? Und überall Staub. Als hätte sich dort etwas zusammengerollt, um zu sterben.

Was macht er nur da oben? »Harry?« Lebt er noch? »Du musst langsam los, wenn du –«

Er schmettert ein Lied da oben, dass die Decke rappelt, da kann sie noch so dick sein. *»Oh Danny ... launischer Junge«*, singt Harry in zittrigem Tenor.

Sie wischt sich den Schweiß von der Stirn. Sie muss nun einfach etwas sagen. »Mach jetzt endlich, Herrgott noch mal!«

Typisch, so typisch. *»Die Dudelsäcke, Dudelsäcke rufen ...«*

Was hat er eigentlich gegen die Gurken von Bick's? Die sind doch genauso gut. Aber er lässt sich ja nichts sagen. Da ist er glatt mit zehn Pfund Gurken angekommen gestern, ihre Schwiegertochter Rebecca hat etwas von Babyschwänzen gesagt, sogar Harry ist rot geworden. Und wer kniet jetzt auf allen vieren? Er ja wohl nicht. Und Rheuma hat er auch nicht, anders als sie, ihre Knie sind steif und blau, wie damals, als sie beinahe gestorben wäre, es dann aber doch gelassen hat.

»Beeil dich, wenn du heute noch da ankommen willst!« Ihre Stimme prallt ab, in der Wand plätschert es.

»... ru-u-ufen.« Draußen jault der Rasenmäher, zerhackt die Wörter und verschluckt sie. Ein Charlie Chamberlain ist Harry nicht, und erst recht kein Mel Tormé.

»Harry? Du willst den Jungen doch erwischen, bevor –« Sie kommt kaum gegen den Lärm an. Dabei könnte sie doch jetzt mal dankbar sein. Immerhin hat die Alte nebenan endlich einen neuen Rasenmäher gekauft, einen Benziner. Das *Ka-tsching, Ka-tsching, Ka-tsching* von dem alten Handmäher war ja nicht zum Aushalten. Wie viele Jahre ging das so? Jetzt rasseln halt die Gläser auf der Ablage. Lieber lässt sie sich einmal kräftig durchrütteln als langsam zermürben. Na ja, immerhin ist nicht Winter, es könnte auch schneien. Und auf jeden Fall macht sie lieber ein, als Unkraut zu jäten oder Gänseblümchen umzupflügen.

»Robert wird sich fragen, wo du steckst. Harry?«

»Von Tal zu Tal, und ...«

»Wahrscheinlich denkt er, du hast dich verfahren.«

»Den Berg hina-a-a-a-aaaab ...«

»Komm endlich aus dem Quark, Harry! Wenn du ihn dir wirklich vorknöpfen willst –«

Ein Turm aus Töpfen stürzt ein, Deckel krachen herunter und – sieh mal einer an, der Einmachtopf, noch ein bisschen ruckeln, und da ist er schon. Etwas Kleines, Kühles streift ihr über die Finger, für eine Erbse zu glatt und rund. Eine Murmel.

»Harry, verdammt noch mal!«

Auf ihrer Handfläche die Murmel, kein Teigkügelchen, kein Katzenauge. Einfach eine Murmel, nicht zu groß, nicht zu klein, nicht glitzernd und auch nicht matt. Ein irisloses Auge, eine schlammige Kristallkugel, sieht aus wie Badewasser. Lucy könnte sie unter die Matratze von Rebecca und ihrem Sohn stecken, und diese Prinzessin würde es sofort merken, ganz bestimmt. Golden wie Lebertran steigt die Erinnerung herauf, ungebeten. Robert, ihr Enkel, hatte eine Steinschleuder gebastelt und verschoss Murmeln.

»Rede mit ihm, Harry«, sagt sie in den Rasenmäherlärm hinein, »wenn er die Schule hinschmeißt, dann –«

Genauso unaufgefordert fällt ihr jetzt eine Parabel ein, etwas aus der Bibel. Eine Frau stellt ihre ganze Hütte auf den Kopf, sie sucht nach einer einzigen, lächerlichen Münze. Tatsache ist, dass sie damals das ganze Haus durchsucht hat, zusammen mit Robert, der in Tränen aufgelöst war. Robert heulend, das ist ja völlig undenkbar heute. Höchstens wenn er zu tief ins Glas geguckt hat.

Murmeln kamen mit einer Warnung, weil die Kleinen daran ersticken konnten.

Hinter der Gipswand gluckert es noch einmal, dann ist es still. Sie packt den Einmachtopf wie einen Medizinball und hievt ihn auf die Ablage. Atmet tief ein, streckt ihren Rücken durch, streicht sich den Saum über den Knien glatt. Ihr Rock bildet ein Tal, in dem die Murmel hin und her rollt. Wolken, aufgedruckt, in violett. Ihr Sonntagskleid, aber das ist schon lange her. Es ist hellblau wie die Eier einer Wanderdrossel, und immer noch ihr Lieblingskleid, weil es sie an die Sommeranfänge von damals erinnert, als sie noch klein war. Da war die Welt doch zärtlicher, nicht so grell und bunt wie heute. Die klamme Kunstfaser klebt ihr an der Haut, rutscht ihr immer wieder über die Knie. Sie sieht aus, als hätte sie in einer Ölpfütze gekniet.

Ob sie sich bei der Firma Heinz auch diese ganze Arbeit machen? Mühsam zieht sie sich hoch, lässt die Murmel in ein Glas mit Geranienstecklingen fallen. Aufbewahren, als Andenken. Jetzt geht es erst richtig los: die Gurken sauber machen, die Stängel abschnippen wie Nabelschnüre. Essig aufgießen, Salz abwiegen. Wenn das Gebräu kocht, hört es sich an wie ein ratternder Zug in der Ferne.

Robert schlägt sich die Nächte um die Ohren und schläft bis mittags. Was sein Vater dazu sagt, ist ihm egal. Seine Mutter macht's ja genauso. Sie nennt ihren Sohn Bucky, ein Spitzname, der an ihm hängen geblieben ist wie Kaugummi. Die eigene Mutter!

»Harry? Wer weiß, was Robert anstellt, wenn du ihn

nicht abfängst!«, ruft sie gegen die Decke, vielleicht auch zu sich selbst. »Beeil dich, mach! Solange Jewel noch bei der Arbeit ist und Ihre Majestät vor dem Schminkspiegel steht.«

Dabei sieht sie es schon vor sich: Harry, der die Hände in die Luft streckt wie Festus in *Gunsmoke.* »Ich will mich nicht einmischen. Ich will dir nur einen Rat geben.« Roberts Problem sind doch die Eltern, das ist eben so heutzutage, die Eltern, die ihren Kindern alles hinterhertragen. So sieht Lucy das. Damals, als Jewel, ihr Sohn, noch klein war ...

Die Gurken zwinkern ihr zu, glücklich in ihren frischen Einmachgläsern. Froschprinzen für den Biologieunterricht. Der Schweiß läuft ihr kitzelnd über die Hüften, als sie die Flüssigkeit einfüllt. Zum Schluss zerhackt sie noch ein paar Knoblauchzehen und wirft sie dazu. Harry ist ein großer Knoblauchfreund. Früher hätte sie sich die Mühe nicht gemacht, der Gestank klebt ja ewig an den Fingern. Die Prinzen schwimmen in ihrer Lake.

Von draußen dringt Sonne herein und Brandungsrauschen, aber kein Windhauch, gar nichts.

Jetzt kommt das eigentliche Einkochen. Das Wasser sprudelt schon. Die Zange steckt in der Schublade fest. Sie reißt sie heraus und stellt die Gläser in den Topf. Die Stängel rollen sich ein wie das Mädchen in *I Dream of Jeannie,* das seine Zauberflasche vergessen hat. Auf Lucys Kleid flattern die Blumen. Was soll sie eigentlich mit so vielen Gurken? Vielleicht kann sie sie bei Rebecca loswerden, wenn Harry sich satt gegessen hat, oder bei der Frauenliga. Die können doch jede Spende gebrauchen. Soll sich Robert halt darüber hermachen. Hoffentlich geht er nicht in den Westen, er redet ja immer wieder davon. Erst einmal will er ausziehen, die Schule hinwerfen, ein Auto kaufen, eine Arbeit finden, als Wächter am Jachthafen. Boote gucken. Hört sich furchtbar langweilig an. Aber Harry sieht das anders. Er sagt solche Sachen nur, um sie zu ärgern. »Was hast du dagegen, wenn der Junge Geld verdienen will? Na, wenn du meinst, dann rede ich mit ihm.«

Seit Harry im Ruhestand ist, hat er doch langsam angefangen, sich auf die Zukunft einzustellen. Auf das, was noch davon übrig ist. Da ist sein schlimmes Auge, sein schlimmes Bein von der Werftarbeit, aber für Robert könnte er sich noch einmal aufraffen, wenn im Fernsehen nichts läuft und er gerade keine Lust auf sein Akkordeon hat. »Ich bitte dich, Lucy, das ist nicht irgendein olles Schifferklavier. Es ist ein Don Noble.«

Wie du meinst. Das blasse Blaugrün ihres Kleids, das Rascheln des glatten Stoffs flüstert noch immer: *Wir geben die Hoffnung nicht auf.* Aber worauf wartet Harry denn? Dabei kann er heute Wrestling im Fernsehen sehen, dazu ein Sandwich essen und sein Bier trinken, eine Flasche die Woche. Sobald Werbung läuft, spielt er mit, zur Übung, wie er meint. »Üben, Lucy, üben«, sagt er immer. Komisch, er wiegt das Instrument im Arm, kommt aber nicht auf die Idee, dass es ein Kind sein könnte. Er kommt auf überhaupt keine Ideen. Sie dagegen sieht es sofort.

Die erste Ladung Gurken klappert im Einmachtopf. Die restlichen Gläser stehen aufgereiht auf der Ablage. »Harry?« Sie verliert die Geduld, schleppt sich zur Treppe, ruft hinauf: »Wenn du jetzt nicht SOFORT losfährst, verpasst du deine Sendung!« Jetzt hat sie ihren letzten Trumpf ausgespielt.

Der Rasenmäher bleibt stecken und säuft ab. In der klebrigen Stille, bevor der Motor wieder anspringt, hat sie auf einmal das Gefühl, angeschubst zu werden. Als würde ihr jemand auf die Schulter tippen. Im nächsten Moment wird sie gepackt. Sie kann gerade noch den Herd ausschalten, bevor sie zum Treppenaufgang zurückgedrängt wird, von wem oder was, kann sie nicht sagen. Die Zange hat sie noch in der Hand, da reagiert schon ihr ganzer Körper, die Knie, alles, und sie rauscht hinauf, saust über den Treppenabsatz wie ein Auto, das selbst weiß, wo es langgeht. *Automisch,* so nennt Rebecca ihre Waschmaschine. Die Luft ist schwer und klebrig und kribbelt ihr doch auf den Armen, nun ist die Erinnerung wieder da: an Luft, eiskalt und schwer wie Lava. Harrys Name ist ihr in der Kehle stecken geblieben, festgerammt, angepflockt. Sie wird hinaufgezogen und scheint zu schweben, in ihrem Schädel blitzt es wie von einem Gewitter, um sie herum lösen sich die Wände auf.

Harry liegt auf dem Fußboden im Bad, Arme und Beine weit von sich gestreckt, seine Augen sind geöffnet, das gute wirkt matt, wie gefroren. Der Schock fährt sie an wie ein Windstoß. Aus seinem blauen Schlafanzug sickert etwas heraus. Sie sieht es, und fängt sofort an zu beten. Seine Wangen glühen, als hätte er die größte Sauftour seines Lebens hinter sich. Dünn läuft ihm der Speichel aus dem Mund, und wo er sich geschnitten hat, dringt ein wenig Blut hervor. Eine Hand – die linke? – zappelt wie eine Maus auf den Kacheln. Seine Brust hebt und senkt sich, sehr langsam, wie der Balg seines Don Noble. Einen Sekundenbruchteil lang sieht sie sich selbst: Sie ist ganz jung, ihr Mund ist weit aufgerissen, sie schreit. Ihr Gaumen rosa wie der Filz, der die Akkordeontastatur einfasst.

»HARRY!« Ihr Aufschrei prallt an den Armaturen ab,

vernichtet das Licht, die anderen Geräusche. Sie kniet da, die Zange weit geöffnet neben sich, wie eine Geburtszange. Sie drückt ihm die Fingerspitzen an den Puls, vage denkt sie an Knoblauch, süßlich riecht der, stechend wie Kerosin.

Seine Lippen zittern, aber außer einem Gurgeln kommt nichts.

Sie ist schon wieder unten, hört, wie sie die Nummer wählt, wie sie ihre Adresse durchgibt. Ihre innere Stimme klingt nach ihrem Sohn, der sie auffordert, den Wagen anzulassen. Was für ein dummer Gedanke. Sie kann überhaupt nicht fahren. Sie sollte Jewel bei der Arbeit anrufen, vielleicht sogar Rebecca. Aber sie kann nicht nachdenken, sie hastet wieder nach oben, reißt die Decke vom Bett. Blau, beinahe weiß ist die inzwischen, so oft hat sie sie schon gewaschen. Das eine Auge scheint sie verschlucken zu wollen, panisch sieht es aus. Plötzlich ist ihr eiskalt. Das ganze Haus ist eiskalt. Ihr Kleid ist feucht, sogar richtig nass. Seine Wangen brennen unter ihren Küssen. Noch so ein Bild, blitzartig, aus der Vergangenheit: Laken, die auf einen harten Boden herunterflattern wie Motten.

Unten in der Küche springen die Deckel der Einmachgläser auf, einer nach dem anderen. Jeder Knall wie ein Satzzeichen, ein Punkt aus dem All. Haben die verrückten Amis nicht diesen Sommer erst zwei Männer auf den Mond geschickt? Mr. Armstrong und Mr. Aldrin. Die Gurken sind gerade genauso weit weg. Endlich hört sie das Heulen einer Sirene, dann die Klingel, die Harry erst letztes Jahr endlich repariert hat.

Die Männer steigen die Treppe hinauf, ganz korrekt und ohne besondere Eile, wie Klempner. Sie wechseln ein paar unverständliche Worte, während sie ihn abtasten und hier und da fester drücken. Als sähen sie sie überhaupt nicht, als hätte sie sich in Luft aufgelöst, wäre fortgeschwemmt oder mit Krümeln in eine düstere, stickige Kammer hineingelockt worden. Ein Stoßgebet. Eine Stimme, ihre Stimme, übertönt alles andere: *Vater unser, der Du bist im Himmel, geheiligt werde Dein Name. Im Namen des Vaters und des Sohnes und des Heiligen ...* Als sie ihn auf die Bahre heben, sieht sie seinen Namen, eine Krümelspur.

»Bitte tun Sie ihm nicht weh«, bettelt dieselbe Stimme. Der Krankenwagen schickt dottergelbes Licht durch den Treppenschacht hinauf. Und jetzt kehrt wieder Ruhe ein, eine Ruhe, in der der Ahornbaum vor dem Haus atmen kann. Die Männer schieben Harry in den Krankenwagen wie einen Laib Brot in einen Ofen. Türen werden zugeschlagen.

Erst jetzt, als sie mit quietschenden Reifen davonrasen, versteht sie, dass sie hiergeblieben ist. Sie trägt das alte Kleid und eine Schürze, lehnt sich an den Zaun. Robert hat schon hundertmal versprochen, ihn zu streichen. Er könnte jetzt einfach umfallen, die Pflöcke und Bretter könnten in alle Richtungen wirbeln. Doch in diesem Moment tröstet es sie, dass der Zaun so splittrig durchhängt.

Sie müsste Jewel anrufen, aber die Nummer fällt ihr nicht ein. Immerhin fällt ihr der Herd ein – ja, immer noch da –, die Herdplatte ist abgekühlt. Sie streift die Schürze ab, steigt in die erstbesten Schuhe, Espandrillos, an denen eingetrockneter Schlamm klebt. Da liegt auch gleich die Taxinummer, weil Harry ja immer wieder verschwindet, keine Zeit hat, sie zu fahren. Die Handtasche vergisst sie nicht, und sie schließt auch ab. Dann steht sie auf der Veranda und wartet, klammert sich an die Handtasche, obwohl nur ein

Fünfer drin ist, die Anzahlung für Robert. »Ich mach das irgendwann«, sagt der immer.

Als das Taxi vorfährt, wird sie den Gedanken an die ölige Wolke nicht los, die sich über den Himmel ausbreitete. Ihre Beine fühlen sich schwach an, als wäre jeder Knochen einzeln gestaucht und dann in den harten Dreck geschleudert worden. Aber da sind ja ihre Schienbeine, eigentlich hell und glatt wie ein Kinderarsch, das sind Harrys Worte, mittlerweile allerdings von Venen durchzogen. Ein Wimpernschlag, dann ist der Himmel wieder blau, was auch sonst.

Die avocadofarbenen Sitze quietschen, Aschenbecher, zerlesene, bazillenverseuchte Zeitschriften. So voll ist das hier, dieser Warteraum ist eine einzige Ansteckungsgefahr. Jemand bietet ihr einen Schokoriegel an, sogar eine Zigarette. Sie kann kaum antworten. Sie hängt in ihrem Stuhl, hält sich an der Handtasche fest, ihre Waden zittern. Jetzt zu beten – richtig zu beten – hieße, dass sie am Ende ist. Sie müsste sich auf das gesprenkelte Linoleum fallen lassen, müsste dort unten weinen, wo Schuhe unruhig hin und her laufen. *Denn Dein ist das Reich und die Kraft und die Herrlichkeit, in Ewigkeit, in Ewigkeit ...* Sie geht zum Telefon und sucht in den Taschen nach Kleingeld. Der winzige Zweimaster auf dem Zehn-Cent-Stück beruhigt sie irgendwie, er scheint ihr etwas sagen zu wollen, als sie die Münze einwirft. Fühlt sich ein bisschen wie Marmor an. Das erste Schiff war gesunken, aber es war gleich ersetzt worden, als wäre überhaupt nichts Schlimmes passiert.

Rebecca geht ran, im Hintergrund plärrt Musik, ein Lärm wie quietschende Reifen. Das ist Roberts Musik, sie würde am liebsten gleich wieder auflegen.

»Ist Jewel da?« Sie muss brüllen.

»Bist du es, Mama? Du brauchst nicht so zu schreien, er kann gerade nicht, er ist eben erst reingekommen und ...« Sie kichert. »Kann er dich gleich zurückrufen?« Eine Stimme, die in den Ohren brennt. »Alles klar bei dir?«

Vom Himmel sickert Schlamm herab. Tief in ihrem Gedächtnis irgendwo. »Mir geht es gut«, sagt sie bestimmt, »aber Harry nicht.«

Endlich ist Jewel am Apparat und fragt sie in seiner schroffen Art aus. »Rühr dich nicht vom Fleck«, als wäre sie ein kleines Mädchen, »ich bin gleich da.«

Sie legt auf, zitternd. Langsam und hart pocht der Zorn in ihrem Herzen. Sie fühlt sich wund, verletzlich wie seit Jahren nicht mehr, wie damals, als Jewel noch ganz klein war. Damals gab es Tage, da hätte sie Harry am liebsten Scheuermittel ins Bier gemischt, aus Mitleid. Sie hätte ihm auch ein paar Blätter ihrer Dieffenbachie in den Salat schnippeln können. Aber immer hat sie ihren Ärger runtergeschluckt, immer hat sie getan, was sie konnte. Und jetzt das hier.

Blöd, blöder als Dreck. Blöder als die kleinen weißen Zahlen, die schon von dem Telefon abblättern ...

Jemand berührt ihren Arm, die Krankenschwester. Sie darf jetzt hinein. Klappern und ein Surren im Flur. *Renn so schnell du kannst,* krächzt eine Stimme in ihrem Innern, wie aus einem der Horrorfilme, die sich Harry im Fernsehen anschaut, wenn überhaupt nichts anderes mehr läuft.

Lucy kann den Körper in dem Käfigbett kaum erkennen. An seinem Mund hängt ein Schlauch, ein Speichelfaden wie von einer Spinne.

Zum Glück hat er die Augen geschlossen, sie muss sich seinen gequälten Blick nicht anschauen. Unter der Decke hebt und senkt sich sein Brustkorb. Wie soll man denn erkennen, ob er wach ist oder schläft? Der Arzt trägt eine Schottenmütze und spricht durch dichter werdenden Nebel, in ihrem Kopf klingeln die Alarmglocken. Das Nebelhorn warnt nicht, es erinnert. Immer wieder. Plötzlich ist es nicht mehr Sommer, nicht einmal Nachsommer oder Herbst, sondern Winter. Alles ist von kaltem, nassem Schnee bedeckt.

»Die linke Hemisphäre. Stark betroffen. Rechte Seite gelähmt. Drei bis fünf Tage. Auf jeden Fall kritischer Zustand.«

»Ist es sehr schlimm?« Eine andere Frage fällt ihr nicht ein. Sie muss dauernd wegschauen, wegen dem Schlauch in Harrys Mund, der großen Plastikschlange, die in ihn eingedrungen ist. Seine Hände liegen wie blasse Handschuhe auf dem schneeweißen Laken. Sie sind zu nichts gut.

»Kann man noch nicht sagen«, antwortet der Arzt entschieden zu kurz angebunden. »Möglicherweise ein Blutgerinnsel. Das Gehirn schwillt an. Ob er überlebt, hängt von …«

Überlebt? Sie lässt ihren Blick über das Bollwerk seiner Knie streifen, die steile Böschung seines Bauchs. Wie eine Möwe sieht sie auf den mitten in der Stadt liegenden Festungshügel hinab. Es hat gerade mächtig geschneit.

»… kommt ganz darauf an, wie er die nächsten vier, fünf Tage übersteht.«

Wie sie die Worte abwägt: eine laute Explosion. »Hat er Schmerzen?«

Der Arzt lächelt, sein Mund ist wie eingeklammert, die Augen auch. Es passt alles zusammen.

»Wir haben es ihm so angenehm wie möglich gemacht, Mrs. Caines.«

Noch einmal windet sich die Erinnerung wie eine Locke, nicht richtig weiß, auch nicht golden. Rebeccas Mutter bei der Totenwache von ihrem Mann, mit schwerer Zunge. »Er ruht jess da, wo er keine Schmersen mehr leidet.« Dabei hatte sich der Kerl sein Leid selbst eingebrockt, außerdem waren sie gar nicht richtig verheiratet. Andere haben viel mehr gelitten: Frauen, die ihre Kinder verloren haben, Menschen mit schrecklichen Krankheiten, mit Verletzungen aller Art. Jewel zum Beispiel muss sich jeden Tag die Beleidigungen seiner Frau anhören.

»Kann er uns hören?« Ein kindliches Wispern beinahe, die grünen Vorhänge, die sein Bett abtrennen, schlucken ihre Worte. »Harry«, flüstert sie heiser und streicht über sein schlaffes Handgelenk.

»Er spürt, was um ihn herum vorgeht«, sagt der Arzt. »Sein Gehör scheint nicht beeinträchtigt zu sein. Das ist ein gutes Zeichen. Aber, wie gesagt, die nächsten paar Tage ...«

Sie schiebt ihre Hand auf seine und sieht ihn an. Seine Finger sind warm und zucken kaum merklich, als sie ihn berührt, so schwach wie damals, als ihr erstes Kind in ihrem Bauch zu strampeln begann.

»Die Verletzungen?«, will der Arzt jetzt wissen. Wie peinlich, ihre Wangen sind nass. Eine kleine Schnittwunde an Harrys Kinn, von der Rasierklinge.

»Das Auge.« Der Arzt tastet nach der Brusttasche seines grünen Kittels. »Die Brust?«

Harry hat eine sichelförmige Narbe über der Brustwarze.

»War er im Krieg? Erster oder Zweiter Weltkrieg?«

Sie ist verwirrt, starrt auf die Schlange, den Schlauch, durch den Harry atmet. Wie kann einer, erst recht ein Arzt, so ahnungslos sein?

»Wie ist das passiert?« Er sieht sie mit milder Neugier an. »Mit dem Auge.«

»Ein Unfall«, sagt sie. »So nennen sie das.«

»Na, dann ist er doch ein harter Bursche. Wie gesagt, die nächsten Tage sind entscheidend. Es tut mir leid, dass ich Ihnen nicht mehr sagen kann, Mrs. Caines, aber ...«

Woher weiß er, wie sie heißt?

Eine Krankenschwester taucht auf. Offenbar ist die Familie da – was für eine Familie? Wessen Familie? Als sie in den Flur geleitet wird, ist ihr, als würde sie in grünlichem Wasser schwimmen, in einem Aquarium. Ach so, ja, da sind sie. Ihre Familie. Die Gesichter, alle drei, dümpeln wie fahle Bojen. Jewel, Rebecca und – um Gottes willen, sogar Robert ist hier. Es muss wirklich schlimm sein. Jewel legt ihr den Arm um die Schulter, warm und schwer, klamm in der wässrigen Atmosphäre. Rebecca wirkt verschreckt, sie hat die dünnen, kurzen Augenbrauen hochgezogen. Alle halten die Luft an, sogar Robert, der einen Flecken auf dem Boden anstarrt, als wäre er eine Groppe.

»Sind Sie alle da?«, meldet sich eine freundliche Stimme. Wieder der Arzt.

»Ja«, antwortet Jewel knapp, als wollte er sagen: Was haben Sie denn erwartet? Eine Fußballmannschaft?

Lucy nickt, nickt im Takt mit den dümpelnden Gesichtern, während sie ein altes Gefühl überkommt, ein Schuldgefühl, das sie seit Jahren kennt. Ein Gespinst ist das, ein Phantomschmerz.

»Wir sind alle da, das ist unser kleiner Clan.« Alle da, nur ... Instinktiv ergreift Lucy eine Hand, als würde das Schuldgefühl sie hinabziehen, als würden sich ihre Lungen mit Wasser füllen, bis sie nicht mehr in der Lage ist zu atmen. Es ist Roberts Hand. Er zieht sie nicht zurück, diesmal nicht. Er starrt erst auf die fensterlose Tür, eine Klappe an der Seite des Aquariums, dann auf die andere, Harrys Tür, die ihnen nicht offen steht.

»Mit Opa sind Sie also zu fünft«, sagt der Arzt. Lucy nickt ganz leicht, weil es einfacher ist, als zu erklären: Zu fünft, ja, nur ...

Die Krankenschwester rauscht heran. »Sie dürfen leider nur einzeln hinein«, sagt sie, und dann, in milderem Ton, zu Lucy: »Gehen Sie doch eine Weile nach Hause. Versuchen Sie, sich ein bisschen auszuruhen.« Mit anderen Worten, sie hat es nötig. Warum sagt die Frau nicht gleich: *Machen Sie sich keine Sorgen.*

Als sie schließlich gehen, alle gemeinsam, eine kleine, dicht gedrängte Gruppe, steht die Sonne knapp über dem Gebäude und wirft lange Schatten auf die Anlage. Menschen huschen vorbei. Jewel hilft ihr in den Wagen, Rebecca beugt sich über sie und legt ihr den Gurt an, bevor sie selbst auf die Vorderbank rutscht. Lucy sitzt beengt in der Mitte, Robert ganz allein hinten, aber wer hat noch die Kraft, etwas dagegen einzuwenden? Die Falten in Jewels Gesicht, Angstfalten, er sieht alt aus, so alt wie sein Vater. Das ist doch der Junge, den sie an ihrer Brust hatte, den sie auf den Knien geschaukelt hat. Sie denkt an damals, als er geboren wurde. Kein Krankenhaus, da war nur die Kälte und die Berührung einer stillenden Sanitäterin.

Niemand sagt ein Wort während der Fahrt. Es ist kühl geworden. Sie zittert und zieht sich den Rock enger um die Beine. Ihr ganzer Körper fühlt sich eisig an, als hätte sie gerade ein Bad im Meer genommen. Sie sitzt eingeklemmt auf der Bank, die hart ist wie der Straßenbelag selbst, sie spürt jede Bodenwelle. Warum schleifen sie sie nicht gleich über den Asphalt?

Rebecca ist es, die schließlich das Schweigen bricht. »Wir müssen einfach hoffen, Mama.«

Lucys Kehle ist wie zugeschnürt, sie kann nur sagen, was ohnehin alle denken. Auch wenn es sich banal und rührselig anhört. »Ich denke, wir sollten beten. Jewel. Rebecca, du auch. Und Robert.« Jetzt erst wird ihr bewusst, wie schlimm es ist. In jeder anderen Situation würden sie doch lachen. Aufziehen würden sie sie. Jewel zupft an seiner Nase. Roberts Stimme klingt unsicher, nicht mehr als ein zittriges Summen hinter ihr. Sie fordert ihn auf zu wiederholen, was er gerade gesagt hat, und ärgert sich sofort, weil sie die Aufforderung nicht zurücknehmen kann. Es ist wie Zahnpasta, die kriegt man auch nicht wieder in die Tube, wenn sie einmal draußen ist.

»Meine Freundin? Als ihr Opa beinahe abgekratzt ist?« Warum müssen junge Leute bloß jeden Satz wie eine Frage betonen? Gerade wenn man nur eine einfache Aussage haben will – und auch nichts anderes bekommt. »Also, sie ham ihn noch ma zurückgeholt, und er hat Engel gesehen, und die hatten Federn.«

»Bucky!« Rebeccas Zunge hackt ihm in den Satz wie eines dieser teuren Küchengeräte, für die sie immer die Werbung im Fernsehen sieht. Und trotzdem hält der kleine Mistkerl nicht den Mund. Was das angeht, findet Lucy, ist er ganz die Mutter.

»Aber er hat sie gesehen, weiße Federn.« Als würde die Farbe irgendetwas beweisen. Was sich anhört wie ein Seufzer, ist ein Schimpfwort, runtergeschluckt.

»Ist ja gut«, sagt Lucy. Sie hat einen Kloß im Hals und

starrt das Pappbäumchen an, das am Rückspiegel baumelt. Ein Wunderbaum, Tannenduft, bestimmt Rebeccas Idee. Weil Rebecca eigentlich findet, dass alles stinkt. Lucy riecht überhaupt nichts, egal, wie sehr sie sich bemüht, einen Duft auszumachen, nur Roberts Haare vielleicht, seine dreckige Jeans.

»Ist ja gut«, flüstert sie noch einmal und räuspert sich. Etwas anderes wird auch nicht von ihr erwartet. »Es ist nur – ich habe ihn doch schon einmal beinahe verloren«, sagt sie, und wendet sich mit einem kurzen, verzweifelten Lachen Jewel zu. »Nicht nur ein Mal, eigentlich.«

Häuser, Bäume, Fußgänger wischen vorbei, sattes, verschwommenes Grün, als ihr plötzlich ein Gedanke kommt, der sie umhaut: Sie wird allein zu Hause sein. Sie versucht, sich darauf einzustellen, so gut sie kann. Wie Mr. Armstrong vor seinem großen Schritt für die Menschheit. Jewel spürt es bestimmt, vielleicht kann er es riechen. Sie riecht ja auch, wenn ein Teenager Probleme hat, egal, wie oft er sich duscht.

»Komm mit zu uns«, sagt er. »Becky kocht uns was, nicht wahr, Becky?« Als Nächstes wird er versuchen, es ihr noch irgendwie schmackhafter zu machen, sie kennt das. Auch wenn sich Rebecca taub stellt. »Sie hat falschen Hasen gemacht, vor ein paar Tagen. Und nicht aus der Packung.«

»Gratuliere«, sagt Lucy. Was soll sie auch sonst sagen? Das arme Kind, als wäre ein bisschen Hausarbeit eine riesige Sache.

Rebecca guckt stur geradeaus, mit ganz leicht zuckenden Lippen. Lieber nichts sagen, gar nichts. Lucy schließt die Augen, damit sie die zischenden Reifen besser hören kann. Hört sich an wie Regen im Sommer. *Lieber Gott, bitte lass es regnen!* Ein launischer Gedanke. Sie sehnt sich nach einem Regen, der so weich ist, dass er alles unscharf macht. Im Haus bleiben, sich auf das konzentrieren, was ansteht – Regen würde da helfen. Und konzentrieren muss sie sich, sie hat jetzt allerhand zu tun. Die Vorstellung sticht in ihren Bauch wie ein kleines Messer. Aber was bleibt ihr anderes übrig, als die Wache aufzunehmen und Gott oder sonst wen anzurufen, damit sie Harry zurückbekommt? Sie hat ja Übung darin, das gibt ihr ein bisschen Hoffnung, zu wenig eigentlich, um sich daran zu klammern. Vielleicht wird sie sogar den Pfarrer anrufen, und die Frauenliga, damit sie Harry in die Fürbitten aufnehmen. *Na also,* sie hört ihn schon, sieht ihn vor sich, wie er sich in seinem Stahlbett aufsetzt: *Jetzt hast du mich endlich da, wo du mich immer haben wolltest, in deiner verdammten Kirche.*

Pastor Dingsda sieht aus, als müsste er sich noch nicht mal rasieren. Und wenn schon. *Wo zwei oder drei von euch in meinem Namen versammelt sind,* sagt er immer ...

Ein Hoffnungsschimmer, denkt sie, als Jewel vorsichtig abbiegt und in der Einfahrt hält.

»Willst du wirklich nicht mit zu uns kommen?« Rebecca sieht sie von der Seite an. Blitzen da Tränen in ihren Augen?

»Becky reißt mir nachher den Kopf ab, wenn ich dich jetzt absetze.« *Naaachheeer,* er zieht jedes Wort in die Länge. Aber Rebecca streicht ihr über den Arm, statt ihr einen bösen Blick zuzuwerfen. Jetzt hat sie es wirklich eilig, aus dem Auto zu kommen. Sie dürfen sie nicht weinen sehen, keiner von ihnen.

»Ein andermal, ihr Lieben.« Ihr Lieben, damit alle drei gemeint sind. Damit sich niemand vernachlässigt fühlt.

Manchmal denkt sie, sie ist der amerikanische Präsident. Wer soll den Frieden wahren, wenn nicht sie?

Jewel zupft sie am Ärmel und bringt sie zur Tür. »Komm schon, Mama.« Aber sie weiß ja, was sie erwartet, und sie braucht ihre Ruhe. Es wird ihr alles abverlangen, ihre ganze Konzentration, wenn sie Harry noch einmal zurückholen, wenn sie ihn noch einmal herausholen will. Wer weiß, wo er hineingefallen ist. Jewel vielleicht. Seine feuchten Augen sind blau wie die seines Vaters, wie sein gutes Auge. Die Farbe ist ihr vertraut wie eine Perle, die sie in ihrem Innern trägt, nein, ein Saphir. Ihr kleiner Jewel, ihr Juwel, ein Edelstein. Laufend verändert sich die Welt, sagen sie im Fernsehen, aber die Menschen ändern sich nicht, nicht in ihrem Kern. Sie werden höchstens älter.

Robert hängt tief in seinem Sitz und sieht zu ihr rauf, durch seine Mähne hindurch, presst die Lippen zusammen und nickt. Ein Nicken von Mann zu Mann sozusagen, wenn die Situation eine andere wäre, würde sie sich nicht einkriegen darüber.

»Na gut. Vergiss nicht, etwas zu essen.« Jewel spielt sich ein bisschen auf, auch wenn es zärtlich gemeint ist, er war immer schon ziemlich frech. Vielleicht sind das eigentlich Rebeccas Worte. Jewel ist so viel größer als sie. »Der alte Herr«, sagt er zögerlich, »er wird das schon schaffen.«

Aber so ist das mit der Hoffnung. Ein Teil von ihr würde am liebsten einwenden, dass es anmaßend ist, vom Besten auszugehen.

»Meine Güte, Mama, dieser verdammte Zaun.« Jewel schließt die Tür auf, ohne sie anzusehen. »Hör zu, ich werde den Jungen dazu bringen, und wenn ich ihn herprügeln, wenn ich seinen Arsch aus dem Bett zerren muss.«

»Lass nur«, sagt sie leise. Sie hat es so satt, darüber zu sprechen. Sie hat plötzlich das Bild vor Augen, es war das letzte Mal, dass Robert sich hat fotografieren lassen. Ein Schulfoto, sein trotteliges Lächeln mit, wie alt war er da, dreizehn? Er hat etwas von Harry, auch wenn Jewel es nicht wahrhaben will. Er besteht immer darauf, dass der Junge ein ganzer Marryatt ist, und Rebecca meint dann immer, das kannst du laut sagen. Ja und Amen würde sie sagen, wenn sie das Amen über die Lippen brächte. Aber Lucy weiß es besser: Der Nasenrücken, dieses Grinsen, Harrys Haltung. Harry, wie er damals war, als sie ihn kennengelernt hat. Diese schlaksige, schwingende Art, obwohl er gedrungener war als der Junge. Wenn man den einen sieht, hat man den anderen vor Augen, wegen ihrer Art, sich zu bewegen. Rebecca nennt das Körpersprache. Das macht alles nur noch schwieriger, nicht dran denken. Oder leichter, denkt sie, als sie Jewel im Flurspiegel sieht. Kommt drauf an, ob das Glas am Ende halb leer oder halb voll ist.

Es fällt ihm wohl schwer, sich loszureißen. Steht hier herum, als würde sie sich doch noch umentscheiden und mitfahren. Schließlich kündigt er an, dass er am Morgen vorbeikommt, dass sie dann zusammen hinfahren. »Gleich in der Früh. Es sei denn ...« Seine Stimme verliert sich. Dann wieder diese schroffe Art, die ihr viel vertrauter ist. »Ruf an, ja? Melde dich, wenn du irgendwas brauchst.« Als ob sie das tun würde. Sich auf die Veranda stellen und brüllen, oder wie stellt er sich das vor, bis die Nachbarn die Polizei rufen. Die Bullen, wie Robert sie nennt. Dem Jungen fehlt jeder Respekt ...

Jewel küsst sie auf die Wange, sein Atem ist sauer, schon steigt er ein, sie fahren davon. Das Letzte, was sie sieht, sind die Umrisse ihrer Köpfe, dann schnurrt der Wagen die kleine Straße hinab. Drei: Was für eine merkwürdige Zahl. Sie hat eine eigene Art von Symmetrie, gar nicht so verkehrt, denkt sie, wenn man Dreiecke mag.

KAPITEL 2

Das Haus riecht nach abgestandener Luft, als wäre sie lange weg gewesen. Auf dem Herd, auf der Ablage, überall Töpfe und schrumplige Gurken. Die letzte Ladung Gläser steht noch im trüben Wasser. Harry wäre bestimmt enttäuscht. Allerdings würde er sich im Gegensatz zu ihr keine Gedanken wegen der Verschwendung machen. Ihre ganze Betriebsamkeit scheint Wochen zurückzuliegen. Wie wenn man den Fernseher anschaltet, und die Sendung geht gerade zu Ende.

Oben liegt die Bettdecke in einem Haufen auf dem Boden. Die Laken im Schlafzimmer sind nicht glatt gestrichen. Das lackierte Kreuz über der Kommode, ihr kleines buntes Schälchen mit den Ohrringen, die einzigen Zeichen einer ordnenden Hand. Wie eitel von ihr: Mit einundsiebzig hat sie sich Ohrlöcher stechen lassen, weil Rebecca sie nicht in Ruhe gelassen hat damit. *Mama, wenn Harry sein Akkordeon bekommt ...* Das Mädchen im Schmuckladen hat versprochen, dass es nicht wehtun würde. Und das hat es auch nicht. Aber sie kam sich doch albern vor, als wären die Löcher eine Art Wundmal des Wohlstands. Harrys Sticheleien haben es nicht besser gemacht. »Meine Frau ist ein Weihnachtsbaum. Schaut euch nur die Klimperkugeln an, die sie trägt.« Trotzdem hat er ihr zum Hochzeitstag ein Tütchen von Consumers Distributing überreicht: winzige Ohrstecker mit Diamanten. Harry Caines!

Sie nimmt sie heraus, steckt die Verschlüsse vorsichtig wieder auf und legt sie in die Schale. Dann geht sie auf seine Seite des Bettes, wo das Don Noble einen eigenen Stuhl in Beschlag genommen hat. Der rote Lack fühlt sich glatt und klebrig an. Das Kissen riecht nach Harry, nach Old Spice und Zigaretten und noch etwas, einfach nach ihm. Sie legt sich hin, schließt die Augen. Der Herrgott wird schon Verständnis dafür haben, dass sie sich kurz ausstreckt. Sollte er zumindest, er weiß ja, was mit ihren Knien los ist. Kühle Luft zieht durch das Fliegengitter herein, Abendluft und ein Hauch von Herbst, mit jedem leichten Zug stellt sie sich vor, wie er, wie irgendjemand zuhört.

Es fällt ihr nicht leicht, sich auf das Beten zu konzentrieren. Harrys Bild funkt ihr immer wieder dazwischen, nicht, wie er im Bad auf dem Boden liegt oder in dem sterilen weißen Bett, sondern wie er in der Küche auf dem Stuhl sitzt, sein Bierchen gluckert und ein Lied nach dem anderen aus der Quetschkommode drückt, mit einem Lachen, so breit, dass sie seine Backenzähne sehen kann, nicht zuletzt den, den er sich hat ziehen lassen. Und dann sieht sie sein Auge, das Glasauge, ganz deutlich sieht sie es vor sich, wie ein Überbleibsel, ein Puppenauge, liegt es zwischen den Ohrringen. Es ist blau, aber es glänzt nicht wie sein gutes Auge. Sie hört sogar, wie er seine Witzchen reißt, wenn er vom Arzt kommt, der es anpasst und reinigt. Dass er nächstes Mal ein braunes nimmt und dann einen auf Promenadenmischung macht. »Wie fändest du das, so ’n Auge? Lass dir das mal auf der Zunge zergehen, Dolly.«

Vielleicht doch besser, sicherer, an die Murmel zu denken, Roberts Murmel und seine Kinderstimme: *Omi, wo iiiiist sie?* Dann wird sie trüb und länglich und sieht aus wie ein

Pfefferminzbonbon – ein Pfefferminzbonbon in einer Blutlache. Sie kann sich gegen diese Bilder nicht wehren. Sobald sie eine Wand aus Gebeten aufgebaut hat, reißen die Erinnerungen sie wieder ein. Und wenn sie die dunklen Scheiben betrachtet, sieht sie sie zersplittern, immer wieder, eine glitzernde Welle, die auf sie hereinbricht, und da ist Harry, mit dem Rasierer an der Wange, er dreht sich um und reißt die lodernden Augen auf. Beide Augen.

Oh Danny Boy! Wenn sie die Zähne zusammenbeißt und sich Luft in die Ohren presst, kann sie seine Stimme heraufbeschwören, die ihr den Kopf füllt und die Dunkelheit herausquetscht. Als würde man einen Feind in die Flucht schlagen, die Türen verriegeln. Es genügt, um ihr ein wenig Ruhe zu verschaffen, sie döst ein. Gar nicht so einfach, in der Dunkelheit zu dösen, man braucht Übung, man braucht Waffen, ein ganzes Arsenal, und was ist das für ein Wort, aus Arsenal wird Arsch und anal, so machen sich die Silben in ihrem Kopf breit, so stolzieren sie herum, und wieder hört sie die Stimme von Harry, der in seinem Krankenbett liegt und im Schlaf rumschimpft: *Du Arschloch!* Irgendjemanden wird die Beleidigung schon treffen.

Mitten in der Nacht wird sie wach gerüttelt von ihrem eigenen Weinen. *Harry?* Sie streckt den Arm aus, greift neben sich, aber da ist nur das kühle Laken. Ein Pochen in ihrem Kopf. Das leere Bett, nicht zu ertragen, nach fünfundfünfzig gemeinsamen Jahren. Irgendwo in der dunklen Nacht rumpelt ein Lastwagen die Straße hinunter. Sie war schon oft einsam, aber nicht so. Es ist wie ein Stürzen, ein Schneeball, der den Hang hinunterrollt und immer schwerer wird.

Halb fünf, der kleine Big Ben auf dem Nachttisch zeigt es an. Die Zahlen glimmen grünlich, ihre Gedanken wachsen wie Greifarme, wie die Schläuche, die von Harrys kaltem weißem Bett herabhängen. Sie versucht, seine Stimme zu verscheuchen, und die Gedanken, die sich an dem Schutt festsaugen, den man besser in Ruhe lässt, vergraben unter einer Schneedecke, man soll Gras darüber wachsen lassen. Aber wie Steine, die im Garten aus der Erde drängen, kommt der Schutt wieder zutage, schiebt den Dreck zur Seite und die Spinnweben in der Farbe der Morgendämmerung – falls sie die überhaupt noch einmal erleben wird. Es gibt Schlimmeres, als zu sterben, viel Schlimmeres, noch ein Gedanke, der sie umhaut. Jetzt ist es auch egal, ob sie schläft oder nicht, sie kommt eh nicht gegen die Welle der Erinnerung an.

An etwas Schönes denken, etwas Schönes: Am Anfang lehnt sich ihr Wille dagegen auf, sprudelnd, wild schäumend. Also strömt es wieder herein: Erst nur ein Blitz, ihr Sturz beginnt immer in Weiß. Im Hintergrund ein schneebedeckter Hügel, durch und durch weiß, ein Gletscherabbruch, der Festungshügel sieht aus wie eine umgestürzte Schüssel …

Denn in der Nacht, in der sie das Kind bekam, hatte es ein Schneegestöber gegeben, Schnee hatte den Hügel bedeckt und alles andere auch. Er stach und brannte und rüttelte an dem Zelt, und die Männer riefen laut und versuchten, das Zeltdach frei zu halten. Während sie in den Wehen lag, jammerte der Wind wie eine Katze. Ein verdammter Straßenkater, sagte jemand, und der Herrgott begrub die Trümmer unter einer weißen Decke. Als das Baby kam, war er zur Stelle. Nur er wusste, wie sie dort hingelangt war, meine Güte, sie selbst wusste ja nur, dass sie über Berge von Kleinholz zu einem Wald aus Zelten geschleppt worden war.

Zeltbahnen wie Schmirgel in ihrem Gesicht, ein tröstlicher Geruch. Überall spürte sie Hände, eiskalte Hände. Lederfett und Kerosingestank, ein bisschen Wärme, dünn wie ein Faden. Und sie ließ sich in ihre Schulzeit zurückfallen, zweite Klasse, eine Schule in Richmond, neben ihr ein völlig verlauster Junge. Dann war sie schon wieder zu Hause in der Campbell Street, stocherte im Herd und schlug Eier auf.

»Tief Luft holen«, gurrte die Taube, die sie versorgte, eine Krankenschwester im grauen Habit. »Und jetzt pressen!«

Ihr Atem puffte wie eine Dampflok. Mama? MAMA? Da war keine Mama. Aber ihr Körper wusste noch, was er zu tun hatte, sie zog die blutigen Knie an, bis ihr die Kälte in den Rücken fuhr. Pressen! Und dann kam das Baby, schnell, viel zu schnell.

»Gannschön flott fürs erste Mal, was? Ein Junge«, sagte jemand. Ein Junge? Das erste Mal? Bestimmt ein Fehler, eine Täuschung, weil der Sturm heulte und das Jammern in den anderen Zelten nicht nachlassen wollte. Ihre Lunge wie Halbgefrorenes. Kurz hatte ihr Atem stillgestanden.

»Armes kleines Würstchen, er wird erfrieren, wenn wir ihn nicht sofort wegbringen.«

Bevor sie noch etwas einwenden konnte, hatten sie schon schmutzige Decken um sie geschlagen, eine Madonna mit Kind, und ihr blieb keine Zeit zu erklären, dass es ganz anders war. Unscharfe Figuren rannten und bahnten einen Weg nach unten, von der Zeltstadt weg, die aussah wie ein Meer aus Weihnachtsbäumen am Fuß des Hügels.

Aber dann war es mit dem Weiß vorbei.

Es hatte Teer geregnet, wann war das, am Morgen davor? Oder eine Ewigkeit früher? Teer und Blut und scharfe, dünne Scherben. Erdklumpen fielen wie Tränen herab und glühendes Metall, als sie auf einem Hügel zu sich kam: ein kleinerer Hügel auf der anderen Seite der Stadt, weit weg von der umgestürzten Schüssel. Einen Stiefel trug sie noch, einen hatte sie verloren, sie lag da, die Glieder von sich gestreckt, mit einem Teekessel unter dem Arsch. Nackte Beine, die Knie dick wie Bälle, aus denen etwas Violettes herausquoll.

Die kratzige graue Strumpfhose, die sie gerade erst angezogen hatte, hatte sich in Luft aufgelöst. Sie hing über ihrem kanonenkugelgroßen Bauch, der ihr die Eingeweide in die Kehle drückte, als Harry rief.

»Sag mal, hast du irgendwo meine Manschettenknöpfe ge –«

Ihr Leibchen hing herab wie ein ausgewrungener Putzlappen, kein Knopf mehr dran. Ihre Zehen zeigten nach oben, den Hang hinauf, Beine wie Kompassnadeln. In ihren Ohren pochte das Blut, als der Pilz in den Himmel wuchs, ein gigantischer, immer breiter werdender Pilz, der die Sonne verdrängte. An ihrer Wange schrammte scharfes Gras. Eine Matratzenfeder nur Zentimeter von ihrem Auge entfernt, und dort noch etwas, etwas Unsägliches, aus dem glitschige Fäden heraushingen wie aus einer Qualle. Eine Hand?

Sie steckte unter einer Boje fest, eine kindschwere Last auf dem Rücken, die ihr den Atem nahm.

»Mama! Papa! *Harry!*«, kreischte sie immer wieder, bis sie irgendwann keinen Ton mehr herausbrachte.

Der Dunst war wie verdünnter Brei. Als er sich ein wenig verzogen hatte, fiel sengende Stille auf sie herab. Kein Windhauch, nicht einmal das leiseste Lüftchen. Was sie im Schatten des Pilzes sah, war wie ein Topf auf einem Herd, mit durchgeschmolzenem Boden. Weit, ganz weit unten schimmerte das ölige Meer. Blut war ihr ins Auge geflossen, sie sah alles rosa. Das Bild eines Kellerlochs, das bis nach China durchgebuddelt worden war. Bäume wie verkokelte Galgen. Eingerollt wie eine Schnecke lag sie da, tastete herum nach ihrem Namen, nach dem Tag. Die Glieder ausgestreckt wie ein Seestern, das Baby gegen die Wirbelsäule gepresst, zappelnd, auf der Suche nach einem Ort.

Hatte Harry nicht diesen Termin? Er sollte sich einen Zahn ziehen lassen, am sechsten ...

An Stromkabeln, die durchhingen wie Springseile, baumelten Stoffpuppen. Was war das? Ein dummes Spiel, etwas wie Verstecken? Wäsche, aufgespannt. Stimmen irgendwo in ihrem Kopf, ein Kinderreim.

»Dolly, du hast sie doch irgendwo hingelegt. Als du die Hemden gewaschen hast.«

Vater unser. Unser Vater. Papa?

Mama?

Schwesterchen? *Ethel?*

Ihr großer runder Bauch eine Boje.

Ein Heizkörper, ein Ofenrohr, dort eine Klaviertastatur. Schrott, so weit das Auge reichte. Ob sie nach Hause finden würde, wenn sie an den Trümmern entlangging? Ein Gedanke gab den nächsten. Ein Schlachtfeld! Erst waren die Nachrichten gelaufen, wie ein Kassenschlager, der es vielleicht sogar ins Kino schaffen würde, die *Schlacht an der Somme.* Sie war im Schlamm gelandet. Die Hunnen. Der Kaiser ist es gewesen, die Deutschen!

Ach du lieber Gott, all ihr Heiligen, sie waren bombardiert worden, und was scherte es den Teufel, ob heute Mittwoch oder Donnerstag war?

Ein Zucken in ihrem Bauch: ein Fisch?
Harry? Harry Caines?!

Viertel vor fünf am Morgen, es bringt nichts, liegen zu bleiben, in diesem düsteren Sumpf. Aufraffen muss sie sich.

Sie geht nach unten. Ihre Stimme wird scheppernd von den Küchenschränken zurückgeworfen, zu hell und scharf, wie die Deckenlampe. »Ich rufe wegen meines Mannes an ...« Sie lächelt, statt finster dreinzublicken, das verbraucht weniger Kraft, hat ihr einmal jemand erzählt, wahrscheinlich der Pfarrer. Der neue in St. Columba. Seine ernste Stimme scheint sie von innen heraus zu ermahnen, während die Schwester, oder wer auch immer, den Hörer aufnimmt und gleich wieder zur Seite legt. *Glauben muss man,* sagt er immer, *denn wenn man glaubt, ist es auch so.*

»Sein Zustand ist unverändert. Tut mir leid.« Die Auskunft ist wie ein in Mitleid getauchtes Skalpell, genauso dienstfertig. Sie wüsste zu gern, was Harry dazu sagen würde. Aber das Einzige, was sie hört, ist: *Hast du meine Manschettenknöpfe ge –, den Rasierpinsel? Meinen – ?*

Die Gurken auf der Ablage, geduldig. Sie haben sich kein Stück vom Fleck gerührt. Na gut. Sie ist auf einmal voller Tatendrang. Wie damals, wenn sie ihre Tage bekam. Sie war dann immer so voller Energie. Und wenn die Tage vorbei waren, auch. Immer weiter machen, immer weiter. Wenn sie jetzt gleich loslegt, kann sie die Dillgurken vielleicht noch retten. Eine leckere Überraschung für Harry, wenn er nach Hause kommt. Die kleinen Dinger sind schrumpelig, froschartig und beinahe gelb, aber noch fest genug, dass es sich lohnen könnte, noch einmal von vorn anzufangen. Essig ist auch genug da, es kann also losgehen.

»Noch einmal ganz von vorn, Harry«, sagt sie, als stünde er neben ihr. Ein neuer Anfang – schön wär's. Wenn man die Sorgen nur absaugen könnte, mit einem Schlauch. Auf dem kahlen Abhang hatte das Baby gestrampelt und sie ins Leben zurückgestoßen. Ihre Augen waren weit aufgerissen wie Fensterläden: Dächer, von den Häusern gezerrt, als wären sie Pappdeckel. Kleider hingen aus starrenden Fenstern, Wäsche, in der Früh aufgehängt, die sich im Wind bauschen sollte und es nicht tat. Früh, so früh. *Früh,* das Wort hatte ihr im Hals gepocht, als sie sich übergab.

Die einzige Überlebende, auf der ganzen Welt.

Harry, der seinen Zahn im Spiegel untersuchte ...

Die Luft hatte nach geröstetem Stahl geschmeckt. Als sich der Dunst verzog, entdeckte sie Lagerfeuer in der sternlosen rückwärtigen Schwärze, waren das Pfadfinder? Der Wind trug den Geruch von versengtem Fleisch heran. Wie ein Flaschengeist hatte er sie eingehüllt und auf die Beine gestellt. Ihr Gesicht brannte, ihr Knöchel stach wie ein Nadelkissen. Eine klaffende Wunde, wo der Verschluss ihres Stiefels gewesen war. Und die Knie ... als ob ihr etwas amputiert worden wäre, ein Bein, ein Arm, ein Fuß, eine Hand, aber sie zählte nach, und es fehlte nichts. Sie weinte rußige Tränen – ein Albtraum, aber natürlich. Sie würde aufwachen und sich am Herd in der Campbell Road wiederfinden, die pochierten Eier fast fertig.

Wind, scharf wie eine Klinge, trieb sie den Hang hinunter, bis sie das erreichte, was von der Straße übrig geblieben war. Ein Haus, verbogen wie weiche Pappe, Windstöße spielten mit einer Treppe, die an einem einzigen Nagel baumelte. Eine Zaunlatte, wo die Straßenecke gewesen war. Eine Kuh, eine umgestürzte Badewanne mit hufartigen Füßen. Ohrensausen, ein mattes, wimmerndes Surren. Sie ging weiter und sah etwas, das vielleicht eine Kommode gewesen war. Der Wind heulte wie ein Baby. Pferdefesseln, um die sie vorsichtig herumtrat. Da hörte sie wieder das Wimmern. Doch dann stöhnte ein Nebelhorn, und aus dem Dunkel stolperte etwas auf sie zu. Es war ein Mann, splitternackt, seine Haut hing in Kringeln herab, von den Knochen geschält wie mit einer Ahle. Dunkle Höhlen, wo Augen gewesen waren. Seine Hände tasteten und fanden nichts, und er schrie mit blutigem Rasseln: »Hilfe!«

Wind, der immer stärker wurde, stieß ihr in den Rücken. Sie taumelte, humpelte schnell weiter. Der Mond zeigte sich, ein trübes Auge über einer schwankenden Mauer. Winzige Hacken trampelten ihr gegen die Lunge, sie hockte sich hin, sie träumte, nein, hörte etwas, ein Wunder. Stimmen. Engel, erst ganz schwach, dann immer lauter. Männer. Schlitternde Räder.

Sie spürte ihre Knie nicht mehr, selbst ihr Bauch war ganz leicht. Sie war beinahe schwerelos, verloren, verloren ...

Wörter. Dieser heimelige, faule Akzent. Soldaten aus Halifax, keine Deutschen. »Lass dein verdammtes Hemd an, du kannst nichts für ihn tun, das arme Schwein, lass ihn liegen.«

»Hier.« Sie krächzte leise, ihre Stimme wie das Knistern einer winzigen Flamme. Dann lauter. Laut genug, um die Toten zum Leben zu erwecken. »Bitte.«

Die Soldaten hievten sie auf eine Karre. Neben ihr eine Frau, die ein Handtuchbündel an sich drückte. Wie ein Hunne, das arme Geschöpf, völlig ausdruckslos. Jemand legte Lucy einen Mantel über die Schultern und hielt ihr eine Feldflasche hin. Brennend rann es ihre Kehle hinunter.

Sie hätte jeden einzelnen Finger des blutigen Handschuhs küssen mögen. Mit jedem Schritt des Pferdes knackte ihr Genick. Ihr Blick bohrte sich in die bläuliche Flanke. Gerade erst hatte sie am Höllentor gestanden, hatte schon mit dem Leben abgeschlossen. Jetzt rumpelte sie die Agricola Street hinauf.

Es dämmert schon, als sie die frisch gekochte Lake mit der Kelle aufschüttet, sie hat die Farbe der Flüssigkeit, die in Harrys Venen tröpfelt. Tropf, tropf, tropf. Es ist beinahe, als würde sie in ihren eigenen Körper strömen, stechend, kühl und doch belebend. Wieder dieser Laut, als sie die Gläser verschließt und ein zweites Mal kocht. Ihre eigene Stimme, die betet, ein endloses *Vaterunser,* immer wieder von vorn. Er muss es schaffen. Er muss einfach.

Die Deckel kühlen ab und knacken, einer nach dem anderen, was ihr mehr Hoffnung gibt, als sie erwartet hat. Jeder einzelne zögerliche Knall sagt, dass er es schaffen wird, während der Kühlschrank im nicht ganz sauberen Takt melodisch surrt. *Glauben,* ruft er, und die Morgendämmerung dringt als fahles Bündel durch die Vorhänge. Demut, eine Zuversicht, die ihr die Röte ins Gesicht treibt, erfüllt sie, als die Sonne über die Mauer klettert. Sie kramt die größte Schüssel hervor und setzt einen Haferteig an, Harrys Lieblingsbrot. Herrje, hat sie seit Jahren nicht mehr gemacht.

»Alles wird gut«, murmelt sie und knetet. Ihre Hände, kurz und dick wie Treibholz, versinken im Teig. Ohne jede Vorwarnung schießen ihr die Tränen in die Augen. Das Gespenst des Verlusts, ein Vorwurf. *Ich könnte dir in den Hintern treten, Harry,* würde sie ihm am liebsten zurufen. Harrys Hintern. Sie wischt sich mit klebrigen Fäusten die

Tränen aus den Augen, und ihr stockendes Lachen verliert sich in der blauen, schon ins Gelbe gehenden Schattenluft. *Oh Danny Boy!* Zum Glück hört niemand zu außer Gott. *Denk etwas Weißes,* erwidert er schallend, *denk an Schnee.* Eine innere Stimme, die sie gern für die Stimme Gottes hält. Also gehorcht sie. Aber dann ist auch das zu viel, alles ist weiß, der Schnee auf den Zeltbahnen beginnt zu schmelzen und verläuft zu einem tristen Grau.

Ein Schiff steht in Flammen, hatte jemand gerufen, das Erste, was an diesem kalten, tödlich hellen Morgen zu hören gewesen war. Der Kerl in der Wohnung unten? Prima, hatte sie gedacht, wenn es schon brennt, dann am besten auf dem Wasser. Das war die einzige Warnung gewesen.

»Lucy, was hast du mit meinen verdammten Manschettenknöpfen gemacht?«, hatte Harry gebrüllt.

Keine Zeit zu antworten, oder auch nur einen Schritt vom Herd weg zu machen.

Der Himmel stürzte in Stücken herab wie silbrig-rote Schlacke, ein rußiger Strom.

Dann das Zelt, Kältestöße wie Ohrfeigen, gefrorene Verwirrung. *Gannschön flott fürs erste Mal, was? Heilige Maria und Josef, ein winziges Zeichen der Gnade, nein, ein Wunder, dass es so reibungslos gegangen ist.*

Sie wurde auf einen Schlitten geladen. Der Junge in dem Bündel wie ein Findelkind an ihrer Brust, aber ihre Hände waren wie abgeschnitten, nichts, gar nichts hielt sie darin.

KAPITEL 3

Zwölf frische Einmachgläser im Kellerregal, und in der Küche geht der Teig auf. Oben im Bad wäscht sie sich die Augen mit kaltem Wasser aus, als draußen der Lärm losbricht. Kann das Jewel sein, so früh schon? Eisig läuft es ihr den Rücken hinunter. Erst pochen ihre Augen, dann kitzeln sie, dann zieht sich etwas in ihrem Inneren zusammen. Gibt es Neuigkeiten?

Schritte draußen auf der Veranda. Klopfen. Eine krachende Stimme: »Scheren? Messer? Hamse was zum Schleifen?« Knisternd löst sich der Satz im letzten Wort auf. Sie vergisst, den Hahn abzudrehen, schleicht über den Flur ins Nähzimmer, Jewels altes Kinderzimmer. Sie sieht hinunter. Auf der Straße ausgerechnet eine Karre, kaum größer als Roberts Bollerwagen damals. Schrott, hoch aufgetürmt, und irgendeine Maschine. Obendrauf ein Schild: *Der Messerheilige.*

Gütiger Gott, warum gerade jetzt? Es ist der Verrückte von der Bucht, der kommt und geht wie die Gezeiten, wie die Vögel in der Luft: eine Krähe, ein Aasfresser. »Hau ab, Freundchen«, hat Harry gerufen, als der Kerl das letzte Mal die Frechheit hatte, vorbeizukommen. »Dieser verdammte Rumtreiber ist das Letzte, was ich hier sehen will.« Ein bisschen Mitleid musste man trotzdem mit ihm haben. Leute wie Benny taten ihr immer leid. Alle nannten ihn Benny, als wäre sein Nachname ein großes Geheimnis.

Versuch es nebenan, hätte sie beinahe heruntergerufen, *Mrs. Chaddock gibt dir bestimmt was zum Schleifen.* Aber er ist jetzt still, vielleicht hat er sie gerochen, wie ein Fuchs oder ein Waschbär. Es ist, als hätte ihr das endlose *Rrrring* der Klingel den Kiefer mit Draht zugeschnürt. *Hau ab! Verschwinde!,* schreit sie tonlos. Und doch kann sie es nicht lassen, noch einen Blick auf sein Zeug zu werfen. Eine Abwaschschüssel voll blitzender Gegenstände – sind das Klingen? Da entdeckt er sie vom Weg aus, sieht sie böse an. Er trägt eine karierte Joppe, schäbig und doch irgendwie flott. Ihr fällt der Wasserhahn ein, sie hört das ungeduldige Rauschen, zieht sich schnell ein Stück zurück. Da ist doch die alte Schere aus dem Nähzimmer und die Heckenschere, stumpf wie ein Lappen, und der Flieder muss bald zurückgeschnitten werden. *Wenn du ihm den kleinen Finger reichst,* hört sie Harrys warnende Stimme. Hatte sie ihm nicht schon einmal einen Gefallen getan? Irgendeine Reparatur. *Kein Wunder, dass er uns nicht in Ruhe lässt.*

Los, Benny, verzieh dich, sonst schleif ich dich. Sie muss lächeln, bei aller Unschlüssigkeit, als sie die Treppe hinuntergeht – Harrys scharfe Zunge damals. Einen Augenblick lang scheint es, als wäre Harry überhaupt nicht krank, als würde er mit seinem Akkordeon dort sitzen und herumstänkern. *Kapierst du das nicht? So machen diese Kerle das. Sie kommen immer wieder, bis du solche Schuldgefühle kriegst, dass du ihnen dein letztes Hemd gibst. Und hier, meine Unterhose sollen sie auch noch haben. Nur um sie loszuwerden.* Er hat recht. Jetzt fühlt sie sich auch noch schuldig, weil sie getan hat, als wäre sie nicht zu Hause, als wäre sie tot. Aber es ist zu spät, um nun noch die Tür aufzumachen. Es ist, als stünde sie unter Hausarrest.

Da hört sie das Tick, tick, tick eines Motors, die Rettung, knirschende Reifen auf dem Schotter.

»Heute nicht, Kumpel. Fahr heim zu deiner Foxy – so heißt doch deine Freundin, oder?« Jewel macht sich über ihn lustig. »Ach so, sie heißt Boxy, stimmt's? Boxy Lady? Hör zu, Mutter hat gerade andere Sachen im Kopf. Du solltest ein Gespür dafür entwickeln, wo man dich braucht und wo nicht.« Als wären sie alte Kumpels. Aber dann wird Jewel ungemütlich. »Los, verschwinde. Mach, dass du wegkommst.« Benny protestiert grunzend, schlendert aber davon. Seinen klapprigen Wagen zieht er hinter sich her. Dann plötzlich stürzt die Angst über sie herein. Sie steht hinter dem kleinen Spitzenvorhang und fühlt sich matt, hilflos vor Ärger. Ihr ist schwindlig, sie muss sich hinlegen.

»Dich haben sie angerufen?« Das Erste, was sie sagt. »Gibt es etwas Neues?«

Er tätschelt ihr den Arm mit einem verbissenen Lächeln und reicht ihr eine Papiertüte. Gebäck?

»Dachte, wir könnten ganz früh hinfahren. Becky sagt – hier, hat sie mir für dich mitgegeben.« Er kräuselt die Nase. »Was riecht hier so?« Da erinnert sie sich beinahe beschämt an den Teig, der unter dem Geschirrtuch aufgeht. Wie ein Bauch, ein Bauch mit einem Kind darin.

Jewel lässt einen Donut auf einen Teller gleiten. »Iss erst mal eine Kleinigkeit.« Der Rand um das Loch sieht ganz runzlig aus, das Ding ist hart wie ein Puck. Damit kannst du eine Krähe vom Himmel holen, würde Robert sagen.

»Ich hab gerade keinen Hunger, mein Engel.«

Er schielt auf die kariert bedeckte Schüssel. »Mensch, bist du fleißig gewesen. Übernimm dich jetzt nicht.« Er kippt Rebeccas süßes Mitbringsel zurück in die Tüte.

»Ich will nur ... ich will halt, dass alles vorbereitet ist. In jeder Hinsicht.« Sie blinzelt, weil sich der letzte Teil so förmlich anhört.

»Mama –?« Er sucht ihren Blick, fassungslos.

Wie soll sie das erklären? Es ist, als müsste sie mit einer Sicherheitsnadel auf einen Luftballon einstechen. »Wenn er nach Hause kommt, mein Schatz. Wir hatten das ja schon mal, damals. Als ich beinahe dachte ... als es schien, als wenn er nicht mehr zurückkommt«, sagt sie und weiß, dass diese Worte nicht ausreichen.

Nach der Geburt bekamen sie einen Platz im Keller der Kirche, einem Schutzraum voller Unbekannter, die Turbane aus Verbänden trugen. Eine Krankenschwester schob sie hastig hinter einen Vorhang und wusch sie und den fremden Säugling. Sie tupfte ihre Knie ab und band ihr den Bauch bis knapp unter die Brüste. Mach weiter, die kannst du auch abbinden, hätte sie am liebsten gesagt und starrte das winzige Geschöpf an, das mit blauen Lippen zwischen ihnen zappelte. Eine Munitionskiste als Wiege. Aha, dieses Findelkind war also übers Meer gekommen. »Er ist nicht meiner«, sagte sie immer wieder, »ich weiß nicht, wie er hierhergekommen ist.« Die Krankenschwester blickte sie voller Mitleid an und wischte dem Kind nachlässig mit einem Lappen übers Gesicht. Ein Blick wie der rieselnde Dreck in Lucys Haar. War das Sand? Aber dann sah sie, dass ihre Fingerspitzen aufgeritzt waren: winzige Glassplitter.

Und wer hätte gedacht, dass Harry hier sein würde? Einen ganzen Tag hatte es gedauert, bis sie ihn endlich fand. Kein Wunder, er war erst überhaupt nicht zu erkennen, lag auf einem Feldbett am anderen Ende des Kellerraums. Er war überall verbunden, sein Kopf ein einziges Knäuel, nur das rechte Auge schaute heraus. Neben ihm stand ein Eimer, in dem ein rotes, rundes Etwas trieb – grausig. Als sie seinen Zeh berührte, schrie er laut auf: »Oh Gott, Dolly, bist du das?« Sie nahm seine Hand, hörte, wie er würgte. Mit dem einen Auge musterte er sie von oben bis unten. »Was denn? Du hast es bekommen?« Das Baby, in ein Tuch gewickelt, klammerte sich an ihre Schulter.

»Ich passe nur darauf auf«, sagte sie.

Dann wurde sein Auge feucht, das Auge, das er noch im Kopf hatte. Sein Atem war eine Welle, die sich auftürmte und brach. »Aber wo ist mein Mäuschen? Lucy! Wo ist Helena?«

Die Krankenschwester, die sie gewaschen hatte, kam und fasste sie an der Schulter. Sie hätte etwas erfahren, sagte sie, über ihre beiden Familien. Lucys Brüste pochten, sie waren längst gestaut. Alles in ihr war gestaut, eng und heiß, als der Name wie ein Beil herabsauste. *Helena?*

»Ihre Eltern, Ihre Schwester, nicht überlebt. Sterbliche Überreste in Trümmern eines Hauses gefunden. Ein Feuer.« Sie hörte kaum zu, die Krankenschwester sprach leise, sie war ohnehin nicht zu verstehen, weil ihr das Blut so laut im Kopf rauschte. Harrys Familie auch, hörte sie, die Wörter waren kaum auszumachen.

Aber seine Klage bezog sich nicht auf seine Mutter, die Brüder oder Onkel und Tanten. »Schhh, ruhig, bleiben Sie ruhig«, sagten sie zu ihm, »sonst geht Ihre Brustwunde wieder auf.«

Ein Samstag, noch vor zehn am Morgen. Ihre Schritte hallen in den hellen, leeren Fluren, das Krankenhaus wirkt still wie nach einer Evakuierung. Gewissensbisse bei dem Geruch hier, weil sie an die gedrängten und tödlichen Stunden von gestern denken muss. Sie hätte über Nacht bleiben sollen, hätte Wache halten sollen, hier oder in der Nähe, wenn auch unsichtbar, er hätte doch gespürt, dass sie für ihn da war. Vielleicht hätte es geholfen, ein kleines bisschen nur. Sie hätte sich auf die orangefarbenen Stühle legen, die Wange an das Plastik drücken können, nicht um zu schlafen, sondern um zu wachen. Wie man über ein Neugeborenes wacht, weil man sichergehen will, dass es atmet, dass es nicht erstickt, an der Decke oder einfach so. Genau so, nur ganz anders. Aber dann fällt ihr ein, dass Wasser auf dem Herd immer erst kocht, wenn man nicht mehr hinschaut, und trotzdem plagt ihr Gewissen sie weiter, dieses Gefühl, dass sie, oh lieber Gott, ihren Harry sich selbst überlassen hat. Ihr ganzer Körper wird von Reue erfasst, sie muss sich an Jewel festhalten, um nicht zurückzufallen. Er drückt auf die Taste, und der Aufzug fährt nach oben, schnell, zu schnell, weil er nirgendwo anhält. Kurz denkt sie, sie würde am liebsten immer weiterfahren, wie eine Rakete durchstarten, hinauf durch die letzten Etagen und durchs Dach.

Die Krankenschwester am Empfang telefoniert gerade, sie zeigt mit dem Stift, wo es langgeht. Jewel marschiert voraus, was Lucy ärgert. Sie würde lieber in ihrem eigenen Tempo gehen, mit kleinen, vorsichtigen Schritten, so wie man selbst bei perfektem Wetter ins Meer hineinwatet. Aber so ist Jewel nun mal, einer, der losprescht, vorrückt, höchstens ganz kurz zögert und sich dann hineinstürzt.

Harry liegt bewusstlos da, sein Bauch, ein Hügel, bewegt

sich nur ganz schwach unter der Decke. Genau wie gestern, außer dass sein Gesicht jetzt grau ist, völlig farblos. Er zuckt nicht einmal, als sie hereintreten, auch nicht, als sie sich über ihn beugt und mit ihrer flaumigen Lippe an seinem Ohr vorbeistreicht.

»Wir sind hier, Harry. Jewel und ich.«

Die Schlauchtentakel und Drähte scheinen sich über Nacht vermehrt zu haben. Eine Maschine, die an einen Fernseher erinnert, piepst und surrt. Eine Krankenschwester ist ihnen leise ins Zimmer gefolgt und legt den Finger auf die Lippen. »Wir haben es ihm so gemütlich gemacht wie möglich«, sagt sie. »Es tut mir leid, Sie haben hoffentlich Verständnis, aber ich muss Sie auf die Regeln aufmerksam machen. Immer nur einer.« Sofort entschuldigt sich Jewel, sagt, dass er hinuntergeht, um einen Kaffee zu trinken.

Sobald sie mit dem Baby nach draußen konnte, begann Lucy mit ihrer Suche. Sie vergaß ihre Knie und die Schmerzen der Geburt, sie vergaß Harry. Erst lief sie die Krankenhäuser ab, die provisorischen Stationen, die in der ganzen Stadt aufgebaut worden waren. Sie drückte sich in Ecken, um das Baby zu stillen, und strich durch Kirchen, deren Bänke und Gänge als Lager für Verwundete und Sterbende dienten.

Sie stand da und sah zu, wie ihre Eltern und ihre Schwester notdürftig begraben wurden, sie drückte das Baby an sich wie andere ihre Andenken: eine geschmolzene Uhr vielleicht, ein versengtes Stück Spitze, ein Medaillon mit einer einzigen, kaum sichtbaren Haarsträhne. Sie sah zu, wie sie herabgelassen wurden, zu dritt in einem einzigen Sarg.

Nachdem sie täglich die gleichen Strecken abgegangen war, landete sie schließlich in einer Schlange vor der zu einer Leichenhalle umfunktionierten Schule, wo die Toten aufbewahrt wurden, die nicht identifiziert oder zugeordnet werden konnten. Sie drückte das Baby an sich, spürte kaum den kalten Wind. Aus der Kellertür drang das Murmeln der Helfer hinauf, gedämpft vom endlosen Schlurfen der Stiefel auf der Treppe. Pferde, Karren und Automobile hielten an, luden etwas ab, nahmen etwas anderes entgegen und fuhren wieder davon.

Im Keller sah es aus, als hätte es geschneit. Schneewehen bedeckten den rußigen Boden zwischen den Säulen. An der Decke hingen Heizungsrohre, durch die kein Dampf mehr strömte. Dafür dampfte ihr Atem. Die Fenster waren zugenagelt, ein paar nackte Glühbirnen waren die einzige Beleuchtung, sie warfen das gleiche verschwommene Licht wie der umkränzte Mond in dieser höllischen Nacht. Die Leichen unter den Tüchern glichen Steinblöcken, nackt und blau wie der Schiefer im Garten von Mama und Papa. Vielen fehlten Köpfe und Glieder. Einige bestanden nur aus einzelnen Teilen, Fleischklumpen, an denen Zettel hingen mit Zahlen und genauen Angaben über den Fundort. *Familie, fünfköpfig, gefunden in der Nähe der Rector Street, angeliefert in einem Zinkeimer.*

Jeden Tag zwang sie sich nachzuschauen. Behutsam zogen die Helfer die Tücher von den Kleinsten der blockartigen Körper. Manchmal fassten sie ihr an den Ellbogen, um sie zu stützen. Einmal bot ihr ein Kerl mit wund geriebenen Augen an, das Baby zu halten. Es kam vor, dass sie das Bündel an ihrer Brust vergaß, denn ihr Herz pochte laut, und ihre Arme fühlten sich an, als wären sie aus Gummi. Ihre Füße, die in gespendeten Gummistiefeln steckten, zwei Nummern zu groß, wollten sie die Treppe hinauftragen. Aber sie riss sich zusammen, so gut es ging, stellte sich ihre Eingeweide vor, all diese weiblichen Teile, die begannen, fester zu werden und auszuheilen.

Dieses Kind konnte nicht ihre Tochter sein, das da auch nicht. Sie zählte die Zähne.

»Und?«, fragte Harry dann von seinem Feldbett aus. Aber der Wind rüttelte nur an dem, was von den Ahornbäumen vor der Schule übrig geblieben war, und die Warteschlange wurde immer kürzer.

Weihnachten feierten sie in der Notunterkunft in der Kirche. Schließlich wurden Harry die Verbände abgenommen, nur die linke Augenhöhle und eine Stelle unterhalb des Schlüsselbeins blieben verbunden. Als er versuchte, eine Suppe zu essen, die irgendjemand aus Massachusetts gekocht hatte, fiel ihm der Löffel aus der Hand. Sie legte das Baby hin und hob ihn auf. Er hielt dem Baby seinen Finger hin, und es lutschte daran. Wie sollte es denn heißen? Es brauchte doch einen Namen.

Eine Hand fiel ihr ein, die sie gesehen hatte. Ein Ring, tief in den geschwollenen Finger eingegraben. Der Stein fehlte, aber das Gold glänzte noch. Wie ihr eigener Saphirring, den sie von ihrer Großmutter bekommen hatte. Sie hatte ihn einmal ihrem Baby gezeigt, ihrem richtigen Baby, ihrem kleinen Mädchen. Helenas Augen waren vom gleichen scharfen Glanz wie dieser Stein: wie Sonnenlicht auf dem harten, herbstlichen Ozean. Das Kind hatte herzzerreißend geweint, als Lucy den Ring zur Seite legte. Wer weiß, was mit dem Ring passiert war, er war Schutt in der Tiefe des Hafenbeckens oder hing als glitzernder Staub in den Wolken.

»Jewel«, bestimmte sie, ohne noch einmal darüber nachzudenken, auch als Harry nach Luft schnappte und »Tunte« sagte, immer wieder, das sei ein Tuntenname. Vorsichtig berührte sie den kahlen Kopf des Babys, verblüfft von dem Pfirsichflaum und dem weichen, pulsierenden Dreieck dort, wo der Schädel noch nicht zugewachsen war. Sie sprach, als wäre ihr schwindlig, als hockte sie ganz oben irgendwo und sähe hinab, und sie sagte noch einmal: »Jewel August Caines.« Harry hielt sich die Hände vors Gesicht und grunzte empört.

Sie lässt Harry allein, zieht geräuschlos die Tür hinter sich zu. Auf dem Flur wartet Jewel, er läuft hin und her und beißt Stücke von seinem Styroporbecher ab. Das Quietschen und Knacken tut ihr in den Ohren weh, denn ihr Gehör ist für jedes Geräusch, jedes Lebenszeichen geschärft, seit sie das stur pumpende Beatmungsgerät hört. Jedes mechanische Einatmen bedeutet Hoffnung, jedes Ausatmen Verzweiflung. Sie geht leise auf ihn zu und nimmt ihm den Becher ab. Dann greift sie nach seiner Hand und drückt so fest zu, dass er eine Grimasse zieht.

»Na ja, zumindest ist er ja noch bei uns.« Als ob sein Vater unten im Bastelkeller wäre. Seine helle, jungenhafte Miene täuscht über sein Alter hinweg, seine Lebenserfahrung. Er weiß so gut wie jeder andere, dass sich die Dinge von einem Augenblick auf den nächsten verändern können, und nicht unbedingt zum Guten. Wie sich plötzlich das Böse aus dem Guten herausschälen kann, an die Oberfläche kommt wie ein Splitter, ein Knochensplitter. Sie nickt. Was soll sie auch sonst tun?

Sobald sie im Auto sitzen, steckt er sich eine an. Dabei weiß er, wie sehr sie seine Raucherei hasst. Er sollte besser auf sich achten. Sie macht sich Sorgen um sein Herz. Rebecca müsste sich darum kümmern, wenn sie ein bisschen mehr Gespür für diese Dinge hätte. Als er den Wagen anlässt, hat er feuchte Augen. Er trommelt eine Minute lang mit den Fingern auf das Lenkrad, ohne loszufahren.

»Hör auf, Liebling.« Seine überschüssige Energie ist wie Salz auf der Wunde ihrer Angst. »Ich weiß, dass du es für Blödsinn hältst, aber ... vielleicht, wenn du dich ein bisschen sammeln würdest, weißt du?« *Bete,* will sie sagen. Um Trost zu finden? Um auf das Schlimmste gefasst zu sein? Bei dem Gedanken muss sie schlucken. Wenn man glaubt ...

»Der Alte lässt sich nicht so leicht unterkriegen.« Er starrt auf die Stoßstange vor ihnen, und sie weiß, dass sie jetzt etwas Mütterliches sagen sollte, etwas wie *Ja, ja, dein Vater schafft das schon.* Aber im Geist ist sie schon wieder in dem kalten, antiseptischen Zimmer, und das Schuldgefühl überkommt sie, füllt sie schon wieder ganz aus. Sie haben sich so schnell aus dem Krankenhaus davongemacht, als fürchteten sie, die Niederlage nur zu beschleunigen, vielleicht überhaupt erst zuzulassen, wenn sie länger blieben. Diese Geschichte, dass das Wasser nicht kocht, solange man auf den Topf schaut. Vielleicht ist Harry wie eine Geranie: Wenn man sie allein lässt, kommt sie irgendwie durch.

»Da hast du recht, Kind«, sagt sie nach einer Weile. Ein spätes Echo seiner Aussage, kühn und matt zugleich. »Dein Vater macht doch bei allem einen Aufstand.«

»Verdammt, Mama, es ist ja schon Mittag.« Die Mittagskanone auf dem Hügel donnert wie ein fernes Gewitter. Sie ist nach langer Zeit zum ersten Mal wieder froh, als er sie bittet, mit zu ihnen zu kommen. Rebecca warte auf sie, sagt er.

»Nun ja.« Sie zögert doch wieder. Selbst unter diesen

Umständen ist es besser, wenn sie nicht zu erpicht auf eine solche Einladung wirkt. »Der Teig wird sich schon halten. Es wird eh noch eine Weile dauern, bis dein Vater wieder essen kann.«

Harry und Lucy schaukelten abwechselnd das Baby und standen fünf Stunden lang an, um eine Anzeige aufzugeben. Die Schlange wand sich um einen ganzen Häuserblock.

> *Mädchen, 16 Monate alt, zuletzt an der Young Street/ Ecke Campbell Road gesehen, dunkelblonde Haare, graublaue Augen, hellgrünes Flanellnachthemd mit abgestickten Falten.*

Sie hätte das Kind noch seitenlang beschreiben können. Schlimm, es so auf den Punkt bringen zu müssen. Aber dieser Massenandrang ... Jeder suchte panisch nach seinen Vermissten, und es war kaum Platz in der Zeitung, die Spalten so schmal. Es könnte doch wirklich sein, dass jemand sie gefunden und auf einen Karren gepackt hatte, meinte Harry, als Lucy zum letzten Mal vom Leichenschauhaus zurückkehrte. Sie stillte ihr Baby, schwach flackerte die Hoffnung in ihr auf.

Wochenlang stand sie beim Hilfskomitee Schlange, beim Roten Kreuz und all den anderen Notunterkünften. Sie hängte Zettel auf: *Wenn Sie es haben, geben Sie es bitte zurück.* Als wäre das kleine Mädchen eine Uhr oder ein Diamantring. Es schien ihr noch einmal aussichtsloser, wenn sie ihren eigenen Namen daruntersetzte, als Adresse die Notunterkunft St. Lukas. Aber irgendjemand musste doch etwas wissen, erklärte sie jedem, der ihr zuhörte: den Pastoren, den Wachleuten und Beamten. Doch wenn sie die Adresse ihrer Wohnung angab, erfror das Lächeln in ihren Gesichtern.

In der Zeitung las sie von einem Baby, das lebendig unter einer Teekiste hervorgezogen worden war, und von einem zweiten, das unter einem Wäschekessel überlebt hatte, ohne einen Kratzer. Nachbarn hatten es aufgenommen, bis die Mutter auftauchte, die ihren Mann und die anderen zwölf Kinder verloren hatte. Harry stand neben ihr im Hilfsbüro, als Lucy dem Mann hinter dem Schalter die Zeitung vor die Nase hielt. Ja, solche Dinge kämen vor, sagte er achselzuckend. Das erste Baby sei ins Waisenhaus gekommen, es sei niemand mehr da, der es abholen könne.

»Was ist mit den Zügen?« Harry trat an den Schalter. An jenem schwarzen Tag waren die ersten Hilfszüge angekommen, und am nächsten auch, trotz Schneesturm. Die schwersten Fälle seien doch evakuiert worden.

»Nur wenn operiert werden musste«, sagte der Kerl freimütig. »Was wir hier nicht erledigen konnten. Ein paar sind im Valley gelandet, in Truro. Ein paar haben sie bis nach Toronto gebracht.« Er vernuschelte das Wort: *Trohno.*

»Auch Kinder?« Harry drehte seine Mütze in der Hand. Das Baby duftete wie Riechsalz.

Der Kerl nickte, hinter ihnen in der Schlange hustete jemand. »Wurde nicht alles registriert. Es ging ja drunter und drüber ... Wie war der Name noch mal?«

»He-le-na«, sagte Harry, so deutlich er konnte. »Aber sie kann nicht so gut sprechen, verstehen Sie, sie ist ja nicht mal zwei.« Die Babystimme in Lucys Kopf sagte *Elela,* immer wieder. Der Mann hakte auf einer Liste etwas ab. »Tut mir leid.«

Draußen auf dem Bürgersteig kamen sie an einem Mann

vorbei – einem Überrest von einem Mann. Seine Augen waren verbunden, er hatte weder Arme noch Beine. Nur ein Rumpf auf einem Brett mit Rädern, die im Schneeschlamm feststeckten. An einem Haken hing ein Becher mit Bleistiften. Während Harry eine kleine Münze in den Becher warf, sah sie zu den Tauben, die sich über ihnen im Giebel verkrochen hatten. »Hoffentlich kriegst du, was man dir schuldig ist«, sagte Harry noch.

»Ist mir scheißegal, Junge. Warst du in Ypres?«

Er hätte genauso gut fragen können, ob Harry in Purcell's Cove gewesen war. Nein, Harry war nicht in der Armee gewesen, er war ausgemustert worden, wegen einer Sehschwäche links, auf dem Auge, das er schließlich verloren hatte. Und wenn er im Krieg gewesen wäre? Brachte doch nichts, jetzt darüber nachzudenken. Sie eilten an den schäbig-eleganten Auslagen der Geschäfte vorüber. Nach diesem Tag kam das Grauen sogar im Schlaf. In ihren Albträumen stand Lucy in endlosen Schlangen, gesichtslose Menschen zeigten auf Jewel und stellten sie vor die Wahl: *Du kannst deine Tochter haben, wenn du den hier aufgibst.* Harry sagte: *Als Pfand?* Als sie gerade ihren Sohn weggeben wollte, wachte sie schweißgebadet auf.

Jewel biegt gerade in die Straße ein, die am Jachthafen vorbeiführt, an dem Hof, in dem die Böcke für das Winterlager stehen, als sie an ihrer Entscheidung zu zweifeln beginnt. Schon sieht sie die unaufgeräumte Küche vor sich, in der Rebeccas Zeitschriften herumfliegen, grauenhaft. Sie sieht das schmutzige Geschirr in der Spüle, und, um Gottes willen, schon wieder Donuts. Allein dieses Durcheinander gibt ihr jedes Mal das Gefühl, sie hätte ihren eigenen Haushalt vernachlässigt, etwas vergessen. Vielleicht liegt es daran, dass sie immer alles beobachtet, dass sie so achtsam ist: »Himmel noch mal, Mama«, hat Jewel einmal gesagt, »du tust so, als wärst du unser aller Schutzengel.«

Wenn sie in dieses Haus kommt und Rebeccas ganzen Nippes und modischen Krimskrams sieht, denkt sie jedes Mal, sie würde in einem rosarot-orangen Sumpf versinken, in schleimig grünem Treibsand. Aber das ist wirklich gehässig, sie will doch überhaupt nicht urteilen. Nichts ist einfacher als zu kritisieren, hat sie manchmal gesagt, wenn sie Roberts Eltern, dann allerdings beide, gegen ihn verteidigt hat. Wer im Glashaus sitzt, soll ruhig mit Steinen werfen, hat sie sogar gesagt. Aber das passt jetzt nicht hierher. Was sie gerade am dringendsten braucht, ist Ordnung, die besänftigende Ruhe ihres Hauses, in dem jeder, aber wirklich jeder Gegenstand seinen – wenn auch staubigen – Platz hat.

Und vielleicht verbirgt sich ja eine Ordnung in Rebeccas Durcheinander, in ihren Einrichtungsversuchen, die auf missverstandenen Artikeln aus Frauenzeitschriften beruhen. Auch ihre schrullige Art der Ordnung rührt doch von dem Bedürfnis her, die Dinge beisammenzuhalten. Diese Überlegung macht Lucy Mut, genug, um jetzt aus dem Wagen zu steigen. Sie mustert Jewel von der Seite, wartet geduldig an der Tür und lauscht nach Roberts Musik, sie will niemanden kränken. Aber es ist ganz still. Schon nach zwölf, und er schläft immer noch?

»Der Junge sumpft bis abends rum, wenn man ihn lässt.«

Sie knufft Jewel in die Seite, das ist eine ihrer Angewohnheiten. »Sei doch nicht so grob.«

»Kaffee, Mama?«, fragt er als Erstes, sobald sie sich ihren Weg durch den Flur gebahnt haben, ein Minenfeld aus

Schuhen und Handtaschen, die alle Rebecca gehören. Ihre Hoheit muss ebenfalls verschlafen haben. Da kommt sie hereingewankt, in einem gelben Bademantel, genauso dick und flauschig wie der hellviolette, den sie Lucy zu Weihnachten geschenkt haben. Wie ein Küken sieht sie aus, aber mit roten Haaren.

»Mama«, murrt sie und streckt Lucy die Hand entgegen.

Kein Wort von Mittagessen, zum Glück, denn wer kann an Essen denken, solange Harry sich in diesem Zustand befindet? Aber da löffelt Rebecca, die sich in der Gastgeberrolle gefällt, schon Nescafé in die Becher, während Jewel nach unten geht, um Robert aus dem Bett zu scheuchen. Im Keller zu schlafen kann nicht gesund sein, erst recht, wenn man noch wächst, und erst recht, wenn man nicht immer ganz klar im Kopf ist. Kein Wunder, dass der Junge auf dumme Gedanken kommt. Vielleicht kriegt er nicht genug Licht? Aber sie will sich nicht mit Rebecca anlegen. Also, wenn er ihr Kind wäre, würde er oben schlafen, wie es sich für zivilisierte Leute gehört. Er ist schließlich kein Haustier.

Ein paar Minuten später kommt Jewel mit hängenden Schultern herauf, offenbar sauer. Er schlürft seinen Kaffee. Auf dem neuen Kühlschrank steht eine Tupperdose voller Donuts. Lucy ist dankbar, dass keiner der beiden sie auch nur erwähnt.

»Weiß nicht, was wir mit ihm machen sollen.« Er wischt etwas vom Rand seines Bechers ab, vermutlich Lippenstift. »Hör zu, hab ich ihm gesagt, deine Oma ist hier. Du hast Opa doch gesehen, du könntest wenigstens …«

Rebecca verdreht die Augen und massiert Lucys Handgelenk. Ihre Finger fühlen sich klebrig an. »Komm, lass ihn, ja? Du warst schließlich auch mal ein Kind.« Sie hält inne, trommelt mit den Fingern auf das Plastik – ein Tischset mit Blumenmuster, limettengrün wie die Schuhe am Eingang. »Meinst du nicht, du solltest noch mal anrufen?«

»Im Krankenhaus? Wir waren doch gerade erst da.« Er steckt sich eine Zigarette an, vorwurfsvoll flackert das Feuerzeug.

»Dass du ihn immer gleich ausschimpfen musst ...«, sagt Rebecca, mehr zu sich selbst.

Der Kaffee schmeckt überhaupt nicht nach Kaffee, er ist so bitter, dass er fast schon wieder süß ist. Natürlich würde ihr nicht im Traum einfallen, etwas zu sagen.

»Mein Schatz«, murmelt sie. Es geht ihr eher darum, die Wogen zu glätten, als zu sagen, was ohnehin alle denken. »Ihr wisst doch, Harry ... er kämpft ja.« Um sein Leben, meint sie eigentlich, und um ihr Herz herum staut sich etwas Düsteres. Was für ein dummer Ausdruck. Wird der Sache überhaupt nicht gerecht. »Wir kommen ja gerade aus dem Krankenhaus«, wiederholt sie, aber die beiden scheinen sie nicht zu hören. Rebecca stemmt sich hoch. Ihr unförmiger Bademantel bleibt an der Tischkante hängen, als sie sich vorbeidrängt, Lucy sieht einen Streifen ihres rosafarbenen Nachthemds. Sie stapft zur Treppe. Ihre bauschigen Pantoffeln sehen wie Staubwedel aus.

»Bucky! Komm sofort hoch!« Als wollte sie ein Ungeheuer wecken, so schreit sie ihn an. Der Keller wie ein tiefes, brodelndes Schlammloch, eine Art Unterwelt unter dem Chaos im Erdgeschoss. Rebecca taucht ab. Der Kaffee brennt Lucy ein Loch in den Magen und versengt ihr die Nerven. Wieder muss sie an blubbernden Treibsand denken, was sie an ihren Teig zu Hause erinnert. Er wird nicht zu retten sein, die Hefe treibt längst nicht mehr. Unsinnig, dass sie überhaupt damit angefangen hat, in der Zeit hätte sie ... was denn eigentlich? Staubwischen können? Was auch immer. Sie will auf einmal nur allein sein, in ihren eigenen vier Wänden, wo die Küchengeräte weiß sind und die Böden aus Holz und Linoleum, praktisch und schlicht. Nicht dieser bedrückende Teppichboden, für den Rebecca so eine Schwäche hat.

»Lass nur, lass ihn in Ruhe. Ich seh ihn beim nächsten Mal«, sagt sie zu Jewel, aber zu spät. Rebecca kommt zurück, verdreht schon wieder die Augen, nimmt Jewels Zigarette und steckt sich ihre eigene damit an.

»Er möchte, dass du runterkommst, Mama.« Sie hustet in den Aufschlag ihres Bademantels. Im Kontrast zu dem fröhlichen Gelb wirkt ihr Gesicht fahl, und trotzdem hat sie etwas Eifriges, Gespanntes, ihr Blick fängt alles ein wie ein Lasso. Das war schon immer so, seit Lucy sie kennt.

»Wenn du in zehn Minuten nicht wieder oben bist, lassen wir dich suchen«, witzelt Jewel und hält Rebecca am Bademantel fest. Sie führt das rote Ende ihrer Zigarette ganz dicht an sein Hemd und macht: *Tschhh.*

Lucy geht steif, mit schweren Schritten zur Treppe, ihre Puschen versinken im dunkelbraunen Flausch. Eine Staubfalle, dieser Teppich, aber gegen Rebeccas Modefimmel hatte die Vernunft noch nie eine Chance, selbst wenn Rebecca die penibelste Hausfrau der Siedlung wäre, was sie nicht ist.

Der Hobbykeller und der tunnelartige Flur, der zu Roberts Höhle führt, sind holzvertäfelt, passend zum Teppich. Eine einzige Lampe aus bernsteinfarbenem Bläschenglas, die sie an einen Insektenbauch erinnert, wirft ihren Schein in die Düsternis. Als sie gerade über einen Wäschehaufen steigt, geht die Musik los, ein schneidendes Geräusch, das ihr in den Ohren wehtut. Der Sänger scheint vor Schmerz zu kreischen. Um Himmels willen, das soll Unterhaltung sein?

Sie klopft, obwohl Roberts Tür offen steht. Er liegt seitlich gekrümmt auf seinem Bett, als wäre er krank. Aber er hört tief versunken zu, auch wenn er so schläfrig wirkt, dass er eigentlich kaum dazu in der Lage gewesen sein dürfte, die Nadel auf die Platte zu setzen. Er nickt ihr zu, offenbar zum Zeichen, dass sie willkommen ist. Die Musik wird jetzt weicher, etwas weniger scharf, wie Fliegeralarm an einem schmuddeligen Tag, wenn Wind und Regen den Lärm dämpfen. Wie im Krieg, als Jewel in Übersee war und Lucy sich bei jedem Alarm flach auf den Kellerboden geworfen hat. Doch dann wird das Jaulen dumpfer, unheimlich, es klingt wie ein Nebelhorn, weit, weit weg, hinter dem Horizont oder auf dem Mond, ja, auf dem Mond, denkt sie, aber da ist es schon zu spät. Der Lärm hat etwas in ihr angezupft, Erinnerungen wie Marionetten, die man niemals loswird: unbeweglich, grau und ohne Gesicht.

Robert fallen die Haare über die Augen, schlaff, abwesend nickt er im Takt der Musik, als wäre er nicht ganz richtig im Kopf. Da folgt auch schon eine Reihe von schrillen Schreien, zu der ihr nur Krähen einfallen, die in einem Stacheldrahtzaun hängen geblieben sind. Wenn Harry hier wäre, würde er die Nadel über das Vinyl ziehen, bis das ganze Haus aufschreckt. Und sie hätte vollstes Verständnis dafür. Sie kann in dem Lärm ein paar Worte ausmachen, der Sänger beklagt sich über den langen Arbeitstag und seine magere Lohntüte, worauf ein Ton einsetzt, als würde ein Brett, das an einem einzigen Nagel hängt, in einer leichten, heißen Brise hin und her schwingen. Jetzt grinst die Marionette in ihrem Inneren, sie zeigt ihre Zähne, obwohl sie immer noch kein Gesicht hat. Gespenstische Finger winken, während sie in einem Kokon gefangen wird, in dem sie kaum mehr atmen, geschweige denn sich bewegen kann. Ihre Sorge um Harry ist nur die halbe Geschichte.

Als das Lied endlich vorbei ist, steht Robert auf, um die Platte umzudrehen. Doch dann – hat er etwa Mitleid mit ihr? – steckt er sie in die Hülle. »Was hast du denn, Oma?«, fragt er in seiner ungewaschenen Dösigkeit und grinst verspielt. »Gefällt dir das nicht, *Dazed and Confused?*«

»Ach so, jetzt verstehe ich das«, sagt sie, etwas Freundlicheres fällt ihr nicht ein. Ist Musik nicht dazu da, einen Menschen fröhlich zu stimmen? Statt einem das Gefühl zu geben, man würde in ein Leichentuch gewickelt. Kurz erlaubt sie sich die Vorstellung, dass sie sich einfach auf seinen flusigen, dreckigen Teppich legt und nicht mehr aufsteht.

»Ich hab da was für dich«, sagt er und wühlt in einer Schublade. »Vielleicht interessiert es dich, Oma. Hab ich gemacht, ich meine, für Opa.« Erstaunt stellt sie fest, dass er rot geworden ist. Aber vielleicht liegt es nur an der stickigen Luft hier unten. Er hält ihr ein zerknittertes Blatt hin und wischt sich mit dem Handrücken über den Mund. »Also, das ist ein Gedicht.«

»Ein Gedicht«, sagt sie leise, unterdrückt ein Lachen und stellt sich vor, was Harry dazu sagen würde.

»Genau«, antwortet er schüchtern und reicht es ihr, um dann eingehend die Plattenhülle zu untersuchen, als würde er sie zum ersten Mal in Händen halten. Er schluckt, schlurft noch einmal zur Stereoanlage und legt sie auf. Hab Erbarmen! Aber diesmal ist es angenehmer, ein ruhiges, beinahe schläfriges Orgelsolo. Es ist, als wäre sie beim letzten Lied gestorben, um sich nun aufgebahrt in der Kirche wiederzufinden. *»Deine Tage sind gezählt«*, singt er stöhnend mit, bis es kommt, wie es kommen muss: Das Kreischen geht wieder los, die Orgel ist nicht mehr zu hören. Ausgesprochen schwer, sich dabei zu konzentrieren.

»Und? Gefällt's dir? Ich will mich nicht loben, aber ich find's echt spitze.« Spitze, sagt er dauernd, ein universell einsetzbares Wort, denkt sie, es passt einfach immer, wie Strümpfe oder Handschuhe in Einheitsgröße, wie Umkleidekabinen und Toiletten für Männer *und* Frauen (und Eunuchen, würde Harry hinzufügen). Und er hätte recht, das Wort verwischt jeden Unterschied.

»Großartig, mein Schatz.« Aber beim Gedanken an Harrys Lachen wird alles unscharf. Sie kann die schlimme Handschrift des Jungen kaum noch entziffern.

»Robert, wie ist das eigentlich mit meinem Zaun?«

Er lächelt immer noch, wie ein kleiner Junge, der mit Murmeln spielt, und da fällt ihr auf, wie sie zwischendurch noch immer über seine tiefe Stimme staunt. »Dein Vater besorgt die Farbe.«

»Geil«, sagt er. Was wohl *gut, in Ordnung, mach ich dann irgendwann* bedeutet. »Aber sag mal, das Gedicht. Ich will's ja Opa schenken. Ich mein, zu seinen Ehren ... Wenn er nur nicht denkt, ich wär eine kleine Schwuchtel oder so was.«

»Mein Schatz, dein Opa würde so etwas nie denken«, flunkert sie und steckt das Blatt Papier zur Verwahrung wie ein Taschentuch in den Ärmel. Um ihrer Aussage etwas mehr Kraft zu verleihen, beugt sie sich trotz Knie- und Rückenschmerzen zu ihm hinunter und küsst ihn auf die

Wange. Sie spürt ein paar Stoppeln und staunt schon wieder. »Jetzt verschlaf aber nicht dein ganzes Leben«, rutscht es ihr heraus, worauf sie wieder das Bild von Harry vor sich hat, seinen grauen Schlaf, das fahle, vom Licht gebleichte Gesicht. Sie hustet, und ein zweiter Satz platzt aus ihr heraus: »Schatz, ich meine, lass dich nicht so treiben.«

Er sieht sie an und grinst schon wieder. »Wie ein Astronaut in der Schwerelosigkeit, meinst du?« Er klappert mit den Zähnen, von wem hat er diese Angewohnheit eigentlich? »Bestimmt nicht«, sagt er undeutlich, auch das klingt wie ein Nebelhorn. Dann Schlagzeug, Wummern, ein Brummen wie von einem tief fliegenden Flugzeug, das heiß und schwer die Luft durchpflügt. »Ach so, du meinst wie Buddy.« Buddy? »Benny. Der unten an der Bucht wohnt, du weißt schon, der Typ, der so völlig unbekümmert vor sich hin lebt, wie Mama immer sagt. Wein, Weib und Gesang. Der lebt doch mit dieser alten Kuh zusammen.«

»Jetzt reicht es«, sagt sie über den Lärm hinweg. »Eine Kuh ist eine Kuh.«

Er schüttelt nachsichtig, etwas zu nachsichtig, den Kopf. Als er zehn war, war das vielleicht noch niedlich. »Wusstest du, dass die immer total dicht ist?«

Dicht? Um Gottes willen. Sie stellt sich jemanden vor, der besoffen über ein winziges, schwankendes Deck stolpert.

»Das hab ich von meinen Freunden drüben in den Grounds. Benny hat erzählt, dass sie als Baby unter einem Laubblatt gefunden wurde, oder so, und bei irgendeinem reichen Typen im Valley aufgewachsen ist. Dann ist sie durchgedreht und wurde Putze. Weil es ihr Spaß macht, kannst du dir das vorstellen? Mama hat mir schon gedroht, dass sie die holt, damit sie mein Zimmer aufräumt.«

»Aha«, sagt sie und hält sich die Ohren zu. *Aus dem Munde der jungen Kinder.* Diese Freunde, die er da hat, würden am liebsten in hohlen Baumstämmen leben, wenn das erlaubt wäre, meint Harry. Jetzt oder nie, sagt sie sich dann. »Und was höre ich da, du willst die Schule abbrechen und in den Westen strabanzen?«

»Erst muss ich eine Arbeit finden«, sagt er und sieht sie an, ein bisschen zu verdrießlich vielleicht. »Ich mein, eine richtige Arbeit. Nicht so was wie Benny, keine Sorge.« Er lacht. »Du machst dir zu viele Sorgen, Oma. Du musst ein bisschen lockerer werden, weißt du?« Ständig will er ihr irgendetwas erklären. »So weit isses noch nicht.«

»Ist es«, sagt sie. Sie kann nicht anders.

»Ich mein, ich bleib auf jeden Fall, bis Opa ... also ... bis er wieder auf den Beinen ist.« Es tut ihr gut, dass er sich so entschlossen gibt, das ist schon mehr, als sie erwartet hätte. Sie ist plötzlich dankbar für seine träge, ungerichtete Energie. Als hätte er sein ganzes Leben und das Leben aller anderen Zeit, um »seinen Arsch hochzukriegen«, wie er sich gern so unschön ausdrückt.

Als sie wieder oben ist, sieht sie, dass Rebecca ihre Tasse bereits gespült hat. Komisch, wie tüchtig sie auf einmal ist. Jewel schiebt seinen Stuhl an den Tisch und sieht sie besorgt an. »Ist alles in Ordnung, Mama?« Und wenn nicht?

Rebecca ist schon angezogen, sie hat sich die Haare zu einer Art Kuppel auftoupiert und trägt diese flachen grünen Schuhe. »Du meldest dich, ja? Halt uns auf dem Laufenden, Mama. Wenn irgendwas ist, rufst du einfach an.«

Jewel wirkt so matt und sorgenvoll, wie sie sich selbst gerade fühlt. »Komm, ich bring dich nach Hause. Sag Bescheid, wenn du wieder hinfahren willst.«

Zum Krankenhaus, meint er. Allein der Gedanke genügt, um den kränklich-süßen Geruch von desinfiziertem Flanell heraufzubeschwören, das Surren, das immergleiche Schwebende – die Angst, ihn zu verlieren. Sie muss jetzt erst einmal an die Luft. »Bleib du hier. Der Spaziergang wird mir guttun.« Aber das wirkt nun störrisch. Rebecca stupst Jewel an.

»Du meldest dich, ja?«

»Mann, oh, Mann«, hört sie, als sie die Flucht ergreift, gerade noch rechtzeitig vielleicht, denn aus dem Keller kommt ein Jaulen wie von einem Zahnarztbohrer. Diese entsetzliche Gitarre, und das soll eine Melodie sein.

KAPITEL 4

Armer Harry. Wie er weinte, als sie Wochen oder Monate später in ihr altes Viertel zurückkehrten. Nur noch ein flaches Raster, wo einmal ihr Haus gestanden hatte. In den Schneeresten glitzerten die Scherben vom Bahnhofsdach. Er ging durch die gefrorenen Trümmer, trat gegen eine verbogene Metallplatte und kratzte den Ruß ab. Es war die Ofentür, die Marke Fawcett stand auf dem Griff. Lucy schmiegte sich eng an ihren Mann und legte ein Stück von einem Kamm frei und eine kleine, rosafarbene Tasse, die nicht mal einen Sprung hatte. Selbst ohne die Untertasse war sie noch so schön wie an dem Tag, als sie sie ausgepackt hatte, ein Geschenk von ihrer Schwester Ethel zum ersten Baby. Harry wollte die Taschenuhr seines Vaters finden, sein einziges Erbstück, aber was er unter einem Backstein entdeckte, war bloß ein Stückchen Gold, nicht größer als eine Rosine. Er starrte auf den eisigblauen Hafen hinaus und hielt sich die Hand vor die Augenklappe, als könnte er nur auf diese Weise den stechenden Schmerz zurückdrängen. Sie gingen immer weiter, schleppten sich an langen Reihen von Fundamenten entlang, erkannten an der verbrannten Erde, die unter dem Schnee hervorkam, wo einmal Häuser gestanden hatten. Oberhalb des Gleisgeländes qualmte noch eine Mauer – das Einzige, was von der Gießerei übrig geblieben war. Einundvierzig Leute, darunter einige von Harrys Kumpels, waren dort gestorben. Etwas war geschmolzen und kochend in die Kohlekästen geflossen, schwarz wie Lava. Sie verbrannte sich den Finger, als sie einen Kieselstein im Beton berührte.

Ein Stückchen weiter fanden sie ein kleines, verbogenes Rad. Es sah aus, als könnte es von Helenas Kinderwagen mit den geschwungenen Schutzblechen stammen, der ein Geschenk ihrer Eltern gewesen war, noch ziemlich neu. Harry hielt Jewel, während sie die Stelle nach weiteren Resten absuchte. Nichts. Aber wenn sie die Augen schloss, konnte sie sich beinahe den Geruch von Apfelsaft vorstellen, der süß und feucht bis in die gewirkten Teppiche drang.

»So einen Kinderwagen könnten wir jetzt gut gebrauchen«, sagte Harry unmutig und gab ihr das Baby zurück. Und da stürzte sie auf sie ein, die Erinnerung an die erste Geburt, wie die Schlacht von Vimy. Harry hatte gleich die winzigen Fingerchen untersucht, und Mama hatte das Baby am Fenster in die Sonne gehalten, weil sie meinte, es hätte Gelbsucht.

»Lucy? Dolly? Ich wollte dir nicht –«

Was denn? Sie biss sich auf die Lippe, dann gingen sie eng umschlungen zur Notunterkunft zurück. Da sie nie richtig allein waren, fand sie keine Gelegenheit zu fragen, wie er ihr Leid nur hatte übersehen können, auch später nicht.

Ihren einundzwanzigsten Geburtstag feierte sie im Keller. Die anderen Heimatlosen ließen sie hochleben. Bestimmt nur ein böser Scherz, dachte sie, dass die Babytasse unversehrt geblieben war, nicht aber das kleine Mädchen, das daraus trinken sollte. »Nichts haben wir«, sagte Harry, der langsam wieder zu Kräften kam, »nicht mal einen Nachttopf.« Der Priester wischte eine Fliege vom Becken und taufte Jewel. Niemand zuckte mit der Wimper. Am nächsten Morgen stellte sich Harry am Waschbecken an und rasierte sich, als würde er gleich zur Arbeit gehen, als wäre die Zuckerfabrik wie ein glänzend weißer Vogel aus der Asche auferstanden.

Er verschwand jetzt immer öfter, machte sich auf die Suche. Eine Suche, die ihn immer weiter hinausführte. Irgendwo mussten sie doch neu anfangen können. Sie hatten Anspruch auf ein Fertighaus von der Katastrophenhilfe, in einer Siedlung mit engen Gassen und briefmarkengroßen Vorgärten. Er wollte etwas Größeres und fand es schließlich draußen vor der Stadt, drei Meilen im Westen, im Schreberland, wie er es nannte. Überzeugt war sie von der Sache nicht. Die Grounds, so hieß die Gegend, lagen auf einer felsigen Halbinsel in der Hafenbucht, wo nur vereinzelte Hütten standen.

Sie zogen im Juni ein. Harry fand Arbeit in den Schiffswerften, die eine Stunde Fußweg entfernt lagen und wiederaufgebaut wurden. Sie hatten einen Ölofen, aber kein fließendes Wasser. Hinter der Hütte gab es einen Brunnen und ein Plumpsklo. Möwen standen im brackigen Wind oder knackten Muscheln vor ihrer Haustür. »Ah, wo die *Hillbillies* wohnen«, sagte der Postbeamte belustigt, nachdem sie ihre Adresse nannte. Als wäre sie ein dummes, verlaustes Mädchen vom Land, das sich mit einem nichtsnutzigen Jungen im Wald versteckt hielt.

»Zu riskant«, meinte Harry, als sie überlegte, ob man nicht in der alten Siedlung ein neues Haus bauen könnte. Was sollte sie ihm schon entgegensetzen? Sie musste ihn nur ansehen. Die Narbe auf seiner Brust blieb blau wie eine Tätowierung, ein *memento mori* wie ihre blauen Knie. Da konnte sie schrubben, so viel sie wollte. Das einzige Totendenkmal auf der Halbinsel war ein Stück von einem Anker, das über die ganze Stadt geschleudert worden war, wie eine mächtige Harpune. Die merkwürdigen Leute, die hier wohnten, erzählten sich, dass der Anker zur *Mont Blanc* gehört hätte, dem Schiff mit den Pulverfässern, dessen Kollision mit der *Imo* den ganzen Albtraum ausgelöst hatte. In den Zeitungen stand, dass es ein Unfall gewesen sei. In den Grounds schüttelten sie darüber nur die Köpfe. Man hätte ein Pferdegespann und neun Männer gebraucht, um den Ankerschaft aus der Erde zu ziehen. Also blieb er einfach liegen. Artie Babineau, der Kerl, der nebenan wohnte und sich gleich mit Harry anfreundete, meinte, er sehe aus wie ein versteinerter Arm im Knöterich. Kaum zu glauben, dass der Schaft so weit geschleudert worden war, aber hier lag er ja, ein Stück Eisen als Beweis, ein langsam verrostendes Zeichen. Wenn Lucy daran vorbeikam, hatte sie jedes Mal das Gefühl, der Anker sei für sie gedacht gewesen und hätte sie nur knapp verfehlt. Selbst wenn der Knöterich blühte und den Anker beinahe verdeckte, musste sie sich jedes Mal auf eine der Hütten konzentrieren, ein achteckiges Häuschen, dessen Umriss an ein Tintenfass erinnerte. Artie hatte erzählt, dass dort eine Weissagerin wohnte. Vor dem Häuschen pickten Hühner im Dreck.

Ein Stückchen weiter oben am Hang, wo der Wald begann, lag ein leer stehendes Haus mit einer Scheune. Sie nannten es die *Villa*. Den früheren Bewohnern hatten die gesamten Grounds gehört. Dann wurden sie parzelliert. Um zu ihrer Hütte zu gelangen, musste man bis zur Spitze der Halbinsel gehen und sich durch einen Pfad schlagen, der von Brombeersträuchern und wilden Birnen erstickt wurde. Harry schnitt alles herunter, um den Blick zu öffnen – auf den Northwest Arm, die Bootshäuser auf der gegenüberliegenden Seite und die Insel in der Bucht, auf der ein Gebäude wie ein Schuhkarton stand, umgeben von einer Zacken schlagenden Mauer. Das war das *Treibhaus,* ein viel zu netter Name für ein Gefängnis aus napoleonischer Zeit, in dem Kriegsgefangene interniert waren. Trotzki, hieß es, war dort eingesperrt, dieser Bolschewik. Und natürlich auch Deutsche. »Der Feind in ihrer Mitte«, sagte Artie. »Der Fraß für die Haie, die dort immer im Kreis schwimmen. Wie wär's mit ein bisschen Pfeffer und Salz für deinen Deutschen, Freundchen?« Artie fand sich so toll, es war schon nicht mehr lustig.

Aber es fiel schwer, nicht nach fremden Stimmen, fremden Sprachen zu horchen, besonders, wenn der Nebel die Geräusche von der Insel herübertrug. Doch wer weiß? Vielleicht waren diese Gefangenen längst tot, oder sie hatten alle Typhus oder die Pest, wie die Zeitung andeutete, und lagen stumpf und fiebrig dort herum. Außer den Nebelhörnern waren nur Seetaucher zu hören, und nachts, wenn Lucy ihr Baby wiegte, kamen Geräusche von nebenan. Jewel wimmerte, er musste nur das Kinn runzeln, schon zog sich ihr Herz zusammen, und von drüben drifteten kratzige Geigenmelodien, die sie zwar kannte, aber nicht benennen konnte, in die kühle Nacht hinaus. Manchmal sang jemand – war das Harry? –, begleitet von zersplitterndem Glas.

Die Arbeit schien Harry gutzutun. Er nietete Stahlplatten an beschädigte Hilfsschiffe und Zerstörer. Die Vermisstenanzeigen in der Zeitung wichen den Nachrichten aus Europa. *Hunnen in flandrischer Hölle verbrannt. Ganze Landstriche bedeckt mit deutschen Leichen.* Wie Moosbeeren? Harry grinste, strahlte zufrieden, seine Zeitung bedeckte die Blasen auf der Tischplatte. Dies war der letzte Ort, an dem das Pack einfallen würde. »Brauchen sie auch gar nicht«, sagte sie, »bei solchen Nachbarn, ganz zu schweigen von den modernden Knastbrüdern da drüben.« Sie blätterte zur immer kürzer werdenden Rubrik der Vermisstenanzeigen vor. Er fragte, was denn los sei, sein Ton war grob. »Hör zu, das hat doch keinen Sinn, du musst, wir müssen beide ... du hast doch jetzt ein Baby.« Als wäre Jewel immer schon das einzige gewesen.

Langsam geht sie über den Schotterweg, entfernt sich von der jaulenden Gitarre. Sie tastet nach dem Blatt Papier, das sie im Ärmel stecken hat. Es ist, als würde Harry aus den Wolken auf sie herabschauen. Fast meint sie, sie könnte ihn reden hören. Ein Wörtchen mit Robert, sobald es ihm besser geht? Im Jachthafen auf der anderen Seite der Bucht glitzern die Masten, dort will Robert arbeiten.

Ein Hai?

Sie würde am liebsten laut auflachen, wenn sie sich vorstellt, wie Robert auf die Jachten dieser Leute aufpasst. Wo er doch ständig vom Aussteigen redet, vom Landleben, von Spießern und Bettlern. Die Brise wird kräftiger, weiter draußen kräuselt sich das Wasser. Seile peitschen gegen Masten und Holme, ein stetiges, dringliches Klirren, das sie an Vögel erinnert, die kreischend um Futter betteln. Im Vergleich zum riesigen Clubhaus wirkt das alte Gefängnis winzig, es rostet vor sich hin, in den Zellen, meint Robert, wird Ausrüstung und Farbe gelagert. Wenn er das sagt ... Fast ihr ganzes Leben hat sie hier verbracht, aber sie ist nicht ein einziges Mal auf der Insel gewesen. Sie hatte nie ein Boot und nie einen Grund, hinüberzufahren. Mit einer Rakete könnte sie mehr anfangen als mit einem Boot, denkt sie, mit der Apollo, die diese Männer auf den Mond gebracht hat. Wohltuend, der Gedanke an Mr. Armstrong mit seinem Helm. Wenn er und Buzz Aldrin den Mond unter ihren Sohlen spüren können, dann ist es doch auch nicht abwegig zu glauben, dass Harry wieder gesund wird.

Hinter dem Wald aus Masten stehen einzelne verrammelte Hütten. Ein Wunder, dass es die noch gibt. Die meisten Leute sind dafür, dass sie abgerissen werden – selbst Harry hätte nichts dagegen. *Vorwärtsschauen,* hört sie ihn sagen, er hat gut reden.

Am Ende des Weges wird sie noch langsamer. Ihre Knie, meine Güte. Unterhalb der Böschung, an der Straße, sitzen zwei Männer in einem Kahn und trinken Bier. Ein Stück weiter draußen treibt eine Holzkiste in der Strömung, ein Verschlag, gegen den die Hütten auf der Landzunge wie diese schicken Buden bei *Beverly Hillbillies* aussehen. Sie hört Rufe, Stimmen, eine davon kommt ihr bekannt vor. Herrje, wenn das nicht Benny der Rumtreiber ist, stänkernd, als stünde er schon wieder vor ihrem Haus. Wäre Harry hier, würde er sich aus dem Staub machen, und zwar schneller als eine Rakete. Auf einmal überkommt sie eine böse Vorstellung: dass Robert so enden könnte. Schon ein eigenartiges Leben, das dieser Benny führt.

Autos rauschen vorbei, sie tritt auf den Bürgersteig. Da taucht Benny auf seiner selbst gezimmerten Veranda auf. Sind das Autositze, die er da stehen hat? Bei ihm ist eine Frau – vielleicht die, von der Robert erzählt hat. Nicht hinsehen, *nicht hinsehen,* sagt sie sich und diesem anderen Anwesenden, wer oder was das auch sein mag, das sie vom Himmel herab anstrahlt. Sie beschleunigt ihre Schritte, sieht dann doch kurz hin: etwas Wehendes, Schwarzes, ein Kleid. Trägt Bennys Freundin etwa Trauer? Und die soll aus guten Verhältnissen stammen? Rauchen Roberts Freunde vielleicht diesen komischen Tabak, von dem im Fernsehen immer die Rede ist? Vielleicht sollte sie sich mehr Sorgen machen, nicht weniger. Aber jetzt hat sie keine Zeit. Wenn Benny sie sieht, kommt er womöglich noch zu ihr herübergerudert.

Sie spürt, dass er sie beobachtet, obwohl sie erhobenen Hauptes, etwas steif vielleicht, vorbeimarschiert. Plötzlich hat sie das Gefühl, die ganze Welt wüsste etwas, nur ihr allein würde es vorenthalten. Und wenn das Krankenhaus angerufen hat? Wenn sie etwas verpasst hat? Nächstes Mal lässt sie sich von Jewel fahren. Es ist doch am einfachsten, wenn man tut, was die anderen von einem erwarten.

Als sie vor Benny in Sicherheit ist und beinahe schon ihr Haus erreicht hat, fallen ihr Roberts Verse wieder ein, wenn man etwas, das sich nicht einmal richtig reimt, überhaupt so nennen sollte. Jetzt, im Tageslicht, kann sie zumindest seine Handschrift problemlos lesen.

Ein paar Gedanken, für Opa
Du gehst jeden Tag in die Schule, kriegst nichts dafür
Kriegst keine Liebe, weil die von oben kommt
Yeah, yeah.
Mach locker, du siehst sie eh nicht
Wie die Sonne am Morgen, wie Regen in der Nacht
Also pass auf, du kannst das schaffen
Pass auf, pass auf, pass auf.

Na ja. Vielleicht gibt es doch noch Hoffnung. Vielleicht könnte sie ihn für Gartenarbeit interessieren. Die Hoffnung stirbt ja immer zuletzt, wie es so schön heißt.

Wenn Harry damals noch sein Akkordeon gehabt hätte, hätte er vielleicht nicht so viel Schnaps getrunken. Hätte er etwas zu tun gehabt. Aber das Akkordeon war ja in tausend Stücke zersprungen, wie alles andere auch, außer der kleinen Tasse. Schlimm, aber eigentlich lächerlich im Vergleich zu dem, was sie sonst verloren hatten. Es hätte ja gut gehen können, wenn er bei Artie nur ein bisschen Karten gespielt hätte. Aber als es damit losging, dass er am frühen Morgen ins Haus geschlichen kam, da musste sie sich wirklich zusammenreißen. Die Sonntage verbrachte er damit, laut schnarchend den Kater vom Samstag auszukurieren.

Eines Abends im Oktober glänzte der Mond wie eine Silbermünze, und sein Gesang drang bis ins Haus, beinahe wie Geheul. »*Gute Nacht, Irene, gute Nacht, ich seh dich in meinen …*« Wie bei der Party, auf der sie sich kennengelernt hatten, da war sie siebzehn, er nur ein Jahr älter. Das Akkordeon war ihm beinahe von den Knien gerutscht. »Puppengesicht«, hatte er sie genannt. »Ein Gesicht, dass die Uhren stehen bleiben.« Und ein paar Jahre später blieben die Uhren tatsächlich stehen, als alles zerstört wurde und die Zeit selbst schmolz, um gleich darauf einzufrieren, eine kristalline Welt, Seegras wie Finger unter gefrorenem Eis.

Sie legte Jewel in seine Wiege und ging durch den steinigen Garten nach nebenan. Durch die Fenster sah sie, dass getanzt wurde. Jemand malträtierte eine Geige, Gläser wurden erhoben. Eine Frau, ein Umriss nur, löste sich aus der wirbelnden, torkelnden Menge und stolperte heraus. Der Schrei eines Babys durchschnitt die Musik. »So, so«, sagte die Frau mit schwerer Zunge, »da kommt sie ja.« Ein kleines Mädchen klammerte sich an eine Puppe und wischte sich die Nase am Rock der Frau ab. Die schnappte sich die Puppe und warf sie die Treppe hinunter. »Wohl auf der Suche nach Ihrem Mann? Was denn, muss er schon ins Bett?«

Lucy gab dem Kind die Puppe zurück. Jetzt stolperte Harry heraus und war im Begriff, seinen Arm um die Hüfte der Frau zu legen, als er sie sah. »Du bist ja noch wach, Lucy!« Dann wurde er kleinlaut und murmelte etwas, das sich wie *Kleinigkeit zu essen* anhörte. Die Frau, sie hieß Lil, hörte nicht auf zu grinsen, selbst als Harry Lucy überreden wollte, doch zu bleiben. Als hätte sie Jewel einfach allein lassen können. Sie machte sich nicht die Mühe zu antworten, der Wind, der durch die Tannen pfiff, schob sie zurück nach Hause.

Am Morgen war er zittrig und ohne jede Reue. Er weigerte sich aufzustehen. »Irgendwann wachst du gar nicht mehr auf«, sagte sie. Er antwortete, er werde aufstehen, wann es ihm passe: Was sei denn so schlimm daran? Ein Mann müsse halt manchmal vergessen ....

»Du kannst nicht einfach aufhören. Du kannst nicht dein ganzes Leben damit verbringen, zu –« *Warten,* wollte er sagen. Zu hoffen. »Man muss doch –« *Weitermachen.* Der halb blinde Spiegel schien zu klirren, so laut schrie sie. Und wie eine Antwort hallte Jewels Geschrei zurück. »Mir reicht's.« Harry schlug die Decke zurück.

Ein Strudel in ihrem Kopf, *Gute Nacht, Irene, gute Nacht,* und das Bild von seiner Hand an Lils Hüfte. »Du hast gut reden«, sagte sie und nahm Jewel hoch.

Im Haus duftet es nach Hefe und Melasse. Sie ist gerade auf dem Weg in die Küche, als das Telefon klingelt. Sie fasst sich ein Herz. Die Frauenliga verkauft Lose. *Lose?* »Mrs.

Caines?« Die Stimme hört sich an, als käme sie aus weiter Ferne, aber die Kirche ist ganz in der Nähe. Man muss nur die Gasse hinuntergehen und eine größere Straße überqueren. Die nüchterne Stimme geht ihr gegen den Strich. Nur raus damit, denkt Lucy, auf die Bitte um eine Spende folgt doch immer eine zweite Bitte. Sie will ja geben, aber sie hat auch immer einen Grund zu sparen.

»Können wir auf Sie zählen? Würden Sie etwas backen?«

»Eingelegte Gurken«, versucht sie es. Sie will sich nicht herausreden, aber mehr kann sie nicht anbieten. »Ich habe eine ganze Menge.«

»Na gut, in Ordnung«, sagt die Frau und möchte wissen, ob Lucy für jemanden beten könne, für die Nichte eines Gemeindemitglieds.

Der vertrauliche Ton genügt, um Lucy aus dem Wirrwarr ihrer Gedanken an Harry herauszuholen. »Also, ich hätte auch eine Bitte – es geht um meinen Mann.«

Und gleich zieht sich ihre Brust zusammen, und sie sehnt sich nach der stillen Leere ihrer Küche. Die Stimme klingt übervorsichtig, als sie fragt, ob es ihm gut gehe. »Nein, aber wir können hoffen.« Wieder diese helle, falsche Freundlichkeit, als würde sie einem Teenager Mut zusprechen.

»Wie wäre es also, Ihr berühmtes Brot – wären Sie so nett, eins für uns zu backen?«

Es ist, als würde sich ein Sack schwerer Kugeln vom Himmel auf sie herabsenken, ein Säckchen wie beim Dosenwerfen auf der Kirmes, nur größer. Sie will die Frau jetzt unbedingt loswerden.

»Mal sehen«, sagt sie.

Der runzlige Teig unter dem Geschirrtuch sieht aus wie der Magen eines alten Mannes. Pass auf, was du da sagst, denkt sie und streut Mehl auf die Arbeitsfläche. Der Teig ist schwer und schlaff, selbst im Ofen wird er kein bisschen aufgehen. Sie knetet und faltet die Enden um und legt die Laibe achtlos in die Formen. Dann wählt sie mit klebrigen Fingern die Nummer des Krankenhauses. »Nichts Neues«, sagt die Frau am Empfang und leiert die Besuchszeiten herunter.

Kurz darauf ruft Jewel an. Wann kann er sie abholen? Seine Stimme klingt fremd und nervös. Wenn sie es nicht besser wüsste, würde sie denken, es sei ihm alles zu viel. »Wahrscheinlich bekommt er überhaupt nicht mit, dass wir da sind«, sagt er.

»Er spürt es, mein Kind. Vielleicht spürt er es.«

Die Grounds waren in jenem ersten, traurigen Herbst in ständigen Nebel gehüllt, durch den das Laub trieb. Sie verbrachte die meiste Zeit damit, ziellos umherzustreifen. Sie wollte einfach nur weg aus der Hütte, die nach Windeln und Schimmel roch. An den feuchten Holzwänden hätte man Giftpilze ziehen können. Sie mied das Ufer, lief ihre Runden, Stunde um Stunde die Pfade entlang, die kreuz und quer über den Hügel führten, um Felsen herum und durch die Tannenwälder. Jewel, den sie in einem Tuch vor dem Bauch trug, lächelte sie mit den Augen an. Sie konnte ihn kaum ansehen, allein die Augenfarbe ließ sie erschaudern. Aus dem Nichts heraus hörte sie die Stimme ihrer Mutter, die ein Kinderlied sang: *Oh, Lucy Locket, schau das süße Kind! Die Sonn' wird ihm die Bäckchen färben, frisch und rot geschwind.*

Manchmal, auch schon im Keller von St. Lukas oder wenn sie unterwegs gewesen war, hatte die Stimme sie daran erinnert, was sie besorgen musste: *Seife, mein Engel, Zucker, Faden.* Einmal hatte sie sich umgeschaut und gesehen, wie eine Frau, die genauso aussah wie ihre Mutter, in einem Laden verschwand. Ein anderes Mal hatte sie den Mantel wiedererkannt. Helena dagegen ließ sich nicht so leicht herbeirufen. Ihr Stimmchen, die wenigen Worte, Silben, die sie kannte – all das wurde von Tag zu Tag schwächer, dünn wie gesponnenes Garn, bis nur ein Wimmern übrig blieb, ein Echo, das kaum noch zu hören war.

Eines Sonntags fand sie sich vor der Kirche St. Columba wieder, die, dem frischen Anstrich nach zu urteilen, von Grund auf renoviert worden war. Familien, hauptsächlich Frauen und Kinder, strömten hinein. Jewel fielen die Augen zu, er wurde ihr schwer. Der feierliche Gesang war es, der sie hineinlockte, der innere Ruhe versprach. *Heilig, heilig, heilig, allmächtiger Herr.* In der Kirche roch es nach Lack und frischem Holz. Die Bank fühlte sich glatt an, aber klebrig. Hoch über ihr die neuen Holzbögen, wie in einem umgedrehten Schiffsrumpf. Dann begannen die lateinischen Gebete. Mama hätte sich bestimmt im Grab umgedreht. Aber es war eine andere Stimme, die die Holzarbeiten bewunderte. Papa? *Lucy Locket findet ihre Tasch' nicht mehr, Kitty Fisher gibt sie nicht mehr her,* ging es ihr durch den Kopf. Der Pfarrer predigte nun auf Englisch, seine Worte waren weich wie Flanell. »Wir sehen jetzt durch einen Spiegel ein dunkles Bild; dann aber von Angesicht zu Angesicht ...« Ihr Blick streifte die Heiligenfiguren, die geschnitzten Gesichter. Die Alabasterwangen der Jungfrau, den honigfarbenen Bart des Erlösers. Jewel lag auf ihrem Schoß und schlummerte, der Klang der Schellen und gemurmelten Gebete rieselte durch sie hindurch, kitzelte und beruhigte sie, als würde ihr jemand das Haar bürsten. Hundert samtige Bürstenstriche, die Hand ihrer Mutter, eine Erscheinung.

Ein ganz leichtes Lächeln lief Jewel über das schlafende Gesicht. Träumten Babys? Dann seine helle, schwache Stimme: »Mama.« Es kribbelte ihr in den Brustwarzen, Funken fuhren ihr durch das Mark. Der Priester hob den Silberkelch in die Höhe wie ein schweres Möbelstück. *Deo, Deus, Dei.* Das Flüstern in ihrem Kopf: winzige Füßchen auf dem Linoleumboden.

Die kleine Bucht hinter der Kirche blitzte wie ein Scherbenhaufen. Leise wie Asche fiel das Laub, als sie den Pfad fand. In den Büschen lagen Backsteine, ein Nachttopf, Matratzenfedern, Dinge, die so willkürlich und doch unverrückbar schienen wie der Ankerschaft der *Mont Blanc.* Jewel räkelte sich und quakte.

Sie lief weiter, bis sie die Knöterichsträucher und das Häuschen in der Form eines Biretts sah. Aus einem Ofenrohr, das aus dem Dach hervorstieß, wirbelte Rauch und trug den Geruch von Frühstücksspeck herüber. Ida Trott hackte vor dem Haus Holz, sie war von pickenden Hühnern umgeben. In ihrer Hose und den umgeschlagenen Stiefeln wirkte sie abgehärmt und männlich. Sie ließ die Axt in der Hand baumeln und humpelte heran. Mit zahnlosem Grinsen streckte sie Lucy die Hand entgegen, blickte sie an, als würden sie sich kennen.

»Oh, das ist aber süß«, sagte sie und fragte, ob es ein Junge oder ein Mädchen sei. Er erinnere sie an ihren eigenen Sohn, als der noch ganz klein gewesen sei, meinte sie und strich Lucy mit ihrem dicken, kurzen Zeigefinger über die Handfläche. Sie schien etwas zu suchen. Lucy wollte die

Hand wegziehen, doch sie hielt sie fest. Eingehend betrachtete sie die Handlinien. »Das hier ist dein Herz, das ist dein Kopf, und das ist dein ganzes Leben.« Ida nickte zufrieden, als Lucys Blick auf die Axt fiel, und sagte, die rechte Handfläche zeige das Schicksal an, die linke alles andere, alles, was man beeinflussen könne. »Wo man die Waaahl hat.« Sie ließ sich das Wort durch den Mund kullern.

Jewel begann zu weinen. Noch bevor Lucy das Kind zurückziehen konnte, gab Ida ihm ihren Finger. »Ein guter Ersatz für die Zitze«, sagte die Alte, und – ach, sahen die Leute denn nicht, dass sie sich mit Kindern auskannte? Sie leckte sich den Daumen ab, fuhr damit über die Klinge und bot Lucy an, gelegentlich auf das Kind aufzupassen. Außerdem versprach sie, ihr – gegen Gebühr, versteht sich – einmal den Teesatz zu lesen.

Als Lucy nach Hause kam, war Harry aufgestanden und angezogen, er hatte Tee gekocht. Sie legte Jewel an, der ihr auf der Brust herumpatschte und kurz darauf ganz schlaff wurde. Was war das gewesen, an Idas Finger? »Die frische Luft hat ihn ganz schön geschafft«, sagte Harry und fragte überhaupt nicht, wo sie gewesen war. Er zog die Deckchen zurück, die irgendwelche freiwilligen Helferinnen gestrickt hatten, und strich ihr über den Nacken, während sie Jewel hinlegte. Als er sie in Richtung Bett zog, schien der Gedanke an diese besoffene Lil in einem Wölkchen aus Gelächter zu verdampfen. Er schob seine Hand unter ihren Rock und seine Zunge zwischen den Knöpfen ihrer Bluse hindurch. Er hatte kleine Huckel oben an seinem Rückgrat, die sich wie der Schädel eines jungen Hundes anfühlten. Sie schloss die Augen, sie hatte schon nachgegeben, und küsste seine vernarbte Stirn.

Jewel wartet an der Tür, während sie ihren Pullover holt. »Becky kommt auch mit«, sagt er. »Dass der alte Mann nicht denkt –« Was denn? Dass sein Mädchen ihn im Stich gelassen hat? Sie sucht nach ihrer Handtasche.

Rebecca steht lächelnd vor dem Haus, sie hat eine Vase mit leicht zerzausten Nelken in der Hand und wirkt etwas zu bemüht. Die kleineren Nelken sind hübscher, aber was zählt, ist der Gedanke. Als sie zurücksetzen, schwappt Wasser aus der Vase. »Mist, verdammter.«

»Beck«, sagt Jewel scharf. Lucy sitzt hinten im Wagen und kommt sich wie ein kleines Kind vor, oder vielleicht wie Robert, wenn er mit seinen Eltern unterwegs ist. Immerhin hat sie etwas zu tun. Sie betrachtet Rebeccas komplizierte Frisur, die wie Orangenlimo leuchtet. Als hätte sie vergessen, sich zu kämmen. Wie Zuckerwatte muss sich das anfühlen.

»Und, wie kommst du zurecht, Mama?« Rebecca sieht über ihre Schulter und schüttelt sich das Wasser von den Fingern, deren krallenartige Nägel perlweiß lackiert sind. Heute passt sogar der Lippenstift, ein gespenstischer Akzent in ihrem Hochglanzgesicht. Sie trägt ein Kleid in tropischem Türkis, das offenbar auf ihre Schuhe abgestimmt ist. Frisch wie der junge Morgen, so würde sie Rebecca beschreiben, Wörter, die sie wahrscheinlich im Fernsehen aufgeschnappt hat. Rebeccas ganze Erscheinung passt nicht zur Tageszeit. Vielleicht sollte sie lieber nicht antworten. Lucy lächelt abwesend, sie wird sich nicht darauf einlassen.

»Ach, Mama.« Rebecca schüttelt den Kopf und sucht den Blick ihres Mannes, der auf die vor ihnen liegende Kreuzung starrt.

Im Krankenhaus füllt Rebecca mit großem Getue die

Vase auf und stellt sie auf den Nachttisch, obwohl der schon unordentlich genug aussieht. Taschentücher liegen dort und Tuben, und ein Glas steht da, unerklärlicherweise, neben einem kleinen Saftbecher mit einem Strohhalm. Und Harry schläft immer weiter, hängt unverändert an Kabeln und Schläuchen. Doch die Schwester ist guter Dinge, zu guter Dinge vielleicht, sie scheint sich nicht daran zu stören, dass sie die Besuchsregeln übertreten. »Sobald er aufwacht, geben wir ihm zu trinken«, erklärt sie. Es sei so wichtig, dass diese Leute Flüssigkeit bekämen. Rebecca lacht, es klingt beinahe schadenfroh. Harry ist also schon zu *diesen Leuten* hinübergewechselt.

»Sein Zustand hat sich nicht verschlechtert«, sagt Lucy und versucht, ihrer Stimme einen hoffnungsvollen Ton abzuringen. Das Lächeln der Schwester wirkt glitschig, aufgesetzt, als sie sagt, dass der behandelnde Arzt am Montag wieder da sein werde, falls sie mit ihm sprechen wollten. Lucy findet es unmöglich, dass Rebecca jetzt zu schniefen anfängt. Als sie ein Taschentuch herauszieht, fällt etwas um, das Jewel sogleich auffängt. Bloß jetzt keine Szene, bitte. Ihre eigene Verzweiflung wiegt schwer genug. Lucy beugt sich so beherrscht wie möglich über das Bett. »Harry?«, sagt sie etwas zu laut. »Harry, Liebster, kannst du mich hören?«

Die Schwester stellt die Nelken um. Dieses kräftige, leidenschaftliche Rot, wie viel besser sie an einem Revers aussehen würden. Eine ganze Wiese voller Bräutigame oder Jungen, die ihre Mädchen zum Abschlussball führen. Oder an einem Kranz für den Veteranentag – vielleicht sogar an einem Strauß wie dem, den sie Artie Babineau ans Grab gelegt haben, es ist schon Jahre her. Plötzlich wird Lucy von Panik erfasst. Um Gottes willen, was, wenn Harry aufwacht und nichts als diese Blumen sieht? Wenn er aufwacht und niemand da ist, der ihm über die Stirn streichen und alles erklären kann?

»Entschuldigen Sie«, sagt Lucy. Die Krankenschwester rückt den Infusionsschlauch zurecht und drückt auf den gelben Beutel, der so indiskret am Bett hängt. »Gestern« – war es erst gestern? – »schien es doch ... gestern habe ich gedacht, er kann mich hören. Der Arzt meinte –«

»Ein bisschen Geduld, meine Liebe.« Die Schwester kann nicht viel älter als Robert sein. Sollten sie wirklich derselben Generation angehören? Im Fernsehen klagen die Leute doch immer, die Generationen würden sich nicht mehr verstehen. »Sie müssen Geduld haben.« *Meine Liebe.* Lucy war schon auf die Anrede gefasst, aber die Krankenschwester ist ohne ein weiteres Wort verschwunden.

In der Ferne pfeift ein Zug, vielleicht bildet sie es sich auch nur ein, weil die Apparate piepsen und die Beatmungsmaschine keucht. Bei dem seufzenden Pumpen fällt ihr Harrys Akkordeon ein, ein Gedanke wie ein Messerstich. »Vielleicht würde ihm ein bisschen Musik guttun«, sagt sie plötzlich, weil ihr sonst nichts einfällt, was sie machen könnte. Jewel und Rebecca sehen sie verwundert an, mit dieser argwöhnischen Art, die ihnen beiden gemein ist, als wären sie Geschwister. Sie haben mehr Gemeinsamkeiten, als sie sich selbst eingestehen.

»Na ja, warum eigentlich nicht?«, sagt Jewel. »Aber kennen wir denn jemanden, der spielt, Mama?«

Rebecca hört auf zu schniefen, ihr Blick hellt sich auf. Sie zwinkert sogar. »Warum fällt dir das jetzt erst ein?« Als wäre es irgendwie Lucys Schuld. »Das kriegen wir schon hin«, sagt Rebecca voller Zuversicht.

Da hat Lucy etwas angerichtet. Rebecca wird Robert bitten, seine Gitarre mitzubringen. Immerhin, denkt Lucy jetzt, hat sie ihn eine ganze Zeit nicht mehr spielen hören, vielleicht bringt er ja auch ein Gedicht mit. Als könnte man auf diese Weise jemanden ins Leben zurückholen, wie die Kinder und Nagetiere, die der Rattenfänger aus dem Fluss geholt hat. Die Ertrunkenen. Es ist, als würden ihre Gedanken über die Wasseroberfläche schlittern. Sie hat Harrys Gesang im Ohr – seine Stimme von damals, als Robert noch ganz klein war und manchmal bei ihnen blieb, wenn seine Eltern ausgingen. *Dinah in der Küche ist nicht allein, Dinah in der Kü-ü-ü-che.* Und der Kleine fiel mit seiner hellen, schwachen Stimme in den Gesang ein. Wie süß er war. Was ist nur passiert? – *Dinah, blas mal, Dinah, blas mal in deine Trö-ö-ö-te!*

Sie streicht die Decke auf Harrys Brust glatt: kühles, gestärktes Flanell. Aber ja, tatsächlich, da steigt Wärme herauf, die Wärme eines schlagenden, wenn auch schwach schlagenden Herzens. Jewel weiß nicht, wo er hinsehen soll. »Warum lächelst du, Mama?«, fragt er, als würde sie grinsend an einem Grab stehen. Aber das ist es nicht, überhaupt nicht, und schon zieht sich ihre Brust wieder zusammen. Eine Enge wie gespannte Haut, auf der Salzwasser getrocknet ist, nur in ihrem Inneren: als hätte eine Welle sie erfasst, ins Meer hinausgezogen und auf den Strand zurückgeworfen.

»Oje«, murmelt sie. Sie weiß nicht weiter. Humor ist der Rettungsring, an dem sie sich schließlich festhält. Wenn er seine Geige noch hätte, sagt sie, könnten sie sie mitbringen und ihm einen Schreck einjagen. »Damit kann man Tote zum Leben erwecken«, platzt Rebecca heraus und schaut gleich darauf zu Boden. Sie sieht aus, als würde sie beten, Lucy wäre beinahe darauf hereingefallen. Rebecca ist auf einmal so still, als wäre sie überhaupt nicht mehr im Zimmer.

»Weißt du noch, mein Schatz?« Lucy hat schon wieder das Gefühl, bis zum Kopf im Wasser zu stecken, sie spürt sogar den warmen Sand unter ihrem Po. »Ihr beide wart unten im Keller, habt Melodienraten gespielt. Als du damals zurückgekommen bist –«

»Ja.« Jewel weicht ihrem Blick aus.

Sie hören quietschende Sohlen und richten sich auf. Jewel tastet nach seinen Zigaretten. Die Naht an der Hemdtasche hat sich gelöst. Wieder die Krankenschwester. Sie blinzelt, vielleicht hat sie Wimperntusche im Auge. »Ihre Besuchszeit ist vorbei«, sagt sie, »er braucht jetzt Ruhe.« Harry ist also wieder im Singular, ein Einzelner, wenn er auch keinen Namen hat. Zumindest hat sie ihn aus der unheilvollen Masse der gesichtslosen Leute herausgezogen. Vielleicht ein gutes Zeichen, denkt Lucy. *Spitze,* würde Robert sagen. Die Krankenschwester, die ja selbst zur anonymen Masse gehört, könnte wenigstens *Kumpel* sagen, oder ein anderes freundliches Allerweltswort, das ein bisschen Herzlichkeit ausdrückt.

KAPITEL 5

Sie macht gleich den Ofen an, als sie ins Haus kommt, obwohl sie den Teig besser wegwerfen und noch einmal von vorn beginnen sollte. Aber ... spare in der Zeit, so hast du in der Not. Also schiebt sie die Formen hinein. Sie versucht, nicht daran zu denken, wie sie Harry in den Krankenwagen geschoben haben.

Das Brot ist steinhart, kein Wunder. Selbst Rebecca hätte so etwas zustande gebracht. Sie könnte es bei der Kirchentombola loswerden. Doch was du nicht willst, das man dir tu ... Sie legt die Brote zum Abkühlen hin und geht hinauf. Es hilft, sich an den normalen Tagesablauf zu halten, selbst wenn niemand da ist, der es mitbekommt.

Aber es ist eigentlich noch zu früh, um ins Bett zu gehen. Sie liegt da, das Fenster ist wie ein Trichter, durch den die Welt hereingedrückt wird, jeder nur erdenkliche Laut wirbelt aus der Dunkelheit herbei. Zugrattern übertönt das leise Rauschen der Brise: Ist das der *Ocean Limited* oder ein Güterzug? Für den normalen Pendlerzug ist es zu spät. *Was puffst und ratterst du, Dinah, was puffst ...* Da fällt ihr ein, wie damals jemand im Hilfsbüro erklärte, die Züge würden wieder fahren. Es ist so lange her. Es waren Züge mit Hilfsgütern, sie hatte es schon in der Zeitung gelesen. *Dinah in der Küche ist nicht allein.* Wohl wahr, wohl wahr, denkt sie und drückt ihr Gesicht ins Kissen. *Schrammeln auf dem alten Banjo ...*

Harry hatte das alte Volkslied an ihrem Hochzeitstag gesungen, zuerst in der Küche vor der Trauung und dann noch einmal bei der Feier. In einer Wanne hinter Papas Schuppen hatte er Schnapsflaschen versteckt, wer weiß, wo die herkamen. Die Prohibition war ja in vollem Gang. Mama hatte Klavier gespielt, Harrys Freunde aus der Zuckerfabrik Gitarre und Geige. Vier Häuser weiter ging die Party später weiter. Das Klavier stand auf Rädern, und Harrys Freunde hatten es an der Gosse entlanggezogen und auf die Veranda gehievt. Zumindest wurde es später so erzählt.

Harry und sie waren anderweitig beschäftigt, sie hatten Dinge zu erledigen, die seit dem Morgen warteten. Mama hatte irgendwo zusätzliche Wäsche besorgt, Papa und ihre Schwester Ethel waren verschwunden, wer weiß, wohin. Es bringt Unglück, wenn sich das Brautpaar vor der Hochzeit sieht, aber er war plötzlich aufgetaucht, drei Stunden vor dem Gang zum Altar, hatte die Flaschen wie Fische in die Wanne gleiten lassen und das Ganze mit Nachtschatten bedeckt, der von Nachbars Pferd gedüngt worden war. »Kann man es vom Haus aus sehen?« Das war seine Ausrede, als er hereinkam. Er hielt sich die Augen zu. »Ich sehe überhaupt nichts, großes Indianerehrenwort.« Doch dann küsste er sie von oben bis unten ab, und alles kam durcheinander. Sie rauften und küssten sich, als stünde der Weltuntergang bevor. Als sie von draußen etwas hörten, lagen sie halb unter dem Küchentisch. Er schlüpfte gerade durch die Hintertür hinaus, da tauchte Mama auf. In der ganzen Aufregung fiel niemandem auf, dass Lucys Haar durcheinandergeraten war und kaum von ihrem Kopftuch gehalten wurde. Sie badete sich und machte sich schön, und die ganze Zeit ging ihr die schreckliche Vorstellung durch den Kopf, dass er es sich im letzten Moment noch anders überlegen würde.

Aber er kam pünktlich, und später, als die Gäste tanzten und zechten, lagen sie eng umschlungen unter einer Decke, die sie gerade geschenkt bekommen hatten. Das Glück floss wie Nebel durch die zugige, kaum eingerichtete Wohnung. *Fee-fi-fiddly-i-o, fee-fi-fiddly-i-o-o-o-o!* Sie liebten sich bis in die frühen Morgenstunden und hörten die Autos gegenüber an der Tankstelle mit dem Glasdach vor- und zurückfahren, bis sie einander fanden. *Hörst du nicht das Pfeifen? Das so früh am Morgen auf –*

Nach nichts sehnt sie sich so wie nach Schlaf, aber er bleibt aus. Ihre Gedanken flitzen hin und her, stoßen aneinander in der beengenden Dunkelheit. Wie spät es wohl ist? Der kleine Big Ben ist stehen geblieben, die Zeiger glühen grün und nutzlos. Sie hat Harry vor Augen, wie er in seinem Bett liegt. Die lautlose Flüssigkeit: tropf, tropf, tropf. Er könnte jetzt ebenso gut irgendwo hinter dem Pluto sein, während sich die Vergangenheit, die unausrottbare Vergangenheit, wie ein Strick immer enger um sie legt. Irgendwann gibt sie schließlich auf, zieht die Hausschuhe an und geht nach unten. Aber in der Küche sind auch Gespenster, die Gespenster des Geruchs. Harrys Bier und die Essensgerüche eines halben Jahrhunderts und darunter, wie eine Grundierung, der Geruch von Bleifarbe und altem Linoleum, der Duft gerade erst geschmiedeter Nägel, Herrgott noch mal. Sie hat vergessen, das Brot einzupacken. Jetzt kann sie es erst recht nicht mehr bei der Frauenliga loswerden. Das haben nicht mal die verdient, die einen einfach nicht in Ruhe lassen. Wenn man wohltätig ist, ohne sich furchtbar in

Unkosten zu stürzen, dankt einem doch sowieso niemand. *O Caritas.*

Sie hat Hunger und schneidet sich eine Scheibe ab, nur so. Mit Butter schmeckt es gar nicht schlecht. Vielleicht kann man einen Tee mit viel Milch machen und das Brot dareinstippen. Sie fühlt sich fast belebt. Ach, du lieber Himmel, da liegt noch die Post auf dem Stuhl, ungeöffnet seit zwei Tagen schon. Ein Gutschein von einem Chinarestaurant (*Gartenkompost,* würde Harry sagen) und die Wasserrechnung. Die Umweltabgabe erinnert sie an das Plumpsklo hinter der Hütte damals, ein einziges Spinnennest. Harry nannte es immer den Arachnoschuppen, bis es unter dem Einfluss von Artie Babineau auf Scheißhaus umgetauft wurde.

Da ist auch noch ein mit welliger, unbekannter Handschrift adressierter Brief, der ihr erst einen Schreck einjagt, dann steigt ihr das Blut ins Gesicht wie damals, als sie diese kitzligen Hitzewallungen hatte. Plötzlich hat sie das Gefühl, es wäre zehn Uhr am Morgen. Sie fühlt sich erfrischt, hellwach, als hätte ihr jemand die Fältchen unter den Augen glatt gezogen. Der Brief ist von dem neuen Pastor, er lädt ein, Fürbitten abzugeben.

Sie schneidet das restliche Brot und tritt auf die Veranda, um die Stücke herunterzuwerfen. Um Himmels willen, wenn Mrs. Chaddock schon wach ist und das sieht. Sie wird denken, dass sie nicht mehr alle Tassen im Schrank hat, mitten in der Nacht. Aber die Krähen werden sich freuen, sagt Lucy sich. Die Brotstückchen im schwarzen Gras wirken wie ein schwacher Abglanz des Sternenhimmels, eine düstere Milchstraße.

Der Brief war bei Ida Trott gelandet, wer weiß, wie es dazu gekommen war. Sie musste ihn zwischen ihrer eigenen Post gefunden haben und war so freundlich gewesen, ihn bei Lucy einzuwerfen. Der Umschlag war aufgerissen, was Lucy aber nicht weiter beschäftigte, denn auf dem Herd kochten die Windeln, und Jewel hing an ihrem Schienbein. Sie legte ihn in die Wiege und rannte durch den Garten, denn sie hatten kein eigenes Telefon. Zum Glück hatte Artie eins. Harry war dort, wie immer.

Sie konnte kaum etwas verstehen. Lil und Artie stritten sich, und das ganze vollgestopfte Wohnzimmer schien sich zu drehen. Von der Wand starrte ein Hirsch auf sie herab. Die Stimme der Frau war merkwürdig sanft. Mrs. Margaret Edgehill, stellte sie sich vor.

»Sie haben ein ... Kind?« Lucy bekam kaum Luft. Es war, als wäre sie durch das Zimmer geschleudert worden, kopfüber unter dem Hirsch gelandet und dann wieder grob auf die Füße gestellt worden. »Ein Mädchen?« Die Frau zögerte einen Augenblick. Aber ja – und sie hätte ihre Anzeige gelesen.

Plötzlich hörte die Zankerei auf. Sie hatte Harrys Atem im Ohr, während Mrs. Edgehill den Weg zu ihrem Haus erklärte. Nur sechzig Meilen? Die Stimme der Frau hätte auch aus dem Ausland kommen können. Lucy hatte solches Herzklopfen. Harry schnappte sich den Hörer. »Na klar, machen wir sofort«, sagte er und legte auf, starr vor Schreck.

»Darauf müssen wir einen trinken«, jaulte Artie und meinte, die Zeitung sei doch voll davon gewesen. Ein Kind sei unter einem Aschkasten gefunden worden. Ein Junge, dachte er aber und warf einen Blick auf Lil.

»Apropos Kinder«, sagte Harry und schluckte. »Wo ist eigentlich –?«

»Der kleine Besen«, schnaufte Artie. »Bei Lils Mutter. Hör zu, hab ich gesagt, entweder ich oder sie. Stimmt's, Lil? Du weißt ja, was ich von Kindern halte.«

Sie konnten nicht zusammen hinfahren, aber Harry bekam einen Tag frei, um auf Jewel aufzupassen. Sie zeigte ihm den Trichter, führte vor, wie er die heiße Milch in die Flasche bekam. Sie überprüfte die Temperatur, indem sie sich ein paar Tropfen aufs Handgelenk spritzte, zu schnell, sie verbrannte sich. Sie konnte an einer Hand abzählen, wie oft sie Zug gefahren war: bei den Picknickausflügen mit den anderen Konfirmanden. Harry hielt Jewel wie eine Weihnachtsgans und sagte, als sie nach ihrer Handtasche griff und den Hut von der Altkleidersammlung aufsetzte, sie solle sich lieber nicht zu große Hoffnungen machen.

Es regnete. Sie rannte die ganze Strecke bis zu den Gleisen an der Post. Der *Ocean Limited* hatte etwas Verspätung. Als sie schließlich im Zug saß, schwoll ihre Hoffnung mit jedem Klacken, mit jeder Radumdrehung an. Jemand hatte eine Zeitung zurückgelassen, die sie von der ersten bis zur letzten Seite las. Als sie tiefer in das Land hineinfuhren, zählte sie Seen und Kühe. In Truro stieg sie endlich aus. Sie zog Mrs. Edgehills Brief heraus und ging los. Straßennamen glitten wie in einem Traum an ihr vorbei. Vor einem großen, grauen Haus blieb sie stehen: Willow Street, Nummer 158. Mit einem Stechen in der Lunge stieg sie die Stufen hinauf. Im Brief hatte nichts Genaues gestanden. Auch am Telefon hatte sie nicht viel mehr erfahren. Als sie auf die Klingel drückte, flackerte ihre Hoffnung nur noch schwach.

Müsste sie denn nicht spüren, wenn das Kind drinnen ihr eigenes wäre? Der Glanz, der bleiern durch die Scheiben fiel, müsste ihr doch Mut zusprechen. *Wir sehen jetzt durch einen Spiegel ein dunkles Bild ... dann aber ...* Oh doch, sagte sie sich, alles ist möglich.

Eine große Frau mit silbrigem Haar erschien an der Tür. Lucy hatte eine kräftigere, bäurisch-grobe Frau erwartet. Margaret Edgehill klingelte mit einem Glöckchen. Ein Hausmädchen in Lucys Alter nahm ihr den Mantel ab. Mrs. Edgehill wiederholte, was sie in ihrem Brief geschrieben hatte: dass ihr Mann an der Front gefallen war und dass sie eines Tages die Anzeige gesehen hatte, als das Mädchen mit alten Zeitungen die Fenster putzte.

Also das Kind. Sie klingelte noch einmal.

Lucy wartete und dachte, ihr müsste das Herz zerspringen. Als das Hausmädchen mit dem Kind erschien, wurde sie totenbleich. Das Mädchen, vielleicht drei oder vier Jahre alt, hatte Klappen auf beiden Augen. Mrs. Edgehill zog an einer Kordel, die am Ärmel des Mädchens festgenäht war, rosa wie das Kleid und die Schleife in ihrem rötlich braunen Haar. Mrs. Edgehill nahm das Kind aufs Knie und flüsterte ihm etwas ins Ohr. Lucy biss sich in die Wange und schmeckte Blut.

Wieder erschien das Hausmädchen. Sie brachte Tee mit Milch und krümelige Toffeeteilchen, mit denen Mrs. Edgehill das Kind fütterte, während das Wohnzimmer zu schaukeln anfing wie ein Zugwaggon. Auch wenn es schrecklich war, das Mädchen anzusehen, zwang sich Lucy doch, ihre Züge genau zu betrachten, den kleinen Mund und das Kinn mit der blauen, hakenförmigen Narbe, die gerade Nase, die kleine Nasenspitze. Von ihrem Herzen breitete sich eine

Taubheit aus, als hätte sie Äther geschluckt. *Wissen Sie, welche Augenfarbe sie hatte?* Nur ein Ungeheuer würde so etwas fragen.

»Kann sie gut hören?« Was für eine dumme Frage. Hätte sie doch wenigstens einen kandierten Apfel mitgebracht. Als sie die Hand des Kindes berührte, schreckte es zurück und drückte sich an die Schulter seines Vormunds. Wie durch einen Schleier sah Lucy es an. Sie stellte sich vor, seine glatte Wange zu berühren.

»Wie ... alt?«

»Wir wissen es nicht genau«, sagte Mrs. Edgehill und lächelte matt, während sie einen Kinderfinger nach dem anderen von ihrer Hand ablöste. Etwa drei, dreieinhalb, hätten die Schwestern im Krankenhaus gemeint. Ein flehender Blick, eine Stimme, die sich verlor. »Der Tee, ach, er ist ja schon kalt ... und Sie kommen von so weit her.« Das Kind kratzte an einem bohnenförmigen Muttermal an seinem Handgelenk. Lucy blickte starr auf den Teppich und wäre am liebsten sofort gegangen. »Noch eine Kanne«, wies die Gastgeberin das Hausmädchen an. »Möchten Sie nicht ein Toffee?« Aber Mrs. Edgehill klang schon, als hätte sie das Interesse an der Begegnung verloren. Das Kind glitt vom Schoß der Frau und tastete nach dem Teller mit den Süßigkeiten. Es nahm ein Stück, machte ein paar Schritte und stolperte. Lucy reagierte zu spät, Mrs. Edgehill hatte das Mädchen bereits aufgefangen. »Der Zug fährt ja erst in zwei Stunden.« Trotzdem stand Lucy auf, strich dem Kind über die Hand und verabschiedete sich.

Dankbar für den Nieselregen, der die anderen Reisenden davon abhielt, nach draußen zu kommen, wartete sie auf dem Bahnsteig. Sie war völlig durchnässt und doch seltsam gefasst in ihrer Trostlosigkeit, die nasse Haut verlieh ihrer Verzweiflung einen körperlichen Ausdruck. Als sie aus dem Zug stieg, war es bereits dunkel, es regnete in Strömen. Harry war nicht zur Bahn gekommen – immerhin ersparte er ihr seine vielsagenden Blicke. *Lieber nicht zu viel erhoffen. Die meisten Überraschungen, die das Leben birgt, sind böse Überraschungen.* Idas Hühner stoben auseinander, als sie mit hängenden Schultern vorüberging. Die Alte saß im Fenster und winkte. Zu Hause fand Lucy eine Fremde vor, die Jewel auf den Knien schaukelte. »Mama, Mama, Mama!«, brüllte er, als er sie sah. Das Gesicht der Frau kam ihr irgendwie bekannt vor. Sie sei Erma, sagte sie, Lils Mutter, Mister Harry habe noch einmal kurz rausgemusst.

Lucy küsste Jewel auf den Kopf und zählte seine Haare. Dann drückte sie ihn so fest, dass er zu weinen begann. Als Harry schließlich auftauchte, war nicht zu übersehen, dass er getrunken hatte. Als hätte er die ganze Zeit gewusst, dass ihre Fahrt umsonst sein würde, weil man so viel Glück überhaupt nicht haben konnte. Sein Atem roch süßlich nach Rum, er rieb ihr den Rücken. Trotzdem schien es, als würden die schimmligen Wände einbrechen und sie unter sich begraben.

Wenn sie es zulässt, blitzt die Erinnerung immer wieder in der Dunkelheit auf: Wie es Bindfäden regnete, während sie draußen im Kreis durch das Goldrutenbeet stapfte. Tränen wie spitze Pfeile, als müsste sie erblinden. Irgendwo dort im Nebel, der so beharrlich war wie ihre schneidende Trauer, sang ihre Mutter ihr liebstes Kirchenlied: *Geweiht bin ich im Namen der Drei-fa-a-al-tig-keit.* Im Schein des Fensters hielt Harry das Baby. Jewel heulte und streckte die Arme nach ihr aus. Und das Lied schien zu kippen und neu zu erstehen – mit der Stimme eines Krabbelkindes, das kaum sprechen konnte: *London Bücke bicht susammen.*

»Helena!«, brach es aus ihr heraus, ein Name, ein Schrei, der sich in triefenden Zweigen verfing und im Wald verhallte. Sie war an einem Ort angelangt, wo Verstorbene an einem vorbeistreiften, bevor sie sich auf die Erde legten, flach und gesichtslos wie Spielkarten. Nur der Regen prasselte, sonst war es still. Da sah sie einen Augenblick lang, der ihr gleich wieder entglitt, ihr kleines Mädchen in Harrys Armen. Blauer Schimmer im grauen Nebel, Helenas Lächeln, ihre saphirblauen Augen, ihr Mund an der Scheibe, eine Rosenknospe – bis Jewel mit seiner pummligen Faust winkte.

Als die Stare in der Morgendämmerung lärmen, weiß sie plötzlich, dass Harry im Sterben liegt. Mit Sicherheit. Genau in diesem Augenblick, ganz allein auf der stillen Krankenstation. Die Schwestern machen Kaffeepause und tauschen Rezepte aus oder unterhalten sich über ihre liebsten Fernsehserien, Seifenopern, die bei den Frauen in der Liga nur *die Geschichten* heißen. Bei Rebecca auch: *Ach, die Geschichten.* Letzte Woche, als Harry noch kerngesund war, oder zumindest so wirkte, hat er aus lauter Langeweile am Nachmittag den Fernseher angemacht – und gleich wieder ausgeschaltet, so angeekelt war er. Es geht ja nur um heulende Frauen, die sich gegenseitig die Liebhaber abjagen, hat er gemault.

Ihr Magen knurrt, und sie denkt: Diebstahl. Der Hunger ist beinahe stärker als ihre Angst. Eine Leere, die lautstark vom Himmel herabsinkt und alles andere übertönt.

Sie ernährt sich seit zwei Tagen praktisch nur von Brot und Tee. Aber wie kann sie essen, solange Harry dort liegt, in der Schwebe, auf dem Weg – wohin eigentlich? Wie kann sie nur an Essen denken? Als sie panisch die Nummer wählt, rauscht es ihr in den Ohren. »Ist er …« Sie schafft es nicht, das Wort am Telefon zu sagen, erst recht nicht zu dieser blassen Morgenstunde. Der freundliche Tonfall der Krankenschwester erinnert sie an Rebecca, allerdings ohne den Schmollmund, vielleicht sogar an Robert. Sie könnte noch zur Schule gehen, so mädchenhaft hört sie sich an. Offenbar hat sie aber nicht die entsprechenden Flausen im Kopf. Ihr ist plötzlich, als müsste sie etwas Albernes sagen, vielleicht, weil sie die schlechte Nachricht nicht hören will. Was hält denn die Schwester eigentlich vom Aussteigen, würde sie am liebsten fragen, und vom Mond und, herrje, von den jungen Frauen, die oben ohne herumlaufen und sich im Schlamm wälzen, wie vor ein paar Wochen erst bei diesem Konzert unten in den Staaten? »Stell dir das mal vor«, hat Harry gesagt, als sie es in den Nachrichten sahen. »Das ist doch irre.« Das war Harrys alberner Versuch, »hip« zu sein oder »in«, wie es im Fernsehen immer heißt.

»Wenn sich sein Zustand ändert, rufen wir an«, sagte das Mädchen ruhig. »Versuchen Sie einfach, sich ein bisschen Schlaf zu stibitzen.« Zu stibitzen – wie gütig Fremde sein können! Lucy dreht und wendet den Ausdruck in ihrem Kopf. Als hätte jemand Harry eingepackt und fortgeschleppt. Was sie gleich an die Zeiten erinnert, als sie ihn am liebsten verschenkt, besser noch, weggeschmissen hätte.

Na und, Schätzchen? Und wenn er sein ganzes Leid ertränken wollte, hatte er denn kein Recht dazu? Genau so hatte er es gesagt, als er ihr das Baby in die Arme legte. Er hob die Hände: kein Einwand.

In jenem einsamen, verzweifelten Herbst waren die Morgenstunden die schlimmsten, wenn das Baby schrie und Harry im Bett zusammenzuckte. Wie er dort lag mit der blitzförmigen Tätowierung, der Narbe unter dem Schlüsselbein, noch so jung und doch schon ein alter Mann, der drauf und dran war, aufzugeben. Sie solle Jewel eine Windel anlegen, sagte er, bevor der lospieseln würde. »Eine Taufe, die ich gerade nicht gebrauchen kann.« Also stand sie auf und spielte Mutter und Kind, und war doch schon alt genug, um zu wissen, dass sie sich eines Tages zum Sterben hinlegen würde. Sie faltete die Windel, steckte sie fest. »Übung macht den Meister, Lucy«, sagte Harry, um sie zu ärgern, und schaute ihr zu. Wenn sie sich stritten, waren sie wie Kinder, die ihre zankenden Eltern nachmachten. Nur ging es tatsächlich um etwas. Die Zugfahrt und Truro waren schon verblasst, grau wie der Nebel. »Stehst du heute noch mal auf?« *Verehrter Herr,* hätte sie am liebsten hinzugesetzt. Dann rutschte ihr die Frage raus, wie es Lily am Abend ergangen war. »Richtig prima«, wagte er zu antworten und bat sie im selben Atemzug um Tee. Und schob dann hinterher, sie sei wohl die verdammte Inquisition.

Oh doch, er ließ es sich richtig gut gehen. Einmal stand er überhaupt nicht auf und meinte zur Erklärung, ein Kerl sei aus dem Gefangenenlager entkommen – ein Hunne auf der Flucht! Ein Wärter habe es Artie erzählt. »Diese Hunnen ziehen dir die Kopfhaut ab, wie die Indianer«, fuhr er fort. »Wenn er nur ein bisschen Grips im Kopf hat, hat er sich längst ins Vaterland aufgemacht.« Doch Harry war sich sicher, dass sich das »Schwein« im Wald versteckt hielt. Er blieb den ganzen Tag im Haus, verriegelte alle Türen. Aber am Abend, als er zum Kartenspielen hinüberging, ließ er doch wieder alles offen stehen. »Da-da-da-da«, stammelte Jewel, während sie ihn schaukelte. Im Fenster schimmerte der Mond. Sie sah zu, wie er über der Bucht aufging, über dem bewaldeten Hügel, der fast eine Insel war. Ihr kamen die Haie in den Sinn. Sie stellte sich jemanden vor, der in einem Kahn in der Strömung trieb. Wo würde er landen? Vielleicht auf einer Sandbank im Hafen, oder an einem Strand in Europa, so schien das Fenster zu antworten. Noch ein toter Soldat.

»Lucy Locket find't ihre Tasch' nicht mehr ...«, summte sie in die Dunkelheit hinein und scherte sich nicht darum, was dort draußen alles herumschlich. Für sie gab es nur den Himmel, die umgestürzte Schüssel, und sie drei: das kleine, laute Dreieck ihrer Herzen, ihres, Jewels und Harrys, die im jeweils eigenen Takt schlugen. Natürlich ging immer wieder die Sonne auf, die Tage reihten sich aneinander, aber ... Wie konnte das Morgen kommen, wie sollte sie es ertragen, ohne ein Zeichen? Eine Sternschnuppe vielleicht, ein kleines, unscheinbares Zeichen, eine Scherbe oder ein an den Strand gespülter Puppenarm. War das zu viel verlangt? Irgendetwas, um ihr zu zeigen, dass irgendwo in dieser großen schwarzen Schüssel Helena trieb, dass sie am Leben war. Ein Zeichen, das Harry wohl verpassen würde, weil er wieder Karten spielte. *Gott, vergib ihm seinen Starrsinn.*

Als er am nächsten Morgen zur Arbeit ging, machte es ihr schon Mühe, sich anzuziehen. Wenn sie jemanden gehabt hätte, mit dem sie hätte reden können – aber wen? Lil? Wie

Harry seinen Starrsinn hatte, so hatte sie ihren Stolz. Und was brachte der Stolz mit sich? Scham. Wie die Dinge im Nebel der Verzweiflung durcheinandergerieten. Sie sehnte sich danach, sie aufzuribbeln wie ein Seil, oder wie die Palmenblätter, die vor Ostern in der Kirche ausgeteilt wurden.

Die frische Luft und die auf dem Strand auslaufenden Wellen halfen ihr, sich zu konzentrieren. Sie spürte, wie sie hineingezogen wurde, vielleicht lag es an den Wellen selbst. Sie kletterte mit dem Kind, das gegen die kalte Herbstluft in eine Decke gehüllt war, über die Felsen hinunter. Es war Ebbe, das Wasser gerade auf dem niedrigsten Stand. In der Strömung schaukelte etwas, eine Kiste? Der Form nach eher ein Torso, ein aufgeschwollener, weiblicher Torso. Der Wind schob Lucy vor sich her. Es war eine Gitarre, die bereits auseinanderfiel, darauf das Bild eines Mannes unter einer Palme, der wiederum auf einer Gitarre spielte. Die gemalte sah aus wie die Gitarre von ihrem Hochzeitstag.

Auf dem Northwest Arm glitzerte die Oktobersonne – waren das Diamanten? In ihrem Kopf sammelte sich Nebel. Kalte Schwaden, eine Taubheit, die ihr nicht mehr von der Seite wich, wie ein siamesischer Zwilling. Sie legte Jewel in ein Nest aus Felsen und horchte auf die Stimme der Vernunft: die Stimme ihrer Mutter, nicht ihre eigene. Der Nebel zischelte: *Flieg heim, kleiner Marienkäfer, dein Haus brennt, deine Kinder sind ganz allein …* Erst glitzerte das Wasser noch, doch als es um ihre Füße spülte und ihr in die Knöchel biss, wurde es trüb. Es war gelb wie ein Flaschenboden und schien die Felsen zu schleifen. Zum Glück trug sie Schuhe, ein kleines Wunder eigentlich. Sie schob das wogende Schilf beiseite und hob einen Stein auf. Die Kälte überraschte sie ein wenig, ihr nasser Ärmel. Der Stein passte so gerade in ihre Tasche. Aber was war mit Harry und Jewel? Das Wasser gab keine Antwort. Irgendwo hinter ihr, weit hinter ihr, vermischte sich Jewels Weinen mit dem Kreischen der Möwen. Die Kälte schnitt ihr in die Schenkel. Na und? Sie trug den schweren Mantel und den Nebel wie ein Totengewand. Ein Vorgeschmack. Sanft zupfte der Wind an ihr, die Wellen stiegen ihr entgegen. Die Geister der Toten oder der Lebenden nahmen ihre Hand ...

»Mama, Mama, Mama«, winselte Jewel, und die Worte verschmolzen mit ihren eigenen, denn sie war bereit, ihrer Mutter entgegenzutreten. Der Stein in der Tasche war das Gewicht, das sie herabziehen sollte. Sie wollte ganz sichergehen. Dort vorn, wo der Boden steil abfiel, wartete ihr kleines Mädchen, ihr süßes Baby. Es würde aus dem grünschwarzen Wasser auftauchen und ihr entgegenschwimmen. In einem glitzernden Regen würden sie wieder vereint ...

Kieselsteine, die klackend aneinanderstießen. Steine. »Fräulein!« Platschen. Eis. Eine Hand packte sie am Ellenbogen, nicht die Hand ihrer Mutter, nein, die Hand eines Mannes. »Miss!« Er zerrte an ihr, aber es waren Jewels Schreie, die sie hinaufzogen. Der Mann roch nach Schweiß und Angst. Ihre Schuhe hinterließen eine Schneckenspur auf den Felsen. Sein zerfetzter Mantelsaum war nass. Ärmel, aus denen schmutzige Hände schauten. Sie sah nur seine Hände und seine unrasierte Wange, bevor er als olivfarbene Erscheinung blitzschnell in den Büschen zwischen den blutroten Heidelbeeren verschwand. Sie hatte sich an ihn geklammert, aber jetzt ließ er sie am Strand zurück, wo Jewel wimmerte. Sie nahm ihn, drückte ihn fest an ihre Brust. Jewel war der Anker, ihr Retter, der sie zurück an Land gezogen hatte.

Harry merkte überhaupt nichts. Er kam von der Arbeit und verschwand wie üblich gleich bei Artie. Am folgenden Sonntag ging sie wieder zu St. Columba, wo Pastor Marcus, der kleine Priester mit dem schütteren Haar, predigte, dass Verzweiflung eine Sünde ist, weil sie der Hoffnung in Christus entgegensteht. Das Fenster, eine edelsteingeschmückte Szene, die Jesus beim Segnen der Brotlaibe und Fische zeigte, erstrahlte im Sonnenlicht. Das Rot seiner Robe ergoss sich wie Blut über ihren Rock, seine Hände glühten und wärmten ihre. Sie sah seine himmelblauen Augen und schämte sich. Sie trank die Geborgenheit der Messe, das Latein beruhigte sie wie heißer Kakao. Sie ließ ihren Blick schweifen, mied aber die Figur über dem Altar: die grauen Glieder, den hängenden Kopf. *Erhebet eure Herzen. Wir haben sie beim Herrn.* Die Stimme des Priesters duftete wie die von Mama. Die Leute bekreuzigten sich, als würden sie Fliegen verjagen, während ihr Tränen kitzelnd die Wangen hinabliefen. Brot wurde gebrochen, Herzen wurden gebrochen. *Damit wir ewige Wohnung in Ihm nehmen dürfen, und Er in uns.* Dass Mama die katholische Kirche so verhöhnt hatte, spielte jetzt keine Rolle mehr. Sie starrte die Marienstatue an, die Leidensmutter mit einem Lächeln, das wie Eis zu schmelzen schien, und ließ sich vom Weihrauch einlullen. Danach drückte sie sich an der ausgestreckten Hand des Priesters vorbei, an seinem leisen *Der Segen sei mit dir.*

Auf der Straße, die zu den Grounds hinüberführte, hockten kleine Jungen an einer Pfütze und stritten sich um ein paar Bonbons. Sie glotzten sie an, bevor sie ihr Spiel wiederaufnahmen. *Schere, Stein, Papier!* Ihre hellen Stimmen verfolgten sie noch eine Weile. Die Straße war jetzt nur noch ein Trampelpfad, auf beiden Seiten standen kleine Hütten, nicht zu vergleichen mit den Häusern, die in Richmond zerstört worden waren. Kletterpflanzen überwucherten die Veranden, die mit nutzlosem Krempel vollgestellt waren. Dann wurde der Wald dichter, Farn, so trocken, dass er raschelte, ragte auf den moosigen Pfad. Schließlich eine Lichtung mit krüppligen Obstbäumen, Fallobstgeruch hing in der Luft. Vor ihr lagen die Scheune und die Villa, die nach hinten heraus einzustürzen drohte. Sie war offenbar im Kreis gegangen, sie war fast wieder an ihrem Ausgangspunkt. Harry fragte sich bestimmt, wo zum Teufel sie steckte. Er passte auf das Baby auf, sah zu, wie der Tag dahinschwand. Sie betrachtete den durchhängenden Firstbalken und dachte an die Holzarbeiten ihres Vaters, an die nähende Mutter, an eine versunkene Welt, in der die Dinge noch rechte Winkel und gerade Kanten hatten: Träger und Nähte.

Die Veranda war verwittert. Eine Kordel hing lose von einem Pfosten, wahrscheinlich eine Wäscheleine. Tauben gurrten und erinnerten sie daran, wie Harry Flaschenorgel gespielt hatte. Auf der einen Seite des Pfades die Ruine eines Gartens. Wildrosen ragten aus dem hohen Gras, Lilien und Astern. Nichts eignete sich besser als Lilien, um einen kleinen Garten aufzuhübschen. Wer würde schon merken, wenn sie sich bediente? Sie stellte sich auf die Zehenspitzen und sah über eine vermoderte Fensterbank in ein rußigschwarzes Zimmer hinein. Auf dem Fußboden glitzerten Scherben wie Wasser. Durch ein Loch konnte sie das gemauerte Fundament sehen. *Warum hast du so lange gebraucht?* Harrys Seufzen in ihrem Ohr. *Haben diese Katholen dich gefesselt, oder was?*

Es brachte ja nichts zu weinen. Mit Weinen holte man niemanden zurück, das wusste sie längst. Es war, als würde ihr jemand Mut zusprechen. Sie betrachtete die Lilien. Ein Krächzen vom Obstgarten her. Eine Bewegung, sie sah auf. Unter den tiefen Zweigen hockte ein Mann. Sein grünlicher Mantel strich über das Gras, während er wie ein Reh den Boden nach Fallobst absuchte. Er stopfte sich die Taschen voll. Ihr Herz raste, als er sie entdeckte. Bevor sie sich noch umdrehen und wegrennen konnte, war er schon mit vor das Gesicht gehaltenen Händen im Wald verschwunden.

Man kann höflich sein, oder man kann tun, was nötig ist. Sobald es hell wird, ruft sie an. Sie will nicht mehr warten. Zum Glück nimmt Jewel das Telefon ab. Rebecca ist unberechenbar, besonders vor dem ersten Kaffee. Sie braucht den Kaffee, um sich morgens auf Vordermann zu bringen. Was Lucy an Harry und seine Werkbank erinnert: kleine Reparaturen, die Dinge auf Vordermann bringen. Vielleicht gilt das für Jewel genauso, vielleicht ist er vom Kaffee abhängig wie von den Zigaretten. Er fragt, wie spät es ist. Wahrscheinlich liegt er noch im Bett. Vielleicht hat Rebecca ihm aber auch schon Feuer unter dem Hintern gemacht. Es gibt ja genug, was auf Vordermann gebracht werden muss! Sie ist doch ständig hinter ihm her.

»Hast du noch geschlafen?« Jetzt tut es ihr leid. Geduld ist schließlich eine Tugend.

Er wirkt eher verdrießlich als müde und erzählt, dass Bucky die ganze Nacht mit dem Auto unterwegs war. »Wenigstens schläft der kleine Scheißer jetzt. Aber ich schwör's dir, der könnte sich auch im Schlaf noch einen gottverdammten Ärger einhandeln.« Hüte deine Zunge, denkt sie, und beißt sich auf die eigene.

Kein Grund zu schimpfen. »Gibt's was Neues?«, fragt Jewel, jetzt mit tieferer Stimme. Wenn du immer das Schlimmste erwartest, wirst du nie enttäuscht. So denkt sein Vater. Lucy könnte eine solche Einstellung jetzt gut gebrauchen. »Du hast wohl wieder die ganze Nacht durchgemacht, oder?«, fragt er rundheraus. In seinem Ton liegt zwar Nachsicht, aber keine Güte. Soll sie ihm von ihrer bösen Vorahnung erzählen? Besser, als es wegzuschieben, selbst wenn sie damit das Unheil heraufbeschwört. »Ich habe so ein schreckliches Gefühl, mein Lieber.«

Zwanzig Minuten später ist er bei ihr, hat zwei Becher Kaffee mitgebracht. Er wirkt nicht wirklich beunruhigt, eher resigniert. Das Papptablett, auf dem er den Kaffee balanciert, hat Löcher, in die man Eishörnchen stecken kann. Sie hätte jetzt lieber ein Eis, sie mag Kaffee eigentlich gar nicht. Immerhin tut ihr die Wärme des Styropors gut. Wo hat er das so früh am Morgen aufgetrieben?

»Wie gut, dass es die Bucht gibt.« Was er meint, ist Mr. Jimmys Laden unten an der Straße, gegenüber vom Jachthafen. Er muss ihr gleich erzählen, wen er dort getroffen hat. »Deinen Kumpel Benny. Und seine Freundin.« Sie bunkern, sagt er, kaufen alles, was es in Dosen zu kaufen gibt. Erzählt ihr, wie sie in das Ruderboot gestiegen sind. Muss sie es wirklich so genau wissen? »Ganz schön breit«, sagt er und meint die Frau, nicht das Boot. Und hört nicht auf, zu erzählen, wie ungewaschen sie aussieht. »Wie kann man nur so leben als Frau? Dabei hab ich gehört, dass sie aus guten Verhältnissen stammt.« Hört man ja immer wieder, schnauft er, die Leute stopfen das Geld in die Matratze und ernähren sich von Katzenfutter. Lucy kennt niemanden, der so lebt. Aber Jewel redet gern einfach mal drauflos. *Labert*

Scheiße, wie Harry es gelegentlich nach ein paar Bierchen ausgedrückt hat, nicht gerade freundlich. Aber sie hat auch keine Lust, mit ihm zu streiten. Jewel will nur reden, dann soll er doch, und seine Stimme ist beruhigend wie Kräutertee.

»Jedem das Seine«, sagt er achselzuckend und grinst wie damals, als er fünf oder sechs Jahre alt war, »leben und leben lassen.« Als gäbe es keinen Grund zur Beunruhigung. »Wer weiß, wahrscheinlich ist unser Freund Benny genauso.« Genauso reich, meint er und schimpft über diese Art von Leuten, die reich werden, indem sie einfach auf ihrem Geld sitzen bleiben. Er lacht, als wäre alles in bester Ordnung. Sein Gelächter hört sich an, wie wenn man ein Einmachglas voller Heftzwecken schüttelt, denkt sie und zuckt zusammen. Es kommt ihr vor, als würde er sich selbst einen Witz erzählen und einfach nicht zum Ende kommen. »Jawoll, der arme alte Jimmy hatte Angst, dass die Knackis kentern würden und wir sie rausziehen müssten.«

Sie versteht erst nicht. Wer? Ach, der Schleifer Benny und seine Freundin, die Robert ... Sie hätte den Jungen fragen sollen, was er denn von Leuten hält, die in einer Hütte auf einem Floß hausen. Nicht, um zu tratschen, nur um freundlich etwas in Erfahrung zu bringen.

Jewel sieht sie voller Sorge an. Ihr Magen meldet sich wieder, ohne jede Vorwarnung. Wenn sie jetzt noch einmal anruft, denken sie dann, dass sie völlig durchgedreht ist? Aber er hat den Hörer schon abgenommen und wählt auf seine eigene grobe Art die Nummer. »Keine Neuigkeiten?«, murmelt er und hält die Hand über die Sprechmuschel. Als er auflegt, sieht er beinahe aus, als würde er sich schämen, aber wofür?

»Ach, Mama«, sagt er und schluckt. Ihr Junge, ein Mann mit grauem Haar und einem knittrigen Polohemd, das über dem Bauch spannt. Ein Wangenkuss, sein fauliger Atem. Er will nach Hause, um sich zu duschen. »Becky kann dich zum Einkaufen fahren«, sagt er, »was hältst du davon?« Alles, nur das nicht. Sie braucht nichts. Aber in seinem Seufzen klingt ihr ganzer Kummer mit, nicht nur das Keuchen der Beatmungsmaschine, auch das ganze ärgerliche Getue, der Kamm, mit dem Rebecca ihre Dauerwelle bearbeitet, Roberts freche Art, über die Schule zu sprechen. »Wie du meinst«, sagt Jewel und rasselt mit dem Schlüsselbund. Noch einmal muss sie an Benny den Rumtreiber denken, und sie fragt laut: »Gott, wie kann er nur auf diesem Floß leben?« Gute Frage, und auch noch zu zweit! Ein Wunder, dass es nicht untergeht, dass der Geist des Anstands die Seile noch nicht gekappt hat.

»Ein Hausboot, Mama.« Wieder dieses Lachen, wie damals. Er reibt sich über die Brust, und sie merkt leicht verschämt an, dass sie ja wohl kein fließendes Wasser hätten, keine Toilette. Ein Schuldgefühl durchfährt sie. Sie hätte dem Kerl ruhig irgendeine kleine Arbeit geben können. Zum Beispiel den Zaun zu streichen. Robert macht es ja doch nicht. »Was diese Leute tun, müsste eigentlich verboten sein«, sagt Jewel. Sie seien ja nicht besser als Hausbesetzer. »Aber schlechten Geschmack kann man nicht verbieten«, sagt er noch, »und Verrücktheit auch nicht.« Sehnsucht erfüllt sie, und eine Art Gelassenheit. Was soll man dagegen tun? Die Leute machen ohnehin, was sie wollen. Man soll sie machen lassen, heißt es immer im Fernsehen, und wieder denkt sie an Robert, der auf dem Land leben will, oder vom Land oder was auch immer. Soll er doch auf einer Arche in Richtung Horizont abdüsen, einer Arche Noah von der Größe eines Plumpsklos, ohne die Tiere natürlich. Vielleicht kommt seine ganze Einstellung, das, was Jewel seine Scheißegal-Haltung nennt, daher, dass er als Kind nie Haustiere gehabt hat. Er hat nie gelernt, Verantwortung zu tragen. Dabei haben sie ihn sonst ganz schön verwöhnt, ein typisches Einzelkind. Ein bisschen wie sein Vater. Benny, denkt sie, hat wenigstens jemanden. Kein Wunder, dass er sich von so einer Frau bezirzen lässt, wenn man bedenkt, aus was für einer er selbst geschlüpft ist.

Jewel seufzt wieder und wirft ihr einen merkwürdigen Blick zu. »Sag einfach Bescheid, wenn du hinwillst, zum alten Herrn.« Als wäre Harry für die ganze Schererei verantwortlich. Warum eigentlich abwarten?, denkt sie plötzlich. Sie wüsste gern jetzt schon, wie Harry sich das vorgestellt hat. Bevor alles anders wurde. Sie räuspert sich und fragt, wie Roberts Pläne aussehen. »Pläne?« Jewel verzieht die Miene. Es ist doch nicht ihre Schuld, dass der Junge ein Traumtänzer ist. Aber irgendjemand muss ja schuld sein! Er zerdrückt den Becher, dann nimmt sie seine Hand, hält seine klobigen, riesigen Finger.

»Gottverdammt, Mama. Eins nach dem anderen, ja? Wart ab, bis Papa ...« Nicht besonders hoffnungsvoll, wie er das sagt. Sie drückt seinen Daumen, hält ihn noch fest, als er schon einen Schritt in Richtung Tür macht. Sie erinnert ihn daran, dass man die Hoffnung nicht aufgeben darf, dass Verzweiflung ...

»... eine Sünde gegen Gott ist, ich weiß.« Er verdreht die Augen und sagt, wenn Becky sie so reden hören würde, würde sie denken, sie hätte eine Schraube locker. Also wirklich.

Lucy stolperte den Trampelpfad hinauf und sah Ida Trott, die Brot an ihre Hühner und eine Schar von Amseln verfütterte, eine einzige schwarze Gefiederwelle, kräuselndes Gescharre. Der Wind rüttelte am Knöterich, es regnete tote Blüten. »Mein Gott, Mädchen, ist dir ein Gespenst über den Weg gelaufen, oder was?«

An Idas Kinn sprossen ein paar Haare. Ihre Augen hatten die Farbe von aufgewärmten Dosenbohnen. »Komm rein, setz dich mal hin«, sagte sie. »Das kleine Kerlchen, oder? Kriegt er schon Zähne?« Lucy schüttelte den Kopf, aber Ida ließ es sich nicht nehmen, sie ins Haus zu führen, das so schief und verwinkelt war, als könnte man es einfach zusammenfalten und wegtragen. Schwierig würde es nur mit dem ganzen Zeug, das sie angesammelt hatte: Geschirr und Töpfe auf einem rostigen Herd, Stapel von alten Zeitungen, Lumpenberge. Ein Sofa mit mehreren Decken stand mitten im Zimmer, darüber hing ein Bund getrockneter Kräuter. »Setz dich hin«, murmelte sie noch einmal, beugte sich über einen Wassereimer und füllte den Kessel. »Du bist ja ganz bleich.« Drüben im Gefängnis sei die Grippe ausgebrochen, sagte sie, die Natur müsse auch mal reinemachen. Zahnstümpfe im Mund, fauliger Atem.

Als der Kessel pfiff, gab Ida einen Löffel Tee in eine Tasse, schüttete kochendes Wasser darauf und schob sie ihr hin. Sie sah Lucy an, mit bohrendem Blick, und tätschelte ihr die Hand. »Na also, das Schlimmste hast du schon hinter dir«, sagte sie. Bei der ledrigen Berührung kamen Lucy die Tränen. Sie solle austrinken, meinte Ida, aber nicht zu gierig, ein bisschen solle sie drin lassen. Dann wies sie sie an, die Tasse dreimal zu schwenken und sich etwas zu wünschen, und sie dann mit ein wenig Schwung auf die gesprungene

Untertasse zu stürzen. Ida schwieg und sah in die Tasse, es dauerte eine Ewigkeit. Dann erhellte ein knittriges Lächeln ihre Miene. Am Rand, dort liege ihre Zukunft, sagte sie, zumindest die nächsten Stunden und Tage, und am Boden, das sei Lucys Vergangenheit, klar und sichtbar wie Schlamm. Spuren wie Algenfetzen, die bei Flut auf dem Wasser trieben. »Glück hast du keins, aber gute Aussichten, zumindest da oben.«

»Ich sehe einen Ball«, sagte sie, »und ein Baby.« Und Vögel, ein gutes Zeichen, und einen Anker, was bedeute, dass Lucy gut schlafen werde. Dann entdeckte sie einen Koffer, nein, einen Sack, das heiße, jemand sei ausgebüxt. »Schließ die Türen ab«, sagte sie und lachte. Und dann noch ein Auge. »Nimm dich in Acht, Mädchen.« Aber da war auch ein Umschlag, ein gutes Zeichen, und eine Schüssel und eine Ente und ein Kreis. Lucy hatte immer noch den bitteren Geschmack des Tees im Mund. Ein Kind, das einen Ball wirft? »Dein kleines Kerlchen«, sagte Ida. Eine Ente? Du kriegst Geld, sagte sie voraus. Und eine Schüssel? Das bedeute Ärger zu Hause. Ein Zucken in Idas schrumpliger Miene: Sie sei sich nicht sicher, der Ball könne auch ein Apfel sein, der von einem kleinen Mädchen gegessen werde. »Süßes kleines Ding, bildhübsch.«

Idas Vorhersage, dass Ärger im Anmarsch sei, bewahrheitete sich schnell. Sie war kaum ins Haus getreten, da schrie Harry sie schon an. Sie hatte nicht einmal Zeit, Jewel richtig an sich zu drücken. Wie sie einfach verschwinden könne, Priester und Nonnen würden ihr doch auflauern. Im Haus sah es schlimm aus, überall lag Wäsche herum. Er riss ihr die Mütze vom Kopf, na, zumindest hätte sie ja noch Haare, diese Nonnen rasierten sich doch Glatzen, oder etwa nicht? Er solle aufhören, schrie sie ihn an, aber da hatte er schon ihre Schürze gepackt und warf sie durchs Zimmer, und dabei rutschte sein Nachthemd hoch, dass sie seine Weichteile sehen konnte, die sehr verwundbar aussahen, und sie dankte Gott, dass bei Frauen alles versteckt war, wie eine Zentralheizung. Er merkte überhaupt nichts und fragte, was es zu essen gebe. Neben der Spüle lagen ein paar Äpfel. »Bedien dich doch«, schleuderte sie ihm entgegen. Türen knallend rannte er aus dem Haus, und sie wünschte, er wäre schon längst verschwunden. »Dann halt nicht!«, rief er noch von draußen. »Lily wird mir schon was machen!«

KAPITEL 6

Oje, diesmal ist Rebecca am Apparat, »warte mal kurz«, sagt sie, in der Leitung rauscht es windig. »Hab gerade meine Nägel lackiert. Bist du noch dran?« Sie seufzt, klingt schon wieder gereizt. »Was ist los? Papa ist doch nicht ... Hast du was gehört?« Sie will mit Jewel reden. Aber Rebecca weiß nicht, wo er steckt. »Vielleicht an der Bucht, bei den Leuten da unten, vielleicht bei einem von Papas alten Kumpels?«

Wie kann er sich gerade jetzt verdrücken? Und die wundern sich, dass Robert so verquer ist. »Alles in Ordnung, wirklich.« Beinahe hätte sie sich noch für die Störung entschuldigt. Warum hat sie immer das Gefühl, um Aufmerksamkeit betteln zu müssen? Rebecca fällt dazu nichts ein, sie schweigt. Sie wird Jewel wohl im Krankenhaus treffen, sagt Lucy und wünscht Rebecca einen schönen Tag.

Schließlich drängt die Zeit. Wenn sie zu lange wartet, ist es schon Abendessenszeit, wenn sie in der Stadt ankommt. In einer Viertelstunde fährt der Bus. Er hält vor der Kirche, einmal die Stunde, sonntags noch seltener. Was ist eigentlich für ein Tag heute? Sie beeilt sich, streift ein dünnes Kleid über, zupft unter der dunkelblauen Strickjacke den Kragen zurecht. Sie steckt sich die Diamantohrringe an, die Harry ihr geschenkt hat, einfach so. Und nimmt, weil sie einmal damit angefangen hat, auch noch den Lippenstift. Ihre Brille ist schwächer geworden – die Brille, nicht ihre Augen.

Als sie sich die Lippen anmalt, muss sie blinzeln, wie der kleine, über sein Ausmalbuch gebeugte Robert. Er hat es nie geschafft, innerhalb der Linien zu bleiben. Lucy hätte es damals genügt, dass er auf Papiertüten zeichnet, aber seine Mutter bestand natürlich darauf, dass er Malbücher bekam, in denen sich Tiere und Kinder mit weit aufgerissenen Augen tummelten. Das Papier roch nach Drogeriemarkt, nach eingetrockneter Gesichtscreme und Nagelfeilen. Nein, es genügte nicht, Robert einfach kritzeln zu lassen. Rebecca sorgte schon dafür, dass er nicht über die Linien malte, auch wenn es eigentlich gar nicht ihre Art war. Aber irgendjemand hatte gesagt, es sei eine gute Übung. Wofür nur? Lucy hatte das nie ganz verstanden. Wie dem auch sei, es hatte nicht funktioniert. Der Junge besaß ja überhaupt keine Disziplin.

Vor St. Columba holen Frauen alle möglichen Behälter aus ihren Autos und tragen sie in den Keller. Oh Gott, sie hat die Tombola vollkommen vergessen. Hatten sie nicht Sonntag gesagt? Aber bevor jemand sie bemerkt, kommt schon der 15er-Bus und trägt sie davon – gerettet, zumindest vorerst. Sie lässt sich in den Sitz sinken, hält die Handtasche auf dem Schoß fest umklammert. Da zeigt ein kleiner Junge auf ihre Knie, auf den bläulichen Flecken, der durch ihre Strumpfhose sichtbar ist. »Guck ma«, sagt er, und seine Mutter zieht ihn grob am Arm. Er fängt an zu weinen.

Gleich beim nächsten Halt steigt ein junger Mann zu. Bevor sie ihn erkennt, erkennt sie seine grüne Jacke. Als sie ihren Schuh in den Gang schiebt, sieht er auf, beißt sich auf die Unterlippe und ruft: »Oooma, na, so was!« Es klingt ein wenig spöttisch. Offenbar passt ihm diese Überraschung nicht besonders. Er zögert, dann schiebt er sich neben sie auf die Bank. Sie tätschelt sein Knie. »Hübsch hier«, sagt er grinsend, als sie an einem Paar auf dem Bürgersteig vorbeirumpeln. Es ist der drahtige, reptilienartige Benny mit dieser Frau, die einen Kopf größer ist als er und unermesslich viel breiter. Robert stupst sie mit dem Ellenbogen an. »Fies«, sagt er und dann etwas, das sich wie *Moorhuhn* anhört. Hat er irgendwo Vögel gesehen? In den Grounds gab es eine ganze Menge, damals. »Gibt nichts Schlimmeres als Weiber mit Bärten«, sagt er. Jetzt ist sie es, die ihn anstupst. Er soll das lassen. Aber dann fällt ihr die arme, alte Ida Trott ein, die Haare an ihrem Kinn. »Echt fiiies.« Er zieht die Vokale lang, wie sein Vater. »Rat mal, was ich gesehen habe«, sagt er. Was denn? »Sie hat nackt gebadet, unten an der Bucht. Also, wenn das nicht fiies ist.« Er dreht sich um, beide drehen sie sich um, das Paar stromert weiter, ist bald nicht mehr zu sehen.

»Ich dachte, du bewunderst diese ... diese Art zu leben.« Sie kann es nicht lassen, ihn zu necken, auch wenn es gehässig wirken mag. Robert geht so schnell in die Defensive, zumindest bei seinen Eltern. Aber ihr würde er nie widersprechen, er würde sie nie aufziehen. Nie rebellieren, so heißt das heute. Alles, was noch nicht ergraut ist, muss ständig rebellieren – der Gedanke versetzt ihr einen Stoß im Innern, denn da fällt ihr ein, wie tiefschwarz, fast schon blau, Harrys Haare früher geglänzt haben. »Kamma da nichts gegen machen, als Mädel?« Die Sache mit dem Bart meint er. Als er einen Blick auf ihr Kinn wirft, ist sie drauf und dran, loszulachen, trotz Harry und ihrem Magen, der sich immer noch dreht wie ein Riesenrad. »Kann man, mein Schatz.« Plötzlich scheint es ihr, als wäre sie wieder die Froschoma aus *Maggie Muggins* und er ihr Robbie, und sie wären mit dem Bus unterwegs zur Kirmes, diesem klebrigen Durcheinander aus Losbuden und Karussells, das jeden Juni in die Stadt kam. Aber dann wird sie ernst. »Wie meinst du das eigentlich?«

Es geht ihm einfach nicht in den Kopf. Dass ein Mädchen sich heutzutage Haare im Gesicht wachsen lässt. »Als ob die Typen das nicht bemerken würden. Selbst so ein Sack wie Benny.« Sack? »Ein alter Sack«, sagt er, als wäre sie schwer von Begriff. »Na gut, sagen wir, ein alter Knacker«, setzt er milder gestimmt hinzu. Sie würde ihm am liebsten einen Klaps auf die Hand geben, wie sie es vor Jahren getan hat, wenn sie auf ihn aufpassen musste. Damit er sich klarmacht, wer hier wer ist. Respekt vor der Hackordnung, wie Harry sagen würde. Aber genug davon, erst recht in der Öffentlichkeit, denkt sie. Behandle ihn wie einen jungen Mann, er wird doch bald achtzehn. Wann haben sie sich eigentlich das letzte Mal richtig unterhalten, über irgendetwas anderes als den Zaun oder die Regeln seines Vaters? Sie rückt die Handtasche auf ihrem Schoß zurecht und fragt: »Meinst du, als Nächstes geht's zum Mars?« Er starrt sie an, als wäre sie vollkommen senil. Der Mond, erklärt sie, was er wohl meint, wo sie als Nächstes landen werden.

Er wird rot, sogar auf der Stirn, über die ein paar Haarsträhnen fallen. »Mensch, Oma«, zieht er sie auf, »du hast mir einen richtigen Schrecken eingejagt.« Dann meint er, er hätte fünfzig Mondflüge dafür hergegeben, bei irgendeinem Konzert zu sein. Irgendeine große Sache unten in den Staaten, auf einem Feld. »Grateful Dead hat gespielt und der abgedrehte Hendrix«, sagt er, er könnte genauso gut Swahili sprechen, aber dann erinnert sie sich doch wieder an die Bilder aus dem Fernsehen: Schlamm, Tausende von Jugendlichen, die Drogen nehmen und unsägliche Dinge tun, und Lärm, dieser schreckliche, jaulende Lärm. Alles im Namen des –? »Des Friedens, Oma.« Robert steht hastig auf, verzieht den Mund zu einem Grinsen, das zu einem fragenden, unsicheren Blick verkommt. »Drück Opa von mir, ja?« Und bevor sie die Möglichkeit hat, nach seiner Hand zu greifen oder ihm, Gott bewahre, einen Kuss zu geben, schwingt er sich schon wie ein großer Affe in Richtung Tür. Der Bus hält an, und der Junge ist verschwunden, wie eine Erscheinung.

Als sie im Krankenhaus eintrifft und sich in der metallenen Wand des Aufzugs betrachtet, sieht ihr Kleid knitterig aus. Von ihrem Lippenstift ist kaum noch etwas übrig. Sie kommt sich wund vor und hat ein ziemlich schlechtes Gewissen, weil sie nicht auf die anderen gewartet hat. Das Spiegelbild lässt sie nervöser werden. Keine Zeit, noch in die Toilette zu gehen, um sich zurechtzumachen. Sie hat Knie- und Rückenschmerzen von der Busfahrt, und während der Aufzug hinaufschießt, hängt ihr Magen immer eine Etage hinterher.

Harrys Tür ist geschlossen. Er werde gerade gebadet, sagt die Schwester, ein junges Mädchen mit strahlender Miene, rotem, wippendem Haar und einer Zahnlücke. »Er soll doch ganz frisch sein und gut riechen, oder?« Dann zieht sie den Vorhang auf: »Ta-da!«, als wäre Harry ein Geschenk oder ein Hauptgewinn. Lucy stellt die Handtasche ab, bemüht, nicht an die Kabel zu kommen. »Liebling?«, flüstert sie leise, quäkend. Seine Wange fühlt sich an wie Papier. Als würde sie trockenes Laub küssen. Seine Haut ist so grau, schmutziggrau wie die Ecken des Zimmers. Keimfrei soll das sein? Wohl eher nicht. Zärtlich massiert sie seine Hand, erschrickt, als sie die Wärme spürt.

»Die Nacht war nicht so gut«, sagt die Schwester in ruhigem Ton, weder mutlos noch aufmunternd. Sie wirft graue Verbandstücke in eine Nierenschale und erklärt, der Arzt würde später vorbeischauen, er wolle mit Lucy sprechen. Dann wird es stickig im Zimmer, die Maschine, an die Harry angeschlossen ist, piepst ihr endloses, unheilvolles Signal. Lucy hat das Gefühl, auf sich selbst hinabzuschauen, von der Decke herab. Sie ist ein blauer Fleck auf dem avocadogrünen Stuhl. Die kleine Krankenschwester mit ihrer Spucklücke tätschelt Lucys Arm und nuschelt etwas von einem Geistlichen. »Gut, meine Liebe, Sie wissen ja, wo die Ruftaste ist«, sagt sie schließlich, schnappt sich die Schale und geht auf Zehenspitzen hinaus.

Irgendwie gelingt es Lucy, das Fenster zu öffnen, zumindest einen Spaltbreit, sodass der Lärm von der Straße und vom Hafen hineindringt, Hupen und das ferne Dröhnen von Schiffsmotoren. Wenn Gott sich geräuschvoll regen würde, würde es sich dann etwa so anhören? Sonnenlicht spiegelt sich in den umstehenden Gebäuden und fällt ins Zimmer. Ein Düsenflugzeug zieht einen Streifen wie einen Pinselstrich über den knatschblauen Himmel. Weinen bringt gar nichts. Sie schließt die Augen, ihr Atem fällt in den Rhythmus von Harrys Gerät ein, das Ziehen und Pressen, auf und ab. Wie ein Luftballon, der immer wieder aufgeblasen wird, der nicht dicht zu sein scheint. Bis sie schließlich das Gefühl hat, reinen Sauerstoff in einer luftdichten Kammer zu atmen.

Es flattert weiß, eine kühle Hand berührt ihren Arm. Doktor Sheridan, Assistenzarzt, sagt er zur Erinnerung, er sei froh, dass sie hier sei. Sie müssten etwas besprechen, es gehe um eine Entscheidung. Auf einmal sind auch Jewel und

Rebecca da, sie haben sogar Robert mitgebracht, wer weiß, wo sie ihn so schnell aufgestöbert haben. Dass zu viele Besucher im Zimmer sind, scheint jetzt niemanden zu stören.

Still stellen sie sich um Harrys Bett. Sie fassen sich an den Händen – zumindest stellt sie sich das vor –, also Jewel und Lucy, Rebecca und Robert. Es wirke wie eine Totenwache, oder wie eine Séance, platzt es aus Rebecca heraus, die die Augen zur Decke aufschlägt. Aber Lucy hat das Gefühl, sie könnte Harrys Stimme in der Ferne hören, er ruft ihnen zu, sie sollten sich ein bisschen locker machen, nicht so ein Brimborium veranstalten. »Um Gottes willen«, hört sie sich sagen, auch ihre Stimme klingt, als käme sie aus weiter Ferne. Das Zimmer verschwimmt hinter Tränen. »Wenn er jetzt zu sich kommt, wird er denken, dass er stirbt. Schaut uns doch nur an«, sagt sie, um das Ganze ins Leichte zu wenden. »Er wird denken, dass er schon halb unter der Erde ist.«

Rebecca massiert ihr so fest die Schulter, dass es wehtut. Robert schlägt einen wilden, panischen Rhythmus mit dem Fuß. Jewels Blick ist voller Sorge. Dann bemerkt sie aus ihrem trüben Bewusstsein heraus, dass er ein Tonbandgerät aufgestellt hat, ein eckiges Ding mit zwei Spulen, die irgendwie daraufstecken, es sieht kompliziert aus. Er drückt auf die Tasten, und Stimmen und ein Quietschen wie von Nagetieren brechen hervor, dann Rufe und eine Melodie. Eine Geige und das Akkordeon, eine kleine Küchenparty, die irgendjemand aufgenommen hat, im Hintergrund ist so ein Lärm, dass sie die Lieder nicht erkennt.

»Das Zeug lag bei Edgar Boutilier rum«, erklärt Rebecca, als wäre das irgendwie von Bedeutung. »Ordentlich was von der alten Quetschkommode«, flüstert sie, »wenn da nicht die Pumpe anspringt ...« Ihr Blick irrt herum, sie reibt sich die Augen, ihre Wimperntusche ist nur noch eine blaue Pfütze.

»Halt mal den Mund, Mama«, sagt Robert, es ist wohl lustig gemeint, vielleicht auch respektvoll auf seine Art. An seiner Kehle spielt der Adamsapfel verrückt.

»So redest du nicht mit deiner Mutter«, sagt sein Vater scharf, während Rebecca fuchtelt, als würde sie Fliegen verscheuchen. Da kommt die Schwester herein. Sie überprüft Harrys Puls und Temperatur und versucht, die Plastikschlange zu richten, die aus seinem Mund hängt. Sie ist mit einem Verband fixiert, als könnte er versuchen, sie herauszureißen. Die Augenbrauen der Schwester erinnern Lucy an winzige Wolken, kleine, schwebende Bäuschchen. Sie sieht jeden von ihnen kurz an, mit einer Art geschäftigem Mitleid, und rauscht wieder davon.

Nach kurzem Geplänkel kommt der Arzt zur Sache. In ruhigem Ton erklärt er, dass mit einem Hirnschaden zu rechnen sei. »Es kommt ganz darauf an ... wie ... nun ja ... ohne das Beatmungsgerät ...« Diesmal ist es seine Stimme, die sie an Wolken denken lässt.

»Sie meinen, er könnte aufhören zu atmen?«, fragt Jewel hastig. Dann macht er ein Geräusch wie Wind, der durch Äste streicht. Es ist derselbe Wind, der an Lucy zerrt und alles freilegt.

»Auch die Nahrung, das läuft im Moment alles intravenös«, sagt der Arzt. Sein Zögern erfüllt das Zimmer. Wenn seine Stimme eine Farbe hätte, denkt sie, wäre es der Ton von stark verdünntem Saft. Robert beugt sich vor, als müsste er einen Krampf versorgen, und wippt mit dem Knie im Rhythmus seines klopfenden Fußes, bis es nicht mehr schneller geht. »Falls er überlebt«, sagt der Arzt, »müssen Sie damit rechnen, dass er in ein Pflegeheim kommt.«

Wie kann er so etwas sagen? Was für eine Unverschämtheit, was für eine Anmaßung! »Aber, Herr Doktor –«, hört sie sich flehen und ist schockiert, als sie merkt, dass sich ihr Stolz regt. Natürlich wird sie ihn zu Hause versorgen, sagt sie. Wenn es sein muss, auch für ihn atmen. Ihre Gedanken überschlagen sich, ihr Herz klopft, als würde ihr gleich die Brust platzen. Eine Welt ohne Harry wäre wie eine Welt, in der selbst der böse Wind nicht mehr bläst. Doktor Sheridan blickt peinlich berührt auf seine manikürten Nägel, er ist groß, wie ein Skelett sieht er aus, falls er nicht nur aus Luft- und Wassermolekülen besteht, die in seinem frisch gestärkten weißen Kittel herumschwirren. Er wirft ein düsteres Lächeln in die Runde und nickt, dann verschwindet er leise, löst sich in Luft auf, schmilzt weg wie Wassereis.

»Mama«, flüstert Jewel, weiß aber offenbar nicht, was er eigentlich sagen will. Er sitzt mit zusammengebissenen Zähnen auf einem Stuhl. Sie versucht, sich an einem Gedanken, an irgendetwas, festzuhalten, und fragt sich, wann er sich wohl zum letzten Mal rasiert hat. Ihr ist, als steckte ihr eine Murmel in der Kehle, oder Knetmasse, und doch sehen sie alle an, als hätte sie die Macht, die Dinge in Ordnung zu bringen. »Rebecca, Liebes«, hört sie sich sagen, »hör bitte auf zu weinen.« Sie streckt die Hand an ihr vorbei nach Robert aus, muss sich weit vorbeugen, um sein Knie zu erreichen, das sie tätschelt. Und das ist erst der Anfang, denkt sie, es gibt noch viel zu erledigen, bis wieder zusammengefügt ist, was der Arzt zerschlagen hat. *Humpty Dumpty saß auf dem Eck,* funkt es ihr dazwischen, ein Kinderreim. Durch die zerfetzte Jeans hindurch kann man die nackte Haut des

Jungen sehen. Erschüttert spürt sie seine Wärme. In ihren Ohren pocht es, als sie einen Fünf-Dollar-Schein aus der Handtasche zieht. Er solle sich etwas holen, einen Hamburger oder so, sagt sie. Mit dem Schein könnte er sich fünf Burger kaufen. Aber das ist jetzt egal. Oder auch nicht, zumindest nicht für Rebecca.

»Das ist doch nett, Bucky, oder? Vergiss nicht, Omas Zaun …« Aber selbst Rebecca fällt dann nichts mehr ein. Lucy sagt nichts, obwohl sie sich wieder über Roberts furchtbaren Spitznamen ärgert. Ihr unausgesprochener Einwurf verliert sich in dem stillen Zimmer wie das Geld.

Sie tritt ans Fenster, winkt ab, als sie zu ihr kommen. Sie wäre jetzt am liebsten allein. Warum lassen sie ihr nicht ein bisschen Raum zum Atmen, eine winzige Öffnung nach draußen? Langsam gehen sie hinaus, einer nach dem anderen, aber nicht, ohne Harry noch etwas zuzuflüstern, ein mattes Auf Wiedersehen, wie im Fernsehen. Erst, als sie sicher ist, dass das Zimmer leer ist, dreht sie sich um. *Auf Wiedersehen, mein Schatz. Oh-re-vua.*

Ein paar Türen weiter ist ein schummriger Warteraum, wo Jewel und Rebecca auf und ab gehen. Schweigend nimmt Jewel sie am Arm. Im Auto muss sie vorn sitzen, eingeklemmt zwischen den beiden wie ein Kind, als befürchteten sie, sie würde eine Dummheit machen, rausspringen zum Beispiel.

»Wo ist Robert?«, fragt sie, bevor sie losfahren. Rebecca verdreht die Augen, die in dem schummrigen Auto wunderbar wässrig aussehen. Sie hat die Augen einer Schauspielerin, auch mit verlaufener Schminke.

»Ach je«, seufzt sie, er habe halt nicht warten können, irgendwas mit einem Mädchen, mit dem er was habe.

»Herrgott noch mal«, schimpft Jewel, ein Wort wie Hustensaft, der etwas in ihm lösen könnte. »Nur ein Junge denkt unter solchen Umständen an so etwas.«

Rebecca beugt sich vor, um ihm einen Stoß zu versetzen. Stattdessen stößt sie gegen Lucy. »Das Leben muss weitergehen«, hört sie sich sagen.

»So sieht es zumindest Buck«, meint Jewel und schiebt seufzend das Wort *Müll* hinterher. *Was für eine Ladung Büffelscheiße,* würde Harry donnern.

Vielleicht fühlte sie sich durch Idas Teezeremonie ermutigt. Wahrscheinlicher war, dass sie in der Verzweiflung einfach die Nerven behielt. So oder so, sie fasste sich ein Herz. Als Erstes wollte sie sich Harry vorknöpfen. Was fiel ihm eigentlich ein, hinter der Sünde herzurennen wie ein Hund hinter einem Steak? Was wollte er dauernd bei den Nachbarn? Wenn Harry sündigen wollte, warum nicht bei ihr? Verzweiflung war Sünde, und davon hatte sie mehr als genug. *Ihr sollt euch nicht Schätze sammeln auf Erden, sondern im Himmel.* Sie war so verzweifelt oder so voller Selbstmitleid, dass sie nach irgendetwas gierte. Sie klopfte mit der Faust an die Tür, Jewel zappelte in ihrem Arm. Nach einer Weile tauchte Lil auf. Sie trug einen Samtbademantel, wirkte benommen, sah sie an wie durch einen Schleier. Lucy kam gleich zur Sache. Sie solle Harry rausschicken, wenn er da sei! »Pssst«, machte Lil und blickte sie finster an, *Herrgott noch mal,* sie wären doch gerade beim Poker. Als hätten sie nicht am Abend vorher schon genug gespielt!

Lucy war über sich selbst erstaunt, als sie Lil zur Seite schob und hineinging. Im Haus sah es aus, als wäre eine Bombe eingeschlagen. Niemand war auf die Idee gekommen, die leeren Flaschen wegzuräumen. Am Geweih des Hirschkopfes, der an der Wand angebracht war, baumelte Harrys Mütze. Der Mund des armen Geschöpfs war mit Lippenstift, frisch wie Blut, verschmiert. Harry reichte gerade einen Flachmann weiter. Sie hörten sofort auf zu reden. Artie schielte sie an. So ruhig wie möglich erklärte sie, dass das Essen fertig sei, dass er endlich nach Hause kommen solle. Aber der Alkohol zeigte schon Wirkung. Schließlich habe Lil ihn eingeladen, sagte er, es sei doch unhöflich, jetzt abzuhauen, worauf er sie vor versammelter Mannschaft anbrüllte: »Hab ich denn nicht getan, was zu tun war, während du ...« – »... in der Messe warst«, ergänzte Lil kichernd. Dann wurde seine Stimme versöhnlicher, ein wenig zumindest, aber war dem zu trauen? »Siehst du denn nicht, Dolly? Das ist rein geschäftlich hier.« Lil schnüffelte und meinte, etwas zu riechen, nebenan sei vielleicht etwas am Anbrennen. Im Übrigen würde sie sie ja auch einladen, wenn Lucy nicht immer so verdammt beschäftigt wäre. Sie flatterte sogar mit den Wimpern. Auf dem schmutzigen Herd stand nichts, gar nichts, was nach Essen aussah.

Jewel begann zu schreien. »Mach, was du willst«, sagte sie spöttisch in Harrys Richtung und hoffte, dass niemand ihr Zittern bemerkte. Später hätte sie ihn am liebsten ausgesperrt, aber das ging nicht. »Du bist so eine Spielverderberin«, schimpfte er laut, während Jewel schlief. Schlimm genug, dass sie es mit der Kirche nicht lassen könne. Aber wollte sie ihn etwa noch mitschleppen? »Du bist doch schon lange tot, Mädchen«, schrie er. Er zumindest wolle das Leben genießen, solange er noch könne. »Wer weiß denn, was für eine Scheiße uns morgen um die Ohren fliegt?« Warum niederknien und das Leben verpassen? Oder was hatte sie sonst mit ihm vor? Sein besoffener Redeschwall war schlimmer als Durchfall, er hörte einfach nicht auf: »Wenn du vor dich hin leiden willst, wenn du dir den Kopf in den Arsch stecken und irgendwelchen Phantomen hinterherlaufen willst, bitte, das ist deine Entscheidung.« Er ließ sich auf einen Stuhl plumpsen und kippte um. Auch daran gab er ihr die Schuld. »Kaum zu glauben«, schoss sie zurück, »dass jemand, der so runtergekommen ist, dich so beeinflussen kann. Ich will gar nicht wissen, auf was für Ideen Lil dich bringt.« Harry schlug auf den Teppich und schrie, sie solle Lil da rauslassen, was Lil mache, gehe sie überhaupt nichts an. Es war jetzt ein offener Kampf, also konnte sie auch fragen, wo eigentlich das Geld blieb, das er gewann – oder verlor er etwa immer? »Das wüsstest du wohl gern«, rief er höhnisch.

Sie hatte das Gefühl, sie müsste aus einem tiefen, vermoosten Brunnen herausklettern, so einsam war sie nach diesem Streit. Harry half ihr nicht dabei. Aber in ihrer Verzweiflung lag auch ein Funken Hoffnung, wie ein Seil baumelte die herab, schließlich hatte sie nichts zu verlieren, nicht mal ein Stückchen Rattenscheiße, wie Artie sich auszudrücken pflegte.

Während Harry sich rasierte, stellte sie sich den Fremden vor, den Gefangenen, der unter den Obstbäumen herumstöberte. Wenn Harry das sauer verdiente Geld verschwendete, konnte sie sich ja wenigstens dankbar zeigen, barmherzig. Hunger blieb Hunger, auch wenn er ein befeindeter Deutscher war. Sie hatte der Versuchung nicht widerstanden, und er hatte sie zurückgeholt aus dem Äther des Vergessens. *Unser tägliches Brot gib uns heute.* Sie nahm ein paar Dosen und packte sie in eine Tasche: Räucherfisch und Kondensmilch. Dann steckte sie einen Löffel ein, den sie als Kelle benutzen konnte, um Lilien auszugraben. Wenn der Kerl ihr zu nahe kommen sollte, konnte sie sich damit wehren, auch wenn eine Gabel oder eine Steinschleuder bestimmt besser gewesen wäre.

Sie drückte Jewel an die Brust und eilte an Idas Haus und dem Anker vorbei. Stare bevölkerten die Obstplantage, aus dem Wald tönten die Schreie der Krähen. Eigentlich hatte sie vorgehabt, die Tasche an einen Baum zu hängen, vor den Ratten geschützt, aber dann ging sie um die Scheune herum. Jewel trat ihr die Hacken in den Bauch, als etwas vorbeihuschte, ein Eichhörnchen vielleicht. Da flackerte ein Augenpaar über einer rostigen Regentonne auf, das sie verfolgte. Sie ließ die Tasche fallen und ergriff die Flucht, sah aber noch einen Stiefel und schmutzige Zehen, wo das Leder aufgerissen war. Jewel heulte wie ein Torpedo, der hinter ihr durch den Wald schoss.

Tage später entdeckte sie Harrys alte Stiefel, die er getragen hatte, als die Soldaten ihn aus den Trümmern zogen. Weiß der Himmel, warum er sie aufgehoben hatte. Sie waren doch durch fremde Wohltäter von Kopf bis Fuß neu ausgestattet worden – und nicht mit irgendwelchen abgelegten Lumpen. Sie tat zwei Dosen Sprotten in die Stiefel und steckte sie auf zwei Zaunpfähle. Als sie am nächsten Tag noch einmal Kondensmilch und ein altes Hemd von Harry heraustrug, das sie an eine Zaunlatte hängte, waren die Stiefel verschwunden.

Wenn man gar nichts mehr hat, stapelt sich eine Menge Zeug in der Hütte, man weiß überhaupt nicht, wohin damit. Zeug, das Harry irgendwo aufgegabelt hatte oder das von seinen neuen Freunden stammte – statt Geld, wenn sie beim Poker verloren. Zumindest stellte sie sich das so vor. Je mehr er soff, desto mehr hortete er. »Wie gewonnen, so zerronnen«, sagte er dann immer. Es fiel ihr schwer, nicht grob zu werden. Nach einer Woche barmherziger Zuwendung wurden die Stapel immerhin kleiner.

»Du hast wirklich aufgeräumt«, sagte er mit schwerer Zunge – ein Witz offenbar. »Braves Mädchen, wir wollen ja ganz von vorn anfangen.« Von vorn? »Ich habe mir ein paar Gedanken gemacht.« Ein paar Gedanken? »Im Frühjahr fangen wir an zu bauen.« Es fiel ihr verdammt schwer, es nicht zu sagen: *Was redest du da für einen Unsinn?* Sie war ihm dankbar, dass er nicht fragte, wo das ganze Zeug abgeblieben war. Es war der Monat, in dem der Krieg zu Ende ging, einfach so. Elfter November, elfte Stunde. Wenn es so einfach war, warum dann nicht schon längst?

Vom Gefängnis schallten Hurrarufe herüber. Harry trank, bis ihm schlecht war, was sie so widerlich fand, dass sie drohte, ihn zu verlassen, wenn er noch einmal in dieser Weise abstürzte. »So schnell, dass selbst Artie nicht mehr weiß, wo vorne und hinten ist!«

»Meinst du, das würde mir was ausmachen?«, grunzte er und duckte sich weg, als würde er beschossen. Sie stand an der Wasserpumpe und pumpte einfach weiter. Wasser – an einem Ort, wo der Alkohol reichlicher floss, obwohl er im ganzen Kreis verboten war. In den Grounds fiel der Alkohol vom Himmel wie Regen. *Und wo würdest du dann hingehen, Dolly?*

Er war bei der Arbeit. Sie legte Jewel von einem Arm in den anderen, zog sein gutes blaues Hemd vom Kleiderbügel und versuchte, es an der Villa an den Zaun zu binden. Gar nicht einfach, es stürmte so stark, dass sogar die Dachpfannen klapperten. Harry würde im Haus herumstöbern und sie fragen, was sie damit gemacht hätte. Trotzdem, sie ließ sich von den Böen in Richtung Scheune schieben. Sie fasste sich ein Herz und klopfte.

Jewel fährt vom Parkplatz des Krankenhauses und macht eine Vollbremsung, während sich ein Fußgänger auf den Bürgersteig rettet. Nicht genug für ein Schleudertrauma, trotzdem hält Rebecca Lucy am Arm fest, ihre Fingernägel bohren sich in Lucys Haut. »Was soll das denn, Schatz?«, sagt sie scharf. Gerade heute! Lucy sitzt eingequetscht zwischen den beiden und lässt ihren Gedanken freien Lauf. Wenn sie nur mit jemandem verhandeln könnte. Mit Gott? Sie würde ein Stück von sich selbst hergeben, wenn sie Harry wiederbekäme, selbst wenn er nicht mehr der Alte wäre.

Rebecca zieht sich den Rock gerade und richtet ihre Frisur, als Lucy sich erinnert, wie sie mit ihrer Schwester *Queenie, Queenie, wer hat den Ball* gespielt hat, damals. Sie waren noch ganz klein. Und Klingelmäuschen. Die Straße rauf und runter, sie klopften an die Türen der Nachbarn, rannten weg und versteckten sich im Gebüsch. *Trau dich, kleine Memme, trau dich.*

Sie wartete, machte sich auf seine schleppenden Schritte gefasst. In der Scheune zog es bestimmt wie Hechtsuppe, was sich bestätigte, als die Tür einen Spaltbreit aufgeschoben wurde. Diese Augen, in die sie schon einmal geschaut hatte – sie waren wie Leuchtdrähte. Ihr stockte der Atem, als sie sah, wie mager er war. Er war jung, jünger, als sie gedacht hatte. Jung wie sie selbst.

Jetzt wurde die Tür weiter aufgeschoben. Sie bewegten sich nicht. Dünne, grimmige Lippen, seine unruhigen Augen hatten die Farbe des Northwest Arms an einem Wintertag: brutales, unschuldiges Blau. War er traumatisiert? Nein, der Gedanke zerbröselte ihr wie ein Sanddollar in der Tasche.

Sie starrte ihn unverwandt an und reichte ihm das Hemd, als hätte sie es nur mal eben für ihn aufgebügelt. Er nahm es und betrachtete sie mit seinem kühlen Blick, dass ihr die Knie weich wurden. Sein dampfender Atem roch leicht metallisch, wie Regenwasser.

»Danke.« Ein deutscher Akzent, ein deutsches Wort, das sich anhörte, als würde ein Waschkübel hinter dem Haus ausgeschüttet.

Wann hatte er das letzte Mal gebadet? Er sah aus, als hätte er sich gerade das Gesicht gewaschen, obwohl er so bleich war. Seine spitz abstehenden Haare waren gefroren. *Hunnen, gottlose, barbarische Horden. Die Felder mit Leichen bedeckt.* Bilder gingen ihr durch den Kopf, von Helenas Kinderwagen, die Wärme des Babys wie ein Gespenst in ihrer Hand, Ethel, die sich mit den Füßen am Herd abstützte, während Mama ihr die Haare schnitt. Es war das letzte Mal, dass sie sie gesehen hatte.

Der Mann betrachtete sie wie eine Landkarte. Sein Gesicht glänzte vor Schweiß. Von irgendwo her, aus der Hölle vielleicht, kam ihr der Gedanke, ihn anzuspucken, ihm das Gesicht zu zerkratzen. Doch dann machte sich der Hass ganz klein, schrumpelte zusammen, bis nur noch Mitleid übrig blieb. Sie wusste kaum, was sie tat und wer das Kind auf ihrer Hüfte war, streckte die Hand aus und strich ihm mit dem Handgelenk über die Wange, die so heiß war, dass

Lucy zusammenzuckte. Wie ein Kind, das sein Spielzeug nicht hergeben will, hielt er sich an dem Hemd fest. Sein fiebriger Blick genügte, um ihr jedes Schuldgefühl zu nehmen, selbst wenn Harry das ganze Haus auf den Kopf stellen sollte.

Bevor sie noch einen Schritt zurücktreten konnte, hatte er ihre Hand genommen. Seine Finger waren erschreckend warm. Jewel begann zu strampeln, beinahe hätte sie das Gleichgewicht verloren. In ihrem Inneren war etwas ins Taumeln, ins Rutschen geraten – beinahe wie damals bei der Party, als sie Harry zum ersten Mal gesehen hatte. Harry in der Küche, in der einen Hand das Akkordeon, in der anderen eine Flasche Bier.

Jewel fährt ruppig an, fädelt sich in den Verkehr ein. Sie selbst fädelt sich auch irgendwie ein, taucht ein in Rebeccas Parfüm der Marke Tabu, und in Jewels Dunst, nur riecht der leider nach Tabak. Sie stellt sich vor, sie wäre das matschige Etwas zwischen zwei Brotscheiben. Allerdings dreht sich ihr bei dem Gedanken an Essen der Magen um. Also sieht sie sich lieber als eine halb entwurzelte Pflanze in einem verwilderten Garten, die von den Blättern und Blüten der anderen nur so eben gehalten wird. Auf jeden Fall fühlt sie sich weich und voller Hingabe an das, was sie umgibt. Sie hat es nie darauf angelegt. Selbst nach all den Jahren versteht sie noch nicht, wie Rebecca eigentlich tickt.

»Komm schon, Mama«, liegt sie ihr in den Ohren, »du gehst uns erst nach Hause, wenn du etwas gegessen hast.« Ist es Stolz? Die Weigerung einer Schwiegertochter, einfach aufzugeben? Selbst hier noch, wo sie derart eingeklemmt sitzen, lässt sie es sich nicht nehmen, Lucys Kragen zu richten. Hat die Nerven. Und diese krallenartigen Fingernägel! Ihr Atem riecht sauer – sauer wie das Krankenhaus. Vielleicht hat sie einfach Hunger, sie haben doch alle in letzter Zeit nicht viel gegessen.

Ihre Hand verschwand beinahe zwischen den Fingern des Mannes. Jewel zappelte und wand sich, ihr Herzklopfen wurde immer stärker. Plötzlich spürte sie, wie erschöpft sie war. Jeder Tag, der seit der Geburt im Schnee vergangen war, war wie ein Stein, die Monate kamen ihr vor wie ein felsiger, langsam wandernder Strand. Sie sehnte sich nach etwas Weichem, wollte nur noch schlafen – gleich dort im Stehen. Der Mann hielt sie verzweifelt fest, er trug ihr ganzes Gewicht. Seine rettende Hand. Er kam näher, machte den Mund auf, als wollte er sprechen.

Kriegstrauma. Es war leichter, an dieser Vorstellung festzuhalten, als der Wahrheit in die Augen zu sehen.

Der Mann trat einen Schritt zurück und ließ sie herein. Jewel trommelte mit den Fäustchen. Sie hörte die Tauben in der Dunkelheit schlagen. Ihr Kot roch wie Schuhwichse. Er sah auf ihre Fesseln, den Saum ihres Rocks. An seinem Kinn war durch die Stoppeln, die rötlich wie Rohrkolben glänzten, eine Narbe zu erkennen. An einer Wand war ein Lager aus Tannenzweigen gerichtet. Es roch weihnachtlich. Wenn sie sich hinlegen würde, würden die Nadeln fossilienartige Abdrücke auf ihrer Wange hinterlassen.

Nur leicht berührte sie der eine oder andere Gedanke. Dass sie eine verheiratete Frau war. Barmherzigkeit zu zeigen war das eine. Die Fassung zu verlieren war etwas ganz anderes.

Er hängte das Hemd an einen Nagel neben Harrys löchrige Hose. Darunter standen die Stiefel. Es war ein Schrein, ihr Werk. Als hätte sich Harry in Luft aufgelöst. Dann, noch bevor der Kerl, der jetzt hustete, die Hand an den Mund heben konnte, lief sie davon.

Um Himmels willen, was war bloß in sie gefahren?

Am nächsten Morgen war die Erde wie mit Puderzucker bedeckt, es hatte geschneit. Harry hatte an ihrem Nachthemd gezupft und sie geweckt. Sein Atem roch übel, sie hing in Gedanken noch ihren Träumen nach: eine Zisterne, ein Eimer ohne Seil. Gerade als sie ihn eintauchen wollte, wurde sie von Harry unterbrochen. Und noch in dem Augenblick, in dem er ihr das Flanellnachthemd über die Hüften schob, hörte sie das Platschen einer Makrele, ein Zeichen, dass das Wasser trinkbar war. Der Weg zu ihrer Ankleide, wo das Diaphragma lag, war weit. Noch weiter war es zur Küche, wo sie einen Fuß auf den Stuhl stellte, um das Ding hineinzukriegen. *Was machst du denn da? Einen Gänsebraten?* Sie stolperte zurück ins Bett, er atmete schwer, begrapschte sie schweigend. Jewel wimmerte schon und rüttelte an seinem Bettchen. Wenn sie so weitermachen würde, würde sie bestimmt kein Kind mehr bekommen, grummelte Harry. Sie solle am Abend nicht auf ihn warten, bei Babineau gehe es wieder rund.

Am Nachmittag packte sie einen halben Apfelkuchen ein und hätte auch noch Tee mitgenommen, wenn sie einen Behälter gehabt hätte. Sie wickelte Jewel ein wie eine Mumie. Die Sonne stand schon tief, als sie loszog. Das Scheunentor war offen. Als sie sich näherte, steckte der Mann den Kopf heraus, er schien beinahe zu lächeln. Sein Blick fiel auf das Päckchen, er schaute mal freudig, mal ängstlich. Er legte

Jewel die Hand auf das Köpfchen und erntete ein Grinsen. Dann hielt er seinen Finger an die Lippen des Babys.

Hunger. Ein Gedächtnisschimmer, grün wie frisches Laub. Lucy sieht sich immer als diejenige, die Essen verteilt, die Fleisch und Kartoffeln anbietet, danach Kuchen, Zuckerbrot und Peitsche. Damals irgendwann, in der tiefen Vergangenheit, hatte sie den Leuten eine Menge Kuchen aufgedrängt und sich meistens noch dafür entschuldigt. *Ach, das ist doch kein Umstand,* oder: *Herrje, als ich ihn aus dem Ofen genommen habe, sah er eigentlich ganz gut aus.* Manche Menschen hatten doch nicht einmal einen feuchten oder harten Kuchen verdient.

Zumindest ein Gutes hat der Tod: Man muss keinen Kuchen mehr backen, man muss auch keinen mehr kauen. Doch dann fällt ihr wieder Harry ein, und sie spürt den warmen Druck von Rebecca, die sich an sie lehnt. Oh Herr, sei mir gnädig, bloß keine Einladung zum Abendessen! Selbst das, was Benny der Rumtreiber auf den Tisch bringt – Jewel meint, er ernähre sich von Spaghetti und Dosenbohnen –, wirkt verlockend gegen Rebeccas falschen Hasen und ihren Gelee-Salat, auch wenn sie sich die größte Mühe gibt. Benny wird sich jetzt vielleicht gesünder ernähren, er hat ja diese Frau an Bord genommen. *Du hast dich wieder selbst übertroffen,* hat Harry beim Essen immer gesagt, es war seine Art, ihr zu sagen, dass er sie liebte.

Rebecca hört nicht auf zu faseln, gerade erklärt sie, was es für tolle Fertiggerichte gibt. Ohne jede Vorbereitung, fügt sie hinzu. Pizza, mit Gewürzen und allem, eins davon schmeckt ein bisschen nach Lakritze. »Ist das nicht so ein Teigfladen? Und so was gibt's als Fertiggericht?« Lucy ist bemüht, Interesse zu zeigen, will sie aber nicht ermuntern, weiterzureden.

Jewel schlägt vor, dass sie essen gehen. »Wie findet ihr das?« Ihr Junge meint es wirklich gut. Sie würde ihm am liebsten das Gesicht tätscheln, so froh ist sie, dass er weiß, wann er einzugreifen hat. Trotzdem macht es sie traurig, noch trauriger. Warum können die beiden nicht sehen, dass sie überhaupt keine Lust auf Essen hat, dass sie sich am liebsten zurückziehen würde? Der Abend liegt vor ihr wie eine lange, flache Landstraße.

Skeptisch betrachtete der Mann das Päckchen, das sie ihm hinhielt, und schüttelte den Kopf. Vielleicht war er stumpfsinnig, dachte sie plötzlich, stumpfsinnig und verblödet. Jewel kaute auf seinem Handschuh herum und plapperte sein *Ma-ma-ma, da, da, da.* Ganz kurz machte der Mann den Mund auf, als wollte er sprechen, immerhin lang genug, dass sie Goldfüllungen sehen konnte. Sein Blick blieb auf ihr liegen, seine Dankbarkeit brannte ihr auf der Haut. Sanft und ohne zu zögern berührte er ihren Arm, es war, als würden sie sich schon lange kennen. Sie erkannte das Blau von Harrys Hemd unter seinem Mantel. Als sie sah, wie tief eingefallen die Kehle des Mannes war, wandte sie sich ab. Und doch trat sie über die sonnenbeschienene Holzschwelle in die düstere Scheune. Während der Mann das Wachspapier abzog, gewöhnten sich ihre Augen an die Dunkelheit. Er brach ein Stück von dem Kuchen ab, wortlos hielt er es Jewel hin, der schmatzend zu saugen begann. Hoffentlich erstickt er nicht daran, dachte sie, als der Mann ihr ein Stück reichte. Was hatten seine Hände alles angefasst? Es war doch egal … Geräuschlos ging er zu den ausgebreiteten Zweigen, hockte sich hin und drückte sie flach. Er legte die Hände ineinander und wiegte die Arme, breitete die Kleidung aus, die in einem kleinen Haufen dalag. Folgsam wie ein Hund ging sie zu ihm und legte Jewel hin. Er hatte klebrige Krümel um den Mund und versuchte jetzt, die Tannennadeln zu essen. Die Kälte fuhr ihr stechend in die Nase, als sie sich niederließ. Der Mann reichte ihr noch ein Stück Kuchen. Sie spürte seine Wärme, als ihre Ärmel aneinander vorbeistrichen. Sie schüttelte den Kopf, er aß es selbst.

Er küsste sie, und sein Mund roch nach Zimt. Sein kratziger Bart strich ihr über die Wange. Sie zuckte zurück, spürte, dass sie rot geworden war. Jewel krabbelte jetzt über den Lehmboden, auf seinem Gesicht glänzten Tannennadeln. Sie sprang auf und hob das zappelnde Baby hoch.

»Brauchen Sie etwas Bestimmtes?«, fragte sie, während sie sich Jewels Mützchen an den Mund drückte. Der Mann hustete laut, sah sie mit glänzenden Augen an und machte eine Bewegung, als würde er eine Tasse zum Mund führen. Sie sah weg und sagte langsam ihren Namen: »Ich bin Lucy.« Falls er antwortete, so hörte sie ihn nicht. Der Wind pfiff durch die Ritzen in den Wänden, und die Tauben gurrten laut. Durch den leeren Fensterrahmen sah sie, wie die Sonne auf dem Dach der Villa zu balancieren schien. Und sie tat, als würde sie eine Tasse erheben, wie Harry, wenn er seinen Nachbarn von der Veranda aus zuprostete. Die Stille wich kurz zurück, als sie sagte: »Vielleicht beim nächsten Mal.«

Am folgenden Sonntag trafen die Worte des Priesters sie wie Pfeile. *Du sollst nicht begehren deines Nächsten Mann oder Frau. Liebe deinen Nächsten wie dich selbst.* Und damit noch nicht genug: Nach der Messe zog Pastor Marcus einen Katechismus hervor. »Für den Anfang«, sagte er, »und für den Kleinen, wenn er so weit ist.« Dabei war es Harry, der die Gebote am nötigsten hatte. Wie er sich herumtrieb und sie allein ließ. Und die Frau nebenan, die nichts Gutes im Schilde führte, beleidigte sie allein dadurch, dass sie zeigte, was sie hatte. Lucy schob den Katechismus unter ein Kissen, dass er ihn fände, falls er einmal lange genug seinen dürren Hintern auf dem Sofa wärmen würde.

»Du könntest ja mitkommen, wenn du wolltest«, bot er einmal an. Er gab sich sichtlich Mühe, die Einladung so wenig verlockend wie möglich klingen zu lassen. Lieber wäre sie zu einem Bad in dem Sumpf hinter der alten Scheune mitgekommen, wo, wie erzählt wurde, einmal jemand ertrunken war. Und war dann nicht Lil an ihrer Tür aufgetaucht, und zwar ganz hübsch zurechtgemacht? Zugegeben, sie war wirklich eine eindrucksvolle Erscheinung. Ihre mandelförmigen grünen Augen, der katzenhaft lauernde Blick, ihr wild auftoupiertes rotes Haar und ein Kleid, das aussah, als wäre sie gerade dabei, es sich vom Leib zu reißen. Bei näherer Betrachtung wirkte der Stoff wie ein Polsterbezug. Und dieser anzügliche Ton in ihrer Stimme: »Da bist du ja, Harry, wir warten schon.« Lucy zupfte ihn am Ärmel, aber sein Lächeln galt nicht ihr. *Was ist schon dagegen zu sagen, wenn ein Mann ein bisschen Spaß haben will?*

An diesem Abend kam er sehr spät nach Hause. Ihre Einsamkeit überfiel sie wie die Flut, die über Felsen spritzt und das Treibholz den Strand hinaufschiebt. Da das Baby schlief, konnte sie ihn nur vorsichtig, auf Zehenspitzen sozusagen, konfrontieren. Hatte er nicht versprochen, dass sie nur vorübergehend hier wohnen würden? Dass sie nach Möglichkeit im Frühjahr umziehen würden? Er zerrte an seinen Socken und sagte mit schwerer Zunge: »Vielleicht fangen wir an zu bauen.«

Sie war schon verletzt genug, doch jetzt tauchte ein neuer Schrecken vor ihr auf: Was, wenn sie umzögen und die Nachricht verpassten, nicht die von Mrs. Edgehill, sondern eine richtige Nachricht, eine Antwort auf ihre Gebete? Er hatte zwar den Bauch voller Rum, aber es gelang ihm wieder einmal, ihre Gedanken zu lesen. »Verdammt noch mal«, maulte er und schlug auf sein Kissen, »lass endlich los.« Helena sei ein für alle Mal verschwunden, je früher sie das akzeptieren würde, desto besser, und zwar für alle Beteiligten. Gerade da fing Jewel an zu schreien. »Kannst du nicht etwas dagegen machen?«, fragte er und schimpfte, sie käme ja kaum mit einem Kind zurecht. Mit zweien wäre sie hoffnungslos überfordert. »Was verstehst du denn von Hoffnung?«, schoss sie ihn an und drückte das Gesicht in die Babylocken. Er zeigte auf Jewel. »Da hast du doch dein Baby. Er hat sogar einen Mädchennamen. Lil meint übrigens auch, dass der Junge unter dem Namen ganz schön zu leiden haben wird.«

KAPITEL 7

In solchen Zeiten hätte sie ihm am liebsten Kleiderfarbe in den Eintopf gemischt oder frische Tollkirschen serviert. *Es riecht komisch? Findest du? Diese winzigen Tomaten sind doch völlig in Ordnung.* Später, als er sich überhaupt nicht mehr im Griff hatte, hätte sie am liebsten die Zimmerpflanze zu Salat verarbeitet – eine Pflanze wie die hier, in diesem Restaurant, in dem sie gelandet sind. Sie muss die schmale, mit goldfarbenem Plastik bezogene Bank mit Rebecca teilen, sie sitzen in einer Art Separee. Im Fenster steht ein Tropengewächs, ein dürres gelbes Ding. Eine Dieffenbachie, gemächlich spürt sie dem Wort in Gedanken nach. Nicht zu verwechseln mit Diefenbaker, diesem stotternden Politiker, den Harry bis heute bewundert. Wenn man auf den Blättern kaut und nur ein kleines Stück davon runterschluckt, so steht es in den Büchern, wird man taub, womöglich sogar taubstumm. Sie erinnert sich, gelesen zu haben, dass man auf immer die Stimme verliert, wenn man eine ganze Handvoll von dem Zeug schluckt. Scham überkommt sie wie juckender Ausschlag. Ehrlich gesagt, hätte sie vielleicht sogar selbst von dem Salat gegessen.

Das Restaurant Armcrest schmückt neben der beinahe schon eingegangenen Dieffenbachie noch ein Philodendron, der sich um ein großes, schmieriges Fenster rankt. Ihr fällt ein, dass man mit einem Philodendron noch viel mehr anrichten kann: Sein Gift ist tödlich. Mit einer Pflanze dieser Größe hätte sie die ganze Bande zum Schweigen bringen können, damals in den Grounds. Sie sollte selbst an einem Blatt knabbern, um sich für den Gedanken zu bestrafen, überhaupt wäre so ein Giftsalat vielleicht nicht das Schlechteste, denn Rebecca hört nicht auf zu quatschen, über alles und nichts, wie hoch die Absätze sein müssen und was am besten zu Orange und Limettengrün passt. Aber wenn Rebecca, Gott bewahre, verstummen würde, wäre ihr Schweigen tödlich.

Sie sind die einzigen Gäste. Auf der Karte sagt ihr nichts zu, außer vielleicht die Tomatensuppe mit Crackern. Die Kellnerin schiebt sich durch die Schwingtür mit dem schmutzigen Bullauge und zieht einen Bleistift aus dem Haarnetz. Jewel und Rebecca bestellen Kaffee, Leber mit Röstzwiebeln und Pommes frites. Schon der Gedanke an Leber, an diesen kreidigen, metallischen Geschmack, dreht ihr den Magen um. »Schade, dass Robert nicht dabei ist«, sagt Lucy so freundlich wie möglich, als läge es an ihr, dem Ganzen einen feierlichen Anstrich zu geben. Schließlich geht sie nur selten aus.

»Als er das letzte Mal mit uns essen war ... ach, das war schlimm.« Sie wartet auf eine Erklärung, aber Jewel schüttelt nur den Kopf. Rebecca steckt sich eine Zigarette an, verzieht den Mund, um den Rauch seitlich an Lucy vorbeizublasen. Na, vielen Dank. Als das Essen kommt – verdächtig schnell, so verdächtig wie die Pflanzen –, drückt sie die Zigarette auf ihrer Untertasse aus. Noch verdächtiger ist das, was Lucy auf ihrer Suppe entdeckt: ein kurzes, sprödes Haar, vielleicht ein Stück Draht.

»Oje«, sagt sie leise. Könnte das Stahlwolle sein?

»Lass es zurückgehen«, meint Jewel, aber sie fühlt sich

plötzlich halb verhungert und könnte die Kraft für eine Diskussion mit der Kellnerin nicht mehr aufbringen. Sie fischt es heraus – ja, es ist Stahlwolle – und löffelt mechanisch ihren Teller aus. Dass die Suppe nach nichts schmeckt, stört sie nicht im Geringsten, es ist gerade die Fadheit, die sie sättigt. Sie kommt sich vor wie Mike Mulligan mit seinem Dampflöffelbagger, aus dem Bilderbuch, von dem Robert mit fünf so fasziniert war. Jewel und Rebecca beugen sich tief über die Teller und kauen sich in aller Ruhe durch ihr Essen, sie atmet den süßen, fettigen Geruch der Zwiebeln ein. Nur das Besteck quietscht auf den Tellern, sonst ist es still. Aber dann wacht in der Küche ein Radio mit Knistern und Knacken auf, leise scheppert die Musik, die Kellnerin singt mit. Rebecca schiebt den Teller von sich weg, sie lässt die Hälfte liegen und bestellt noch einmal Kaffee, während Jewel mit seinem Brötchen den letzten Rest Soße aufwischt. Schließlich kreuzen sie beide die Arme und lehnen sich ächzend zurück.

Leber hat sie noch nie ausstehen können, zum Glück sind die Teller jetzt abgeräumt. In dem Abendlicht, das durch das große Fenster fällt, wirkt sogar die goldene Dekoration beinahe gemütlich. Sie könnte noch ein Weilchen hier sitzen, so gut gefällt es ihr. Das Armcrest ist eine Vorhölle, vielleicht nicht ganz so hoffnungslos, also ein Fegefeuer, eine rutschige, fröhliche Unterwelt aus goldfarbenem Kunststoff, auf halber Strecke zwischen dem leeren Blau ihres Hauses und dem trostlosen Grün des Krankenhauses. Unter ihr quietscht die Sitzbank, Salz- und Pfefferstreuer stehen dicht an den Aschenbecher gerückt, im Salz sind ein paar Reiskörner, die wie abgeschnittene Fingernägel aussehen. Selbst die Pflanzen betonen das Gewöhnliche, die Art des Gewöhnlichen, die auch Harry liebt. Sie gäbe alles darum, wenn sie es wiederherstellen könnte. Um mit dem Gewöhnlichen, zumindest zeitweilig, das in Schach zu halten, was der Arzt gesagt hat. Ja, sie könnte lange hier sitzen bleiben, denkt sie. Aber dann legt Rebecca, kaum hat sie den Mund frei, wieder los.

»Willste noch was bestellen? Komm schon, Mama. Das Süppchen war doch für den hohlen Zahn. Du musst mehr essen. Sonst wirst du uns noch krank.« Jewel sitzt da und nickt, als wäre es nicht genug, dass Rebecca sie auf diese Weise bearbeitet. Sie kommt sich wie ein Hydrant vor, vollgepumpt mit orangefarbener Suppe. Jewel starrt vor sich hin und zündet zwei Zigaretten an, eine für sich und eine für Rebecca. Die beiden inhalieren erwartungsvoll, als wollten sie so lange ausharren, bis sie einen Wackelpudding oder ein durchgeweichtes Stück Kuchen bestellt. Die Frage ist, wer hier wen nachäfft, würde sie am liebsten sagen, aber sie starrt nur zurück. Sie tut ihnen den Gefallen und reißt das Päckchen Cracker auf, das zu ihrer Suppe gehört hat.

»Ihr könntet ein bisschen weniger rauchen«, rutscht es ihr heraus. Obwohl es nicht schnippisch gemeint war, werfen sie ihr finstere Blicke zu. Wirklich lustig, wie ähnlich sie sich manchmal sind, gerade wenn sie es gern vermeiden würden. Versuch gar nicht erst, die beiden zu verstehen, denkt sie. Hab sie einfach lieb. »Jetzt erzählt mir mal von Roberts kleiner Freundin«, sagt sie, um das Thema zu wechseln. Sie hofft, dass es erlaubt ist, danach zu fragen, denn sie ist tatsächlich neugierig. *Freundin?* »Das Mädchen, mit dem er –«

»Ach«, schnauft Rebecca, hält die Luft an und grinst in

Richtung Decke. Die restlichen Worte werden beinahe von Rauch und Lachen verschluckt: »Du meinst das Mädchen, auf das er scharf ist.«

Jewel lacht jetzt auch, und doch liegt in seinem Blick die Sorge um Harry. Gleich hat sie wieder Schläuche und Kabel vor Augen, und die Miene des Arztes. Der Gedanke an seinen unterkühlten Medizinerton schießt auf wie Unkraut und erstickt das Thema, das gerade erst Wurzeln gefasst hat. Jewel setzt noch zu einer Erklärung an: »Na ja, der neueste Stand ... jetzt meint er, er will in einem gottverdammten Tipi oder so was wohnen, stell dir mal vor.« Ihr ist es eigentlich egal, was er sagt. Seine Worte sind wie Balsam, selbst sein Fluchen wirkt unter diesen Umständen beruhigend, und der Herrgott, der ja um ihre Sorgen weiß, wird ihm sicherlich auch das Gottverdammt verzeihen, falls er überhaupt zuhört.

Sie hatte sich die Haare zurechtgemacht, bevor das Baby eingeschlafen war, und zwar mit einer gewissen Schamlosigkeit, und bevor sie sich die Sache noch ausreden konnte, hatte sie Root Beer, eine Blechtasse, Kekse und Harrys Lieblingskäse in eine Tasche gesteckt. Jewel schlief tief und fest, als sie auf Zehenspitzen in die Scheune schlich. In den frostigen Lichtstreifen tanzte der Staub, Heu rieselte hinab, Vögel flatterten in den Dachbalken, Schwalben. Immer noch hingen die Kleider da, nur das blaue Hemd nicht. Das karierte lag als Kopfkissen zusammengeknüllt auf den Zweigen, neben einem kleinen Stapel Papier.

Sie hörte nur ihren eigenen Atem, dann schlurfte und trappelte es über ihr. Die Sprossen einer Leiter knarzten. Sie sah etwas Grünes, Wolliges, dann kam der Mann herunter.

Seine angstvolle Miene entspannte sich schnell. Er legte sich einen Finger auf die Lippen, tippte leicht an Jewels Wange, ein Kuss. Dann strich er ihr mit der kühlen Fingerspitze am Kinn entlang. Er kam ganz dicht heran und fuhr ihr mit der Zunge langsam über die Lippen.

Sie schmolz dahin wie Butter. *Schlaf, Kindchen, schlaf …* Ein Wiegenlied, das aus ihrem Inneren drang, während der Mann das Baby nahm und vorsichtig auf die Zweige legte. Es lag in einer Krippe und rührte sich nicht. *Wind kommt auf, die Wiege stürzt herab, und mit ihr stürzt das Kinde –*

Seine Küsse an ihrem Hals kitzelten wie Gras. Sie wehrte sich nicht, als er seine Hand unter ihren Mantel schob. Ein seidig-kühler Hauch auf ihrer Haut. Er ließ die Hand auf ihrer Brust ruhen, ihre Brustwarzen waren hart vom Stillen. Sie stießen leicht mit den Zähnen aneinander, dieser metallische Geschmack … Er hielt jetzt beide Brüste, drückte sein Gesicht an ihren Mantel, schob ihn auf, zog ihre Bluse heraus und leckte die Senke zwischen ihren Rippen.

Über ihnen raschelte Gefieder, und auf dem Tannenbett schlief das Baby und nuckelte laut, während der Mann sich an ihrer Unterwäsche zu schaffen machte. Ihr Herz wurde flüssig und begann zu blubbern. Er schob ihr die Strümpfe herunter, sein Mund schmeckte nach Baumrinde, vielleicht wie Harz, bitter, aber Süßes versprechend. Ihr Hut war irgendwo hängen geblieben. Jetzt lag ihr Fußballen in seiner Hand, die Luft kühlte ihre Sohle, ihr Bein stand ab wie ein Henkel. Sanft und still wie der Nebel, der über den Northwest Arm heraufzog, drang er in sie ein. Seltsame, scharfe Lust durchzuckte sie, eine besondere Art von Hitze. Der Schauder des Lebendigen, über ihr der tanzende Staub, bis die Dämmerung hereinschlich und sich wie ein Tuch um sie legte. Zwei Fremde, sie und er, die stolpernd voneinander ließen.

Ein Fuß berührte kalten Boden. Ihr Blick war blau und kühl wie das Wasser über einem Schiffswrack. »Sag mir, wie du heißt«, verlangte sie in einem Ton des Anstands, der anstandsgemäßen Verzweiflung. Er hielt sie fest, seine Arme wie abgebrochene Zweige, er schwieg, sein Blick verriet nichts.

Sie knabbert an einem Salzcracker und legt die restlichen auf den Tisch. »Robert geht also zelten.« Ihre Bemerkung, fade wie der Cracker, bleibt in der Luft hängen, weder Jewel noch Rebecca gehen darauf ein. »Dann wird er wohl bald loswollen, oder?«, sagt sie und wartet auf eine Reaktion.

»Das Wetter kümmert ihn offenbar überhaupt nicht.« Rebecca lässt Rauch entweichen und reibt sich die Augen, dann nimmt sie die Serviette, wischt sich langsam und sorgfältig den grünlichen Lidschatten vom Finger. Sie kann unglaublich penibel sein – in manchen Dingen.

»Wer weiß, vielleicht zieht er zu seinem Kumpel auf das Hausboot, macht eine Weltreise.« Jewel grunzt und reibt sich den Bauch. Das soll wohl ein Witz sein. Aber niemand lacht.

»Da ist doch kein Platz«, sagt Rebecca nach einer Weile, beugt sich vor und stupst ihn an.

»Na ja, das geschieht euch vielleicht recht«, sagt Lucy, »schließlich ist er an der Bucht aufgewachsen.«

Humor kostet nichts, Humor ist alles, was sie hat, um die Dinge aufzuhalten, auf die Bremse zu treten, den Finger in den Deich zu stecken. Man muss die Landschaft genießen, solange sie noch nicht unter Wasser steht. Aber der Witz kommt nicht an. Rebecca schnaubt. Bevor sie noch wissen, wie sie das Gespräch retten können, steht die Kellnerin an ihrem Tisch, reißt die Rechnung vom Block, legt sie auf den Tisch und beschwert sie mit drei Pfefferminzbonbons, die schon bessere Zeiten gesehen haben. Sie scheint es eilig zu haben, dabei ist es noch früh, und außer ihnen ist immer noch niemand da.

Aber Jewel lehnt sich zurück, als wollte er es sich erst richtig gemütlich machen. Er war immer schon stur. Wenn er die blauen Socken anziehen sollte, wollte er die braunen. Jetzt, da es draußen fast dunkel ist, sehen sie sich in der Fensterscheibe. »Letztes Mal gab es Schokostäbchen, nicht wahr, Schatz?« Er sagt es, als könnten sie die ganze Nacht hier sitzen bleiben. Und es spricht ja auch nichts dagegen, denkt sie. Warum sollte sie weniger stur sein als ihr Sohn? »Na ja, besser als ein Tritt in den Hintern«, seufzt er, weil Rebecca nicht reagiert. Keine Ahnung, was das heißen soll. Sie würden wohl am liebsten bis in alle Ewigkeit so rumnuscheln und die Achseln zucken, damit sie nicht über das sprechen müssen, was wirklich ansteht und in diesem Moment mit großer Dringlichkeit gegen Lucy anbrandet, eine schlammige, lautlose Welle, deren zerstörerischer Kraft sie nur den Geruch von Leber und Röstzwiebeln entgegenzusetzen hat. Das Restaurant wirkt jetzt billig und schäbig, Holzfurnier und Plastikbezüge sind schmutzig und klebrig und an einigen Stellen schon kaputt. Lucy schnappt sich die Rechnung und steht schnell auf. Schließlich ist sie die Mutter, da gehört es sich, dass sie bezahlt, und es war ja auch keine schlechte Idee, hierherzukommen. Sie sucht in ihrer Handtasche, findet aber nur Kleingeld.

»Hier, Mama. Lass gut sein.«

Das hört sich komisch an, nach allem, was sie durchgemacht hat. Jewel geht an die Kasse, bezahlt und schlendert noch einmal zum Tisch zurück, um ein paar Münzen unter den Rand seiner Untertasse zu schieben. Lucy steht neben Rebecca, sie weiß nicht, ob sie lachen oder weinen soll. Die Kellnerin wartet schon, wischt dann den Tisch ab, steckt Trinkgeld und Pfefferminzbonbons ein. Bald wird da nur noch das dunkle Haus sein, das große Bett und die kühle Matratze, die auf Harrys Seite durchgelegen ist. Sie würde lieber bleiben und der Kellnerin beim Wischen und Aufräumen helfen. Ist das nicht verrückt?

Draußen ist es dunkel und knackig kalt. Im Auto riecht es nach Zwiebeln. Jewel fummelt mit einem Zahnstocher herum, hält ihn wie einen kleinen Speer. Mit dem Ballen der freien Hand stützt er sich am Lenkrad ab und steuert den Wagen. »Und, Mama«, fragt er schließlich, »was machen wir jetzt?« Es ist die Frage, um die sie die ganze Zeit so geflissentlich herumgeredet haben.

Langsam und bedächtig atmet sie ein, so bedächtig und frei wie Jewel und Rebecca, wenn sie an einer Zigarette ziehen. »Machen, mein Schatz?« Ungeduldig wie sie selbst, wenn sie ihnen ihre stinkende Sucht vorhält, antwortet er: »Du weißt doch, Mama, mit Papa!« Als wüsste alle Welt, was zu tun ist, nur sie nicht. Aber sie können doch gar nichts *machen*, es ist doch nicht ihre Entscheidung, weder ihre noch die der Ärzte. »Ich meine, das Beatmungsgerät, und der Tropf«, sagt er, als wäre sie schwer von Verstand. Er flüstert jetzt nur noch vor sich hin, wie damals, als er klein war und sich die Augen rieb und nicht ins Bett wollte. Eine seltsame Hitze durchkitzelt ihren Körper, Schwindel erfasst sie, so unangenehm, dass sie am liebsten den Kopf irgendwo auflegen würde. Sie muss nur geduldig sein, dann geht es schon vorbei. »Nun, mein Schatz«, sagt sie seufzend, während die Hitze über ihrem linken Auge tanzt und stichelt, »du weißt ja, wie es ist: Es liegt wohl in Gottes Hand.«

Als es vorbei war, lagen sie eng aneinandergeschmiegt da, der Herr sei ihrer schwachen, liederlichen Seele gnädig. Sie hatte nach dem Leben gegriffen, hatte sich ihr eigenes, zaghaftes Verlangen eingestanden und zugelassen, dass es sie körperlich durchdrang. Und was tat sie dann? Sie rannte nicht weg, nein, sie floh nicht – sie aß ein paar Kekse! Der Mann machte das Root Beer an einem Nagel auf, gluck, gluck, gluck, lief es ihm die Kehle hinunter. Dann aß er die Krümel, die er sich vom Mantel pickte.

Jewel wachte auf und quakte. »Pssst«, machte sie, und der Mann ahmte sie nach, ein Meeresrauschen wie in einer Muschel. Sie war jetzt froh darüber, dass die Scheune so düster war, denn ihre Lust hatte sich in Scham verwandelt, ein heißes, zähes Gefühl, das durch die Kehle hinaufdrückte und sich hinter den Ohren staute. Das Baby saß aufrecht, wacklig, und kaute wimmernd auf seinem Handschuh. Der Mann blickte ihr mit bitterer Sehnsucht hinterher, als sie Jewel, der drauf und dran war, loszubrüllen, einwickelte und mit dem Bündel hinausschlüpfte. Sie ließ sich gerade noch Zeit, sein Mützchen zu richten, wandte sich ein letztes Mal um und rang sich ein Grinsen ab, das, so wünschte sie, mutig, zumindest aber beharrlich wirken sollte. Sie fragte sich, ob eine Frau wie Lil imstande wäre, so schamlos zu handeln. In der Dunkelheit glänzten die Augen des Mannes wie Opal, seine Miene wirkte matt und abgekämpft. Als sie selbst in diese Dunkelheit eintauchte, hob er den Becher, den sie ihm gebracht hatte, und sah aus, als wollte er etwas sagen.

Die Umrisse der Felsen und Bäume, sogar die Tannennadeln auf dem Pfad waren schärfer als zuvor, wie frisch geprägt, nie gesehen. Harry war schon zu Hause, lief unruhig im Zimmer umher und fragte unwirsch, ob er jemals etwas zu essen bekäme. Dann schnappte er sich seinen Mantel und rief, er habe eh keinen Hunger. Sie setzte Wasser auf, schüttete es in die kleine, niedrige Wanne und stieg hinein. Jewel kaute auf dem Zinkrand herum. Er griff nach dem Becher, der zum Abspülen bereitstand, taufte sie und den Boden.

Danach kehrte sie noch einmal zur Scheune zurück. Sie ging bei Ida Trott vorbei und reichte ihr das Kind. Ida, die Mühe hatte, das zappelnde Baby zu halten, blinzelte und sagte, sie habe gesehen, dass Lucy in die Kirche gehe. Lucy ignorierte das Weinen, warf ihnen aber, während sie den Hügel hinaufstieg, immer wieder Luftküsse zu. Idas bohrender Blick verfolgte sie noch, als sie bereits am rostigen Anker vorbei war. Sie hatte das vage Gefühl, in ihrem Körper spränge etwas an, ein Motor.

Die Kleider waren verschwunden. Nur ein paar verstreute Tannennadeln erinnerten daran, dass er da gewesen war. Es roch nach Staub und Fliegen und schmutzigen Scheiben. Sie zog die Handschuhe aus, klatschte in die Hände und sah ihrem dampfenden Atem hinterher. Als hätte sie sich den Mann nur erträumt – und auch ihr *Verhalten,* wie Pastor Marcus sich ausdrücken würde. Seine letzte Predigt kam über sie wie ein Gähnanfall: *Das wahre Leben ist ein Leben ohne Sünde.* Aber das Leben pulsierte ja wie ihr Herz, ihre einzige Sünde war es gewesen, tausend verschiedene

Arten von Pflanzen, Blumen und Kräutern auszusäen, die hervorsprießen wollten: Sie war die Erde im Frühling, der Mann war Harke und Pflug. Als sie der Leere um sich gewahr wurde, fiel ihr Harrys Auge ein, das gute: das er auf das Kissen richtete, wenn er sich auf sie legte. Wie lange war das eigentlich her?

Der ruhige Blick des Mannes, sein Mund auf ihrem Mund ... Wie konnte die Seele vergessen, was dem Körper in Erinnerung blieb? Sie tastete die Wände ab, suchte nach seinem Gespenst. Splitter blieben in ihren Handflächen stecken, bis sie wie die Hände eines Gärtners aussahen, der einen ganzen Tag lang Rosen herausgerissen hatte: Dornenspuren. Stolpernd lief sie den Hügel hinab. Auf Idas Einladung, zum Tee zu bleiben, ging sie nicht ein. Das Fläschchen, das sie Ida dagelassen hatte, war fast leer. Ein letzter Rest dickflüssiger Milch kullerte auf dem Flaschenboden herum wie ein Auge. »Setz dich«, drängte Ida und legte ihr Jewel in die Arme, offensichtlich erleichtert. Lucy drückte ihn an sich und schob Ida Geld hin, aber Ida, die durch ein leeres Brillengestell blinzelte, schob es zurück. Sie nahm Lucys Hand und fragte, ob es etwas gebe, das sie wissen wolle. Ida strich ihr mit rauen Fingern über die Handfläche, sodass die Splitter noch tiefer in die Haut drangen. Sie verlange nichts dafür, sagte sie, falls Lucy sich deswegen Sorgen mache. »Also, schauen wir doch mal. Diese zwei winzigen Fältchen an der Seite, das bedeutet Babys.« Lucy habe eine Herzlinie wie ein Seil und eine kräftige Lebenslinie. Sie wollte wissen, ob Lucy Holz gehackt habe. »Ich hab gehört, dein Mann und Artie sind dicke Kumpels«, sagte sie aus heiterem Himmel. Lucy zog die Hand zurück. Ida schlug auf den Tisch, vielleicht, um eine Fliege zu erwischen, und sagte, sie würde eigentlich nicht schlecht über die Leute reden, aber falls dieser Kerl sie interessiere …

Als Harry am Abend wissen wollte, was mit ihren Händen passiert sei, zuckte sie mit den Schultern und meinte, das Abwaschwasser wirke da Wunder.

Sie steigt aus dem Wagen, die Luft ist kalt, der Kies knirscht unter ihren Schuhen. Jewel und Rebecca fahren davon, bald sieht sie nur noch die Rücklichter, die wie Zigaretten aufglühen. Lucys stilles, kaum ausformuliertes Gebet verfängt sich in der Abenddämmerung und im Stoff der Gardinen: *So Gott will. Wie im Himmel so auf Erden.* Es ist, als würde in den leeren Zimmern oder auf dem Flur eine dünne Stimme ihre Worte nachsprechen, eine Stimme aus der Vergangenheit, gefolgt von einer Country-Melodie. Irgendeine aufgedonnerte Blonde singt in breitem Dialekt *Heaven's Just a Sin Away,* ein Lied, das Harry unbedingt lernen wollte. Als sie den Pullover auszieht, geraten Lied und Stimme aus den Fugen, ihr ist, als würde sich das leere Haus um sie herum zusammenziehen. Sie denkt nicht nur an Harry, sondern plötzlich auch wieder an Helena. Es hat sie kalt erwischt. Jetzt irrt sie im Dickicht der Erinnerung herum und hat wieder den rußigen Regen vor Augen, den kochenden, fettig glänzenden Schauer aus zerfetztem Stahl.

Als ihre Regel fünf Tage überfällig war, ging sie zur Beichte. Sie war bereit, sich auf einen Handel einzulassen. Von den Kirchenbänken kam ein tiefes Surren, tiefer als jedes Geheimnis, das sie in sich trug. Die Kerzen flackerten schwach. Ein Kriechen und Krabbeln in ihren Eingeweiden. Sie sollte vielleicht noch schnell im Katechismus lesen, wie man richtig beichtet. (War es denn möglich, falsch zu beichten?) Aber die Rosenkranzperlen klackerten und trieben sie in Richtung des Beichtstuhls, der aussah wie ein Sarg. Licht fiel durch das Gitter des kleinen Vierecks, hinter dem der Schatten von Pastor Marcus zu erkennen war. »Wann war deine letzte Beichte?« Der Geruch von Rasierseife, dann das müde Drängen des Priesters: »Buße sollst du tun, mein Kind, dann werden dir alle Sünden vergeben.«

Alle Sünden? Die Sünden des Fleisches? Todsünden? Ihr schien, als würde der Mann, der Kriegsgefangene, noch in ihr atmen, als strichen seine Finger noch über ihre Haut. »Gott vergibt denen, die Reue zeigen«, sagte Pastor Marcus und fragte, ob sie unkeusch gewesen sei, ob sie unkeusche Gedanken gehabt habe.

»Pater, ich habe gelogen«, flunkerte sie. »Ich habe meinen Mann angelogen.« Er wollte wissen, wie oft. *Wie oft?* Ein Rascheln – wurden sie belauscht? »Ein Mal«, antwortete sie, »ich habe ihn ein einziges Mal angelogen.« Es war egal, dass sie auch jetzt wieder log. Sie wollte nur sehen, ob ihre Ausrede gut genug war. Ihre Rechtfertigung war das Leben selbst, ein Leben, das aus den Trümmern der Verzweiflung herausgezogen worden war. Sie hätte gern noch eine Frage gestellt, über einen Mann, der trank und eine Lüge nach der anderen beging, aber der Vergebung, die der Priester leistete, fehlte jede Inbrunst. Er gab ihr den Rat, ihrem Mann mit ganzem Herzen zu dienen, und trug ihr auf, zur Buße fünf Ave-Marias zu beten.

Die Jungfrau lächelte herab, als Lucy ihr sorgenvolles Gebet sprach, Wörter, die durch ihren ganzen Körper glitten. Das taube Gefühl, das ihr so vertraut war, kehrte zurück, es war, als hätte sie einen Schlag auf den Schädel bekommen. *Mater dolorosa,* Maria, schmerzensreiche Mutter. *Mutter, darf ich? Queenie, Queenie,* sang ein Mädchen, es war Ethels Stimme. Wie geringfügig waren ihre Sorgen, verglichen mit denen der Jungfrau. Der Ausdruck, den der Bildhauer ihr gegeben hatte, war so mild, so ölglatt, dass er ihr tief ins Innere drang. Und am Abend, als es Zeit war, ins Bett zu gehen, begann sie zu bluten.

In der Küche springt sie das Rot eines Topflappens an – er ist nicht am richtigen Platz – und jagt ihr einen Schrecken ein, den sie mit den blinkenden Rücklichtern auf der Straße verbindet. Was hat sie in den letzten, düsteren Tagen wohl noch alles liegen lassen, verlegt? In der Sehnsucht nach einer Stimme, einer echten Stimme, schaltet sie Harrys kleines Radio ein. Das Gitter vor dem Lautsprecher ist klebrig und staubig oder voller Mehl. Es macht klick, ein kleines rotes Licht leuchtet auf wie ein Kaninchenauge, aber es kommt nur Rauschen aus dem Gerät. Vielleicht funktioniert es nur, wenn Harry funktioniert. Das winzige Lämpchen beruhigt sie ein wenig, immerhin. Es ist rot wie eine Christbaumkugel, was sie wieder zu Jewel zurückführt, und zu Harry, zurück in eine Zeit, als Harry noch ziemlich unschuldig war. Und sie erst, wie naiv sie doch war: Sie wusste nicht einmal, was Unschuld bedeutet! Aber wie der Nachklang eines schönen Traums flattert ein Bild herauf, so leicht und luftig wie Laken an einer Wäscheleine: Jewel auf dem Arm seines Vaters, in seinen Händchen etwas, das vom Baum herabgefallen ist, hübsch und knallig wie ein Roter Kardinal.

»Übung macht den Meister«, sagte Harry mürrisch und sammelte das Holz von Babineaus abgerissenem Plumpsklo auf. Er hatte sich vorgenommen, erst einmal einen Schuppen zu bauen, bevor er so weit ging und Land kaufte. Die Stimme ihres Vaters schien zu rufen: *Du würdest noch nicht mal ein Wasserrohr erkennen, wenn es sich von hinten an dich heranschleichen und dir in den Arsch beißen würde.* Aber Harry ließ sich nicht abbringen, wahrscheinlich machte ihm der Rum Mut, als wäre es ein und dasselbe, ob man Stahlplatten an einen Schiffsrumpf nietet oder ein Haus baut. Dann rüttelte Lil am Fliegengitter, ihr angemaltes Gesicht tauchte hinter der Scheibe auf, sie trug etwas, das wie ein Hausmantel aussah. Er habe den Sitz liegen lassen, sagte sie.

Später, als sie draußen in der düsteren Kälte standen, erklärte er: »Dolly, was ich da baue, ist kein Klo.« Es sah nach Schnee aus, und als er sie zu dem Hang führte, wo das Gras ölig und messerscharf war, ächzte ein Nebelhorn und schnitt durch die Luft wie fliegender Stahl. Das Geräusch ging ihr durch Mark und Bein. Sie meinte, den Boden unter den Füßen zu verlieren. Als müsste sie nur die Luft anhalten und ganz genau hinhören, und schon würde ein Geheimnis gelüftet werden. Aber dann gluckste das Baby. Sie kitzelte es am Kinn und sang: *»In einem kleinen, schiefen Haus wohnte eine kleine, schiefe Frau …«* Lil war doch nicht mehr als eine Klinkenputzerin, die ihre Fußmatten loswerden wollte.

Der Schuppen nahm schnell Form an: ein Schandfleck, der aus dem grauen Wald hervorwuchs. Hier also fand Harry Zuflucht. Lucy dagegen rettete sich in der Adventsstille in den glitzernden Schoß von St. Columba. Sie hatte keine Ahnung, was Harry dort oben anstellte, doch an Heiligabend erschien er zu ihrer Überraschung nüchtern und brachte ein Flügelrad mit, das er selbst geschnitzt und rot angestrichen hatte, dazu eine schüttere Tanne, die als Weihnachtsbaum diente. Sie zerschnitt ein altes rotes Hemd und schmückte ihn mit Schleifen. Das Flügelrad hockte wie ein Vogel in den Zweigen. *O Tannenbaum.* Tief in ihrem Herzen wünschte sie, es wären zwei.

»Ich huste und puste, bis dein Haus umfällt.« Sie hielt Jewel im Arm und versuchte vergeblich, das Rädchen zum Drehen zu bringen. Erst als Harry es mit Butter schmierte, funktionierte es. Dann sagte er: »Weißt du, manchmal träume ich.« Wovon denn?, wollte sie wissen und dachte, bitte nicht von Lil Marryatt. »Dass alles, was uns passiert ist, nie passiert wäre«, fuhr er fort und sagte, dass er die Kleine manchmal lachen hörte, als würde Lucy mit ihr spielen und singen. Er stand da und betrachtete mit seinem guten Auge die Insel, das von nassem Schnee bedeckte Dach des Gefängnisses, und während er seinen Tee mit einem Schuss von nebenan verfeinerte, sagte er, dass er sich immer vorgestellt habe, wie sie später einmal aussehen würde: »Wie eine Prinzessin vielleicht. Wunderschön, wie ... also, auf jeden Fall besonders.«

In jenem Winter fror der Kanal zu, auf dem Northwest Arm stauten sich Eisschollen, trieben vorbei wie Schäfchenwolken. Einmal beobachtete sie Männer, die auf Stiefeln Eishockey spielten, und fühlte sich einsamer als je zuvor. Immerhin gab es Ida. Sie hätte sie besuchen können, aber etwas hielt sie zurück. Schließlich, endlich, wurden die Tage länger, das Eis schmolz, und die Robben kehrten auf ihre Felsen zurück. Eines Abends im März kam Harry früher als gewöhnlich nach Hause. Er war aufgeregt wie ein Kind und erzählte, dass hinter der Villa ein Grundstück zum Verkauf stünde. Platz genug für einen großen Garten und alles Mögliche, hatte Artie gesagt, es gehörte einem Kumpel von ihm, der in die Staaten gegangen war.

Ein Kitzeln lief ihr über die Haut, als hätte sie sich im Sand gewälzt. Er schimpfte los, wollte wissen, was sie ihm vorzuwerfen habe, sie sei wohl die Königin von Saba! Wenn sie ein Anwesen haben wolle, dann müsse sie sich einen anderen Kerl suchen. Am nächsten Tag rüttelte er sie in aller Frühe wach und nahm sie mit.

Das Grundstück, ein unregelmäßiges Rechteck, lag in der Nähe der Stelle, wo sie den kleinen Jungen zugeschaut hatte, die an der Pfütze gehockt und um Süßigkeiten gestritten hatten. Es war von einem Lattenzaun umgeben und hatte felsigen Grund, nur hier und da wuchs eine Tanne. Auf den angrenzenden Grundstücken standen kleine, aber ziemlich ordentliche Häuschen. Vorhänge bewegten sich. Wurden sie beobachtet? »Was meinst du, Dolly?«, fragte er.

Einen Schuppen zu bauen, das ging vielleicht noch, aber ein Haus? Sie machte sich Sorgen, weil Artie und Lil, und auch Ida, ganz in der Nähe wohnten, man musste nur durch das Wäldchen den Hang hinuntergehen. »Warum suchen wir uns nicht etwas in der Stadt?«, fragte sie. Dann könnte er mit der Straßenbahn zur Arbeit fahren. Aber Artie hatte gemeint, es sei ein Schnäppchen.

»Wenn man Land kauft, liegt man nie falsch«, sagte er und sah Jewel mit großen Augen an. Als wäre es längst beschlossene Sache, und die schimmlige Hütte mit der Wiege, die neben dem Bett kaum Platz hatte, wäre längst dem Verfall anheimgegeben. Als er ihr versprach, dass Platz für ein Blumenbeet sei, stimmte sie zu. Sie fand nie heraus, wie viel es gekostet hatte, und wollte es auch gar nicht wissen. Er hob das letzte Geld aus dem Hilfsfonds ab, aber ohne seine Pokergewinne, das wusste sie, hätten sie es nicht geschafft. Als der Boden aufzutauen begann, versprach er, dass sie im Herbst einziehen würden.

Artie und ein paar seiner Cousins halfen dabei, die Baugrube auszuheben. Harry schleppte den ganzen Tag Felsbrocken, seine Muskeln schwollen an. Es war auf einmal, als hätte es Lil Marryatt nie gegeben. Er kam nach Einbruch der Dunkelheit heimgekrochen und war glücklich, auch wenn er sich über die Schufterei beklagte, die, so meinte er, eher etwas für Zwangsarbeiter wäre. Er sank neben ihr ins Bett und schlief meist sofort ein. Dann lag sie da, betrachtete die Schatten, die von den Strahlern des Gefängnisses geworfen wurden, und hörte zu, wie er schnarchte. In manchen Nächten fühlte sie sich, als säße sie auf dem Trockenen, als hätte man sie auf einer Sandbank zurückgelassen. Sie sehnte sich nach seinem Körper.

Immerhin konnte sie an den langen, hellen Abenden sehen, wie der Bau vorankam. Jewel machte die ersten Schritte, zeterte und trommelte mit den Fäustchen, sobald sie ihn aufheben wollte. »So ein Kerlchen habe ich noch nie gesehen«, sagte einer der Cousins. »Meiner würde lieber an Muttis Nippel baumeln, als selbst zu gehen.«

»Kann man dem kleinen Scheißer nicht übel nehmen«, grunzte Artie, dessen Hemd rausgerutscht war und den Blick auf seine Arschritze freigab. Harry warf ihr einen Blick zu und wischte sich den Schweiß von der Stirn. Der Fetzen in seiner Hand hatte die Farbe jenes Hemdes, nach dem er nie mehr gefragt hatte. »Ich hab in meinem ganzen Leben noch nie so viele Steine gesehen«, schimpfte Artie. »An deiner Stelle würde ich mich mit einem Kriechkeller zufriedengeben.« Also war es ihre Schuld, dass sie bis nach China durchgraben mussten. Harry lachte, gab ihm einen Stoß und nannte ihn eine arbeitsscheue, faule Sau.

Am Abend schlief Harry mit ihr. Er bestand nur noch aus Muskeln und Knochen, hart und kantig wie eine Maschine. Danach flüsterten sie im Dunkeln, Lucy hatte ein Bild im Kopf, schlicht wie eine Kinderzeichnung, das sie drehte und wendete, um es von allen Seiten zu betrachten: ein Haus mit Wänden und einem Dach und einer Rauchfahne, die sich aus einem Schornstein hervorkringelte. Aber hineinsehen konnte sie nicht, das überstieg ihre Fantasie, und sie konnte sich auch nicht vorstellen, durch die Fenster hinauszuschauen, bis Harry sie drängte, ihre Wünsche zu äußern. Eins nach dem anderen fiel ihr ein: Einen Briefkastenschlitz wollte sie, einen Absatz oben an der Treppe, Einbauschränke. »Mitte Oktober«, versprach er, »spätestens November, auf jeden Fall Weihnachten.«

Den ganzen Sommer lang war er mit Zimmerarbeiten beschäftigt, bis spät in die Nacht. Als er eines Tages das Dach deckte, zumindest den größten Teil, sah sie ihn dort oben in der schwülen Hitze hämmern und wäre beinahe in Tränen ausgebrochen. Er war kräftiger geworden und geschmeidiger in seinen Bewegungen. Wie ein einäugiger Kater lief er über die Planke, die auf dem Treppengerüst lag. Sie machte die Augen zu und hielt den Atem an, wenn er wie ein Zirkusakrobat herumturnte, er konnte doch so schlecht sehen! Er steckte sich die Nägel zwischen die Lippen und schwang den Hammer. Er könnte ihr Vater mit seiner Zimmermannsschürze sein, dachte sie und spürte den scharfen Stich des Verlusts, einen staubigen Wirbel der Erinnerung.

»Verdammt, was spielst du dich auf da oben«, höhnte Artie und gönnte sich einen Schluck Bier. »Wenn das nachher alles zusammenpasst, fress ich einen Besen«, sagte er. Sagten die anderen auch. Harry rief hinunter, sie sollten endlich den Arsch hochkriegen, er könne Artie und die Cousins nicht gebrauchen, wenn sie einen in der Krone hätten.

Hinter ihrem Rücken nannte er sie Laufburschen, und sie fragte ihn, warum sie sich so von ihm herumkommandieren ließen. »Sie schulden mir was«, sagte Harry nur. Aber er würde sie doch wohl nicht nach Stunden bezahlen! Das ließ er nicht auf sich sitzen: »Wer hockt denn da oben und hämmert, du oder ich?«

Wenn er Durst hatte, brachte sie ihm Wasser. Dann konnte sie sich manchmal kaum von seinem Anblick losreißen: wie er sich über den Sägebock beugte, mit freiem Oberkörper, schweißglänzender Brust, über die sich die Narbe zog wie ein Streifen ausgelaufener Tinte. Wenn sie mit Jewel hohe, wacklige Türme aus Bauschutt baute, wünschte sie sich nichts so sehr, als dass er einmal das Werkzeug zur Seite legen würde. Sie vermisste ihn wirklich. Nachdem sie doch schon so viele Nächte einsam dagelegen und den Sternenhimmel betrachtet hatte.

Was sie auch anstellt, es gelingt ihr nicht, einen Sender ordentlich hereinzubekommen: Stimmen und Lieder tauchen auf und wieder ab, es knistert, als würde jemand in einem Fieberanfall Papier zerknüllen. Sie hält es eine Weile aus, sie will nicht ins Bett. Sie traut sich nicht nach oben, noch nicht, die Stille dort ist unerträglich, sie staut sich wie die Hitze unter dem Dach, schon auf dem Treppenabsatz spürt Lucy, dass sie dort hängt, undurchdringlich. Man muss sich langsam an sie gewöhnen, wie an die Hitze, sie kann im Wohnzimmer verweilen, kann hier ihre Kräfte sammeln, wie bei der Rast auf einem Felsen, wenn man einen Bach überquert. Aber das Bewusstsein, dass Harry fehlt, schlängelt sich durch die Dunkelheit, die sie besänftigend umgibt. Dort, in einem Rahmen, steckt ein vergilbtes, welliges Foto aus der Zeit des Hausbaus. Ihre Gesichter sind in der Dunkelheit nicht zu erkennen, weder Harrys noch ihres, aber wer braucht schon Bilder, um sich zu erinnern? Das Bild von jenem Tag ist ihr ins Gedächtnis gebrannt. Sie beißt sich auf die Unterlippe, bemüht, nicht zu stolz zu wirken. Harry kleben die Locken auf der breiten Stirn, er hat den Blick gesenkt. Seine Hände und der größte Teil seines Körpers sind vom Bildrand abgeschnitten, aber es fällt ihr nicht schwer, sie zu ergänzen. Er hält eine Bierflasche in der Hand, das Baby hängt an seinem Knie, klammert sich an die Hose, weshalb seine Hosenträger so gespannt aussehen.

Harry. Sie führt das Foto an den Mund, das kühle Glas berührt ihre Lippen, beinahe wie Haut. Ein Leichtes, sich vorzustellen, wie er sie ansieht, ein bisschen von der Seite, als versuchte er vergeblich, ihrem Blick auszuweichen. Sie stellt sich vor, sie wäre jünger. Sie würde einen Koffer packen und in seinem Zimmer auf dem Boden schlafen, wenn es erlaubt wäre. Und nicht nur das – die Vorstellung verfestigt sich zu einem Plan, etwas, das sich Fernsehleute ausdenken könnten: Sie würde die Tür abschließen und den sinnlosen Verband von seinem Kinn lösen, jawohl, das würde sie tun. Und sie würde atmen. Direkt in seinen Mund, wie diese Johanniter, die mit ihren Tragen kommen und Erste

Hilfe leisten. Sauerstoff, so rein wie der Heilige Geist, direkt in Harrys Lunge, bis er mit neuer Kraft, mit neuem Leben, seine Augen öffnet und sie, möglicherweise leicht verwundert, anschaut. Noch schöner wäre es, wenn ihr armer, behinderter Rip Van Winkle sprechen würde. *Lucy? Wo zum Teufel sind wir? Wo bin ich gewesen?*

Und das wäre erst der Anfang. *Pssst,* würde sie flüstern. *Zieh dich an.* Denn er wäre längst aufgestanden wie Lazarus und würde in seinem am Rücken zugebundenen Nachthemd herumlaufen. Vielleicht wäre ihm sein Aufzug völlig egal, er würde barfuß auf seinen dürren weißen Beinen das Zimmer verlassen und über den Flur gehen, und man würde seinen Hintern sehen. Jewel könnte draußen warten, es würde gut zu diesem glanzvollen Auftritt passen, würde Kaugummi kauend bei laufendem Motor im Fluchtauto sitzen, in Harrys Lieblingskarre, einem Dodge aus den Vierzigern – oder waren es die Dreißiger? –, und Rebecca und Robert wären auch dabei, sie würden ihn auf der Rückbank in die Mitte nehmen, würden ihn von beiden Seiten halten, damit er ihnen nicht noch einmal verloren ging.

An dem Abend, als das Dach fertig war, brachte sie Jewel kurz vor Sonnenuntergang ins Bett und trat vor das Haus, um sich ein wenig abzukühlen. Die Augustsonne sank als rötlicher Ball auf den Northwest Arm herab, das Wasser spiegelte die Wolken wie rosafarbene Berge. Sie hatte sich gerade hingesetzt, als eine in Lumpen gekleidete Figur durch den Schlamm auf sie zuhumpelte. Ihr erster Impuls war, ins Haus zu schlüpfen, sie blieb aber sitzen. Ida stand gleich unterhalb der Hütte am Ufer und zog sich Schicht um Schicht aus. Lucy konnte nicht anders, als bestürzt und voller Schuldgefühle zuzusehen. Die Alte legte ihren Sonntagsstaat auf einem Felsen aus, Unterhose, Haut, ein trauriger Anblick. Harry hätte sich totgelacht, wenn er es gesehen hätte. Ida war nur ein Umriss vor schwarzem Wasser, ihre wilde Mähne glühte unter den Strahlern des Gefängnisses auf, ein einziges Mal blickte sie hinauf, aber falls sie Lucy bemerkte, ließ sie es sich nicht anmerken. Sie tastete sich langsam ins Wasser vor, wich zurück, stürzte sich hinein, das Wasser spritzte auf, und die Wellen brachen, bis ihr schlepperartiger Körper auftauchte und sich unter großer Anstrengung zum Strand zurückkämpfte. Da fiel Lucy ein, dass sie als Kind einmal mit ihrem Vater auf den Molen einen Grindwal gesehen hatte. Er war ausgeweidet und hing an einem Haken, aus der offenen Bauchhöhle quoll der Speck hervor.

Der Mond schien durch den Dunst, legte eine weiße Staubschicht über das Land. Lucy schlüpfte ins Haus, sie wollte Idas Aufmerksamkeit nicht auf sich ziehen und Jewel nicht wecken. Vorsichtig schob sie den Türriegel vor und kroch ins Bett. Als Harry kurz vor Tagesanbruch mit einer Fahne hereinkam, verschwitzt und triumphierend, waren die Fußspuren der alten Frau sicher schon gelöscht.

»Wach auf, Mädchen!«, rief er. »Fertig, es ist fertig, Dolly! Habe ich das nicht gesagt?« – »Das Essen ist auch fertig«, murmelte sie im Halbschlaf, es war, als hätte sie alles nur geträumt.

KAPITEL 8

Als sie sich schließlich nach oben schleppt, findet sie schnell den rettenden Schlaf. War da etwas in der Tomatensuppe? Sie dämmert weg und denkt an den Haushalt, an Kratzschwämme. Ein verschwommenes Bild, ein taumelnder Gedanke, Harry steht an der Werkbank und poliert etwas mit Stahlwolle ... Sie schläft schon, und doch hört sie noch, wie er hämmert und poliert, sie hört Stimmen, die aus dem Keller heraufhallen. *Lucy Locket findet ihre Tasch' nicht mehr, Kitty Fisher gibt sie nicht mehr her. Die Tasch' war leer, die Tasch' war leer, bis aufs bunte Schleifchen.* Das ist die Stimme ihres Vaters. Harry ist nicht da, sie ist wieder fünf Jahre alt und spielt in der Roome Street mit Murmeln – algengrünen und weißen, auf denen das Teigmännchen von Pillsbury abgebildet war –, sie zockelt ihrem Vater hinterher, der zur Arbeit geht. Er untersucht Bolzen und Dachziegel, sein Schatten balanciert über Bohlen, geht durch Wände und Fenster. Der Lutscher in ihrem Mund schmeckt nach seiner Hosentasche ... Es ist ein Traum, den sie schon oft geträumt hat, besonders damals, als sie das Haus bauten.

Sie hatte den Geschmack von Lakritze noch im Mund, als sie eines Morgens aufwachte und sah, dass Jewel mit einem Ball auf ihren Kopf zielte. Harry schüttelte gerade die Überdecke aus. Artie war irgendwie an Bauholz herangekommen, und Harry brauchte ihre Hilfe beim Tragen. »Warum hilft er dir nicht?«, stöhnte sie und schlief erneut ein. Und schon war sie wieder in der Roome Street, sie selbst, noch ganz klein, sie wirbelte auf einem Klavierhocker herum, ihre Zöpfe flogen, und Mama rief: *Hör auf damit!* Zu spät, der Hocker fiel um, und es war, als wollten seine krallenartigen Füße nach den Murmeln greifen, vergeblich. *Sitzen unterm Hollerbusch, machen alle husch, husch, husch!* Sie lachte glucksend, stand auf und schlug das gestrichene C an. Worauf ihr Mama im Traum eine Ohrfeige gab, eine kräftige Ohrfeige, und Lucy hatte nicht mehr ihr eigenes Gesicht, sondern das von Helena.

Bauholz ist nicht billig, sagte er mit einem Rasseln in der Stimme und schüttelte sie. *Artie tut mir einen Gefallen.* Sie sah, wie das Licht hereinfiel, und ein Schaudern lief ihr über den Rücken, als hätte ein Rattenschwanz sie gestreift. Dann versuchte es Harry mit Komplimenten – ausgerechnet aus Arties Mund. Dass Artie gemeint habe, Harry könne sich glücklich schätzen, so eine kräftige Frau zu haben, die das Baby überall hinschleppe und dazu noch ziemlich gut aussehe.

Aber damit kam er nicht weit. *Abstauben ist Abstauben,* sagte sie, diese elende Bettelei. Trotzdem fand sie sich später vor der Villa ein. Die Babineau-Sippe war längst da, riss alles herunter, was nicht niet- und nagelfest war, und zertrampelte die Lilien. Als sie sich Jewel schnappen wollte, rannte er auf dem kürzesten Weg zur Scheune. Harry war schneller, aber Jewel schaffte es doch noch durch das Tor.

Kurz wacht sie auf, weil das blaue Straßenlicht durch die Jalousien fällt – Lichtstreifen und kühle Stille. Wie damals in der Scheune, obwohl die Sonne brannte und den Raum aufheizte.

Die Scheune, in die man zum Knutschen ging oder um die Rümpfe um die Wette segeln zu sehen, wie Artie sich ausdrückte. Harry nahm den Jungen, der unaufhörlich trat und zappelte, und sah sie fragend an. Als er ihn wieder absetzte, lief Jewel zur Leiter. »Kommst du auch rauf?«, rief er ihr zu und hievte Jewel, der sich beinahe den Kopf stieß, durch die Luke. Sie wollte nicht, sagte halblaut etwas von unbefugtem Betreten. Jewel krabbelte von der Luke weg, sie hörte das Getrappel über sich. »Das musst du dir angucken!«, rief Harry. Zu Jewel sagte er: »Ui, ui, ui, deine Mama hat wohl die Hosen voll.«

So ähnlich musste sich Alice gefühlt haben, als sie dem Kaninchen hinterherkroch. Auf dem Heuboden war es drückend heiß, die Luft dick wie Suppe. Lichtstreifen fielen auf die Dachsparren. Jewel saß auf Harrys Schultern, hielt sich an seinen Ohren fest und quietschte vor Vergnügen. »Er kriegt hier oben einen Hitzschlag«, wandte sie ein. Ihr war schwindlig. Harry war schon damit beschäftigt, eine Wand zu untersuchen. Schuppen von Tannenzapfen waren dort angenagelt, bildeten Namen und Daten. Ein Kitzeln in ihrem Nacken. Jewel konnte nicht still sitzen und schrie laut auf, als Harry mit dem Finger über einen rostigen Nagel strich. »Das gibt's doch nicht«, sagte er voller Bewunderung und fuhr zusammen, als Jewel an seinen Koteletten zog. Dutzende von Namen standen da, von Paaren. Die Boutiliers, die Babineaus, der eine oder andere Marryatt, weit zurückreichende Jahreszahlen. »Wie in der Genesis«, sagte

Harry grinsend, »nur ohne das ›und er zeugte‹.« Das Blut rauschte ihr in den Ohren. Sie las einen Namen nach dem anderen, und es schien, als würden sie selbst zu pochen beginnen. Ein Pärchen fiel ihr ins Auge: *Franz Heinemann & Luzia, 1918.*

Vögel gurrten, die Hitze verschlug ihr den Atem. Sie taumelte, fasste nach Harry. *Vergib uns unsere Schuld.* Aber er war mit Jewel schon wieder an der Luke. Er nahm ihre Hand und half ihr hinunter. Sein Gesicht war glatt und von der Sonne gerötet, während ihres vermutlich wie ein offenes Buch für ihn war. Aber als sie unten standen, küsste er sie auf die Wange. Er hatte es eilig. Bald war von dem Holz nicht mehr viel übrig.

Gerade kletterten Artie und sein Cousin Ralphie aus dem Kellerloch, die Tür stützten sie mit einem Stein ab. »Seid ihr mir wieder zuvorgekommen, ihr Säue«, rief Harry und ließ sich hinab. Ein kehliges Lachen kündigte Lil an, da war sie auch schon, schlampig wie immer, ihr kastanienbraunes Haar brannte wie ein biblischer Dornbusch. Lil stöhnte auf, als Artie sie abschleckte wie einen Dauerlutscher. *Schau dir das Kleid an, sie ist doch keine sechzehn mehr!*, hörte Lucy ihre innere Stimme sagen, die der Stimme ihrer Mutter beängstigend ähnlich war.

»Trödelt mal nicht so rum«, rief Ralphie, dann sagte er etwas über einen Boden, der einbrechen könnte.

Lil stöhnte, und Lucys Ohren leuchteten rot, obwohl sie nicht hinsah. Endlich steckte Harry den Kopf aus dem Keller und zeigte ein paar rostige Nägel und einen Haken vor. Was für eine Zeitverschwendung. Plötzlich wich ihm die Farbe aus dem Gesicht, Lil kicherte und klapperte mit den Wimpern. »Na, hallo, Harry!« Er hustete, suchte mit den Augen den Boden ab, schnappte sich Jewel und nahm Lucy am Arm. Als sie außer Hörweite waren, konnte sie sich nicht verkneifen zu bemerken, wie komisch es sei, dass sie sich vor dem eigenen Ehemann so benahm. Harry wurde rot und sah sie an, als wäre sie nicht ganz bei Trost. Er bezweifle, dass Lil für die Ehe geeignet sei. In den Hafen der Ehe würde sie doch nur einlaufen, wenn ihr überhaupt nichts anderes mehr einfiele. Was war das für ein Ton in seiner Stimme? Verbitterung?

Ihr fällt auch nichts mehr ein, sie kann die Helligkeit da draußen nicht länger ignorieren. Falls Furcht eine Farbe hat, ist sie grau wie das, was durch die Jalousien scheint. Dumpf bohrt es sich in ihre Eingeweide. Widerstrebend steht sie auf, liegen zu bleiben würde doch alles nur noch verschlimmern. Bevor sie hinuntergeht, macht sie pingelig genau das Bett. Sie hätte noch Stunden schlafen und die süßesten Träume träumen können, auf den bevorstehenden Tag wäre sie trotzdem nicht vorbereitet. Sie fühlen sich ja alle auf ihre eigene Weise überfordert, Jewel und Rebecca, vielleicht sogar Robert, selbst wenn sie es nicht so gesagt haben. Verzweifelt suchen sie nach einer Möglichkeit, Harry wach zu rütteln und ins Leben zurückzuholen.

Nicht nur sie ist früh auf. Sogar Robert ist schon wach, sagt Jewel am Telefon. »Wach und voll beschäftigt, er lädt gerade die Hi-Fi-Anlage ins Auto.« Die was? »Einen Versuch ist es doch wert«, sagt er und liefert eine umständliche Erklärung nach. Das kann sich nur Rebecca ausgedacht haben. Als sie fragt, ob das im Krankenhaus erlaubt sei, meint er leicht beleidigt, es sei doch egal. Als wäre die Frage an sich schon zu viel.

»Tust du mir einen Gefallen?«, unterbricht er sie, ziemlich unhöflich, wie sie findet. Rücksichtsvoll sollte man sein, gerade jetzt. Hat sie nicht immer Rücksicht genommen? Hat sie sich nicht immer um alles gekümmert? Ein Seufzen, eher ein Keuchen, sie hört, dass er raucht. »Mama, könntest du ein paar Alben raussuchen?« Alben? Erst denkt sie, dass er Fotos haben will, aber das ist albern, Harry war nie besonders sentimental. Außerdem hat er die wichtigsten Bilder doch im Kopf, so wie sie auch – das heißt, falls er im Moment überhaupt noch etwas im Kopf hat. Aber dann redet Jewel weiter: Harrys Platten meint er, die Islanders und so. Rebecca würde sich riesig freuen. Sie haben sogar Bucky überredet, mitzukommen, und hoffen, dass er den Plattenspieler in Gang bekommt.

Also wird Robert auch da sein. Das muntert sie ein bisschen auf. Sie sucht ein paar von Harrys Lieblingsplatten heraus, so ziemlich alles, was er von Don Messer hat, und Marg Osburne und Charlie Chamberlain. Sie wischt den Staub von den Hüllen und schiebt sie vorsichtig in eine große braune Papiertüte. Dann legt sie Lippenstift auf und verzieht den Mund, dass ihr ein Lächeln aus dem Spiegel entgegenkommt. Es dauert nicht lange, dann sind sie da. Robert springt die Stufen hinauf, um die Platten zu holen. Er ist ganz begeistert von der Idee seiner Mutter – bis er hinten im Auto die Tüte aufmacht und sieht, was Lucy ausgewählt hat.

»Es muss so langweilig sein, dort zu liegen«, sagt sie leise, wie um sich zu entschuldigen. Im Krankenhaus, meint sie und denkt an den armen Harry, ruhig und nutzlos wie ein morscher Balken.

Sie stehen in der Einfahrt, der Motor läuft schon. Jewel

seufzt, und Lucy weiß, was jetzt kommt: »Er kriegt es doch gar nicht mit, Mama.« Etwas munterer sagt er dann: »Gut, dass du mitgekommen bist, Buck, Opa wird sich freuen.«

Sie sollte sich längst daran gewöhnt haben, sie alle sollten sich längst daran gewöhnt haben, trotzdem schmerzt es sie, wie finster Robert blickt. Er tut nur so, ganz sicher, nur um die Leute zu ärgern. Aber bis man das durchschaut, hat man ganz schön zu kämpfen

Niemand rührt sich, dabei sollten sie jetzt mal loslegen. Doch es ist, als würde ihnen jemand den Weg verstellen. Die Atmosphäre im Wagen ist zum Schneiden, feucht und schwer wie das Laub an den Bäumen über ihnen. »Ich hab ja gesagt, ich komme mit, aber ihr habt versprochen, dass ich die Musik aussuchen kann«, grummelt Robert. Als hätten sie ihn damals mit sauren Gurken abgestillt. Was hat er denn erwartet, Rock 'n' Roll? Ihr fällt ein Ausdruck ein, den er einmal erfunden hat, bestimmt, als er die Miene seiner Mutter vor Augen hatte: *Scheiße am Stil.* Und dann, während sie noch darüber nachdenkt, öffnet der kleine Mistkerl die Tür und springt, ohne dass ihn jemand zurückhalten kann, aus dem Wagen.

»Schlaumeier«, sagt Jewel, gibt Gas und fährt ohne ihn los. Als hätten sie noch nicht genug Ärger. Sie dreht sich um und sieht, wie Robert in die entgegengesetzte Richtung davonschlurft. Himmel! Sie sieht ihm hinterher, bis sie sich fast den Hals ausrenkt. Rebecca schaut nach vorn und putzt sich die Nase. Auf der ganzen Fahrt sagt niemand ein Wort.

Auf dem Parkplatz lädt Jewel den Plattenspieler aus. »Bist du dir sicher, Becky?«, fragt er. Jetzt hat er auf einmal Angst, dass die Krankenschwestern etwas dagegen haben.

»Es tut doch niemandem weh«, sagt Rebecca und schnieft

unwillig. Jewel schmuggelt das Gerät an der Schwesternstation vorbei und klagt, dass »die kleine Wildsau« wenigstens hätte mitkommen können, um ihm zu helfen. Er flüstert mit Rebecca, als sie den Plattenspieler gemeinsam auf dem Boden neben Harrys Bett aufbauen. Nur das Beatmungsgerät ist zu hören, sonst ist es still wie in einer Kapelle. Harrys Gesicht sieht aus wie gemeißelt. Lucy hat das merkwürdige Gefühl, unsichtbar zu sein. Vielleicht ist Rebecca doch nicht verrückt. Sie nehmen es ohnehin mit den Regeln ja nicht so genau.

»Nur ein bisschen, mein Schatz, nicht zu laut«, sagt sie. Jewel kniet vor dem Plattenspieler und hält die Nadel, er ähnelt einem großen Kind, einem Teenager mit Halbglatze.

»Für wen hältst du mich denn, Mama, für Bucky?« Aus Harrys Richtung kommen Gurgelgeräusche – die Spucke im Beatmungsgerät. Sie haben den alten Verband ersetzt, auf seinen Lippen glänzt Fettsalbe.

Jewel ist verlegen, er versucht es mit einem Witz: »Hoffentlich haut ihn das nicht um.«

»Süßer, das wissen wir erst, wenn wir es probiert haben«, schnauft Rebecca. Sie tun beinahe so, als wäre es verboten. Endlich läuft der Plattenspieler, eine Geigenmelodie, ein lebhafter schottischer Volkstanz, springt heraus und hallt durch das leere Zimmer. So grün und so hässlich, schlachtschiffgrün und avocadogrün, nur bleicher, wie Pfefferminze. Falls Sterben eine Farbe hat, dann sicher diese. Sie hat den Farbton noch nie gemocht, und diese Musik auch nicht. Und doch kann sie sich beinahe vorstellen, wie sie mit Harry auf dem Sofa sitzt, jeder in seiner Ecke, während im Radio Don Messer läuft, so laut, dass die Fensterscheiben klirren, und Harry wild auf seiner Geige streicht.

Eine Krankenschwester steckt den Kopf herein, hebt warnend den Finger und verschwindet wieder.

Mit den Islanders konnte sich Lucy nie recht anfreunden, und doch beginnt ihr Knie jetzt, im Takt zu wippen. Sie muss zugeben, dass die Musik die Stimmung hebt. Aber dann kommt ein trauervolles Solo, Mr. Chamberlain mit den verquollenen Augen begleitet sich auf dem Akkordeon. *Oh Danny Boy.* Obwohl jetzt die Violine einsetzt und sie sich auf die Zähne beißt, kommen ihr beinahe die Tränen, sie ist sicher, dass die dünnen Papiertücher, die hier überall herumliegen, dagegen nichts ausrichten würden. Jetzt folgt ein Kratzgeräusch, dann Stille, und dann, Gott sei Dank, ein Tanz, Hinterwäldlermusik, zu der Oma und Elly May von den *Hillbillies* tanzen könnten, bevor das Rohöl sprudelt. *Im Namen des Vaters, des Sohnes und des Heiligen Geistes,* raunt es in ihr, während ihr eigener Puls das Dideldidel-di zerhackt.

Jewel beugt sich derweil über die Zeitung, die er mitgebracht hat. An seinem gerunzelten Kinn kann sie erkennen, dass er nur tut, als würde er lesen. »Weißt du noch, mein Schatz?« Sie stößt ihn an, lächelt plötzlich durch das Trübe hindurch, und die Vergangenheit ist wie ein Verband, der langsam abgewickelt wird, ein Jahr nach dem anderen. Das Bild, das sie im Kopf hat, ist beinahe durchsichtig, Licht hinter einem Schleier. Wie sie sich unten verkrochen haben, die beiden, er musste die Lieder erraten, die sein Vater ihm vorspielte. Als sei es gestern gewesen.

Jewel schluckt. »Herzlichen Dank auch, du bist mir nicht einmal zu Hilfe gekommen«, sagt er, ohne aufzusehen. »Was habe ich mich gefreut, als er die Quetschkommode bekommen und die Geige aufgegeben hat.«

»Dein Vater und seine Musik«, murmelt sie. Sie hätte sich ja lieber Nadeln in die Ohren gesteckt, als sich in den Keller vorzuwagen, wenn er loslegte.

»Musik?« Jewel schüttelt den Kopf. Als ob sie es nicht wüsste. »Das war doch nur seine Ausrede, um sich zu besaufen.«

Aus dem Schlauch in Harrys Mund kommt ein Rasseln, ein Geräusch beinahe wie vom rauschenden Radio. Oder wie ein Staubsauger, der einen Nagel schluckt, denkt sie. Dann zuckt es unter der Bettdecke. Alle Blicke sind jetzt auf die Stelle gerichtet, wo die Decke hochgedrückt wird. Ein ganz leichtes, mikroskopisches Flattern nur, eine unwillkürliche Bewegung, würden die Krankenschwestern wohl sagen, die immer wieder behaupten, der Schlauch, der tief in seiner Kehle steckt, tue ihm nicht weh. War das ein Lebenszeichen? Haben sie es sich nur eingebildet? Die Nadel springt in der letzten Rille, Jewel kniet sich mühsam nieder, um sie von der Platte zu nehmen.

»Das ist wohl ein Scheunenfest hier, was?«, unterbricht eine Stimme, die zu einem weiß gekleideten Mann gehört, der sich als Assistenzarzt vorstellt, dabei hat er beinahe noch einen Milchbart. Ihm folgt eine Krankenschwester, die sofort geschäftig tut und die Vorhänge um das Bett zuzieht. Sie sind ausgesperrt, Harry verschwindet hinter einer wehenden Wand. Wieder ist es, als würde er gar nicht zu ihr gehören, als wäre er ein armes, gestrandetes Tier, in dessen Kadaver herumgestochert wird.

Jewel räuspert sich und steckt verlegen die Platte in die Hülle. »Verzeihen Sie den Lärm.«

»Lärm?« Man sieht nichts als ihre Schuhe, die weißen der Krankenschwester, mit den dicken Sohlen, und die abgewetzten Mokassins des Arztes. Es ist still, dann ploppt etwas. War das die Kappe des Thermometers? »Ach so, Sie meinen die Musik. Er kann sie bestimmt hören, irgendwo da drinnen«, sagt der junge Mann.

Dann die trällernde Stimme der Schwester. »Tock, tock, tock. Hallo, Mr. Caines?«, als wollte sie fragen, ob da oben jemand zu Hause ist. »Ein bisschen Volksfeststimmung kann nicht schaden. Solange Sie die Tür geschlossen halten.«

Sie warten, es fühlt sich an wie eine Stunde, bevor die beiden schließlich herauskommen. Der Arzt fingert an seinem Stethoskop.

Niemand sagt etwas über Harrys Atemgeräusche, über den Schlauch oder über irgendwelche Entscheidungen, und Lucy fragt auch nicht. So ist das also, denkt sie, Harry liegt in seinem Bett, in diesem Zimmer, es ist wie eine Szene in einer Schneekugel. Wenn man sie nicht schüttelt oder auf den Kopf stellt, fängt es auch nicht an zu schneien. *Dann flockt die Kacke nicht,* so zumindest steht es Rebecca ins Gesicht geschrieben, ob sie spricht oder schweigt, für einen groben Ausdruck ist sie immer gut. Sie kennen sie alle schon lange genug, um zu wissen, was sie denkt. Die Schwester zieht vergnügt den Vorhang zurück. *Vergnügt,* denkt Lucy, weil es überhaupt nichts bringt, da etwas anderes hineinzudeuten. Dann könnte doch auch jemand etwas sagen, etwas Kleines, Halblautes, um sie aufzumuntern. Aber sie gehen gleich zur Tagesordnung über. Die Besuchszeit ist vorbei, sagt die Schwester: »Und wenn Sie den Plattenspieler hierlassen wollen – es spricht eigentlich nichts dagegen …«

Aber Jewel hat schon den Stecker gezogen, er sieht aus wie ein großes Kind, das ein neues Spielzeug hat, und sagt verlegen: »Das können Sie vergessen. Wenn mein Sohn ihn nicht zurückkriegt, denkt er, er wäre gestorben und ohne das Ding in der Hölle gelandet.« Eigentlich würde es eher zu Rebecca passen, dieses H-Wort einem Fremden gegenüber zu benutzen. Aber Lucy stört etwas ganz anderes, nämlich die Tatsache, dass sie offenbar vollkommen vergessen haben, wie Robert sich vorhin aufgeführt hat. Harry würde ihnen schon die Meinung sagen, ganz bestimmt. Rebecca stellt sich wahrscheinlich einfach dumm. Aber vielleicht müssen Eltern so mit ihren Kindern umgehen, nicht richtig zornig werden, schnell wieder verzeihen. Liebe ist ja wie Treibsand – zumindest die richtige Liebe und zumindest meistens.

Sie hatte sich einfach nur ein Haus mit einem dichten Dach gewünscht und Platz genug, dass man nicht ständig überall gegenstieß. Aber Harry schenkte ihr das Paradies: eine Einbauküche und ein Esszimmer, oben einen offenen Flur, einen Keller, holzverzierte Türstürze, einen geschnitzten Kaminsims, Parkettböden und ein Regalbrett für die Sammelteller, und das Laubmuster des Linoleums war der letzte Schrei – alles hatte sie, nur kein Klo im Haus. Für das Wohnzimmer hatte sie ein Bild aus dem *Family Herald* bestellt, einen blauäugigen, blonden Jesus mit Dornenkrone. Als sie es aufhängte, meinte Harry nur, sie solle vorsichtig sein, wegen des Kamins. Der Lack war noch ganz klebrig. Sie war trotzdem drangekommen, die blauen Christusaugen hatten sie abgelenkt, die Farbe der Vergebung, dachte sie, etwas, das man mit Worten gar nicht ausdrücken konnte, wie Sonnenlicht, das hinter Schäfchenwolken hervorscheint. Der purpurrote Mantel passte zu dem Sofa, das Harry bei Eaton's gekauft hatte.

Sie fand es zu teuer, aber er hatte gemeint, so ein Haus könne man doch nicht mit Sperrmüll einrichten. In der Ecke, am geschwungenen Ende des Regalbretts, hatte sie die kleine rosarote Tasse aufgestellt, das Einzige, was ihr von früher geblieben war. Und als die letzte Lackschicht getrocknet war, luden sie zur Einweihungsfeier, einen Haufen Leute aus den Grounds und den Werften, das war Harrys Idee gewesen. Sie befürchtete, das Haus am Ende voller Schnapsleichen zu haben, aber das war ihm egal. Die Party war fast noch größer als ihre Hochzeitsfeier. Artie brachte seine gesamte Verwandtschaft und seine alten Nachbarn mit, den Fiedler Edgar Boutilier und seine Frau Birdie, und noch ein paar Leute, die sie nie zuvor gesehen hatte. Harry tat, als würde er jeden Einzelnen kennen, er klopfte auf Rücken und verteilte Getränke. Um die Mädels musste sie sich kümmern. Ein zwielichtiger Haufen, sie trugen billige Kleider und Strümpfe mit Laufmaschen und rissen die Augen weit auf, als sie sie durch das Haus führte. Sie platzte vor Stolz – *Der Herr vergebe uns unsere Sünden* –, als die Mädchen mit ihren Fingern über die Balustrade strichen, als sie die Lichter an- und ausknipsten, den schlafenden Jewel bewunderten. *Oh, wie süß!* Sie hatte das Beste für den Schluss aufgehoben, aber Birdie und die anderen liefen einfach weiter in die Küche, es gelang ihr nicht, sie durch das Wohnzimmer mit den glänzenden Dielen und der Rosentapete zu führen, da war nichts zu machen. Sie setzten sich um den roten Küchentisch, den sie aus der Hütte mitgebracht hatten. Wie Schmeißfliegen am Kuhmist, meinte Harry. Vielleicht waren sie einfach hungrig. Ralphie Babineau hatte seine Gitarre mitgebracht. Boutilier hielt seine Geige hin, und Artie kniete sich vor ihn, nahm den Bogen zwischen die Zähne und spielte. Als sie den Tee servieren wollte, musste sie laut rufen. Nur Erma, Lils Mutter, nickte.

Auf der Küchenanrichte standen eine Menge Flaschen, sie hatten kistenweise Bier angeschleppt. Ralphie machte eine Flasche mit den Zähnen auf und spuckte den Kronkorken in die nagelneue Spüle. Bald lag eine Bierlache auf dem Laubmuster des Bodens. Er forderte Harry auf zu spielen. »Du weißt doch, dass ich kein Fiedler bin«, sagte Harry, aber Artie rief gereizt: »Spiel was, verdammt noch mal! Was fällt dir ein, meinem Cousin eine Bitte abzuschlagen?«

Sie zwängte sich durch, um den Kuchen anzuschneiden, der etwas schief geraten war – an den neuen Ofen musste sie sich erst noch gewöhnen –, worauf Lils Mutter und ein Mädchen mit einem Samtrock die Teller nahmen und ihr ins Wohnzimmer folgten. Das Mädchen kaute mit offenem Mund, stellte den Teller auf dem Sofa ab und verschwand. Erma sah immer wieder zu dem Christusbild auf, während sich Lucy höflich nach ihrer kleinen Enkelin erkundigte, aber die Antwort wurde von *Turkey in the Straw* übertönt, vom Trappeln der Tänzer – oje, das gute, neue Linoleum!

In der Küche ging es jetzt richtig rund. »Spiel du doch auf dem Scheißding, Boots!«, rief Harry. »Du hast es schließlich mitgebracht.« Gelächter, als jemand begann, immer wieder den gleichen Akkord zu schrammeln. Dann spielte Boutilier einen Strathspey, ein düsteres Lied, bei dem man sich eigentlich nur vor den Zug werfen konnte. Lucy war trotz allem sehr bewegt. *Jetzt reicht's aber mit dem langsamen Zeug, Boots! Spiel endlich was zum Tanzen!* Erma war gegangen, und irgendwo ging etwas »zu Bruch«, wie Harry sich ausdrückte. Lil kam mit ihrem Töchterchen herein. »Das wurde auch höchste Zeit«, rief jemand. Das Kind sah Lucy mit großen Augen zu, als sie die Scherben auffegte. Wie alt war sie, drei? Ein süßes Ding, auch wenn sich der Saum ihres Kleidchens gelöst hatte und ihr Haar verfilzt war. Harry kippte ein Bier. »Gib mir ein Akkordeon, Junge, dann spiel ich dir was.«

»Was kannst du denn schon?«, höhnte Ralphie, und Harry höhnte zurück: »Das wirst du schon sehen, du kleine Ratte.« Lils Töchterchen steckte den Finger in den Kuchen und leckte ihn ab. Wie verwildert muss man eigentlich sein?, dachte sie, ihre Tochter hätte so etwas nie getan. Als Lucy eine weitere Bierlache aufwischte, wurde es so still in der Küche, dass sie die Leute schlucken hörte. Artie lehnte am Herd und zog Lil mit seinem wässrigen Blick aus. »Na gut, dann mal los, alter Junge, spiel das Lied von der müden Maggie!« – »Bloß nicht!«, rief Lil dazwischen. »Das kann ich nicht ausstehen. Wie wär's mit dem Lied von der Schönen, die sich auf den alten Mann kniet?«

Harry protestierte, als Boutilier ihm die Geige reichte. Er zögerte, Lil fasste sein Handgelenk, bewegte den Bogen hin und her. Schnell sah er zu Lucy hinüber, die ein Geschirrtuch in der Hand hielt, und Lil stolperte rückwärts und ließ sich auf einen Stuhl fallen. Er stellte den Fuß auf eine Sprosse des Stuhls, legte den Kopf zur Seite und stieß mit dem Bogen zu, als wäre er ein Messer. Es quietschte schrill, scharf wie Schilf. Lil schimpfte wüst, lachte und hielt sich die Ohren zu, während das Mädchen in den Zuckerguss griff und Ralphie sich schnitt und blutete, dass ein großes Gejohle entstand. Harry sah Lucy an, beinahe wieder nüchtern, und sagte: »Das hier ist für dich, Dolly, ja?« Während seine Finger über die Saiten spazierten und der Bogen hüpfte, dachte sie an nichts anderes als an sein Akkordeon, das wie der Anker in den Himmel geschossen war. Der Balg war zu Staub zerfallen, die Tasten waren nur noch Schrapnell, Knochen und Zähne.

Oben in seinem Dachzimmer lag Jewel und begann zu weinen. Lil saß inzwischen auf Arties Schoß, sah mit ihrem leeren Mondgesicht in die Runde. »Trink deine Spucke«, sagte sie, als das kleine Mädchen Durst bekam und quengelig wurde. Gerade erklärte Boutilier Harry, dass er ihm die Geige günstig überlassen würde, Harry bekäme das Fiedeln bestimmt schnell raus. Lucy eilte nach oben, das Treppengeländer war immer noch klebrig, und rutschte auf dem Nut- und Feder-Parkett aus, das Harry so mühevoll verlegt hatte. Ihre Schläfen pochten. Jewel stand in seinem Kinderbett, streckte die Arme nach ihr aus. Mondlicht ergoss sich über den Boden. Die Schmerzen breiteten sich aus, wanderten in ihre Augenhöhlen, während er im Bett auf und nieder hopste und heulte, als könnte er Methusalem von den Toten erwecken, wie Mama gesagt hätte.

Auf einmal hörte die Musik unten auf, ein Streit brach aus. Sie war auf den Boden gesunken, lag, nur vom Mondlicht zugedeckt, zusammengerollt da wie ein Geigenkopf. Jewel schrie gellend und rüttelte an den Stäben wie ein Äffchen, während sie langsam vor sich hin zählte – das war es doch, was sie tun sollte. Er hatte Schluckauf, steckte sich die Faust in den Mund. Schließlich sank er auf die Knie, dann auf den Bauch. Unten quietschte die Tür in den neuen Messingangeln. Sie lag da, zusammengerollt, drückte die Wange an das kühle, polierte Birkenholz und spürte, wie das Haus leerer wurde. Als es ganz still war, kroch sie zum Fenster. Lil und Artie standen auf der Straße und küssten sich, während das kleine Mädchen mit einem Stein auf etwas einschlug. Dann wankten die drei in den Wald, sie hatten Mühe, geradeaus zu gehen.

Unten waren alle Lichter an. Harry saß vornübergekippt und schnarchte in den Rest des Kuchens hinein. Da war ein Brandbläschen im Linoleum, wo jemand eine Zigarette ausgedrückt hatte, auf dem Laubmuster fettige Fußspuren. In der Spüle glitzerten Scherben. Wenigstens war im Wohnzimmer nichts passiert, kein Fleck, keine Ringe auf dem Tisch. Sie stieß Harry an, aber er schnarchte einfach weiter, während sie den Brandfleck bearbeitete. In weiter Ferne klirrte die Türglocke.

Sie sah durch die Scheibe und erschrak, als sie Idas schrumpliges Gesicht erblickte, ihre feuchten Augen, die alles aufnahmen. »Hab ich es verpasst?«, witzelte sie. »Du hast doch nicht etwa vergessen, mich einzuladen? Also wirklich, mein Fräulein. Aber ich hab dran gedacht.«

Während Harry im Hintergrund gurgelnd schnarchte, drückte Ida ihr ein Bündel in die Hand, das nach Hühnerstall roch. »Was ganz Neues«, sagte sie, »damit es in deiner Bude ein bisschen munterer aussieht.« Lucy habe es doch so weit gebracht, hob Ida nun an, sie habe nie verstanden, wie sie sich mit diesen Leuten von dort unten am Gefängnis abgeben könne. »Mit den Babineaus«, sagte sie und zog die Spucke durch die Zähne, »und der Marryatt.« Sie putzte sich mit dem Ärmel die Nase. Vielleicht sei das ja Harrys Ding. Wenn Lucy irgendetwas wissen wolle, könne sie ihr jedenfalls das eine oder andere von denen erzählen.

Sie bedankte sich hastig und schob die Tür zu. Idas sprödes Lachen drang noch durch den Briefschlitz. »Ich würd dir nichts Schlimmes erzählen, meine Liebe, nur das, was du hören willst.«

Lucy saß im Wohnzimmer, mit dem Bündel auf dem Schoß. Das Licht aus dem Flur fiel auf das Bild über ihrem hübschen Kamin. *In meines Vaters Haus sind viele Wohnungen.* Wen hatte sie sonst noch vergessen einzuladen? Pastor Marcus. Das hätte interessant werden können. Die Sache mit dem Kriegsgefangenen drückte ihr aufs Gewissen wie ein umgefallener Baumstamm, seit Monaten hatte sie sich nicht mehr in die Kirche getraut.

Harry stolperte die Treppe hinauf ins Bett, er hatte sogar noch daran gedacht, das Öl abzudrehen. Jetzt war das Feuer aus. Sie suchte nach Streichhölzern. Idas Päckchen war aufgerissen, darin fand sich ein schlecht zusammengenähter Teewärmer von schummriger Farbe. Auf jeden Fall nett gemeint. Sie glaubte, Idas krächzende Stimme aus dem Päckchen tönen zu hören: *Gefällt es dir, mein Fräulein? Kannst du es gebrauchen?* In Lucy ging etwas auf. Ein Gefühl, als würde sie im Eis einbrechen. Der Teewärmer hatte die Farbe von Vergissmeinnicht, er war blau wie Harrys Hemd.

Ihr fiel ein, wie Ida ihr nachgesehen hatte, als sie zur Villa hinaufgegangen war, hatte sie das etwa vergessen? Sie schlüpfte aus dem Haus, ging durch den Garten, ein kühler Wind blies. In der Tonne lag ein Haufen Anmachholz, Reste vom Bau. Sie zündete ein Streichholz an und sah zu, wie die Flammen den Stoff und die Daunenfüllung verschlangen. Am Himmel funkelten die Sterne, die oberen Fenster waren schwarz wie blanke Flecken Eis auf einem verschneiten See. Während sich das Feuer verzehrte, ging sie ein letztes Mal zum Klo. Sie versuchte, sich zu trösten: Sie musste es machen wie Harry, der nur das sah, was er vor Augen hatte, keine Hirngespinste. *Das kannst du in der Pfeife rauchen.*

Aber ihre nagende Neugier war wie Hunger. Tage später gab sie sich einen Ruck, ging los und klopfte an die Tür. Ida, alt und vergnügt, wie sie war, begrüßte sie erfreut. »Ich wusste, dass du irgendwann vorbeischauen würdest«, sagte sie. Sie setzte Wasser auf, während Lucy Jewel auf dem Knie schaukelte. Sie redete nicht lange herum, trank ihren Tee, ließ die Tasse kreisen und fragte Ida, was sie über Lil Marryatt wisse. Ida pickte etwas aus ihren Haaren. »Ich sehe einen Fächer«, sagte sie und winkte mit ihren Wurstfingern, »der steht für Liebe und Tändelei. Und Weintrauben auf einem langen Tisch, eine ganze Menge. Das ist der Wohlstand.« Dann zog sie die Brauen zusammen und meinte, Lucy brauche keine Angst zu haben. Aber da sei ein Auge. Jewel lag strampelnd auf dem Boden. »Vorsicht, Fräulein.« Sie spuckte in einen Eimer und erklärte mit Grabesstimme, es sei nicht so schlimm, da sei ja auch noch eine Harfe.

»Eine Geige?«, rief Lucy dazwischen, was Ida nicht zu gefallen schien. »Liebe und Harmonie, mein Fräulein«, schnaubte sie. »Und ein Pferdekopf. Da, ein Liebhaber, Schätzchen, der davongaloppiert.« Lucy, längst errötet, zeigte auf einen winzigen Flecken. Und was war das? »Eine Maus«, erklärte Ida grinsend, »Diebstahl.« Und obwohl sie schon ganz erhitzt war, drang Lucy noch weiter auf sie ein. Gab es ein Mädchen? Sah sie ein Kind? »Ach, Lilys Kind, meinst du«, sagte Ida abfällig. »Kein Mädchen, mein Fräulein. Aber da steht ein Stuhl, ein Gast. Und ein Strauß, siehst du den Hals? Tratsch und Skandal ... und irgendjemand geht auf eine Reise.« Ihre Miene verfinsterte sich, und sie zeigte auf etwas, ein Messer – »Bist du denn blind, Mädchen?« – und eine Katze, das sei ihre Freundschaft, die Lucy so brüsk abgelehnt habe. Steif stand sie auf, hustete in die Tasse und sagte, sie bitte um Verständnis, sie müsse jetzt das Geflügel füttern.

Am Abend versucht sie, ein bisschen fernzusehen, es läuft eine von den Tiersendungen, die meistens ganz nett sind. Harry hat immer seinen Spaß daran, die exotischen Tiere mit Leuten zu vergleichen, die sie kennen. *Guck mal, Dolly, der Pavian, ist das nicht die Chaddock? Sieh sie dir an, haargenau, ich könnte wetten, sie hat sogar einen blauen Arsch in der Hose!* Oder: *Dolly, schnell, dieses Viech, ist das nicht dein Kumpel mit dem Rollwagen? Ein verdammter Rennkuckuck, schau dir das an!* Aber sie kann sich nicht recht konzentrieren. Als sich ein Löwe an eine Gazelle heranschleicht, wechselt sie auf den anderen Sender. Dort läuft nur Baseball, da ist es spannender, Zement beim Trocknen zuzuschauen. Wenigstens wird sie so schläfrig dabei, dass sie nach oben geht. Im Bett fallen ihr all die Tiere ein, die Harry mit Menschen in Verbindung gebracht hat. Rebecca mit ihrem orangestichigen Haar sieht inzwischen aus wie ein Orang-Utan-Baby. Pastor Marcus ist ein kleinwüchsiges Wildschwein und Edgar Boutilier ein Schnabeltier. Wer weiß, was sie selbst ist – ein Känguru oder ein Ameisenbär, vielleicht eine Hündin. Manchmal fühlt sie sich wie ein Stachelrochen. Dann fällt ihr Lil ein. Bei den *Hillbillies* sehen doch alle wie Ratten und Mäuse aus.

Ihre Träume sind voller Maschinen. Statt Tieren, die einander auflauern, ist da ein Zug: rußige Gleise, eine Lok, die so geräuschlos aus dem Bahnhof gezogen wird wie ein Splitter aus einer Wunde. Selbst der Schnee ist rauchig. Das ganze Bild ist schwarz-weiß. In den Waggons sitzen Passagiere, richtige Menschen. Sie halten sich die blutigen Stümpfe, schwarze Tränen kullern aus erblindeten Augen. Niemand sagt ein Wort. Wie an der Front. Eine Schwester in einer kaninchenweißen Uniform murmelt etwas, während ein Baby wimmert und ein kleines Mädchen heulend *Mama* ruft. Einer der Männer hat Augen wie ein Husky, ein blaues und ein braunes, er kann sehen. Aber er hat den leeren, wirren Blick eines Soldaten. *Hast du mitbekommen, wie sie in die Luft geflogen ist?*, fragt er immer wieder, bis ein Kerl mit einem grauen Mondgesicht sagt, er solle die Klappe halten. *Ich hab was gespürt und bin losgerannt, du kannst ja nie wissen, was diese beschissenen Schiffe geladen haben.*

Der Zug beschleunigt, Lucy wachsen Flügel, sie ist jetzt ein Vogel, eine Krähe, die sich in der Luft hält. Trotz des Schnees sieht sie, was alles im Hafenbecken treibt: Türen, Dächer, Schiffsteile. Unter der dichter werdenden Schneedecke liegt ein halber Rumpf, ein Kadaver. Dann fallen ihr die Federn aus, wehen sanft durch das Weiße – Pfeffer und Salz –, bis sie wieder im Zug ist. Sie ist unsichtbar und schaukelt im Takt des ruckelnden Zuges. Im Küchenwaggon rollt eine Murmel in einem Zinkeimer. *Wo fahren wir hin?*, flüstert ein ganzer Chor von Tieren. Die Herde spricht eine eigene Sprache, die sie versteht. *Verdammt, wenn ich das nur wüsste. Die Krankenhäuser sind knallvoll, Kumpel. Abwarten.* Der Schaffner ist ein augenloser Wolf. Sie fahren ins Valley hinaus, erklärt er. Platz ist da keiner. Sie beklagt sich krächzend über das Wetter. *Stimmt,* meint jemand, *es ist noch viel zu früh dafür. Halt die Klappe,* befiehlt der Wolf, sie kämen als Letzte raus, wenn das so weitergehe. Sie sehen ihn mit blutigen Augen an, aber das ist ihm egal. Doch dann pfeift es. Ist das ein Zeichen des Himmels?

Der Ocean Limited *ist durchgekommen,* ruft der Wolf zufrieden. *Wir kommen ebenfalls durch!* Dann dreht sich sein Kopf wie ein Klavierhocker, und als es aufhört, sehen sie, dass er doch Augen hat, braune Bohnenaugen, und auch ein neues Gesicht, das Gesicht einer alten Frau: Ida.

Lucy wacht auf, die Luft im Zimmer schmeckt schwarz.

KAPITEL 9

Sie hat sich gerade einen Toast gemacht, da kommt der Anruf aus dem Krankenhaus. Die Männerstimme ist kühl und durchsichtig. Sie braucht einen Augenblick, bevor sie Stimme und Namen zusammenbringt: Dr. Sheridan. Als er fragt, wie es ihr geht, bleibt ihr der Speichel in der Kehle stecken. Er bereitet sie auf das Schlimmste vor, denkt sie, aber dann sagt er, sie würden gern versuchen, Harry langsam vom Schlauch zu nehmen.

Er könne vielleicht ohne Beatmungsgerät auskommen, erklärt der Arzt und wirkt ein bisschen zu geduldig. Sie wollen es schrittweise versuchen, sagt er noch einmal, um zu sehen, wie Harry damit zurechtkommt. »Falls er überhaupt selbstständig atmen kann«, fügt er hastig hinzu, und sie stellt sich vor, wie er mit seinem weißen Kittel an einem Schreibtisch sitzt oder, absurderweise, in einer Telefonzelle steht, die sich langsam mit Dampf füllt wie eine Bühne bei einem dieser Konzerte von langhaarigen sogenannten Musikern. Robert meint, das sei Trockeneis. Wenn das nicht zum Ton von Dr. Sheridan passt.

»Wenn er aufhört zu atmen, werden wir ihn natürlich wiederbeleben.« Seine Stimme klingt fern und unterkühlt. Sie kurbeln ihn an wie ein Auto, denkt sie. Trotzdem kann sie der Vorstellung etwas abgewinnen. Hat Harry nicht einmal, als sie gerade *Ben Casey* gesehen haben, gemeint, sie wären ohnehin alle alte Fords und ihre Herzen Vergaser, was auch immer Vergaser sind? »Ich brauche Ihre Einwilligung«, sagt die Stimme und klingt wie ein Echo. Vielleicht funktioniert das Telefon nicht richtig, das Radio funktioniert ja auch nicht.

»Einwilligung?«

»Dass wir ihn entwöhnen können.« Er räuspert sich. Sie stellt sich Harry als Baby vor, dem man einen gezuckerten Schnuller hinhält, aber vor allem fällt ihr jetzt ein, wie Harry gesagt hat, sie sei wohl mit sauren Gurken abgestillt worden. Einmal, als er ganz außer sich war, hat er sogar gesagt, mit Pisse. Dann denkt sie an Jewel, wie er die ersten Schritte gemacht hat, nicht mehr an die Brust wollte. Sie war erleichtert damals, doch dann spürte sie, dass sie etwas verloren hatte. »Mrs. Caines?«, fragt der Arzt behutsam.

Jewel soll es entscheiden, er soll einwilligen. Ein abwegiger Gedanke. Der Arzt wird es am besten wissen, sagt sie sich, sollte er zumindest, sie ist nicht überzeugt. Plötzlich findet sie sich auf dem Riesenrad wieder, dasselbe Gefühl, das sie hatte, als sie Robert auf die Kirmes begleitet hat. Sie ist oben, ihre Beine baumeln in der Luft, und sie fürchtet sich, weil es jetzt abwärts geht, dabei kann sie es gar nicht erwarten, unten anzukommen. Obwohl sie so voller Angst und Sorge ist, reißt sie sich zusammen und sagt langsam, mit einer Art schwindliger Anmut: »Wenn Sie es für das Beste halten, wenn es wirklich sein muss ...« Als könnte sie das Rad damit anhalten, und zwar unten. Immerhin wäre sie am Leben, auch wenn sich ihr der Magen umdreht – und auch wenn ihr klar ist, dass es gleich wieder ruckelnd nach oben geht, denn das Rad macht, was es will.

»Wir möchten, dass Sie dabei sind«, sagt der Arzt – sie wird ihn nicht los –, »Sie und Ihr Sohn.«

Die Plastikschlange kommt ihr inzwischen beinahe freundlich vor, so freundlich, wie eine Schlange nur sein kann, die der arme Harry im Mund stecken hat. Aber der Verband, mit dem sie befestigt ist, ist ausgefranst und voller Blut. Seine Mundwinkel sind aufgescheuert. Doch sie hat sich an den Anblick gewöhnt, stellt sie fest, man kann sich ja an alles gewöhnen. Harry liegt da wie eine Landschaft, still und doch immer gegenwärtig, anwesend und abwesend, Hügel, versunken im Nebel. Sie darf gar nicht daran denken, was in seinem verschlossenen Innern vor sich geht, wohin ihn seine Erinnerungen führen, wo sie ein- und wieder auftauchen.

Jewel steht mit versteinertem Gesicht da und fasst ihre Hand. Sie sehen zu. Lucy kommt sich vor wie ein Kind. Die Szene hat einen wankenden Rahmen, etwas Welliges, als hätte es eigentlich erst ein Testbild geben sollen, die Inderin mit dem Kopftuch, auf die Harry immer gestarrt hat. Sie versucht sich vorzustellen, sie wären in einer Szene von *Ben Casey* abgesetzt worden, nur sieht Dr. Sheridan längst nicht so gut aus. Als die Schwester den Verband durchschneidet, dessen Knoten sich nicht mehr lösen lässt, beginnt das ganze Bild zu kippen. Lucy hört das furchterregende Röcheln, sie hält den Atem an, langsam, sehr langsam wird der Schlauch herausgezogen. Wie ein Zauberer, der eine Taube aus dem Hut zieht. Bitte, bitte, ihr Wille allein soll bewirken, dass Harry einatmet, aber dann kommt ein Würgegeräusch, ein Stottern wie von einem umgeknickten Gartenschlauch. Eine zweite Schwester, die mit der Zahnlücke, hält Harrys Handgelenk, Lucy sieht, dass sie schon einen frischen Verband vorbereitet haben.

Harrys Brust fällt ein, sein Körper ist ein schneebedeckter Bach. Oder bildet sie sich auch das nur ein, ist es ein Trickbild, das sie beleidigen und verletzen soll? Dies scheint der Augenblick zu sein, dem sie, seit sie denken kann, angstvoll entgegengesehen hat, dieses dünne Scheibchen Zeit, wenn jemand – ein anderer – von uns geht, die dünne Linie zwischen Leben und Tod, dünner und undeutlicher noch als der Horizont zwischen dem Meer und einem grauen Himmel. Dabei hatte sie es sich immer wie eine Klinge vorgestellt, die vom Himmel fällt. Die Stille dahinter wäre unermesslich.

Ein anderer: Das ist Harry. Aber ihre Gedanken haben sich überschlagen, sind ihr vorausgeeilt, sie wollte diese Linie sehen, als wäre er nur ein Proband, ein Dummy für ihre Experimente, die überhaupt nicht wirklich oder ernst oder unumkehrbar sind, nur ein Spiel, das jemand beschlossen hat zu spielen, einfach so. Ein Trick, um ihn aus dem Schlaf zu rütteln, eine Ohrfeige, die ihn ins Leben zurückholen soll. Aber Jewels Augen sind die Augen eines kleinen Jungen, der auf einem Felsen im Meer ausgesetzt wurde und um Hilfe ruft. Er drückt ihr so fest die Hand, dass es wehtut. Dann, plötzlich, schnappt er nach Luft und sagt: »Nein!« Es ist, als würde ihr jemand mit einem Gummihammer ans Knie klopfen, oder einen Karateschlag in den Rücken geben, wie Robert es einmal demonstriert hat, da war er schon längst nicht mehr süß. Der Arzt presst die Lippen zusammen, eine schmale, harte Linie entsteht, auf die sie nur gewartet hat. »Noch nicht«, meint er wohl und schüttelt den Kopf. Die Schwester nickt, schnell ist die Schlange wieder an ihrem Platz. *Noch nicht.* Und vor ihren Augen, vor Jewels und ihren Augen, beginnt Harry wieder zu atmen. Er ist wieder auf der sicheren Seite, das zumindest weiß sie.

Als es vorbei ist, führt Jewel sie in den Warteraum mit seinen geblümten Vorhängen, den zerfledderten Zeitschriften. Sie merkt kaum, was um sie herum vorgeht. Als hätten sie ihr den Sauerstoff abgestellt, sie im letzten Moment ins Leben zurückgeholt. »Bring mich nach Hause«, sagt sie, zu mehr ist sie nicht fähig. Die Erleichterung scheint überzulaufen, aus ihr herauszupurzeln, sie ist wie gelähmt.

Das Telefon ist ein Folterinstrument, egal, ob es klingelt oder nicht. Sooft sie daran vorbeiläuft, muss sie an ein Buch in Roberts Zimmer denken. Er hat es einmal unter einem Haufen Schmutzwäsche hervorgezogen. Hunderte von raffinierten Vorrichtungen waren darin abgebildet, mit denen man Menschen verstümmeln, sogar töten kann, nachdem man ihnen ihre Geheimnisse entrissen hat. »Guck mal, Oma«, hat er gesagt und lustvoll geblättert, bis er etwas gefunden hat, das sich Eiserne Jungfrau nennt.

Dass so ein Schund im Haus herumliegen darf, ist wohl Rebeccas lockerer Art zuzuschreiben. Natürlich kann man die Welt nicht einfach aussperren, denkt sie, vielleicht wäre es gar nicht so schlecht, auf der Apollo zu leben oder sogar auf Bennys grässlichem kleinen Hausboot. Zumindest gibt es dort kein Telefon. Sie solle einfach nicht drangehen, hat Jewel ihr geraten, aber das ist natürlich unmöglich. Robert, der würde so etwas machen. Was kommt wohl als Nächstes? *Rauch eine, Mama, trink mal was Hartes?* Es ist doch nur eine Frage der Zeit, bis sie ihr diesen verbotenen Tabak anbieten.

Natürlich geht sie dran, als das Telefon klingelt, und wieder, wie immer in letzter Zeit – wird es jemals anders werden? –, hämmert ihr Herz. Sie ist durchs Haus gehastet, hat sich fertig gemacht, um zu Harry zu fahren, und ist wieder überrascht worden. »Wir haben Sie vermisst, bei der Tombola.« Die scharfe Stimme klingt irgendwie vertraut, aber nicht vertraut genug. »Wollten Sie nicht auch etwas beisteuern?« Ein Pochen in ihren Ohren, sie muss sich kurz sammeln, worum geht es hier eigentlich? Aber in ihrem Kopf keucht Harry: *Was zum Teufel ...* »Mrs. Caines? Lucy?« Jetzt versteht sie, es ist, als wäre ein Vogel gelandet. Sie fuchtelt herum, sucht nach einer Ausrede. Sie will jetzt alles, nur nicht reden, und sagt, dass der Bus in einer halben Stunde abfährt. Eine tödliche Pause, als sie sagt, wohin sie fährt.

»Oje«, ruft die Frau aus, es ist bekannt, dass sie den Mund nicht halten kann. »Sind Sie etwa krank? Meine Mutter« – ist das Mrs. Slauenwhite? – »ist gerade untersucht worden und, oh Gott ...«

»Nein, meine Liebe, ich bin nicht krank.« Wie viel Kraft es kostet, sie zu unterbrechen und es zu erklären, Kraft, die sie besser aufsparen sollte. Mrs. Slauenwhites Tochter schnappt nach Luft und lässt ein gequältes »Aaaach« entweichen. Denn Harry hat St. Columba nie betreten und wird es auch nie tun. Er hat sich standhaft geweigert. Lucy ist immer davon ausgegangen, dass es eine Frage des Stolzes war, eines blinden, sturen Stolzes. Manchmal kam sie sich wie ein Fahrrad ohne Hinterreifen vor. Zumindest müssen doch die Leute sie so gesehen haben, denn sie wissen ja, dass sie verheiratet ist. Sie wissen, dass sie einen Sohn hat. Diese Dinge verbreiten sich wie Flammen, die von einem vertrockneten Zweig zum nächsten springen, und das bedeutet auch, dass Harrys Sturz gar nichts Neues ist, eine Nachricht aus einer alten Zeitung. Seinen Sturz nennt sie es, das ist am einfachsten.

»Lucy, es tut mir schrecklich leid«, sagt die Anruferin und klingt so missmutig, dass man wütend werden könnte.

Jetzt muss sie es irgendwie zurechtrücken. Warum denkt sie immer, sie müsse Harry vor allem und jedem beschützen, nicht zuletzt vor sich selbst? »Nicht doch, noch nicht«, sagt sie leise. »Er ist noch nicht über den Berg, aber …«

Mrs. Slauenwhites Tochter schnieft beflissen. »Ihr seid in unseren Gebeten, Liebes.«

Liebes? An ihre arme alte Mutter reicht sie nicht ganz ran, denkt Lucy, aber viel fehlt da nicht. Ein Unglück kommt selten allein, scheint die Tochter zu sagen – steckt darin etwa schon ein Urteil? »Das werde ich mir merken«, murmelt sie höflich. »Wir beide werden uns das merken.«

Sie schafft es gerade noch rechtzeitig zur Haltestelle. Der Bus rast auf sie zu, was sie an ihre Ausflüge zur Kirmes erinnert, die hat sie Robert jedes Jahr zum Zeugnis geschenkt, bis er zwölf war. Die Erinnerung daran ist rosa und klebrig wie die Zuckerwatte, die er sich auf dem Heimweg immer in den Mund gestopft hat. Der Fahrer gibt ihr kaum Zeit zu bezahlen, sie fällt in den nächsten Sitz. Der Bus ist beinahe leer, bis auf ein Grüppchen ganz hinten. Glotzen gehört sich nicht, also starrt sie auf die Kasse und das zerknitterte Hosenbein des Fahrers. Aber ein Gestank lenkt sie ab, es riecht nach Schweiß und, das darf doch nicht wahr sein, nach Pisse. So unangenehm, dass sie in Gedanken schon im Krankenzimmer ist, wo unter dem Bett Harrys Beutel hängt. Einen bedrückenden Augenblick lang überlegt sie, ob der Geruch wohl von ihr kommen könnte, es tröpfelt nun mal gelegentlich, sie hetzt ja auch seit Tagen durch die Gegend. Aber der Geruch weht von hinten heran. Selbst der Fahrer dreht sich kurz um und rümpft die Nase.

Na also, wer will ihr da noch verübeln, wenn sie sich ein bisschen umsieht. Immerhin lächelt sie. Ein Teenager mit einer verschlissenen Jeans sitzt dort, er könnte beinahe Robert sein, und ein Mann in einem Anzug. Und weiter hinten hängt Benny der Rumtreiber, dieser komische Vogel, in einem Sitz und drückt das Gesicht an die Scheibe. Gleich gegenüber sitzt eine Frau, die Bennys Freundin sein könnte. Wie sie da sitzen, mit dem Gang in der Mitte, sehen sie nicht aus wie ein Paar. Aber sehen Harry und sie aus wie ein Paar? Der Fahrer guckt so lange in den Rückspiegel, dass sie es mit der Angst zu tun bekommt.

»Du kannst mich ja fotografieren«, murrt Benny, »hast du wenigstens was davon.« Bevor sie wegschauen kann, sieht er sie mit kleinen, perlenartigen Schildkrötenaugen an. Seine Haut ist so ledrig.

»Beruhig dich, Ben«, sagt seine Freundin mit einem warnenden Unterton in der Stimme. *Bruhig dich,* so wie Harry manchmal, und da wird sie schon wieder hochgezogen und ins Krankenzimmer katapultiert. Sie hat nichts gegen den Bus, gerade weil er eine ganze Weile unterwegs ist. Aber dann versteht sie, dass das »Beruhig dich« mit ihr zu tun hat.

»Schöner Tag heute, oder? Selbst für jemanden, der so hochnäsig ist wie Sie.« Jetzt legt Benny los, mit ungewöhnlich schriller Stimme. Er redet wildes Zeug, fängt mit den Amis an, die einen verdammten Typen auf den Mond geschickt haben und verdammte Bomben über Vietnam abwerfen, dann geht es weiter zum Wetter, dass es ein verdammt harter Winter wird, weil die Eichhörnchen so verdammt beschäftigt sind. Mit seiner Sprache könnte man Möbel abbeizen. »Du musst auf alles gefasst sein«, sagt er, »oder etwa nicht, Fahrer? Oder, Alte? *Wir fahrn, fahrn,*

fahrn, la-di-da«, singt er spöttisch und fängt schon wieder davon an, dass man »auf alles gefasst sein muss, weil sonst …«. Als würde es im Bus jemanden interessieren, dass irgendein Idiot in der Bucht ein hübsches kleines Boot hat, das er für einen Apfel und »Scheiß drauf« gekauft hat und auf das er, Benny, ein Auge geworfen hat. »Ja, ja«, schwafelt er weiter, ein bisschen, als würde er predigen, »du musst immer auf alles gefasst sein. Aber ein Mann ist ja keine Insel, selbst wenn er wie eine leben muss.«

»Okay, du Philosoph«, ruft der Fahrer endlich, »kannst du mal etwas ruhiger sein?« Lucy starrt auf den großen Scheibenwischer in der Mitte der Windschutzscheibe und hört, wie die Frau immer wieder »Pssst« sagt.

Aber Benny lässt sich nicht den Mund verbieten. »Muss doch irgendwie zurechtkommen.« Seine Stimme wird immer schriller. »Ich hab mein Werkzeug, jawohl. Das ist schon was, aber man muss auch essen, wie der Tod und die Steuern, danke recht sehr, das haben wir gut hingekriegt, und –«

»Pssst, Ben.« Die Stimme der Frau ist sanft und doch streng, beinahe herrisch, auf eine lustige Art mütterlich. Na ja, lieber spät als gar nicht, denkt Lucy. Der arme Kerl hat wahrscheinlich von seiner Mutter nicht viel zu sehen bekommen, von seinem Vater, so weit sie gehört hat, gar nichts.

»Mann, halt endlich die Fresse«, ruft der Teenager, der sich bis jetzt überraschenderweise zurückgehalten hat. Robert hätte an seiner Stelle wohl nicht so gebrüllt, er weiß, dass das nichts bringt.

»Ihr verdammten Heuchler!«, schreit Benny zurück, Lucy geht davon aus, dass er sie alle meint. »Schau mal einer an! Lässt dir wohl alles in den Hintern stecken, was?«

Der Fahrer bremst ganz leicht und dreht sich noch einmal um. Benny solle aufpassen, was er sagt. Lucy konzentriert sich auf den Griff ihrer Handtasche, wo die Naht ein bisschen aufgegangen ist, dann denkt sie absichtlich an Harry. Meine Güte, warum können die Leute nicht einfach mal still sitzen?

Endlich erreichen sie die Haltestelle vor dem Kaufhaus. »Komm schon, Ben«, sagt die Frau, als die Tür aufspringt, und nimmt seinen Arm. Lucy wirft einen verstohlenen Blick auf sie. Wo kommen die eigentlich her?, fragt sie sich. Die Frau ist gar nicht so alt, war vielleicht mal ganz hübsch, na ja, in einem anderen Leben. Und zierlicher wird sie wohl auch gewesen sein. Unter dem bauschigen Kleid schwabbelt Körpermasse. Vielleicht gelingt es ihr dank ihres Umfangs, Benny im Zaum zu halten, obwohl er selbst beim Aussteigen noch das letzte Wort haben muss. »Schönen Tag, ihr Arschlöcher!« Selbst als sich der Bus wieder in Bewegung setzt, hängt das Wort noch wie eine Biene in der Luft. Der Gestank ist verflogen, aber Lucys Übelkeit nicht. Sie hat jetzt das Gefühl, irgendwie nachlässig gewesen zu sein. Der Krawall hat ihr das ganze Leid mit Harry noch deutlicher gemacht, statt sie abzulenken.

Eine neue Horde von Leuten drängt herein, sie muss Platz machen. Normalerweise hätte sie ihre Freude daran, sie zu beobachten, sie zu erforschen gewissermaßen. Normalerweise würde sie vielleicht sogar Harrys Spiel spielen: sich vorstellen, wie der eine auf einen Baum klettert, wie sie sich gegenseitig die Flöhe aus dem Fell picken wie die Affen in dieser Tiersendung. Obwohl der Bus einen Umweg fährt, macht sie sich nicht die Mühe, ihr Strickzeug aus der Tasche zu holen. Socken, die sie schon vor einer Ewigkeit angefangen hat, dicke Socken fürs Haus, weil Harry Pantoffeln immer gehasst hat.

Als sie endlich vor dem Krankenhaus aussteigt, wagt sie vor Angst kaum einen Schritt zu machen. Und nicht nur das. Die Septembersonne hat alles so mit Wärme eingestrichen, dass sie sich beinahe schuldig fühlt, hineinzugehen. Sie hört eine Stimme: *Wir müssen alle manchmal etwas tun, was wir nicht tun wollen,* vielleicht ist es Harry, der Robert eine Lektion erteilt. Was allerdings überhaupt nichts bringen würde. Sie fährt hoch, immer höher, grelles Neonlicht, abweisendes Chrom im Aufzug und auf den Fluren. Undeutliche Stimmen überall, schlurfende, klappernde Schritte, die einen Takt vorgeben, der sich einfach nicht unterkriegen lässt.

Die Schwesternstation mit all den Grußkarten und Geschenkkörben erinnert sie an ein aufgegebenes Schiff. Der Kapitän hat die Brücke längst verlassen. Aber dann sieht sie, dass sich hinten vor Harrys Tür eine Menge Leute versammelt haben. Ihr Herz schlägt schneller. Weiße Kittel, Hauben, Schuhe, alles fließt ineinander, sie sehen wie Schneemenschen aus, wie Engel. Was hat Robert noch mal gesagt, als Harry hier gelandet ist ... von irgendeinem anderen Opa? An Engel würde Harry bestimmt auch denken, wenn er aufwachen und die über ihm schwebenden Gesichter sehen würde. Und dann würde er wohl fragen, wo sie ihre Trompeten gelassen haben. Guter Gott.

Sie beginnt zu verstehen, was passiert ist. Ihr Magen fährt Achterbahn, und die Hand, die ihre Tasche hält, wird schlaff, als stünde sie noch immer in dem Aufzug. Du könntest einfach auf eine Taste drücken und wieder runterfahren, sagt eine innere, irgendwie kindliche Stimme. Du könntest einfach verschwinden. Aber zu spät. Bevor sie sich noch umdrehen kann, winkt jemand und läuft auf sie zu, schneller, als die Stimme ihren Satz loswerden kann. Am Ende des Flurs macht es »Ding«, das ist der Aufzug, der leuchtende Pfeil zeigt nach oben. Wieder die junge Schwester, die kleine mit der Spucklücke, wie Harry sie nennen würde. Sie lacht ja, vielleicht kann sie Gedanken lesen. Was Harry alles mit der Sprache anstellt!

»Gut abgepasst«, sagt sie strahlend, sie hätte Lucy schon die ganze Zeit zu erreichen versucht. »Ihr Mann ist wach, hat heute Morgen die Augen aufgemacht.« Ihre Stimme überschlägt sich, als hätte sie gerade im Lotto gewonnen. Der Flur verschwimmt, das Grün bleicht in Richtung Gelb aus, und Lucy hat das Gefühl zu schmelzen, an ihrem Körper läuft es herab, die ganze Feuchtigkeit, als wäre sie gerade einem Dampfbad entstiegen – oder hätte ein Kind zur Welt gebracht. Augenblicklich ein leichtes Tröpfeln, oh Gott, ein Tropfen der Freude. Das gelbe Rinnsal läuft herab bis zu den Knöcheln, sie tritt an Harrys Bett.

»Harry? Schatz?« Es ist das erste Mal, dass sie ihn so nennt, das allererste Mal. Früher hätte sie sich an dem Wort verschluckt, wie man sich an einem alten Pfefferminzbonbon verschlucken kann. Plötzlich verschluckt sie sich tatsächlich, sie schluckt Tränen und Speichel, in ihr zieht sich alles zusammen, erhebt sich und geht auf wie eine Knospe. »Allmächtiger Herrgott!«

Wirklich ein trauriger Anblick, wie er da liegt, so verwittert, der arme, arme Kerl sieht tatsächlich aus wie Rip van Winkle. Für jeden bösen Gedanken, den sie jemals im Sinn gehabt hat, würde sie sich am liebsten eine Stricknadel in den Hals stecken. Sie würde am liebsten eine ganze Dieffenbachie essen. Sie streichelt ihm übers gelbliche Handgelenk, da flattert ein halb geöffnetes Augenlid, was sie an eine klemmende Kamerablende erinnert. Er ist bleich wie ein Pilz, schließlich hat er eine lange Zeit grübelnd in der Dunkelheit verbracht, in einer Dunkelheit, von der sie sich gar kein Bild machen kann. Haben ihn die Träume ins Leben zurückgestoßen? Wohl eher der Tod selbst.

»Harry? Sag doch was, Liebster, wenn du mich hören kannst.« Es ist, als würde sie Gott um einen Gefallen bitten, wie damals, als sie klein war und tief in ihrem Herzen davon überzeugt, dass man alles bekam, wenn man nur darum bat. Aber sieh an, Harrys mattes Auge reagiert, ein Schimmer! Dann beginnt eine Hand, sich zu bewegen, ganz leicht und spinnenartig – sie ist also nicht gelähmt –, und berührt ihre Hand. Harry. Die Berührung ist kraftlos und kühl wie ein Luftzug, so leicht, dass sie ein Phantomkitzel durchläuft, so fern, als gehörte ihr Arm gar nicht mehr zu ihrem Körper.

Der Schock ist jetzt, wo sie ihn so sieht, noch größer als vorher, als er geschlafen hat oder auf Reisen war – was auch immer, wo auch immer. Sein Zustand liegt jetzt offener da, und es geht ihm schlechter, als sie sich erlaubt hat zu glauben. Trotz all dem Einmachen und Beten und all ihrer Angst hat doch unbemerkt die ganze Zeit ein Flämmchen mädchenhafter, naiver Hoffnung in ihr geflackert. *Natürlich wird Harry da durchkommen – und nicht nur durchkommen, er wird wieder ganz der Alte sein.* Selbst in ihrer tiefsten Verzweiflung hat sie sich daran geklammert. Denn sie konnte sich einfach nicht vorstellen, dass es ihm je schlechter gehen würde als damals auf der Liege in der Kirche, als beinahe sein ganzes Leben in die Luft geflogen war und langsam wie die Samen einer Pusteblume zur Erde herabsegelte. Aber er war nicht auszurotten, er ist wieder auf die Beine gekommen. Natürlich ist er das. Und durch irgendeinen Glücksfall, einen komischen Zufall, ist er auch jetzt wieder da, nur noch nicht ganz.

Einem geschenkten Gaul guckt man nicht ins Maul, sagt die Puppe in der *Ed-Sullivan-Show,* und der Bauchredner nickt zustimmend. Harry würde das vermutlich nicht so durchgehen lassen: *Das überleg dir besser noch mal, sonst brat ich dir eine über!* Wenn er das doch noch einmal sagen würde! Beide Arme und beide Beine würde sie dafür hergeben, denkt sie und zieht die Flanelldecke über seine kühle, schlaffe Hand. Aber wer außer ihr könnte etwas damit anfangen? Tränen kitzeln, ihr zieht sich etwas zusammen. »Ich bin ja hier, mein Liebling«, sagt sie, »ich geh hier nicht weg. Sie müssen mich schon rausschmeißen.« Es fällt ihr nicht leicht, in dieser Situation Humor zu zeigen, Geistesgegenwart. Sie ringt sich ein Lachen ab, was sich anfühlt, als würde es Tränen regnen bei strahlendem Sonnenschein, und sie denkt, dass sie diese Muskeln besser schonen sollte. Aber vielleicht stimmt es ja, was die Leute sagen: dass es weniger Kraft kostet zu lächeln, als die Stirn zu runzeln. Und wann hat sie ihn zum letzten Mal Liebling genannt? Vielleicht fragt er sich gerade dasselbe. Wo der Mundwinkel herunterhängt, bildet sich jetzt eine Speichelblase.

»Jewel ist auch gleich da«, sagt sie, und ihre Stimme scheint von einer Stelle knapp über ihrem Schlüsselbein zu kommen. Vielleicht kostet auch das nicht so viel Kraft. Dann beginnt die Sorge darum, was Harry von seiner Reise mitgebracht hat. Er ist doch so lange weg gewesen. Vielleicht überhaupt nichts? Ganz langsam, als würde er ihre

Sprache nicht verstehen, erklärt sie: »Jewel, mein Liebling, unser Junge.«

Aber dann geschieht ein Wunder, etwas, mit dem sie überhaupt nicht gerechnet hat. »Luschie«, hört sie ihn sagen, zumindest scheint es ihr so.

KAPITEL 10

Der kleine Jewel war in die Höhe geschossen wie Unkraut nach dem Regen, schneller, als sie oder Harry es sich hatten vorstellen können. Bald war die Spüle nicht mehr groß genug, um ihn zu baden. Aber wenn sie oben einen Wasseranschluss haben wollten, mussten sie das zusätzliche Zimmer opfern und die Leitungen an den Küchenwänden hinaufführen. *Ganz schön teuer,* fand Harry. Dass er plötzlich so kniestig wurde, war allerdings nicht zu erklären. Und das wegen eines Klos? »Eine große Badewanne mit allem drum und dran hättest du wohl auch noch gern«, klagte er. »Ich weiß überhaupt nicht, wie wir die nach oben kriegen sollen.« Komisch, wo er doch sonst nicht gespart hatte, zum Beispiel am Kamin mit dem Lilienmuster. Was hatte sie davon, wenn sie bei Schneesturm zum Pinkeln in den Garten musste?

»Im Frühling mache ich es«, gab er schließlich nach, weil er in Ruhe auf seiner neuen Geige herumkratzen wollte. Am liebsten übte er, wenn Jewel gerade einschlafen sollte. »Kannst du das nicht im Keller machen?«, fragte sie. Aber er wollte unbedingt *Turkey in the Straw* lernen, um welchen Preis auch immer, und behauptete, dass es sich im Wohnzimmer besser anhörte.

Jewel derweil fand alles toll, auch den Kamin. Er wollte mit seinen rußigen Händchen alles anfassen. »Wenn du das noch mal machst, fängst du dir eine«, drohte sie. Harry musste dem Jungen dann erklären, was sie meinte. »Hör auf deine Mutter, sonst versohlt sie dir den Hintern«, sagte er, und noch im selben Atemzug: »Errat mal die Melodie, Dolly.« Er spielte ein paar seltsame Takte, Jewel krabbelte auf direktem Weg zum Kaminrost zurück. *»Twinkle, Twinkle, Little Star?«*, versuchte sie es, aber sie lag immer falsch. »Luce, du hast wohl Watte in den Ohren!« Angewidert verzog er sich dann doch in den Keller. Immerhin war er zu Hause. Wenn er nicht da war oder wenn Lils Name fiel, was nicht selten geschah, dachte sie jedes Mal: *Ich werd dir den Hintern versohlen. Werd dir den Kopf in die Schlinge stecken.* Und die Stimme ihres Vaters flüsterte: *Lieber den Teufel vor sich haben als im Rücken.* Also nahm sie sein Geigenspiel hin, manchmal wusste sie es sogar zu schätzen.

Im Frühling maß sie das Zimmerchen im Obergeschoss aus, um zu sehen, was man dort unterbringen konnte. Jewel fuhr mit seinem kleinen Laster über die Tapete und brummte wie eine Hornisse. Da fiel ihr Mrs. Edgehill ein, aus Truro, und das Kind. Es war, als würde eine Regenfront durch sie hindurchziehen, dabei driftete der süße Geruch von frischem Grün, der Duft von Apfelblüten zum Fenster herein wie ein hoffnungsfrohes Trällern. Schnell dachte sie wieder an die Badewanne mit den Klauenfüßen, die sie einbauen würden, und die Vorhänge mit dem Pünktchenmuster, die sie sich vorgenommen hatte zu nähen.

Später ging sie mit Jewel zur Post und traf auf dem Weg Lil. »Hab gehört, dass du ein Klo bekommst«, sagte sie spöttisch. An ihrem Hut zitterte eine Straußenfeder. Es hatte sich also herumgesprochen, Lil gehörte ja bei Artie inzwischen zur Einrichtung, wie Harry nebenbei erwähnt hatte: wie ein Tisch, dachte sie, oder ein Besen. Interessant war, dass er sich neuerdings über Lils Kochkünste lustig machte: »Artie sollte eine Lebensversicherung abschließen, bei dem Essen.«

Jewel wollte ihr einen Tannenzapfen zeigen, aber Lil würdigte ihn keines Blickes. »Mensch, ist ja toll, da sitzt sie dann auf einem Thron«, sagte sie, »wie eine richtige Prinzessin.« Lucy ließ sie stehen. Ihr ganzer Körper prickelte, dann war es ihr plötzlich egal. Es hatte doch keinen Sinn, sich Hoffnungen zu machen. Da konnte sie genauso gut darauf warten, eine Nachricht von Mama zu bekommen. Als hätten sich alle, Mama und Helena, Papa, Ethel und all die anderen, zeitweilig an einem anderen, einem verschleierten Ort versammelt. Vielleicht ist dieser Ort gar nicht so weit entfernt, dachte sie dann.

Als sie an der Post ankamen, war sie schon etwas besser gelaunt. Eine duftende Brise hatte sie besänftigt. Doch dann reichte ihr der Postbeamte einige Rechnungen, was ihr gleich wieder auf den Magen schlug. Es tat weh, an Helena zu denken, die Hoffnung schwand – das Kind schien auf einem winzigen Floß zu treiben, und sie stand an einem immer schmaler werdenden Strand und sah zu ihr hinüber. In ihrem Gedächtnis verschwamm das Gesicht ihrer Tochter, war auf einmal geheimnisvoll und gespenstisch, nur noch ein vager Duft.

Jewel kaute zahnlos auf einem Schlüssel herum, den er auf dem Boden gefunden hatte. Als sie ihn wegnahm, schob ihr der Beamte noch einen Umschlag hin. Ob der wohl für sie sei? *Luzia,* stand darauf, *postlagernd, Postamt Armview.* »Auf was für Ideen die Leute kommen«, schnaubte der Beamte, »da können sie gleich eine Flaschenpost schicken.«

Der Brief war in Deutschland abgestempelt, in Delmenhorst. Der Mann runzelte die Stirn – »Krautfresser!« – und pfiff *Pack up Your Troubles,* während Jewel an ihrem Strumpf zupfte. *Lass deine Sorgen Sorgen sein …* Es war, als wäre das ganze Postamt Harrys gutes Auge.

Sie stand vor dem Eingang. Ihre Hände zitterten, als sie den Umschlag aufriss. Der Gestank der Ebbe hatte den blumigen Duft vertrieben. Die Handschrift war kaum zu lesen. *3. März 1920,* der Brief war Monate unterwegs gewesen. *Liebe Luzia,* stand da auf Deutsch, *für Ihre freundliche Hilfe möchte ich Ihnen von ganzem Herzen danken, Franz Heinemann.* Ein Schein flatterte heraus. Jewel versuchte, ihn zu fangen. Er war merkwürdig groß, Worte standen darauf, in einer Sprache, die vertraut wirkte und doch wie ein geheimer Code war. *Reichsbanknote. 1000 Mark. Eintausend.* Ihr Herz klopfte laut, und als sich ihr Strumpfband löste, lief ihr ein kühles Kribbeln über die Schenkel. Lieber Himmel, heiliger Strohsack – das war doch ein Vermögen! Sie hob Jewel auf, las den Brief noch einmal. Schwindel erfasste sie. *Eintausend?* Das konnte doch nicht sein!

Der Atem des Kriegsgefangenen schien aus dem Papier hervorzuströmen und sich auf ihrer Haut niederzulassen, bis sie ganz klamm war. Lil und ihre tolle Hutfeder wurden grau wie eine Taube in der Mauser. Was hatte er sich dabei gedacht? Glaubte er, eine Schuld bezahlen zu müssen? Für ihre Barmherzigkeit? Dabei hatte er ihr doch ihr Leben zurückgegeben, ihre Selbsterhaltung. Den kleinen, kühlen Schatz, den sie seitdem fest in der Hand gehalten hatte, trotz ihrer Schuldgefühle. Sie betrachtete den Schein, Blut rauschte ihr in den Ohren.

Als sie zu Hause war, steckte sie den Umschlag in den Katechismus, den Pastor Marcus ihr gegeben hatte, und schob das Buch unters Sofa. Den Brief musste sie verschwinden lassen, aber die tausend Mark! Das war ein Himmelsgeschenk, genug für fünfzehn Klos! Doch dann überkam sie eine neue Angst, ein Schrecken, der ihr beinah den Atem verschlug. Sie war nicht besser als Lil Marryatt, sie war eine richtige Schlampe. Er bezahlte sie! Schnöder Mammon. *Und führe uns nicht in Versuchung,* hörte sie den Priester beten, auch wenn sie seit einer Ewigkeit nicht mehr in der Messe gewesen war. Sie schob den Gedanken schnell von sich. Eintausend Mark: Damit konnten sie den ganzen Ausbau oben bezahlen, es würde sogar noch etwas übrig bleiben. Aber wie sollte sie es erklären? Sollte sie sagen, sie hätte es gewonnen?

Harry kam früh nach Hause, er hatte Artie im Schlepptau. Sie hatten beide getrunken, Harry merkte nichts. »Wo ist meine Geige?«, fragte er nur. Artie stieß Harry an und wollte wissen, ob er auf ihn zählen könne. Dann zwinkerte er ihr zu. »Wenn nicht, Kumpel, dann heißt das wohl, dass du was gegen mich hast.« Sie verschwanden im Keller, ein Trinklied klang herauf, und Artie drosch wüste Phrasen dazu.

Am Samstag kamen aus heiterem Himmel zwei Kerle mit einem Lastwagen und luden ein Standwaschbecken, eine Badewanne und eine Toilettenschüssel ab. Das hatte Harry veranlasst, obwohl er immer noch mit der Sache haderte. »Und wenn wir noch ein Kind kriegen, wo kommt es dann hin? Ins Klohäuschen? Das gibt bestimmt ein hübsches Kinderzimmer ...« *Oder einen Tanzsaal,* hätte sie am liebsten zurückgeschossen. Wusste er denn nicht, was in ihr hochkam, wenn er über Babys sprach? Wie zart ein Neugeborenes ist – die Vorstellung war wie ein Wirbel in ihrem

Innern, der ein gespenstisches, immer schwächer werdendes Lächeln erfasst und in die Tiefe zieht. Sie tat verschämt und sagte, sie habe gar nicht gewusst, dass er noch eins haben wolle. »Will ich auch nicht«, antwortete er unwirsch und spielte weiter. Noch ein Trinklied, das wie ein Zugwaggon schlingerte, kurz davor zu entgleisen.

»Ich halt mich ein bisschen zurück, Kumpel«, hörte sie ihn am Telefon sagen. Ihretwegen. Sie habe was dagegen, dass er jeden Abend Poker spiele. Als wäre sie es, die ihn vom Spielen abhielt. Es war doch die Geige. Außerdem stand das Wohnzimmer voller Porzellan, es war zu einem Abstellraum für Badezimmereinrichtung umfunktioniert worden. Sie hatte es gerade geschafft, Jewel in die Spüle zu legen, als Artie auftauchte. Der Hefegeruch, der seinem Mund entströmte, erinnerte sie an Lilien. »Ich hab mir was überlegt, Harry«, sagte er und hob die Bierflasche, »vielleicht werden wir uns noch einig.« – »Tinken«, lispelte Jewel und zeigte auf die Flasche, und bevor sie eingreifen konnte, hielt Artie sie ihm an den Mund. »Ist doch okay, solange er es nicht in einem Zug runterkippt.« Dann wurde er ganz geschäftsmäßig. »Also gut, Harry. Sag mir, was ich für dich tun kann. Bargeld, gleich jetzt? Eine Hand wäscht die andere. Stimmt doch, oder, Lucy?«, rief er und fragte sie, ob sie wirklich das Zimmer opfern wolle. Dann stapften die beiden die Treppe hinauf. »Ich mein, was macht ihr denn«, sagte Artie noch, »wenn das Kleine wiederauftaucht, das ihr verloren habt?«

Sie versuchte es als Spiel zu sehen. *Humpty Dumpty saß auf dem Eck, Humpty Dumpty fiel in den Dreck.* Sie brachte Jewel die Bewegungen bei, die zu dem Reim gehörten, während über ihren Köpfen der Putz krachte, die Arbeit von einer donnernden Truppe von Männern. Als sie die Decke durchstießen, um die Leitung zu verlegen, musste sie einfach darauf vertrauen, dass sie etwas von der Sache verstanden. Das Zimmer sah aus, als wäre eine Bombe eingeschlagen, das Hämmern hätte genügt, um einen Heiligen um den Verstand zu bringen, das und das höllische Fiedeln. Fünf Kerle mussten mit anpacken, um die Badewanne nach oben zu bekommen. Einer rief die ganze Zeit: »Pass auf, dass sie sich nicht selbstständig macht!« Harry lief auf und ab, er sorgte sich wegen der Kosten. Sie sagte kein Wort, was ihre Schuldgefühle verschärfte und die Vorstellung, ihn irgendwann mit ihrem Himmelsgeschenk zu überraschen, süßer und doch auch unheimlicher machte. Was sollte sie bloß sagen? *Übrigens, schau mal, was mir ins Haus geflattert ist?*

Sie spülte gerade, über ihr knarzten die Balken, Männer liefen in der Küche herum und öffneten Bierflaschen. Da sah sie ihre Chance gekommen, zumindest eine halbe Chance, und schlüpfte ins Wohnzimmer, ohne auf Harrys Frage einzugehen, was es denn zu essen gebe. Sie musste sich an der Kloschüssel vorbeizwängen. Der Umschlag lag noch da. Als sie hörte, wie Harry nach draußen ging, um neues Bier zu holen, lief sie nach oben. Sie warf noch einen kurzen Blick auf Heinemanns Briefchen, ohne dass ihr die Bedeutung der deutschen Wörter klarer wurde, und steckte den bräunlichen Schein in ihre Handtasche. Durch die Löcher im Boden drang das Geplänkel der Männer herauf, Gelächter, eine Scherzfrage. Die Auflösung lautete Hure. »Ach so, du meinst unsere Dame Lily!« Arties raue Stimme: »Ihr kleinen Arschlöcher, ihr seid doch nur eifersüchtig.« Dann lachte auch er. »Leute, vergesst Lily. Ich lass mich vonner Regierung versorgen.« Von der Regierung?

Sie ging um die Löcher herum zur Badewanne, die schon fest verankert dastand, wie eine riesige Muschel. Unter dem Fenster klaffte der Durchbruch für die Wasserleitungen. Sie kniete nieder, faltete den Zettel zusammen und warf ihn in den Spalt hinter der Gipswand. Doch im nächsten Moment kam ihr das unsinnig vor und sie holte Harrys Geigenbogen.

Unten legte sich das Gelächter. Die Männer stöhnten, weil sie weitermachen sollten. Nebenan wachte Jewel auf. Sie stocherte mit dem Bogen im Loch herum, fand aber nichts. Die Haare des Bogens blieben an einem Bolzen hängen. An Isoliermaterial hatte Harry nicht gedacht. Keine Zeitung, keine getrockneten Algen verstopften den Spalt. Als die Treppe knarrte, zuckte sie zusammen und ließ den Bogen fallen. Wie dämlich von ihr, wieso hatte sie nicht aufgepasst? Harry würde sich wahnsinnig aufregen, wenn er ihn nicht fände. Noch schlimmer, wenn er ihn doch fände. Nicht nur den Bogen, sondern auch ... »Fass mal mit an«, hörte sie. »Pass auf mit dem Waschbecken, das hat mich ein Vermögen gekostet.« Sie steckte den Arm so tief in den Spalt, wie es ging. Nichts.

Sie stellte sich vor, dass der Bogen irgendwo unten an der Grundmauer lag, versunken in Sägespänen. Heinemanns Brief leistete ihm Gesellschaft. Wie Edgar Boutilier sich über Harry lustig machen würde: *Spielst du halt Pizzicato!* Schwere Stiefelschritte auf dem Absatz. »Kannste mal sehen. So läuft das, wenn die Frau die Hosen anhat«, ächzte Artie, während die anderen mit dem Waschbecken und der dazugehörigen kleinen, weißen Säule hereinpolterten. Sie musste an Salzsäulen denken, an Lots Frau. Artie zwinkerte ihr zu, musterte sie aus seinen verquollenen Augen. »Man lässt eine Dame nicht warten, Jungs, das bringt nur Unglück. Harry, zahlst du uns eigentlich stundenweise?«

Eine seltsam alberne Laune überkam sie. Sie musste es einfach sagen: »Lil hält dich ganz schön auf Trab, was, Artie?«

Sie hatte es als Witz gemeint, aber als die Männer weg waren, wollte Harry wissen, was sie eigentlich gegen sie hätte. Lucy tat, als wüsste sie nicht, von wem die Rede war. »Du weißt es ganz genau«, sagte er scharf.

Als sie den Schein unter dem Gitter durchschob, war sie froh, dass sie Jewel auf dem Arm hielt, er war eine Art Schutzschild. Der Bankangestellte wusste nicht, was er damit anfangen sollte, und verschwand, um Rat zu holen. Als er zurückkam, schob er ihr zwei Fünf-Dollar-Scheine und ein paar Einer hin. Sie war verwirrt, wurde erst rot und dann ganz bleich. Ihr Atem wärmte Jewels Locken. »Sie müssen sich irren«, sagte sie. Der Bankangestellte verzog den Mund. »Lesen Sie denn keine Zeitung? Schätzchen, das ist Hunnengeld, es ist überhaupt nichts wert.«

Sie konnte sich nicht dazu durchringen, mit dem Kochen zu beginnen, und vertrieb sich die Zeit mit Staubwischen. Das Haus hatte es dringend nötig. Harry sah in die Töpfe, klapperte mit den Deckeln. »Nichts drin?«, fragte er verwirrt. Als er seinen Geigenkasten öffnete, wischte sie gerade den Kaminsims. Wortlos begann er herumzusuchen. »Verdammt, wo ist ...«, sagte er und beschuldigte Jewel, sich daran vergriffen zu haben. Schimpfend suchte er das Haus ab und brachte alles durcheinander. »Wie kann eine anständige Frau ihr Kind nur so ... Finger weg von Arties Sachen!«, brüllte er.

Eine Weile biss sie die Zähne zusammen, doch dann musste sie sich einfach zur Wehr setzen: »Und was für eine Frau sagt ihrem Kind, es soll die eigene Spucke trinken?«

Drohend schwang er die Geige, legte sie dann aber in den Kasten zurück. Eine Geige ohne Bogen ist wie eine Kuh ohne Kalb, dachte sie. Sie solle sich mal wieder einkriegen, höhnte er, Lil sei für jeden Spaß ... Lil sei ein guter Kumpel.

»Das glaube ich sofort«, antwortete sie und sah ihm direkt in die Augen. »Aber was mich viel mehr interessiert –«

»Na gut, na gut«, winkte er ab. »Sie hilft Artie bei seinen Geschäften.« Sie ziehe die Kunden an, sagte Harry jetzt, also die Spieler, und passe auf, dass sie nicht über die Stränge schlügen. Dann fragte er wie ein kleiner Junge, ob noch Kuchen vom Vorabend da sei, er sei schon halb verhungert. »Frag doch Lil«, antwortete sie wütend, »die hat bestimmt Kuchen für dich. Oder ist sie so beschäftigt, dass sie keine Zeit zum Backen hat?«

Sie dachte an die Party, wie Lils Tochter die Finger in den Kuchenguss gesteckt hatte. »Ihr Kind kann einem wirklich leidtun«, schnaubte sie.

Er sprang ihr fast an den Hals. »Meinst du etwa Becky? Verdammt noch mal, jetzt hör endlich auf damit!« Er verschloss den Geigenkasten und ging aus dem Zimmer. Sie fragte, wohin er wolle. »Das wüsstest du wohl gern«, schnaubte er und klang so verärgert, als hätte er gerade einen Fehler am Bau gemacht: zweimal messen, einmal sägen!

Sie könne ja schnell noch etwas kochen, sagte sie, es sei halt schwierig wegen des Umbaus. Aber als sie sah, dass er sich schon die Mütze aufgesetzt hatte, platzte ihr der Kragen. »Und was zum Teufel würde Lil kochen, meinst du?« Es klang überempfindlich, sofort bereute sie, dass sie es gesagt hatte. Die Sache mit Lil war doch diesen Streit nicht wert, oder? Das war doch nur ein Seitensprung der Fantasie.

Aber jetzt ließ Harry nicht mehr locker. »Wenn du etwas zu sagen hast, dann sag es jetzt.« Sie habe wohl zu viel Zeit, warf er ihr an den Kopf, Zeit, die sie damit verbringe, den Priestern zuzuhören. Was natürlich lächerlich war, sie war seit bestimmt einem Jahr nicht mehr in St. Columba gewesen.

Aber Harry war noch nicht fertig. Jetzt schimpfte er über Ida. »Diese alte Vogelscheuche«, fluchte er, sie hätte Lucy doch die Flausen über Lil und ihn in den Kopf gesetzt. »Was ist das denn mit Lil und dir?«, rief sie, um ihn noch mehr zu reizen. »Dolly, pass auf, was du sagst!«, brüllte er. Irgendwo im Haus kreischte Jewel. »Wehe, du schreist mich noch einmal so an«, rief sie. Aber er hatte das letzte Wort. »Weißt du, was an Lil so toll ist?« Jetzt bezeichnete er sie als *Freundin.* Lil wisse, wann sie den Mund zu halten habe. »Und wann nicht, verdammt noch mal!« Er stürmte hinaus und schlug die Tür hinter sich zu.

Irgendwann in der Nacht kam er doch wieder. Sie wachte auf, hörte das Hämmern. Am Morgen war der Thron installiert. *Das Wasserklosett Ihrer Majestät, 20. Juni 1920,* hatte er darüber in den Putz geritzt. Das Klo war so nah an die Wanne gebaut, dass man sich seitlich draufsetzen musste. Harry versuchte gerade, Kaffee zu kochen, als sie nach unten kam. Sie taten, als sei nichts gewesen. Plötzlich rauschte oben das Wasser. War Jewel aus dem Kinderbett geklettert? Sie rannte die Treppe hinauf, Harry dicht hinter ihr. Dann zeigte er es ihnen: »Du musst hier runterdrücken, so.«

Jewel blinzelte und lachte vor Freude. Als das Telefon klingelte, lief Harry hinunter. War es einer von diesen Telefonstreichen? Es war doch noch so früh am Morgen. »Mal sehen, was ich da machen kann«, hörte sie ihn sagen, er werde das später mit Babineau besprechen. Der Klempner, sagte er, als er wieder oben war, und seifte sich ein, um sich zu rasieren. Jewel patschte mit den Händchen im Klo und drückte immer wieder auf den Hebel. »Hau ihm eine, Mammi, Mammi, hau ihm eine.«

Weil sie so ein schlechtes Gewissen hatte, betrat sie St. Columba durch die Tür des Sündenkastens, wie Harry es nannte. Dabei war sein Schatten noch nie über die Schwelle des Kirchentors gefallen, geschweige denn auf einen Beichtstuhl. *Der Geist ist willig,* versuchte sie sich zu rechtfertigen, *aber alles andere ist auf Abwege gelangt.* Pastor Marcus zögerte nicht lange und gab ihr zur Reue zwei Ave-Marias auf. Dann ermahnte er sie, den Sabbat zu ehren und freitags kein Fleisch zu essen. Sie versprach zu gehorchen, schon wegen Jewel, denn die Schule, die ihrem Haus am nächsten war, gehörte zur Gemeinde.

Harry machte sich einen Spaß daraus, freitags Frühstücksspeck zu braten. »Ach so«, sagte er dann, und Jewel musste den Speck von ihrem Teller nehmen. Damit sie nicht in der Hölle landete. Sie konnte sich kaum entscheiden, was sie schlimmer fand: wie er sie aufzog oder wie er Geige spielte. Er hatte den Bogen, den er nachgekauft hatte, schon wieder zersägt.

»Himmel, Arsch und Zwirn, stimmt's, Papa?«, quietschte Jewel, da war er schon alt genug, um in die Schule zu kommen.

Harry musste natürlich auch seinen Senf dazugeben. Allerdings erst, als sie längst mit Schwester Jerome, der Schulleiterin, gesprochen und den Jungen angemeldet hatte. »Verdammte Katholiken«, fing er an. Was Jewel denn da lernen würde? Exorzismus? *Da könnten sie an dir üben,* hätte sie beinahe gesagt, konzentrierte sich aber auf ihr Strickzeug. Als Harry *Shave and a Haircut* spielte, fing Jewel an zu plärren und wehrte sich mit Händen und Füßen, er wollte nicht ins Bad. Sie musste ihn nach oben zerren.

Er weigerte sich beharrlich, ins Bett zu gehen – und in die Schule. »Wer kann ihm das übel nehmen?«, fragte Harry. »Mit so einem Namen. Wart's ab, sie werden ihn den ganzen Tag hänseln.« Was für ein Dickkopf musste man sein, das nach fünf Jahren wieder anzusprechen! »Hört sich nach feuchtem Lispeln an«, setzte er nach.

Die fiepsende Stimme kam von oben: »Ich mag meinen Namen, er wackelt wie Wackelpudding. Grüner Wackelpudding, grün wie ein Smaragd, stimmt's, Mama?« Selbst als sein Vater ihn lautstark in sein Zimmer verwies, ließ Jewel sich die Laune nicht verderben.

Sie fand es lustig und fragte ihn, welche Farbe Mama denn hätte. Und sein Vater? Sie war offenbar farblos. Harry braun wie Dreck. Sie unterdrückte ein Lachen: »Los jetzt, rauf mit dir, bevor ich dir die Ohren langziehe.«

Harry war allerdings nicht belustigt. »Er hört sich an wie eine Schwuchtel«, sagte er und warf ihr vor, Jewel wie ein Mädchen zu behandeln. Hinter dem Kamingitter zischten die blauen Flammen, von oben kam Gesang: *»Ich renne, renne, so schnell ich kann, du fängst mich nicht, ich bin der Lebkuchenmann.«* Sie dachte an Helena, an ihren Namen, der aufstieg wie weißer Rauch. Sie hatte in der Schule eine Geschichte von den Griechen gehört, über eine Frau, die so sehr liebte, dass ein Krieg darüber ausgebrochen war. Wenn es hier Krieg geben sollte, dachte sie, dann war Lil Marryatt dafür verantwortlich! Sie war überrascht gewesen damals, dass Harry mit dem Namen einverstanden war. Helen fand er zu schlicht, hatte er gesagt und das Baby in die Sonne gehalten. Er hatte sie gehalten, als wäre sie aus feinem Porzellan. Er war ja gewöhnt, mit Stahl oder Holz umzugehen. Mama gefiel der Name sehr, sie meinte, er zwinge einen dazu, jede Silbe einzeln auszusprechen.

Sie hatte ein paar Maschen verloren und musste eine ganze Reihe aufribbeln. »Es reicht, *finis*«, sagte sie, ohne weiter auf Harry zu achten. Ein Wort, das sie sich von Schwester Jerome geborgt hatte.

»Sprichst du schon ausländisch?«, fragte er stotternd. Er legte den Bogen weg, sodass Jewel nicht drankommen konnte, nahm seinen Mantel und sagte, sie solle nicht auf ihn warten, die Pokerrunde könne heute Abend interessant werden.

Jewel war noch wach. Er hatte sein kleines Bildwörterbuch vor sich und betrachtete einen Vogel Strauß. »Der Strauß braucht keinen Sand, er kann den Kopf bestimmt auch in den Schnee stecken«, sagte er. »Aber warum kann er nicht fliegen, wenn er ein Vogel ist?« Sie versuchte, ihn zu einem Nachtgebet zu überreden, sie musste ihm jedes Wort aus der Nase ziehen. Die Zankerei mit Harry klang noch in ihr nach. Jewel wollte wissen, ob Jesus – der Kerl auf dem Bild – auch in die Schule musste und wo er eigentlich wohnte. »Kommt die Nacht, bin ich geborgen«, sprach er endlich nach, »und falls ich sterb' noch vor dem Morgen, dann nimm dich meiner Seele an.« Selbst als leeres Geplapper wogen die Worte noch schwer.

Eines Nachmittags erwischte sie ihn, als er auf der Straße

lag. Wie der Lebkuchenmann, verteidigte er sich, während sie ihm den Hintern versohlte. An einem Wintermorgen spazierte er einfach los. Sie hatte geputzt, hatte Wände und Türen abgewischt. Als er halb erfroren, mit klatschnassem Mantel hereinkam, war sie gerade dabei, das Regalbrett im Wohnzimmer sauber zu machen. Ihr wäre beinahe das rosafarbene Tässchen aus der Hand gefallen. »Ich hab das abscheuliche Schneemonster geseht ... gesehen«, sagte er mit zitternder Stimme. Da verstand sie: Er hatte es bis zum Sumpf an der Scheune geschafft und war im Eis eingebrochen. Sie bekam kein Wort heraus, so mulmig war ihr, sie hielt ihn einfach fest und drückte ihn an sich, bis sie die Nässe auf ihrer eigenen Haut spürte und er einen von Harrys neuen Manschettenknöpfen aus dem bleischweren Handschuh zog. »Guck mal, Mama, ein Tisch für ein Streichholzmännchen.«

Sie war gleich nach seinem Abendgebet ins Bett gegangen und wachte auf, als er schrie, am Fenster sei eine Meerhexe. »Ich rieche sie doch!«, rief er, stand zitternd in der Tür und zeigte in den Flur. Es war die Möbelpolitur, die sie vergessen hatte. »Ich will nicht in die Schule«, winselte er und schluchzte und legte seinen kräftigen Arm um ihren Hals. »Die Meerhexe hatte Augen«, sagte er, »wie die Augen von einem toten Rentier.« – »Du hast nur geträumt«, flüsterte sie immer wieder. Nach einer Weile zog er an ihrer Hand, legte sein Gesicht darauf und fragte, ob er eine Blume sei, wie Papa gesagt habe. »Oh, mein Liebling«, entfuhr es ihr, Blumen wüchsen doch im Garten, und damit kenne sich Papa ja gar nicht aus.

An seinem ersten Schultag war er quengelig wie immer und wollte sein Frühstück nicht essen. Harry saß nur da, sagte kaum ein Wort und schlug mit seiner Zeitung nach den Obstfliegen. »Es gibt ja auch noch die protestantische Schule«, sagte sie, obwohl es eigentlich zu spät war, jetzt noch etwas daran zu ändern, außerdem müsste sein Vater ihn dann fahren. Sie hatten inzwischen einen Model-T, die eiserne Echse, wie Jewel ihn nannte. Aber Harry sagte nur: »Wenn du einen Führerschein machen würdest ...« Und wer hätte sich dann um das Essen gekümmert? Sie war selbst so nervös, dass sie nichts runterbekam. Auf dem Weg zur Schule nahm sie Jewel an die Hand, obwohl er protestierte. »Ich bin doch kein Baby!« Auf dem staubigen Schulhof dann klammerte er sich an sie und betrachtete das Gewimmel der Kinder. Der Duft von Kamille lag in der Luft, eine Gruppe von Müttern tröstete ihre Kleinen.

Ein Mädchen mit Zöpfen lief hinter einem Ball her. Es mochte ein oder zwei Jahre älter als Jewel sein. Sie warf den Ball nach einem Hund, der sich dort rekelte, und ihr Lächeln berührte Lucy in ihrem Innersten. Jemand winkte – eine Frau, die Lucy ein paarmal in der Messe gesehen hatte. Sie schob Samson, ihren Sohn, auf Jewel zu. Samson streckte die Zunge heraus. Kurz darauf erschien Schwester Jerome mit versteinerter Miene. Eine Glocke baumelte aus ihrem Ärmel, unter ihrem Habit, der über die polierten Stufen fegte, schauten Männerschuhe hervor. Ein scharfes Klingeln, schon stellten sich die Kinder in einer Reihe auf, nur Jewel hing an Lucys Hüfte. Sie löste seine Arme und schob ihn weg, dann sah sie den Kindern hinterher, die langsam vorwärtsmarschierten und hintereinander im Gebäude verschwanden. Ihr war, als wäre ihr etwas abhandengekommen.

Auf der Straße, an die Christusstatue gelehnt, stand niemand anderes als Lil. Sie rauchte, während ihr kleines Mädchen Kieselsteine kickte. Es hatte einen Schuss gemacht, wirkte ziemlich verwildert und dürr, dabei aber ganz süß in dem ausgeleierten Pulli. »Aber warum muss ich denn?«, jammerte das Kind. »Du warst doch auch nie in der Schule.«

Lil grinste, als Lucy vorbeikam. »Ach, Kinder.« Es ging Lucy nicht aus dem Kopf, wie ängstlich Jewel sie angesehen hatte.

Sie lief eine Weile und kam an dem Bastler vorbei – dem Rumtreiber, wie der Kerl, der einfach aufgetaucht war und im Wald zu wohnen schien, von einigen genannt wurde. Er war noch ein Teenager. Er lehnte an einem Rollwagen, in dem eine Art Schleifstein befestigt war. *Töpfe, Pfannen, Messer. Ausbessern und Schleifen. Gut und günstig.* Er kam ihr hinterher, blieb dann aber bei Mrs. Chaddock stehen, wie sie am Gebell hören konnte. Als sie zu Hause war, stürzte sie sich in die Arbeit, um nicht an Jewel zu denken. Das Wohnzimmer war immer sehr staubig, denn Harry brachte, wenn er gut gelaunt war, ständig irgendwelchen Krimskrams mit. Eine Porzellankatze und ein Kristallflakon waren zu hübsch, um sie oben im Haus zu verstecken, sie standen jetzt neben der rosafarbenen Tasse, deren dünnes Material sie an Knochen erinnerte – die Reliquien, von denen Pastor Marcus immer erzählte, als wollte er die ganze Gemeinde zu einer gruseligen Wallfahrt überreden.

Sie musste sich beeilen, wollte sie Jewel noch vor dem Mittagessen abholen. Eine gelbliche Brise kitzelte Blätter und Äste, die kleine Bucht und das Treibhaus, dessen Metallwände zwischen den Bäumen durchschienen. Es dauerte, bis Jewel herauskam. Er schniefte, wischte sich die Nase an ihrem Rock ab und sagte, er würde nie wieder hingehen.

Vor all den Leuten hob sie ihn hoch, obwohl er für sein Alter ziemlich groß war. Er müsse sich durchbeißen, erklärte sie, manchmal müsse man Dinge tun, die man nicht tun wolle. Auf dem Heimweg kam ihnen wieder der Rumtreiber entgegen. Jewel sah den Rollwagen, seine Augen glänzten.

Er zog einen welken Kamillenzweig hervor und reichte ihn ihr. Das Haus roch zu sauber. Als sie fragte, warum er den nicht der Schwester gegeben habe, war er beleidigt. »Ich hab keine Schwester.«

»Schwester Rosa, deine Lehrerin.« Als sie fragte, was sie den ganzen Morgen gemacht hätten, sagte er, Vater Zirkus sei vorbeigekommen, seine Nase sehe aus wie die von Mr. Babineau.

»Becka hat das auch gesagt.«

Becka?

»Von wem ist er eigentlich der Vater?«, wollte er wissen und erzählte, sie hätten über Weisheit gesprochen, über Obst und über Wörter mit A, wie zum Beispiel *aufpassen*, was er ja nicht gemacht habe, als er im Eis eingebrochen sei. Mit einer Art grimmiger Freude fragte er, ob sie raten könne, was Becka passiert sei. »Du weißt doch, die Tochter von dieser Frau ...« Sie habe auf ihrem Stuhl gesessen und in die Hose gemacht. Sie sei bestimmt zurückgeblieben, meinte er, er habe ja gesehen, wie sie sich bei Mister B. aufgeführt habe. Die kleine Marryatt. Also hatte Harry ihn mit hinübergenommen, statt wie versprochen zu Hause auf ihn aufzupassen, als sie in der Messe war. Jewel balancierte eine Murmel auf der Zungenspitze und trat gegen den Tisch.

Als sie ihn am nächsten Tag zur Schule brachte, biss sie sich von innen in die Wange, bis sie Blut schmeckte. Er heulte und jammerte und wehrte sich erbittert, versteckte sich hinter ihrem Rücken, als die Glocke ging. Nach der ersten Stunde klingelte ihr Telefon, sie müsse sofort kommen. Sie rannte hinüber und hörte ein Geräusch, als würde der Auspuff der eisernen Echse knallen. Der Rumtreiber stand auf dem Schulhof. Die Stufen waren rutschig. Sie trat in etwas Rotes, stürmte hinein und lief über den Flur zum Büro. Sie klopfte. Eine Nonne, wesentlich jünger als Schwester Jerome, öffnete die Tür. In einer Ecke stand Jewel, in einer anderen ein rothaariger Junge. Die Lehrerin stellte sich vor, schrieb dann etwas auf einen Zettel und schob ihn unter eine Vase mit wilden Astern. Der Schreibtisch stand etwas schräg in dem bedrückend kleinen Zimmer und füllte es beinahe ganz aus. »Diese Art von Benehmen können wir nicht dulden«, sagte Schwester Rosa streng. Ihre Stimme passte nicht zu ihrem herzförmigen Gesicht. Dann forderte sie den rothaarigen Lucas auf, zu erzählen, was vorgefallen war.

Er war ein Embrie, das erkannte Lucy gleich. Die Embries waren mit den Boutiliers verwandt. Er hatte nasse Flecken auf dem Hemd. »Ich hab alles gesehen«, sagte er. Jewel sei in der Toilette gewesen und habe mit der Seife gespielt. »Er hat überall rumgespritzt, großes Indianerehrenwort.« Der Hausmeister habe die ganze Toilette sauber machen müssen, sagte die Nonne. Als Lucy bat, die Schulleiterin sprechen zu dürfen, erklärte Schwester Rosa, sie sei unpässlich, und fügte mit einem Räuspern hinzu, es habe einen Unfall gegeben. »Hab ich auch gesehen«, plapperte Lucas los, »der Hund ist voll auf sie losgegangen, stimmt's, Dschuhl?« – »Sie verstehen sicher, dass wir ihn bestrafen mussten«, meinte Schwester Rosa. Lucas konnte nicht mehr an sich halten: Als Schwester Jerome den Gürtel genommen habe, um Jewel zu verhauen, habe Lucky zugeschnappt und ihr beinahe den Finger abgerissen. »Tschack!« Noch vor dem ersten Schlag.

Jewels Kinn zitterte. Sie hätte ihn am liebsten an sich gedrückt, riss sich aber zusammen. »Ihr eigener Hund, der von Schwester Dschrohm!«, rief Lucas begeistert und erklärte, sie hätten zugeschaut, wie sie ihn gefüttert habe, aus der Hand. »Und das Blut haben wir auch gesehen«, sagte er. Schwester Rosa senkte kurz den Blick, Lucy hatte die roten Spritzer auf dem Boden vor Augen.

Jewel nuschelte, es sei nicht seine Schuld gewesen. Dann wollte er wissen, wo Lucky jetzt war. »Das arme Tier«, sagte die Nonne, nun schon etwas freundlicher, der Hausmeister habe sich darum gekümmert. Als Jewel aber wissen wollte, ob Lucky jetzt im Himmel sei, fuhr sie ihn an, nur Menschen hätten Seelen, Hunde nicht. Und es sei wohl am besten, er würde nach Hause gehen und sich über den Zustand seiner eigenen Seele Gedanken machen.

Als sie auf den Schulhof kamen, sah Lucy, dass Ida Trott bei dem Rumtreiber stand und Orangenkerne ausspuckte. »Du da, Fräulein!« Lucy ging einfach weiter. »Meinst wohl, du bist was Besseres!«, rief Ida ihr hinterher. Sie solle ein bisschen mehr auf ihren Sohn aufpassen. »Sonst stößt dem kleinen Kerl noch was zu.« Schließlich habe sie eine Eule in Lucys Tasse gesehen, das habe sie ihr damals vorenthalten, und eine Katze, jawohl. »Das ist gar nicht gut, Fräulein«, gackerte sie, bis der Rumtreiber sagte: »Verdammt noch mal, Mama, halt endlich die Fresse.«

Sie wusste nicht, wie sie Harry die Sache mit Jewel beibringen sollte. Er würde in die Luft gehen. *Verdammte Zwergenschule, wenn sie meinem Jungen auch nur ein Haar krümmen!* Aber er kam nach der Arbeit nur kurz rein, zog sich um und wollte schon wieder los, eine Mandoline anschauen, die Boots, Edgar Boutilier, verkaufte. Doch er musste bemerkt haben, dass etwas nicht stimmte. »Du siehst ja aus wie zehn Tage Regenwetter«, grummelte er, man könne es ihr einfach nicht recht machen. »Was willst du eigentlich noch alles?« Er zeigte auf die neuesten Anschaffungen: ein Telefontischchen und ein Bild von einem Schiff, das er irgendjemandem abgeschwatzt hatte. *Dich,* hätte sie am liebsten herausgeschrien, *ich will dich, dass du hierbleibst und mir zuhörst!* Aber sie sagte nur einen Satz, der Harry rätselhaft vorkommen musste: Sie wünsche sich, dass Jewel nie erwachsen werde. »Auch das noch, verdammt.« Er sah sie mit verzerrter Miene an. Was glaube sie eigentlich, womit er das ganze Zeug bezahle. »Das Geld wächst nicht an Bäumen, falls du das meinst.«

Beim Zubettgehen sagte Jewel, Lucas Embrie sei ein Lügner. Er habe die stinkende alte Seife überhaupt nicht angefasst, und Lucky habe ihn gerettet. »Wenn du die Hand von der Schwester gesehen hättest. Wie damals, als Mr. Boutiliers Hund das Kaninchen getötet hat.« Aber in seiner Stimme lag Angst. Er war sich sicher, dass sie ihn trotzdem noch schlagen würden, er könne auf keinen Fall noch einmal dorthin zurück. Die Schwester habe es auf ihn abgesehen, besonders wegen der Sache mit Lucky.

Sie beruhigte ihn, so gut sie konnte. Er sah sie an und sagte, Lucky Strikes seien Mr. Babineaus Lieblingszigaretten. Ob er bitte, bitte ein Hündchen haben könne und ob sie an Hexen glaube. »Sei doch nicht albern«, antwortete sie. Dann fragte er nach der Hühnerfrau, der ollen Trott, und wollte wissen, ob sie den Unterschied zwischen einer Hexe und einer Nonne kenne. »Sie ist eine Hexe«, sagte er. »An die glaubst du doch aber, oder?« Sie presste die Lippen zusammen, rang sich ein Lächeln ab und wartete, bis ihm etwas anderes einfiel. »Lucky hatte wohl Pech, was?«, sagte er mit dünner Stimme. Dann fragte er, was passiert, wenn man eine Murmel verschluckt. Als sie die eiserne Echse in der Einfahrt hörten, sahen sie sich an. Ein Teil von ihr wollte einfach abhauen, sich in alle Winde verstreuen wie ein Haufen Asche. *Flieg heim, kleiner Marienkäfer, dein Haus brennt, deine Kinder sind ganz allein …*

Als sie schließlich hinunterging, lag Harry in einem Anzug, den sie noch nie gesehen hatte, wie aufgebahrt auf dem Sofa. Der Alkoholgestank waberte ihr entgegen. Er hatte einen Flecken auf dem Revers, sein Hemd war aufgeknöpft, die Krawatte – woher eine Krawatte? – verrutscht. Er hatte einen seltsamen gelblichen Fleck am Hals, einen Abdruck wie von einem Biss. Sie schlich auf Zehenspitzen hinauf, fand die Geige und nahm sie mit hinunter. Sie hielt ihm das Instrument ans Ohr und brachte ein Jaulen hervor, das einen Toten aufgeschreckt hätte. Er rührte sich nicht. Sie versuchte, ihn wach zu rütteln, aber die ganze Mühe war so nutzlos wie Titten an einem Bullen, wie der verdammte Babineau gesagt hätte.

KAPITEL 11

»Wenn das kein Grund zum Feiern ist, dann weiß ich auch nicht«, kreischt Rebecca am Telefon. Lucy platzt beinahe das Trommelfell. Sie ist darauf nicht eingestellt. Aber wenn Rebecca sich etwas in den Kopf gesetzt hat, gibt es kein Halten mehr. Lucy versucht es trotzdem. Es sei schließlich ein Krankenhaus, wendet sie ein, sie glaube nicht, dass ... Aber Rebecca ist nicht zu bremsen: »*Willkommen? Gute Besserung?* Was für einen Kuchen sollen wir ihm denn machen?«

Einen Kuchen? »Aber er hat doch gerade erst die Augen aufgeschlagen«, sagt sie. Was er braucht, ist Ruhe. Die Hauptsache ist doch, dass er sie alle sieht. Himmelherrgott, das ist ja, als würde sie an einer Lawine entlangtapsen, sie muss so diplomatisch sein. Natürlich wisse sie, dass Rebecca es gut meine ...

Nur hört sie überhaupt nie zu! »Rühr dich nicht von der Stelle«, sagt Rebecca, »wir sind schon unterwegs.« Dann macht es Klick, und die Leitung ist tot. So bist du, denkt sie, jetzt versetzt du erst mal Jewel in helle Aufregung. Eine Party! Pass auf, erst macht sie einen riesigen Aufwand, dann ist sie die Erste, die sich verdrückt. So ist es doch immer. Als sie auflegt, hat sie trotzdem ein schlechtes Gewissen. Sie ist ja im Krankenhaus, fällt ihr plötzlich ein, der Hörer ist bestimmt voller Bazillen. Obwohl es zu spät ist, zieht sie ein frisches Taschentuch aus dem Ärmel und wischt die Sprechkapsel ab. Es ist, als würden Engel auf sie herablächeln, als würde der Flur vor Wohlwollen glühen. *Harry, Harry, Harry,* denkt sie, feuert ihn an wie ein Fan bei einem dieser Fußballspiele, die er sich bald wieder in seiner geliebten Glotze anschauen kann, so Gott will.

Obwohl Rebecca doch so voller Enthusiasmus war, dauert es eine halbe Ewigkeit, bis sie schließlich hereintrotten, und zwar die ganze Familie, samt Robert. Rebecca hinterlässt einen Kussmund auf Harrys bleicher Stirn und hetzt schon wieder davon. Sie hören noch, wie sie auf dem Flur jemanden nach dem Weg fragt. Jewel legt seinem Vater die Hand auf die Schulter, als würde sie einem anderen gehören. Dann faltet er die Hände und schaut feierlich auf ihn hinab, während Robert seinem Großvater in einer Weise zunickt, die nur Jungen eigen ist, die erwachsener tun, als sie eigentlich sind. Ein Achtzehnjähriger, der irgendeinen schrulligen Alten nachmacht. Ihr Lächeln vertieft sich bei der Vorstellung. Sie feuchtet ein weiteres Taschentuch an und wischt Harry den Lippenstift von der Stirn. Er schaut ihrer Hand hinterher wie ein Hund einem Würstchen.

Rebecca haben sie es zu verdanken, dass sie jetzt alle am Bett sitzen und Tee trinken, selbst Harry, auch wenn der Tee nach Styropor schmeckt. Lucy hält ihm den Becher hin, er saugt durch einen Strohhalm. Ein Geräusch entsteht, als hätte jemand einen Wasserhahn aufgedreht – im Winter, wenn die Leitungen eingefroren sind. Als sie ihm das Kinn abwischt, ist er bereits so erschöpft, dass er die Augen geschlossen hält. Das flackernde Licht – sind das Vögel, die am Fenster vorbeifliegen? – führt sie in die finstere Zeit zurück, als sie ihn mit einem Suppenlöffel füttern musste. Davon hat Rebecca natürlich nicht die leiseste Ahnung.

»Geschafft, Papa. Schmeckt bestimmt klasse, du hast ja die ganze Zeit nur Zuckerwasser bekommen«, sagt sie fröhlich. Sein Auge geht ein Stückchen auf, er blinzelt sie aufmerksam an. Dann beginnt er zu zittern und schiebt den Becher mit der Hand weg. Sein Argwohn weicht einem verwirrten, aber sturen Blick. Die Schwestern haben in Vaseline getauchte Wattestäbchen dagelassen. Lucy wischt ihm über das Kinn und tupft ihm die Lippen ab, die noch ganz blutverkrustet sind, wo der Verband angeklebt war.

»Jetzt schlaf uns aber nicht schon wieder ein«, gurrt Rebecca ihn von oben an, bevor sie in der winzigen Toilettenzelle verschwindet. »Überraschung!«, ruft sie und tritt mit dem Kuchen heraus, der noch in dem Pappkarton von Sobeys steckt. Schnell knibbelt sie das Preisschild ab. Der Kuchen ist weiß, mit blauen Rosen, die hart aussehen, und kleinen Silberkügelchen wie Luftgewehrmunition. Zum Glück hat Rebecca nichts draufschreiben lassen. Etwas anderes habe sie auf die Schnelle nicht bekommen, erklärt sie. Eine Schwester, die sie noch nicht kennen, schaut herein und will wissen, wer denn Geburtstag hat. Sie tut so fröhlich und geschäftig, dass Lucy gar nicht weiß, welche Rolle sie selbst eigentlich spielen soll. Rebecca wischt sich die Tränen ab und strahlt Harry an. Dann schaut sie zu Robert, als solle er die Situation erklären. Aber er sieht sie nur finster an. Rebecca seufzt. »Na ja«, sagt sie, »man könnte tatsächlich sagen, dass es …«

»Es ist ein Wiederauferstehungskuchen«, hört sich Lucy murmeln, während draußen ein Bohnergerät vorüberrumpelt. Vielleicht haben sie sie nicht richtig verstanden. Die Krankenschwester blinzelt, und Robert verzieht den Mund zu einem breiten Grinsen. Rebecca sieht zwar etwas verwirrt aus, grinst jetzt aber auch und sagt: »Herzlichen Glückwunsch, Papa, heute ist der erste Tag vom Rest deines Lebens.«

»Oh Mann.« Robert hustet und sackt auf seinen Hocker, ein Riese mit ausgestreckten Beinen. »Hey, Opa«, sagt er, trinkt seinen Tee in einem Zug aus und zerdrückt den Becher. Nur Jewel hat noch nichts gesagt. Rebecca benutzt das Bett als Tisch, schneidet den Kuchen mit einem Zungenspatel, legt die Stücke auf Papiertücher und verteilt sie. Zum Glück hat sie irgendwo einen Löffel aufgetrieben. Lucy lädt ihn mit Zuckerguss voll, damit Harry daran lecken kann. Aber er stößt nur einmal auf und stöhnt.

»Siehst du?«, mischt sich Rebecca ein. »Das gefällt dir wohl, oder, Papa? Nicht wahr, Harry?« Wenn ihr Ton dabei nur nicht so betroffen wäre. Es ist, als würde sie mit wackligen Beinen an einem Abgrund stehen. Und warum muss sie bloß immer so laut sein?

»Schatz«, sagt Jewel schließlich, »er hatte zwar einen Schlaganfall, aber hören kann er noch.«

»Also wirklich, Mama«, sagt Robert und leckt sich die Finger ab. Dann sieht er zu ihr. »Ich weiß, ich weiß, er ist ziemlich mächtig.« Macht er sich über sie lustig? Rebecca ignoriert ihn, lehnt sich zurück und stochert in ihrem Kuchen herum.

Lucy kann es nicht lassen, auch wenn es eigentlich zu spät ist. »Achte auf deine Manieren, Liebling«, erinnert sie Robert. Irgendjemand muss ja etwas sagen, wenn die Eltern es nicht tun.

Rebecca leckt sich den Zuckerguss von den Zähnen und runzelt die Stirn. Ärgert sie sich? »Wartet mal kurz«, sagt sie, »ich hätt's ja fast vergessen. Machst du es an, Jewel?« –

»Jetzt?« Jewel steigt die Röte ins Gesicht, er will es lieber etwas ruhiger haben. Sie solle an Papas Nerven denken, murmelt er. Weil er sich so ausdrückt, bekommt Lucy ein schlechtes Gewissen, dass sie Rebecca nicht etwas mehr unterstützt. Sie will ja nur helfen, und es ist nicht ihre Schuld, dass man heutzutage einen riesigen Aufwand machen muss, damit es überhaupt jemand bemerkt. »Ach was«, sagt Rebecca herablassend, was Lucy gleich wieder ein wenig beruhigt. Als Rebecca in die Hocke geht, um die Platte aufzulegen, rutscht ihr Rock nach oben, ihr nackter Schenkel ist kurz zu sehen. Ein Geräusch, als würde Nylon reißen. Sie meint es gut, was die anderen leider nicht immer zu würdigen wissen.

»Mama, pass doch auf!« Robert schiebt seine Mutter zur Seite und setzt vorsichtig die Nadel auf. Die Platte hat eine Delle. Ein Tanzlied springt heraus. Der Junge schließt die Augen, als wollte er sich irgendwo anders hinträumen, dann beginnt er, langsam seinen Kopf zu bewegen, und lässt die Finger durch die Luft gleiten, als würde er Gitarre spielen. Er hatte immer schon eine Menge Fantasie. Lucy ist jetzt richtig neugierig: Sie wüsste nur zu gern, was hinter seinen geschlossenen Lidern vor sich geht. Vielleicht tanzen dort halb nackte Hippiemädchen und schütteln ihr langes, nasses Haar im Regen. Sie meint beinahe, die schlammverschmierte, bloße Haut in seinem Grinsen zu erkennen. Guter Gott! Dabei gibt es solche Mädchen hier, in dieser Gegend, gar nicht, zumindest fallen ihr keine ein. Nur unten in Amerika, und vielleicht noch in Vancouver.

Lucys Sinnieren hat ein Ende, als Harry plötzlich die Hand hebt und wieder auf die Bettdecke fallen lässt, zweimal. Rebecca schlägt sich aufs Knie und ist sofort mit einem Kommentar zur Stelle: »Seht doch nur!« Schon singt sie los: *»Stiefel trag ich, tanzen geh ich, im schönsten Sonntagsstaat«*, frei nach Don Messer. »Harry?« Sie stupst ihn an. Lucy kann ihren Blick nicht ertragen und sieht weg. *Ihr verdammten Schwarzmaler,* scheint Rebeccas Lächeln zu sagen. Als würde er ihr gehören.

Harrys Zustand bessert sich nur sehr langsam, doch für Lucy ist es ein Wunder. Sobald sie Zeit hat, geht sie in die Messe. Es sind nur sehr wenige Leute da, eigentlich nur die Damen von der Liga. Gar nicht so leicht, ihren Blicken auszuweichen. Harry ist noch längst nicht über den Berg, es ist noch zu früh, um richtig erleichtert zu sein. Weil es Unglück bringen könnte, denkt sie, auch wenn das abergläubisch ist.

Der neue Priester bewegt sich wie ein Zeremonienmeister. Es scheint ihn nicht zu stören, dass er kaum Publikum bei seiner Predigt hat. Schade, denkt sie, obwohl er eine etwas wunderliche Aussprache hat und die ganze Zeit leicht vor und zurück schaukelt. Er erklärt, was es bedeutet, nach dem »Himmelnreich« zu streben in einem rechten Leben. Oh, welche Bilder ihr da einfallen: Harry, der nur kurz an seinem Bier genippt hat, bevor er selig vor dem Fernseher eingeschlafen ist. Und Robert, ja, Robert, der jemandem die Hand schüttelt und ein Abschlusszeugnis überreicht bekommt. Seine Mutter, die an einem Parfümstand vorübergeht und, weil sie weiß, dass sie auch so schon entzückend riecht, einmal nicht die Kreditkarte zückt, die der arme Jewel abzahlen muss. Lucy träumt vor sich hin, bis sich ihre Gedanken an dem Wort »Senfkorn« festhalten.

»Sie keimeln direkt vor euren Naseln und fassen Wurzeln«, begeistert sich der peinlich junge Mann. Er ist so erregt, dass er beinahe zittert. »Der winzigste Samen, den es gibt. Wächst und gedeiht und bietelt Schutz für Vögel und die Schlangeln auf dem Feld.« Sein bohrender Blick trifft sie, und wieder stellt sie sich Harry vor, aber diesmal sieht er sich *Die ungezähmte Welt* an, oder wie die Sendung heißt, und grinst, als hätte er für jeden einzelnen Menschen einen Tiervergleich parat: *Esel, Affe, australischer Wildhund. Ein verdammter Chihuahua!* Wie Staub, der aus dem Dachstuhl rieselt, kommt ihr der Gedanke, dass Lil Marryatt zu früh gestorben ist, um noch mit einem Tiernamen bedacht zu werden. Wäre sie ein Kaninchen gewesen? Oder ein Stinktier? Nein, Lils Duft hat die Männer angezogen, nicht abgestoßen. Vielleicht fände sich im Pflanzenreich ein besserer Vergleich: irgendein Busch mit Dornen, von dem der Herrgott allein weiß, wer oder was an seinen Knospen knabbert. Oder eine Venusfliegenfalle, genau das war sie – auch wenn es geschmacklos ist, sie mit einem grünen, wachsenden Ding zu vergleichen. Es reicht.

Sie zwingt sich wieder zu frommeren Gedanken und wendet sich dem Lallen des Priesters zu, der erklärt, wie aus »Zweigeln« Äste werden. Vor ihrem inneren Auge entfalten sich Blätter im Zeitraffertempo, wie im Fernsehen. Sie hat keine Ahnung, wie eine Senfpflanze aussieht. Es ist einfacher, sich einen blühenden Apfelbaum vorzustellen. Unter dem dann plötzlich jemand liegt, ein Kind vielleicht, ein kleines Mädchen in einem rosafarbenen Kleid. Es hat alle viere von sich gestreckt, schaut durch die Zweige hinauf. Ein kleines Mädchen mit dreckigem Gesicht, nein, schlimmer, mit einem Männergesicht. So einsam und verloren wie der Kriegsgefangene, oh Gott, wie viele Jahre ist das her! Der arme Herr Heinemann krabbelt herum, sammelt wurmstichiges Fallobst auf. Himmel noch mal, auf welche Abwege das Gehirn gerät! Der Priester mit seinen komischen Wörtern holt sie zurück, fängt ihre Gedanken ein, aber nur für kurze Zeit. Und wenn der Himmel blau wäre? Der Himmel über dem Baum. Ein wolkenloses, durchsichtiges Blau, das Blau von Vergissmeinnicht. Sie hat Harrys Hemd vor Augen, als gehörte es zu einem Traum, und den leichten Schweißgeruch, der auch dann nicht rausgegangen war, als sie es gewaschen und gebügelt und weggegeben hatte ... Schluss damit.

»Stellt euch das nur vor, Brüder und Schwesterln im Glauben«, ruft der milchbärtige Priester aus. »Während wir noch schlafeln, ihr und ich ...« Er macht ein Kreuzzeichen, endlich ist die Kommunion dran, aber sie bleibt sitzen und schließt die Augen wie zum Gebet. Sie ist wie der Vogel Strauß, der den Kopf in den Sand steckt, so wie es ihm passt: Wenn sie die Frauen von der Liga nicht sehen kann, können sie sie auch nicht sehen. Dann muss sie nichts erklären und ihr ermunterndes Geschwätz nicht über sich ergehen lassen. Wenn sie ihr jetzt Mut zusprechen wollten, wäre es, als würde ihr Kopf in eine klauenfüßige Badewanne voller Eiswürfel gedrückt. Wenn der Weg zur Hölle mit guten Vorsätzen gepflastert ist, muss man halt wie eine Dampfwalze über den Weg ins Fegefeuer rollen. Immer schön lächeln und nicken, wenn andere Leute ihre eigenen Sorgen anführen, um einen aufzubauen und die Gespenster zu vertreiben.

Als sie schon meint, ihm entwischt zu sein, hält Pastor Langille sie doch noch fest und erkundigt sich nach ihrem Befinden. Er ist rot geworden und räuspert sich. Ein lächerlicher Gedanke schleicht sich ein: Hat er nicht schon das letzte Wort gehabt? Aber sie sollte nicht so kritisch sein. Es gehört schließlich einiges dazu, als junger Mann dieses Leben zu wählen. Man muss sich nur mal Robert mit Robe und Stola vorstellen! Aber ihre Gedanken schlagen wieder um: Harry ist ihr noch nie so nah gewesen wie gerade jetzt. *Was für ein Viech ... was für ein Viech ist denn Pastor Langille, was würdest du sagen?* Seine Stimme in ihrem Kopf. Vielleicht ein Otter, seine Augen sind so schwarz und feucht.

»Schon besser«, sagt sie und lächelt blöde. Auch sie ist rot geworden. Sie will schon zur Treppe, da kommt Mrs. Slauenwhites Tochter dazu, die ihr erzählt, dass der Vater des Mädchens, mit dem ihr Sohn zusammen ist, auch einen Schlaganfall gehabt hat. »Es steht ganz gut«, sagt Lucy, um ihr den Wind aus den Segeln zu nehmen. Ja, es könnte viel schlimmer sein.

»Na, das ist immerhin etwas«, sagt Pastor Langille erleichtert.

Allerdings ist ihm die Begeisterung für das Himmelreich nicht mehr anzusehen, wann und wo auch immer dieses Himmelreich sein soll. Vielleicht ein Anwesen, von einer Mauer aus Wind umgeben, denkt sie, mit einer ebenfalls aus Wind gebauten Burg, oder eine Villa wie die von den Clampetts aus dem Fernsehen, nur aus Wasser, das nicht wegfließt. Schon drängt etwas in ihr herauf, nicht Sorge oder Trauer, sondern ein Schuldgefühl. Vielleicht hat der Pastor doch das eine oder andere verstanden, trotz des Milchbarts, trotz seines Eifers. Vielleicht ist das Senfkornhimmelreich ja ein Ort, an dem die Wäsche praktisch von selbst rein wird, während man sich mit der Zahnseide abarbeitet oder die Teekanne ausspült – oder sich rasiert.

»Sie kommen also zurecht«, sagt die Tochter von Mrs. Slauenwhite und nickt.

»Ganz gut.« Dass Lucy sich so heiter gibt, verwirrt die Frau ein wenig. Lucy will alles, nur kein Mitleid, zumindest nicht, wenn es mit kindischer Neugier einhergeht, die sie aus den Nachmittagsserien kennt, die Rebecca so gern sieht. »Das wird schon wieder«, zwitschert die Frau. Als hätte Lucy Schnupfen oder eine leichte Grippe.

Harry zuckte zusammen. »Heute Abend geht's noch mal rund bei Babineau«, sagte er am Morgen, nachdem er mit dem neuen Anzug nach Hause gekommen war. Er drehte sich um, sie gab ihm einen Kuss auf die Wange. Sein Atem stank wie eine Brauerei. Er schob seine Hände unter ihr Nachthemd, sie sah an die Decke. Sie würde lieber Dreck fressen, sagte sie, als dort hinzugehen. Als seine Finger aufgehört hatten zu kraulen, fragte sie ihn ohne Umschweife: »Harry, wo warst du gestern?«

Ganz leicht nur zuckten seine Mundwinkel, und er sagte das, was er in diesen Situationen immer sagte: dass er wegen eines Instruments bei Boutilier gewesen sei. Als sie auf das am Boden liegende Jackett zeigte, wollte er wissen, ob es ihr gefalle. Dann warf er ihr diesen Blick zu, dieses *Hör zu, ich kann's dir erklären.* Er strich ihr über die Brustwarze, kam immer noch nicht auf die Idee zu fragen, wie es Jewel in der Schule ergangen war. »Also, diese Party heute. Hast du Lust mitzukommen? Oder lieber nicht?« War es denn nicht besser, sich die Sache einmal selbst anzusehen, statt den Kopf in den Sand zu stecken? »Doch«, sagte sie. Er wirkte enttäuscht und meinte, den kleinen Racker müsse sie dann aber zu Hause lassen. Als hätte sie ihn mitgenommen!

Um kurz vor acht kam Mrs. Chaddock zum Babysitten. Sie hatte das Häkelzeug dabei. Es war dunkel im Wald, modrig. Harry ging so schnell, dass sie kaum mithalten konnte. Aus Arties Hütte fiel Licht auf ihr altes, längst von Kletterpflanzen überwuchertes Häuschen, das ihr jetzt noch kleiner vorkam. »Artie hat es sich unter den Nagel gerissen, er bringt seine Gäste da unter«, sagte Harry. Musik und Gelächter erfassten sie wie eine Sturmböe. Lil kam gleich auf sie zu. Sie hatte ein Glas in der Hand, war viel zu stark geschminkt und trug ein Kleid, an dem einfach nichts stimmte. »Na, Houdini?«, rief sie. Sie hatte offenbar zugenommen und wirkte schlampig wie immer, um nicht zu sagen, verwelkt. Dabei war sie mit ihren großen Augen, ihrem vertrauensseligen Blick immer noch sehr schön. Als Lucy sich bei Harry unterhakte, ging ein bitterer Zug über ihr Lächeln. Trotzdem hielt sie ihm das Glas hin, strich ihm übers Revers und bestand darauf, dass er sich einen Schluck gönnte. Einen kleinen nur, dann würde er sich schon besser fühlen. Sie lachte, und der Kerl, der mit der Flasche hinter ihr stand, lachte dann auch.

Das Haus sah mehr oder weniger unverändert aus, seit Lucy sich zuletzt hier hineingewagt hatte. Von dem Hirschgeweih baumelte Krepppapier. Die Boutiliers saßen um einen Tisch, hingen krumm in ihren Stühlen, eingehüllt von einer Rauchwolke. Edgar und Birdie und ein Mädchen, das Lucy bei ihrer Hauseinweihung gesehen hatte. Artie erhob das Glas und verkündete laut, dass Harry seine Frau mitgebracht habe. Boutilier schwenkte die Geige und schlug Harry auf den Rücken, der damit beschäftigt war, Lils Kleid einer eindringlichen Betrachtung zu unterziehen. »Kumpel, ich hab da was, das dich interessieren könnte«, sagte Artie.

Die Kartenspieler streckten die Hände nach Lil aus, die raschelnd zum Herd ging, wo Wasser kochte. Lucy sah die Strümpfe, die hinter dem Herd trockneten, sie kamen ihr wie abgeschnittene Beine und Füße vor.

Fremde Hände packten Lucy an der Hüfte. Der Kerl grinste und schob mit dem Fuß eine Matte weg, die mitten im Zimmer lag, die Tanzenden traten einen Schritt zurück. Er öffnete eine Klappe, kniete sich unsicher hin und zog ein paar Flaschen aus der Dunkelheit herauf. »Da unten ist noch mehr von dem Zeug«, rief er. Lil fingerte etwas aus ihrem Kleid und gab es ihm. Dann stellte sie den Tee vor Lucy ab und fragte verdrießlich: »Wer kümmert sich eigentlich um euer Kerlchen?« Unter der Schminke wirkten ihre Wangen wie Teig.

Lil könne sich glücklich schätzen, dass ihre Mutter auf das Kind aufpasse, sagte Lucy leise. Lil verdrehte die Augen, nahm den Rock auf und ließ sich mit einer Drehung in die Arme dieses Kerls fallen, während Boutilier zu spielen anfing. Dann verschwanden Lil und der Typ, und nebenan in dem alten Schuppen ging Licht an: Ein Streit über das Kartenspiel war ausgebrochen. *Zeig mir endlich dein Scheißblatt, sonst schlag ich dir die Fresse ein!* Harry, der sich, seinem Ausdruck nach zu urteilen, gemütlich hatte volllaufen lassen, sah ihr nicht einmal nach, als sie den Mantel zuknöpfte und im Dunkeln verschwand.

Ein scharfer, salziger Wind blies und trug einen torfigen Duft mit sich, der sie an Rauch erinnerte – an Feuer, das sich an den Wurzeln in der Erde entlangfraß. Sie konnte gar nicht schnell genug nach Hause kommen. Mrs. Chaddock bekam ihr Geld in die Hand gedrückt und versicherte, Lucy hätte ruhig länger bleiben können. Oben lag Jewel in seinem hell erleuchteten Zimmer und las ein Buch über Knoten, das ihm Harry mitgebracht hatte. Der Buchrücken brach, als sie es weglegte. Wahrscheinlich fühlte sich Harry so schuldig, dass er als Nächstes ein Boot mit nach Hause bringen würde! Sie zog ihm die Decke über die Schultern und küsste ihn auf die Stirn. »Du riechst wie Papa«, sagte er.

Je länger Jewel in die Schule ging, desto schlimmer wurden seine Albträume. »Das hast du dir selbst zuzuschreiben«, sagte Harry, »das Kind hängt dir ja praktisch noch an den Nippeln.« Harry kam immer erst nach Hause, wenn er sicher sein konnte, dass Jewel schlief. Aber manchmal verrechnete er sich doch. In solchen Fällen drehte er das Radio auf, um Jewels Heulerei zu übertönen. »Da will man mal seine Ruhe haben und ein bisschen Musik hören ...«

Noch eine Reihe, sagte sie zu ihrem Strickzeug. Socken für St. Columba, die Tombola mit Kaffee und Kuchen. Der erste Preis war eine Reise für zwei Personen nach St. Anne de Beaupré, oben in Quebec: ein Besuch in der neuen Wallfahrtskirche, die gerade gebaut wurde, eine einmalige Gelegenheit. Jewel hörte nicht auf zu heulen, noch einmal schleppte sie sich nach oben. Er wollte wissen, was mit Lucky, dem Hund, passiert sei, ob sein Kopf bei Schwester Jerome an der Wand hänge wie das Rentier bei Mr. Babineau. »Es ist ein Hirsch«, sagte Lucy. Was meinten eigentlich Papa und seine Freunde, wenn sie sagten: *Schieb die Kohle rüber, du Sau-Aas. Himmelherrgottnochmal.*

Harry saß auf dem Sofa und hielt das Ohr ans Radio, als würde er geheimen Nachrichten lauschen. Dabei war die Musik so laut, dass man sie draußen noch hören konnte. Sie nahm ihr Strickzeug auf und zählte die Maschen. »Schon wieder Socken«, sagte er ärgerlich, »willst du eigentlich eine ganze Armee ausstatten?« Der Geruch des Kerosins aus der Küche erinnerte sie an irgendwas. »Alles in Ordnung?«, fragte er. Sie habe mehr Zeit zum Nachdenken, sagte sie, seit Jewel den ganzen Tag aus dem Haus sei. »Dolly, mit Nachdenken kommst du auch nicht weiter«, gab er zurück. Aus dem Radio blubberte eine Waschmittelwerbung, oben war es plötzlich still. »Kein Wunder, dass ich so kaputt bin«, sagte Harry.

Wer so viele Eisen im Feuer hat ..., stimmte sie sarkastisch zu, wenn er solche Kommentare machte. Es fiel ihr schwer, sich nichts anmerken zu lassen. *Das ist das Geschäft*, sagte er dann immer. *Schau dich doch nur um, Lucy.* Als wäre sie ein bisschen beschränkt. Er hatte ja recht. Er hatte sich wirklich großartig um die Einrichtung bemüht. Das Haus war bis unter die Dachkante voll: Überall hingen Schränkchen und Regale, auf denen kleine Sammlerstücke standen, sie hatten eine edle Anrichte und einen Ausziehtisch unter einer echten Tiffanylampe. Ein Freund von Artie hatte sie aus den Staaten mitgebracht und Harry zu einem anständigen Preis verkauft, so fand er zumindest. Sie hätte sich trotzdem gefreut, wenn er sie hin und wieder nach ihrer Meinung gefragt hätte, statt immer mehr Überraschungen anzuschleppen. Und wie sollte sie ihm zu verstehen geben, dass die schönsten Dinge der Welt ihr die panische Angst nicht nehmen konnten, unter der sie manchmal litt, weil die Vergangenheit so leer war, hohl wie ein Kürbis? Oder die Sehnsucht, die sie quälte, obwohl sich Jewel so gut machte? Die Leere in ihr ging einfach nicht weg, sie war wie Feuchtigkeit, und so zog es sie immer wieder zu St. Columba, wo sie wenigstens den Kitzel der Ablenkung verspürte, wo sich das *Heilig, heilig, heilig, gesegnete Dreifaltigkeit* aus dem Nichts erhob und wieder im Nichts versank. Einen Augenblick lang verharrten die Wörter im Raum und ließen sie ihre Sorgen vergessen. Und erinnerte nicht der Lampenschirm von Tiffany an die bleiverglasten Fenster?

Gelegentlich überraschte er sie am Abend, folgte ihr nach oben. Sie warfen einen Blick in Jewels Zimmer, dann zog er sie zärtlich an sich. Er roch nach Pomade. »Ich hab das ernst gemeint«, sagte er leise, »die Sache mit dem Nachdenken. Ich halte nicht viel davon.« Man solle sich auf das besinnen, was auch wirklich da sei. »Du kannst deinen allmächtigen Gott nicht für alles verantwortlich machen.« Da könnten sie gleich Ida Trott die Schuld für ihren Verlust geben. Die letzten Wörter waren kaum noch zu hören. Als sie ihm von ihren Träumen erzählte, sagte er: »Gottchen, du hast Visionen? Halt dich lieber ans Stricken.« Und das, obwohl sie ihm gerade erzählt hatte, dass sie manchmal Helena sah, in Gedanken, als wäre sie ... Er wand sich aus seinen Hosenträgern, knöpfte das Hemd auf und legte ihre Hand auf seine Narbe. Er drückte ihre Finger zusammen, schob die Hand weiter nach unten und fragte: »Weißt du noch? Ich bin dein Mann.«

Er kniete vor ihr nieder und drückte seine Wange an ihren Schenkel, während ihr Lil im Kopf herumgeisterte, ein leuchtendes Bild, hell wie die Lampe in dem alten Schuppen. Er fuhr sich mit der Hand durchs glänzende Haar, strich ihr über den Po und sagte lächelnd: »Du kannst mich ja bekehren, Dolly.« Sie dachte an die dreizehn Dollar, die sie in der Schublade versteckt hatte. Zu gemein, zu schändlich, um sie auszugeben. Aber vergessen und aufgeben, war das nicht dasselbe? Auf einmal stand Jewel in der Tür und sang *Ein grünes, gelbes Körbchen, ein Schnippchen, ein Börtchen …* »Ratet mal, wer gestern den Gürtel gekriegt hat, weil er geredet hat? Becky Marryatt«, brabbelte der Junge und wollte wissen, ob er auch noch an die Reihe komme.

»Prügel, Dolly?«, brauste Harry auf. »Wollen sie meinen Jungen schlagen?«

Nachdem sie die Schlafzimmertür zugemacht hatten, schimpfte er über *die verdammte heilige katoll'sche Kirche* und machte ihr Vorwürfe. »Als würden die Kinder verweichlichen, wenn man sie nicht ab und zu vermöbelt! Besser den Spatz in der Hand als die Taube auf dem Dach? Ein Toter ist mehr wert als zwei, die noch singen.« Was auch immer das bedeuten sollte. Kommt auf die Hand an, und das Dach. Schließlich lagen sie in der knarzenden Stille da, und sie rückte mit der Wahrheit heraus: dass sie Helena immer und überall sehe, in jedem Gesichtchen, immer sei da etwas von ihr. Er sagte, sie solle sich nicht verrückt machen. Sein totes Auge glänzte im Mondschein, sein Atem kitzelte sie am Ohr. »Du musst dich auf Jewel konzentrieren«, sagte er, »nur so wird es besser.«

Als sie in der Nacht aufwachte, war er verschwunden, aber zum Frühstück war er wieder da und schenkte ihr eine Spieluhr aus Mahagoni, in der eine Ballerina zu *A Bird in a Gilded Cage* Pirouetten drehte. Ein Vogel im goldenen Käfig. Jewel öffnete und schloss den Deckel immer wieder und weigerte sich, seine Eier zu essen. »Gefällt sie dir, Dolly?«, fragte Harry bang. Sie war sehr hübsch, aber wo sollten sie sie hinstellen? Und wo hatte er sie her? »Von Artie«, murmelte er, irgendjemand habe sie Lil mitgebracht.

»Nicht vergessen«, sagte er dann zu sich selbst – sein Ton war auf einmal geschäftsmäßig. Er schrieb auf einen Zettel:

Kolophonium, Möbelpolitur, Bonbons. »Bonbons oder Lakritze? Was willst du, Dschuli-Jewel?« Er würde am Abend früh nach Hause kommen, sagte er.

Der Rumtreiber lag auf dem Schulhof unter seinem Wagen und schlief. Jewel griff sich an die Kehle und fragte mit einem Würgen, ob er tot sei. Dann jammerte er, er wolle nach Hause. Der rothaarige Lucas spielte mit einem gelben Flummi aus Walspeck, den ihm sein Onkel, ein Walfänger, mitgebracht hatte. »Mein Onkel würde deinem Vater so was von die Fresse polieren«, sagte er zu Jewel.

Sie trug die Spieluhr in die Abstellkammer und stellte einen Sack Zwiebeln darauf. Aber am Abend kam Harry mit einer neuen Überraschung. Jemand habe Schulden bei ihm gehabt, sagte er und nahm summend den Christus über dem Kamin ab. Er hängte das neue Bild an seine Stelle und trat einen Schritt zurück, um es zu bewundern. Es war ein Wasserfall, wie sie sich einen Wasserfall in England vorstellte, sanft und bemoost. Sie faltete die Socken zusammen, die sie gerade fertig gestrickt hatte, und erzählte ihm von der Tombola und dass man dort eine Reise gewinnen könne. »Nach Quebec?«, fragte er, als wäre sie nicht ganz bei Trost. Jewel kam hereingehopst und wollte wissen, wie hart man zuschlagen müsse, um jemandem die Fresse zu polieren. »Also wirklich«, entfuhr es Harry. »Was ist das denn für eine Frage?« Jewel grinste und rief: »Hör mal, Papa, ein Furz!«

Bis Ostern hatte sie fünf Pfund Wolle verarbeitet: zehn Paar Socken, graue, blaue, rote, rotbraune und braune, die aber Harry gern behalten wollte. Zwei Tage vor Karfreitag lieferte sie sie in der Kirche ab. Die Damen von der Liga staubten gerade die Statuen ab, die mit lilafarbenem Tuch verhängt wurden. Das Gebäude ächzte im Wind, der Schneeregen platterte gegen die abgedunkelten Fenster. »Schon Lose gekauft?«, löcherten sie sie. »Lieber rechtzeitig dran denken.« Die Reise, die es zu gewinnen gab, war für das Fest der heiligen Anna gebucht, die Schutzheilige der Großmütter – »und der Hausfrauen!«, fügten sie hastig hinzu und bekreuzigten sich immer wieder, als wäre es ein nervöser Tick. In der Basilika von St. Anne-de-Beaupré, die der Mutter der gesegneten Jungfrau geweiht war, gebe es eine Reliquie, einen Knochen ihres ehrwürdigen Handgelenks. Die Damen nahmen ihre Eimer und Putzlappen und ließen sie allein – allein wie Jona im Wal. Wände und Decke der Kirche kamen ihr wie ein Gerippe vor, der Wind schlug gegen das Dach wie Brandung. Jewel saß derweil nebenan und lernte Druckbuchstaben: *Der flinke braune Fuchs springt über den faulen Hund.*

Eingehend betrachtete sie die Figur, die erschlafft über dem Altar hing. Sie stellte sich den Sohn vor – nicht das Baby in der Krippe, sondern einen jungen Schreiner, drahtig wie Harry, nur mit mädchenhaft fließendem Haar. In ihrer Vorstellung war das Gesicht des Sohnes ganz nah, seine Augen waren blau, der Blick stetig, voller Einsicht und doch auch getrieben. Während der Wind an der Kirche rüttelte, schien sie seinen warmen Atem an ihrer Wange zu spüren, so süß, dass sie die Luft anhielt, und über ihre Arme lief ein Kribbeln. Dann heulte der Wind, und sie dachte an das Baby in der Krippe, an die summende Mutter, bis sich das süße Bild im flackernden Kerzenschein auflöste.

»Hinky-Dinky, parlee-vuh«, sagte Harry neckisch, als sie ihn um Geld für die Tombola bat. Er erinnerte sie daran, dass Quebec praktisch im Ausland liege und dass sie noch nie über Truro hinausgekommen sei. Er allerdings auch nicht. Er wollte nicht einmal zum Flohmarkt kommen. Ihre Socken, die sie für zehn Cent das Paar verkaufte, gingen weg wie warme Semmeln. Fast alle aus der Gegend kamen, außer Lil. Aber ihre Tochter schlenderte an der Hand ihrer Großmutter herum. Ermas Hauskleid erinnerte Lucy an die demütige Sankt Anna und erweckte die kühne Vorstellung, dass sie selbst die heilige Treppe hinaufsteigen würde, die, wie Pastor Marcus erklärt hatte, den Stufen nachempfunden war, die Christus hinaufgestiegen war, um seinem irdischen Richter Pilatus gegenüberzutreten. Die Ziehung wurde verschoben, weil die Lose nicht aufzufinden waren. Lucy ließ sich überreden, Teetassen abzutrocknen, bis ein Kerl auftauchte, der den Eimer schwenkte und einen Freiwilligen suchte. Lils Tochter, die einen Lutscher im Mund hatte, drängelte sich nach vorn. Der Mann verband ihr die Augen und drehte das Kind ein paarmal um sich selbst. »Eine Reise für zwei Personen! Los geht's! Wer wird den heiligen Knochen sehen, wer wird die Scala Santa hinaufsteigen?« Er nannte Lils Mädchen *Herzchen* und forderte es auf, ein Los herauszufischen.

Die Kleine griff in den Eimer, zog etwas heraus. Aber als der Mann es ihr abnehmen wollte, ließ sie nicht los. Er versuchte, sie abzulenken: »Wie viele Höcker hat ein Kamel, Herzchen?« Lils Tochter grinste nur, ihre Wange war dick von dem Lutscher. Ob ihre Mama da sei oder ihr Papa, fragte er. Als jemand kicherte und der Mann noch einmal versuchte, ihr den Zettel zu entwinden, zerriss er. Erma eilte nach vorn und rief dem Mädchen zu, es solle sich benehmen, sonst würde sie ihm eine verpassen. Es war totenstill, als ein weiteres Mädchen nach vorn hüpfte. Der Mann hielt ihm den Eimer hin.

»Und der Preis«, rief er, »diese einmalige, vollständig bezahlte Reise zu dem beeindruckendsten Wallfahrtsort in Nordamerika, geht an –« Er sah sich um, Lucys Kehle schnürte sich zusammen: Ein solcher Preis würde doch nur Ärger bedeuten. »Der Preis geht an …« Ein Fluch, eigentlich. Harry würde sich unter gar keinen Umständen mitschleifen lassen, und sie konnte ihn ja schlecht eine ganze Woche mit Jewel allein lassen. »Mrs. Lu–«, ein Aufschrei, eine Frau hielt sich die Hände vors Gesicht, »–cinda Slauenwhite!«

Doch dann rief jemand etwas aus der Menge. Auf dem Boden lag die Hälfte des zerrissenen Loses. Lils Töchterchen war längst verschwunden und spielte Fangen. Der Mann hob den Papierfetzen auf, faltete sein Losstückchen auf und kratzte sich am Ohr. »Hm, ja, eine Reise zu zweit, und zwar zusammen mit«, und er dankte allen für ihre Geduld, bevor er den zweiten Sieger ausrief, »Mrs. Lucy Caines.« – »Um Himmels willen«, hörte sie sich sagen, während er nicht davon abließ, ihr die Hand zu schütteln. Ihr war, als wäre sie gestorben und in eben diesem Himmel angekommen.

Auf der steilen Straße bremst ein Lastwagen. Sie wacht auf. Gott, ist es draußen hell. Sie hat verschlafen. Aber Rebecca wird es egal sein, zehn Uhr bedeutet für sie elf, so ist das bei den Marryatts.

Sie hat schon wieder geträumt, diesmal von ihrer Schwester. Sie denkt an Ethel, bleibt ganz still liegen, lauscht, versucht zu verstehen … Es ist, als würde sie nach Rauch greifen, Ethel ist ja nur noch eine Stimme, das Echo einer Stimme.

Und da ist der schattenhafte Eindruck eines Knochens, eines Zauberknochens vielleicht, aus einem Märchen, und der Knochen spricht. Ist das ein Fingerknochen? Im Traum haben sie auf der Kuppe der Roome Street mit Murmeln gespielt. *Ein Schnippchen, ein Börtchen,* hallt die Stimme noch in ihrem Innern nach, *ein grünes gelbes Körbchen.* Sie hält die Augen fest geschlossen, jagt in Gedanken ein Teigmännchen. Und Ethel ist jetzt kein Knochen mehr, weder ein sprechender noch ein schweigender, sondern sie selbst. Nur dass sie, als Lucy ihre Hand hinhält – *Gib mir die Murmel zurück!* –, winzig und blauäugig ist. Nicht Ethel, sondern Helena ...

Das Telefon klingelt. Sie rafft sich auf, tappt hinunter. Sie hat sich noch nicht ganz gefangen. Es ist natürlich Rebecca, die fragt, ob sie Lust hat, einkaufen zu fahren. Nichts würde sie lieber tun, behauptet sie fest. Kein Wunder, dass Rebecca mit Harry so gut zurechtkommt, was das Einkaufen angeht, ergänzen sie sich perfekt, auch wenn sie sich in Geschmacksfragen nicht einig sind. Es geht ja nur darum, ein Schnäppchen zu machen. »Schreib dir einen Zettel«, sagt Rebecca. Was Harry denn gebrauchen könne. »Wir wollen doch, dass Papa es gemütlich hat.« Aber das eiserne Gitterbett ist kein Fernsehsessel, und der Monitor, an dem er hängt, ist auch kein nagelneuer Farbfernseher.

»Ich glaube, die Schwestern kümmern sich schon um alles«, sagt Lucy, als Rebecca aufzuzählen beginnt: einen Bademantel, einen Schlafanzug, Unterhosen, Unterhemden, auf jeden Fall einen neuen Rasierer und Deodorant. »Rebecca, meine Liebe«, unterbricht Lucy sie, »er muss sich ja nicht ausgehfein machen.« Das Mädchen meint es natürlich nur gut, aber es will auch immer einen Schritt voraus sein. Jetzt redet sie schon davon, wie er gewaschen wird. Als würden sie das Wasser dafür aus dem Hafen holen! Lucy unterbricht sie wieder. »Ich habe alles da, was er braucht.« Aber Rebecca muss wie immer das letzte Wort haben. »Also, ich finde«, sagt sie eingeschnappt, »ein Mann kann nie genug Unterwäsche haben. Wirklich, kannst du mir glauben.« Oje, Rebecca selbst scheint das Höschen zu zwicken. Und Jewel versucht immer noch, sie zu verteidigen: *Sie liebt Papa halt über alles. Sie will doch nur sein Bestes.* Lucy würde dann am liebsten sagen: *Du hast schon recht, mein Schatz, und die Straßen in den Grounds sind aus Schokolade.* »Du brauchst keinen Tee aufzusetzen und so«, sagt Rebecca, bevor sie auflegt, »ich bin gleich bei dir.«

Lucy hat kaum noch Zeit, sich ein wenig herzurichten. Rebecca hält vor dem Haus und macht sie ganz verrückt mit ihrem Hupen. Sie steuert, ohne sich auf eine Diskussion einzulassen, auf das nächste Kaufhaus zu. Aus dem Radio scheppern Nachrichten über Vietnam und Ho Chi Minh. »Ich weiß nie, ob das jetzt Orte sind oder Leute«, sagt sie gedankenlos, während sie an der Post und an der Haltestelle des *Ocean Limited* vorbeisausen. »Ich halt das nicht auseinander. Du?« Lucy versteht es auch nicht alles. So kann sie Rebecca beinahe verzeihen, dass sie immer in diesem Kommandoton mit ihr redet. Lucy sagt kaum hörbar, sie hätte auch zu Fuß gehen können, der ganze Aufwand wäre nicht nötig gewesen, worauf Rebecca überhaupt nicht eingeht. Sie sucht einen Parkplatz, besser gesagt, sie begibt sich auf die Pirsch nach einem, schneidet jemandem den Weg ab, obwohl weiter hinten genug Plätze frei sind. Rebecca benimmt sich wie ein Jäger am Ende der Saison. Immerhin versucht sie, die Drehtür anzuhalten. Trotzdem klemmt Lucy sich den Ellenbogen ein. Der Schmerz zieht ihren Arm hinauf, als Rebecca sie in das Kaufhaus schiebt.

Seit einer Ewigkeit war sie nicht mehr einkaufen, nichts außer Lebensmitteln. Wann war sie wohl das letzte Mal in einem Kaufhaus? Vor oder nach der Mondlandung? Es ist furchtbar grell hier, wie in einer riesigen Glühbirne. Scharfe Umrisse, alles glänzt, glänzt, glänzt. Vielleicht sieht es genau so aus, wenn man als Astronaut auf die Erde hinunterschaut. Auf jeden Fall fühlt sie sich nicht wohl. »Wir brauchen nur ein paar Kleinigkeiten«, flüstert sie laut und tätschelt Rebeccas Hand, die noch braun, ja beinahe ledrig ist vom Sommer. Es war ein Fehler, sich auf diese Sache einzulassen. Viel lieber wäre sie draußen, unter dem Spätsommerhimmel. Am liebsten in ihrem Garten. Die Astern werden bald verblüht sein, stellt sie mit Schrecken fest. Sie hat seit Wochen an nichts anderes gedacht als an Harry.

Rebecca spürt, wie ungeduldig sie ist. »Also jetzt sei mal nicht so kniepig«, sagt sie. Wenn ihre Güte nur etwas dezenter wäre! »Na gut«, sagt Lucy, »dann lass uns mal nach einem Bademantel schauen.« Je früher sie nachgibt, desto schneller ist sie wieder draußen. Rebecca führt sie am Arm – ist sie denn ein Krüppel? – in die Herrenabteilung, wo eine Verkäuferin in einem orangefarbenen Hosenanzug einem Kunden hilft, Socken auszusuchen. Oje, es ist niemand anderes als Pastor Langille. Er errötet, als er sie sieht, und als er Rebecca bemerkt, errötet er noch mehr. »Meine Damen«, sagt er mit kratziger Stimme. Warum nicht »Schwestern im Glauben«? Er sieht sie etwas zu intensiv an und räuspert sich. »Wie geht es Ihrem Mann?« Als würde Harry, wiederauferstanden von den Toten, von irgendwoher zusehen.

»Harry geht es gut«, antwortet Rebecca. Nicht nur beim

Parken drängelt sie sich vor. »Wir kaufen ihm ein paar neue Sachen zum Anziehen.« Als hätten sie es nötig zu erklären, was sie hier suchen. »Er wird sie gebrauchen können. Stimmt's, Mama?«, sagt sie und stupst sie mit dem Ellenbogen an. Der Pastor lächelt gütig und auch ein wenig neugierig. Er fragt sehr allgemein nach ihren Plänen, als eine Lautsprecherstimme sagt, wenn jemand ein Kind vermisse, solle er in die Spielzeugabteilung kommen. »Dem Herrgott sei Dank«, murmelt der Priester, »dann sind Ihre Gebete ja erhört worden.« Rebecca sieht ihn von der Seite an. »Na ja, ob das so stimmt …«

»Wir stehen noch ganz am Anfang«, sagt Lucy schnell. Manchmal hat sie das Bedürfnis, Rebecca in Schutz zu nehmen, als sei sie ihr eigen Fleisch und Blut. Offen gesagt ist es schon erstaunlich, wie dumm sie sich manchmal anstellt, und vor allem, wie schroff sie ist. Na ja, vielleicht kann sie gar nicht so viel dafür.

»Noch nicht ganz über den Berg, verstehe. Nun, wir werden ihn nicht vergessen«, sagt Pastor Langille und fügt hinzu, dass sich die Fürbittengruppe am Abend treffe. Sie stehe auf der Liste. Sein Kragen ist zu eng, sein Hals wirkt eingequetscht. Sie versucht, ihn sich ohne Priesterkragen vorzustellen. Aber Rebecca zupft ihr schon am Ellenbogen, an dem, der immer noch wehtut.

»Unsere Besorgungen, Mama.« Falls Lucy es vergessen hat: Sie muss nach Hause, um Bucky zu wecken. Der Priester stammelt eine Entschuldigung und erkundigt sich dann noch, ob Rebecca ihre Tochter sei. »Tochter?« Es ist, als würde ihr eine Feder im Hals stecken. »Nein, Pastor, nein. Verzeihen Sie«, sagt sie hastig und stellt die Frau ihres Sohns vor.

»Freut mich.« Rebecca deutet ein Lächeln an und murmelt etwas von Umständen und Besuchszeiten. Lucy hustet, tastet nach einem Taschentuch. Die aufgeräumten Züge des Pastors strahlen, sein Kragen wirkt im Verhältnis zu all den Seidenkrawatten und Unterhosen zu weiß und steif.

»Vielleicht kommen Sie heute Abend zu uns«, sagt er hoffnungsfroh, »wir halten eine richtige Nachtwache.«

»Danke«, sagt Rebecca und gähnt, sie glaube eher nicht.

Lucy muss lächeln, als sie die gelb-rot gemusterten Socken sieht, die er ausgewählt hat. »Hübsche Farben«, sagt sie, »ein bisschen herbstlich.« Wieder errötet er, aber vielleicht hat er auch einfach nur eine gesunde Gesichtsfarbe, die durch das künstliche Licht noch betont wird.

»Danke. Da haben Sie recht.« Er streicht ihr über den Arm – wie sie es hasst, getröstet zu werden – und sagt, sie solle die Hoffnung nicht verlieren. »Gott hält denen die Treue, die ihm die Treue halten.« Etwas zu hastig fügt er hinzu: »Bitte, und es wird dir gegeben.« Er verabschiedet sich mit einem Nicken und geht zur Kasse.

»Der steht wohl unter Drogen«, sagt Rebecca rasselnd, dabei ist er beinah noch in Hörweite. Sie führt Lucy zu den Bademänteln. »Oh, sieh mal.« Sie fühlt den Velours. »So was würde Papa bestimmt gefallen, für zu Hause. Du würdest ihn überhaupt nicht mehr vom Sofa runterkriegen.« Vielleicht findet sie den Gedanken lustig, aber Lucy stellt sich Harry in seinem Krankenhaushemd vor, während die Schwester eine Matte unter seinen Rumpf schiebt. Rebecca sieht zwar auch ein, dass er ein bisschen teuer ist, aber sie lässt nicht locker: »Komm schon, lass mich das machen, lass uns ... Jewel will doch auch nur das Beste für ihn.« Sie nimmt die Unterhosen, die Lucy ausgewählt hat, und schnappt sich noch einen Schlafanzug von einer Stange. Schon marschiert sie zur Kasse. Gnade sei Gott, vielleicht bedeutet das, dass sie jetzt gehen können. Die Frau im Hosenanzug fragt, ob sie alles gut gefunden hätten. Rebecca zögert kurz, als würde sie durch ein Zielfernrohr sehen, und schnappt sich noch ein Herrenparfüm. Um Gottes willen, will sie etwa, dass Jewel Parfüm trägt? »Mit Karte«, sagt sie und schiebt ihre Einkäufe zusammen, als hätte sie Angst, sie könnten in der falschen Tüte landen. Dabei sind sie die einzigen Kunden an der Kasse.

»Nicht doch, Rebecca«, sagt Lucy schwach, aber Rebecca schiebt nur ihre Hand weg. »Wir machen das ja nicht jeden Tag.«

In ihrer Kehle kitzelt etwas. Das muss die Luft sein, oder Staub von der Kleidung. Sie könnte jetzt genauso gut mit einer der Damen von der Liga reden und deren Liebenswürdigkeit erdulden. Harry könne das alles doch überhaupt nicht gebrauchen, sagt sie jetzt.

Das war offenbar ein Fehler: Rebecca macht einen Schmollmund, nicht den bösartigen, den sie für Jewel parat hat, sondern den beleidigten. Eine heimtückische Pause entsteht. »Willst du damit sagen, dass er vielleicht nicht mehr nach Hause kommt?«

Lucy sieht sich nervös um. Pastor Langille ist zum Glück schon verschwunden. »Rebecca, Liebes«, fleht sie und ärgert sich über sich selbst. Kann sie die Dinge nicht einfach mal hinnehmen? Ein bisschen mütterliche Nachsicht, das ist doch nicht zu viel verlangt. Sie weiß ja, dass es davon in Rebeccas Leben nicht viel gegeben hat.

»Du musst positiv denken, Mama«, sagt Rebecca. Lucy signalisiert mit einem Lächeln, dass sie recht hat. Aber wer weiß, ob sie das überhaupt mitbekommt, denn sie hat es auf einmal sehr eilig, nach draußen zu kommen. Sie hätten doch jetzt alles, was sie brauchten. Nur hat Lucy gerade eine Stange voller Sonderangebote entdeckt, richtige Schnäppchen. Diesmal lässt sie Rebecca vorgehen und wartet, bis die Drehtür, eine Art Küchenquirl, stehen geblieben ist. Dann erst tritt sie hinein. Rebecca wippt draußen ungeduldig mit dem Fuß, ihr Absatz klackert auf dem Beton. An der Bushaltestelle warten dumpf starrende Menschen. Einer von ihnen trägt eine Schlaghose wie Robert, nur dass er den Gürtel hoch um die Taille zieht. An der Mauer steht ein Einkaufswagen voller rostigem Schrott, ein Kupferrohr schaut heraus. Ein Paar hockt auf dem Boden und passt auf den Wagen auf. Herrje. Benny hält der Frau einen Vortrag, so klingt es zumindest. Die Frau hört ihm allerdings ganz hingerissen zu. Sie schaut zu Rebecca auf, lächelt unsicher und winkt mit ihren Wurstfingern.

»Oh Gott«, murmelt Rebecca, aber sie lächelt und winkt zurück. Auf dem Weg zum Wagen sagt sie, sie habe gehört, die Frau gehe putzen. »Der kann man bestimmt nicht trauen«, sagt Rebecca achtlos und fängt an, den ganzen Tratsch über sie wiederzugeben. Dass sie einmal bei Mr. Jimmy gewesen sei und gehört habe, wie diese Frau geprahlt habe. Sie habe für »irgendeinen reichen Professor draußen im Valley« das Haus gehütet, und sie selbst komme auch aus einer reichen Familie. »Das muss man sich mal vorstellen«, sagt Rebecca und zuckt mit den Achseln. »Durch Gottes Gnade bin ich, was ich bin. So heißt es doch, oder?« Es würde Bucky vielleicht einen heilsamen Schrecken einjagen, wenn jemand wie diese Frau sein Zimmer aufräumen und putzen würde. »Da sieht es vielleicht aus!« Lucy streicht die Tüte zwischen ihnen glatt und erinnert sich daran, wie Robert das Gedicht aus dem Durcheinander herausgefischt hatte. Soweit sie es beurteilen kann, machen Kinder einfach das nach, was sie um sich herum sehen. Und sein Zimmer ist ja wahrlich nicht der einzige Schweinestall bei denen. Dabei hat Rebecca eigentlich genug Zeit, das Haus in Ordnung zu bringen.

Es gibt Momente, da scheint Rebecca übersinnliche Wahrnehmungen zu haben. Und sie erwartet offenbar, dass es dem Rest der Welt genauso geht. Es ist zum Verrücktwerden. Sie fährt die Straße hinauf, sieht Lucy an und sagt: »Das arme Ding.« Ist doch komisch, das so zu sagen, wo sie sich ständig über ihn beklagen. Aber Lucy lächelt, zumindest innerlich, und versichert Rebecca, dass sich alles richten werde. »Robert wird schon zurechtkommen, man muss ihm nur Zeit lassen.« Aber Rebecca runzelt die Stirn, fährt beinahe gegen den Zaun. »Ich meine diese arme Verrückte, die mit dem Irren zusammenlebt. Aber vielleicht hat Benny ja Qualitäten, von denen wir nichts wissen.« Sie zwinkert und grinst wie Rowan in dieser Comedy-Sendung, die Harry sich immer mit ihr anschauen will.

KAPITEL 12

Im Krankenhaus kommt Rebeccas Humor gerade recht. Sie fragt Harry, ob ihm der rostrote Bademantel gefalle. »Bei der Farbe gerät doch dein altes Blut in Wallung«, sagt sie und stößt ihn an. »Meinst du nicht, Jewel?« Sie müssen beide anpacken, um ihn aufrecht zu halten, während Lucy ihm den Bademantel um die Schultern legt. Aber in seiner Miene fehlt etwas: ein Ausdruck von Dankbarkeit. Seine gute Hand hebt sich von der Bettdecke und macht ein Zeichen, dass sie sich hinsetzen sollen. Rebecca sieht ihn mit großen Augen an und sagt: »Tss, er ist jetzt wie der Papst. Das Einzige, was fehlt, ist der Ring.«

»Bitte, Becky.« Jewel nimmt einen Saftbecher vom Nachttisch und zieht den Deckel ab. »Puh, ist die Luft hier trocken.« Rebecca greift es gleich auf: »Hauptsache, man hat einen Grund zu trinken, nicht wahr, Harry«, neckt sie. *Aufhören,* würde Lucy am liebsten rufen. Es reicht. Sie nimmt den Becher und beugt sich vor, um den Strohhalm in Position zu bringen. Harrys zitternde Lippen schließen sich darum. Er sieht sie an wie Jewel damals, wenn sie ihn gestillt hat. »Er hat bestimmt eine Wahnsinnslust auf eine Zigarette«, sagt Rebecca. Jewel lächelt widerwillig, sieht grinsend auf seine Schuhe und tastet nach den Zigaretten in seiner Hemdtasche. »Mensch, Harry, du bist voll auf Entzug«, setzt Rebecca noch einmal nach.

Er hebt den Zeigefinger und zeigt schwach auf den Plattenspieler, der auf einem Rollwagen in der Ecke steht. Als er den Kopf bewegt, rutscht ihm der Strohhalm aus dem Mund. »Huuuch«, sagt Lucy und klingt ein bisschen wie Rebecca. Als wäre sie wieder zwanzig, eine junge Mutter, die ihrem Baby das Kinn abwischt. Jetzt bewegt Harry die ganze Hand und zeigt auf ein Glas, in dem Eiswürfel schmelzen. »Alles leer, Harry. Nichts mehr drin.« Jewel lässt sich in seinen Stuhl zurückfallen und stößt dabei das Glas um. Tropfen spritzen auf die Bettdecke, aber es zerbricht nicht.

»Guck dir das an«, sagt Rebecca scharf. »Du bist so was von ungeschickt.«

»Kannst du nicht mal Ruhe geben?«, sagt Jewel leise, so was könne doch mal passieren.

Warum immer diese kleinen Streitereien? Können sie nicht warten, bis sie zu Hause sind? »Was machen denn eigentlich Roberts Pläne?«, meldet sie sich zu Wort, um die Wogen zu glätten. »Schade, dass er niemanden hat –«, mit dem er reisen könnte, meint sie.

»Eine Freundin, meinst du?« Jewel sieht sie an. »Sie ist es doch, die ihn überhaupt auf den Gedanken gebracht hat, in den Westen zu gehen.« Um dort in einem Bienenstock oder einem Tipi zu wohnen, wenn er das richtig verstanden habe. »Ich sag immer, mach die Schule zu Ende. Zumindest noch das eine Jahr.« So viel hat Jewel nicht mehr am Stück geredet, seit Harry gestürzt ist. »Aber wenn die sagt: Spring, Buck, dann springt er.« Der Junge könne ebenso gut auf dem Mond leben, auf der falschen Seite, schimpft er, und Rebecca wirft ein, er denke halt gerade nicht mit dem Kopf. Lucy fällt nichts anderes ein, als zu sagen, dass es auf dem Mond vielleicht gar nicht so schlecht sei. »Na klar«, sagt

Jewel und schaut auf Rebeccas Schuhe, »man muss nur richtig dafür angezogen sein.«

Sie kommt sich wie eine Schiedsrichterin beim Ringen vor. Sie bittet ihn, etwas Ruhiges zu spielen, ein langsames, schönes Lied. Marg Osburne? »Papa, da schläfst du doch bestimmt wieder ein«, ruft Rebecca. Harry blinzelt, scheint aber auch ganz schwach zu lächeln. »Was zum Tanzen«, befiehlt sie.

Jewel legt die Platte auf, und Harry öffnet den Mund auf der guten Seite, ein Laut kommt heraus. Lucy wischt ihm noch einmal vorsichtig das Kinn ab, dann beugt sie sich so weit zu ihm hinunter, dass er mit den Lippen ihr Ohr berührt.

»Was, Liebling?« Eine Grimasse. Zittern. Das schleppende Wort könnte alles bedeuten: kordeln?

»Akkordeon!«, ruft Rebecca. Sie glaubt offenbar, einen besonderen Draht zu ihm zu haben.

»Er will sein Akkordeon haben«, wiederholt Jewel, als wäre hier eine Übersetzung nötig. Die springende Nadel hört sich an wie Fußstapfen im gefrorenen Schnee. »Einmal Don Noble, kommt sofort.«

Es war in dem Frühjahr, als Jewel die Albträume hatte und Harry weiß Gott was anstellte, sie brachte gerade das Kind in die Schule. Sie war so müde, dass sie kaum geradeaus gehen konnte. Harry hatte nicht neben ihr gelegen, als sie aufgewacht war. Aber er hatte auf dem Flur gestanden wie ein Kind, das auf den Weihnachtsmann wartet. Die Ahornbäume schimmerten rötlich im Nebel. Ein Sturm hatte die Knospen weit verstreut, Autoreifen wühlten sich durch rosafarbenen Schlamm. Ein Pulk von Kindern lief hinunter zur Bucht, statt zu St. Columba zu gehen. Jewel rannte ihnen hinterher. Lucy rannte dann auch.

Das Wasser stand tief, ein Gedränge war entstanden, die Menge ergoss sich bis über die Felsen. Am Ufer unterhalb ihrer alten Hütte zogen Polizisten Kästen aus dem Wasser. Waren das Hummerfallen? Jewel zeigte immer wieder auf ein Boot, das im Schatten des Deadman festgemacht hatte, einem kauernden Hügel auf der anderen Seite. »Das ist das Boot von Babineau«, erklärte er jedem, der es hören wollte, und die Menschen riefen und lachten über die Beute, die heraufgezogen wurde: »Heiliger Bimbam, schaut mal, was die Katze reingeschleppt hat. Wer sucht, der findet«, und ein Polizist schoss in die Luft. Ihr war ganz mulmig, als Pastor Marcus auf sie zukam. »Lass die Gottlosen in ihre eigenen Netze stürzen«, sagte er und wackelte mit dem Kinn. »So sicher, wie der Herr sie in die Schöße ihrer Mütter gelegt hat, erkennt er die Schuldigen, auch wenn die Polizei nichts herausfindet.« Als sie wieder auf der Straße war, fragte sie sich, wer eigentlich sonst noch Augen im Hinterkopf hatte.

Es dauerte eine ganze Weile, bis die Polizisten Harry einen Besuch abstatteten. Er übte gerade *My Lovely Black Maiden.* Es gehe um ein Verbrechen, sagten sie, er solle die Geige weglegen. Die Worte *Alibi* und *Ehefrau* waren bis in die Küche gedrungen, wo sie gerade eine weiße Toffeecreme zubereitete. *Meine hübsche schwarze Maid.* Als der Wachtmeister hereinschaute, brannte ihr die Creme beinahe an. Harry sei die ganze Zeit zu Hause gewesen, log sie, er habe geübt. *Die Gottlosen stürzen,* hallten die Worte von Pastor Marcus in ihr nach. Als sie mit ihrem Verhör fertig waren, sagte Harry, sie wüssten ja, wo sie ihn finden könnten. Wenn er etwas für sie tun könne … jederzeit.

Eine Stunde später kam Artie vorbei. Er machte sich über ihre Strickerei lustig, bis Harry auftauchte und hastig mit ihm in den Keller hinabstieg. Ihre zusammenhangslosen, aber immerhin nüchternen Worte summten durch die Rohre nach oben. Harry war verschwitzt, als sie wieder hinaufkamen. Lil sei bei ihrer Mutter, und Artie gehe es nicht so toll, erklärte er, und falls jemand fragen sollte, habe er bei ihnen gewohnt. »Jawoll, meine Liebe«, hechelte Artie, »ich hab deine Kochkünste genossen und eurem Junior mit den Rechenaufgaben geholfen.« Dann sagte er zu Harry, manchmal beneide er den verrückten Kesselflicker mit seinem Wagen. Das arme Schwein würde zur Not auch in einer Dose hausen. »Mit solchen Typen legt sich die Polizei nicht an, warum auch?« – »Ach, wer weiß«, gab Harry zurück.

In derselben Woche kam ein Lastwagen. Männer, die eine Lieferung abzugeben hatten. Erst dachte sie, sie hätten sich vertan, aber dann schleppten sie die Musikbox herein. »Neu kostet so ein Ding dreihundert«, sagte einer von ihnen. »Die ist geschenkt, Schätzchen.« – » Ein Geschenk von Artie«, sagte Harry. Er öffnete die Klappe, zog Platten heraus, die so dick wie Teller waren, und zeigte ihr, wie man die Kurbel betätigte und die Nadel aufsetzte. *Gottlose in ihren eigenen Netzen,* wieder die Stimme von Pastor Marcus. Aber als das Lied heraussprang – ein Mann, der ein kleines Kind nachahmte: *la-la-la-la, ich falle hin, und es macht bums* –, da musste sie doch lachen, und Harry nahm sie und tanzte einen Walzer mit ihr, bis die Stimme undeutlich wurde. »Hört sich benebelt an«, witzelte Harry und zog die Box noch einmal auf, nicht zu fest, damit die Feder nicht kaputtging. Lucy protestierte derweil, dass sie das Geschenk nicht annehmen könnten, es sei einfach zu viel. »Komm, das hast du dir doch verdient«, sagte er und fragte vergnügt, wann sie abreise. Er sah sich die Platten an: *You're the Cream in My Coffee, Aint We Got Fun.*

Zwei Tage vor dem St.-Anna-Fest brachten Harry und Jewel sie zum Zug. Harry sagte, sie brauche sich keine Sorgen zu machen, und drückte ihr eine Schachtel türkischen Honig in die Hand. Der Gepäckträger musste dem Jungen den Koffer entwinden. Sie hatte so lange auf diesen Moment gewartet, jetzt, da er da war, wünschte sie, sie hätte alles nur geträumt. Jewel schmollte, weil er nicht mitkommen durfte, und ließ sich nicht küssen. Sie winkte, bis die beiden klein wie Flöhe waren. »Wird ihnen guttun, sich mal alleine durchzuwurschteln«, sagte Mrs. Slauenwhite, die erste Gewinnerin, die sich gerade auf den Platz am Gang setzte. »Wissen Sie, mir wird leicht schlecht.« Sie packte ein Butterbrot aus, stopfte das Wachspapier in ihre Handtasche und begann, ihre Kinder und Enkelkinder zu beschreiben, und die Wallfahrten, die sie schon gemacht hatte. Der Knochen, die Reliquie, erklärte sie und bekreuzigte sich, sei eine Zeugung – *Eine was?*, hätte Lucy beinahe ausgerufen – der Unsterblichkeit. »Ein Beweis, meine Liebe, dass die Geheiligten auferstehen werden.« Während der Zug in weitem Bogen um die Bucht herumfuhr, dachte Lucy an Jewel, an sein Schmollgesicht, das sich ihr im Kopf eingebrannt hatte, und ihr schien, als hätte sie die Teile ihres Lebens, die ihr wirklich etwas bedeuteten, auf der Nebentrasse liegen gelassen.

Mrs. Slauenwhite schwatzte ohne Ende, sie wollte wissen, wie alt Lucys Kleiner sei, ob ihr Mann Katholik sei. Lucy konnte kaum die Landschaft genießen, die sie zuletzt im Schneeregen gesehen hatte. Jetzt war alles blau und grün herausgeputzt, wie ein alter Körper in neuer, hübscherer

Kleidung. Aus dem Nichts kam die Stimme von Pastor Marcus: *die Wiederauferstehung der Toten und das ewige Leben.* Wälder huschten vorbei, ihre Begleiterin predigte, dass Veränderung manchmal etwas Gutes habe. Sie öffnete die Schachtel, die Harry ihr zugesteckt hatte. »Schmeckt nach mehr«, sagte Mrs. Slauenwhite und griff noch einmal zu. Es war unerträglich süß. In der Nähe rauchte jemand eine Zigarre. Lucy schloss die Augen und versuchte zu schlafen, aber das Licht flackerte hinter ihren Lidern. Mrs. Slauenwhite hörte auch jetzt nicht auf zu reden. Wie schade es sei, dass Lucys Mann keine Religion habe und dass sie in einem gemischten Haushalt leben müsse. »Schade, dass Sie kein Mädchen haben«, sagte sie noch, später im Alter sei es doch viel schöner, eine Tochter zu haben. Lucy brachte gerade noch die Kraft auf zu fragen, wie lange die Reise dauern würde – ihr war ein bisschen schlecht. Eine Kirche flog vorbei und ein Friedhof, und beide Male machte Mrs. Slauenwhite ein Kreuzzeichen. Dann schlug sie vor, man könne ja hinter Truro zu Mittag essen, und beklagte sich, dass das Essen, das ihre Tochter ihr eingepackt hatte, nicht einmal für ein Vögelchen reichen würde.

Lucy hatte ein bisschen Galle aufgestoßen. Der Gepäckträger sah sie skeptisch an, als sie erklärte, sie sei krank. »Ein medizinischer Notfall«, sagte sie. Er schlurfte davon, um ihr Gepäck zu suchen. Als der Zug zum Halten kam, entschuldigte sie sich kurz bei der verwirrten Mrs. Slauenwhite, konnte ihr dabei aber nicht in die Augen sehen. Am Bahnsteig ein Schild: *Shubenacadie.* Es stank nach Gülle. Hinter den Gleisen standen kleine, verschlafene Häuser, die Vorhänge auf der Sonnenseite waren zugezogen. Es ging ihr gleich besser, obwohl der Zug zurück erst in ein paar Stunden kommen würde. Das Magendrücken verschwand, die Grillen zirpten in der gleichen Tonlage wie die Drähte.

Es dämmerte bereits, als sie aus dem Zug stieg. Sie zählte das Tagegeld, das sie bekommen hatte, und nahm sich ein Taxi. Im Haus plärrte das Radio. Jewel saß im Wohnzimmer, die Füße auf dem Sofa, neben ihm Lils Tochter. Sie aßen kandierte Äpfel und spuckten die Kerne in hohem Bogen aus. Aus der Küche kam eine schrille Stimme: »Es reicht, Becky, sonst kommst du wieder zu Oma!«

Wer wühlte denn da im Kühlschrank, in ihrem Kühlschrank? Keine andere als Lil! Heilige Jungfrau ...

Lil riss die Augen auf wie eine Katze und strich sich schnell über die Schenkel. Gerade kam Artie hereinspaziert, mit einem Bier in der Hand. »Mensch, das war aber ein kurzer Ausflug«, sagte sie höhnisch, wurde aber milder, als Artie ihr die Hand auf den Nacken legte. »Vielleicht ist Lucy ja eine Erscheinung.«

Harry war offenbar in der Rumpelkammer. »Verdammt noch mal, du Volltrottel, jetzt bring mir endlich das Isolierband!«, bellte er.

Er sah sie, zuckte zusammen und brachte stotternd eine unsinnige Erklärung vor. Lil und Artie und die Kinder würden alle mit anpacken. Er hatte einen Schraubenschlüssel in der Hand. Lil versuchte einen Witz zu machen: »Was willst du mit einem Heiligen, du hast doch ihn hier. Knochen hin oder her ...« Artie, der Lil so lange den Nacken knetete, bis sie sich wegduckte, lachte als Erster.

Sie stellte ihren Koffer ab und floh ins Esszimmer. Mit finsterer Miene nahm sie die erstbeste Schallplatte, die sie fand. Erst dann fiel ihr auf, dass die Musikbox nicht mehr dort stand. Ihr war ganz elend, als sie von draußen die Stimmen hörte, wo das Gerät wie ausgeweidet lag. Die große schwarze Sprungfeder kringelte sich im Gras wie Gedärm.

»Das passiert eben, wenn man sie zu fest aufwindet«, murmelte Harry, während er versuchte, die Feder wieder zusammenzuspleißen. »Diese verdammten Gören.«

»Becky war das nicht«, sagte Lil und klimperte mit den Lidern, »das würde sie nie –« Artie stieß sie an und sagte, sie solle die Klappe halten. Harry brüllte, sie sollten endlich mit anpacken. Vielleicht könnten sie das Ding einfach wieder reindrücken. Da platzte Artie der Kragen: Was glaubte Harry eigentlich, wie viele Gefallen er ihm noch schulde? Er solle selbst versuchen, es zu reparieren. Dem Geschrei nach zu urteilen, mussten er und Lil ihre Tochter eigenhändig vom Sofa runterschälen.

Lucy kniete einfach da, während Harry mit der Feder herumstolperte, nach irgendeinem Ersatz suchte. »Können wir gleich das ganze Ding verschrotten«, schimpfte er, bis sie eine Erklärung verlangte, was die eigentlich im Haus verloren habe. »Die Kleine? Ganz schön wild ist die –«, sagte er und fragte mit glühendem Hohn in den Augen: »Was war denn nun? Hat Pastor Dingsda die Sache abgeblasen? Oder hat er dich allein ausgebootet?«

Die Musikbox landete schließlich im Keller. *Wie gewonnen, so zerronnen.*

Harry wollte einfach nicht verstehen, warum sie es nicht durchgehalten hatte. »Du bist so verdammt sentimental«, sagte er und fiedelte zur Musik aus dem Radio. Sie versuchte, ihm zu erklären, dass der Zug und die Aussicht und Mrs. Slauenwhite sie an Dinge erinnert hätten, die zu schmerzhaft waren, um sie zu ertragen. »Diese Platten waren sowieso viel zu schnell zum Mitspielen«, sagte er, drehte das

Radio lauter und ließ den Bogen über die Saiten sausen. Sie empfand die verpasste Reise als Verlust, aber der Verlust der quietschenden Klarinetten, der albernen Texte, des rauschhaften Frohsinns, der in die Rillen gepresst war, erschien ihr beinahe noch größer. Wenigstens gab es das Radio, das eine Wand zwischen sie zog, eine Mauer aus Stimmen und Musik, die gerade hoch genug war und die Stille ausfüllte, wenn ihnen die Worte fehlten. Sie sprachen wenig miteinander. Harry kam und ging, wie es ihm passte.

Die Bulldogge ihrer Nachbarin, Mrs. Chaddock, war gestorben. Es gab kein Gebell, das sie gewarnt hätte an jenem Abend, als Harry wieder einmal angeblich beim Poker war. Sie wäre vielleicht gar nicht an die Tür gegangen, wenn sie den Wagen gehört hätte. Der Rumtreiber stand zitternd da und fragte, ob sie irgendwelche Reparaturen habe. Sie konnte nur schwer einschätzen, wie alt er war. Harry hatte gedroht, die verdammte Musikbox in den Northwest Arm zu werfen. Als sie den Kerl fragte, ob er eine Spiralfeder reparieren könne, sah er sie verschlagen an, grinste und trat einfach ins Haus. Sie stieg hinter ihm die Kellertreppe hinab. Er beäugte Harrys überall an den Wänden hängendes Werkzeug. »Ist da was zu machen?«, fragte sie. Es war dumm gewesen, ihn hereinzulassen. Harry würde ausrasten, wenn er es mitbekam. Sie schlüpfte nach oben, ganz nervös. Etwas später stand er in der Küche und beobachtete sie, als sie den Schrank öffnete, in dem sie ihre Gelddose aufbewahrte.

»Wer ist denn da?«, rief Jewel von oben. »Niemand«, sagte sie. Dann legte sie im Keller eine Platte auf und drehte an der Kurbel. Ein leichter Widerstand nur, dann erhob sich eine jodelnde Stimme, erst tief und langsam, dann immer schneller. Mit jeder Umdrehung stieg die Tonhöhe, und immer wieder zeigte ein dumpfer Schlag die Stelle an, an der die Feder zusammengespleißt war. Als Harry nach Hause kam, bat sie ihn, das Ding nach oben zu bringen, wo es hingehörte.

Zu Weihnachten schenkte er ihr *Blue Rhapsody*, die sie so oft spielte, bis sich das dumpfe Schlagen in den Rhythmus eingefügt hatte. Eine Zeit lang waren seine Freunde wie vom Erdboden verschwunden. »Wenn Lil sagt: Bück dich, dann bückt sich Artie, dieser Dummkopf, und fragt noch: Wie tief denn bitte? Was soll ich mit solchen Leuten?« Doch in seinem Blick lag etwas Unvertrautes.

Am Neujahrstag legte sie ihre neue Platte auf, und Harry nahm seine Geige aus dem Kasten. Seine kreischenden Töne stießen Löcher in die Melodie. Das Lied war wie ein wunderschönes Tuch, das langsam, Faden um Faden, auseinandergezupft wurde. Aber sie beklagte sich nicht, bis er anfing, *On the Sunny Side of the Street* zu massakrieren. Da hob sie einfach die Nadel von der Platte. Von wegen, auf der Sonnenseite des Lebens.

Weil schon Schnee lag und sie kaum aus dem Haus gekommen waren, schlug sie eine kleine Spitztour vor. »Das Wetter sieht mir nicht nach Spritztour aus«, wandte er ein und blickte finster, als sie in die eiserne Echse stiegen. Jewel hockte hinten auf einem Stapel Decken. Der Schnee wirbelte herab und bedeckte alles mit einer daunenartigen Schicht. Ohne groß nachzudenken, schlug sie vor, in das alte Viertel zu fahren. Sie schlitterten die Straße hinab, die Kupplung knarrte. Harry warf im Rückspiegel einen Blick auf Jewel und begann, ihr die Knie zu reiben. »Dieser Hang wird uns ganz schön zu schaffen machen.« Seine Stimme klirrte wie die Schneeketten an den Reifen. »Du musstest ja so einen Dreckstag wählen.« *Dreckig, unrein,* pfiff eine Predigerstimme in ihrem Inneren, wie von Pastor Marcus, nur noch schriller. *Deine Gedanken gehören in die Gosse.* Plötzlich musste sie wieder an Lil denken, zum ersten Mal seit Wochen.

Oberhalb der Werften hielt Harry neben einer Schneebank an, und von der frostigen Warte des Autos aus bewunderten sie die neuen, aus großen Blöcken aufgemauerten Reihenhäuser. Sie sahen aus wie graue Zuckerwürfel. Eine Frau kam mit ihren Kindern vorbei, einem fehlte ein Bein. Jewel kratzte Frost von der Scheibe, sodass ein Guckloch entstand, und zeigte auf etwas, aber Lucy griff nach seinem Finger und betrachtete die farnartigen Strukturen auf dem Glas. Er trampelte von hinten gegen ihren Sitz. Sie konnte nicht zurückhalten, was sie auf dem Herzen hatte: »Harry, manchmal denke ich, wenn ich nur lange genug warte, nur innig genug bete ... dann schmilzt das hier alles, und dann steht sie da.« Ihr kleines Mädchen, wie ein Spielzeug, das den ganzen Winter über vor dem Haus gelegen hat und im Frühling wieder hervorkommt. Sie schwieg, aus Angst, ihr könnten die Tränen kommen, und suchte ein Taschentuch. Er tätschelte ihr das Knie. Jewel beklagte sich, er sei »eingefriert«. Mit jedem Windstoß wirbelte Schnee auf. Ihre Traurigkeit wich auch dann nicht, als Harry den Motor anließ und mit klackernden Ketten anfuhr. Sie fasste seine Hand, und Jewel jammerte, dass er lieber zu Hause geblieben wäre, um Meccano zu spielen. »Haben wir ihm jemals von ihr erzählt, Schatz?« Die Worte blieben ihr im Hals stecken.

Jewel blies frostige Ringe in die Luft. »Von wem?« Sie stellte sich vor, wie die Mutter mit ihrer Familie in ihr Zuckerwürfelhaus kommt und der Junge wie Tiny Tim seine Krücken zur Seite stellt. »Von deiner Schwester«, sagte sie, »weißt du, du hattest eine Schwester.« Sie sprach, als würde sie ihn an eine Klassenarbeit erinnern, als würde sie ihm einschärfen, sich ein bisschen anzustrengen. Harry zündete sich eine Zigarette an, wedelte das Streichholz aus und murmelte, er sei nicht ihr Einziger gewesen. Ihr einziger was? Der von einem Hund gerettet worden ist? Wer kann *Musquodoboit* rückwärts buchstabieren? »Ich will nach Hause«, quengelte er, und die Ketten rasselten wie die Nähmaschine, die sie ebenfalls unter dem Weihnachtsbaum gefunden hatte.

Sie zog Harrys Taschentuch hervor und buchstabierte Helenas Namen, wiederholte zweimal, dass sie jetzt elfeinhalb wäre, elfeinhalb Jahre alt. Jewel sagte, er habe schon verstanden, er sei schließlich nicht beschränkt. »Und? Wo ist sie denn hin?« Die Echse machte einen Satz, als Harry runterschaltete, und Lucy sagte leise, sie sei nirgendwo hin, sie hätten sie einfach verloren.

Der Brauereigestank drang in den Wagen. »Iiii-gitt«, sagte Harry, es sollte sich lustig anhören. Er beachtete Jewel nicht mehr und meinte, ein Bierchen wäre jetzt genau das Richtige, er hätte doch zur Marine gehen sollen, die seien immer bestens versorgt. Ein bisschen Spaß, sein Ton wurde schärfer, das würde ihnen guttun. »Lucy, früher warst du auch immer für einen Spaß zu haben. Ist schon ein Wunder, dass wir nicht zehn Kinder haben. Ich hab nur meine Hose aufs Bett geworfen, schon warst du schwanger.«

»Für einen Spaß war ich zu haben, so wie Lil?«, fragte sie, als säße Jewel nicht mit im Auto. Sie habe gar nicht gewusst, dass er so ein Familienmensch sei, fuhr sie fort, wenn er noch ein paar Kinder wolle ...

»Hör zu«, platzte er heraus, »das ist mir so was von egal.«

Die Kälte stachelte ihren Zorn noch an.

»Wie viel Spaß habt ihr denn eigentlich miteinander?«, fragte sie.

»Warum eine Kuh kaufen, wenn man Milch im Haus hat«, sagte er höhnisch. Aber damit noch nicht genug, sofort ging es wieder um Religion. »Tut, und es wird euch getan, und der ganze Quatsch«, schimpfte er. Sie habe offenbar zwei Religionen, das katholische Zeug und ihre eigene Kirche des himmlischen Diaphragmas! Oder wie das Ding auch hieß. Dieser Priester habe doch keine Ahnung, was sie damit anstelle, sonst wäre sie längst exkommuniziert worden. »Seine Heiligkeit würde dir den –«

Was dann kam, traf sie besonders tief. Er warf ihr vor, sie würde den Jungen durcheinanderbringen. »Nicht der Einzige«, fing er noch mal an. »Er denkt, alles dreht sich um ihn, und dann: rumms!« Sie könne ihre Sorgen einfach nicht hinter sich lassen, als würde irgendwann ein Heiliger auftauchen, ihr einen Kuss geben, und alles wäre gut. »Aber davon kommt sie auch nicht zurück«, sagte er. »Egal, was du tust oder sagst. Herrgott, kannst du nicht endlich mal loslassen?«

Der Hügel hinter Boutiliers Haus eignete sich bestens zum Rodeln. Schnee gab es dort mehr als genug. Jewel war noch zu klein, um allein zu fahren, also lief sie hinter ihm her, wenn er hinunterraste. Die roten Kufen waren frisch abgeschliffen. Jewel fuhr vor ihr weg, als wäre sie eine giftige Wolke. Sie hätte längst zu Hause sein sollen, um Essen zu machen. Das Eis am Ufer war gelb, die Kinder flogen den Hang hinab, auf Kartons, die im Fahrtwind flatterten, und schleppten sich wie Lemminge wieder hinauf. Als Lucas Embrie und der Enkel von Mrs. Slauenwhite ihm den Schlitten wegnahmen, war sie machtlos. Jewel stieß Lucas hinunter und stürzte sich auf ihn, die drei wälzten sich im Schnee. Die Kufen blitzten. »Gib ihn schon her, du mieses Stück!«, rief sie und drohte mit der Faust, aber sie beachteten sie nicht. Lucas feuerte einen Schneeball ab. Im Wald bewegte sich etwas. »Die Hühnerfrau!«, brüllte er, als Ida Trott unter den Bäumen hervorhumpelte. Sie stützte sich auf den Stumpf eines Hockeyschlägers. Samson und Lucas sprangen auf den Schlitten und rasten kreischend den Hang hinab, knapp an den Felsen vorbei. Dann ein Rufen – aber das Gejammer der Seemöwen war so laut, dass sie nichts verstehen konnte. Plötzlich rannten alle zum Ufer hinunter. Jewel, der versucht hatte, auf dem Bauch zu schlittern, stand auf und rannte ebenfalls los.

Ida humpelte auf das knarzende Eis. *Heilige Jungfrau!* Lucy stolperte heran, Jewel war in dem Andrang nicht mehr zu sehen. Das Eis war brüchig, Schollen hatten sich gelöst. Weiter draußen, hinter einer Spalte, zeichnete sich ein Loch ab. »Um Himmels willen«, entfuhr es ihr, als Ida auf Knien weiterkrabbelte. Wie eine Robbe mit geflicktem Fell rollte sie auf einen orangefarbenen Flecken zu – Lucas' Mütze. Da tauchte er auf, zog sich heraus und blieb flach auf dem Bauch liegen. Ida hielt ihm den Stock hin. Die Stimmen der Kinder waren wie Wellen, die sich aufbauten und brachen. Alle Augen waren auf Lucas gerichtet, als er sich strampelnd und tretend zum Ufer wälzte. »Samson!«, hallte ein Ruf, während Lucas sich in den Schnee erbrach. Jewel hockte auf ihm und verlangte seinen Schlitten zurück.

»Lauf zu den Boutiliers!«, hörte sie sich schreien und

wiegte Lucas in den Armen, bis seine rothaarige Schwester zu ihnen vordrang. Birdie kam in Hausschuhen, mit über der Schürze wippendem Busen angerannt und kehrte sofort wieder um. »Holt das Boot!«, schrie sie. Lucy eilte ihr hinterher und rief außer Atem, es sei der Junge von den Slauenwhites – und Ida. *Nein, nicht Mrs. Trott, bitte nicht Ida!* Edgar Boutilier, schon angetrunken, wankte mit schlotternden Hosenträgern heraus und versuchte verzweifelt, einen eingeschneiten Buckel freizuschaufeln: das Boot, das er für den Hummerfang benutzte. Sein angebundener Hund bellte laut. »Holt Babineau!«, brüllte er, der Hurensohn müsse doch zu irgendwas zu gebrauchen sein.

Sie rannte, bis ihre Zehen taub waren. Es dauerte ewig, bis Artie an der Tür erschien – im Unterhemd. Lil saß mit einem Fremden da und spielte Karten, ein Lied plärrte: *I'm Sitting on Top of the World.* »Ein Kind«, rief Lucy und schnappte nach Luft. »Und Ida.« Lil fächerte mit den Karten und starrte sie an, sie roch pfeffrig – oder war es Lavendel? »Doch nicht mein Kind?«, schrie sie mit Panik in der samtigen Stimme. »Beweg deinen Arsch, Artie!« Die Angst stand ihr in den mandelförmigen Augen. Was war nur in Harry gefahren, dass er die Kufen so scharf geschliffen hatte?

Lucy half Artie, das Boot zum Eis herunterzuziehen. Kinder drängten sich vor Kälte aneinander, Erwachsene auch. Männer traten Löcher in den Schnee. Kleine Kinder kletterten in das Boot, das nicht zu gebrauchen war, und taten so, als würden sie rudern. Jewel atmete ihr heiß ins Ohr und sagte, sie seien aufgetaucht: Samson und Mrs. Trott. »Sie können ja schwimmen.« Der Schlitten gleitet hinab wie ein Fisch mit roten Flossen, dachte sie, als ein weißer Kragen in der wunden Dämmerung Pastor Marcus ankündigte.

Er wurde von der Frau begleitet, die die Tombola organisiert hatte. Sie weinte, ließ sich in die Arme nehmen. Dann kam Mrs. Slauenwhite selbst. Jewels Magen knurrte, Lucy zog ihn fester an sich. Sie sah nicht hin, als Artie angetorkelt kam, kurz darauf auch Boutilier, der sich zitternd eine Zigarette anzündete und Artie das Zündholz hinhielt. Artie zupfte an Jewels Ärmel und sagte, er solle seinen Vater holen. »Je mehr Männer da sind, desto schneller holen wir ihn raus. Damit die arme Mutter wenigstens was zu begraben hat.«

Pastor Marcus betete im allgemeinen Geheul. Jewel sah Artie verwundert an. »Und was ist mit der Hühnerfrau?«, wollte er wissen. Artie verzog das Gesicht. »Was, die verrückte Alte ist auch da unten?« Er pfiff durch die Zähne und sagte, sie sollten wohl besser versuchen, den Sohn ausfindig zu machen. »Wo zum Teufel steckt er eigentlich, dieser bescheuerte Benny?« Boutilier stieß Jewel an: »Und wenn du gerade dabei bist, dann sag deinem Alten mal, dass ich eine Mundharmonika habe, die ihn interessieren könnte.«

Die arme Ida löste sich auf wie ein alter Pullover: Hier und da wurden Wollfetzen angeschwemmt, nachdem zuerst nur ein einziger Handschuh aufgetaucht war, und zwar auf dem Streifen vor Arties Bootsrampe, einer sandigen Landzunge. Den ganzen Winter lang und bis ins Frühjahr hinein verfolgte Lucy der Gedanke an die beiden dort unter dem Eis, an ihre wie Plankton glitzernden Augen. Harry meinte, die Gezeiten würden alles zermahlen, aber was nicht herausgetrieben würde, das würde dann an der Landzunge hängen.

»Wo ist Samson denn jetzt?«, wollte Jewel wissen.

Lucy sah immer wieder seine Finger am Seil des Schlittens. »Er ist jetzt in Sicherheit«, erklärte sie, »ihm kann nichts mehr passieren.« Aber er ließ nicht locker: »Wo kommt man denn hin, wenn man tot ist?«

Harry fehlte jedes Gespür dafür, was dem Jungen zuzumuten war. »Die Hummer haben ordentlich was zu futtern«, sagte er, sie machten sich als Erstes über die Gesichter her.

Wie bösartig, so über die Toten zu reden. Eine ganze Woche lang wachte Jewel immer wieder schreiend auf. »Es war nur ein Traum«, versuchte sie ihn zu beruhigen, immer wieder, aber eines Nachts begann er zu singen: *Ich hab 'ne kleine Schwester, schnief, schnief, schnief, die platscht ins Wasser tief, tief, tief, ein Aug' nur hat das dumme Kind, sie steigt hoch auf, da bläst der Wind.*

Idas Hühner scharrten derweil im Schnee, dann hackten sie aufeinander ein, bis nur noch ein paar Federn von ihnen übrig waren, und als das Tauwetter einsetzte, erfanden die Mädchen einen Abzählreim, den Jewel mit nach Hause brachte.

Die Hühnerfrau, die Hühnerfrau,
die sieht ja aus wie Sau, wie Sau.
Eins, zwei, drei, vier,
zählt die Hühner vor der Tür,
fünf, sechs, sieben, acht,
schon ist das Federgrab gemacht.
Hühnerfrau, Hühnerfrau,
mach mir bitte einen Tee,
Hühnerfrau, Hühnerfrau,
da treibt die Alte raus zur See.

Schon ein kleines Wunder, dass niemand eine Melodie dazu erfand.

Jewel schleppt Harrys Akkordeon. Der skeptische Blick einer Frau trifft sie, als sie zur Schwesternstation kommen. »Das ist aber ein toller Koffer«, bemerkt sie und bewundert den Lack des Don Noble. Lucy hat es abgestaubt und auf Hochglanz poliert, bevor sie ihnen erlaubt hat, es mitzubringen. Die Schwester kommt hinter dem Schalter hervor.

»Ist von Papa«, sagt Rebecca. Ihre Stimme hallt im Flur nach. »Beschäftigungstherapie.«

Die Schwester verzieht die Miene, daran sollten sie sich inzwischen gewöhnt haben. Sie fühlen sich doch schon beinahe zu Hause im Krankenhaus, auch wenn es ein sehr steriles Zuhause ist, mit einer Art Klarsichtfolie aus Sauberkeit, die all den Dreck und den Kummer bedeckt, der sich in den Ecken angesammelt hat. Man kann den Kampf gegen den Dreck nicht gewinnen, das ist wie in jedem normalen Haushalt, auch wenn es niemand zugibt. Man muss es trotzdem versuchen. Das würde selbst Robert verstehen.

»Komm schon, Bucky, und mach nicht so ein ernstes Gesicht«, zieht Rebecca ihn auf. Es sei doch toll, dass er überhaupt mitgekommen sei, sagt Lucy, damit sie endlich ruhig ist.

»Nun ja«, murmelt Jewel und erklärt, dass sie ihn bestechen mussten und ihm den Wagen geliehen hätten. Lucy will das wirklich nicht hören. Jetzt hält Jewel dem Jungen vor, dass er nie nach dem Öl sieht.

»Ein Liedchen für Opa wirst du schon hinbekommen, oder?«, fragt sie sanft, als sie ins Zimmer treten. »Nur weil er auch Gitarre spielt«, sagt Robert leise, es scheint ihm peinlich zu sein. Rebecca schiebt ihn zum Bett, dabei ist er einen ganzen Kopf größer als sie alle. Einmal Mutter, immer Mutter, denkt Lucy. Und das Kind bleibt auch immer Kind. Sie selbst scheint dieser Gedanke nicht zu berühren. Sie wägt sich in Sicherheit, in einer Entfernung, die etwas Wässriges hat.

»Ihr hättet mal das Ständchen hören sollen, das er Shirley gegeben hat«, sagt sie stolz.

»Mama, sie heißt Sheryl«, korrigiert er.

»Ja, ja«, sagt Rebecca genervt: seine Freundin.

»Die zarteste Versuchung«, sagt Jewel grinsend.

Lucy zieht ihre Handschuhe aus, begrüßt Harry und hört sich schon wieder »Schatz« sagen. Das Wetter ist umgeschlagen, es ist richtig herbstlich geworden, und zwar ganz plötzlich. Alles wirkt blau und scharfkantig. Als sie ihm vorsichtig über die Stirn streicht, macht Harry die Augen auf. Sein gutes zeigt milde Neugier. »Es ist Sonntag«, sagt sie. »Schau, wir sind alle da.«

»Genau«, sagt Rebecca, »und jetzt wird gefeiert.«

Harrys Auge blitzt, er wirkt beunruhigt. Sie stellt sich vor, was ihm durch den Kopf geht: *Was soll dieser Auflauf? Was zum Teufel gibt es denn zu feiern?*

»Keine Sorge, Papa, eine Totenwache sieht anders aus.« Zugegeben, manchmal überrascht sie Jewels Humor. Sie stößt ihn mit dem Ellenbogen an. Aus Harrys Richtung kommt ein Gurgeln. Lacht er? Als Robert den glänzenden, lackierten Kasten öffnet, leuchtet sein Auge auf. Roberts Haare, die ausnahmsweise mal gewaschen aussehen, erinnern sie an Shirley Temple. Er hält das Instrument so, dass Harry es nicht sehen kann, und schüttelt es einmal kräftig. Er behandelt es wie ein totes Tier. *Und jetzt?*, scheint sein finsterer Blick zu fragen.

»Wie wär's mit *Yankee Doodle?* Versuch's einfach mal,

Buck«, sagt Rebecca. Er wirft ihr diesen schmerzverzerrten Blick zu, den sie von Jewel damals kennt, fügt sich aber. Er presst ein paar dünne, keuchende Töne heraus. Harrys Hand, seine zittrigen Finger machen eine Bewegung, die nur *Aufhören!* bedeuten kann.

»Wie läuft's eigentlich in der Schule, mein Schatz?«, sagt Lucy schnell. Er geht ja wieder hin, soviel sie weiß, zumindest vorerst. Aber Jewel und Rebecca tauschen skeptische Blicke aus.

»Super, Oma, echt cool«, sagt er mit unsicherem Blick. *Cool.* Was dieser fassungslose Ausdruck bloß bedeuten soll? Vielleicht hat er auch was mit Musik zu tun? Vielleicht ist Robert in Gedanken schon dabei, eine Platte aufzulegen, damit er nicht mehr spielen muss. Er packt das Don Noble zusammen, seine Locken wippen. Wenn er sich die Haare gewaschen hat, leuchten sie rötlich-golden, richtig hübsch. Wenn das Rot noch etwas stärker wäre, würde sie an Goldfische denken. »Die Schule ist echt der Knüller«, sagt er plötzlich, »ich kann's gar nicht erwarten, da rauszukommen.« Er wolle eigentlich nur reisen. Wahrscheinlich mit Sheryl, denkt sie.

»Er will sein eigenes Ding machen«, äfft Jewel ihn nach, als wäre der Junge schon nicht mehr da. »Es reicht ihm wohl nicht, einfach nur bei uns auszuziehen, er will gleich in eine andere Stadt. Dabei hat er es verdammt gut, er hat den ganzen Keller für sich und kann immer den Wagen haben.«

»Der Keller«, seufzt Rebecca und schüttelt das Haar. »Elinor hatte da unten nichts zu lachen.«

»Das kannst du wohl laut sagen.« Jewel sieht erst Becky an, dann Lucy. Hat sie da etwas verpasst? Entweder ist die entscheidende Information in Rebeccas Gerede untergegangen, oder sie hat die ersten senilen Aussetzer. »Wer zum Teufel ist Elinor?«, muss sie fragen.

Rebecca lächelt, sie scheint sich zu amüsieren. »Die Frau von Benny? Hab ich dir doch erzählt, Mama, dass sie putzt. Die hatte wirklich nichts zu lachen da unten. Zum Glück war er nicht –«

Jewel drückt den Rücken durch. »Der kann man nicht vertrauen.« Die beiden kriegen einfach nicht genug von solchem Klatsch. »Bei ihrer letzten Stelle hat sie auch geklaut, hab ich im Laden gehört«, sagt er. Mr. Jimmy habe ihm erzählt, dass die Leute sie gehen lassen mussten, warum auch immer, niemand habe wohl Anzeige erstattet. »Womit man heute alles davonkommt«, sagt er und guckt Robert an.

»Hör auf damit«, sagt Rebecca gereizt. Das kann man ihr nicht übel nehmen, Jewel ist ganz schön anstrengend, wenn er immer nur das Schlechte sieht. »Hör auf«, sagt sie noch einmal lauter und runzelt die Stirn. »Und genau das habe ich ihr am Ende auch gesagt, Mama, als sie angefangen hat, Buckys Teppich zu bearbeiten. Da lagen festgepappte Bananenschalen, kannst du dir das vorstellen? Und Kleber.« Sie will es demonstrieren, tut, als würde sie ein versteinertes Kaugummi vom Stuhl kratzen. »Sie hätte schon Schlimmeres gesehen, hat Elinor gesagt. Diese Familie, für die sie gearbeitet hat ...« Sie sieht in Jewels Richtung. »Ein Saustall, schätze ich.«

»Es gibt halt solche und solche«, gibt er zurück, »das weißt du doch nur zu gut, Schatz.«

Dieses Miesmacherische, was er manchmal hat, erinnert sie ein bisschen an Harrys alten Kumpel Edgar Boutilier, den sie lieber vergessen würde. Hat es etwas damit zu tun, wie sie ihn aufgezogen hat? Wenn die beiden so reden, würde sie ihnen am liebsten die Köpfe zusammenschlagen, wie Moe von den *Three Stooges* es immer mit Larry und Curly macht. Trotzdem, sie fragt sich schon, was Rebecca sich dabei gedacht hat, diese Frau anzustellen. Selbst wenn sie eine blütenweiße Weste hätte – man lässt doch eine Fremde nicht in seinem Dreck herumwühlen. Oh Gott, wenn bei ihr jemand zum Putzen käme, müsste sie vorher erst mal richtig schuften. Sonst könnte sie ja gleich ihre schmutzige Unterwäsche vor dem Haus aufhängen. Aber diese Frau würde sie sowieso nicht anstellen, und auch sonst niemanden, der so lebt wie sie, zumindest nicht, um ihr Zuhause auf Vordermann zu bringen.

»Reinlichkeit und Gottesfurcht gehören zusammen«, sagt sie plötzlich, und alle sehen sie an, als hätte sie wirklich einen Aussetzer. Was sie eigentlich meint, ist, dass sich der Dreck und die Bazillen plötzlich verselbstständigen, zu einer Art Dreckmonster, das aus dem Teppich wächst und sich alles einverleibt. Was versteckt Robert eigentlich noch in seinem Rattenloch, außer Gedichten? Man könnte sein Leben damit verbringen, gegen den Schmutz anzukämpfen, und der Schmutz würde am Ende trotzdem siegen. Da konnte man die Putzerei also gleich ein bisschen weniger wichtig nehmen. Eine Pause machen. Selbst der liebe Gott hatte wahrscheinlich nichts dagegen, wenn man die Gottesfurcht mal ein bisschen ruhen ließ.

Jewel schneidet eine Grimasse und sieht Rebecca an, die ihrerseits eine Grimasse schneidet. Lucy weiß, dass sie trotzdem immer unter einer Decke stecken und dass sie jeden achtlos von ihr dahingesagten Satz für bare Münze nehmen. Sie denken offenbar immer noch, dass die Erde eine Scheibe ist! Wenn sie zu Kolumbus' Zeiten gelebt hätten,

hätten sie ihm gesagt, er bräuchte gar nicht erst loszusegeln. Aber er ist doch losgesegelt, weil er sich das Salz da draußen zunutze machen wollte, und der Ozean war ja voll davon! Jetzt rutscht ihr schon wieder ein Satz heraus, der sie ein bisschen ärgern, vielleicht auch rügen soll: »Wenn man euch beiden so zuhört«, sagt sie, »könnte man denken, Gott hätte überhaupt keinen Sinn für Humor.«

Überraschenderweise ist es Robert, der darauf eingeht. Er sieht sie skeptisch an und sagt: »Echt, Oma, dabei ist der richtig lustig. Vielleicht kriegt er eine Rolle bei *Laugh-In.*« Harrys Auge leuchtet. Nein, das bildet sie sich nicht ein.

Rebecca kichert: »Na ja, wo wir gerade von der Bibel reden ...« Haben sie das getan? »Elinor hat so ein tolles Buch, *Das kleine Einmaleins des Putzens.* Kein Sch–, wirklich wahr.« Sie grinst wie ein Halloween-Kürbis, streckt den Arm weit aus und streicht Robert die Locken nach hinten. »Oh Gott, was hast du denn da am Hals?« Seine Hand flitzt hoch, er deckt ab, was auch immer er dort hat. Er ist knallrot und murmelt etwas von Mücken. »Zu dieser Jahreszeit?« Seine Mutter verdreht die Augen und schaut auf die Deckenlampe, die wie ein einzelner Autoscheinwerfer aussieht. »Na ja, mag sein.« Sie redet offenbar mit sich selbst. »Schon komisch, dass Elinor Putzfrau ist. Wenn man sich Bennys Boot anguckt.«

»Ein riesiger, verdammter kosmischer Witz ist das«, sagt Robert in weisem Ton und zupft am Kragen seiner hässlichen, alten Armeejacke, als würde es hier ziehen.

Wer weiß, vielleicht hat er sogar ein Gedicht darüber geschrieben, dieses Kind, das ohne Stiefel hinaus in den Schneesturm gelaufen ist. Lustig ist das nur, solange sie sich nicht vorstellt, wie er auf Socken durch die Rockies trampt ...

Jewel sieht ihn an, sagt etwas von Benny, den Gezeiten, der Kacke und dass sie wohl ins Meer hinausgespült wird. Dann schaut er zu Rebecca und fragt, ob Buckys Freundin mit Dracula verwandt sei.

Aber Rebecca hört nicht zu. Ihr Geist ist wie eine Timex unter Wasser, weit draußen im Meer. »Was schätzt du, wie machen sie das im Winter?«, fragt sie. »Benny und sie da unten in dem schwimmenden Plumpsklo?«

Da brauche man sich keine Sorgen zu machen, sagt Jewel, die beiden hätten das ja gemeinsam ausgeheckt, die kämen schon zurecht. »Wie dieser Film im Fernsehen, weißt du? Wenn es uns nicht mehr gibt, dann sind die Kakerlaken dran.«

Der Gedanke, dass Benny und seine Freundin etwas mit Insekten gemein haben, scheint Harry richtig aufzumuntern. Jewel und Rebecca bemerken es nicht, aber er reibt mit dem Hinterkopf gegen das Kissen – ein Nicken. Lucy pickt ihm einen Fussel aus dem Haar, wie bei den Affen, denkt sie, und streicht ihm über das Handgelenk. Mit ein bisschen Glück kann er sich irgendwann seine Sendung wieder anschauen, kann da weitermachen, wo er aufgehört hat, und die Leute mit Viechern vergleichen. Aber genug geträumt, da kommt ein Mädchen mit einem Haarnetz und schiebt einen Wagen voller Tabletts herein. Abendessen. Lucy hebt einen Deckel ab und nimmt den Löffel. Was soll das für ein Essen sei? Vielleicht ein Mus aus Fisch und grauen Erbsen? Man will ja schon davonrennen, wenn man das nur sieht. Robert ergreift die Gelegenheit und schüttelt Harrys schlaffe Hand. Jewel macht es dann auch. Sie zupft ihn am Ärmel und erinnert ihn dran, das Akkordeon mitzunehmen. Rebecca bläst einen Kuss in Harrys Richtung. Harry wirft ihnen mit dem guten Auge einen Blick hinterher, wie eine Fliege an einer Leine, starrt dann lustlos auf seinen Teller.

»Sesam, öffne dich«, ermuntert sie ihn, und er gehorcht wie ein kleiner Basstölpel, irgendeine sehr seltene Art. Eine stickige, sterile Stille füllt das Zimmer. »Sehr gut, Liebling«, sagt sie und tätschelt seine Schulter, »wenn du so weitermachst, bist du bald wieder zu Hause.«

KAPITEL 13

Sie versuchte alles, um Jewel den Wert der Schule zu vermitteln, aber er fand keinen Gefallen daran. Einmal ließ Schwester Jerome ihn hundert Mal schreiben: *Ich werde nicht zulassen, dass Ablenkungen mich in meinem Streben nach Wissen stören.* Er schimpfte auf seine Hausaufgaben, war immer am Trödeln. So hätte sich ein Mädchen niemals verhalten! Eines Abends sah er in der Zeitung einen Artikel: Das Gefangenenlager sollte als Munitionslager verwendet werden. *Bei menschlichem Versagen,* las er vor, *könnte es zu einer Benzinexplosion mit katastrophalen Folgen kommen.* Mit zitternder Stimme sagte sie ihm, er solle sich endlich an seine Hausaufgaben setzen. Sie war überhaupt nicht überrascht, nur beunruhigt, als Schwester Jerome eines Tages anrief und sagte, er sei vor einer Klassenarbeit verschwunden und womöglich aus dem Fenster gestiegen und einen Baum hinabgeklettert.

Es war Juni und angenehm kühl im Wald. Sie fand sie unter dem Haus der Boutiliers am Hang, der von blühendem Löwenzahn übersät war. Nicht ein Kind, sondern zwei, die bäuchlings auf den Felsen lagen. Sie sah nackte Füße und Kniekehlen. Zwischen den beiden steckte eine Angelrute. Jewel zog an der Schnur, das Mädchen wand sich und lachte neckisch. »Was glaubst du, woher die Babys kommen?« Jewel sprang auf, als Lucy ihm eine Tracht Prügel androhte und ankündigte, sie werde ihm für ein Jahr das Radio wegnehmen. Aber dann ging er in die Hocke und zog, bis die Rute beinahe über seinem Kopf war, und sie sah, dass etwas an die Oberfläche kam und dass die Strömung daran zerrte. Es war ein grünlich-blauer Schal, an dem zotteliges Seegras hing – »Samsons Schal!«, schrie Lils Tochter. Als Jewel ihn vom Haken nahm, wäre Lucy beinahe ausgerutscht. Unter der gelblichen Wasseroberfläche bewegte sich etwas, ein riesiges, in Bernstein eingeschlossenes Insekt? Es war mit langem, in der Strömung flatterndem Seegras bewachsen, die Augenhöhlen waren leer. »Guckt mal da oben!«, hörte sie sich rufen, aber die beiden hatten es schon gesehen. Die Angel trieb auf einer kleinen Welle davon. Treibgut, wie eine Murmel, die den Hang hinabgerollt war, verloren: noch ein Kind. Schlimmer konnte es nicht kommen.

Sie wartete das Begräbnis ab und kümmerte sich dann um Jewel, der das Mädchen dafür verantwortlich machte, dass sie geschwänzt hatten. Es sei alles ihre Idee gewesen, meinte er, auch dass sie die Rute aus dem Schuppen der Boutiliers geklaut hatten. Danach sorgte sie sich schon, wenn er nur baden ging. Sie wollte ihn nicht aus den Augen lassen, wenn er an den Klippen mit den anderen Kindern Wasserbombe spielte. All das Blau schlug ihr auf den Magen, die Vorstellung, dass jemand weiter draußen, wo der Grund scharf abfiel, runtergezogen werden könnte, begraben in einem Meer, das grün war wie Katzenaugen. Jewel machte sich überhaupt keine Sorgen. Er kam nach Hause, zog die nasse Badehose aus und schleuderte sie unters Bett. Als sie einmal nach ihr suchte, rollte eine torffarbige Flasche heraus, an der fauliges Immergrün klebte: Es war fünfzigprozentiger Rum. »Ein Geschenk für Papa«, jaulte er. Er habe sie eigentlich wieder reinschmeißen wollen, aber dann wollte er Mr. Boots damit bezahlen, weil er doch die Rute verloren hatte. Boutilier bezahlen, so weit kommt's noch, dachte sie und schüttete das Zeug ins Klo.

Sein Vater war nicht besonders hilfreich, wenn es um Alkohol ging, und auch sonst trug er nicht viel zur Erziehung bei. Was glaubte Harry eigentlich, was er da tat, als er Jewel an jenem Herbstabend vor der Matheklausur mitnahm? Zum Angeln, in Arties Boot. »Vielleicht die letzte Gelegenheit«, sagte er, »es ist ja schon fast November, und um sechs ist es arschdunkel.« Was es denn nachts überhaupt noch zu fangen gebe, wollte sie wissen und marschierte ins Wohnzimmer. Harry aber blieb in der Küche sitzen und sagte zu Jewel, sie sei abgehauen, um zu beten. Oder eine Séance abzuhalten. »Eine was?«, donnerte Jewel – seine Stimme war im Sommer so viel tiefer geworden. Sein Vater lachte sich tot und erklärte keuchend, eine Séance sei ein Versuch, die toten Geister zu beschwören. Dann fragte Jewel, was die Schwester meine, wenn sie sagte, x sei gleich y. Harry antwortete, dass Artie ihm die Eier abschneiden werde, wenn sie ihn warten ließen.

Sie stellte sich ihnen in den Weg. Es gefiel ihr überhaupt nicht, dass er Jewel mitschleppte. Harry wäre ihr fast an die Kehle gesprungen. Falls es sie beruhige, solle sie wissen, dass Artie und Lil jetzt richtig verheiratet seien. Sie habe einen Brilli am Finger als Beweis. Als würde das irgendetwas ändern. Sie würden doch nur ein bisschen mit dem Boot rausfahren, seufzte Harry, Lil kriege zu viel, wenn Artie immer nur mit den Jungs rumhänge, deshalb liege das Boot auch so weit weg. »Jewel, Frauen sind doch alle gleich«, sagte er, um sie zu ärgern, und Lil habe wahrlich Besseres zu tun, als ihnen hinterherzuzockeln.

Die Luft stieß kalt herein, als sie gingen. Sie warf Kohle auf das Feuer und stellte sich vor, die Flammen wären blaue Mohnblüten. Sie wollte überhaupt nicht daran denken, wie sich diese Frau an andere Leute herangemacht hatte. Sie trat vor das Haus. Sterne standen am mondlosen Himmel, er sah aus wie ein durchlöcherter Hut. Im Hafen ertönte ein Nebelhorn, der Wind wurde kräftiger. Sie hatte den ganzen Tag geschrubbt und hätte eigentlich längst müde sein müssen. Aber sie war unruhig, aufgedreht – sie holte ihren Mantel und ging durch das Törchen hinaus. Mrs. Chaddock blieb stehen, der Terrier schnüffelte an Lucys Bein.

Als sie wieder im Haus war, legte sie *A Good Man is Hard to Find* auf. Wenn die Feder dumpf schlug, klang es jedes Mal, als hätte der Sänger Schluckauf.

Irgendwann war die Platte zu Ende. Im Radio lief ein Hörspiel über den Wilden Westen. Als es vorbei war, waren sie immer noch nicht wieder da. Schließlich kramte sie, ohne wirklich zu wissen, warum, den Rosenkranz hervor, den sie versteckt hatte. Ein Ave-Maria, dann noch eins. Sie nestelte an den Perlen. Selbst Jewel hatte schon angefangen, sie zu hänseln, weil sie so oft betete. Warum nur machte sie sich solche Sorgen?

Als sie gerade nach oben gehen wollte, tauchten sie endlich auf. Harry war bleich, an der Oberlippe perlte der Schweiß. Er rieb sich immer wieder die Wangen. Jewel blickte nervös, und als sie ihm entgegenging, um ihn in die Arme zu nehmen, roch sie etwas Saures. Hatte er gebrochen? Harry schob sich an ihr vorbei und ging in die Küche. Während sie Jewel an ihre Brust drückte, hörte sie, wie Harry telefonierte. Jewel, der mit zwölf schon so groß war, dass sie sich ihm gegenüber kleinwüchsig vorkam, lehnte sich schlaff an sie. »Mr. Babineau«, flüsterte er. Harrys Stimme waberte herein. »Auf keinen Fall, Sir. Nein, Sir, ich weiß auch nicht, was er sich dabei gedacht hat. Wie – ob er Feinde hat?«

Sie gehe jetzt ins Bett, sagte sie und schleppte sich nach oben. Ihr Herz pochte dumpf und schwer. Jewel lief ihr hinterher und blieb in der Tür stehen. Dann hörte sie, wie er in seinem Schrank wühlte. Als sie aufstand, sah sie seine auf dem Boden verstreuten Meccano-Figuren. Dann entdeckte sie Blut an seinen Stiefeln. Sie fühlte sich wie betäubt.

Harry gab ein gurgelndes Würgen von sich, als sie ihn berührte, seine Stimme war ein mattes Faseln. Es sei halt verdammt dunkel gewesen. Ein Schuss sei gefallen, Babs sei zusammengesackt. Babs, so nannte er Artie jetzt. »Abgeschossen wie ein Vogel auf einer Leitung.« Sie seien dabei gewesen, sagte er immer wieder und schluckte, als müsste er ersticken. Sie hätten alles gesehen, und er habe der Polizei alles erzählt. Aber es genüge ihnen nicht. Artie darf nicht sterben, dachte sie panisch, wer kümmert sich dann um Lil? Harry starrte sie aus blutunterlaufenen Augen an, seine Stimme klang hart und kalt. Sie seien im Boot gewesen, gar nicht weit draußen, um Hummerfallen heraufzuziehen. Sie wünschte sich, er würde plötzlich laut loslachen und ihr sagen, das Ganze sei ein schlechter Scherz. Stattdessen packte er sie am Arm und schüttelte sie und sagte, sie seien zu dritt in dem Boot gewesen, nur er und der Junge und Artie.

Die Polizisten kamen und standen in der Küche, die auf einmal zu klein wirkte. Jewel sollte auch eine Aussage machen. Sie blieb die ganze Zeit im Wohnzimmer, während Harry und der Junge die Fragen beantworteten. Sie tastete eine Rosenkranzperle nach der anderen ab, während Jewels raunende Worte in die Gebetsfetzen drangen, die ihr durch den Kopf gingen. »Er lag da, und da kam was raus, und Papa hat versucht, ihm zu helfen, aber …« Ihr Schock verwandelte sich in Zorn. Harry war verantwortlich: Er hatte ihre Blume ausgegraben und sie in ein Beet voller Unkraut gepflanzt – zu Artie und seinen Kumpels. Und sie hatte tatenlos zugesehen, statt zu jäten, statt das Unkraut mit den Wurzeln auszureißen. Steh mir bei, bettelte sie still, als die Polizisten Harry die Handschellen anlegten und ihn abführten. Später ließ sie Wasser für Jewels Bad ein. Sie konnte ihn nicht anschauen, ohne etwas Süßes, Dunkles, Hässliches aus ihm herausfließen zu sehen. Es war zwar schon spät, aber sie ließ ihn baden, so lange er wollte, während sie in Schubladen und Schränken kramte und eine Menge Zeug rausschmiss.

Die Morgendämmerung färbte die Wipfel rot. Sie hatte alles vor dem Haus auf einen Haufen geworfen: wertlosen Krimskrams, Schmuck, Besteck, sogar Kleidung, an der noch Preisschilder hingen – das ganze Zeug, das er beim Poker gewonnen hatte. Die Wolken hatten die Farbe von verdünntem Blut, *das Blut Christi, für die Sünder vergossen,* hätte Pastor Marcus wohl gesagt, für Sünder wie Harry. Das glänzende Besteck erinnerte sie an die Handschellen und Harrys schamvollen Blick, und an den ängstlich-lauernden Blick eines anderen Gefangenen, Heinemann, und, Gott im Himmel, an den Duft der Tannennadeln: ihre eigene Sünde.

Jewel stand auf und fischte Meccano-Teile aus dem Haufen auf der Veranda. Seine Augen waren verquollen. *Bitte,* zeigte sie mit der Hand, *bedien dich.* Dann begann sie zu schimpfen, blinzelnd, als könnte sich jeden Augenblick der Himmel öffnen. Sie hatte genug von Harrys Lügen, damit war jetzt ein für alle Mal Schluss. Sie hatte nie gefragt, hatte ihn immer einfach machen lassen, und jetzt steckte er bis zum Hals im Dreck. *Sonderprämien, dass ich nicht lache.* »Ich bin mit deinem Vater fertig«, sagte sie zu Jewel, »hast du mich verstanden? Fertig!« *Steh mir bei, steh mir bei,* das Wort brannte ihr in der Kehle, und auf ihren Wangen, über die die Tränen rollten, brannten die Pickel. In ihrem Inneren brannte es auch, es brannte wie das Herz Jesu auf dem Bild, das Harry in den Keller verbannt hatte. Sie wischte den Schimmel ab und hängte es wieder an seinen alten Platz. Harrys Bild flog raus. Wenn Jewel wie sein Vater würde, rief sie außer sich, würde es ihr das Herz brechen. Sie würde ihm den Schädel einschlagen: *So wahr mir Gott helfe!* Ein Mädchen würde ihrer Mutter so etwas niemals antun. Dem Herrn sei es gedankt, dass Harrys Mutter das alles nicht mehr erleben müsse. Wer hatte denn so etwas schon gesehen.

Erst gegen Abend beruhigte sie sich ein wenig. Nachbarn und Fremde hatten inzwischen das meiste weggeschleppt, von dem Haufen war kaum noch etwas übrig, das sie hätte spenden können. Später wurde ihr klar, dass Jewel das wohl auch lieber nicht erlebt hätte. Aber da war es schon zu spät, sie hatte längst das Gefühl, ihn verloren zu haben.

Harry hätte wegen des Verstoßes gegen die Prohibition angeklagt werden können, aber das geschah nicht. Schließlich ging es um einen Mord. Dass er am Alkoholschmuggel beteiligt gewesen war, fiel kaum ins Gewicht. Er wurde noch vor der Totenwache für Artie freigelassen. »Freust du dich nicht, mich zu sehen?«, fragte er. Sie starrte benommen nach draußen, wo Mrs. Chaddock das Laub zusammenfegte. »Na gut«, sagte er, »wenn du nicht reden willst ...« Dann erzählte er Jewel, das Bestattungsunternehmen wolle mit Artie nichts zu tun haben. »Die arme Sau, stell dir das mal vor.«

»Schmuggler nehmen wir nicht, weder tot noch lebendig«, platzte sie heraus, sie wiederholte nur, was sie in der Messe gehört hatte. Harry sah sich verstört um, als wären sie ausgeraubt worden, und wollte wissen, was sie mit der Lampe gemacht habe, wo seine Krawattennadel sei ... *Pass auf, was du sagst.* Sie sah ihn finster an. Er solle bloß nicht erwarten, dass sie Artie die letzte Ehre erweisen würde. Aber dann ließ sie sich doch überreden, backte sogar Butterplätzchen für die Totenwache. Dabei war die Vorstellung, durch Lils Tür zu treten, noch schlimmer als die Aufregung, die sie im Bauch hatte, wenn sie zur Beichte ging. Harry sah sie verwundert, aber dankbar, an.

Lil kam herausgestolpert, um sie zu begrüßen. Das Haus war schon völlig verraucht. »Artie war ja immer für eine Party zu haben«, lallte sie und schob sich durch die Horde, die dicht gedrängt um den aufgebockten Sarg stand. Artie, die Hauptattraktion, trug einen grünen Anzug mit einer roten Blume im Knopfloch. Sein Kopf ruhte auf einem Spitzenkissen. Seine Augen waren zugeklebt, die Wangen gepudert, sein Haar geölt und gescheitelt. Im Tod wirkte er solide wie ein Granitbrocken. Jewel flüsterte enttäuscht, er sehe gar nicht aus, als würde er schlafen. Eigentlich sah er kaum wie ein Mensch aus, eher wie eine große graue Puppe – obwohl Puppen meistens gepflegter sind und lächeln. Artie dagegen schien die Zähne zusammenzubeißen. Lil hob das Glas, die Spucke lief ihr übers Kinn, ihr wilder, wirrer Blick traf Jewel. »Heiliger Strohsack«, rief sie und prostete ihm zu, »der ist ja ganz schön groß geworden. Schon fast ein richtiger Mann, was?«

Lucy setzte das Blech mit den Keksen auf dem Tisch ab, schob Flaschen beiseite. Harry griff zu, während sie möglichst nah an der Tür stand und das dreckige Rosenmuster in der Fußmatte betrachtete. Im Schlafzimmer brach eine Zankerei aus, sie hörte Kinderstimmen. »Greift zu, haut rein«, krächzte Lil mit Tränen in den Augen. »Wie wär's mit einem Schluck, mein Kleiner?« Sie rieb sich die Augen, taumelte zum Kühlschrank und drückte Jewel einen Krug in die Hand. Ihr Mund sah aus wie eingedrückt. Sie beugte sich zu Artie herab und küsste ihn auf die Wange. Jewel fragte nach ihrer Tochter, seine Stimme überschlug sich. Sie war offenbar schon seit geraumer Zeit wieder bei der Oma. »Artie hatte es nicht so mit Kindern«, sagte Lil und hielt sich an einem dürren Mann fest, der sein Glas absetzte und ihren Kopf tätschelte.

»Verschwindet, ihr kleinen Mistkerle«, rief jemand, »Mrs. Babineau will sich hinlegen.« Lil stolperte ins Schlafzimmer, die Gäste glotzten die Leiche an, die bald unter der Erde liegen würde, im felsigen Grund.

Sie stellte sich den Singsang des Priesters vor: *Asche zu Asche. Ihr sollt euch nicht Schätze sammeln auf Erden, wo sie die Motten und der Rost fressen und wo die Diebe einbrechen und stehlen. Sammelt euch aber Schätze im Himmel …* Jewel, der die anderen Kinder überragte, sah aus, als wäre ihm schlecht.

Draußen nahm Harry ihren Arm und sagte: »Dolly, nicht, dass es dir zu Kopf steigt, aber die Butterplätzchen waren die besten, die du je gemacht hast.« Er zwinkerte Jewel zu, dessen Gesicht selbst in der Dunkelheit wie eingefallen wirkte. Mit flattrigem Herzen sprach sie gegen den Wind an, fragte, ob sie inzwischen herausgefunden hätten, wer es getan hatte. Jewel stolperte über irgendetwas und schimpfte. Harry seufzte. Ein Riss ging durch ihr Innerstes: *Vergib uns unsere Schuld, wie auch wir vergeben unseren …* Es hätte auch Harry sein können, der da in der Kiste lag. Obwohl es kalt war und spät und Jewel am Morgen in die Schule musste, blieb sie stehen, lehnte sich an einen Baumstamm und legte ihre Arme um Harrys Hüfte. Trotz allem, was vorgefallen war. Jewel maulte, weil er sein Taschenmesser verloren hatte. Harry zog sie fest an sich. »Mein Sohn, du weißt ja, wie es heißt: Wer mit der Rute spart, verzieht das Kind.« Dann sagte er zu ihr: »Hast du das ganze Zeug etwa verschenkt?«

Mit dieser guten Nachricht hat keiner von ihnen gerechnet. Im Krankenhaus können sie Harry auch nicht besser versorgen als zu Hause, also wird er bald wieder ganz ihr gehören. Rebecca macht Abendessen, eine kleine Feier, wo es doch jetzt vorbei sei mit Lucys lustigem Swingerleben. Bei dem Wort Swinger, das gerade in aller Munde zu sein scheint, denkt Lucy eigentlich nur an Schwingtüren und Gartentore, an Türangeln, die mal wieder geölt werden müssten. Und an den Zaun, den offenbar alle vergessen haben. Jetzt ist es zu kalt zum Streichen.

Das Abendessen soll nun das Ende eines Herbstes besiegeln, der mit Harrys Sturz begonnen hat. Rebeccas Haus hat noch nie so ordentlich ausgesehen. Lucy ist überrascht, einen weiteren Gast am Tisch zu finden. Es ist Roberts kleine Freundin. Sie sieht nicht gerade glücklich aus, dort zu sitzen, aber Rebecca ist stolz und kümmert sich rührend. »Noch etwas Knoblauchbrot, Shirley?«

»Sheryl«, sagt Robert. Es gibt Lasagne, die Rebecca offenbar selbst gemacht hat. Sie lässt den Blick nicht von dem Mädchen, das eine Nudel immer weiter zerstückelt. »Könnte schlimmer sein«, flüstert Robert und stupst sie an. Sie sind wie Geschwister, die beiden, so mürrisch und unordentlich. Aber so sind sie ja alle heutzutage.

»So, Sheryl«, versucht es Lucy, »du verreist also gern?« Sie will nur freundlich sein und fragt, wann sie denn aufbrechen wolle. Das Mädchen sieht Robert fragend an und zuckt die Achseln. Dann sieht sie Lucy durch ihren Pony an, wenn man die Matte, die ihr in die Stirn fällt, einen Pony nennen kann. Sie versucht es noch einmal. »Robert hat erzählt ...«

»Wer?« Sheryl piekst ihm mit dem kleinen Finger in den Bauch, ihr Blick fällt auf seinen Schoß. »Meinen Sie Bucky?«

Ganz schön frech, denkt Lucy. Sie weigert sich, dem Blick des Mädchens zu folgen. Eine Freundin! Eben war er doch noch ein kleines Kind! Hat vor dem Fernseher gesessen und *Maggie Muggins* angeschaut, während seine Mutter bei der Arbeit war. Dieser erste Schwarz-Weiß-Fernseher war ein Geschenk des Himmels – zumindest für Harry, der ihn behandelte, wie andere Leute ihre Sonntagskleidung behandeln, besonders, wenn andere dabei waren. »Quäk, quäk«, krächzte Robert freudig, wenn die kleine, sommersprossige Maggie erschien. Lucy musste sich dann mit dem Kochen beeilen. Auch das Sofa krächzte, wenn er darauf herumhüpfte und mit dem Schüreisen auf Maggies Puppenfreunde anlegte, um sie einen nach dem anderen abzuschießen. Sie hatten so süße Namen: Biber Großmaul und die Made Greta und natürlich Oma Frosch. *Ich will bei Oma Frosch bleiben*, jammerte er und klammerte sich an sie, wenn seine Mutter kam, um ihn abzuholen. Einmal wollte er eine ganze

Woche lang sein Butterbrot nicht essen, weil ihre warzigen Hände es geschmiert hatten. »Jetzt ist es aber genug!«, brüllte Harry, wenn er von der Arbeit kam. Er war nicht gerade glücklich, dass aus seinem Fernseher alberne Tierstimmen schepperten.

Rebeccas Grinsen verscheucht all diese Gedanken. Sie gibt sich so kumpelhaft, als wäre Sheryl ihre beste Freundin. »Morgen kommt Buckys Opa nach Hause, hat er dir das schon erzählt, Liebes?« Sie fragt Sheryl, ob ihre Lasagne kalt sei, und bietet an, sie aufzuwärmen. *Liebes?* Lucy würde eher zum Mond fliegen, als Jewels Freundin Liebes zu nennen.

»Was?«, fragt Sheryl schwerfällig. Sie hat einen leicht irritierten Waschbärenblick, ihre Unterlippe hängt herunter. Sie ist dürr und nervös, dabei aber ganz hübsch. Warum taucht sie mit so einer Kriegsbemalung hier auf, wie Harry es nennen würde, besonders um die Augen herum? Viel zu grell, findet Lucy, auch wenn sie ihre Brille vergessen hat. Es passt irgendwie nicht zu Roberts ganzem Zurück-zur-Natur-Gerede und den Tipis. Oder heißen sie Wigwams? Wenn Harry hier wäre, oh Gott, er würde Sheryl bitten, näher heranzukommen. Dann würde er fragen, ob jemand ein Messer zur Hand hat, mit dem er die ganze Soße abkratzen kann. »Was hat denn dein Opa?«, fragt sie Robert schließlich und schiebt sich das Haar hinters Ohr. Lucy sieht es und muss an Vorhänge denken.

Robert blinzelt nur und schiebt seinen Teller von sich, er hat die Lasagne bis auf den letzten Rest aufgegessen. Sie müsse ihre nicht essen, sagt er, wenn sie keinen Hunger habe »und so«. Jetzt sieht Rebecca leicht beleidigt auf Lucys Teller und sagt, sie esse ja wie ein Vögelchen. Gar keine schlechte Idee, denkt Lucy, wenn sie ein Vogel wäre, würde sie sofort zum Fenster hinausfliegen. Robert scheint Ähnliches im Sinn zu haben. Er stupst seinen Gast an – »komm, wir verziehen uns« – und die beiden schlurfen davon, ohne um Erlaubnis gebeten zu haben. Sheryl nimmt immerhin ihren Teller mit, vielleicht hat sie einen guten Einfluss auf ihn. Mädchen, zumindest manche, können doch Vorbilder sein. Aber diese Idee scheint Rebecca nicht zu kommen. Ihr Versuch, mit einem feinen Essen zu beeindrucken, ist gescheitert.

Sie seufzt missmutig und wirft einen finsteren Blick in Jewels Richtung, der sich trotzdem noch einmal nachnimmt und alles in sich hineinschaufelt, als wäre es sein letztes Abendmahl. Mit rauer Stimme fragt sie Lucy nach ihren Plänen. Was für Pläne? Die Scheiße ist, wie Harry sagen würde, dass sie keine Ahnung hat, jetzt, wo seine Entlassung bedrohlich näherrückt wie ein Raketenstart am Cape Canaveral. Sie wird ihn im Rollstuhl in den Aufzug schieben und auf E für Erdgeschoss drücken – weiter ist sie noch nicht gekommen. Immerhin hat sie es schon geschafft, eine Karte für die Schwestern zu kaufen, und hat sie auch schon unterschrieben: *Als Dank für Ihre freundliche* (durchgestrichen), *liebenswürdige* (durchgestrichen) *Hilfe.* Sie wird sie einfach am Schalter liegen lassen. »So machen die Leute das«, murmelt sie hörbar. Eine geräuschvolle Stille breitet sich aus, als hätte sie einen ihrer Aussetzer.

»Was?«, fragt Jewel über den Tisch hinweg.

Aber sie denkt wieder an einen Vogel. Die Ärmel ihres blauen Pullovers sind Schwingen, auf denen sie einen kleinen »Ausfluch« unternimmt. Zu Peggys Bucht? Rebecca merkt nichts, sie ist immer noch mit ihrem gescheiterten

Gourmet-Versuch beschäftigt. »Das war nicht aus der Packung«, sagt sie, »alles selbst gemacht.« Hat trotzdem irgendwie metallisch geschmeckt, denkt Lucy. Wenn sie allein wäre, würde sie jetzt in die Serviette spucken, vielleicht sogar in die Spüle, wie Harry das manchmal tut.

»Urlaub«, sagt sie zwitschernd, weil jemand Nachtisch erwähnt hat und sie gern das Thema wechseln würde. Schaumcreme. Rebecca zieht eine ihrer rötlichen Augenbrauen hoch und lächelt. »Ja, ja, das wird schon eine Art Urlaub sein, wenn Harry wieder zu Hause ist. Nach zwei Monaten ...« Sie meint wohl, ein bisschen wie Flitterwochen, denkt Lucy und lächelt zurück. Typisch Rebecca, dass sie sich so tapfer gibt und die Dinge gleichzeitig ein wenig ins Lächerliche zieht. Sie würde ihr das anrechnen, wenn es nur ein bisschen mehr Tiefe hätte.

Jewel nimmt die Sache zum Glück etwas ernster. Wenn es ihr zu viel werde, könnten sie etwas arrangieren, schlägt er vor. Aber sie will Harry ja nicht einfach irgendwo abstellen, so einfach wird sie es sich nicht machen. Sie hat einen bitteren Geschmack im Mund. Stimmt es, dass sie erst seit zwei Monaten allein ist? »Dein Vater würde es in einem Heim nicht aushalten«, sagt sie in demselben Ton, in dem sie ihn früher aufgefordert hat, sein Zimmer aufzuräumen.

»Am schönsten ist es immer zu Hause«, sagt Rebecca und sieht sich stolz um. Auf dem orangefarbenen Teppich sind Staubsaugerstreifen, und man kann tatsächlich durch die Fenster sehen. Da das Laub gefallen ist, kann man sogar den Jachthafen sehen und die Reste des Gefangenenlagers.

»Da hast du recht«, sagt Lucy und nickt. Sie wischt sich vorsichtig den Mund ab. Dabei ist die Serviette ziemlich alt, wahrscheinlich sogar schon einmal benutzt. Sie hofft, dass

Rebecca wenigstens so aufmerksam ist, die Teller abzuräumen.

Plötzlich kracht Musik herauf, ein Wummern, das alles in Schwingung versetzt, selbst ihren Stuhl. Die Trommeln erinnern sie daran, wie Harry den Dachstuhl zusammengehämmert hat. Jewel sieht an die Decke, wartet offenbar darauf, dass der Putz herabrieselt. Die Spinnweben, stellt Lucy fest, sind auf geheimnisvolle Weise verschwunden. Jetzt hört das Trommeln auf, und ein langsames, schwerfälliges Klavier setzt ein. Gar nicht so schlecht, denkt sie erschrocken, das ist beinahe schon Musik. Vielleicht wird Robert so langsam erwachsen?

»Hey Jude«, singt Rebecca mit und lächelt Jewel verhalten an. »Das ist das erste Lied, das Elinor gehört hat, als sie in die Stadt kam«, sagt sie.

Jetzt geht das wieder los, denkt Lucy. Noch mehr sinnloser Klatsch. So, wie sie über diese Frau redet, könnte man denken, Rebecca wäre verliebt: Wie Elinor den Zug genommen hat, das war erst letztes Jahr, sie ist vorher noch nie aus dem Valley rausgekommen. »Na ja, nur als sie ganz klein war«, unterbricht sie sich, »unglaublich, oder?« Dann erzählt sie, Elinor habe das Lied im Radio gehört, als sie ihren Bruder zum letzten Mal gesehen habe, oder wer auch immer es gewesen sei, der sie zum Bahnhof gefahren habe, und so weiter und so fort. »Am Straßenrand Huflattich und im Radio *Hey Jude«,* sagt Rebecca und ahmt den zähen Dialekt nach, den die Leute da draußen sprechen. »Hat sie mir alles erzählt, als sie die Platte beim Aufräumen gefunden hat.«

»Als sie aus der Klapse abgehauen ist«, höhnt Jewel. Er will lieber wissen, was mit der Schaumcreme ist. *Kein*

Grund, so fies zu sein, würde Lucy am liebsten sagen und erinnert sich daran, dass sie ihm einmal gedroht hat, ihn aufzuknüpfen, weil er so gemein war. Aber in dem Lied geht es ja um einen Judas, ein Gedanke, der sie freundlicher stimmt. Besonders wegen Robert: Judas ist der Heilige der Hoffnungslosen, was er natürlich nicht weiß. Das Lied ist zu Ende, aus dem Keller dringt kein Laut mehr herauf.

»Und was machen die Kinder jetzt da unten?«, fragt sie unschuldig.

Rebecca verzieht ihre Miene und trinkt den letzten Rest Cola, Cola mit Schuss. »Gott, das willst du gar nicht so genau wissen. Die kleine Schlampe«, fügt sie hinzu, als wäre Lucy überhaupt nicht da. Dann kommt sie mit ihrem Gesicht so nah heran, dass Lucy einen Krümel Wimperntusche auf ihrem Lid erkennen kann. Und das ohne Brille. »Schwör auf alles, was dir heilig ist«, sagt sie zwinkernd, es zerreiße ihr das Herz, wie Robert sich an der Nase herumführen lasse. »Ach, die Launen der Liebe«, seufzt sie und zwinkert noch einmal heftig.

»Also wirklich, Becky«, sagt Jewel neckisch. Man solle doch erst mal vor der eigenen Haustür kehren. Er stapelt die Teller, geht zur Kellertreppe und spitzt die Ohren. Er könnte ruhig ein paar Kilo abnehmen, stellt sie fest, besonders am Bauch. Es würde ihm guttun, sie macht sich Sorgen um sein Herz.

Rebecca steht ebenfalls auf und lauscht. »Ich sag's dir, Jewel, wenn die Tussi schwanger wird, gibst du ihm den Wagen nicht noch mal.«

Als sie runtermarschiert, sagt Jewel: »Mama, das hast du jetzt nicht gehört.« Ein paar Sekunden später ist sie schon wieder da. »Sie sind nicht in seinem Zimmer«, sagt sie, »keine Ahnung, wo sie stecken.« Sie scheint nicht zu bemerken, dass Lucy Platz für die Teller geschaffen hat.

»Hast du in der Garage nachgeschaut? Im Auto geht's auch«, sagt Jewel angewidert.

»Ich weiß, ich weiß, aber ich war schneller.« Rebecca rasselt triumphierend mit dem Schlüsselbund. »In eine Jungfrau kommt man leichter rein als in den Wagen ... 'tschuldigung.« Sie sieht Lucy an. Warum sagt sie Dinge, für die sie sich anschließend entschuldigen muss?

»Nimm's Becky nicht übel«, sagt Jewel, »sie verträgt nichts mehr, ein Glas haut sie schon um.« Natürlich nimmt Lucy es ihr nicht übel, hat sie noch nie, niemand nimmt ihr irgendetwas übel. Jewel spült ein Glas und stellt es ins Regal. Den Lasagneresten bringt er genauso viel Aufmerksamkeit entgegen wie Rebeccas Ausrutscher und dem, was Robert mit seiner Freundin treibt. Aber den Nachtisch, der angeblich im Kühlschrank fest wird, haben sie offenbar vergessen. Rebecca wühlt plötzlich in einer Schublade herum. Sie schiebt ein Buch, *Die Freude des Kochens,* zur Seite – *Kochen* ist durchgestrichen, darüber steht in einer kindlichen Handschrift *Sex* – und findet schließlich, was sie gesucht hat: ein dickes, eselsohriges Buch mit dem Titel *Das kleine Einmaleins des Putzens.* Sie scheint die besten Vorsätze zu haben.

Sie blättert darin herum und zeigt auf Tricks und Mittelchen für jede nur erdenkliche Art von Verschmutzung. »Weißt du noch, mein türkisfarbenes Kleid?«, holt sie begeistert aus. »Mit den Fettspritzern auf dem Ärmel.« Doch dann sagt sie, das Tolle sei gar nicht das Buch, sondern Elinor, die sei ein Genie.

»Na klar«, sagt Jewel, grinst säuerlich und macht eine

Rolle Pfefferminzdrops auf. Ein Zeitungsausschnitt rutscht aus dem Buch, so vergilbt, dass die Schrift kaum noch zu erkennen ist. »Doch nicht etwa ein Rezept«, sagt er. »Oder kocht sie vielleicht auch? Hummer aus der Kloake, oder was? Der arme alte Benny.«

»Was Besseres fällt dir wohl nicht ein«, sagt Rebecca. »Wenn sich diese Frau etwas vornimmt, dann bekommt sie es auch hin.«

»Muss sie ja wohl auch, so wie die lebt.« *Bei ihm,* meint Lucy, *nicht verheiratet,* aber das sagt sie lieber nicht.

»Der hochwohlgeborene Benjamin Trott«, sagt Jewel. »So nennen sie ihn im Jachtclub, hat Bucky erzählt.«

»Ist Bucky denn Mitglied?«, fragt Lucy. Es soll ein Witz sein, verdammt noch mal, aber die beiden lachen überhaupt nicht. Vielleicht stimmt es, dass Senilität eine zweite Kindheit ist. Gott bewahre!

»Nein, Mama«, sagt Rebecca zerstreut und überfliegt den Artikel. Sie erinnert Lucy daran, dass Bucky nach der Schule dort arbeitet, als Aufpasser. »Mit anderen Worten, er schläft in den Stauräumen«, sagt Jewel.

Rebecca ist zu beschäftigt, um sich darauf einzulassen. »Das arme Geschöpf«, murmelt sie und gesteht, dass sie Elinor beim letzten Mal, als sie zum Putzen da war, erlaubt hat, die Badewanne zu benutzen. »Ist doch kein Zuckerschlecken, so zu leben«, sagt sie gerührt. Jewel grummelt nur, Benny und seine Freundin könnten für einen Tierfilm herhalten. Lucy kann sich noch nicht an den Gedanken gewöhnen, dass sie einer Fremden erlaubt hat, ihre Badewanne zu benutzen. Rebecca stößt ihn mit der Schulter an, kneift die Augen zusammen und betrachtet das Foto in dem Zeitungsausschnitt. »Verdammt, ist sie das etwa?«, fragt sie. Lucy beugt sich vor. Ein Mädchen in einem ausgeblichenen Kleid sitzt auf den Knien eines alten Mannes, hinter ihnen stehen eine verschroben wirkende Frau und ein junger Mann.

»Familie Van Buskirk«, liest Rebecca so langsam, dass es wehtut. Wie hat sie es eigentlich bis zum Schulabschluss geschafft? »Auf ihrer Farm bei Kentville. John Van Buskirk ist in dieser Woche verstorben, seine ... seeehr interessant«, unterbricht sie sich und macht den deutschen Soldaten nach, der in *Laugh-In* auftritt: »Der Apfelbaron, verdammt. Obstanbau Van Buskirk und Sohn GmbH.« Sie runzelt die Stirn und stellt bewundernd fest, dass Elinor also nicht einfach dummes Zeug erzählt hat.

»Das ist ja irre«, sagt Jewel – sie reden wieder in dieser angesagten Geheimsprache. Gerade in dem Augenblick schlüpfen Robert und seine Freundin herein, sie waren draußen und gehen wortlos hinunter. Sie ziehen einen Geruch hinter sich her, der Lucy an Laubfeuer erinnert, oder an den Frühling, wenn die Wiesen abgebrannt werden. Merkwürdig, es ist doch fast schon Winter.

Rebecca sieht Jewel von der Seite an und geht ihnen nach. Die Kellertür fällt leise hinter ihr ins Schloss. Jewel ist unruhig, fragt, ob sie Tee haben will, macht den Kühlschrank auf und schließt ihn schnell wieder. Sie hat den Nachtisch immerhin gesehen, eine Schale mit einer grasgrünen, suppigen Substanz. Noch so ein kleines Missgeschick, denkt sie und ist enttäuscht wie ein Kind. Am liebsten wäre ihr, wenn Jewel es trotzdem servieren würde. Sie hat es überhaupt nicht eilig, nach Hause zu kommen, zurück in den Bunker, wie Harry sagen würde. Aber während der Tee zieht, verschwindet Jewel. Sie sitzt auf einem wackeligen Hocker und schlägt das Putzbuch auf. Sie kann die Anleitungen ohne

Brille nicht lesen, die Schrift ist viel zu klein. Dafür findet sie noch einen Zeitungsartikel, mit einer größeren Schlagzeile: *Plötzlich zu Hause gestorben. In der Scheune gefunden ...* und das nur schwer zu entziffernde Datum: *November 1929. Schwieriges Jahr für die Apfelernte.* Ihre Augen machen es gerade so mit. Etwas über den Einbruch am Aktienmarkt, Wörter, die sich nach einstürzenden Gebäuden, Trümmerhaufen anhören. Sie stellt sich Gott vor, der während der Explosion über dem North-Street-Bahnhof thront. Scherben regnen herab, treffen nur Obst und Gemüse.

»Was ist denn da so interessant?« Sie erschrickt. Jewel wirkt nervös. Er tastet andauernd seine Taschen ab. Ist er so abhängig von diesen Zigaretten? Dann zieht er nur sein Portemonnaie hervor.

Er kneift die Augen zusammen und betrachtet das Foto, die streng aussehende Familie. Das Paar wirkt etwas beschränkt, besonders die Mutter. Nicht zu erkennen, an welcher Krankheit der Vater gestorben sein mag. Das Mädchen – es ist vielleicht dreizehn oder vierzehn – wirkt missmutig, selbst ohne Brille merkt man ihm die schlechte Laune eines Teenagers an. Bestimmt nicht einfach. Kein Wunder, dass die Mutter so verbittert ist. Jewel schiebt ihr eine Tasse hin, sieht sie lange an und fragt, was zum Teufel sie da unten bloß machten. Teesatz lesen?

»Wie bitte?«, fragt sie. Dann beißt sie sich auf die Zunge. Man muss doch kein Genie sein, um sich die Auseinandersetzung vorzustellen. Ein paar Minuten später kommt das Mädchen nach oben geschlichen und verschwindet, ohne sich zu verabschieden oder Danke fürs Essen zu sagen. Rebecca kommt herauf, sie ist ganz aufgeregt. Jewel entlässt einen Seufzer, als hätte er einen Monat lang die Luft angehalten. »Ich wusste es doch«, sagt er und macht eine Miene wie ein Richter. Nur der Richterhammer fehlt. »Die zwanzig Dollar auf meiner Kommode, was meinst du, die sind futsch.«

KAPITEL 14

Am frühen Nachmittag spuckt der Krankenwagen Harry aus. Jewel hat sich freigenommen und hilft, alles vorzubereiten. Rebecca hat einen Luftballon in den Baum gebunden, nur ist er dummerweise gelb wie der Beutel, der im Krankenhaus unter dem Bett gehangen hat. Lucy denkt an den Tag, an dem Rebecca mit dem winzigen Robert aus dem Krankenhaus kam. Doch dann laden sie Harry einfach oben ab. Immerhin sieht das Zimmer freundlich aus. Das Don Noble und der Fernseher stehen so, dass er sie vom Bett aus sehen kann. Die Schwestern haben ihr erklärt, dass er alle zwei Stunden gewendet werden muss und nicht zu schnell gefüttert werden darf, da er sonst ersticken könnte. Jewels altes Zimmer, ihr Nähzimmer, ist vollgestopft mit Plastikauflagen und anderen Hilfsmitteln: einer Bettpfanne, einem Rollstuhl, einer Gehhilfe, Krücken. Hat Jewel es nicht ein bisschen übertrieben?

»Wir müssen optimistisch sein«, sagt er leise. Sie treten einen Schritt zurück und sehen zu, wie die Sanitäter Harry ins Bett verfrachten. Sie sollte glücklich sein, aber der Augenblick, den sie so lange ersehnt hat, ruft eine Panik in ihr hervor, die ähnlich roh ist wie das Gefühl damals, als sie im Keller der Kirche saß und versuchte, Jewel zu stillen. Er wollte die Brust nicht nehmen. Und jetzt? Wie wird sie zurechtkommen, jetzt, wo er hier ist? Aber er ist doch ein Geschenk, und Geschenke gibt man nicht zurück. Der Gedanke erfüllt sie mit Scham. Sie schüttelt Kissen auf, küsst seine kühle Stirn, um ihn zu Hause willkommen zu heißen. Ob Jewel auch spürt, wie schwer das Kommende für sie sein wird? Rebecca, die hin und her flitzt und alles umräumt, spürt es jedenfalls nicht. Was ist eigentlich mit ihr los? Etwas hat sich in ihr festgesetzt – so wie die Amerikaner sich auf dem Mond festgesetzt haben. Gerade als Lucy die Flagge hissenden Astronauten vor Augen hat, blitzt Harrys Auge, als wollte er sich bei ihr entschuldigen. Nur bei ihr. Vielleicht hat er die anderen noch gar nicht bemerkt. *Du hast die Arschkarte gezogen, Dolly,* scheint das Auge zu sagen. Seine Lippen bewegen sich, heraus kommt ein Ächzen, ein bisschen Spucke und schließlich eine Silbe: »Luusch?«

Rebecca stellt ein Glas Vaseline ab, sie wirkt leicht erschrocken, beinahe verärgert. Im Krankenhaus war das alles weniger fremd, weniger schwierig als hier. Jewel beeilt sich, einen freundlichen Ton anzuschlagen. »Na, alter Mann, jetzt hast du die besten Krankenschwestern, die es gibt«, sagt er und wirft einen Blick auf Lucy, »davon können andere nur träumen.« Fehlt nur noch, dass er seinem Vater die Schulter knufft. Lucy errötet, als Harry begeistert den Kopf auf und ab schiebt. Dankbarkeit. *So ist meine Dolly,* würde er wohl sagen, wenn er reden könnte. *Wie ein Hund, der einen Knochen gefunden hat.* Er steckt noch irgendwo da drinnen, oder?

Rebecca geht aus dem Zimmer. Sie hören, wie sie unten in der Küche klappert, und befürchten das Schlimmste. Da kommt sie mit einem Teller zurück: Milchbrötchen, zum Glück hat sie die nicht selbst gemacht. *Aber sie sind so pampig,* warnt ein imaginärer Chor von Krankenschwestern, dass sie ihm sofort die Luftröhre verstopfen würden. Harry saugt schon schmatzend an seinem Brötchen. Lucy steckt ihm sofort die Finger in den Mund und zieht den Teigklumpen wieder heraus. Er ist kurz davor, in Tränen auszubrechen. Rebecca sieht sie scharf an: *Mundraub,* scheint sie zu sagen, *kannst du gleich einem Kind die Bonbons wegnehmen.* Zumindest sind sie und Jewel taktvoll genug zu gehen, bevor sich Lucy um das Abendessen kümmern muss.

Sie folgt den Anweisungen auf dem abgezogenen Merkblatt. Suppe und weiches Essen, gilt das jetzt lebenslänglich? Es tut ihr gut, in der stillen, leicht zugigen Küche zu arbeiten. So muss sich die Erde gefühlt haben, als Mr. Armstrong und Mr. Aldrin wieder zu ihr zurückgekommen sind. Sie trägt Harrys Tablett nach oben und versucht, sich seinen Teller wie eine Reliefkarte vorzustellen. Robert hat mal eine für den Erdkundeunterricht gebastelt, mit braunen und grünen Hügeln aus Pappmaché. Harry sieht den Teller und versucht zu lächeln, indem er die Hälfte der Oberlippe kräuselt. *Es geht doch nichts über richtiges Essen, Dolly. Eigentlich müsste man gegen den Krankenhausfraß eine Versicherung abschließen.* So oder ähnlich würde er wohl reden. Sie gibt ihm Löffel um Löffel, schiebt ihm kleine Hügelstücke und Dreckhaufen in den offenen Mund. Sie stellt sich vor, sie wäre eine Trottelmutter und er ein kleines Küken, das aus dem Nest gefallen ist, es aber irgendwie geschafft hat, wieder heraufzufliegen. Ja, es hat schon etwas von einem Wunder, wie die Hoffnung ins Nest zurückkehrt, wie sie belohnt wird. Einen Augenblick lang spürt sie eine Erleichterung, süß wie Möhrenbrei.

Später sieht es schon anders aus, sie muss ihn waschen. Die Waschschüssel steht wacklig auf ihrer Seite der Matratze. Es ist, als müsste sie ein riesiges und völlig hilfloses Neugeborenes versorgen. Sie wischt ihm über den Hals, auf den das Essen geträufelt ist, und macht seine Finger einen nach dem anderen sauber. Dann tupft sie ihn ab. Doch wenn sie je etwas gelernt hat, dann dies: Es lohnt sich nicht, weiter als bis zur nächsten Aufgabe zu schauen. Sie dreht den Fernseher etwas zu laut auf und schiebt ihm die Bettpfanne unter. So ähnlich hat sie es mit Robert gemacht, als er ein Baby war. Wenn er quengelig war, musste sie nur *Maggie Muggins* anschalten. Wie Robert in dem Alter war, und Jewel – und ihr kleines Mädchen! Wie hat sie das alles nur geschafft? Sie war ja selbst noch ein Mädchen, verstand kaum, dass Babys irgendwann größer wurden. Wie schafften Mütter das überhaupt, erst recht die Mütter, die ihre Babys gar nicht größer werden sahen? Zum Glück ist jetzt *Die ungezähmte Welt* dran, ein Geschenk des Himmels, zumindest des Senders. Sie rückt Harrys Kopfkissen zurecht, versucht, es ihm gemütlich zu machen, während schon ein Gnu durch die Serengeti jagt. »Und wer ist das, Schatz?«, fragt sie und stupst ihn an. Ihre Stimme überschlägt sich beinahe vor Freude. Sie schaut ihn an, aber er ist eingeschlafen.

In der Nacht liegt er neben ihr wie Ballast. Sein rechter Arm ist ein toter Ast, der beim nächsten Sturm herabfallen wird. Sie macht kein Auge zu, sieht auf den Wecker. Sie muss immer wieder an die Anweisungen auf dem Merkblatt denken, wann er wie gewendet werden soll. »Uuuuund rüber«, grunzt sie und rollt ihn auf die andere Seite. Das nimmt ihre ganze Kraft in Anspruch, es ist, als würde sie einen Felsen bewegen. Sie schafft es gerade noch, ihm die Hand an die Wange zu drücken – statt eines Kusses –, dann schließt sie die Augen. Sie würde sich gern an ihn schmiegen, traut sich aber nicht. Denn er riecht falsch, nach Stärke und Desinfektionsmittel und Pisse voller Chemie. Er ist wie ein altes Auto, das angeblich generalüberholt wurde. Der Blitz sollte sie treffen, dass sie so etwas auch nur denkt! Die Scheinwerfer eines richtigen Autos streifen über die Decke. Sie hört seinen Atem, der größere Anstrengung verrät als jedes Schnarchen. Ihre Zehen berühren sich. Endlich spürt sie, wie sie tiefer in die Matratze sinkt – in etwas, das Rebecca als das »normale Larifari« bezeichnet. Der Stoff, aus dem die Seifenopern sind. *Gute Nacht, mein Liebling. Träum süß.*

Wie kann es nur sein, dass Harry da ist und doch nicht da, zumindest nicht der alte Harry? Das Licht ist zwar an, würde Jewel sagen, aber niemand ist zu Hause. Sie sollte sich längst an diesen Zustand gewöhnt haben, sie hat doch Übung darin. Aber die Übung bringt nichts. Sie hat das Gefühl, in einer Schublade zu stecken. Harry ist in der Lade darunter. Vielleicht nicht so schlimm, wenn man weiß, dass der andere in Sicherheit ist. *Ein Schnippchen, ein Börtchen,* die Uhr tickt so monoton wie ein Kinderreim und zieht sie schließlich hinab. *Ein grünes gelbes Körbchen.* Ein Korb voller Unkraut, denkt sie und stellt sich einen Graben vor, in dem der Huflattich wächst. Am Straßenrand steht ein Lastwagen mit laufendem Motor, das ist Harrys Schnarchen.

Ihr Herz klopfte wie ein Presslufthammer, als sie Jewel verabschiedeten. Ihr Junge, ihr Baby: Er war so groß und dürr, dass die Uniform an seiner Hüfte schlabberte. Er hatte drei Tage vorher seinen zweiundzwanzigsten Geburtstag gefeiert. Die Wolle kratzte auf ihrer Wange, sie roch klammes Kaki – *Kayaki,* wie Rebecca gesagt hätte, aber sie war damals noch nicht mit von der Partie. Es war, als würde sie eine Giraffe küssen. Unser Soldat, dachte sie stolz, als sie mit Harry dastand, an einem nieseligen Dezembertag, und ihm hinterherwinkte, allein gelassen. Hätte doch wenigstens eine Band gespielt, um die Jungs zu verabschieden. Aber anders als im ersten Krieg und in den Wochenschauen gab es kein *Auld Lang Syne* und kein *Roll out the Barrel.* Sie hätte es aber auch nur schwer ertragen, wenn sie ein Spektakel daraus gemacht hätten.

Jewels Kopf hatte etwas von einem Schnabel, als er die Gangway hinaufmarschierte, vielleicht lag es an der Kälte. Sie sahen ihm hinterher, bis sie nur noch seine spitze Mütze erkennen konnten. Ein bisschen Blasmusik, eine kleine Zeremonie wären durchaus angebracht gewesen, aber selbst Jewel hatte versucht, seine Einschiffung geheim zu halten. »Gott schütze den König«, grummelte Harry, Gott schütze sie alle vor der europäischen Schwuchtel mit dem Schnauzer und der komischen Frisur. »Was ist eigentlich mit den Deutschen los?«, fragte er. »Und wo hat sich eigentlich Gott versteckt?« – »Der kann nichts dafür«, sagte sie. Sie tupften sich die Augen. Tränen machten alles nur noch schlimmer. Harry drückte ihre Hand fester, als die Schiffshupe ertönte, ihre eckige kleine Handtasche stieß gegen ihn. Sie zwang sich dazu, übers Einmachen nachzudenken. Ihre letzten Augenblicke: seine warme Wange, der Geruch von Tabak und Stiefelwichse. *Auf Wiedersehen, Mama!*

»Bis dann«, hatte Harry gesagt, als hätte Jewel nur kurz zum Abendessen hereingeschaut.

Er verschwand in einem Meer von Gesichtern. Sie starrte auf den Kai und atmete den Bilgegestank ein. Harry schluckte und sagte: »Was für ein wunderschönes Schiff, die *Empress of Britain.*« Er richtete ihr den Pillbox-Hut und summte *We'll Meet Again,* während sich das Schiff vom Kai löste und die Taue eingezogen wurden. Lucys Herz hüpfte im Takt des Schiffsdiesels. Harry hatte Jewel gewarnt, dieses Herz nicht zu brechen, in einem Ton, als würde er ihm auftragen, den Deutschen beim Schmücken ihrer Tannenbäume zu helfen. Die Armee sei besser als Marine oder Luftwaffe, munterte er sie auf, während die *Empress* ihr gerades, schäumendes Kielwasser hinter sich herzog und in die diesige Nacht hinausfuhr. Die Umrisse weiterer Schiffe waren in der Ferne zu erkennen, wie Gespenster in der Nacht, ein Geleitzug bildete sich. *Im Namen des Vaters, des Sohnes und des Heiligen Geistes.* Sie bekreuzigte sich. »Je mehr, desto lustiger«, scherzte Harry. Als hätten sich all diese jungen Leute auf die Reise gemacht, um die Welt zu sehen.

Sie fuhren in ihrem beinahe neuen Plymouth aus dem Hafen. Es war mitten in der Nacht, doch die Straße war voller feiernder Soldaten. Quer durch die Stadt ging es, an ihrer Straße und an St. Columba vorbei, am Gefängnis und an Dunphy's, dem Tanzlokal, das irgendjemand am Deadman aufgezogen hatte. Wenn sie sich beeilten, würden sie die Schiffe noch bei der Ausfahrt sehen. Dabei konnte Harry kaum etwas erkennen, so neblig war es. Außerdem war allgemeine Verdunklung angeordnet. »Fahr langsamer«, sagte sie. »Wenn ich noch lahmer fahre, kommen die Hunde und pissen mir an die Reifen«, gab er zurück und gestand, dass es ohne Jewel jetzt ja wohl »verdammt ruhig« werden würde. Sicherlich, verglichen mit dem Tumult in ihrem Herzen. Aber sie und Harry führten ohnehin ein eher beschauliches Leben, sie hatten sich in der Stille eingerichtet. Nur als Jewel die Arbeit schon hingeschmissen hatte und wieder in sein Kinderzimmer gezogen war, um auf seine Einschiffung zu warten, war es laut und hektisch geworden, auch wenn Jewel in den zwei Wochen nur selten zu Hause war. Er machte richtig einen drauf – offenbar hatte er aus der Zeit, in der er in der Innenstadt gewohnt und bei Black's Shipping, einer Schiffsagentur, gearbeitet hatte, einige schlechte Angewohnheiten. »Ich hab zu tun«, sagte er jedes Mal, wenn sie ihn zum Essen einluden. »Na klar«, sagte Harry, ein Junggeselle zu Kriegszeiten, in einer Stadt, die als Paradies für Huren galt. Es war, als wäre Harry ein Bauchredner, als hätte eigentlich Artie Babineau gesprochen, aber der lag ja unter der Erde. *Der Krieg vermehrt die Sünde,* sagte Pastor Marcus Woche für Woche: *Seht euch doch nur um!*

Als sie die nächste Bucht erreichten, schaltete Harry herunter. Sie fuhren einen schmalen Weg hinab, der an den Klippen entlangführte. Vor ihnen lag der Hafen. Nicht ein einziges Licht war zu sehen, nicht einmal ein Kerzenflackern in einem der Fenster. Harry fand, dass sie gut in der Zeit lagen, der »Arsch« des Geleitzugs, wie er sagte, glitt gerade an den U-Boot-Netzen vorbei. Der Nieselregen bedeckte alles mit einer dünnen, silbrigen Schicht, während draußen die letzte Korvette an den Booten vorbeifuhr, die dort vor Anker lagen und die Enden der Netze markierten. Bei Tageslicht erinnerten sie Lucy an Weihnachtsschmuck – eins war grün, das andere rot – oder an Enten in einem Teich. »Du kannst zwar das Kind aus Halifax rausholen, aber du wirst Halifax nie aus dem Kind rausholen«, scherzte Harry, um sie zu trösten. »Denk überhaupt nicht dran«, sagte er und meinte die U-Boote, die mit ihren Torpedos an der Hafenausfahrt lauerten. Trotzdem betete sie laut, als das letzte Schiff verschwand, es kümmerte sie nicht, was er dachte. »Gott sei ihm gnädig«, sagte sie in die Leere hinein, die wie die Flut anzusteigen schien und sie zu verscheuchen drohte. *Gott sei meinem Jungen gnädig, und den Jungen all der anderen Mütter auch.* Unvermeidbar die Vorstellung von Feuer, von einer kalten schwarzen See, die ihre Lungen füllte und sie auf den Grund hinunterzog.

Was lange währt, wird endlich gut, sagte der Priester. Den Werften ging es prächtig. Harry machte Überstunden, um die Schäden von den deutschen Angriffen zu reparieren. Er schärfte ihr ein, sich um den Haushalt zu kümmern, als bestünde ihre Kriegsanstrengung darin, den Raum zurückzugewinnen, den Jewel so kurz nur ausgefüllt hatte. »Du gerätst jedes Mal in helle Aufregung, wenn der Junge kommt und geht«, sagte er. Und er hatte recht. Aber die Zeit blieb für sie stehen wie ein Schiff, das den Schub umgekehrt hat. Da spielte es auch keine Rolle, dass es merkwürdig gewesen war, Jewel zwei Wochen lang in der Nähe zu haben. *Wer braucht die Deutschen, Mama? Wir haben doch dich!* Einmal kam er sehr spät nach Hause, es dämmerte schon, sie wachte auf, weil das Sofa wie ein alter Kinderwagen quietschte. So erfuhr sie von Mona. »Nichts Ernstes, nur ein bisschen Spaß«, sagte er.

»Hast du eigentlich eine Freundin?«, hatte sie ihn ausgequetscht, bevor er wieder ins Haus gezogen war. Er sagte nur, sein Chef, Mr. Black, habe eine Sekretärin, die wiege zweihundert Pfund, wenn sie frisch geduscht sei, dazu komme noch der Schnurrbart. Harry mischte sich ein und meinte, die Mädchen wollten doch alle nur versorgt sein. Als sich Mona schließlich vorstellte, fiel Lucy beinahe die Teekanne aus der Hand. Sie war unglaublich schmal und winzig, ihr blauer Pullover war so eng, dass man ihre Rippen erkennen konnte. Aber sie hatte leuchtende Augen und half beim Abwasch, und in ihrem kantigen Gesicht lag etwas wie Güte. Harry wollte ein Foto machen, sie mussten sich ganz eng nebeneinanderstellen. »Alle mal lächeln«, sagte Mona. Sie arbeitete in einem Tabakladen neben Black's und wusste genau, wer welche Marke rauchte. Jewel hatte Mona zum Tanzen ausgeführt, in den neuen Laden am Deadman. In der Nacht wachte Lucy auf und hörte ihn kotzen. Vielleicht hatte sie doch keinen guten Einfluss auf ihn.

Trotzdem dachte sie in den Wochen nach seiner Abreise immer wieder gern an Mona. Einmal sah sie in der Straßenbahn eine Frau, die ihr ähnlich war. Auf der Straße, auf der sich eine Menge Matrosen und Mädchen tummelten, verlor sie sie aus den Augen. Sie kämpfte sich zu Eaton's durch, wo es herabgesetzte Verdunklungsvorhänge gab, die sie unbedingt brauchte, auch wenn sie grün und hässlich waren.

Sie war schon wieder auf dem Weg nach draußen, als eine blecherne Stimme rief: »Suchen Sie etwas Bestimmtes?« Mona konnte es nicht sein, trotzdem kam ihr das Mädchen bekannt vor. Lucy betastete den billigen Stoff, sah immer wieder hin. Sie hatte sie eine Ewigkeit nicht gesehen – zehn Jahre bestimmt. Sie war einen Kopf größer als damals, grinste aber noch genauso hinterhältig. Ihr Haar hatte die Farbe von Schiefer. War Lils Tochter nicht rötlich-blond gewesen? »Ich schaue mich nur ein bisschen um«, sagte sie und lächelte vorsichtig. Trug sie einen Ring?

Aber die junge Frau ließ sie einfach nicht in Ruhe. Was den Umgang mit Kunden anging, hatte sie noch einiges zu lernen. »Sie sind Jewels Mutter, stimmt's?«, fragte sie und wollte wissen, wo er jetzt sei. Konnte sie es sich nicht denken? Sie brauchte sich doch nur die Ränder unter Lucys Augen anzuschauen.

Achtung, Feind hört mit, dachte sie und fragte lieber, ob die Leute diese Vorhänge wirklich kauften. Dabei drängte mit Macht das Bild der *Empress* herauf, die sich vom Kai löste.

»Verdammt hässlich«, sagte das Mädchen lachend, »ich weiß.«

»Was soll man tun, wenn der Deutsche da oben herumsurrt?«, antwortete sie schnell und kaufte sechs Paar.

Die Vorhänge verschandelten das ganze Wohnzimmer, aber es war ihr lieber, auf Nummer sicher zu gehen. Nur, wovor hatte sie eigentlich Angst? Gab es etwas Schlimmeres, als zu warten? Sie schrieb ihm jede Woche, schickte Schuhkartons voller Schokoriegel und Plätzchen, und Jewel schrieb immer zurück. Er erzählte von seinen neuen Kumpels und schrieb, dass das Essen stank und dass die Duschen, die sie nur selten benutzen durften, eiskalt waren. Sie las um die durchgestrichenen Stellen herum und machte sich ein verschwommenes Bild von diesen Jungs, die ihre Spritztouren machten wie zu Hause auch. Manchmal erzählte Jewel dann Einzelheiten: wie sie zum Beispiel ein deutsches Auto beschlagnahmt hatten und einen Tank an seinen Motor anschlossen, um heißes Wasser zu bekommen. Seine Briefe waren Reisebeschreibungen mit geschwärzten Ortsangaben. Einmal schrieb er von einem brennenden Panzer, im nächsten Satz war er schon in einem anderen Dorf.

Als sie Frühjahrsputz machte und die salzige Brise durch die weit geöffneten Fenster zog, erreichte sie ein Brief, in dem von Apfelblüten die Rede war. Ein paar Monate später – sie jätete gerade Unkraut im Garten, als der Postbote vorbeikam – schrieb er von Schokolade. *Alles Liebe,* stand unter dem Brief, der sonst kaum etwas preisgab.

Monate vergingen, ein Jahr, ein weiteres Jahr. Sie hörte nur gelegentlich von ihm. Landgang in London, Kneipen, dann Paris. Statt von Süßigkeiten schrieb er jetzt von Splittergräben und Hundert-Pfund-Kanonen. »Das ist einfach Armeejargon«, versuchte Harry sie zu beruhigen. Wörter wie *Briten* und *Yankees* waren durchgestrichen, die Hand des Zensors schien manchmal zu zittern. *Macht euch keine Sorgen,* schrieb Jewel. Sie las in der Zeitung von endlosen Bombardements und versenkten Schiffen und träumte von seinem Babygesicht, dessen Züge sich mit denen ihrer verschollenen Tochter vermischten, ein Porträt wie aus einem verschlossenen Medaillon. *Macht euch keine Sorgen.*

Jeden Morgen nach dem Aufstehen und jeden Abend, bevor sie ins Bett ging, betete sie den Rosenkranz. Und mittwochs um zwölf – wenn sie im Keller auf dem Boden lag. Jede Woche eine Luftschutzübung, der Alarm, der Weg in den Keller, all das war längst zur Routine geworden. Sie musste trotzdem jedes Mal alles stehen und liegen lassen, egal, ob sie gerade ein Ei pellte oder einen Topf ausspülte, musste nach unten gehen und sich flach auf den Betonboden legen. Beim ersten Mal, als sie Jewels Abwesenheit noch wie eine offene Wunde spürte, versuchte sie, sich auf Harrys Werkzeug zu konzentrieren, bis ihr der Zettel von Herrn Heinemann einfiel, der hinter der Wand steckte. Beinahe wünschte sie sich, zu sterben, das Opfer einer Luftwaffenbombe zu werden. Es könnte durchaus passieren, erzählten sich die Leute. Aber sie zogen abends einfach die Vorhänge zu und legten sich ins Bett. Tatsächlich war bei Sambro ein Schiff versenkt worden. »Sind wir denn in England?«, rief Harry. Die Mauern der Welt schienen zu bröckeln. Sie wartete darauf, dass das Heulen der Sirene aufhörte, und stellte sich vor, wie Soldaten mit Hakenkreuzen am Ärmel in die Fenster stiegen.

Wenn Harrys Radio nicht plärrte, schaltete sie die Musikbox ein. Sie zuckte jedes Mal zusammen, wenn die Feder dumpf anschlug. Nervöse Nellie nannte er sie. Wenn Jewel heil nach Hause käme, würde sie Harry bitten, eine neue zu kaufen, aber bis dahin musste sie warten. *Man darf das Schicksal nicht herausfordern,* sagte Pastor Marcus. Wofür sollten sie überhaupt etwas Neues anschaffen, wenn Jewel nicht bei ihnen war? Sie hielt sich an das, was der Priester geraten hatte: in der Fastenzeit auf Schokolade zu verzichten, im Warten auf die Wiederkunft des Herrn. Man sollte sich beschäftigt halten, aber in Maßen. Die schlagende Feder sorgte dafür, dass sie auf alles gefasst war. In einer schwülen, drückenden Nacht brach die Feder dann und war nicht mehr zu reparieren. Nun wurde ihr die Zeit lang, sie hatte ja nur das Radio, in dem nichts lief, was man hören wollte. In der Werft wurde rund um die Uhr gearbeitet. Harry konnte jederzeit zur Arbeit gerufen werden, selbst jetzt, da Mädchen die eingezogenen Männer ersetzten. Mrs. Chaddock behauptete, eine Nichte zu haben, die ausgebildete Schweißerin war. Aber das bedeutete nicht viel, denn Mrs. Chaddock erzählte auch gern von U-Boot-Besatzungen, die am Strand aus dem Wasser krochen, um ein Bierchen trinken zu gehen und sich einen lauen Abend zu machen. Vielleicht hatte Mona jetzt auch einen Männerjob, statt im Tabakladen an der Kasse zu stehen? Jewel hatte nur geschrieben, dass sie den Treuhänder bei Black's geheiratet hatte. Wer hätte das gedacht? Und wer hätte gedacht, dass es auf einmal gar nicht möglich sein würde, eine neue Musikbox zu kaufen? Mit Geld hatte das nichts zu tun. Es gab einfach keine, jede Feder, jede Schraube wurde dem Krieg zugeführt. Jewels Briefe wurden immer düsterer, ganze Zeilen waren geschwärzt. Sie las sie meistens, wenn Harry bei der Arbeit war.

»Warte nicht auf mich«, sagte er eines Abends und machte sich zu Dunphy's auf. Es war heiß und drückend. Wie konnte sie es ertragen, allein zu sein? Sie umrundete die Bucht, der Northwest Arm war flach wie ein Backblech. Sie hatte Jewels letzten Brief in die Tasche ihres Sonntagskleids gesteckt. Das Kleid hatte ein Muster aus blauen Rosen und einen wirbelnden Rock – hübsch, auch wenn es ihre Taille nicht gerade zur Geltung brachte. Sie war schon ziemlich erschöpft, als sie den Weg fand, der durch den Wald führte. Ein komischer Ort für ein Tanzlokal, dort draußen auf der sumpfigen Landspitze. Hatte Harry auch gesagt. Durch die Bäume hindurch konnte sie die Überreste von Babineaus Bootsrampe sehen, und weiter draußen das verlassene Gefangenenlager. Die Munition lagerte längst in einem anderen Depot am Hafen. Wo der Waldweg zu einem felsigen Pfad wurde, hörte sie bereits das Glissando einer Klarinette. *Dunphy's Social Club,* stand auf einem Schild an einen Baum genagelt. *Dumpfies,* hatte jemand mit roter Farbe daruntergekleckert. Vor dem Haus saßen ein paar Männer und ließen eine Flasche herumgehen, einer von ihnen kicherte über Lucys Kleid.

Drinnen hatte ein schepperndes Klavier die Klarinette abgelöst. Eine Dame mit gelbem Haar nahm Lucy das Geld ab und drückte ihr einen Stempel auf die Hand. Oh Gott, dachte sie, hoffentlich taucht hier niemand von St. Columba auf. Auf einer Seite der Tanzfläche war eine Bühne, auf der anderen die Bar. Die Stühle an der Wand hatten ein paar Mädchen in Beschlag genommen, auf der Bühne haute ein Mann in die Tasten. Wie die wohl das Klavier hier rausbekommen hatten, dachte Lucy. Schwer hing der Schnapsgeruch in der Luft. Warum bloß wurde in den Zeitungen immer wieder geklagt, dass man nirgendwo trinken konnte. Die Polizisten hätten ihre helle Freude, wenn sie hier hereinstolpern würden. Sie war gerade erst eingetreten und fühlte sich schon schmutzig.

Als der Klavierspieler *Jeepers Creepers* herunterhämmerte, entdeckte sie Harry, der mitklatschte. Da saß jemand an seinem Tisch. Lucy konnte nur die Haare sehen und die weichen, weißen Schultern. Es sah aus, als würde er der Frau etwas überreichen. Er beugte sich so weit vor, dass er ihre Wange hätte küssen können.

Und sie sah ein Mädchen, Lils Tochter, die mit einem Matrosen den Shimmy tanzte. Die Träger ihres Kleids waren so dünn, dass sie ihr ins Fleisch zu schneiden schienen. Sie hatte zwei weitere Mädchen mit knallroten Lippen im Schlepptau. Die drei bildeten so etwas wie eine Flottille aus Haut und hauchdünnem Stoff. Sie schnappten sich Harry, der lachte und sich eine Flasche unter den Arm klemmte. Jetzt sah Lucy, dass es tatsächlich Lil war, an deren Tisch Harry gesessen hatte. Sie stand auf, schwankend, drehte sich um und zwinkerte Lucy zu. Jetzt entdeckte auch Harry seine Frau. »Oh, Scheiße«, sagte er, als sie fast vor ihm stand, und setzte die Flasche an.

»Zumindest trinkst du ja nicht allein«, sagte sie. Sie war verletzt und wollte ihn auch verletzen. Aber er packte sie am Arm, bot ihr einen Schluck an und redete auf sie ein. Er habe Lil nur ausgeholfen. »Das sehe ich.« Ihre Stimme klang eisig.

Die drückende Schwüle schlug ihr ins Gesicht, als sie nach draußen kam. Er war ihr hinterhergelaufen, steckte die Flasche jetzt ein. »Es bedeutet doch gar nichts, Dolly, ich kann es dir doch erklären«, sagte er immer wieder, während der dunkle Wald um sie herum dichter wurde. »Dann erklär es halt.« Sie lief auf dem steiler werdenden Waldweg voraus, stolperte über Wurzeln, aber Harry blieb ihr dicht auf den Fersen. Sie kamen oben auf den Hügel, unter ihnen lag schweigend der Northwest Arm. Von den Büschen zog Feuchtigkeit herauf, trug den Gestank von Laub und schwammiger Erde heran. Harry versuchte, sie abzulenken, indem er Arties alte Geschichten aufwärmte, von den Toten, die hier oben verscharrt worden seien. »Yankees, Franzosen, Sklaven, vielleicht auch der eine oder andere Deutsche«, sagte er und lachte verzweifelt. »Hunderte Kriegsgefangene, unerwünschte Personen jeder Art.« – »Unerwünscht wie die Marryatts?«, fragte sie.

Das Mondlicht tastete sich durch die Tannenwipfel, Harry setzte wieder die Flasche an. Ein Prickeln stieg ihr am Nacken auf, umschloss sie mit einer empfindlich kühlen Umarmung. Er sah sie an und sagte, der Ort sei ihm nicht geheuer. Sie war eifersüchtig und angewidert, und sie hatte allen Grund dazu, aber plötzlich, als sie den kühlen Luftzug spürte, bedeutete Lil überhaupt nichts mehr. Sie wollte nur noch auf ihrer Veranda sitzen, in aller Geborgenheit, und zusehen, wie die Nachtfalter in die Lampe flogen. Denn ihr war eingefallen, was Pastor Marcus über solche Orte gesagt hatte, über durchsichtige Orte, Grabstätten, Orte am Wasser, an denen die Geister der Toten schwebten, selbst wenn ihre Knochen unter der Erde vermoderten. Harry grinste, er hatte die bedrückte Miene längst abgelegt. Sie hörten, wie ein Zweig brach. Dann Geraschel, Kichern und Atmen. Stoff blitzte hinter den Büschen auf. Wahrscheinlich ein Matrose, und nackte Arme im Mondschein: War das Lils Tochter?

Der Krieg hörte nicht auf, und die Nebelhörner dröhnten und verkündeten nichts. Monatelang keine Wetterbesserung. Manchmal hatte Lucy das Gefühl, sie selbst wäre eine dünne Rauchfahne über dem Meer, oder eine schwermütige Klage, die über den grauen Ozean weht. Wenn das Telefon klingelte, war sie auf alles gefasst. Einmal fragte Pastor Marcus, ob sie bei der weihnachtlichen Spendenaktion mithelfen könne. Aber Weihnachten kam ihr wie eine Beleidigung vor, und schon das Wort *Aktion* klang nach Krieg. Sie hatte keine Ahnung mehr, wo Jewel steckte. Seine Pakete schickte sie an ein Postfach in England, als Absender durfte sie nur ihren Namen und *Eine Hafenstadt an der Ostküste* schreiben. Dabei wusste jeder Idiot, dass Halifax gemeint war. Der Pastor erinnerte sie daran, dass Advent sei, in den Grounds lebe eine Witwe, die Hilfe brauche.

»Vielleicht finden Sie Trost, wenn Sie den Bedürftigen helfen«, sagte er. Gott vergesse die nicht, die andere nicht vergäßen. Der Lohn bestehe nach dem heiligen Franziskus nicht darin, geliebt zu werden, sondern zu lieben.

Herr Heinemann kam ihr in den Sinn. Apfelkuchen und Harrys Hemden. Auge um Auge? Wie du mir, so ich dir? Wenn es doch so wäre. Einen Kuchen zu backen galt schon als selbstlos. Aber sie war Mitte vierzig, und sie war nicht dumm. Sie hatte inzwischen gelernt, dass es so nicht funktionierte. Belohnt wurde man aus Gnade, nicht, weil man es sich verdient hatte.

Pastor Marcus bat sie, etwas vorbeizubringen: einen Schuhkarton. Die Liga hatte mehrere Dutzend Kartons für Soldaten fertig gemacht. Lucy hatte Zahnpasta gespendet, Süßigkeiten und selbst gestrickte Strümpfe, auch wenn sie beim Stricken immer zu sehr ins Nachdenken kam. Der Pastor räusperte sich und fragte, ob man schon etwas gehört habe. »Kein Sterbenswörtchen«, antwortete sie leise, worauf er sagte, dass Gott in seiner Gnade unablässig sei und dass sie die Hoffnung nicht aufgeben dürfe. Doch dann schwang er sich zu einer Predigt über die Nächstenliebe auf, die eigentlich eine Feindesliebe sei. »Erbarme dich dieser armen, verlorenen Seele«, redete er ihr zu, »wir sind alle Brüder und Schwestern in Christus.« Als er ihr den Weg erklärte, bestätigte sich ihr Verdacht. Diese alte Witwe hatte doch eine Tochter!

Mrs. Slauenwhite zitterten die Hände, als sie Lucy den Karton und ein paar Lebensmittel übergab. Ihre gerunzelte Stirn war seit dem Tod ihres Enkels durch eine Lähmung wie eingefroren. »Ach, gute Frau, lieber Sie als ich«, sagte sie.

Die Stufen waren von nassem Schnee bedeckt, niemand kam an die Tür, als Lucy klopfte. Eine Fensterscheibe war eingeschlagen, das Loch mit einem Mantel gestopft. Sie schob die Tür auf und trat ein. Eine Flasche rollte über den Boden. Sie atmete dampfend. »Lily?« Aus dem Zimmer, in dem die Kinder bei Arties Totenwache gezankt hatten, hörte sie ein Ächzen. Lils tief eingesunkene Augen blinzelten über die schmutzige Decke hinweg. »Schau mal einer an, was der Kater reingeschleppt hat. Was willst du denn hier?«, lallte sie. »Hat dein Mann dich geschickt, oder was?«

Es stank widerlich nach Krankheit und Fäulnis. Als Lucy die Kartons abstellen wollte, streckte Lil die eiskalten Finger nach ihr aus und hielt sie fest. Es wäre ein Leichtes gewesen, sich zu lösen und zu verschwinden. Sie hätte lügen können, dass niemand zu Hause gewesen sei. Aber die Stimme des Pastors tönte dazwischen: *Man gewinnt Herzen, indem man Mägen füllt. Herzen für Christus zu gewinnen, das allein ist der Lohn.*

Lil nahm lustlos ein, zwei Bissen von dem Truthahnfleisch, dann kotzte sie auf die Bettdecke. Auf Lucy könne man sich verlassen, spottete sie, Harry sei wirklich ein verdammter Glückspilz, ein »ganz Süßer«, er und Lucy hätten einander verdient. Sie wischte sich den Mund ab und sah die Tapete an, die sich hier und da bereits ablöste. »Er hat die Eier von einem Hamster«, sagte sie, nannte ihn schüchtern und lachte rau. »Selbst wenn eine Frau ihm in den Hintern beißen würde, wüsste er nicht, was er tun soll.« Lucy hätte sie am liebsten angespuckt, doch Lil sprach weiter: »Na, das weißt du ja längst, Schätzchen, für ihn geht die Sonne über deinem Hintern unter. Aber Fisch fängt irgendwann an zu stinken«, krächzte sie, und wenn sie etwas nicht gebrauchen könne, dann sei das die Mildtätigkeit von Leuten wie Lucy, »also verschwinde«. Lucy ließ den Karton auf dem Boden stehen und ging, ohne Lils Teller in den Kühlschrank zu stellen. Ihr war schlecht. Sie eilte durch den Schneematsch, als ihr die Tochter einfiel. Sie sollte sie bei der Arbeit anrufen, wer würde das unter diesen Umständen nicht tun? Lil war schließlich ihre Mutter. Aber der Apfel fällt bekanntlich nicht weit vom Stamm.

Als sie nach Hause kam, wartete ein Brief auf sie. Der Stempel war unleserlich, aber die Handschrift erkannte sie sofort.

Liebe Mama,
sind gut in [redacted] *angekommen.* [redacted] *Stunden hat die Überfahrt gedauert, mir war hundsübel, erst in* [redacted] *hat sich mein Magen beruhigt. Aber hübsch ists hier. Tolle Aussicht von* [redacted]*, wie du an den Bildern sehen kannst, sieht ein bisschen aus wie* [redacted]*. Haha. Warum so weit reisen, wenn man alles, was man braucht, in seinem eigenen* [redacted] *finden kann. Na ja. Ich muss los. Bis bald, schöne Grüße an Papa und mach dir keine Sorgen, wir sehn uns. Dein Sohn J.*

Panisch, verzweifelt schüttelte sie den leeren Umschlag, sah immer wieder hinein. Falls er wirklich Fotos geschickt hatte, waren sie längst verloren.

Im Frühjahr konnte man im *Herald* folgende Todesanzeige lesen: *Lily Jean Marryatt, 48 Jahre alt, Tochter der verstorbenen Erma. Es trauern die Hinterbliebenen ... Es wird gebeten, von Besuchen Abstand zu nehmen. »Ernst und voller Zärtlichkeit ruft Jesus, oh, ruft den Sünder, dass er nach Hause komme.«* Harrys Gang wirkte auf einmal leichter, federnder.

An einem Tag im Sommer machte sie gerade Frühstück, als draußen die Zeitung dumpf aufschlug. Der Zeitungsjunge hatte sich angewöhnt, sie vom Fahrrad aus auf die Veranda zu schleudern. *Einfall in der Normandie!*, trompetete die Schlagzeile. Die Eier wurden kalt, Harry fasste sie an den Schultern und sagte leise, bisher sei wohl alles gut gegangen, sonst hätten sie ja etwas gehört, und gespürt hätten sie es bestimmt auch.

Die Zeit brummte wie die Drähte, eine surrende Angst, von der sie nachts schweißnass aufwachte. Einmal traf sie

Harry in den frühen Morgenstunden auf der Veranda an, er trug noch seinen Schlafanzug. Er hatte am Morgen einen Termin beim Augenarzt, Reinigen und Polieren. Sein gutes Auge glänzte im Mondschein. »Das macht mich fertig«, sagte er leise. »Was hat das eigentlich alles für einen Sinn?« Ein Auge, eine Musikbox, das zähle doch alles nicht, solange der Junge nicht da sei. Sie trauten sich beide nicht, das Wort *vermisst* zu sagen.

Sie träumte, dass Jewel an einen trüben, grünen Fluss kam. Er hockte sich auf einen Felsen und spritzte sich Wasser ins Gesicht. Dann streifte er seine Uniform ab wie eine Haut. Auf allen Seiten standen hohe Linden, umschlossen ihn wie ein Schild. Etwas Schwarz-Weißes trieb vorbei, es war eine Kuh, und eine Uniform mit einem roten Fleck am Kragen. Plötzlich wandte er sich um. Sie war offenbar auch dort. Er sah ihr in die Augen und öffnete den Mund. *Hallo, Mama!* Sie winkte und sah, dass sich hinter Jewel ein Arm bewegte. Ein Helm wie ein Nachttopf. Unter seinem Rand das Gesicht des Deutschen, das eine Markierung hatte, eine Tätowierung: drei auf dem Kopf stehende Kommas. Es war das Gesicht von Franz Heinemann. Er hob das Bajonett, sie versuchte zu schreien, ihren Arm zu bewegen, aber er war wie aus Holz. Jewel drehte sich um, er sank mit dem Stiefel ein, sie begannen zu kämpfen.

Nicht ins Wasser, wollte sie ihn warnen, aber aus ihrem Mund kam kein Laut. Der Deutsche stach mit dem Bajonett zu, er bewegte sich mit der Geschwindigkeit von Sand, der durch eine Sanduhr rieselt. Jewel rutschte im letzten Augenblick mit einer Drehung weg. Wie sie mit ihren Schwertern zustießen, wie sie nachsetzten und parierten! Sie waren Errol Flynn und Basil Rathbone, Robin Hood und Guy von Gisbourne. Plötzlich war Jewel ein kleiner Junge. Der Deutsche taumelte, ein blutiges Dreieck blühte auf seiner Brust, sein Gesicht wurde zu Stein, und als er ein letztes Mal zustoßen wollte und sich nach vorn warf, rutschte sein sohlenloser Stiefel weg. Jewels ganzes Leben krümmte sich in seiner Faust zusammen, wurde klein wie ein Uhrwerk: die ersten Schritte, die ersten Worte, Einschulung, der Ärger mit der Polizei, sein Blick, als er an jenem nieseligen Tag auf der Mole gestanden hatte. Jewel überraschte den Mann, traf den blonden Stoppelbart, der Mann stürzte in die sanfte Strömung.

Eine Teenagerin, die Lucys Gesicht hatte und Pusteblumen im Haar, saß wie ein Frosch im Schilf und quakte. Der Feind schlug um sich, Jewel stieß mit seinem Bajonett zu. Heinemanns Mund stand offen, er rang nach Luft. Lucy sah hinein, wurde von der rosafarbenen Zunge überrascht, und hörte ihn etwas sagen. *Helfen Sie mir.* Es waren Silben ohne Sinn und Zweck, die über dem Fluss hingen, als er von der Strömung fortgerissen wurde. Noch ein letzter Blick, dann zog ihn seine Kleidung herab, auch er war jetzt ein Kind, er war der kleine Slauenwhite. Der Helm trieb in einem Wirbel davon wie ein Schildkrötenpanzer. Die Schildkröte und der Hase. Der Kerl tauchte noch einmal auf, das Wasser spritzte und zerstob.

Ein gelber Wind rüttelte am Schilfrohr, der Fluss sog und zerrte, oben zwitscherte ein Vogel auf Deutsch: *Wir kämpfen, bis wir siegen.* Das konnte sie irgendwie verstehen. Jewel drehte sich um, nahm Hemd und Stiefel und schlüpfte zwischen den Linden hindurch, und sie war der Vogel, der von oben zusah, wie er rannte.

Am Morgen stand sie auf und schrieb ihm gleich einen

Brief. Sie zitierte den einundzwanzigsten Psalm. *Der Herr ist dein Hirte, das darfst du nie vergessen.* Den Abschnitt über das Tal im Schatten des Todes ließ sie weg. Dafür erzählte sie von den Aktivitäten seines Vaters. *Er überlegt, ein neues Akkordeon zu kaufen. Vielleicht ist es mit dem Gefiedel bald vorbei* – ein Gedanke, der ihr einen kleinen Stoß der Freude gab. *Als wir uns damals kennengelernt haben, hat er ganz ordentlich gespielt, das war vor der Geige, vor dem ganzen Radau, haha.* Sie summte ein Lied von Vera Lynn und strich den letzten Satz durch. Sie sträubte sich gegen die Vorstellung, dass er in einem Graben lag oder durch feindliches Feuer lief. »Vater unser,« flüsterte sie und klebte den Umschlag zu, bevor Harry auftauchte und seinen Bogen mit Harz einstrich.

Den Brief abzuschicken fiel ihr mindestens so schwer, wie sich die Nasenhaare zu zupfen oder von einer Klippe zu springen. Sie stellte sich vor, wie er von einem Geleitzug über das Meer getragen wurde, ein Zuckerherz im Bauch eines Zerstörers. Vielleicht kreuzte sein Weg irgendwo mitten im Atlantik einen Brief, den Jewel ihr geschrieben hatte. Er überstand deutsche U-Boot-Angriffe und mächtige Wellen.

Eines Morgens, an einem eiskalten Märztag, kam ein Brief für Harry, abgestempelt in Delmenhorst. Delmenhorst? Am liebsten hätte sie ihn gleich aufgerissen, aber sie rief Harry bei der Arbeit an und las ihm den Brief am Telefon vor.

Lieber Papa,
stehe bis zu den Knien in Blut, Scheiße & Filz. Bremen, du weißt doch: die Stadt mit den Musikanten. Wir

haben den Deutschen richtig den Hintern versohlt, mussten den ganzen Winter draußen schlafen. Mamas Schokoriegel sind großartig, man kann sie gegen Zigaretten tauschen. Wir haben gedacht, dass wir hier richtig absahnen können, dass die Keller voller Geld sind. Aber Fehlanzeige, wir finden nur Klopapier. Die Leute sagen, die Deutschen sind am Ende. Sag Mama, dass ich von ihrem Apfelkuchen träume. Rat mal, was die hier als Kaffee trinken? Unkraut vom Straßenrand. Ein Kerl hat mich in sein Haus eingeladen, die Frau hat das Zeug gebraut. Die Deutschen sind erledigt.

Dein Sohn Jewel

Pastor Marcus sah sie ernsthaft und ein wenig abgeklärt an, als er ihr an jenem Sonntag die Hostie auf die Zunge legte. *Corpus Christi.* Ein winziger, perfekter Mond, klebrig wie eine Briefmarke. *Das Brot des Himmels.* Sie ließ es auf der Zunge zergehen. *Dies ist das Blut Christi, das für euch vergossen wurde.* Dann kam Mrs. Slauenwhite und bedrängte sie. Sie wollten früh mit den Vorbereitungen für die Tombola beginnen, suchten jetzt schon nach Spenden. Der Hauptpreis war eine Steppdecke, bestickt mit den Namen all jener Jungen der Gemeinde, die sich freiwillig gemeldet hatten. Jede Ehefrau, jede Mutter war aufgerufen, aus einem Zuckerbeutel ein Viereck zu nähen. Wertvoll waren die in Zeiten der Rationierung. Natürlich hatte Lucy ein paar Beutel zurückgelegt. Was man so tut, um sich abzulenken.

Sie bügelte gerade einen Saum auf, als es an der Tür klingelte. Der Mann nahm seine Mütze nicht ab und fragte, wie es ihr gehe. Er hielt ihr ein Telegramm hin. Der Himmel taumelte. Sie schüttelte den Kopf, hinter ihr zischte das

Bügeleisen. »Harry?«, rief sie schwach. Aber Harry war natürlich bei der Arbeit, er schweißte Platten an einen Rumpf, in dem ein Loch von der Größe eines Lastwagens klaffte. *Harry?* »Bitte?« Der Mann sah auf ihre Schürze und fragte, ob sie Mrs. Caines sei.

Es stellte sich heraus, dass Jewel verwundet und in ein Krankenhaus in England transportiert worden war. *Ein sauberer Ort mit gutem Licht,* stand in dem kurzen Brief. Seine Handschrift war beinahe unverändert. *Das Pech hat mich eingeholt,* so drückte er es aus. *Ich hab nur Bäume gesehen, die in Flammen standen wie Fackeln, dann einen Blitz. Etwas tiefer noch, dann würde ich jetzt Sopran singen, etwas höher, dann ... Tut mir leid, dass ich so schlechte Nachrichten habe. Granatsplitter. Ich komme durch, macht euch keine Sorgen. Ein paar andere haben es nicht geschafft. Mama, ich liebe Dich,* schrieb er, darunter hatte er nur ein *J.* gesetzt. Harry stand hinter ihr und las mit, sein Atem an ihrer Schulter. Er brauche dringend etwas zu trinken. Er gluckste, er schluckte, schwer zu sagen, ob aus Trauer oder Freude. »Verdammt«, sagte er, »die Väter von Töchtern haben ja keine Ahnung ...«

Sie waren beide zur Stelle, als das Schiff anlegte. Es war April, kaum ein Dutzend Leute wartete im Sprühregen. Wenn es ein Gedränge gegeben hätte, hätte sie ihn vielleicht nicht erkannt. Er lief gebeugt, seine Züge wirkten schroff. Beinahe wäre er an ihnen vorbeigegangen. Sie trug einen neuen, malvenfarbenen Mantel, eher etwas für gesetztere Damen. Harry trug Anzug und Krawatte, aus dem Kragen quoll sein dicker Hals. Sein schlechtes Auge hing jetzt immer ein wenig, als wäre das Augenlid es leid, so zu tun, als wäre es von Nutzen. Fünf Jahre, vier Monate und sechs

Tage waren vergangen, seit sie Jewel zum Abschied geküsst hatte. Ihr Haar hatte inzwischen den Ton von verwittertem Schiefer. Als sie ihn am Ärmel festhielt, sah er sie mit wirrem Blick an. Sie klammerte sich an ihn, konnte ihren Arm beinahe ganz um seine Hüfte legen. Anfangs sträubte er sich, doch dann kam Harry heran, drängte sich an ihn und – Wunder, oh Wunder – gab ihm einen Kuss. Regentropfen wie tausend Nadelstiche. Er humpelte zum Wagen, stützte sich rechts und links auf ihnen ab, blickte sich bei jedem Hupen, bei jedem Rumpeln nervös um. Sein Vater musste ihn stützen, als er sich vorsichtig in den Beifahrersitz sinken ließ. Die Fahrt nach Hause dauerte nicht lange, und doch kam es ihr wie eine Art Folter vor, hinter ihm zu sitzen und seine unruhigen Blicke ertragen zu müssen. *Heilige Maria, Muttergottes,* betete sie. Schweigend fuhren sie an ein paar Matrosen vorbei, die am helllichten Tag jemanden verprügelten. Jewels Wunde fiel ihr ein, die Angriffe, die er überlebt hatte – war es aus Gnade? Harry fragte, ob er wohl raten könne, was sie gebacken habe. Jewel legte sein Gesicht in die Hände und zuckte mit den Achseln. Das lange Warten war wie ein Messerstich. *Stabat mater dolorosa.* Sie versuchte, an Engelschöre zu denken, fasste ihn an der Schulter, spürte etwas Warmes, Festes unter der feuchtkalten Wolle: mehr, als sie zu hoffen gewagt hatte. »Apfelkuchen mit einer Kruste aus Ritz-Crackern«, rief Harry. »Vom Feinsten, oder?«

KAPITEL 15

»Zeit für deine Pille, Harry.« Sie balanciert Wasserglas und Strohhalm in einer Hand und nimmt mit der anderen die letzte blaue Tablette aus dem Plastikkästchen, das für jeden Tag der Woche ein Fach hat, wie ein Nähkästchen. Rebecca hat diese Idee gehabt, keinen Tag zu früh. »Mund auf!« Es ist wie damals mit dem mottenzerfressenen Kater, der sich eine Zeit lang zu ihnen zugehörig fühlte. Auch ihm musste sie Tabletten geben. Sie streicht Harry über die Stirn, hebt sein Kinn vorsichtig an und drückt ihm den Kiefer auf. Als sie ihm gerade die Pille in den Rachen werfen will, fängt er an zu husten. Die Pille schießt ihr aus der Hand, sie ist ein Punkt, der von einer Sekunde auf die andere mikroskopisch klein zusammenschrumpft. Oder hat er sie etwa doch verschluckt? Sein Hinterkopf reibt am Kissen hin und her. Obwohl es erst seit zwei Wochen so geht, kann sie sich in ihrer Verzweiflung und Ungeduld kaum beherrschen. »Mein Gott, wirklich!«

Sie findet ihre Brille und rutscht auf allen vieren über den Boden. Die Apotheke kann sie jetzt nicht mehr anrufen, es ist zu spät, und wer weiß, ob sie überhaupt nach Hause liefern. Die Pille ist für seinen Blutdruck – oder für die Schilddrüse. Himmel, es sind so viele Döschen, die auf der Anrichte stehen, und noch mehr unten in der Küche, es ist so schwer, das alles auseinanderzuhalten. Deshalb wusste sie

Rebeccas Geistesblitz mit dem Kästchen wirklich zu würdigen.

Harry gurgelt etwas, seine Hand baumelt herab, zeigt er auf etwas? Ein Stechen in ihren Knien, als würde sie über ein Nagelbrett krabbeln. Als sie die Stoffborte anhebt und unter dem Bett nachsieht, muss sie an die auffälligen Strümpfe denken, die Pastor Langille gekauft hat, und an seine Lieblingsparabel über die alte Dame, die auf der Suche nach ein paar verlorenen Münzen ihr ganzes Haus auf den Kopf stellt. *Und so stellt uns der Herrgott auf den Kopf, bis jede verlorene Seele gefunden ist.* Der neue Priester hat die Angewohnheit, wenn ihm etwas besonders wichtig erscheint, mit der flachen Hand auf die Kanzel zu hauen.

»Luschie?« Harry laufen die Tränen herunter, tief aus seiner Brust kommt ein Rasseln, als hätte er eine Lungenentzündung. Man hat sie vor krampfartigen Gemütsschwankungen und Wutausbrüchen gewarnt. Tatsächlich geht es nun schon seit zwei Wochen so, Harry ist wie ein Kleinkind im Trotzalter. Rebecca findet ihn einfach nur launisch. Sie weiß halt alles besser. Lucy hat den ganzen Boden abgesucht: nichts. Sie kommt sich vor wie eine dieser Damen aus der Bibel: Sarah vielleicht, die mit hundert Jahren oder so noch ein Kind gekriegt hat. Nicht nur uralt fühlt sie sich, sondern auch furchtbar schwach. Geistig schwach. Wenn er so weint, würde sie am liebsten die Knie anziehen, die Hände vors Gesicht schlagen und selbst losheulen. *Warum spielst du immer die Märtyrerin?* – Wie oft hat sie diesen Satz schon gehört, früher von Harry, jetzt von Rebecca und Jewel. Sie haben so viele Vorschläge, Ratschläge, aber sie wissen es ja auch nicht besser. Sie haben keine Ahnung, wie das ist. Und was soll das eigentlich sein, eine Märtyrerin? Jeanne d'Arc hat doch nicht darum gebeten, auf dem Scheiterhaufen verbrannt zu werden. Und die heilige Lucia, ihre Namenspatronin. Hat sie denn nur darauf gewartet, dass man sie blendet? Als hätte die Heilige des Lichts sich die hübschen Augen selbst ausgestochen, einem unwürdigen Verehrer zum Trotz. *Ich sage mich von dir los! Verschwinde!* Das muss man sich mal vorstellen. Nein, jemanden zu pflegen ist etwas ganz anderes. Wenn sie schon an Heilige denken muss – wie Pastor Marcus, der darin unermüdlich war –, dann wohl besser an die weniger exaltierten, die nicht ganz so verrückten, wie Harry sagen würde. Judas, zum Beispiel, oder Helena, kommt es ihr in den Sinn, und der Name ihrer Tochter kriecht wie ein Gespenst herein und tippt ihr auf die Schulter. Helena, die Heilige der Konvertiten und der Geschiedenen. Da hat Pastor Marcus ganz schön gestutzt.

Aber genug von dem Unsinn – sie muss die Pille finden. »Wo zum Teufel ist das Ding?«, hört sie sich krächzen. Plötzlich beginnt das Zimmer zu verschwimmen, ein ausschwärmender Schwindel überkommt sie. Alles, was sie verloren hat, drängt in ihr herauf, an der Oberfläche schäumt die Verzweiflung. Himmelherrgott, hat jetzt sie einen Schlaganfall? *Ein milder Vorfall,* würde Rebecca wohl sagen, wenn sie hier wäre und auf sie herunterblickte. So viel Glück hat sie allerdings nicht. Doch dann mischt sich eine innere Stimme ein, die Stimme eines Priesters, halb der alte, halb der neue: *Der Herr ist geduldig und in seiner Gnade beständig.* Und dann blitzt ein merkwürdiges Bild in ihr auf, von einem Mönch, der eine braune Kutte und gestreifte Socken trägt und eine Frisur, die sie an die *Three Stooges* erinnert, an den einen, der die anderen immer herumkommandiert.

Sie dreht wirklich langsam durch. *In Ordnung, dann sei mir gnädig und nimm mich gleich zu dir.* Da rollt ihr eine kleine harte Noppe unter die Fingerspitzen. Also doch!

Mühsam stemmt sie sich hoch, wischt den Staub von der Pille und drückt Harry noch einmal den Kiefer auf. Sie schiebt ihm die Pille tief in den Rachen, drückt den Unterkiefer hoch und hält ihn fest, damit das Ding nicht noch einmal entkommen kann. Er würgt, er spuckt und wirft ihr mit einem Auge einen feindseligen, vielleicht auch furchtsamen Blick zu. Dann beruhigt er sich und trinkt kindlich beflissen einen Schluck Wasser. »Alles in Ordnung? Sind wir jetzt so weit?«, schnaubt sie erschöpft. Sie wäscht ihm das Gesicht mit einem Schwamm, zärtlich und voller Schuldbewusstsein. Sie hat einen Kloß im Hals, muss immer wieder schlucken. Schließlich ist sie fertig und sagt mit der ganzen Heiterkeit, die sie noch aufbringen kann: »Jetzt ist es genug, mein Schatz. Licht aus.« Wie eine Mutter, die mit ihrem kleinen Kind redet. Aber er hebt die Hand und klopft sich mit zwei zittrigen Fingern auf die Lippen, eine Geste, die ihr so unbarmherzig vorkommt wie ein Stoß in die Kniekehlen. »Was willst du denn noch?« Schon bereut sie den scharfen Ton. Er ist seit zwei Wochen zu Hause und hat noch kaum einen Tropfen Bier bekommen und keine Zigarette, mal abgesehen von dem bisschen, was er einatmet, wenn Jewel sich eine ansteckt. Oh Gott, sie fühlt sich so schuldig.

Sie legt ihm die Decke über die Hand und küsst ihn auf die Stirn. Eigentlich ist sie doch seine Mutter, oder? »Du weißt, was der Arzt gesagt hat«, erinnert sie ihn: kein Alkohol, keine Zigaretten. Ganz so genau nehmen sie es nicht. Aber richtig gegen die Anordnung verstoßen hat bisher nur

Rebecca und ihm hin und wieder einen Zug gegönnt. Es ist wie mit Kindern. Wenn man einmal nachgibt, kann man nicht mehr zurück. Gerade an diesem Nachmittag, Gott sei ihnen allen gnädig, hat Lucy selbst eine angesteckt – ihre Zunge hat sich bei dem Geschmack zusammengezogen – und ihm die Zigarette an den Mund gehalten wie einen Schnuller. »Was hat man denn vom Leben, wenn man es nicht genießen kann?« Rebecca mag schon irgendwie recht haben. Nur musste Harry so stark husten, dass er spuckte. Dann weigerte er sich, einen Mittagsschlaf zu halten. »Es gibt also doch etwas, wofür es sich lohnt, wach zu bleiben, was, Papa?« Rebecca meinte seine Zigaretten.

Disziplin, sagt sie sich. Sie muss sich durchsetzen. »Schatz, wir schalten jetzt mal den Fernseher aus.« Ihre Stimme klingt steif, als sie sich am Fußende des Bettes zu schaffen macht. Der Apparat ist schon sehr leise gestellt, man sieht ohnehin nur den flackernden Bildschirm, und es ist egal, was läuft. Aber als sie hingeht, um auf die Taste zu drücken, schüttelt er trotzig den Kopf. Seit Jewel das Gerät hier oben aufgestellt hat, ist es Harrys bester Freund. Er hasst es, allein gelassen zu werden. *Mama, du machst dich kaputt, wenn du nicht schläfst*, hört sie Jewels Stimme, es ist dieselbe, die immer *Märtyrerin* sagt. Herrgott noch mal, na und? Soll die Glotze halt die ganze Nacht laufen. Wenn er dann nicht so allein ist?

In Jewels altem Zimmer sammelt sich alles an, was sonst keinen Platz im Haus findet. Kein Wunder, dass sie sich dort am wohlsten fühlt. Gleich als sie sich in der ersten Nacht zu Harry ins Bett gelegt hat, hat sie gewusst, dass sie so nie wieder ein Auge zutun würde. Sie zieht sich das Nachthemd zurecht. Sie sieht den ganzen Kram kaum – den

Rollstuhl, auf dem die Matten und die Gummihandschuhe liegen, die die Krankenschwester bei ihren wöchentlichen Besuchen braucht, die Gehhilfe und ihr Strickzeug und die Nähmaschine, die schon ganz verstaubt ist. Das kleine Bett quietscht, als sie hineinsinkt. Wann ist bloß die Bettwäsche zuletzt gewechselt worden? Kurz erschrickt sie, als sie das bläuliche Flackern im Flur sieht, sie muss an Feuer, an irgendeinen Notfall denken. Aber dann hört sie schwach trillerndes Fernsehgelächter und kurz darauf Harrys Ächzen, sein furchterregendes, würgendes Schluchzen. Ja, tatsächlich, er steckt noch in diesem nutzlosen Körper drin. Leider, denkt sie manchmal.

Sie stürzt in einen Zustand zwischen Wachen und Schlafen und stellt sich Rebecca vor, die in absurder Haltung hereinmarschiert. Sie gibt in einem Ton Kommandos, der an die Stimme im Fernsehen erinnert, wenn das Programm unterbrochen wird: *Verändern Sie die Einstellungen an Ihrem Gerät nicht!* Natürlich dreht man trotzdem an der Zimmerantenne. Sie stellt sich sogar vor, dass sie sich mit ihr streitet. *Jeder braucht etwas, für das es sich morgens lohnt aufzustehen,* sagt sie vage und voller Ungeduld. Lucy findet eine Stimme in sich, die lauter und kräftiger ist, und so hat sie diesmal das letzte Wort: *Es gibt doch Schlimmeres, Liebling, als nicht mehr aufzuwachen oder aufzustehen.*

Wenn sie still genug liegen bleibt, verrinnen die Stimmen. Doch an ihre Stelle tritt Erschöpfung. Beinahe wünscht sie sich, dass mit den Stimmen auch ihre Seele entrinnt, dass sie in der zugigen Verdammnis verdunstet. *In Christus sollt ihr sterben.* Noch einmal stellt sie sich den merkwürdigen Mönch vor. Auf seiner Schulter sitzt eine Taube. Er wäre wohl gern der heilige Franziskus. *Ihr, die ihr die Freiheit sucht.* Ihr würde es reichen, wenn man sie vergessen würde. Ihr Gehirn ist ein Zerrspiegel, in dem sich Harry dehnt. Er krümmt sich, geht auf wie eine Blume und klappt zusammen, während hinter ihm das Leben vorüberblitzt. Schließlich driftet sie in eine friedvolle Unschärfe hinein und denkt an, träumt von Robert. Von ihnen beiden, Robert und Oma Frosch, auf dem Weg zur Kirmes. Als Einzige bringt sie die Geduld auf, ihm vom klebrigen Rand der Bahn aus beim Autoskooter zuzusehen. Er ist zehn, an seinen Wangen hängt rosafarbene Zuckerwatte, mit jedem Ruck wird der Schädel mit dem Bürstenhaarschnitt vor- und zurückgeschleudert. *Noch eine Fahrt, Oma, bitte, bitte, bitte.*

Es dämmert gerade erst, da wird sie wach. Ihr tut alles weh, als wäre sie die ganze Nacht lang Bus gefahren. Bis er zwölf war, hat sie sich mit Robert immer einen Sitz geteilt. Einmal hat er ihr sogar einen Kuss gegeben. Im Halbdunkel hält sich die Stille fest, das Surren des Fernsehers zerfließt, ist kaum lauter als das Brummen des Kühlschranks unten. Ihr ist, als könnte sie Roberts dürre Arme an ihrem Hals spüren, die Zuckerwatte riechen und die quietschenden Sofafedern hören. Blitzartig, schneller als ein Wimpernschlag, zucken die Jahre an ihr vorbei.

Aus dem Nebenzimmer ist ein Gurgeln zu hören, ein Stöhnen so zart wie das eines Säuglings. Bevor sie sich auch nur rühren kann, beginnt er, tief und elendig zu ächzen. Welcher Tag ist heute? Welcher Monat? Ist in viereinhalb Wochen wirklich schon Weihnachten? Hab Mitleid mit mir, Harry, bitte, denkt sie und steht auf. Sie atmet einmal tief ein, humpelt zu ihm hinein und zwingt sich, an Luft zu denken, frische, helle Luft, an Schmetterlingsflügel. Schmetterlingsatem. »Schhh, ist ja gut, Lucy ist ja hier«, sagt sie. »Sei tapfer, reiß dich zusammen, ich hol deine Pillen und mach dich frisch.« Aber das Licht scheint rosafarben herein, und ihr ist, als wäre sie in Zement eingegossen. Es gelingt ihr kaum, still zu sitzen und ihm die Füße zu massieren. Draußen quietscht ein Fahrrad, dumpf landet die Zeitung auf der Veranda, wie eine tote Krähe. Sie tapst die Treppe hinunter, um sie zu holen, denn ihre Seiten bergen ein Versprechen, die Möglichkeit zu entkommen.

Harte, kleine Schneeflocken wischen an der Scheibe vorüber. Es ist eigentlich noch zu früh für Schnee, aber die Zeitung ist schon voller Reiseangebote nach Florida und Barbados. Busreisen gibt es auch – Einkaufstouren nach Bangor und für Musikfans Reisen nach Nashville. Heiliger Himmel, man kann sogar eine Pilgerfahrt nach St.-Anne de Beaupré buchen. Sie füttert Harry mit Haferbrei und liest ihm vor, was im *Grand Ole Opry,* der berühmten Countryshow, auf dem Programm steht. Sie stellt sich vor, wie der Rollstuhl in den Bus geladen wird, wie sie ihn herumschiebt. Oje, hoffentlich kommt Rebecca nicht auf solche Ideen. Aber wenn er sich ein Ziel aussuchen könnte, ganz frei, hat er einmal gesagt, dann würde er nach Nashville fahren. »Wie? Du mit den ganzen coiffierten Damen? Teufel noch mal, das wäre gefährlich.« Etwas in dieser Art hat sie ihm damals gesagt, nur halb im Scherz, und er hat gelacht und gefragt: »Gefährlich? Für wen denn?« Jetzt wünscht sie, sie wären damals gefahren. Aber immer ist etwas dazwischengekommen, erst seine Arbeit, dann das Enkelkind, und wenn sie recht darüber nachdachten, lag ihnen Verreisen auch nicht so. *Scheiß drauf,* hat er gesagt, *ich hab doch Don Messer. Und gegen Buddy kann Earl Scruggs eh nicht anstinken.*

Sie lässt sich Zeit damit, den Löffel zu füllen, und als sie ihn Harry hinhält, zeigt er auf seine Pappe. Sie hat ihm das Alphabet in Großbuchstaben auf ein Stück Pappe geschrieben, aus der Verpackung einer Nylonstrumpfhose. Jetzt hält sie es ihm fest. M-I-N-N-I-E-P-E-A-R-L, schreibt er, seine Finger bewegen sich im Schneckentempo. »Die kann Marg Osburne doch nicht das Wasser reichen, oder, Harry?«, sagt sie, und sein Auge funkelt. Er zeigt auf den Fernseher, tippt sich ans Ohr und versucht zu sprechen. An seinem Kinn hängt Brei. »Gut, in Ordnung, aber erst, wenn du aufgegessen hast.« Die Schüssel ist noch halb voll. Sie hält ihm einen Löffel nach dem anderen hin. Es geht so langsam, dass sie das Gefühl hat, sie könnte in der Zwischenzeit entschlafen. Es würde ihn nur ablenken und die Sache unnötig in die Länge ziehen, wenn sie die Lautstärke so aufdrehen würde, dass er seine Sendung tatsächlich hören könnte. *Hauptsache, er isst, damit er zu Kräften kommt.* Hat der Arzt gesagt. Nur ärgerlich, dass man das, was hinein soll, erst einmal hineinbringen muss, und dass das, was reingeht, auch wieder rauskommt.

Nach dem Frühstück wäscht sie ihn und zieht ihn an. Dann dreht sie den Fernseher so laut, dass die Fläschchen auf ihrer Kommode klimpern. Harry lehnt sich gemütlich zurück und scheint beinahe entspannt, bis sie aufsteht. »Ich gehe hinunter, um Staub zu wischen.« Sie muss jede ihrer Bewegungen erklären, damit er nicht in Panik gerät. Zwei Wochen, eine Ewigkeit: Das Haus ist voller Spinnweben. Sie nimmt das Tablett und streicht ihm über das Handgelenk. Ein schwaches Lächeln durchzuckt seine Lippen, während kleine Kinder über den Bildschirm tanzen. Ein hübsches Mädchen mit Fönfrisur klatscht in die Hände und singt:

»London Bridge bricht zusammen, bricht zusammen, bricht zusammen«, dann schaltet Lucy um.

Sie hat unten gerade erst richtig losgelegt, da ist es schon Zeit fürs Mittagessen. Harry bekommt matschige Möhren und Truthahnsuppe, die zu einer beigefarbenen Paste zerkocht ist. Sie füttert ihn, der Fernsehlärm verdrängt die Stille. In den Lokalnachrichten wird ein Tieflader gezeigt, eine ganze Lastwagenkolonne mit blinkenden Begleitfahrzeugen, die einen riesengroßen Weihnachtsbaum über die Autobahn transportiert. »Es geht nach Boston«, sagt der Nachrichtensprecher, bevor Lucy ihn abstellen kann. »Ein Geschenk unserer Stadt an ihre, wie jedes Jahr, als Dank für ihren Beistand in der Zeit unserer Not. Nur wenige Wochen noch, dann begehen wir den zweiundfünfzigsten Jahrestag der Explo –« Wie der Kerl es herunterbetet und dabei doch einzelne Silben betont, seine Stimme schlägt Haken wie ein Hase. Harry starrt vor sich hin und winkt heftig, aber bevor sie am Fernseher ist, ist der Mann schon bei der nächsten »Nachricht«. Irgendwo ist ein Keller überflutet worden. Meine Güte. Als wäre das alles nur erfunden, wie in Rebeccas Seifenopern. Die wirken genauso trostlos, nur sehen die Menschen besser aus.

Der Nachmittag kriecht dahin: Geschirr, die Bettpfanne, die Wäsche. Es bleibt keine Zeit, die Spinnweben über dem Kamin zu entfernen oder eine Tasse Tee zu trinken und in Ruhe den Rest der Zeitung zu lesen. Zum Abendessen gibt es wieder Suppe, und sie versucht etwas Neues: Sie gibt ihm eine Scheibe Weißbrot. Harry lutscht lange daran herum, seine Augen treten hervor, als es ihm endlich gelingt, ein Stück herunterzuschlucken. »Prima, mein Schatz«, sagt sie leise. Es hilft, wenn sie ihm immer wieder gut zuredet. Und wenn sie es je vergessen sollte, wird Rebecca sie schon daran erinnern. Es hilft tatsächlich irgendwie. Harry versucht, an seinen Tomatensaft zu kommen, und stößt das Glas um. Der Saft spritzt auf die frisch gewaschene Bettwäsche, dann rutscht das Glas über die Bettkante, kracht auf den Boden und hinterlässt eine Pfütze voller Splitter. So sieht es sonntagmorgens aus, wenn in der Nacht die Wartehäuschen an den Bushaltestellen eingeschlagen worden sind. Was ist eigentlich mit den jungen Leuten los, dass sie alles kaputt machen müssen? Sie ist schon wieder auf den Knien, um aufzuwischen, und schneidet sich knapp unter dem Nagel an einem Splitter. Sollte das Glas nicht eigentlich unzerbrechlich sein? Noch so eine tolle Idee von Rebecca. Zumindest kann sie das Glas aufkehren. Mit dem Flecken ist es schon etwas schwieriger. T-U-T-M-I-R-L-E-I-D, buchstabiert Harry und sieht sie ängstlich an.

Den Abend verbringen sie vor dem Fernseher – wo auch sonst. Eine Sondersendung des *National Geographic:* Ein Mann mit einer tiefen Stimme reist von einer europäischen Wallfahrtsstätte zur nächsten. Harry schläft dabei ein. Sie aber genießt den beruhigenden Kommentar des Mannes, als er sich über einen Glassarg in Frankreich beugt. Der Leichnam darin könnte von einem Schulmädchen sein, so klein ist er. Das Gesicht ist wie Marmor. »Der unversehrte Leichnam der heiligen Bernadette«, sagt er getragen. Schnell wechselt das Bild zu einem rauschenden grünen Fluss.

Harry regt sich. In der Werbepause geht sie hinunter, um ihm einen kleinen Snack zu machen: Thunfisch auf demselben schwammartigen Brot. Sie eilt wieder hinauf, um sich der Sendung zu widmen, beobachtet aber mit einem Auge Harry, der das Brot isst. Der Mann im Fernseher hält inne, dann kommt Musik. Die singende Nonne mit ihrem Lied *Dominique.* Dann zeigen sie ihn, wie er an dem reißenden Flüsschen entlangspaziert. Eine Armada von Rollstühlen scheint ihn anzutreiben. In einer Felsnische steht ein Priester und hält eine Hostie hoch wie einen winzigen Mond, und die verkrüppelten Menschen bekreuzigen sich. Lourdes! Sie hat einen Artikel darüber im *Reader's Digest* gelesen. Hat Mrs. Slauenwhite nicht immer davon geträumt, einmal dorthin zu fahren? Aber nun sucht sie doch nach einem Anzeichen für den Schwindel. Die Bilder, das Glaubensfieber der Pilger sollen sie doch nur beschwichtigen, es muss eine Täuschung sein. Doch genau, wie der Mann vorhergesagt hat, stehen die Menschen, die etwas vom Weihwasser abbekommen haben, aus ihren Rollstühlen auf, und ein junger Mann, der offenbar Kinderlähmung hat, wirft seine Krücken in den Fluss.

Harry schmatzt laut, sein Teller hängt gefährlich schief. B-L-Ö-D-S-I-N-N, buchstabiert er mit gekralltem Zeigefinger, während sie an St.-Anne-de-Beaupré denkt und an ihre eigene Sehnsucht, auf durchsichtigen Schwingen davongetragen zu werden, hoch, immer höher, egal wohin. Ein Schrein. Kommt einem bei diesem Wort nicht wie von selbst der Gedanke an Frieden? Würde man nicht am liebsten einfach seinem Verlangen nachgeben – nach einer eingelegten Gurke zum Beispiel, die man in aller Ruhe allein futtert? »Eine gewisse Aufrichtigkeit«, blubbert es aus dem Kasten. *Was für eine Frichtigkeit?*, könnte Harry jetzt buchstabieren. Aber wer ist denn frei von solchen Wünschen, denkt sie, wer sehnt sich nicht nach etwas, das es nicht gibt?

Die Sendung ist noch nicht zu Ende, die Kameralinse

blitzt in der brennenden Sonne. Der Mann im Fernseher ist jetzt nicht mehr zu sehen. Er spricht wie der Herrgott oder der Zauberer von Oz, während eine neue Welle von Krüppeln und Erschöpften heranbricht. Wer kann, hält eine Kerze von der Art in der Hand, die sie immer im Haus hat, falls der Strom einmal ausfällt. Die Glocken einer nahen Basilika läuten das Ave-Maria, immer wieder, mit einer Stetigkeit und Unabänderlichkeit, die an die Weihnachtslieder in den Spielzeugabteilungen der Kaufhäuser erinnern.

Harry gelingt es, sich ein wenig aufzusetzen. Er erwischt noch gerade den rutschenden Teller, bewegt sich erstaunlich schnell. Dass sie mit Verstimmung darauf reagiert, verstärkt ihre Schuldgefühle. Derweil tasten die Menschenmassen die Felsnische ab, zielen mit ihren Kameras. »Petite Bernadette«, erläutert der Zauberer mit der schokoladenzarten Stimme, »hat die Jungfrau Maria mit eigenen Augen gesehen. Und zwar achtzehn Mal.« Das kränkliche Mädchen hatte von einer Quelle getrunken, die aus dem Boden hervorgesprudelt war. *»Que soy ero Immaculada«,* zitiert er die Worte auf der Statue, einem Bildnis der Muttergottes, deren holder Blick gen Himmel gerichtet ist. »Kommt mir spanisch vor«, murmelt Lucy und errötet. Um Gottes willen, das fühlt sich ja an wie eine Hitzewallung. Liegt es an ihr, oder ist es so heiß hier drin?

Die Hitze auf dem Bildschirm schimmert, Kerzen flackern. Aus einem Felsen sprießt ein verdorrter Rosenstock. Das Flussrauschen im Hintergrund hört sich an wie das Flattern unzähliger Flügel. Ein Junge, ungefähr so alt wie Robert, steht wackelnd auf. »Wandelt, ihr Sünder, wandelt, denn wer in meinem Lichte wandelt, der wird errettet«, zitiert der Zauberer jetzt die Heilige Schrift, während die

Menschen zu den Wasserhähnen strömen, die in einer langen Reihe an einer Mauer angebracht sind. Sie beugen sich herab, um zu trinken, und halten auch die Hände unter den Strahl, damit sie nicht einen einzigen wertvollen Tropfen vergeuden.

Harry seufzt leise. Ja – *ja doch* –, er muss gewendet werden. Aber noch nicht. Sie spürt die Hoffnung, die von den Mienen und Stimmen der Menschen im Fernsehen auf sie niedergeht, auch wenn sie zweiter Hand ist wie das Sonnenlicht, das auf dem Fluss glitzert. »Die asthmatische Tochter eines verarmten Müllers«, wiederholt der Mann, beinahe wie einen Refrain, »verehrt als Heilige, Millionen hat sie getröstet.« Eine stechende, beinahe juckende Hitze weht ihr über die Schultern. Harry sieht fasziniert aus, auch wenn er nur schlaff grinst. Sie fühlt sich auf einmal so ... so verantwortlich.

»Ein Wunder wünscht sich doch jeder, Liebling.« Sie ist angegriffen, kann ihren eigenen Ton nicht ausstehen. Aber hat sie denn nicht recht? Und nicht nur in diesem Haus, sondern überall: in den Küchen, den Garagen und Kosmetiksalons. Rebecca wünscht sich eine Dauerwelle, die ewig hält, und Plätzchen, an denen man sich nicht die Zähne ausbeißt. Jewel will seinen Frieden, sonst nichts. Er würde gern schlafen können, wenn Robert den Wagen hat. Und Robert? Wünscht sich Erfolg, ohne arbeiten oder die Schulbank drücken zu müssen, Geld und Mädchen, ohne Erwartungen erfüllen zu müssen. Sie ist ja nicht von gestern, sie kann sich schon denken, was in seinem Kopf vorgeht. Und was würde Harry sich wünschen? Eine gemeine Frage. Eine ganze Packung Export A, nicht nur einzelne Zigaretten. Eine Kiste Keith's, Bier direkt aus der Flasche, nicht durch einen Strohhalm. Und sie? Was würde sie sich wünschen? Aus der wirren Leere heraus tritt das ausgeblichene, brüchige Bild eines kichernden Mädchens, das zu einer Teenagerin aufblüht, dann zu einer Frau.

Der Mann im Fernsehen interviewt eine Dame mit einem Spitzenhäubchen, die etwas von Rheuma sagt und sich mit einem kristallen glitzernden Bogen aus Wassertröpfchen selbst segnet. Der Mann schaut von der Mauer aus zu, deren bemooste Steine einen modrigen Geruch heraufbeschwören.

Harry pocht auf den Nachttisch und macht eine rollende Handbewegung. Sie tut, als hätte sie es nicht bemerkt. Der Fernsehmann kehrt in eine Echokammer zurück: die St.-Helena-Kapelle, wie er sagt. Es läuft ihr eiskalt den Rücken herunter, sie kann es nicht fassen. Er hat die Arme verschränkt und schaut ruhig aus dem Bildschirm. »Sechsundvierzig Jahre lang lag die selige Bernadette hier, im Tod ebenso rein wie im Leben, dann wurde sie heiliggesprochen. Es stimmt, was die Gläubigen wahrnehmen: Ihr Körper duftet. Die Kirche sagt, sie duftet wie ... eine ... Lilie.«

»Du musst was auf die Rippen kriegen, Sohn.« In der ersten Zeit nach Jewels Rückkehr sah Harry ihm immer beim Essen zu. »Wo steckst du das bloß alles hin?«

»Noch ein Ei? Noch etwas Milch?«, drängte sie, obwohl das gar nicht nötig gewesen wäre. Er fluchte, er sei doch kein Kind mehr.

Als Harry sagte, so habe er nicht mit seiner Mutter zu sprechen, stapfte Jewel beleidigt nach oben und legte sich ins Bett. Harry nannte ihn eine tickende Zeitbombe. Er würde sein Leben verschlafen. Sie wusste, dass Schlaf gesund ist, und sie merkte, dass er ihn bitter nötig hatte, aber eigentlich passte es ihr genauso wenig, dass er den ganzen Tag herumlag. Dabei hatten die Ärzte doch sogar Ruhe verordnet. Einen Granatsplitter hatten sie nicht herausbekommen. Er stecke zu nah am Herzen, hatten sie erklärt. Ihr wurde beinahe übel, als sie die Narbe zum ersten Mal sah, ein gezackter Streifen, der von der linken Brustwarze bis hinunter zum Bauchnabel führte. Sein Vater sagte nur, er solle sich ein Hemd anziehen. Sie hätte am liebsten ihre Hand auf die Narbe gelegt und geweint.

Als es ihm besser ging, sagte Harry, er könne ihm vielleicht Arbeit in der Werft verschaffen. Irgendwann müsse es mit dem Herumlungern doch ein Ende haben. »Warum denn?«, antwortete Jewel frech. Es sei an der Zeit, dass er sich verdammt noch mal zusammenreiße, sagte sein Vater. Jewel ging hinter ihm her in den Keller, sie tranken etwas und vertrugen sich wieder. Kurz darauf drangen ein paar stümperhafte Akkorde herauf. Mit müder Stimme versuchte Jewel die Lieder zu raten: *A Long Way to Tipperary? Harvest Home?* Sie drückten ihre Zigaretten auf dem guten Geschirr aus. Als sie hinunterging, fand sie Jewel auf Harrys Werkzeugkiste sitzend, mit einer Flasche zwischen den Füßen.

»Irgendetwas muss doch dabei herumgekommen sein«, hörte sie Harry einmal sagen. Aber über das, was sie in Jewels blauen Augen gespiegelt sah, wollte sie gar nichts Genaueres erfahren.

Anfang Mai erschreckte er sie, indem er einen Anzug anzog, und zwar den, den er bei Black's getragen hatte. Es war kaum zu glauben, aber er passte noch. Er ging aus dem Haus, und als er zurückkehrte, berichtete er, er habe seine alte Stelle wieder. Sie hatten ihn durch eine junge Frau ersetzt, die konnten sie leicht feuern. Auch wenn es ihr lieber gewesen wäre, wenn er nach einer besseren Stelle Ausschau gehalten hätte, kniete sie nieder und dankte Gott, und am nächsten Morgen stieg er zu Harry in den Wagen, als wäre er nie im Krieg gewesen.

Er hatte gerade eine Woche bei Black's gearbeitet, als die Schlagzeilen den *Sieg in Europa* verkündeten. Harry kam an diesem Abend spät nach Hause. »Die Leute drehen durch vor Freude«, erzählte er, »sie schlagen Fensterscheiben ein und klauen alles, was nicht niet- und nagelfest ist.« Was einige Jungs mit einer Schaufensterpuppe angestellt hatten, wollte er ihr gar nicht erzählen. »Am helllichten Tag! Die Hose runtergelassen und den Arsch in die Luft gestreckt. Das musst du mir schon glauben«, sagte er. Er hatte auch zugesehen, wie Matrosen eine Straßenbahn in Brand setzten. Und ein Mann hatte eine Kommode auf dem Rücken davongetragen, wer sonst noch da war, schnappte sich ein paar Flaschen Schnaps. Und Benny – der Kerl mit dem Wagen, der Rumtreiber – hatte eine Karre voller Schuhe vor sich hergeschoben. Sie sah ihn verwirrt an. »Natürlich, um sie zu verhökern«, sagte er glucksend. »Der hat doch selbst auch nur zwei Füße.«

Sie kochte Eintopf und backte einen echten Schokoladenkuchen, und als Jewel nicht kam, stellte sie seinen Teller warm. Harry hatte sein Essen gerade verschlungen, als plötzlich Edgar Boutilier in der Tür stand. Er hatte ein Akkordeon dabei, an dem noch das Preisschild von Phinney's hing. »Fünfzig Dollar, ja oder nein.« Harry war viel zu aufgeregt. Er brauche Bedenkzeit, sagte er. Lucy schlug vor, ein bisschen durch die Stadt zu fahren, vielleicht würden sie Jewel treffen. »Was?«, rief Harry. »Willst du etwa, dass sie uns einen Stein durch die Windschutzscheibe werfen?« Jewel sei groß genug, er werde auf sich aufpassen, sie müsse bedenken, wo er schon gewesen sei. Aber sie dachte an seine Wunde und den verirrten Granatsplitter und versuchte, sich bis zu den Nachrichten mit Nähen beschäftigt zu halten. Dann lief sie nervös auf und ab. »Hat er denn vergessen, dass er morgen früh zur Arbeit muss?« Dabei war ihre Sorge eine ganz andere.

Am Morgen wehte eine Brise durch die offene Tür seines Zimmers und verkündete, dass Jewel nicht da war. Endlich war er heimgekehrt – und nun sollte er in der Stadt bei einer Sauftour abstürzen? Oder noch viel Schlimmeres? Bei Black's ging niemand ans Telefon. Harry rief von der Arbeit aus an und erzählte, die Innenstadt sehe aus, als wäre dort eine Bombe eingeschlagen, verdammt und immer wieder gottverdammt. »Ist er nach Hause gekommen?«

Kurz vor dem Abendessen kam Jewel endlich hereingeschlendert. Sein Anzug war zerknittert, er stank wie ein blindes Schwein, wie Harry sagte, aber sonst schien alles in Ordnung zu sein. »Ratet mal, wen ich getroffen habe?« Er war rundum gut gelaunt. »Lilys Tochter – wisst ihr noch?« Es schien ihn nicht zu kümmern, dass sie vor Sorgen fast umgekommen war. »Gewöhn dich dran, Mama«, sagte er und küsste sie flüchtig auf die Wange. Als er in der Badewanne saß, schob sie den Rosenkranz unter sein Kopfkissen und eine Karte, die sie eigentlich für Harry verwahrt hatte. Es war ein Bild der heiligen Monika, der Schutzheiligen der Alkoholiker.

Seinen Job behielt er, Gott und Josef, dem Schutzheiligen der Arbeiter, sei Dank. Auf eine merkwürdige Art sorgten der Krawall und die Sauferei dafür, dass er sich einen Ruck gab, auch wenn Pastor Marcus das alles für böse hielt. Harry zeigte größeres Verständnis, es tue doch gut, hin und wieder mal stockbesoffen zu sein, nur für Dummheit gebe es keine Entschuldigung. Die Menschen seien gar nicht so schlecht, wandte sie ein, egal, ob sie nun böse oder dumm seien. »Und wie ist das Verhältnis von gut zu schlecht?«, fragte er, der solche Wörter nur selten in den Mund nahm. Es gebe mehr dumme Menschen als böse, sagte sie aus tiefer Überzeugung, aber er bohrte immer weiter: »Richtig blöd oder nur stumpfsinnig?« Das sei Haarspalterei, sagte sie und gab auf. Endlich war er still.

Langsam kamen die Dinge wieder in Gang. Die Soldaten zogen ab, die Stadt schrumpfte. Aber Jewel trank weiter. Er bewahrte sogar Bier in seinem Zimmer auf. Solange er bei ihnen wohne, drohte sie, habe er sich an ihre Regeln zu halten. Aber er war siebenundzwanzig Jahre alt, es war hoffnungslos.

Er wurde befördert und leistete sich einen flotten neuen Anzug. Am Tag von Mr. Blacks Party bügelte sie ihn auf, und da es nach Regen aussah, lieh Harry ihm den Wagen. Eine Gartenparty? Sie würden sie bestimmt nach drinnen verlegen. Sie versuchte, des Zigarettengestanks Herr zu werden, und fragte, ob Mr. Black eine Tochter habe. Dann fragte sie nach Mona. »Herrgott noch mal, Mama«, sagte er. »Es ist eine Teeparty, was glaubst du denn!« Was hätte sie darum gegeben, Mäuschen spielen zu können.

Sobald er aus dem Haus war, ging sie nach oben, um sein Zimmer aufzuräumen. Es sah aus wie ein Schützengraben, in dem zehn Männer kampiert hatten. Sie hängte den alten Anzug auf und schob die Zeitungen eines ganzen

Monats zu einem Stapel zusammen. Wäsche quoll aus den Schubladen, und drei ihrer Untersetzer waren bis oben vollgeascht. Alles stank nach Rauch. Wie Pelz lag der Staub auf dem winzigen Kruzifix über dem Bett. Das Zimmer war so schmutzig, dass er Angst haben musste, nachts unter den Staubballen zu ersticken. Schade, die Sache mit Mona, aus ihr würde bestimmt eine gute Hausfrau werden. Aber Lucy sah überhaupt nicht ein, dass sie ihn einfach an eine andere Frau abgeben sollte, nur damit sich jemand um ihn kümmerte. *Jungs lieben ihre Mamas,* hatte Mrs. Slauenwhite einmal gesagt, ein Satz, der ihr nun, da sie die Treppe hinunterstapfte, um den Staubsauger zu holen, noch einmal durch den Kopf ging.

»Männer«, sagte sie grinsend und rückte die Kommode von der Wand. Eine Schublade rutschte heraus, ihr Blick fiel auf einen Haufen Fotos, körnige Aufnahmen, grau in grau. Sie kniete sich hin, sammelte sie in ihren Schoß. Ein Bild war dabei, das er von ihr und Mona gemacht hatte. Sie erkannte sich selbst kaum wieder. Wie frisch und gesund sie damals aussah, wie dunkel ihr Haar war! Mona hatte etwas von einem Windhund. Sie grinste. Ein nettes Bild von Harry, der mit seiner Geige angab, und ein anderes, auf dem eine Glocke mit Hakenkreuz zu sehen war, und ein paar Kerle in Uniform, die sich vor der Kamera drängelten. Und da war Jewel, umringt von Kindern in Holzschuhen und Mädchen mit Hauben, wie die Holländerin auf den Keksdosen. Ein weiteres Foto zeigte etwas Verkohltes – ein Panzer? Steine? –, drum herum lagen Lumpen. Aber was sie bis ins Mark traf, war ein Foto von einer mit Helmen und Leichen übersäten Wiese. Jewel stand mittendrin, grinsend, den Fuß auf den Rücken eines toten Soldaten gestellt. Wie

Kolumbus, der sich Amerika unterwirft, oder Cabot am Cape Breton. *Die Deutschen sind erledigt.*

Sie legte die Bilder in die Schublade zurück, richtete sich auf und nahm die Schmerzen beim Aufstehen gar nicht wahr, begann zu staubsaugen, schob und drückte und knallte gegen Fußleisten und Stühle, bis sie bemerkte, dass das Ding überhaupt nicht eingesteckt war. Sie ließ alles liegen und ging sich kalt das Gesicht abwaschen. Als der Plymouth röhrend in die Einfahrt bog, saß sie auf dem Badewannenrand. Er war nur eine Stunde weg gewesen. Sie überhörte, wie er Harry von einem Mädchen erzählte, die ausgesehen habe wie eine Butterblume. Dann machte er ihren britischen Akzent nach. »Ich musste mich richtig zusammenreißen«, sagte er lachend, als er die Treppe heraufkam. »Ich will gleich wieder los, ich geh zu Dunphy's.« Sie blieb sitzen und hielt die Luft an und zählte. *Heilige Maria, Muttergottes.*

Drei selige Wochen lang überlegte sie hin und her, ob sie ihn auf die Fotos ansprechen sollte. Schon bei dem Gedanken, dass sie sich im Haus befanden, wurde ihr ganz mulmig. Jedes Mal, wenn sie an seinem Zimmer vorbeiging, stiegen die Bilder in ihr auf. Schließlich, an einem schwülheißen Nachmittag, beschloss sie, etwas zu sagen, sobald er von der Arbeit nach Hause käme. Dann wollte sie ihn mit einem Abendessen besänftigen. Obwohl es so heiß war, setzte sie Wasser auf und kochte Eier und Kartoffeln für einen Salat. Im Garten zwischen den Ringelblumen wuchsen Schalotten. Sie hatte Corned Beef, Wackelpudding und Limonade im Schrank: Es ging ihnen doch wahrlich nicht schlecht. Sie pellte gerade ein Ei, als die Luft zu stocken schien. Sekunden später wurde das ganze Haus durchgerüttelt. Oh Gott, waren das Schüsse? Eine Bombe? Wie angewurzelt stand sie da, zitterte, der Schweiß kitzelte ihr auf den Schläfen. Dann noch eine Explosion, noch lauter. Eine Scheibe platzte, Splitter fielen klimpernd auf die Töpfe, in denen ihre Gloxinien wuchsen. Nazis, war ihr erster Gedanken gewesen, aber der Krieg war doch längst vorbei. Panisch rannte sie in den Keller.

Es war kühl, der Beton an ihrer Wange fühlte sich feucht an. Was sie an die Mauer drückte, war unbezähmbare Angst. Noch eine Explosion, und noch eine. Da kauerte sie: Sie war nicht mehr jung, sie trug eine Schürze. Aber in ihrem Innersten war sie wieder zwanzig Jahre alt und drückte das Gesicht ins teerige Gras. Sie wusste nicht, wie lange sie dort lag. Schließlich knirschte draußen der Schotter, sie hörte Fußstapfen. Harry stand in Stiefeln an der Treppe. »Lucy?«, rief er, wo zum Teufel stecke sie denn! »Schnell!«, sagte er, als er sie gefunden hatte, und versuchte, ihr aufzuhelfen. Aber sie war außerstande, sich zu bewegen, in der Hand hielt sie immer noch das Gespenst eines gekochten Eis. Doch es war anders als damals: Sie war nicht geflogen, hatte sich nicht überschlagen. Sie war tief unten im Haus gelandet. War sie tot? Nein, Harry brüllte ja und packte sie und stellte sie auf die Füße. Ihre Beine gehorchten ihr nicht. Hatte sie sie verloren? Nein, sie waren nur eingeschlafen. Sie sah an sich herab. Da waren sie ja. »Die Kartoffeln.« Ihre dünne, kindliche Stimme. »Vergiss die verdammten Kartoffeln!« Er schleppte sie nach draußen und drückte sie grob in den Vordersitz, als Mrs. Chaddock angelaufen kam. Sie hatte ihren Hund im Arm und sprang auch in den Wagen. Im Radio wurden die Menschen aufgefordert, ihre Häuser zu verlassen. *Das Munitionslager, es könnte jeden Moment in die Luft ...*

Er raste den Hügel hinauf. Sie sahen sich um, sahen auf die Stadt hinunter und auf den schmalen, glänzenden Streifen der Bucht, den Rauchpilz. Die Straße war so voll, sie konnten weder vor noch zurück. Ein lautes Krachen, ein gelbes Lichtrad, das in den Himmel wirbelte und auseinanderfiel. Dann ein grünes. Und die Wolke stieg immer höher hinauf. Harry hupte und hupte, aber vor ihnen tat sich nichts. »Viel Spaß dann bei der Vorstellung«, rief jemand. Die Leute stiegen aus ihren Autos, liefen zu Fuß weiter. Immer wieder leuchtete der Himmel grün und gelb auf. »Ein Feuerwerk!« »Oooooooh!« »Ahhhhhhh!« Mrs. Chaddock entdeckte einen Verwandten, drückte ihren Hund an die Brust und lief los. Ein Kerl kam vorbei, beugte sich zu ihrem Fenster herab und sagte: »Nichts wie weg hier. Das war nur das Schubschiff. Aber wenn das Lager in die Luft fliegt, dann geht's richtig rund!« Wie 1917. Sie könnten doch nicht einfach da sitzen bleiben, sagte Harry. Lucy hatte das Gefühl, von eisigen Fingern gezwickt zu werden. Jewel. Sie konnten nicht ohne ihn fliehen.

Zwischen den Explosionen lag das Viertel ganz ruhig da. Sie fuhren ihre Straße hinauf, der Plymouth schnurrte leise. Es war, als wären sie die einzigen Überlebenden. Aber alles sah ganz unverändert aus: Mrs. Chaddocks Petunien und, dort am Zaun, der Rasenmäher. Die Klematis auf der Veranda war unversehrt. »Vielleicht ist er drinnen«, flüsterte sie. Ein Donnerschlag jagte ihren Worten hinterher wie bei einem Gewitter, nur näher, schärfer. Waren das Granaten? Nein, Jewel war nicht da. Das Haus war leer und roch nach Eiern und verkohlten Kartoffeln. Sie liefen in den Keller.

»Er ist bestimmt mit den Leuten von der Arbeit abgehauen«, sagte Harry, um sie zu beruhigen. »So geistesgegenwärtig wird er schon gewesen sein.« Eine weitere Explosion rüttelte am Fundament des Hauses. Grün leuchteten die schmutzigen kleinen Fenster auf, Licht fiel auf die Regale, auf Einmachgläser und Werkzeuge. Harry kroch noch einmal hinauf und holte eine Decke, die er auf dem Boden ausbreitete. Sie lagen nebeneinander, Hand in Hand, unter ihnen erzitterte immer wieder der Boden. »Es geht doch nichts über einen ordentlichen Keller«, witzelte er. Jetzt, nach all den Jahren, zeigte sich, wie gut das Haus gebaut war. Was für eine Schande, dachte sie, wenn es jetzt einstürzt. Aber auch ein Glück, falls Jewel etwas zugestoßen ist. Sie drückte Harrys Hand und malte sich aus, wie er in Mr. Blacks glänzendem Packard davonfuhr.

Harry erwiderte ihren Händedruck, dann lockerte er seinen Griff und fing tatsächlich an zu schnarchen. Irgendwann in der Nacht legte er ihr den Arm um die Hüfte. Sie warteten darauf zu sterben. Es hörte sich an, als würde die Welt aus dem All angegriffen. Jeder Herzschlag war eine Granate, die in ihrem Inneren explodierte, ihre Knochen wurden von herabstürzenden Felsen zertrümmert. *Egal, wo Jewel jetzt ist,* betete sie, *bitte mach, dass es schnell geht.* Aber plötzlich erstarb das Dröhnen, worauf es einmal laut und dumpf knallte, als wäre die Salutkanone auf dem Zitadellenhügel abgefeuert worden oder ein Lastwagenreifen geplatzt. Dann war es still: Wenn dies der Tod ist, dachte sie, dann unterscheidet er sich nur wenig vom Leben. Der kühle Betonboden war immer noch unverzeihlich hart, ihre Knie schmerzten. Langsam kroch das weiche Morgenlicht über die schäbigen Regale. Ein Vogel zwitscherte, nebenan japste ein Hund. »Verdammt«, ächzte Harry, »ich glaube, jetzt hab ich wirklich alles erlebt.«

Später lag er auf dem Sofa und schlief, als Jewel hereinspaziert kam. Er sah aus, als wäre er unter einem Felsen hervorgekrochen. Sie war gerade dabei, einen Berg Wäsche zu bügeln, und hätte beinahe ein Hemd verbrannt, da stand er in der Tür, schlotternd und grinsend, und sah an sich herab. Sie wischte sich die schwitzenden Hände ab, ging auf ihn zu, aber nicht schnell genug. Ihm war nichts passiert! Natürlich nicht, sagte sie sich. Er hatte ja Krocket gespielt und Kartoffelsalat gegessen, falls Leute wie die Blacks Kartoffelsalat aßen, zumindest, wenn nichts anderes da war. Sie hätte vor Sorge fast den Verstand verloren, sagte sie. Er errötete, als sie ihm in die Augen sah. Er roch nach ... Zwiebeln? Als sie die Hand ausstreckte, um ihm die Wange zu tätscheln, zeigte er hinter sich auf die Veranda. Er wolle ihr jemanden vorstellen, sagte er. Das heißt, sie würden sich eigentlich schon kennen. »Meine Frau«, sagte er strahlend. *Rebecca.*

Wenn sie doch eine Black wäre, dachte sie im ersten Augenblick, oder wenigstens Mona. Dann redete sie sich ein, dass er sich bestimmt einen Scherz erlaubte. Lils Tochter kam in den Flur geschlichen. Sie sah noch schlimmer aus als Jewel. Ihre Haare waren verfilzt, das Kleid war eine Katastrophe, der Kristallanstecker, den sie trug – ein Frosch –, passte wie die Faust aufs Auge. Lucy sah ihren Ring und ging schnurstracks nach draußen. Dass Harrys Hemd bereits rauchte, war ihr jetzt egal. Sie konnte kaum atmen, musste sich Luft zufächern. Herr im Himmel, Mona wäre doch genau die Richtige gewesen, selbst wenn sich herausgestellt hätte, dass sie eine Niete im Haushalt war. Als das Zittern nachließ, rief sie, dass sie ein Glas Wasser gebrauchen könne. »Sie kriegt ein Baby«, sagte Jewel, als er es ihr brachte.

»Ein Baby«, hörte sie sich sagen, während ihr das Wasser auf die Bluse tröpfelte. Sie konnte sein Gesicht im Gegenlicht überhaupt nicht erkennen. Ihre Zunge war wie betäubt. Ein Satz brummte aus ihr heraus wie eine lästige Fliege: »Glaub ja nicht, dass ich auf das Baby aufpasse.« Er streckte die Hand nach ihr aus, aber sie setzte sich auf den Rasen und hielt sich das kühle Glas an die Wange. Jesus, Maria und Josef. »Mrs. Caines?«, rief Rebecca durch das Fliegengitter, während er ins Haus lief. Dann hörte sie Harrys Stimme, er klang fassungslos, dann hätten sie ja was zu feiern!

»Wo wollt ihr denn wohnen?«, fragte sie – etwas anderes fiel ihr nicht ein. Sie sahen sie überrascht an. Jede andere, dachte sie, nur nicht die Tochter von dieser Frau! Rebecca legte ihrem Jungen den Arm um die Schulter und zeigte lächelnd ihre spitzen, kleinen Zähne. *Mein Herz,* nannte sie ihn, und er murmelte etwas von einem Zimmer über Phinney's Kaufhaus. Sein Vater spuckte einmal in sein Taschentuch und meinte, er sehe keinen Grund, warum sie nicht hier wohnen könnten. Das gibt's doch nicht, dachte sie, hier geht es zu wie in einer Seifenoper. Schlimmer hätten sie es wirklich nicht hinbekommen können. Rebecca, deren Stimme überraschend sanft war, sagte aus heiterem Himmel, sie würde alles tun, um sie glücklich zu machen, sie und Harry, nicht nur Jewel. »Großes Indianerehrenwort.«

KAPITEL 16

Harry war schuld. Er hatte immer schon ein Händchen dafür, die Dinge zu vermasseln, die sie dann wieder in Ordnung bringen musste. Am schlimmsten war, dass sich das junge Paar nun im Haus tummelte. Nicht wirklich tummelte: Meist lagen sie in Jewels Bett herum. Einmal stand die Tür offen, und als sie vorbeiging, lagen sie eng aneinandergeschmiegt und taten, als würden sie schlafen. Sie hatten sich von einem Standesbeamten trauen lassen. Sie versuchte sich vorzustellen, wie es hätte werden können: mit einem weißen Kleid, mit Priester und Kuchen. Dabei wusste sie es besser. Aber das hätte es doch irgendwie rechtmäßiger gemacht.

Abends verdrückten sich die beiden meistens und gingen runter zu Dunphy's. Manchmal nahmen sie sich nicht einmal Zeit zum Essen. Aber eines Abends half Rebecca doch beim Spülen. Sie machte es so schlecht, dass Lucy später alles noch einmal abspülte. Am heißesten Abend jenes Sommers versuchte Rebecca, eine Schokoladentorte zu backen. Was für eine Zuckerverschwendung.

Das war zu der Zeit, als die Yankees Japan bombardierten. Hiroshima. Bei dem Namen schienen die Radiowellen zu glühen wie Draht, die Seelen stürmten hinauf und drängelten sich im Himmel. Rebecca kratzte gerade an einem angebrannten Topf herum. Lucy bekreuzigte sich. Als Jewel nach draußen ging, folgte Rebecca ihm. Sie habe keine Lust mehr auf Dunphy's, hörte sie sie klagen, könnten sie nicht mal in die Stadt fahren? »Bier haben wir hier doch genug«, rief Harry nach draußen. Nach einer Weile kamen sie wieder herein. Jewel war nervös und voller Ungeduld. Sein Vater holte die Geige hervor und spielte ein paar Lieder. »Becky, das hier musst du aber kennen!« Rebecca wischte sich die Tränen aus den Augen und erschreckte alle, indem sie Harry auf die Wange küsste. Aber Lucy sah ja, dass es ihm gefiel. Rebecca ließ sich wieder ins Sofa fallen. Ihr Bauch wirkte sehr flach, fand Lucy, aber was kümmerte sie das? Sie war irgendwie immer noch bei den Menschen in Japan. All diese Seelen, ausgelöscht wie winzige Kerzen.

Sie zwang sich, Rebecca zu fragen, wie es ihr ging. Die ersten Monate waren doch immer die schlimmsten. Das arme Mädchen. Lucy war jeden Morgen kotzübel gewesen, als sie mit Jewel schwanger war, und bei Helena ... Noch während sie sich überlegte, wie Jewels Baby wohl aussehen würde, hatte sie Helenas Gesicht vor Augen und ihren Namen im Ohr. Auch wenn Helena in Flocken zum Himmel aufgestiegen war oder nichts weiter war als ein Zeitungsfoto, das man sich immer wieder anschaut, bis es ausgeblichen und kaum noch zu erkennen ist. »Vielleicht solltest du dich ein bisschen ausruhen«, schlug sie vor. Es sei sicher nicht gut, dass sie im Laden immer stehen müsse. Aber Rebecca sagte, es gehe ihr gut, und lief nach oben. Jewel stieg hinter ihr die Treppe hinauf. Es dauerte keine zehn Minuten, da verkündeten die Geräusche, die durch die Decke ins Wohnzimmer drangen, wie gut es ihr tatsächlich ging. Harry tat angewidert, dabei glänzte sein gutes Auge. *Harry!* Sie hielt sich die Ohren zu. Nach einer Weile kam Jewel im Unterhemd herunter und sagte, Rebecca, die Arme, sei völlig am

Ende. Aber sie schleppte sich trotzdem irgendwann wieder nach unten. Harry schenkte Bier ein, nur ein Schnapsglas für sie. Rebecca schnippte den Schaum weg, das Gläschen lief über. Lucy sah entgeistert ihre Nägel an und fragte sich, wie sie damit Windeln wechseln wollte.

»Es ist noch genug da«, sagte Harry, um die beiden zum Trinken zu ermuntern. Natürlich hatte er vorgesorgt. Es war wie immer, wenn er einmal loslegte, konnte er nicht aufhören: »Du hast auch nichts gegen eine ordentliche Party, was, Becky? Wie deine Mutter ...« Dann nahm er die vergiftete Geige zur Hand, und Rebecca drehte an ihrem Ring und fragte, ob er nicht etwas spielen könne, was ein bisschen bekannter sei. Lucy nutzte die Gelegenheit und schnappte sich Jewel. Warum nicht jetzt? Sie bat ihn, sich wenigstens mal mit Pastor Marcus zusammenzusetzen, wegen einer Hochzeit. Die Fotos erwähnte sie nicht.

Um den Sieg wurde ein solcher Rummel gemacht, dass sich um die Steppdecke niemand mehr scherte. Aber als die Tombola dann doch noch abgehalten wurde, kaufte sie zehn Lose und schrieb auf jedes einzelne *MRS. JEWEL CAINES*, in Blockschrift. Die Decke als Preis war doch genau das Richtige für das Ehebett, das sie ihnen als nachträgliches Hochzeitsgeschenk gekauft hatten. Aber es gewann eine Frau, die ihren Jungen in der Normandie verloren hatte. »War eh nicht so mein Geschmack, Mama«, sagte Rebecca und schlurfte davon. Sie blätterte in einer Zeitschrift voller Koch- und Gartentipps, obwohl sie mit beidem überhaupt nichts anfangen konnte. Aber sie redete auf einmal davon, irgendwann ein Haus zu haben, gleich an der Bucht, mit einem Anlegesteg.

»Wenn ich dann meine eigene Küche habe ...«, sagte sie

eines Abends, während Jewel sein Bier in einem Zug hinunterstürzte. »Was dann?«, fragte er. Er hatte es nicht mit Kosenamen, nannte sie niemals Süße oder Püppchen, zumindest nicht, wenn Lucy dabei war. Harry erzählte einen Witz, den er von Bob Hope aus dem Fernsehen hatte, und lachte viel zu laut. Rebecca blieb sitzen und zündete sich eine Zigarette an, als Jewel ihr die Zeitschrift wegschnappte. Sie stand auf und ging schmollend nach oben. Ihre Absätze klackerten und hinterließen winzige Dellen auf den Holzstufen. Als sie wieder herunterkam, trug sie ein Kleid, das Lucy noch nie an ihr gesehen hatte. Nicht ganz schmeichelhaft. Geduld, Geduld, beschwichtigte sie sich. Sie wusste, dass das Waschbecken oben jetzt voller Puder war. Rebeccas Handtasche sah auch neu aus. Vielleicht entstand der Eindruck nur, weil sie sie mit solchem Getue über die Schulter warf.

Wenn sie sich beeilten, sagte sie, würden sie die Straßenbahn noch kriegen. Sie schien sich ihrer Sache so sicher. Aber Jewel hatte keine Lust mehr, er wollte lieber zu Hause bleiben. Lucy räumte das Geschirr weg, das Mädchen stapfte aus dem Haus. Jeder Schritt ein Pistolenschuss. »Ganz schön empfindlich«, grummelte Harry, worauf Jewel seufzend einen ganzen Schwall von Beschwerden losließ. Wie sei er nur darauf gekommen, sie zu heiraten? Er habe gedacht, es könnte Spaß machen. *Spaß?* Sein Vater schlug mit der Hand auf die Tischplatte. Jewel wurde so rot wie die pilzförmigen Salz- und Pfefferstreuer, ein sehr praktisches Geschenk von Rebecca. Er habe gedacht, er könne wie Papas alter Kumpel Babineau leben, sagte er, dann gäbe es … »Muschi ohne Ende?«, rief Harry belustigt. »Na ja, wenn sonst nichts läuft, weißt du immerhin, dass Rebecca tanzen kann.«

Später am Abend hörten Lucy und Harry Don Messer. Harry spielte auf der Geige mit, *Quiet Time,* als oben der Streit losbrach. Über Harrys Kopf klapperte Helenas Tässchen. Er drehte das Radio lauter, er spielte lauter, und sie dachte laut darüber nach, ob Edgar Boutilier wohl immer noch dieses Akkordeon zu verkaufen hätte. Von oben drang lautes Rufen, dann ein dumpfer Schlag, dass das Jesusbild über dem Kamin erzitterte. Jewel stürmte aus dem Haus. Sein Herz, dachte sie, als sie seine schweren Schritte auf der Veranda hörte. Von oben kam Schluchzen und wurde immer lauter. Sie ging hinauf, um nachzuschauen. Es kam aus dem Bad, hörte sich roh und nackt an, ein Geräusch, das sie Rebecca, die so mit Kleidung und Make-up beschäftigt war, nicht zugetraut hätte. Es schlug ihr richtig auf den Magen: Und was war mit dem Baby? Sie drückte die Klinke herunter, Rebecca hatte nicht abgeschlossen. Lucy schlüpfte hinein, besonders diskret musste man bei jemandem wie Rebecca ja wohl nicht sein. Da saß sie, nur mit einer Unterhose bekleidet, auf dem Boden war ein winziger Tropfen Blut. Wie damals, dachte Lucy, als der Hund die Schwester angegriffen hatte.

»Es ist weg«, stöhnte Rebecca. Lucy blickte sie nicht an, als sie erzählte, dass Jewel sie beschuldigt habe, alles nur erfunden zu haben, die Schwangerschaft, und zwar von Anfang an. Aber Rebecca nahm ihre Hand, sah sie mit bettelnden Augen an und sagte, Lucy wisse doch, wie das sei. Sie wisse doch, dass sie niemals lügen würde, oder? Sie würde auf einen ganzen Stapel Bibeln schwören. Nur eine Frau könne verstehen, wie das sei: einen Braten im Ofen zu haben und das Kind dann zu verlieren. Lucy strich ihr über den überraschend kräftigen Arm, während Rebecca schniefend versuchte, der Ströme von Wimperntusche Herr zu werden. Sie putzte sich die Nase und sagte, sie habe gewusst, dass Lucy es verstehen würde: Wie es sich anfühlt, etwas, jemanden zu verlieren. Jewel habe ihr doch davon erzählt. Von seiner Schwester und so.

Allmächtiger Gott, das war ja, als würde eine Fremde in ihrer Handtasche wühlen! Rebecca sah sie mit ihren Katzenaugen an und fingerte dabei die ganze Zeit in ihrem Portemonnaie, klaute ihr alles, sogar das Kleingeld. So kam es ihr zumindest vor. Sie hatte Lucys Verlust aufgedeckt. Und dauernd nannte sie sie *Mama.* Obwohl sie einen Kloß im Hals hatte, versuchte Lucy, das Mädchen zu beruhigen. Sie versprach, mit Jewel zu reden.

Aber als sie wieder unten war, hörte sie Jewels und Harrys Stimmen von draußen, ihre unglaublich ordinäre Sprache. Rebecca habe ihn verarscht und beschissen, schimpfte Jewel. Sie hörte, wie Harry seinen Stuhl auf der Veranda verrückte. Jewel fragte matt, ob sein Vater eine Vorstellung davon habe, was er drüben alles gesehen habe. »Arnheim, Holland«, sagte er verächtlich, als wäre Harry schwer von Verstand. Oh Gott, dachte sie, die Fotos, die sie am liebsten vergessen hätte. Es war nicht recht zu lauschen, aber bevor sie sich zurückziehen konnte, hörte sie doch noch, wie er sagte: »Männer, Papa, die an ihren Fallschirmen hingen, in den Bäumen. Wie Wäsche. Hunderte, die wir einen nach dem anderen abgeknallt haben ...« Dann war es still. Nur das *ka-tsching, ka-tsching* von Mrs. Chaddock war zu hören, die mit ihrem Rasenmäher Pusteblumen köpfte. Jewel murmelte, dass sie beide, Harry und Lucy, es wohl niemals verstehen würden.

Er selbst vielleicht nicht, sagte Harry, Lucy aber vielleicht doch. »Damals war ich einer von den Glücklichen«, fuhr er fort, »alle dachten, ich wär tot. Aber dann haben sie mich aus den Trümmern gezogen.« Er hätte auch verbrennen können, sagte er, aber irgendetwas – irgendjemand – habe ihn offenbar beschützt. So hatte Harry noch nie über die Explosion gesprochen. Sie hatten sich all die Jahre an die stille Vereinbarung gehalten, nicht darüber zu reden. »Ich hab's gerochen«, erzählte er weiter, »den Rauch, weißt du? Beinahe süßlich, bis du irgendwo tief drinnen gewusst hast, da brennen Leichen. Aber deine Mutter, Gott allein weiß, was sie alles gesehen hat.« Lucy hätte beinahe etwas gesagt, als Jewel einwarf, er aber sei doch im Krieg gewesen. »Eins und eins macht zwei«, sagte Harry und seufzte. »Elend ist Elend.« Sie sahen beide gleichzeitig auf, da stand sie und sie wussten, dass sie gelauscht hatte.

»Tomatensaft«, liest Rebecca vor. Sie leckt sich den Finger ab und blättert um. Harry sieht verwirrt oder verärgert vom Bett auf. *Was soll denn das ganze Getue,* scheint er zu sagen, *nur weil etwas umgefallen ist.* Die Pille, das Glas, der riesige Fleck auf dem Bettlaken: Rebecca hat es gehört und ist gleich rübergekommen. *Das kleine Einmaleins des Putzens,* ihre Bibel, hat sie mitgebracht. Wenn nur alles so einfach wäre! »Hast du mal einen Stift?«, fragt sie. Es sei wohl am besten, wenn sie ihr die Anleitung aufschreibe. Es gibt auch hundertundeine Weise, wie man *nicht* mit Tomatensaft umgehen soll. Lucy hat irgendwo gelesen, dass es nichts bringt, darin zu baden, wenn einen ein Stinktier angespritzt hat. Na ja, immerhin eine Situation, in die sie noch nicht geraten ist.

»Sie hat es mir eigentlich nicht richtig geliehen«, sagt Rebecca ungeduldig und schreibt drauflos. »Oh Mann, sie wird denken, dass ich es gestohlen habe.« Lucy sieht offenbar verwirrt aus, denn Rebecca schaut sie an, als hätte sie nun gänzlich den Verstand verloren. »Du weißt doch, Elinor. Miss Van Buskirk!« Dann fragt sie Harry, was er denn eigentlich vorgehabt habe. Was das hier werden sollte. Batik?

Der Fleck ist nicht weiter schlimm. Harry schert sich ohnehin nicht darum. Rebecca streicht ihm über den Aufschlag seines ehemals blauen, inzwischen gräulich verwaschenen Lieblingsschlafanzugs und stellt das Buch so auf, dass es nicht dauernd wieder zufällt. Sie liest die Anleitung vor, als würde sie sie sich selbst diktieren. Vielleicht ist das ihre ordentliche Seite, die mit der unordentlichen kommuniziert. »Erst mal mit dem Schwamm bearbeiten«, sagt sie mit Roboterstimme, »mit kaltem Wasser. Dann die Glyzerinseife hineinreiben.« *Glyzeriiiin* heißt es bei ihr. »Wenn das nicht funktioniert, versucht man es mit Wasserstoffperoxid. Oder Natriumperborat, was auch immer das sein soll.« Sie tippt sich mit dem Stift an die Zungenspitze und setzt unter ihre Aufzeichnung noch einen Schnörkel, der Lucy an ein Saiteninstrument erinnert. Aber etwas anderes nagt an ihr, etwas lenkt sie ab, das mit dem Flecken oder seiner Entfernung nichts zu tun hat. Sie hätte das blöde Laken einfach gleich waschen sollen, der *beschissene Tomatensaft,* wie Rebecca sagen würde, wäre bestimmt rausgegangen.

Auf einmal hat sie das Gefühl, dass sie alles verstehen muss, auch die Dinge, die eigentlich nichts bedeuten. Gerade jetzt, wo ihr Alltag nur noch aus Hausarbeit und Pflege besteht, scheint es ihr wichtig. »Miss Van wer?«, fragt sie.

»Buskirk, Beeskirk, Bienenwachs«, witzelt Rebecca.

»Hört sich gar nicht schlecht an, oder?« Sie spricht viel zu laut. Harry hebt die Hand und hält sich sein eines Ohr zu.

Schon muss Lucy versuchen, einen weiteren Unfall zu verhindern, aber zu spät. Eine Pillendose ist vom Nachttisch gerollt. Zum Glück ist der Deckel nicht aufgegangen. Lucy seufzt trotzdem, was Rebecca als Klage deutet. »Mach mal eine Pause«, sagt sie, »geh schon. Geh einkaufen oder was zu Mittag essen.«

Dann wendet sie sich wieder Harry zu und brüllt ihn an, als wäre er taub. »Wo ist eigentlich der Bademantel, den ich dir gekauft habe? Der muss hier doch irgendwo sein.« Sie gackert wie eine Henne, ein Muttertier. »Ich warne euch, wenn ich ihn unter dem Bett finde, dann ...«

Wie jede ihrer Drohungen ist auch diese kaum ernst gemeint. Aber dieses eine Mal würde Lucy am liebsten weiterfragen: *Was denn dann?*, so wie Robert es macht. Doch sie kommt überhaupt nicht dazu. Rebecca ist viel zu beschäftigt, sie tut, als könnte sie mit einem kurzen Naserümpfen den Tomatenfleck und auch gleich das Buch beseitigen. Schon rumpelt sie in Lucys Zimmer. Man könnte meinen, das Haus gehörte Rebecca. Irgendwann wird es wohl so sein, aber so weit sind sie noch nicht.

»A-ha!«, ruft sie diebisch und kommt mit der Tüte von Simpson's herein. An dem rostroten Bademantel, den sie vor ein paar Monaten gekauft haben, hängt noch das Preisschild. Er ist tadellos, wie neu. »Ihr beiden seid doch nicht zu retten«, sagt sie. Es hört sich schlimm an, auch wenn es lieb gemeint ist.

Lucy wischt unsichtbaren Staub – oder Krankheitserreger – vom Umschlag und bringt das Putzbuch in Sicherheit. Wenn Rebecca nur so wäre wie das Buch, denkt sie. Wenn man sie einfach so zuklappen und weglegen könnte. Schön wär's. Vielleicht hätte Rebecca Krankenschwester werden sollen, dann wäre ihre ungestüme gute Laune wenigstens zu etwas nütze und würde vielleicht gewürdigt. Nur hat sie leider kein Händchen für die körperlichen Dinge, die Körperfunktionen, und einmal, als Robert noch ganz klein war und sie als Verkäuferin gearbeitet hat, hat sie erzählt, wie unangenehm sie es finde, fremde Menschen zu berühren. »Fremde berühren?«, wiederholte Harry kichernd. »Wenn ich ihnen bei der Anprobe helfe«, sagte sie eingeschnappt. Sie ließ sich nicht unterkriegen, das musste man ihr lassen.

»Nimm dir ein Taxi.« Rebecca ist unnachgiebig wie immer. »Geh mal aus dem Haus, tu dir was Gutes.« Als Lucy nicht reagiert, versucht sie es mit einem Witz. »Ach, jetzt versteh ich's, Harry. Sie traut uns nicht. Deine Frau traut uns nicht!« Ihre Stimme ist laut und grell, und wenn sie lacht, wirkt ihr roter Lippenstift beinahe gelb. Harry komme schon zurecht, sagt sie. »Nicht wahr, Papa? Du kommst zurecht, oder?« Sie rüttelt ihn so stark, dass sein Kopf vom Kissen rutscht wie ein Ei, das aus dem Nest rollt. Er hängt schief da und hört zu, wobei er dringlich schmatzt und starr auf die Schublade sieht. Er hat die erste Silbe von *Schigarette* noch gar nicht *ausgeschpuckt*, da hat Rebecca schon die Schachtel geholt und eine angesteckt. »Langsam, Papa, langsam«, sagt sie, »ich will nicht schuld sein, wenn du von dem Nikotin Herzrasen kriegst.« Sie bläst den Rauch aus und steckt ihm die Zigarette zwischen die Lippen. Genau so hat sie Robert damals den Finger in den Mund gerammt, als er noch ganz klein war. Nein, als Krankenschwester wäre sie wirklich nicht geeignet. Die armen Patienten, denkt Lucy. Das könnte richtig Ärger geben.

Nachdem Rebecca das erste Baby – wenn es denn eins gewesen war – verloren hatte, blieb Lucy nach der Messe in der Kirche und betete die Novene für etwas, das vielleicht hätte sein können, jetzt aber nicht mehr war. Es spielte am Ende keine Rolle, ob Rebecca wirklich schwanger gewesen war. Trotzdem beschrieb Lucy ihr Anliegen nur vage, als Pastor Marcus die Fürbitten einsammelte. »Für meinen Sohn«, sagte sie leise, »damit er innere Ruhe findet. Und für seine Frau. Dass sie vielleicht irgendwann ein Kind bekommt.« Pastor Marcus fragte, ob Rebecca gläubig sei, doch bevor Lucy antworten konnte, sagte er: »Ach, um die Einzelheiten kümmert sich der da oben.«

Den Kindern – für sie blieben sie Kinder, egal, was sie in Jewels Zimmer trieben – war es endlich gelungen, eine eigene Wohnung zu finden, über einem Sportausrüstungs- und Schallplattenladen in der Innenstadt. Ein großes Zimmer, dazu Küche und Bad, die sie sich mit zwei anderen Pärchen teilten. Rebecca lud Lucy und Harry gleich zum Abendessen ein. Es gab Rindfleisch, an dem man sich die Zähne ausbeißen konnte, und als Nachtisch Teilchen, hart wie Kinderwagenreifen, die man am besten in der Tasche verschwinden ließ. Es dauerte nicht lange, bis Jewel zum Abendessen wieder zu Hause vorbeikam. »Na, gab's Ärger im Paradies?«, fragte Harry. Lucy trat ihm gegen das Schienbein. Rebecca hatte ihre provisorische Bleibe bald satt. Jewel erzählte, unten, in der Nähe von Dunphy's, stehe ein Haus zum Verkauf, Becky wolle es unbedingt haben.

Aus irgendeinem Grund war Lucy diejenige, die zusammenräumen musste, was das Paar in Jewels Zimmer zurückgelassen hatte. Die Fotos hatten sie mitgenommen, dafür fand Lucy zwischen den ausgefransten Höschen und leeren Lippenstifthüllen eine ellenlange Rechnung von Eaton's Kaufhaus. Und in der Schublade lag, zusammengefaltet wie eine Quittung, ihre Heiratsurkunde. *Jewel August Caines* und *Rebecca Susan Marryatt,* zwei krakelige Unterschriften, und darunter die Namenszüge von zwei Trauzeugen, die Lucy nicht kannte. *Was der Herr zusammengefügt hat, das soll der Mensch nicht trennen.* Lucy, das musste sie sich eingestehen, war längst durch den Kopf gegangen, dass eine standesamtliche Hochzeit etwas ganz anderes, etwas weniger Verbindliches war. Immerhin hatte Rebecca die Urkunde mit einem Stapel alter Wäsche in einen Kopfkissenbezug gesteckt. Sie hatte sich nicht einmal die Mühe gemacht aufzuräumen. Sie war mit Jewel in einem geliehenen Wagen mit offener Ladefläche davongebraust, hatte sich noch einmal umgedreht und Luftküsse geschickt, und Lucy, die gerade nicht besonders guter Laune war, hatte zurückgewunken und laut überlegt, ob Jewel unter diesen Umständen wohl schon mal an eine Annullierung gedacht habe. Harry trat ihr auf den Zeh. »Was denn? Willst du Rebecca loswerden?«

Einmal kam Jewel abends vorbei. Lucy bot ihm an, Rebecca ein paar Kochstunden zu geben. Es sei doch gar nicht so schwer zu lernen. Als Jewel einwandte, dass Rebecca am liebsten Rohkost esse, zog sie ein Kochbuch hervor, das das Wort *Reinheit* im Titel hatte, und fing gleich an, Rezepte herauszuschreiben. Es waren Gerichte, die selbst ein trainierter Schimpanse hinbekommen hätte: Bohnen oder ein Kuchen ohne Milch und Butter, wie zu Kriegszeiten. Sie kniff die Augen zusammen – die Brille half nicht mehr – und dachte an die Briefe, die sie Jewel geschrieben hatte. Inzwischen taten alle so, als hätte der Krieg nie stattgefunden.

»Einen oder zwei Teelöffel Backpulver ...« Lucy war sich nicht sicher. Jewel sah erschrocken auf die Uhr und sagte, Becky würde ihm die Hölle heiß machen, wenn er nicht bald nach Hause käme. Aber Lucy gab zurück, er solle die Ruhe bewahren, es sei zu ihrem eigenen Besten. Spätestens wenn die Babys kämen, müsse sie schließlich kochen.

Nachdem diese Worte einmal ausgesprochen waren, setzte sich die Vorstellung von einem Enkelkind in ihr fest – von einem richtigen Baby aus Fleisch und Blut, einem Baby, das mit den Fäustchen winkt, nicht von einem Etwas, das in irgendjemandem wächst, unsichtbar wie ein Pilz unter einer Laubdecke. Die Idee nahm sie ganz in Besitz, während Jewel unruhig herumrutschte und sagte, sie verschwende nur ihre Zeit. Lucy aber fand, dass man sich an Rezepte halten müsse, wenn man etwas erreichen wolle. Es dauerte nicht lang, da diskutierten sie über den Katechismus. »Du hast doch immer gesagt, es ist wie ein Kochbuch«, hänselte er sie. Sie stritt es ab, aber die Röte, die ihr ins Gesicht stieg, verriet sie doch. »In deinen Briefen«, sagte er, worauf sie antwortete, dass Rebecca es ja mal mit Fischfrikadellen probieren könne. »Die Dinger kriegt selbst eine Katze hin«, sagte sie lachend. Jewel fragte, was sie eigentlich gegen seine Frau habe.

»Sie will es doch nur wiedergutmachen«, sagte er. Eine scharfe, stechende Hitze kroch ihr den Hals hinauf wie ein Buschfeuer. »Was will sie wiedergutmachen?«, fragte sie scharf. »Das Kind, das du nicht aufwachsen gesehen hast.« *Hast aufwachsen sehen,* korrigierte sie. Damit hatte sie nicht gerechnet. Ihr war schwindlig vor Hitze, sie war nass geschwitzt. Selbst auf den Augenlidern kitzelte ihr der Schweiß. Sie fächerte sich mit einer Rezeptkarte Luft zu und sagte, er solle Rebecca ruhig erzählen, wie lecker die Fischfrikadellen seien. Dann hielt sie ihm die Wange hin, aber statt sie zu küssen, lächelte er nur reumütig und sagte, Rebecca habe einfach keine Zeit für Dinge, die nicht aus der Dose kämen.

In derselben Woche stand in der Kirchenzeitung ein Rezept der Frauenliga, ein *Kuchen für den Frieden.*

1 großer Schlag Barmherzigkeit
1 Tasse Vertrauen
1 Tasse Zärtlichkeit
1 Tasse Humor (bisschen mehr schadet auch nicht)
1 Esslöffel Freigiebigkeit gemischt mit
2 Tassen Selbstlosigkeit
einer Prise Interesse an allem, was ER tut,
und einer ordentlichen Portion Arbeit –
wer sie meidet, ruiniert den Geschmack.
Man mische alles zusammen, gebe Mitleid und
Verständnis hinzu und schmecke das Ganze mit Geduld
und einer Prise Gehorsam ab.

Sie fand es so abgeschmackt, dass es ihr eiskalt den Rücken runterlief. Trotzdem schnitt sie es aus. Sie erfuhr allerdings nicht, ob Rebecca es jemals bekam und was Jewel und sie überhaupt mit den Rezepten machten. Vielleicht stocherten sie sich mit den Kärtchen nur in den Zähnen herum. Jedenfalls musste sie versuchen zu helfen, etwas anderes blieb ihr nicht übrig.

Dass Rebecca sich schminkte und kleidete wie immer, macht es nicht leichter. Lucys schlimmste Befürchtung war, dass sie irgendwann wie Lil aussehen würde. Manchmal bekreuzigte sie sich im Stillen, wenn sie Harry und Rebecca zusammen sah. Was für ein Segen, dass Rebecca, die zwei Jahre älter war als Jewel, auf die Welt gekommen war, lange bevor Harry ein Auge auf ihre Mutter geworfen hatte. Sonst hätte sie sich wirklich Gedanken machen müssen. Das wäre ja das reinste Sodom und Gomorrha gewesen.

Eines Abends fragte sie ihn doch, ob Rebecca mal den Sandkuchen versucht habe. Sie waren im Garten und wässerten mit dem Schlauch die Lilien. Jewel hatte sich auf Lucys Essen gestürzt wie noch nie. »Du kochst halt besser«, sagte er ausweichend. Es wurde immer windiger, der Wasserstrahl krümmte sich und zerstob in den Böen. Ein paar Töne jaulten aus dem Haus, dann stand Harry unsicher in der Tür und hob, schon ziemlich beschwipst, sein Glas in die Höhe. »Hol das Mädchen, Dschuhl, dann machen wir einen drauf!«

Für das, was dann passierte, gab es keine Entschuldigung. Wenn sie frommer gewesen wäre, hätte sie gesagt, der Satan habe sie verleitet. Sie richtete den Strahl auf die Kletterrosen, wartete auf die nächste Böe. Wenn sie den Schlauch noch ein Stückchen höher gehalten hätte, wäre Harrys Bauch klatschnass gewesen. So aber sah es nur aus, als hätte er in die Hose gemacht. Jewel und Harry schimpften gleichzeitig drauflos, Harry sah sie voller Zorn an. Wer weiß, was er getan hätte, wenn er nicht so besoffen gewesen wäre. »Was sollte denn das?«, rief Jewel immer wieder und half ihr, in der Küche aufzuwischen, wo das meiste Wasser gelandet war. Sie hörten, wie Harry oben herumlief und Türen knallte. Jewel hatte ganz rote Wangen, wie als er klein war. Ungläubig, angewidert, anklagend sagte er: »Eifersüchtig bist du. Auf Becky. Stimmt's?« Eine Frage war das nicht, es war eine Feststellung, vorgetragen mit derselben kratzigen

Stimme, mit der er Jahre zuvor gefragt hatte, was aus Lucky, dem Hund, geworden war.

Sie stand wippend auf ihren Absätzen und steckte sich eine Nadel ins Haar. Die Hitzewallungen kamen und gingen, sie hatte das Gefühl, sie würde bald schmelzen. Das Gesicht brannte. Frustriert und aufgebracht suchte sie nach Worten. Wie leid es ihr tat, brachte sie schließlich heraus – aber sie entschuldigte sich nicht etwa für das, was sie getan hatte, sondern dafür, dass Jewel hatte mit ansehen müssen, wie sich sein Vater all die Jahre aufgeführt hatte. Sie fühlte sich plötzlich unglaublich gedemütigt. »Wenn Harry nicht gewesen wäre«, sagte sie und drückte den Schwamm aus, »dann hätten wir dich gar nicht bekommen.« Jewel nahm ihre Hand, als wollte er ihr etwas sagen, berührte aber nur den Ring, der tief in ihren Finger eingegraben war. Dann beugte sie sich noch einmal herab und wischte den Rest auf. Sie fuhr sich mit dem Handrücken über die Stirn und sagte in einem priesterlichen Ton, überzeugt, dass ihre Worte allein es richten würden: »Frieden und innere Ruhe sind Geschenke für all jene, die das Glück oder den Verstand haben, sie anzunehmen. Ein Kind ist auch ein Geschenk, vergiss das nicht. Für manche ist es das einzige Geschenk, das sie jemals bekommen.«

Sie war kurz davor, ihm etwas von Helena zu erzählen. Er sollte mehr über seine Schwester erfahren. Doch da kam Harry herunter, mit einem Handtuch um die Hüften. Er stank noch immer wie eine Brauerei und sagte, Jewel solle nicht auf sie hören. »Entweder sind's die Wechseljahre«, höhnte er, »oder sie wird vom Teufel geritten.«

Es gelang ihr noch zu sagen, dass ein Baby immer ein Zeichen der Hoffnung sei, egal unter welchen Umständen.

Wie ein Seil, das ein Ertrinkender dem Schwimmer zuwirft, dachte sie, während Jewel ihnen beiden vorwarf, sich wie Kinder zu benehmen. »Vergesst es«, sagte er ein paarmal, »ist ja egal, warum ich eigentlich hergekommen bin.« Und er stakste davon. Er sei ja empfindlicher als jede Frau, bemerkte Harry nicht ohne Bewunderung. Selbst der Wagen hörte sich wütend an, als er rückwärts aus der Einfahrt fuhr. Harry sah sie an. »Da siehst du, was du angerichtet hast.« Sie zitterte ein bisschen, aber nicht aus Furcht oder Sorge, sondern weil sie kurz davor war loszuprusten. Das würde sie nicht erklären können, verzweifelt suchte sie nach einer Ausrede. Sie wisse auch nicht, was vorhin in sie gefahren sei, es müsse wohl am Wind gelegen haben.

»Musst mich gar nicht so anglotzen«, gab er zurück. Er schloss sich im Schlafzimmer ein, sie verzog sich in Jewels altes Bett, eine Art Buße. Sie schlief gleich ein, obwohl die Matratze durchgehangen war, aber dann träumte sie von einem Mädchen, das einen Kopf in der Hand hielt. Einen Babykopf mit ein paar dünnen Haarsträhnen und einem zahnlosen Grinsen. Ein Soldat mit einem Priesterkragen kam auf sie zu und sagte, sie brauche keine Angst zu haben. *Suche, und du wirst finden,* sagte er, *du Kleingläubige.*

Harry war längst aufgestanden und zur Arbeit gegangen. Sie blieb lange liegen, um sich von dem Gefühl zu befreien, das der Traum hinterlassen hatte. Schließlich hörte sie ein Klopfen an der Tür und stand auf. Rebecca wollte ihr Stricknadeln zurückgeben, die sie ausgeliehen hatte, und ein paar Wollknäuel, deren Banderolen sie nicht einmal aufgerissen hatte. Sie war für die Arbeit aufgedonnert, trug ein knallgelbes Kleid, ihre Kriegsbemalung und tiefroten Lippenstift. Wissend, beinahe hinterhältig, glitten ihre grünen

Augen an Lucys Nachthemd hinab. »Habe ich dich etwa geweckt?«, fragte sie und trat ungebeten ein. Ihre gute Laune konnte einem Angst machen. Lucy knirschte mit den Zähnen und atmete tief und langsam ein, als stünde jemand hinter ihr und gäbe Anweisungen. »Eigentlich wollte Jewel es euch erzählen«, sagte Rebecca schließlich. »Jetzt guck doch nicht so, Mama, was stehst du denn da so rum? Rate mal, wer schwanger ist! Na? Im Ernst! Du wirst Oma!« Für wie dumm hält sie mich eigentlich, dachte Lucy. Wie spricht sie mit mir?

»Wann denn, mein Schatz?« Mehr fiel ihr nicht ein. Sie ließ sich in einen Sessel fallen und hielt sich an den Lehnen fest, als säße sie bei Jewel im Auto, während Rebecca plapperte, wie überglücklich Papa sein werde.

Aber dann fragte Rebecca doch noch, was eigentlich mit ihr los sei. »Du siehst nicht gerade glücklich aus. Also, wenn du meine Mama wärst ...«

Das bin ich nicht, Gott sei Dank, dachte sie und fächerte sich mit dem *Star Weekly* Luft zu. Zum Glück rutschte ihr nichts heraus, sie fand noch den rechten Ton. »Ein Enkelkind? Und wann, hast du gesagt?« Aber Rebecca klapperte auf ihren lächerlich hohen Absätzen schon wieder nach draußen. In grün! Kolibrigrüne Schuhe und die Frisur von hinten so unordentlich und irgendwie staubig. »Wie mich das freut!«, rief Lucy noch, viel zu spät. Zitternd betete sie zur heiligen Anna: *Jesus, Maria und Josef, ein Enkelkind!*

KAPITEL 17

Sie nimmt ihren ganzen Mut zusammen und humpelt die Treppe hinunter. Sie hört noch, wie Rebecca Harry einen Witz erzählt, einen dreckigen natürlich. Mit Schrecken stellt sie fest, dass es zu schneien begonnen hat. Kleine, feste Flocken wirbeln herab, noch nicht genug, um ein Taxi zu rechtfertigen. Sie packt sich dick ein und denkt daran, wie oft sie Robert auf diese Weise eingepackt hat, und davor Jewel. Die eiskalte Luft brennt ihr scharf in der Lunge. Wenigstens spürt sie so, dass sie noch lebt. Sie wartet auf den Bus wie jemand, der gerade aus dem Gefängnis entlassen wurde. Sie ist der kleine Mann in dem Sträflingsanzug bei Monopoly. Sie hat es einmal mit Robert gespielt, stundenlang, während sie auf seine Mutter gewartet haben. Rebecca hat damals viel gearbeitet. Man wusste nie genau, wo sie gerade war. Sie beaufsichtigte Verkäuferinnen in den verschiedenen Abteilungen und wurde mal hier und mal dort eingesetzt. *Geh einkaufen, Mama.* So löst sie noch heute alle Probleme.

Aber sie muss tatsächlich ein paar Besorgungen machen, sie hat sich in den letzten zwei Monaten kaum um diese Dinge gekümmert. Braucht sie vielleicht einen Lippenstift? Aber wer soll ihn denn sehen? Als der Bus vor dem Kaufhaus hält, schießt hinter dem Parkplatz gerade ein Zug vorbei. Sie sieht sich wieder, wie sie nach der langen Zugreise damals auf den Bahnsteig tritt, mit leeren Händen und doch beladen mit einer erdrückenden Last. Heute ist das was anderes, denkt sie. Sie wird mit Tüten und Paketen nach Hause kommen, nur damit Rebecca sich besser fühlt. Wenn es sein muss, wird sie Harrys gesamte Monatsrente ausgeben.

Das Kaufhaus ist weihnachtlich geschmückt, bis Heiligabend sind es keine drei Wochen mehr. Wärme strömt ihr entgegen und hüllt sie ein. Alles leuchtet und glitzert verlockend, während ihr die Spiegel zurufen, wie schlicht und unscheinbar sie aussieht: Sie trägt Wollhandschuhe, eine Wollmütze und Stiefel, die praktisch sind, aber nicht schön. Hinter einem Parfümtresen steht strahlend eine Dame in einem weißen Kittel. Auch wenn der Duft so stark ist, dass es Lucy in den Augen sticht, ist sie doch froh, der Bettpfanne und den Pillen für eine Weile entkommen zu sein, um in diesem wohlriechenden Himmel zu wandeln. Wenn sie nur an das Schlafzimmer denkt, knotet sich in ihrer Magengegend etwas zusammen. Was im Rücken die Schmerzen sind, ist vorn dieses erdrückende Gefühl. Ihre Schmerzen breiten sich in letzter Zeit immer weiter aus, ein bisschen wie Wasser, das durch einen Weidenstamm hinaufzieht, denkt sie. Es kommt aus der Erde, zieht durch den Stamm bis in die Zweige. Sie sieht die Fläschchen und die kleinen Kartons mit den Gold- und Silberschleifen und lächelt schwach.

Was ist heute für ein Tag? Und wer kauft eigentlich all dieses Zeug?

Sie lässt sich treiben, bis zu den Kleidern, und versucht mit zusammengekniffenen Augen, das von einer Girlande halb verdeckte Schild zu lesen. Sie hat schon wieder die Brille vergessen. *Damenbekleidung.* In einiger Entfernung steht eine Frau an einem Ständer und sieht sich Blusen an. Sie hat den anderen Einkäufern den Rücken zugewandt, die

Handtasche hängt wie ein Schulranzen über ihrem klobigen Mantel. Ein bisschen wie bei Jewel an seinem ersten Schultag, denkt Lucy, bis sie die Brottüten sieht, die aus ihren Stiefeln herausschauen. *Ben's Holsum,* steht darauf, der Name der Großbäckerei. Als sich die Frau dem nächsten Ständer zuwendet, sieht sie auf. Lucy schaut höflich weg, ihr Gesicht ist ganz heiß. Soll sie grüßen? Das ist doch Bennys Freundin, »die Alte vom Reisenden«, wie Jewel sie seit Neuestem nennt – den Ausdruck hat er von Robert. Manchmal fragt sich Lucy, wer da eigentlich wen erzieht. Als könnte er sich alles erlauben, nur weil die Frau Rebecca im Haushalt hilft. Jetzt lächelt die Frau verschroben und schlurft zu einem Spiegel. Sie hält sich eine orangefarbene Bluse vor die Brust, hat nur Augen für sich selbst. Falls sie Lucy gesehen hat, lässt sie sich jedenfalls nichts anmerken. Aber warum sollte sie auch?, denkt Lucy beklommen, und ihr fällt die Putzfibel ein, die sie mit Rebecca durchgesehen hat, bis sie den Zeitungsausschnitt fanden, dieses Familienfoto. Eine Übertretung ...

Lucy kramt verlegen in ihrer Handtasche. Vielleicht sollte sie zu der Frau hinübergehen und ihr eine kleine Spende zustecken. *Bitte, und es wird dir gegeben.* Aber sie ist bestimmt sehr stolz, diese Miss Van Buskirk, gerade weil sie ihr Geld so verdient, wie sie es verdient, und es mit diesem Kerl aushält ... *Nur durch die Gnade des Herrn.* Vielleicht wäre die Frau beleidigt. Am besten verdrückt sie sich und geht zur Unterwäsche. *Es werden allezeit Arme sein im Lande,* hört sie, das könnte Harrys Stimme sein. Nur trägt er keinen Tipp-Ex-Kragen und ist unfähig, einen vollständigen Satz zu sagen.

Voller Scham betastet sie das folienartige Nichts, das an

den Kleiderhaken hängt. Dann schaut sie sich etwas gemächlicher die heruntergesetzten Slips an. Alles ist weiß und aus Nylon, schlüpfrig wie der Schnee draußen. Sie hat ihre Größe vergessen, so lange war sie nicht mehr einkaufen. Sie entscheidet sich schließlich für M.

Frau, du würdest einen Stein zu Tode ängstigen mit deiner Rubbelei, würde Harry sagen. Und sie hat es ja auch versucht, hat an den Rosenkranzperlen gerubbelt, bis ihr die Finger brannten, hat gebetet und um Dinge gebettelt, die ihr nicht gegeben waren, die sie nicht haben sollte. Aber diese leuchtende, orangefarbene Bluse, die könnte sie ihr doch kaufen. Rebecca könnte sie der Frau dann schenken, weil sie sich Roberts Zimmer vorgenommen hat. Als Dank für etwas, für irgendetwas. Aber als sie sich umguckt, ist Miss Van Buskirk nirgendwo zu sehen. Lucy geht in die Herrenabteilung. Ihr fällt auf, wie wohltuend es ist, dass sie Harrys wüstes Geschimpfe nicht mehr anhören muss. Und wie er jetzt schimpfen würde! Bis ihr die Ohren abfallen! Das immerhin bleibt ihr durch seine Sprachlosigkeit erspart. Aber dann sieht sie ihn wieder vor sich. Wie satt er es haben muss, dort zu liegen. Der Ärger in seinem blauen Auge ... Sie hat Angst. Was ist, wenn er sich nach etwas streckt und aus dem Bett fällt, während sich Rebecca gerade die Nägel lackiert? Was, wenn sie seine Pille vergisst? Hilflosigkeit durchdringt sie wie ein Schmerz, beinahe wie damals, als sie auf einer Liege aufwachte und nicht mehr wusste, wo er steckte. Und was mit ihrem kleinen Mädchen geschehen war.

Aber sie ist ja erst vor kaum einer Stunde aus dem Haus gegangen. Bestimmt wird sie längst noch nicht vermisst. Mach dich nicht lächerlich, sagt sie sich, als ein pickliger junger Mann in einem Anzug, der offenbar eine Verkaufschance wittert, auf sie zukommt. Er empfiehlt ihr die Herrenpyjamas aus Seide und Satin. Der Stoff zieht sich zusammen, als sie ihn berührt. Die Dan-Rowan-Figur aus *Laugh-In* könnte so etwas tragen, denkt sie, wenn sie ein Leben, ein richtiges Leben draußen, hätte.

»Etwas Besonderes für einen besonderen Mann?« Der Verkäufer lächelt und versucht offenbar, mit ihr zu flirten, dabei ist er so jung, dass er ihr Enkelkind sein könnte.

»Vielleicht eine Bettjacke.« Sie errötet und wünscht sich, sie könnte irgendwie besser parieren.

Er runzelt die Stirn. Meine Güte, er ist wirklich ein Profi. »Vielleicht einen Hausrock, gut, dann wollen wir doch mal sehen.« Aufschläge aus Satin und eine kleine falsche Krawatte. Ach was, Dan Rowan ... das hier ist was für Hugh Hefner! Sie versucht, sich Harrys Reaktion vorzustellen. Wirklich lachhaft. Sie kauft ihn trotzdem. Rebecca wird stolz auf sie sein.

»Herzlichen Dank.«

»Ich habe zu danken, meine Liebe ... meine Dame. Entschuldigen Sie, das habe ich von meiner Mutter«, sagt er.

Der Kauf hebt ihre Laune beträchtlich. Sie fährt mit dem Aufzug hinunter in die zweite Etage und schaut sich die Stoffe an, prüft den Fadenlauf. Die Baumwolle hinterlässt einen fischigen Geruch auf ihren Fingern. Sie stöbert in der Kurzwarenabteilung, bleibt hier und da stehen, um sich Muster anzusehen. Die Kataloge erinnern sie an Atlanten, an fremde Länder, in denen gelangweilte Giraffen anmutig herumlungern. Zwischen diesen Mustern und ihren eigenen kräuseligen Näharbeiten liegen Welten, das weiß sie. Das Stöbern macht sie hungrig.

Um ins Restaurant zu gelangen, muss man an der Bettwäsche vorbei durch die Elektronikabteilung, wo ein Mann zwei kleine Mädchen an sich drückt und auf einen großen Fernseher schaut, der, wenn man sich die Zimmerantenne wegdenkt, eher wie ein Geschirrschrank aussieht. Über dem Stimmengewirr schwebt Musik, falls man den Lärm so nennen kann, es quietscht und hämmert und bohrt wie unten bei Robert. Sie müsste noch ein paar andere Erledigungen machen. Ihr fallen doch immer hundert Dinge ein, wenn sie Harrys Bettwäsche wechselt, wenn sie seine Waschschüssel ausspült, sein Essen püriert. Robert findet, es sieht aus wie Babyscheiße. Jetzt steht sie hier, und ihr fällt überhaupt nichts ein.

Ein goldenes Seil markiert den Eingang zum Restaurant. Auf einem verchromten Schild steht das Tagesangebot, in großer Schrift zum Glück, sie kann es lesen. *Suppe, ein Sandwich, Wackelpudding, Kaffee/Tee.* Der Raum ist fast leer und sieht eher wie eine Kantine aus. Dagegen ist das Armcrest doch richtig luxuriös. Am Ende des Tresens sitzt ein einzelner Gast auf einem Hocker.

»Wollnse Majoneese?«, fragt die Kellnerin und stellt ihr eine Tasse und ein Schüsselchen knallgrünen Pudding hin. Lucy balanciert das Tablett und manövriert es zu einem Tisch in Türnähe, wo ein wackliger Kleiderständer steht, an den sie bis auf ihren Hut alles hängt. Erst dann erkennt sie, wer am Tresen sitzt. Miss Van Buskirk beugt sich über ihre Suppe, sie hat sich nicht die Mühe gemacht, den Mantel auszuziehen. Selbst die Handtasche hängt ihr noch auf dem Rücken. Sie hat die Ärmel hochgeschoben, unter denen orangefarbene Manschetten hervorschauen.

Die Gräten im Lachssalat sehen wie Milchzähne aus, stellt Lucy fest. Als die Frau, Bennys Freundin immerhin, ihre Suppenschüssel in die Hand nimmt, um den Bodensatz zu trinken, schaut Lucy weg. Die rosafarbene Fischhaut mit den schwarzen Flecken erinnert sie an einen Katzenrachen. Die Putzfrau tupft sich den Mund ab wie Pastor Langille, wenn er nach der Wandlung den Kelch ausgespült hat. Falls sie überhaupt den Drang verspürt hat, ihr etwas zu geben, ist er längst verflogen. Sie blickt von ihrem Nachtisch auf und sieht mit Erleichterung und schuldbewusstem Bedauern, dass Miss Van Buskirk nicht mehr da ist.

»Mach dir keine Gedanken«, hört sie sich murmeln. Meine Güte, jetzt redet sie schon mit sich selbst, in aller Öffentlichkeit. Sie lässt sich den Wackelpudding auf der Zunge zergehen, während sie den letzten Löffel unter dem Sahnehäubchen ausgräbt und versucht, die Vorstellung zu verjagen, dass Harry gerade wieder um eine Zigarette bettelt.

Es ist gut, mal rauszukommen, ganz wie Rebecca gesagt hat. *Herrgott noch mal, Mama, dein Leben ist doch nicht vorbei.* Noch nicht, denkt sie, und obwohl sie unbedingt weiter will, zögert sie kurz, bevor sie den Mantel anzieht und eine kleine Münze an die Untertasse legt. *Flieg heim, kleiner Marienkäfer, dein Haus brennt, deine Kinder sind ganz allein,* singt eine Maggie-Muggins-Stimme, die aus dem Nichts zu kommen scheint. Das Lied ist aus der Kinderserie, die Robert immer so gern gesehen hat. Aber dann hört sie eine sanfte, priesterliche Stimme, die aus ihrem eigenen Innern kommt. *Er führet mich zum frischen Wasser.* Obwohl sie voller Sorge ist, bleibt sie kurz stehen und wirft einen Blick auf die Bettwäsche. Wie gut es tut, Bettwäsche zu betrachten, geblümt und mit diesem fabrikneuen Geruch, nicht dem Geruch von Körperfunktionen, Harrys Körperfunktionen, an den sie sich schon beinahe gewöhnt hat. Sie betastet den Stoff und stellt sich vor, sie liegt auf einem Bett aus Gänseblümchen, einem ganzen Feld winkender Blüten, die aus dem Bettzeug hervorgewachsen sind. Sie hat noch den Geschmack von Wackelpudding im Mund. »Vielleicht, wenn du unter der Erde bist, Dolly.« Um Gottes willen, sie redet ja schon wieder mit sich selbst.

»Was?« Wenn jemand darauf eingeht, muss es schon ziemlich schlimm sein. Und da liegt sie nun, Bennys Freundin, ausgestreckt auf einem schmalen, hohen Bett, das für eine Prinzessin gemacht scheint: Bettzeug und Laken mit pinkfarbenen Rosen. Zumindest war sie so anständig, eine Zeitung unter ihre Stiefel zu tun, wahrscheinlich den Anzeigenteil.

»Entschuldigen Sie«, die Verkäuferin zupft sich an der Halskette. »Was glauben Sie eigentlich, was Sie da machen?«, sagt sie mit einer Stimme, die Lucy erstarren lässt.

»Entschuldigen Sie«, äfft Miss Van Buskirk die Frau nach. Sie lässt sich nicht einschüchtern. Plastik raschelt, als sie seufzend aufsteht. »Wenn Sie wüssten, wer mein Vater ist, würden Sie nicht so mit mir reden.« *Mein Vater, la-di-da*, genau so würde es Margaret Drysdale zu Jed Clampett sagen.

Lucy geht einen Gang weiter und tut, als würde sie die Handtuchpreise vergleichen. Aber sie spürt kaum das Frottee an ihren Fingern. Sie muss die ganze Zeit an den Zeitungsausschnitt denken und versucht, sich die unscharfen Gesichter ins Gedächtnis zu rufen: Aber die Gesichter dieser Familie mit dem toten Vater sind vergilbt, beinahe nicht mehr zu erkennen. Das Einzige, woran sie sich erinnert, ist der rebellische Ausdruck der Teenagerin und das hochnäsige, eingeschnappte Gesicht der Mutter.

»Dass mir das nicht noch einmal vorkommt«, sagt die Verkäuferin laut, »sonst muss ich den Sicherheitsdienst rufen. Tony.« Als wäre die Drohung ernster zu nehmen, nur weil sie einen Namen nennt. Lucy eilt davon, hört aber noch das Gelächter und ein höhnisch hingeschleudertes: »Welchen Tony denn? Tony den Tiger?« Gott weiß, was Benny tun würde, wenn er hier irgendwo lauerte. Ein Messer an den Zähnen dieser Frau wetzen?

Auf dem Heimweg sieht sie Robert, der mit ein paar anderen Jugendlichen in Richtung Innenstadt läuft. Er hat den Arm um ein Mädchen gelegt, nicht zu erkennen, ob es Sheryl ist, der Bus fährt so schnell, und sie sehen ja alle gleich aus, diese Teenager. Arm in Arm gehen sie in einer Reihe, als würden sie *Wer hat Angst vorm schwarzen Mann* spielen. Es hat zwar aufgehört zu schneien, aber sie sind trotzdem nicht richtig angezogen. Ihre Jeans schleifen über den Schotter. Müssten sie nicht eigentlich in der Schule sein? Sie beugt sich vor und fragt den Fahrer, wie spät es ist. Es wäre schön, wenn Robert mal bei ihr vorbeischauen würde. Sie würde auch die Schule mit keinem Sterbenswörtchen erwähnen. »Sag mir, wer du wirklich bist«, scherzt der Fahrer – ach, wären doch alle jungen Leute so gut gelaunt –, »dann sag ich dir, wie spät ... halb drei, Madam.«

»Oje«, murmelt sie und dankt ihm. Nein, als Enkelkind würde sie sich ihn nicht aussuchen.

»Inner Küche is einer, oh ja-ha-ha-ha-haaa. Hörse nicht den Pfiff vom Pfug, steh auf so ffüh am Morgen.« Es gab Tage, an denen Robert nicht einen Moment Ruhe gab. Er machte Lärm, wenn seine Mutter ihn brachte, und er machte immer noch Lärm, wenn sie ihn wieder abholte. Rebecca gab sich

alle erdenkliche Mühe, um Lucy das Gefühl zu vermitteln, sie werde gebraucht. Aber Lucy hatte sich nur als Babysitterin angeboten, nicht als Ersatzmutter. Harry nahm seinen Henkelmann und sagte: »Na dann, viel Spaß ihr beiden.« Aber in ihrem Alter – sie war siebenundfünfzig – stellte sie sich unter Spaß etwas anderes vor, als einem Dreijährigen hinterherzurennen.

Der Kleine war wie ein Krake, er musste alles anfassen, als hätte er zu viele Hände. *Bei meiner Mama darf ich aber mit der Schere spielen,* sagte er und quengelte gleich weiter, weil er Kaffee trinken wollte. *Ein ganz klitzekleines bisschen,* sagte er und wollte unbedingt mit Harrys *Gagge* spielen. Den lieben langen Tag ging das so, *wieso* und *warum.* Wenn Harry abends nach Hause kam, sah es aus, als wäre Wirbelsturm Hazel durchs Haus gefegt. Jewel und Rebecca hatten keinen blassen Schimmer von Disziplin. Aber – und hier waren sich Lucy und Harry endlich einmal einig: Auch wenn sich die Zeiten geändert hatten, die Menschen waren immer noch Menschen, und Kinder brauchten feste Regeln. Harry wollte sich nicht damit abfinden, dass seine Geige mit Erdnussbutter beschmiert wurde. *Aber er ist doch so süß,* sagte sie dann schnell, um ihn zu beruhigen.

Süß wie ein verdammter Schimpanse, der einem das Geld aus der Tasche zieht, legte Harry dann los. Robert könne den Mund nicht halten, und nichts sei vor ihm sicher. Dabei habe er genug Spielzeug für zehn Kinder. Mehr als einmal rutschte sie auf Murmeln aus und hätte sich beinahe den Hals gebrochen. Aber das war noch gar nichts. Einmal versuchte er, mit der Zimmerantenne Schwertkampf zu spielen. Und eines Tages zog er eine selbst gebastelte Steinschleuder aus seiner Übernachtungstasche.

Sie hatte kaum Zeit, sich auch nur das Gesicht zu waschen. Rebecca kam früh, sie hatte sich wie immer zurechtgemacht und sah aus wie eine dralle Judy Holliday. Wenn Lucy dann glaubte, der Kleine habe sich ausgetobt und würde ein Schläfchen halten, ließ sie sich erschöpft in den Sessel fallen. Dann sah sie ihn die Waffe spannen und ein Auge zukneifen wie ein Jäger. Worauf er zielte, sah sie nicht. In seiner Vorstellung hatte er wohl einen Vogel vor sich. Aber die Kugel – eine Murmel – landete klackend in dem rosafarbenen Tässchen, das einen Moment lang aussah, als würde es herunterfallen. Gott sei Dank zerbrach es nicht. Trotzdem musste sie sich zügeln, um ihm keine Tracht Prügel zu verpassen. Rebecca fand es gar nicht so schlimm. »Was willst du eigentlich mit einer Tasse ohne Untersetzer?«

Harry nannte ihn *den kleinen Teufel.* »Der Teufel trägt Schuhgröße achtzehn.« Doch wenn er sie umarmte, erdrückte der Junge sie fast und schleckte ihr über die Wange. »Oma, das sind Hundeküsse!« Dann sang er ihr ins Ohr: *»Ich hab bei der Eisenbarn gearbeitet, den ganzen lieben, langen Tark.«*

Rebecca kommt ihr auf der Treppe entgegen. Sie hat schon ihren Mantel an, ein enges Ding mit einem Gürtel, so kurz, dass es unmöglich wärmen kann. »'tschuldigung, Mama«, sagt sie, sie müsse unbedingt zu Hause sein, wenn Robert aus der Schule komme, sonst würde er eine riesige Party veranstalten. »Dann rufen die Nachbarn die Polizei«, sagt sie und lacht. »Und, hast du den ganzen Laden aufgekauft?« Dabei hat Lucy nur eine Tüte. »Na, endlich hast du dir mal was gegönnt, sonst bist du ja mit dem Kopf immer ganz woanders.« *Wo denn?* Sie möchte ihr die Hausjacke zeigen, aber Rebecca ist schon auf dem Weg nach draußen.

Als sie nach oben kommt, macht Harry aufgeregt Zeichen, dass er die Bettpfanne braucht. Sie muss erst das Don Noble zur Seite schieben, das weit ausgezogen auf dem Bett liegt und die rosafarbene Stelle bedeckt, die von dem Tomatenfleck übrig geblieben ist. »Also. Geht's dir jetzt besser, mein Schatz?« Sie gibt sich Mühe, sie weiß ja, wie leicht sich ein missmutiger, ungeduldiger Ton einschleicht. »Rebecca hat bestimmt deine Pille vergessen, oder?« Sie öffnet das Plastikkästchen, zählt und sieht, dass Rebecca zuverlässiger ist, als sie manchmal scheint. Von den blauen Pillen, einem Entspannungsmittel für seine Muskeln, sind nur noch wenige drin. Zur Bestätigung schüttelt sie die Dose, die auf der Kommode steht. Harry hat nichts mitbekommen.

B-U-C-K-Y-W-A-R-D-A, buchstabiert er auf seinem Strumpfkarton, einem neuen, von Rebecca beschrifteten.

»Robert?«, fragt sie. Herrgott, wenn sie nicht langsam anfangen, ihn bei seinem Namen zu nennen, vergisst er ihn schließlich selbst!

K-I-N-D-E-R, buchstabiert Harry entschlossen, M-E-H-R-E-R-E. Ihr fällt die Gruppe ein, die sie eben auf der Straße gesehen hat, zerrissene Jeans und verfilzte Haare. »Die haben dich hier besucht?« Wenn sie so nachfragt, denkt er wieder, sie würde ihn nicht für voll nehmen. Aber er schüttelt nur den Kopf und buchstabiert: B-E-C-K. »Hat sie die rausgejagt? Na ja, ist doch nett, dass Robert vorbeigeschaut hat.« Doch plötzlich ist sie ganz eifersüchtig. Warum konnte er nicht kommen, wenn sie auch da war? Lass gut sein, sagt sie sich, eine Reaktion so automatisch wie das Atmen selbst. *Automisch,* wie Rebecca früher, vor sehr langer Zeit, immer gesagt hat.

Sie geht nach unten und sieht auf dem Regal nach, wo

Harrys andere Pillen stehen. Es ist ein ganzer Wald aus Döschen. Überall scheint etwas zu fehlen. Vielleicht bildet sie es sich nur ein. Mit Zählen hat sie es nicht so, aber sie könnte schwören, dass noch sieben von den blauen da waren. Für jeden Wochentag eine. Jetzt sind es nur noch zwei. Heilige Jungfrau, denkt sie, die Angst schnürt ihr die Kehle ab. Hat Rebecca ihm die doppelte Dosis gegeben? Rebecca und ihre blödsinnigen Ratschläge. *Einkaufen tut dir gut, Mama.* Ja, das tut es, nur leider vertrocknet einem dabei das Gehirn.

Sie eilt nach oben und sieht ihn so eindringlich an, dass seine Nasenflügel zu beben anfangen. Er guckt düster zurück. »Geht es dir wirklich gut?« P-R-I-M-A, tippt er auf die Pappe. J-E-T-Z-T. Sie entdeckt die Putzfibel auf dem Nachttisch. Hat Rebecca sie in der Eile vergessen? »Ach, Rebecca meint es wirklich nur gut«, sagt sie. Doch sie ist in Gedanken nicht bei Rebecca, sondern bei der Besitzerin des Buches. »Der Weg zu Du-weißt-schon-wem ist gepflastert mit guten Vorsätzen«, sagt sie, als wäre Harry überhaupt nicht da. Er schüttelt trotzdem den Kopf. »Erzähl ihr nicht, dass ich das gesagt habe.«

Das Buch stört sie, Miss Van Buskirk selbst scheint sich in den Seiten zu verstecken. Sie geht nach unten, um die Zeitung zu holen, die Rebecca auf dem Tisch hat liegen lassen. Ach je, schon wieder der 6. Dezember. Wie konnte sie das nur vergessen? Die Schlagzeile ist dieselbe wie letztes Jahr und wie im Jahr davor und im Jahr davor. So vorhersagbar wie Regen. Die Zeitung erinnert die Leute, die es erlebt haben, an Dinge, die sie am liebsten vergessen würden. Der zweiundfünfzigste Jahrestag der Katastrophe. Da ist ein Foto von einer weißhaarigen alten Dame, die sich erinnert. Sie zeigt auf eine blitzförmige Narbe an ihrer Stirn. Der fürchterliche alte Schmerz drängt herauf, wie etwas, das aus einer Schublade gepurzelt ist. Aber dann fällt ihr plötzlich ein, dass Jewel Geburtstag hat! Sie ist einkaufen gewesen und hat überhaupt nicht daran gedacht. Kein Wunder, dass Rebecca sie so gedrängt hat. Jetzt wird sie denken, dass Lucy wirklich senil ist. Dass sie so etwas vergisst ... Aber sie kann ja Harry nicht allein lassen und noch einmal aus dem Haus gehen.

Wie zur Buße überfliegt sie die erste Seite. Wird sie jemals den Drang loswerden, für jede Kleinigkeit zu sühnen? Sie lebt immer in der Hoffnung, in der leisesten, dümmsten Erwartung, dass sie etwas erfährt, was sie nicht schon kennt: ein roher Wunsch, der sie sogar in diesen Zeiten noch mit einer gewissen Zuversicht erfüllt. Und tatsächlich: Jedes Jahr graben sie irgendeine neue Geschichte aus, Dinge, die sie selbst in der Vorstellung oder Erinnerung kaum ertragen kann. Solange es Überlebende gibt, gibt es auch Geschichten. Dass sie selbst eine Überlebende ist, ein Stück Strandgut, lässt ihr den Atem stocken.

Harry wird natürlich einen Blick in die Zeitung werfen wollen. Der Höhepunkt des Abends – zwischen Essen und Fernsehen – besteht für ihn darin, sich bis zu den Todesanzeigen vorzukämpfen. *Dolly, wenn da mein Name nicht steht, dann weiß ich, dass es ein guter Tag war,* hat er immer gesagt. Und tatsächlich ist diese Seite so etwas wie ein Nachtisch für sie geworden, eine perverse, süße Belohnung. Die Nachrichten sind der erste Gang, sind Braten und Gemüse. Es gefällt ihm, langsam auf diesen und jenen Artikel zu zeigen und ihn sich vorlesen zu lassen. Aber heute nicht, gerade heute nicht. Seine allgemeine Schwäche und die Medikamente haben aus Harry eine säftende, kaum geschlossene Wunde gemacht. Wer bringt es übers Herz, sie wieder aufzureißen? Sie steckt die Zeitung in den Müll, ohne auch nur einen Blick auf das Wetter oder die Todesanzeigen geworfen zu haben.

Der Junge habe sie nicht geliefert, sagt sie. Trotzdem bleibt eine Lücke an diesem Abend. Erschöpft von den einseitigen Gesprächen, wartet sie auf *Laugh-In,* zwingt sich dazu, noch einmal das Fleckenbuch aufzuschlagen. Rebecca hat es sich offenbar längst angeeignet. Lucy sieht Randnotizen in ihrer Handschrift. Vielleicht hat Bennys Freundin es ihr geschenkt. Aber was hat sie im Gegenzug dafür bekommen? *Wenn Sie wüssten, wer mein Vater ist, würden Sie nicht so mit mir reden …* Sie sucht ihre Brille, blättert, ein paar gute Ratschläge werden sich in dem Buch doch schon finden. *Montags wird gewaschen,* steht da, *dienstags gebügelt, mittwochs gestopft, am Donnerstag putzen wir oben, am Freitag putzen wir unten, samstags wird gebacken, sonntags gehen wir in die Kirche. Sie können es auch anders halten, nur sollten Sie sich eine feste Abfolge überlegen.* Stimmt, denkt Lucy zufrieden. Es geht nicht so sehr darum, die Unordnung in den Griff zu bekommen. Es geht darum, sie gar nicht erst aufkommen zu lassen. Das kann man sich hinter die Ohren schreiben. Eine Bibel für den täglichen Dreck, auch wenn die Damen von der Liga das wahrscheinlich für Gotteslästerung halten würden.

Harry tippt auf die Uhr, die auf dem Nachttisch steht, und Lucy legt das Buch zur Seite. Schon geht der Fernseher an. Sein Lachen klingt wie Todesröcheln. Aber sein Auge glänzt freudig, wie sie erleichtert feststellt. Einen Augenblick lang hat sie nicht mehr das Gefühl, eine Gefangene zu sein, als wäre es gar nicht so schlimm, einen Mann zu pflegen, der nicht sprechen kann und der nicht wieder wird gehen können, ein Kind, das nicht aufwachsen, sondern immer mehr Hilfe beanspruchen wird. Aber der Gedanke, dass dieses Zimmer leer sein könnte, summt wie ein Testbild im Fernsehen. Das Geräusch würde einen in den Wahnsinn treiben, es hört ja nie auf.

Als der Abspann läuft, stellt sie den Ton leiser. Er weiß, dass er sich jetzt fertig machen muss, wie sie sich ausdrückt. Wenn sie Glück hat, schläft er, bevor die Lokalnachrichten kommen. Auch wenn das Fernsehen die Toten schon eher ruhen lässt als die Zeitung. Sie gibt ihm einen Kuss. Seine Zähne sind geputzt, das Gesicht ist gewaschen, die Bettpfanne ausgespült. »Schlaf gut, mein Schatz«, murmelt sie mit letzter Kraft und stolpert in Richtung Schlafzimmer.

Erst zögert sie, doch dann nimmt sie die Putzfibel mit, auch wenn sie weiß, dass sie ihr schlechtes Gewissen sicher nicht beruhigen kann: Sie kann das Haus nicht in Ordnung halten, Harrys Pflege nimmt den ganzen Tag in Anspruch. Das Buch liest sich allerdings sehr gut, es ist wie ein Lexikon, in dem man hin und her springen kann. Wie das *Buch der Sprüche:* Man schlägt es irgendwo auf und immer springt einem etwas Neues ins Auge. Selbst wenn man alles schon kennt, hilft es doch, sich zu erinnern. Es stimmt ja, dass Ordnung das halbe Leben ist. Sie blättert, gelegentlich geht ihr eine Zeile verloren wie eine Strickmasche. Es ist tröstlich, Dinge zu lesen, die man schon weiß oder die man ahnt. Zum Beispiel, wie man eine Brille richtig putzt: mit Seife und warmem Wasser. Und Filz mit Dampf und einer Bürste. Ein paar Tipps wirken merkwürdig und doch vertraut: Mit Schmalz und Geigenharz – na, so etwas, denkt sie – beugt man Rost vor. Andere Mittel sind tödlich: Wie man mit Paradichlorbenzol Motten vernichtet, das klingt wie das Zeug, das an jenem Tag vor zweiundfünfzig Jahren vom Himmel gerieselt ist. Hundemüde liegt sie da und hat Harry vor Augen, der seinen Geigenbogen einstreicht.

Schlafen müsste sie, aber als sie das Buch zur Seite legen will, rutscht der Zeitungsausschnitt heraus. Die Falten im Papier sind beinahe fusselig, wie Stoff, und an einigen Stellen schon eingerissen. Sie stellt sich vor, wie die seltsame, ihr irgendwie schon vertraute Besitzerin das Blatt zur Aufbewahrung in das Buch gelegt hat, und kann gar nicht anders, als es noch einmal genauer zu betrachten, mit einer Aufmerksamkeit, die an unbestimmtes Mitleid grenzt. Sie rückt die Brille zurecht. Ein Apfelbaron, allerdings. Die Bilder kommen zurück, von Brottüten, von Stiefeln auf Zeitungspapier, von einem Bett, das zu hübsch ist, um darin zu schlafen. *Mein Vater ...* Aber hier steht es ja, bis in jede Einzelheit festgehalten. Nur die wichtigste fehlt. Sie waren wohlhabend, die Frau hieß Alice, es gab Obstplantagen, Hügel, Täler und eine liebliche Hügellandschaft. Was fehlt, ist eine Erklärung, wie der »in der Region bekannte Obstbauer und Geschäftsmann John Van Buskirk« gestorben ist. *Eine Villa in dem Flecken Coltsfoot, sechzehn Einwohner, zur Erntezeit fünfunddreißig. Ein tragischer Verlust, nicht nur für die Familie, sondern für das ganze Tal, für den gesamten Wirtschaftszweig, und natürlich für die Provinz ...* Ja, ja, denkt sie, das weiß sie doch alles, Trost und Ärger liegen dicht beieinander, wenn man Dinge liest, die man längst weiß oder als halbwegs kluger Mensch zumindest ahnen kann. Aber wenn dort steht, er ist zu Hause gestorben, dann weiß sie längst noch nicht, was da vor vierzig Jahren passiert ist – sofern sie dem Datum auf dem Zeitungsausschnitt trauen kann. Was, wenn die Zeitung lügt? Eine Stimme klopft in ihrem Kopf an, die es besser weiß: vielleicht die von Rebecca, oder von einer der Liga-Damen, etwas gehässig hört sie sich an, als sie sagt, dass es in den Todesanzeigen immer *zu Hause gestorben* heißt, wenn einer *Hand an sich gelegt hat.*

Himmel. Ein erschöpfter Körper, in dem erschöpfte Fantasien hausen, und noch erschöpftere Erinnerungen. In ihrem Leben gab es Momente, in denen sie beinahe aus der Bahn geworfen worden wäre. Als wäre es gestern gewesen, spürt sie das Gewicht des Steines, der sie herabzog, und das eisige Wasser, das ihr um die Schenkel spülte. Sie muss sich sehr zusammenreißen, als sie Harry in seinem Bett stöhnen hört. Aber es wäre eine Todsünde, jetzt aufzustehen und die Tür zu schließen. Solange sie weiß, dass er bequem liegt … zum Glück hört das Stöhnen bald auf und wird durch ein pfeifendes Schnarchen ersetzt. Sie liest ein bisschen weiter. Ihr Blick fällt auf einige Zeilen über die Tochter, Miss Elinor Van Buskirk. Ihre Laune ist ohnehin schon im Keller, ganz unten, wo der Müll steht, bevor er rausgetragen wird. *Die vierzehnjährige Elinor,* steht in dem Artikel, *die bei der Halifax-Katastrophe ihre Eltern verloren hat, wurde adoptiert …* Lucy kann sich den Menschen beinahe vorstellen, der das getippt hat, bestimmt ein Mann – sind nicht alle Journalisten Männer? –, obwohl man sich ebenso gut eine Quatschtante vorstellen könnte, die berichtet, was sie hier und da aufgeschnappt hat, eine Frau wie Rebecca oder die Liga-Damen. *Für die Familie war das Kind ein Wunder, ein kleines Mädchen, das ohne einen Kratzer geborgen wurde. Einen Tag nach der Katastrophe wurde es unter einer Aschelade gefunden.* Nein, keine Krankenschwester, denkt sie, eine erstklassige Reporterin hätte Rebecca werden können. Nur mit dem Tippen hätte sie Probleme, bei den langen Nägeln.

Sie faltet den Artikel vorsichtig wieder zusammen. Bloß nicht zerreißen, denkt sie und legt ihn ins Buch, wo er hingehört. Sie lauscht noch einmal, ob bei Harry alles in Ordnung ist. Es ist so still, als würde dem Haus selbst der Atem stocken. Sie geht auf Zehenspitzen hinaus und lässt das Buch im Flur liegen, denn schon der Gedanke, es im Schlafzimmer zu haben, schlägt ihr auf den Magen, dann könnte sie ihr Bett gleich mit einem Poltergeist teilen, oder mit einer ganzen Geisterfamilie. Eigentlich fühlt sie sich noch schlimmer: als wäre sie hier eingebrochen. Ihr ist, als würde sie etwas stehlen, als würde sie die genauen Lebensumstände einer Fremden aufsaugen. Sie blickt durch einen Türspion, sie schnüffelt mit einem Reporter herum, sie knipst und stiehlt die Seelen von Baströckchen tragenden Eingeborenen. Vielleicht hat sie auch einfach nur zu viel *National Geographic* gelesen. Auf jeden Fall kommt sie sich wie ein Dieb vor, der eine große, ziemlich unnütze Beute schleppt, eine Beute, die ihr dennoch auf dem Gewissen liegt und ordentlich Angst einjagt.

Zu Hause gestorben oder ins Wasser gegangen, hat Hand an sich gelegt, ist ertrunken. Der Himmel weiß, warum die arme Frau derart vom Weg abgekommen ist. Was diese Miss Van Buskirk zu dem gemacht hat, was sie ist. Sie verkriecht sich unter der Decke, macht es sich so bequem wie möglich und kann beinahe spüren, wie das Befremdliche aus diesen Seiten strömt, die dort im Flur liegen, wie es als Dunst hereinschwebt. Der Herr steh ihr bei, ihre Fantasie geht mit ihr durch. Aber wer weiß, vielleicht hat Harry es ja auch gespürt.

Er winselt, er wimmert, und sie wacht auch. Sie fröstelt noch von ihrem Traum, in dem Harry heulend gerufen hat: *Hilf mir, hilf mir doch!* Das Bild, das sie vor Augen hat, während sie daliegt, in der Dunkelheit, in die nur das wässrige Licht der Straßenlaternen dringt – das Bild ist so voller Schmerzen, dass es zu brennen scheint: Ein Arzt zieht Harry mit einer Pinzette Glassplitter aus dem Auge, dann gibt er auf. Eine kleine Glaskugel, die in hellem, hauchdünnem Rot herumrollt.

»Mein Schatz!« Ihr trockener Mund, die schwache Stimme … Sie schaltet das Licht ein. Da liegt er. Er schläft, an seinem Unterkiefer zuckt friedlich ein Muskel, still wie der Mond, so stellt sie sich vor, bewegt sich unter dem Lid das eine, das gesunde Auge.

Sie flüstert ein Gebet und riskiert einen Blick in die Zeitung, bevor sie sie wieder auf den Bürgersteig wirft. Auf Seite zwei erzählt ein alter Mann, wie er mit seinen Brüdern zur Schule gerannt ist. Einer von ihnen ist sicher dort angekommen, er hatte nur ein Loch im Strumpf. Der andere wurde später gefunden, ihm fehlte der Kopf. Das hat sie nun davon. Sie sollte lieber doch nicht in die Zeitung schauen.

»Hallo, Oma!« Sie erschrickt, als Robert die Straße hinaufruft. Wo war er denn, als sie den Müll rausgetragen hat? »Wie geht's, wie steht's?« Seine gute Laune ist ja besorgniserregend. Er ist ganz schön außer Atem, als wäre ihr Leben eine Zirkuskarawane, der er nachhetzen würde. Die jungen Leute von heute! Ein Mädchen zottelt hinter ihm her. Sie lächelt schwach. Sheryl, tatsächlich. Sie hat ihr Haar in der Mitte gescheitelt und hinter die Ohren gesteckt. Unter dem offenen Parka schaut ein Oberteil hervor, das eins von Harrys alten Unterhemden sein könnte, oder eins von Jed, von den *Hillbillies.* Sie kriegt kaum den Mund auf, als Lucy sie begrüßt. Ist sie schüchtern oder einfach nur unhöflich? Wie eine Rumtreiberin sieht sie eigentlich nicht aus, auch nicht, als könnte sie Robert diese Flausen über den Westen in den Kopf gesetzt haben. Wenn sich im Fernsehen die Leute auf den Weg machen, egal ob in den Westen oder an exotischere Orte, dann sehen sie wenigstens wie richtige Reisende aus.

Lucy hat mit Reisenden nie viel zu tun gehabt, abgesehen von der alten Mrs. Slauenwhite, die damals im Zug ihre Sandwiches ausgepackt hat. Was gäbe sie darum, wenn sie diese Reise jetzt noch einmal geschenkt bekäme! Sie würde sich in der großen Basilika von St.-Anne de Beaupré festsetzen, bis sie sie von diesem verwitterten Handknochen wegzerrten! Sie ärgert sich maßlos, dass sie damals gekniffen hat.

Robert sieht sie eigenartig an, er hat fast die gleichen Augen wie sein Vater. Er verdreht Sheryl spielerisch den Arm, bis sie kichernd winselt. »Ich will nur mal kurz bei Opa reinschauen«, sagt er. Ihr fällt auf, wie früh es ist. Teenager treiben sich um diese Uhrzeit eigentlich nicht herum. Auch für Harry ist es noch ein bisschen früh. Sie hat ihn gerade erst gewaschen und gefüttert, jetzt muss er erst einmal seine Medikamente verkraften.

»Warum seid ihr eigentlich nicht in der Schule?« – »Wir haben frei, Oma.« Er hält ihrem Blick stand, das Mädchen kichert und betrachtet seine Haarspitzen so eingehend, als suchte es nach Läusen. Robert hört sich an wie damals, denkt Lucy, es ist noch gar nicht so lange her, als sie mit dem Bus von der Kirmes nach Hause fuhren. *Du musst da sitzen, Oma. Und keine Küsse. Jemand könnte uns sehen.*

»Aber in zwei Wochen fangen doch die Ferien an.« So leicht lässt sie ihn nicht davonkommen, nicht heute. Sie lächelt Sheryl an. Vielleicht ist sie doch nur scheu, vielleicht sollte sie sie einfach mal ansprechen. »Und du, was hast du in den Ferien vor? Willst du verreisen?« Aber das Mädchen sieht nur erwartungsvoll in Roberts Richtung. Er geht die Treppe hinauf, Sheryl trottet hinterher. Sie wackelt ein bisschen mit dem Hintern.

Harry liegt da und streichelt den schmutzigen Akkordeonkasten. Überrascht schaut er auf und winkt den Besuchern zu. Es ist, als wäre Lucy gar nicht da. »Was macht deine Musik, mein Schatz?«, sagt sie fröhlich, vielleicht ein wenig zu fröhlich. Immer dieses Bedürfnis, ihn zu beschützen, sich selbst zwischen ihn und die Welt da draußen zu stellen, egal, ob die nun bedrohlich ist oder nicht. Die Besucher sind wie Eindringlinge, die abgetastet werden müssen. Oje, sie hat wirklich zu viel Fernsehen geguckt. »Schau doch, wer da ist«, sagt sie. Sie weiß auch nicht, was sie mit Sheryl machen soll, die genauso sprachlos ist wie Harry. Ihr fällt ein Satz aus der Bibel ein: *Die Tauben macht er hörend, und die Sprachlosen redend.* Na, dann mal viel Glück, denkt sie.

Robert lässt die Finger über die Tasten gleiten, bis Harry das Akkordeon wegzieht und die gute Hand schützend auf die Tastatur legt. Y-A-N-K-E-E-D-O-O-D-L-E, buchstabiert er. Robert wirkt erleichtert und schiebt Harry das Instrument in den Schoß.

Vorsicht, du tust ihm weh, will sie gerade sagen, als es dem Jungen gelingt, irgendwie seinen Arm um Harrys Schulter zu bugsieren. Mit erstaunlicher Geschicklichkeit bewegt er den keuchenden Balg. Harry sieht ihn erst scharf und ungeduldig an, dann gestikuliert er, dass er eine rauchen will. Erst jetzt lässt er die Hand wieder auf die Tasten sinken und spielt langsam und mühsam den Bass des Liedes. Roberts Freundin starrt auf den rosafarbenen Flecken auf der Bettdecke, dreht sich an den Haaren. Lucys Applaus hallt von den Wänden zurück. Sie sieht aus dem Fenster, um die Fassung nicht zu verlieren. Das Mädchen gähnt und verzieht hilflos das Gesicht, aber Robert beachtet es nicht. Hat er etwa auch Tränen in den Augen? »Nicht schlecht, Opa«, sagt er und knufft ihn.

Lucy will gerade aus dem Zimmer laufen, um sich die Nase zu putzen – niemand, schon gar nicht Harry, soll sie so aufgelöst sehen –, als sie die dünne, heisere Stimme des Mädchens hört: »Warum redet er eigentlich nicht? Du, Buck, ich find kranke Leute gruselig.«

Sheryl stolpert vor Robert die Treppe hinunter, sie sind schon wieder auf dem Weg nach draußen. *Aber ihr seid doch gerade erst reingekommen,* würde Lucy am liebsten rufen. Wenn er allein wäre, würde sie ihn schon aufzuhalten wissen, vielleicht mit ein paar Plätzchen. Er scheint ohnehin immer zu wissen, was sie denkt. Der unsichtbare Faden, der sie von Anfang an verbunden hat, ist noch nicht zertrennt.

»Oma?«, ruft er hoch. Er gibt sich ein bisschen zu viel Mühe, gut zu ihr zu sein – vielleicht nur als Ausgleich für das Mädchen. »Ich komme bald und streiche den Zaun. Versprochen.« Ja, ja, wenn da die Farbe mal nicht auf dem Pinsel gefriert. Und seine Mutter habe gesagt, er solle ein Buch abholen, »irgendwas mit Schmutz«. Sie tritt aus dem Flur und sucht eine Tüte. Sie ist froh, das Buch loszuwerden, weiß aber nicht, ob sie ihm etwas anvertrauen kann, was der Besitzerin offenbar eine Menge bedeutet. »Und der Zaun«, sagt er noch einmal, »da kannst du dich auf mich verlassen, wirklich.« Sheryl schaut zu, als Lucy ihm einen Kuss auf die Wange gibt. Aber das ist ihr egal. Aus der Nähe sieht sie, dass sich sein Bart ein wenig ausgebreitet hat. Sie kann die einzelnen Haare zählen, wie am Kinn der armen alten Ida Trott.

Jetzt hat sie ihn wieder mit seiner Steinschleuder vor Augen, mitsamt der Murmel in dem kostbaren, rosafarbenen Tässchen. Und wie er einmal beinahe Jewel erwischt hat. Robert wollte die Schleuder mit einem Katzenauge demonstrieren und zielte direkt auf seinen Vater. Wenn Jewel sich nicht geduckt hätte, hätte es ihn an der Schläfe erwischt, wie Goliath. Er wäre getaumelt wie ein donnernder Riese – unaufhaltsam und ungefähr so bedrohlich wie der Weihnachtsmann.

Als sie nun einen Blick in die Zeitung wirft – die ist voller Werbung für aufziehbare Schneemänner und ähnliches Zeug –, hört sie ein Rumsen, dann ein Röcheln. Himmel noch mal, wenn der Mann einfach mal stillhalten würde! Sie eilt hinauf. Auf dem Boden liegt eine umgestürzte Schublade. Harry hat vor Wut die eine, die gute Faust geballt.

In der Nacht wacht sie auf, weil sie wieder das Geräusch hört, irgendwo zwischen Sägen und zartem Bellen. Harry weint. Er steckt in seinem nutzlosen Körper fest, er ist ein Gefangener, dessen Seufzen wie mit Klauen nach ihr greift. Aber sie springt nicht aus dem Bett, sondern atmet tief durch, während eine Stimme in ihrem Inneren bettelt: *Nimm ihn zu dir!* Und gleich im nächsten Atemzug würde sie sich am liebsten selbst erwürgen, weil sie so herzlos ist. Wenn die Liga-Damen wüssten, was ihr durch den Kopf geht. Jetzt hat sie wieder die harmlosen Ratschläge im Ohr:

Gib mir die Kraft, zu verändern, was ich verändern kann, und anzunehmen, was ich nicht verändern kann. Was kann sie schon tun, um ihn zu befreien? Nichts.

Weihnachten kommt und geht. Sobald der Weihnachtstruthahn abgeräumt ist, verdrücken sich auch Jewel und Rebecca. Tag und Nacht vermischen sich zu einem düsteren Brei aus Füttern, Waschen, Pflege. Das Licht bietet Trost, weit mehr als das Essen. Es sind diese Augenblicke am späten Nachmittag, kurz bevor die Abenddämmerung einfällt, die stillen Momente: *Schatz, ich geh eine Weile nach unten.* Nein, keine Marg Osburne, kein Charlie Chamberlain. Das einzige Geräusch, das sie in diesen kurzen, friedlichen Momenten ertragen kann, ist der Fernseher, der oben als Babysitter dient, ein Geräusch, das die Stille in sich trägt. Das Licht des Winters gibt ihr Kraft: die hart auf dem Schnee glänzende Sonne, das tiefe Orange und Blau des Himmels. Nur zu dieser Tageszeit findet sie Trost. *Bitte nicht stören!* Ganz kurz hat sie das Gefühl, nicht mehr als ein winziger Fleck zu sein, ein Nichts in einer fettverschmierten Küche. Das Fenster ist nass, so stark dampft der Kohlrabitopf. Sie treibt auf einem Floß der Stille und denkt an Rebeccas Putzfrau, die in dieser treibenden Hütte wohnt, die schon fast, aber auch nur fast, im Packeis feststeckt. Nicht schwer, sich Ida Trotts verrückten Sprössling vorzustellen, wie er sich an einem Müllfeuer die Hände wärmt, während drinnen dieses arme Geschöpf die Dosenspaghetti umrührt. Gott allein weiß, wie sie miteinander zurechtkommen. Lucys Sorge ist das nicht. Außerdem hat Gott ohnehin schon die Ohren voll von ihrem ständigen Bitten, er möge Harry heilen. Aber was soll eigentlich geheilt werden? Er besteht eigentlich nur noch aus Beschwerden. *Na gut, du da oben. Fang einfach mit irgendeiner an,* fügt sie dem Geschwätz in ihrem Kopf hinzu. Aber sie könnte genauso gut mit der Faust gegen eine Stahltür hämmern. Dieser Gott ist stur, er lässt sich nicht beschwatzen. *Dein Wille geschehe, wie im Himmel so auf Erden.*

Vielleicht sollte sie in die Kirche gehen. Aber sie müsste jemanden für Harry finden. Gott scheint taub geworden zu sein. Vielleicht sollte er seinem eigenen Beispiel folgen und sich erst einmal selbst heilen! *Dein Wille geschehe.* Aber das Einzige, was sich stetig ändert, sind die Reiseziele in der Werbung, diese Orte mit Strand und knallender Sonne. Was sie an Salz erinnert, und an das Zeug in den Salzkörnern, das Wasser daran hindert, zu gefrieren, sodass sogar eine wie diese Miss Van Buskirk einen Fluchtweg hat. Nur wohin sollte sie fliehen? Das ist eine gute Frage, auch wenn es sie eigentlich nichts angeht. Was die Messe betrifft: Harry würde schon nicht umkommen, wenn sie ihn eine Stunde allein ließe. Allerdings hat sie ganz schön schlucken müssen bei dem, was Pastor Langille letztes Mal gesagt hat. Dinge, an die sie lieber nicht erinnert worden wäre: dass es Sünde ist, andere zu verurteilen, und dass es Dummheit ist, wenn man glaubt, aber nicht den Mut hat, auch nach seinem Glauben zu handeln.

KAPITEL 18

Am ersten warmen Abend im Frühjahr – schon Frühjahr? Sie kann es gar nicht fassen – kommt Robert mit der Farbe. Sie sieht zufällig gerade aus dem Fenster in Harrys Zimmer. Er kratzt die Pfosten ab, in einem Rhythmus, der, von der Salzluft herübergetragen, sogar den Fernsehlärm übertönt: *Werd-nicht-mü-de-nim-mer-mü-de.* Erst als Harry einschlummert, traut sie sich vors Haus. Robert lächelt abwesend, er bemerkt sie erst gar nicht. Doch dann winkt er und fragt, ob er das Radio anmachen dürfe – das alte Ding, so dreckig und voller Teig! Er stellt es auf die Treppe an der Veranda und dreht es so laut, dass Mrs. Chaddock von Glück reden kann, wenn ihr nicht das Trommelfell platzt. Ein Chor von Beschwipsten und eine freche Stimme stöhnen und ächzen, dass du kriegst oder doch nicht kriegst, was du willst. Sie bittet ihn, es leiser zu stellen, aber er ruft zurück: »Du machst Witze, Oma! Weißt du denn nicht, wer das ist?«

Ihr scheint, er habe gerade erst angefangen, da packt er schon wieder zusammen. Er hat nur die eine Seite abgekratzt. »Morgen mach ich weiter«, verspricht er, »ganz bestimmt.« Bevor sie ihn nach der Schule fragen kann – soviel sie weiß, ist er noch in der Schule –, geht er schlaksig und mit schwingenden Armen die Straße hinab und wird von der Dämmerung geschluckt. Aber am nächsten Morgen taucht er nicht auf. Auch nicht am Morgen darauf. Nach zwei Wochen hat der Regen die Farbplacken in den Schotter geschwemmt. Der Zaun sieht schlimmer aus als vorher. Immerhin ist die Farbe nicht von selbst abgeblättert, sagt sie sich, während sie mit Harry dasitzt. Im Fernsehen läuft noch einmal die Mondlandung vom letzten Jahr. Die Astronauten, die über die pockennarbige Oberfläche hüpfen, erinnern sie an eine Nahaufnahme von Bazillen, die ein Stück Hautfläche erkunden. Auch das ist schon im Fernsehen zu bestaunen gewesen.

Später lässt sie sich in das schmale Bett fallen. In der Tür flackert das fahle Licht des Fernsehers. Da spürt sie ein Kitzeln in der Brust, es geht von ihrem Herzen aus. Ihr ist plötzlich ganz heiß. Was für eine komische Vorstellung, dass das Himmelreich vielleicht gar nicht so weit weg ist – wenn die Menschen schon dort oben auf dem Mond herumspazieren. Unten brummt der Kühlschrank, genau wie sonst, aber merkwürdigerweise freut sie sich heute daran, ein kleines bisschen nur, in den letzten Monaten ist ihr so schwer ums Herz gewesen.

Am nächsten Abend sitzt sie in Harrys Zimmer am Schreibtisch und sortiert Pillen. Sie hört etwas und springt auf, um den Fernseher leiser zu drehen. Harry rutscht ein Stück hoch und zeigt auf den Bildschirm. »Wirn«, sagt er mit schwacher, fiepsender Stimme. Wie damals, als Jewel zum ersten Mal *Mama* gesagt hat. Sie dreht sich um. Harry sieht sie mit einem Grinsen an, das die linke, stärkere Seite seines Mundes erfasst hat. Sie traut ihren Ohren nicht, noch nicht, sie zweifelt, fassungslos – sie muss sich bemühen, die Dinge nicht zu genau zu nehmen: »Birn, Schatz?« In ihrer Brust kitzelt es wieder, es tut beinahe weh. »Harry?« – »Schwirm«, hört sie beim zweiten Mal. Sie ist so überrascht, dass ihr das Pillendöschen aus der Hand rutscht. Er sieht sie an und öffnet den Mund. Noch einmal spricht er, langsam, aber deutlich: »Aasch un Schwirn.« Diesen Blick hat sie beinahe vergessen. Sie geht näher an ihn heran, spürt, wie er ihr mit der Hand über die Hüfte streicht. »Himmel, Arsch und Zwirn«, sagt sie, es ist eine Blödelei aus *Laugh-In,* aber das ist jetzt egal. Sie wird rot, während Harry über das ganze Gesicht strahlt. Plötzlich erinnert er sie an Jewel – oder auch an Robert –, die sich nicht einkriegten vor Freude, als sie endlich ihre Namen schreiben konnten.

»Sag es noch einmal, für Lucy«, flüstert sie, obwohl sie einen Kloß im Hals hat. *Wie der ungläubige Thomas,* hört sie die Liga-Damen kichern.

Harry schließt die Augen und schluckt wie ein kleines Kind, das vom Weltall träumt. »Luschie, Hennikipson.« Hört sich an wie Henry Gibson. Sie fasst sein Handgelenk und sucht verzweifelt nach der Pappe. Dann drückt sie ihm einen Bleistift in die Hand, sieht ihn eindringlich an. Sie drängt ihn, ermutigt ihn, aber er lässt den Stift fallen. Es dauert eine Ewigkeit, bis aus seinen nächsten Wörtern eine Frage wird: »Wwwwwann kommt Schwirn?«

»Um neun«, antwortet sie, als spräche sie vom Mond aus zu ihm. Wie klein die Wörter und ihre Bedeutungen sind, denkt sie, wie groß dagegen das Wunder der Sprache! »Noch eine Stunde«, hört sie sich sagen. Mit zitternder Hand wischt sie ihm die Spucke vom Kinn. Erst jetzt versteht sie wirklich, was gerade passiert ist. Was für ein großer Sprung es für Harry ist, wenn auch ein winziger Schritt für die Menschheit. Es ist, als hätte sie sich an seiner Behinderung angesteckt, sie ringt mit den Worten, um dem Ereignis gerecht zu werden, küsst ihn schließlich auf den Mund.

»Herrgott im Himmel, und alle himmlischen Heerscharen!«

Jewel und Rebecca kommen, sie haben einen Flachmann mit Rum dabei. Sie erlaubt Harry einen winzigen Schluck aus einem Fingerhut, prostet ihm mit ihrer Teetasse zu. Rebecca wird nach dem ersten Gläschen schon geschwätzig. Sie legt ihm das Don Noble auf den Schoß und drückt ihn, sie scheint zu erwarten, dass er gleich zum Tanzen aufspielt. »Wahnsinn«, sagt sie, »wenn Elinor hier wäre.« Lucy muss lange in ihrem Kopf herumsuchen, bevor sie versteht, von wem die Rede ist. Rebecca merkt es nicht und plappert schon weiter, Neuigkeiten über Miss Van B. »Sie ist sogar musikalisch.« Beim letzten Mal habe sie eine Mundorgel mitgebracht. *Eine Harmonika,* winselt Lucy still. Wahrscheinlich die von Benny. Da haben bestimmt schon eine Menge Leute reingeblasen.

»Pssst«, macht Harry und bewegt die Hand, als *Laugh-In* beginnt. Aus einem Gänseblümchen sprießt Henry Gibsons Gesicht. Rebecca quatscht immer weiter. Als ob ihr irgendjemand zuhören würde. Sie erzählt, dass Elinor als Kind Klavier gelernt hat, dass ihre Eltern ihr alles geschenkt haben ... »Alles«, sagt sie schwungvoll, »na ja, bis es dann '29 den Bach runterging. Als ihr alter Herr, ihr wisst schon ... war bestimmt nicht einfach.«

Harry ballt die Faust, damit sie endlich den Mund hält. Hoffentlich nicht ernst gemeint, denkt Lucy und stellt den Fernseher lauter. Aber Rebecca merkt nichts und redet weiter, was das »arme Ding« alles durchgemacht habe, nachdem sein Vater sich »aufgehangen« hat. »Und sie weiß gar nicht mehr, was davor war. Sie muss wie ein Teerbaby ausgesehen haben, als sie mit dem Zug ankam. Das haben sie ihr zumindest erzählt.« Rebecca streckt das Kinn vor, als würden sie ihr nicht glauben, und murmelt, der alte Mann sei so bewegt gewesen, als er all die blutigen Leute gesehen habe, er habe sich einfach das Mädchen geschnappt, gleich da am Bahnhof, und es mit nach Hause gebracht, wo seine Frau gewartet habe. Harry klopft regelrecht aufgebracht auf die Matratze. Lucy will gar nicht erfahren, wie das alles zusammenhängt, was Rebecca erzählt. Es hat schon seinen Grund, dass Robert seine Mutter eine Quasselstrippe nennt. »Die Mutter, ja, die«, seufzt Rebecca, die habe ein Kaffeekränzchen nach dem anderen abgehalten. Ein zweites Kind wollte die auf keinen Fall, sie hatte ja schon einen Sohn. »Ziemlich weit vom Stamm gefallen, der Apfel«, sagt Rebecca, »kommt nicht gerade nach dem Vater.« Aber wen interessiert das schon? Harry macht eine Bewegung, als würde er sich die Kehle durchschneiden, und sogar das entsprechende Geräusch dazu. »Liebes«, sagt Lucy vorsichtig, »diese Sendung ... Er hat doch nicht so viel, worauf er sich freuen kann.«

Aber Rebecca redet unbeeindruckt weiter, erzählt, dass das Mädchen sehr verwöhnt gewesen sei. »Hübsche Kleider, Musikunterricht, der ganze Kram«, sagt sie hastig. Wenn er könnte, würde Harry sie gnadenlos unterbrechen: *Bla-bla-bla, wie ein verdammter französischer Pudel!* »Aber das hat ja was Gutes«, plappert sie weiter, »stell dir nur das arme kleine Kind in dem Zug vor, mit all diesen Leuten, denen die Augen halb raushängen, schlimm ...« Zum Glück wird sie jetzt von einer Zahnpastareklame abgelenkt. Die Werbemelodie hallt von den Wänden. Jewel stößt mit seinem Glas an Harrys Fingerhut und fragt ihn grinsend, ob er noch einen Schluck möchte. Er schenkt ihm ein, verzieht die Miene und fragt in einem Ton, den Lucy gar nicht vertragen kann: »Und wie zum Teufel wird aus so was dann eine Pennerin?« Zum Glück erscheint gerade Lily Tomlin auf dem Bildschirm – als Ernestine, das Fräulein vom Amt. Sie leckt sich auf ihre peinlich-kokette Art die Lippen und wählt eine Nummer.

»Eine Pennerin ist sie nicht, Schatz«, wendet Rebecca ein. Sie überhört Harrys Seufzer und nennt die Frau eine »Reinemacherin«, eine »echte Entdeckung«.

»Herrottnomal«, sagt Harry, er ist jetzt richtig sauer. Eigentlich ist es nicht seine Art, sie so anzufahren, aber es funktioniert. Trotzdem geht Lucy auf, dass das Wunder der Sprache vielleicht nicht nur Gutes hat.

Den Abspann immerhin können sie sich in Ruhe anschauen. Der Fernseher ist auf volle Lautstärke gestellt. Aber als Jewel seinem Vater noch einen Fingerhut Rum einschenkt – »Prost, alter Kumpel« –, ist es, als hätten die Wände Augen, und zwar die Augen der Ärzte.

Doch er schläft in dieser Nacht richtig tief, zum ersten Mal seit neun Monaten, so scheint es ihr. Lange genug, um ein Baby zu bekommen. Ist es nicht viel länger her, dass er gestürzt ist? Träumend kehrt sie zurück in die Zeit, als sie tatsächlich ein Baby bekam, und zwar ein richtiges, ihr erstes. Sie ist wieder in der Wohnung in Richmond. Ihr Körper, leichter als Asche, schwebt über das urige Linoleum. Hell fällt das Licht durch die Scheiben und verläuft zu einem Vergissmeinnichtblau, während sie schwebend wie ein Kolibri das Frühstück macht. Sie pochiert Eier, kocht Tee. Es klopft, aber sie kann nicht an die Tür, weil sie den Boden nicht berührt. *Schade,* flüstert sie und schenkt Milch in Helenas rosarotes Tässchen. *Pech gehabt.* Aber sie kann durch die Tür sehen: Es ist nur die Vermieterin, die die Miete eintreiben will und fragen, wie es dem Kind mit den Windpocken geht. Die Schatten werden länger, das Zimmer ist jetzt dunkelgrau. Helena ist von ihrem Schläfchen aufgewacht, kratzt sich eine besonders schlimme Quaddel am Daumen auf und wimmert. Ihre Klauen lösen sich auf. Sie versucht, Harry wach zu kriegen, der das Geld hat, aber sie hat keine Hände, mit denen sie an ihm rütteln könnte. Hören kann er auch nicht. *Ich bin zwar unsichtbar, aber das heißt noch lange nicht, dass es mich nicht gibt,* zwitschert sie, ihre Federklauen flattern. Eine Pusteblume treibt mit der Brise herein, rostrot wie eine Lilie. Sie sieht hinunter und entdeckt etwas, sich selbst oder einen Teil von sich, der pechschwarz ist und in einer Kiste liegt. Eine Moorleiche. Schwarze Schleier fließen, während das, was von ihr übrig ist, über den Dingen schwebt, ohne Federn, flügellos und unsichtbar. Aber nach Hause zu fliegen wird ihr nicht gelingen, wo doch Harry nach ihr ruft und das Baby schreit. Helenas Schreien scheucht Hornissen auf, ein ganzes Nest, in dem sie jetzt gefangen ist.

Süße Träume – na ja. Sie wacht zitternd auf, hat einen schlammigen Geschmack im Mund. Doch sie reißt sich zusammen und geht auf Zehenspitzen zu Harry ins Zimmer. Der Anblick seines schlafenden Gesichts beschwichtigt sie, genügt aber nicht, um sie wirklich zu trösten. Er rührt sich kaum, als sie neben ihm unter die Decke kriecht. Ihre alte Seite des Betts ist so kalt wie die falsche Seite des Mondes.

Ein paar Wochen später steht irgendwo bei den Todesanzeigen ein Bericht über einen Wallfahrer, der Lourdes-Wasser getrunken hat und aus seinem Rollstuhl aufgesprungen ist.

Aber was Lucy viel mehr interessiert, ist ein Artikel in den Reiseseiten: über einen Wallfahrtsort, der nur fünf Autostunden entfernt liegt. Offenbar hatte dort jemand eine Marienerscheinung, wie Bernadette in der berühmten französischen Grotte. Diese Frau hatte nur noch sechs Wochen zu leben, aber dann verschwand der Krebs. In der Zeitung ist eine Karte mit Wegbeschreibung und ein Foto der umwaldeten Kirche, sogar ein Bild der Heilquelle, eine Art Pfütze, aus deren Tiefe etwas heraufsprudelt.

Ist sie gierig, fragt sie sich, nur weil sie mehr vom Leben will? Immerhin redet Harry doch schon wieder, auch wenn es ihm nicht leichtfällt. Dabei war sie so voller Ungeduld und Zweifel. *Suche, und du wirst finden,* hört sie, als sie ein Butterbrot schmiert. Es ist natürlich der Kühlschrank, der so redet. Er läuft die ganze Zeit, weil es ziemlich warm geworden ist. Trotzdem wird sie rot. Sie streicht Thunfischsalat auf das Brot und hört sich »Was denn?« fragen. *Bitte, und dir wird gegeben,* tönen der Kühlschrank und die ausgebreitete Zeitung gleichzeitig. Sie schneidet das Sandwich in zwei Dreiecke. »Genau, und wo ein Wille ist, ist auch ein Weg«, sagt sie schnell und trägt den Teller hinauf.

»Sie sollten ein bisschen mehr aus dem Haus gehen, Mrs. Caines«, redet ihr Pastor Langille zu, als sie sich schließlich wieder hintraut. »Ja, ja«, sagt sie, »im Sommer ganz bestimmt.« Alle versuchen, sie aus dem Haus zu bekommen, es scheint eine Verschwörung zu sein.

An einem Samstag schauen Jewel und Rebecca vorbei. Irgendwie hat sie das Gefühl, dass es etwas gibt, was sie ihr nicht erzählen. Oje, denkt sie, es hat bestimmt mit Robert zu tun. Ist er vielleicht sitzen geblieben? Dann war's das jetzt mit der Schule. Bald zieht er los und weiß nicht, wovon er leben soll.

»Nun nimm deine Mutter mal mit und kauf ihr ein verdammtes Eis«, sagt Rebecca und blickt Jewel scharf an. »Fahrt ein bisschen rum.« Harry sieht nicht gerade glücklich aus, aber Rebecca lässt sich nicht umstimmen. Wann schafften Mutter und Sohn es schon mal, gemeinsam etwas zu unternehmen? Na gut, denkt Lucy, Jewel und sie sind tatsächlich so gut wie nie allein, und da ist etwas, das sie mit ihm besprechen möchte, ohne dass gleich jemand dazwischenquatscht. Rebecca stößt ihn mit dem Ellenbogen an: »Bring sie ein bisschen auf Trab.« Sie reden immer öfter so, als wäre sie überhaupt nicht da. Mit Robert genauso. Sie würde gern zu Fuß gehen und den Flieder riechen, ein bisschen Bewegung tut ihr gut. Aber Jewel besteht darauf, dass sie mit dem Auto fahren.

Sie haben vor dem Laden geparkt und sehen Mr. Jimmy beim Hamburger-Braten zu. Sie erkennt sogar die Soleier, die wie Präparate in Einmachgläsern treiben, die auf dem Tresen aufgereiht sind. Sie wollten sich eigentlich Zeit nehmen, aber Jewel lässt den Motor laufen. Was für ein Eis sie denn wollte, fragt er. Er ist offenbar nicht sonderlich gut gelaunt. Manchmal wirkt er wie ein Greis in einem zweiundfünfzigeinhalb Jahre alten Körper. Sie entscheidet sich um: Erdbeere statt Vanille. »Lass mich das zahlen, Jewel«, sagt sie, um ihn ein wenig aus der Reserve zu locken. Er schiebt ihren Zwei-Dollar-Schein von sich. Vielleicht ist es doch nicht der richtige Zeitpunkt, diese Sache anzusprechen.

Jewel schlendert hinein, die Sonne ergießt sich über die Bucht. Das Auto ist wie eine Blase, in der sie sitzt und zusieht, wie Jewel mit Mr. Jimmy scherzt, der sich die Finger ableckt und eine Serviette um das Hörnchen wickelt. Als Jewel herauskommt und ihr das Eis ins Auto reicht, steigt Ärger in ihr auf. Für sich selbst hat er keins gekauft. Außerdem ist das Eis weiß. Wie kindisch, über so etwas enttäuscht zu sein, denkt sie. Aber doch nicht grundlos. Sie ist so selten draußen, dass sie das Gefühl nicht loswird, auf der Flucht zu sein. Jeden Augenblick kann jemand kommen und sie nach Hause schleppen. Sie bemüht sich, das schmelzende Eis ordentlich rundherum abzulecken. Jewel tippt zur Countrymusik, die aus dem Radio plärrt, auf das Lenkrad und steht mit dem Fuß auf der Bremse. Er kann offenbar nicht still sitzen, er weiß einfach nichts mit sich anzufangen. Ein bisschen wie Robert, denkt sie, der Apfel fällt nicht ... Sie isst, so schnell sie kann, beißt in die Eiskugel, dass ihr die Zähne wehtun. Jewel blickt in den Rückspiegel. Er grinst und schüttelt den Kopf. Wenn das nicht Benny Trott ist, der da vom Strand heraufkommt. Er schlägt sich mit einem Ruder durch die Sträucher.

»Verrückter Alter«, murmelt Jewel. Mr. Jimmy hat Benny auch schon entdeckt. Er sieht grimmig durchs Fenster. Der arme Benny, denkt sie. Irgendwie bewundert sie ihn, er ist wie eine Schildkröte, der man den Panzer weggenommen hat. Jewel scheint etwas Ähnliches durch den Kopf zu gehen, denn er kichert, als der Rumtreiber näher kommt. Sie muss lächeln, als sie an seinen Spitznamen denkt. Wenn man ihn heute so nennen würde, wüsste niemand mehr, wer gemeint ist. Robert würde vielleicht sagen, dass er auf einem Trip ist. Vielleicht auch nicht. Auf jeden Fall nicht auf einem Trip ins Weltall, dafür ist er zu alt. Er ist allein. Komisch, sie hat sich so daran gewöhnt, dass noch jemand zu ihm gehört. Sie tupft sich den Mund ab, die Serviette ist dünn und bleibt kleben. Das Eis tropft auf den Sitz. Dabei ist Jewel so pingelig, wenn es um den Wagen geht. Aber er schaut gerade zu, wie Benny den Laden betritt, während Mr. Jimmy etwas in die Kasse tippt. Ihre Lippen bewegen sich. Benny gestikuliert wild. »Der quatscht einem das Ohr ab«, sagt Jewel, mehr zu sich selbst. »Wahrscheinlich hat er es mit ihr genauso gemacht.« Jetzt redet er also wieder von Miss Van Buskirk. »Sind wir bald so weit, Mama?« Er hat es immer eilig, immer muss er noch dringend irgendwohin, selbst wenn er sich eigentlich mal entspannen soll.

Jetzt oder nie, denkt sie: »Schatz, ich frage mich ...«

Er unterbricht sie, aber er ist ganz auf der falschen Spur:

»... wie Becky zurechtkommt?« Seine Gereiztheit weicht einer nervösen Heiterkeit. »Bestimmt ganz gut. Sie schaltet am Fernseher herum, zündet ihm Zigaretten an ...« Von seiner Eile vorhin ist nichts mehr zu spüren.

Benny steht am Tresen und zählt sein Kleingeld. »Da hast du's wieder«, sagt Jewel voller Sarkasmus. »Der alte Benny Trott. War doch immer schon ein Goldgräber, um nicht zu sagen, ein Heiratsschwindler. Aber der Zug ist wohl abgefahren. Schade, dass er seine Lady nicht früher kennengelernt hat, am besten als Kind.« Sein Lachen gefällt ihr nicht. Sie erinnert ihn daran, dass Benny bestimmt zwanzig Jahre älter ist als die Frau. Jewel ist beinahe enttäuscht, als sie sagt, es sei wohl an der Zeit, zurückzufahren. Gerade kommt Benny raus, er dreht sich eine Zigarette. Er erkennt Lucy, wendet sich feige ab. Ein Kriecher, denkt sie, nicht besser als die Bisamratten, die sie früher immer im Graben gesehen hat.

»Sie muss eine gute Zuhörerin sein«, sagt sie und meint Bennys Freundin. Jewel beugt sich vor und sieht sie skeptisch von der Seite an. Er hat es natürlich wieder falsch verstanden. »Es ist doch nur, weil Becky ihr etwas zahlt«, sagt er. Herrje, wenn sie es jetzt nicht zur Sprache bringt, wann dann? Also rückt sie damit raus. Sie will ihn um einen Gefallen bitten. Dabei weiß sie, dass er sie für verrückt erklären wird.

»Wie wär's, wenn wir beide eine kleine Reise machen?«

Er wirkt überrascht, sogar ein bisschen belustigt. Benny ist inzwischen über die Straße gegangen, sie sehen noch, wie sein sonnenverbrannter Schädel hinter der Böschung abtaucht. Sie erzählt von dem Artikel, von der Kirche und der Quelle, von der Frau, die Krebs hatte, und beobachtet gleichzeitig, wie Benny den Kahn, eine winzige Arche, am Kanal zu Wasser lässt – was für ein einsames Geschöpf so ein Ruderer ist. »In Cape Breton? Was zum Teufel willst du da denn?«, johlt er. »Es ist nicht so weit«, sagt sie. Dabei kann sie Entfernungen nun wirklich nicht einschätzen. Aber Jewel rutscht nervös hin und her, als hätte er sie gar nicht gehört. »Weißt du, es ist wegen Bucky«, sagt er, ohne auf sie einzugehen. Er könne sich sehr gut vorstellen, was der kleine Mistkerl so treibe.

Sie ist so verwundert, dass sie keinen Ton mehr rausbringt. Sie umfahren die Bucht, bis sie an die Stelle kommen, wo früher der Pfad zu St. Columba abging. Inzwischen ist es ein Schotterweg, breit genug für ein Auto. Wie lange ist sie nicht hier gewesen? Sie hat die Grounds seit einer Ewigkeit nicht betreten. Sie sagt es, Jewel sieht weg und seufzt. »Was willst du hier auch?« Der halbe Wald ist schon abgeschlagen, alles liegt voller Müll. Die Villa und die Scheune gibt es längst nicht mehr. Wo sie stand, ist bloß ein kleiner, von Sträuchern überwachsener Trümmerhaufen. Nur Idas

Hütte steht noch. Irgendjemand hat sie violett angestrichen und einen Regenbogen über die Fenster gemalt. An den Balken klimpern Windspiele. Das Ganze sieht aus, als hätte man ein paar Kindern Wachsstifte und Muscheln in die Hand gedrückt und gesagt: Tobt euch mal richtig aus. Da, wo früher die Hühner gescharrt haben, steht jetzt ein Lieferwagen mit platten Reifen und einem komischen Nummernschild, aus British Columbia. »Wo die ganzen Versager herkommen«, spottet Jewel und hält an.

Ein rauchiger Gestank zieht durch die Fenster der Hütte nach draußen, nicht von einem Holzfeuer, sondern wie von brennendem Gras. Jewels Keller hat auch einmal so gerochen. Musik wabert heraus, leicht gedämpft und jammrig. Ausgeleierte Nähmaschinen hören sich so an. Das Lied handelt von violettem Dunst. Gütiger Gott. Sie will ihn aufhalten, aber Jewel ist schon aus dem Wagen gestiegen und klopft so doll an die Tür, dass sie wackelt. Die Veranda senkt sich leicht unter seinem Gewicht. Es nützt alles nichts. Er stapft die Treppe runter, geht ans Fenster und schaut hinein wie ein Voyeur. Sie kurbelt ihr Fenster hinunter. »Um Himmels willen, was machst du denn da?«, zischt sie. »Du wirst noch verhaftet.«

»Verdammte Hippies«, ruft er und tritt gegen einen Stapel modriger Schindeln. Sein Blutdruck, denkt sie. So erregt hat sie ihn lange nicht gesehen, dabei gibt es gar keinen Grund. »Ich weiß, dass er da drin ist, der kleine Drecksack«, ruft er und sagt etwas von Hohlköpfen, als er sich wieder ins Auto setzt. »Ich hab seine Freunde ja gesehen. Ich weiß, was die da machen.«

Plötzlich geht die Tür auf, die Musik plärrt heraus. Ein Mädchen mit rotem Strubbelhaar streckt Jewel ihren Mittelfinger entgegen, hinter ihr hat sich ein kräftiger junger Mann aufgebaut, auf dessen Jacke eins dieser Friedenszeichen genäht ist. Dann kommt Robert herausgetorkelt, tatsächlich Robert! Er murmelt Unverständliches. »Rein in den Wagen!«, schreit Jewel, als wäre sie überhaupt nicht da. »Los jetzt, rein da!«

»Du kannst mich nicht zwingen, verdammte Scheiße!«, brüllt Robert mit einem Hass in der Stimme, den sie von ihm nicht kennt. Ein dumpfes Geräusch, vielleicht ein Tritt gegen einen Reifen, schlägt durch bis in ihre Magengrube. Er sieht sie und wendet sich schnell ab. Jewel tritt ein paarmal aufs Gas, da läuft er auf das zu, was vom Wald übrig geblieben ist. Das Mädchen und der Kerl mit dem Friedenszeichen laufen ihm fluchend hinterher.

»Sie werden ihm doch nicht wehtun?« Sie hat Magenkrämpfe, so sehr hat die Anspannung ihren Körper bereits erfasst. Ihr fällt ein Fernsehbild ein, nichts Gefährliches, nichts, was mit Kämpfen zu tun hat. Es ist ein Mann, der sich selbst in einem Türknauf betrachtet, in einem schwankenden Zimmer. Eine Warnung vor Drogen. Sie und Harry fanden es lustig, die Nase des Mannes sah aus wie eine Dahlienzwiebel, dann stellten sie auch noch fest, dass es der Typ war, der mit Cher verheiratet war.

Aber Drogen? Robert? Nein.

»Soll er halt in seinem eigenen Saft schmoren«, schimpft Jewel voller Zorn, als sie nach Hause fahren. »Diesen Jugendlichen muss mal jemand eine Lektion erteilen.«

»Bestimmte Erfahrungen müssen sie einfach selbst machen«, antwortet sie nicht gerade überzeugend. Sie tätschelt ihm den Arm und steigt aus. »Er ist schlau genug, er kriegt das schon hin.« Das sagt sie sich zumindest selbst immer wieder. Vielleicht bringt es ja etwas, wenn man es sich hundertmal sagt. Nun gut, das war also ihr netter kleiner Ausflug.

Schon auf der Veranda spürt sie, dass etwas anders ist. Vom Haus kommt etwas Leichtes, Luftiges. Oben plärrt wie immer der Fernseher. Rebecca und Harry lachen um die Wette. Aber unten im Flur ist es frischer, die Wände wirken heller, und überall riecht es nach Mister Clean. Die Spinnweben an der Lampe sind verschwunden, und auch der Staub, der sich in den Ecken gesammelt hat. Eine alberne Phrase, die sie irgendwo aufgeschnappt hat, windet sich durch ihren Kopf: *Mensch Meier.* Und ihr fällt ein, wie der kleine Robert sie hinter ihrem Rücken nachgeäfft hat, als sie noch die Kraft hatte, zu putzen und sich dabei um ihn zu kümmern. Im Wohnzimmer fuchtelt jemand mit einem Staubwedel, stochert am Regal herum. Tatsächlich, keine andere als Miss Van Buskirk. *Miss Bienenwachs,* hätte Lucy beinahe ausgerufen. Unter ihrem linken Arm steckt ein Wischmopp, über den ein alter Kopfkissenbezug gezogen ist. Ihr braunes Haar hat sie mit einem ebenfalls braunen Tuch hochgebunden, das nicht zu ihrem schwingenden, schwarzen Kleid mit dem orange-rosafarbenen Blumenmuster passen will. Ganz hübsch eigentlich, auch wenn es mal wieder gewaschen werden müsste. Sie steht auf den Zehenspitzen, summt vor sich hin und greift nach Helenas Tässchen. Miss Van Buskirk wiegt es schon in der Hand, bevor Lucy ihr sagen kann, sie solle es nicht anrühren. Merkwürdig, wie sie es jetzt anschaut: Nicht, als wollte sie es klauen – so tief kann man eigentlich nicht sinken –, sondern als würde sie etwas bewundern, das sie schon hundertmal abstaubt hat. In einem anderen Haus, bei einem anderen Kunden – oder wie auch immer sie die Leute nennt, die sie bezahlen. Lucy nicht. Lucy ist keine Kundin.

»Wer hat Sie hier reingelassen?« Ihre Stimme durchschneidet die Luft, als gehörte sie ihr überhaupt nicht. Sie bemerkt Jewel, der hinter ihr ins Zimmer getreten ist, und die Stille, die jetzt oben herrscht, als hätte jemand den Stecker gezogen. Die Frau sieht sie überrascht an, presst die Lippen zusammen. Ein kurzes, angespanntes Nicken. Ihre Hand zittert, als sie sich noch einmal streckt, um das Tässchen zurückzustellen. Lucy fällt auf, dass ihre Absätze dringend erneuert werden müssten. Was sind das bloß für Schuhe? Vielleicht Hausschuhe, die einmal sehr teuer waren? Samt, besetzt mit Perlen? Die Frau folgt Lucys Blick und sieht beinahe beschämt hinab. »Die hat Benny mir geschenkt«, sagt sie.

»Wenn Sie bitte …«, sagt Lucy langsam, ihre Stimme klirrt ihr in den Ohren. Sie ärgert sich, dass sie jetzt Scham empfindet. *Es ist von gewissem Nutzen, stolz zu sein, stolz auf den eigenen Haushalt,* hat ihre Mutter immer gesagt, *aber Stolz ist und bleibt eine Untugend.* Stolz, das ist es, was in Miss Van Buskirks Blick liegt. Dazu kommt noch etwas, das sie gerade erst bei Robert gesehen hat. Dieses eisige Blau in den Augen, ein Blau wie der Stein in dem Ring, den sie früher einmal hatte. »Wenn Sie das bitte nicht anfassen würden –« Lucy schluckt. Es ist wirklich kleinlich, was sie da tut, so gefühllos, aber was sie stört, ist ja nicht, dass diese Fremde in ihren Sachen wühlt, sondern dass sie überhaupt im Haus ist. Dass sie sich einmischt – auch wenn sich Lucy jetzt ihrer eigenen Hochnäsigkeit schämt. Jewel ist auch nie da, wenn man ihn braucht. Und wofür braucht sie ihn denn? Um es zu erklären, um ihr Verhalten zu rechtfertigen? Er hätte sie wenigstens ordentlich vorstellen können. Aber er ist schon fast oben, so eilig hat er es. Soll sich Rebecca jetzt auch noch über Robert aufregen? Wer weiß, was er vorhat. Lucys Gedanken rasen, sie ist ganz durcheinander. Miss Van Buskirk macht einfach weiter, wischt Spinnweben von den Vorhängen. Es sei ein bisschen zu viel für einen Nachmittag, sagt sie und bietet an, bald wiederzukommen, wenn Lucy das wünsche. »Sagen Sie Becky einfach, dass wir es verrechnen. In Ordnung?« Dieses Wenn-Sie-wünschen, ihr melodischer Ton dabei, erinnert Lucy an Harry, auch an Jewel, wenn er ein bisschen besser gelaunt ist.

»Mal sehen, Miss ...« Mehr fällt ihr im Moment nicht ein.

Ob Lucy sie nicht Elinor nennen könne? Also gut: Elinor packt ihre Tücher und Flaschen zusammen. Lucy hat das Gefühl, sie sei überfallen worden. Als hätte der Eindringling – der Dieb – sie in Unterwäsche erwischt, in schmutziger Unterwäsche noch dazu. Das ist doch der Grund, warum sie sich bisher geweigert hat, jemanden ins Haus zu holen. Obwohl Rebecca sie so gedrängt hat. Sie will einfach nicht, dass irgendwelche Leute sehen, wie sie zurechtkommt. Beziehungsweise, dass sie nicht zurechtkommt. Wenn die Liga Wind davon kriegt, fallen sie garantiert hier ein, denkt Lucy, mit Eimern und besten Absichten, wie Jesus selbst. *Der Weg zur Hölle ist mit ...*

Wie Miss Van Buskirk jetzt mit ihren Füßen fester in die Pantoffeln fährt, erinnert Lucy an ein stacheliges Tier, das in seiner eigenen Welt gefangen ist. Pfeifend und summend geht sie aus dem Haus, die Melodie kommt Lucy bekannt vor. Ja, es ist dieses Liedchen, das sie ein paarmal bei Jewel gehört hat, das langsame, mit der schleppenden Klavierbegleitung. Gerade als sie es erkannt hat, beginnt die Frau, eine neue Melodie zu summen, etwas Süßes, Kindliches. Macht sie sich über Lucy lustig?

Als Robert endlich kommt, um den Rest des Zauns abzukratzen, erzählt er, dass er jede freie Minute im Club gearbeitet habe. Denn er will »auf jeden Fall« mit Sheryl in den Westen ziehen, sobald er das Geld zusammen hat. Na ja, nach der Szene in den Grounds ist er im Westen vielleicht wirklich besser aufgehoben, denkt Lucy. Fragen kann sie ihn danach wohl nicht. Was sie nicht weiß, wird ihr auch den Schlaf nicht rauben. Sie hat sich schon genug über Rebecca aufgeregt, wegen der Sache mit Miss Van Buskirk. Sie will eigentlich nur noch ihre Ruhe, auch wenn Jewel sagen würde, das sei gleichbedeutend mit Aufgeben. Robert arbeitet und hört Musik, eine Band namens *Grateful Dead.* Dankbarkeit kann man auf viele verschiedene Arten zeigen, denkt sie, ruft ihn herein und gibt ihm eine Cola. Es löst etwas in ihr aus, wie er dasitzt und trinkt. Er hat ja die Schule abgeschlossen, er hat sogar Arbeit gefunden, und doch platzt die Frage aus ihr heraus: »Was hast du eigentlich?«

Er lächelt schief und sieht sie unsicher an. Nichts, wobei sie ihm helfen könne, sagt er. Sie schüttelt den Kopf, zieht fünf Dollar aus der Schublade, in der sie Harrys Monatsrente versteckt, und schiebt sie ihm hin. Eine kleine Zuwendung hat noch niemandem geschadet. Als er geht, ist sie gerade oben. Der Zaun ist beinahe vollständig abgekratzt, das Transistorradio steht wieder an seinem Platz in der Küche. Sie will einen Teller holen und entdeckt, dass der Stapel kleiner geworden ist: Die Hälfte der Scheine ist verschwunden.

Sie will Jewel davon erzählen, aber sie bringt es nicht übers Herz. Wie kann sie zugeben, dass sein Junge sie betrogen hat, hereingelegt? Und sie muss auch wegen der Reise vorsichtig sein, Jewel tut ja beinahe so, als sollte er sie nach Vancouver fahren! Vancouver, wo die Drogendealer und Hippies wohnen.

»Da hast du dir aber was in den Kopf gesetzt«, höhnt er und schiebt es immer wieder auf. Dabei will sie es nicht für sich selbst tun, sondern für seinen Vater. Oder doch nicht? Seit dem Tag, als die Spinnweben entfernt wurden, ist sie sich nicht mehr so sicher. Vielleicht hängt es ja allein von ihr ab, ob Harrys Zustand sich verbessert. Vielleicht muss sie sich nur zusammenreißen. Sie darf nicht aufgeben. »Was hält Papa denn davon?«, will Jewel wissen. »Und wer passt auf ihn auf? Bald schleppst du noch jemanden an, der ihm aus der Hand liest.« Schließlich gibt er doch nach, aber nur, wenn Rebecca einverstanden ist und Bucky ihr hilft. »Er kann sich ja auch mal kümmern.« Sie hätte beinahe etwas eingewandt, aber Harry will, dass sie das Programm wechselt. Eine Seifenoper, *blöder Weiberkram.*

Eigentlich schade, dass sie sich nicht mehr vorgenommen hat – zum Beispiel eine Reise nach Lourdes, um einen Blick auf den Leichnam der heiligen Bernadette zu erhaschen, oder wenigstens nach St.-Anne de Beaupré, das weiter entfernt scheint denn je. Mit dreiundsiebzig kann sie nicht mehr so, wie sie will. Sie muss sich für das Machbare entscheiden. Natürlich wäre es besser, wenn sie sich nicht mit dem Abklatsch zufriedengeben müsste. Aber heutzutage erspähen die Leute die Jungfrau Maria mit dem Kinde schon auf Bäumen und Telefonmasten. Sogar auf einem Hühnerflügel, wie sie kürzlich gelesen hat. Die sind doch verrückt.

»Hoffentlich kommt ihr auch zurück«, witzelt Rebecca, sie klingt leicht nervös. Dabei machen sie doch keine Weltreise. Harry erzählt sie erst davon, als sie bereits alles vorbereitet hat. Sie zeigt ihm den Artikel. Er verdreht die Augen und sagt, dass er bestimmt nicht mehr verreisen werde, es sei denn in einer Kiste. Er sieht sie an wie damals, als sie in der Hütte wohnten und sie sich mit demselben missionarischen Eifer zur Scheune aufmachte. Auch damals versuchte sie, sich durch Mitleid selbst zu retten.

»Die beiden tanzen die Nächte durch, was glaubst du«, sagt Rebecca und stupst ihn an. Sie schüttet einen Koffer voller Behälter auf dem Bett aus. Leere Shampooflaschen und Plastikdosen. »Bring mir was von dem Wunderwasser mit, am besten eine ganze Kiste, ja?« Mitleid hat durchaus etwas mit Dankbarkeit zu tun. Das Mitleid trägt heute einen engen grünen Rock. Damals bedeutete Mitleid Hoffnung, Hoffnung, wo eigentlich nur Enttäuschung wartete. Oder wird Lucy einfach langsam schwachsinnig und überempfindlich, wie die Mädchen in der Seifenoper?

KAPITEL 19

Richtige Pilger würden bestimmt mit weniger Gepäck reisen. Sie hat noch eine Menge zu tun, bevor sie abfahren können. Sie muss die Blumen gießen, Harry braucht sein Aspirin und den Stuhlweichmacher. Dann erst kümmert sie sich um das, was sie selbst benötigt: Sie steckt den Rosenkranz in die Handtasche. Ein bisschen Bargeld, den Rest von Harrys Rente. Ein gepunktetes Kleid, passend zur Handtasche. Eine Tasche mit einem Nachthemd und mehreren Unterhosen – sie muss ja nur husten oder lachen, schon läuft sie aus. In letzter Zeit hat sie Schwierigkeiten damit gehabt, sie ist nervöser als sonst, seit sie Miss Van Buskirk beim Staubwischen angetroffen hat. Kopfschmerzen, Beklemmungen, wahrscheinlich wegen der Hitze. »Meine Güte«, ruft Jewel und lacht, als er den Rosenkranz in ihren Händen sieht. Sie fahren gerade auf die Autobahn. Sie hat ein flaues Gefühl im Magen, das sich auch nicht legt, als sie sich auf die Landschaft konzentriert, auf die Schmierereien an den Felsen am Straßenrand: *Billy war hier. Liebe statt Krieg. Jesus lebt.* Vielleicht ist sie aufgeregt, vielleicht bereut sie, überhaupt losgefahren zu sein. Vielleicht wäre es besser gewesen, wenn Rebecca mitgekommen wäre. Wo sie schon keine Tochter hat. Zumindest kennt sie sich mit Frauenproblemen aus, mit Einlagen und Blasenentzündungen.

Eine Zeit lang scheint es, als würden sie durchs All schießen. Die Straße führt durch eine endlose Hügellandschaft, durch riesige Wälder. Diese Ödnis, dieses Niemandsland hat etwas Tröstliches. Schließlich wird die Straße schmaler, an beiden Seiten reihen sich Motels und Schnellrestaurants aneinander: Mittagessen. Das Restaurant ist voller Touristen. Was ist, wenn sie alle das gleiche Ziel haben? Bitte nicht ... »Ich zahle, Mama«, sagt Jewel. Sie zwängen sich an einem Jungen vorbei, der vielleicht so alt wie Robert ist. Sie seufzt unwillkürlich. Das Lokal ist mit schottischen Stoffen dekoriert. Was wäre, wenn man tatsächlich zu einem Clan gehörte?, fragt sie sich. Aber der Gedanke wird von der Sorge verdrängt, dass Harry seine Zigarette fallen lassen und das Haus in Brand setzen könnte. Oder aus dem Bett plumpsen, während Rebecca vor dem Fernseher klebt. Die anderen Gäste sehen zum Glück nicht wie Wallfahrer aus. Nur eine krank wirkende Frau in der Nähe, die ein Tuch um den Kopf gebunden hat. Lucy wird es noch mulmiger, als sie ihre toten Augen sieht. Ihre Blicke treffen sich, aber die Frau lässt sich nichts anmerken. Jewel bestellt Pommes und ein gegrilltes Käsesandwich. Lucys Hummersalat wird auf einem Hotdog-Brötchen serviert und besteht hauptsächlich aus Mayonnaise. Auf einmal sehnt sie sich danach, zu Hause mit Harry die Zeichentrickfilme im Fernsehen anzuschauen. Sie macht sich schon wieder Sorgen. Schafft Rebecca es, ihn aus dem Bett zu bekommen? Wird Robert da sein, um ihr mit dem Rollstuhl zu helfen? Jewel schwitzt und reibt sich den Bauch. »Entspann dich mal«, sagt er, »du bist schließlich im Urlaub.«

Sie fahren weiter. Er überholt einen Tieflader und ruft einen Satz aus einer alten Fernsehserie: »Ich bin der neue Burgherr!« Harry saß früher immer vor der *Don-Messer-Show* und versuchte, einen Blick auf die Höschen der Tänzerinnen zu ergattern, während der kleine Robert auf dem Sofa herumhüpfte. »Nein, Opa«, rief er, »du bist der dreckige Halunke!« Auch dies ein Satz aus der Burgherrensendung. Wie glücklich sie trotz allem damals waren, denkt Lucy und beruhigt sich etwas. Glücklicher, als die Leute für möglich gehalten haben. Doch dann fragt sie sich, ob Rebecca Harrys Mittagessen klein genug geschnitten hat, und es ist mit der Ruhe vorbei. Jewel stößt auf, als wäre ihm nicht wohl, und fährt an einer Tankstelle ab. Ihr ist ein wenig schwindlig, als sie aus dem Wagen steigt. Sie wankt los, um eine Telefonzelle zu suchen.

»Du sollst es dir gut gehen lassen«, schimpft Rebecca milde. Der Verkehr übertönt ihre Stimme.

Sie steht am Zeitschriftenstand, Jewel bezahlt gerade seine Kalktabletten. Auf einem Heftchen, das wie selbst gemacht aussieht, ist ein Bild von einer Kirche – der Kirche, zu der sie fahren, auf allen Seiten umgeben von dichtem Wald. Vielleicht der Beweis irgendeiner Macht?, denkt sie vage. Darunter ist ein Foto von einer Frau, die ihre rheumatischen Hände vorzeigt. *Das Wasser von St. Margaret macht es möglich: Josey kann wieder stricken,* steht über dem Bericht. Jewel drückt eine Tablette aus der Rolle und wirft einen Blick auf die Karte.

Nach einiger Zeit fahren sie über eine Brücke und erreichen eine Insel, die ebenso gut ein ganzer Kontinent sein könnte. Trotz der Nadelwälder muss sie bei dem Ausblick wieder an die Sendung über Lourdes denken, an die schneebedeckten Pyrenäen und die rundlichen grünen Hügel in der Nähe der Grotte. Beinahe kann sie die samtige Stimme des Reporters hören, der sich den Weg durch das volle Städtchen bahnt, vorbei an Souvenirläden, in denen Plastiknonnen angeboten werden, mit Trachten in der Farbe des Esels, den Robert als kleiner Bengel hatte. Die heilige Bernadette, die Schutzpatronin der Schäferinnen, der Todkranken und all jener, die für ihre Frömmigkeit verspottet werden. Aber diese Berge hier sind anders als die im Fernsehen. Es gibt nur eine einzige Straße, sie können sich also nicht verfahren. Es ist heiß, ihr Mund ist ausgetrocknet. Ganz schön blöd, dass sie nur leere Flaschen im Kofferraum haben. Dort ist ein Eisladen – geschlossen. Sie kommen an einem Schild vorbei: *Halfway Mountain.* »Die Hälfte haben wir«, sagt Jewel, »aber die Hälfte wovon?« Er schließt kurz die Augen, beinahe kommen sie von der Fahrbahn ab, landen in einer Einfahrt. Jewel schlägt auf das Lenkrad und unterdrückt einen Rülpser.

Sie rumpeln durch Schlaglöcher und sehen einen Wohncontainer, dessen Veranda aus Dachpappe ist. In einem Feld sprießen Autowracks. »Das ist also das gelobte Land«, sagt Jewel und grinst. Er schwitzt. »Sieht mir eher so aus, als würde hier Fusel gebrannt. Verriegel mal schnell deine Tür.« Ach, er macht sich über sie lustig, er ist erstaunlich gut gelaunt. »Mama, nimm nicht alles so ernst!« Sie kurbelt das Fenster hoch, tupft sich mit einem Papiertuch die Stirn ab. In ihrer Magengrube flattert es. Die Straße wird immer schmaler, ist bald nur noch ein Weg, der sich unter verschlungenen Ahornbäumen hindurchwindet. Sie durchqueren einen kleinen Wasserlauf. Schlamm statt glänzender Felsen. Sträucher kratzen an den Türen.

»Um Gottes willen. Sind wir bei den *Hillbillies* gelandet, oder was?«

Der Weg führt immer höher, durch enge Kurven. Flecken auf dem Schotter, es hat offenbar gerade geregnet. »Schatz, vielleicht sehen wir einen Regenbogen«, murmelt sie hoffnungsfroh.

»Verdammt, das wird auch Zeit.«

Der Tannenduft dringt durch die offenen Fenster. Der Wald ist ein Tunnel, in dem die Sonne schimmert. Ein Ruck, dann ein Stoß, der einem die Zähne ausschlagen könnte. »Jesus«, stöhnt Jewel, »wozu ich mich immer breitschlagen lasse.« *Es könnte viel schlimmer kommen,* würde sie am liebsten sagen und stellt sich Rebecca vor, die sich eine Zigarette mit Harry teilt oder Fernsehen guckt, während er schläft. Sie ist richtig süchtig nach diesen Serien. Einmal hat sie sich sogar krankgemeldet, als es besonders spannend wurde.

»Herrgott noch mal, Mama, wo sind wir hier nur gelandet?« Sie fahren durch ein trockenes Bachbett, kämpfen sich den Berg hinauf. Es sei schon ein Wunder, flucht er, wenn ihnen hier kein Reifen platze. Ihre Finger fühlen sich schmutzig an, von dem Zeitungsartikel, den sie hält. Sie versucht, sie dezent mit etwas Spucke zu säubern. Da steht nur, dass es ein Stück durch den Wald geht, die Route ist nicht richtig beschrieben. Die arme Strickerin, denkt sie, mit ihren verknöcherten Händen. Kaum vorstellbar, dass es ihr gelingt, eine Masche aufzunehmen, auch nicht mit dem Wunderwasser. Der Wagen tuckert und schaukelt. Sie könnten von Glück reden, wenn sie den Auspuff heil nach Hause bekämen, sagt Jewel. »Wo zum Teufel sind wir hier?« Sie fahren eine Schleife nach der anderen, immer höher. Der Wagen macht Geräusche, als würde jemand Steine in einen Blecheimer fallen lassen. Trotz der dicht stehenden Tannen scheint hier und da der tiefe Abgrund durch. »Hoffentlich hast du eine Lebensversicherung«, sagt er, es ist wohl ein Scherz.

Zum Wenden ist es zu eng, sie können immer nur dem schmalen Weg folgen. Der Ausblick erinnert an welligen, nicht ganz wetterfesten Bodenbelag auf einer Veranda. Aber all das Grün birgt doch Hoffnung. Auf jeden Fall bietet es Ablenkung, wie auch die Libelle, die mit blitzenden Flügeln über eine Wiese flitzt. Das wird er ihr nie verzeihen. Aber als sie eine Entschuldigung vorbringen will, winkt er ab. Es ist, als würde er mit Robert reden. Ach, Robert. »Auf jeden Fall ist es ein Abenteuer, oder?«

Plötzlich wird es flacher, es poltert und klappert nicht mehr. Eine Lichtung, ein Obstgarten, wild wachsende Lilien mit orangefarbenen Flammen, daneben Steinhaufen. Hinter den Zweigen blitzt etwas auf, es sind helle Schindeln, die in der Sonne glänzen. Der Weg geht in einen unbefestigten Platz über. Da ist sie ja, die Kirche, wenn man das eine Kirche nennen kann. Wildblumen lugen zwischen vermoderten Dachziegeln hervor, inmitten von Tannenbaumablegern stehen schiefe Grabsteine. »Heureka.« Jewel verzieht spöttisch das Gesicht.

St. Columba in Miniatur. Das Kreuz am Kirchturm hängt schief. In den Fenstern spiegeln sich vorüberziehende Wolken, sanft wogende Wipfel. Angetrieben von der Hitze, schält sie sich aus dem Wagen. Jewel kniet schon im Dreck und untersucht die Heckklappe. Er entdeckt einen Kratzer im blauen Lack und flucht leise. Seine Worte gehen in der raschelnden Brise unter, verlieren sich im Wald. Er macht den Kofferraum auf und stellt ihre Taschen auf die Erde. »Und um dem Ganzen die Krone aufzusetzen«, schimpft er, »verlieren wir jetzt tatsächlich Luft!« Sie ist schuldig, schuldig im Sinne der Anklage. Sie würde am liebsten die Hände hochnehmen. Aber wenn ein Mann so loslegt, lässt man ihn am besten stehen – selbst wenn der Mann der eigene Sohn ist.

Habichtskraut kitzelt an ihren Waden, als sie zur Kirche geht, die Disteln zupfen an ihren Hosenbeinen. Sie steigt mit knackenden Knien die holprigen Stufen hinauf. Das Tor ist schmutzigbraun gestrichen und fühlt sich an wie warmes Toffee. Sie hat eigentlich damit gerechnet, dass es verschlossen ist, aber es geht beinahe wie von selbst auf. Eine Bremse fliegt brummend in den Vorraum, der nicht größer ist als ein Mausoleum. Auf dem Fenstersims klebt eine einzelne Kerze. Sie hört Jewel, der draußen gegen die Sonne heult und das Reserverad hinschmeißt.

Neben dem erbärmlichen Taufbecken steht ein Holzofen, darauf ein Glas mit dem Wort *Spenden,* in dem ein paar kleine Münzen liegen. Sie geht langsam nach vorn, auf Zehenspitzen, weil sie das Gefühl hat, dass ihre Gegenwart genügt, um diesen Ort in Unruhe zu versetzen. Über ihr schlägt eine Fliege Haken. An einer kastenartigen Kirchenbank kniet sie nieder und unterdrückt ein Niesen. Die ganze Kapelle riecht schimmlig. Auf einem ramponierten Klavier liegt ein Stapel zerfledderter Gesangbücher, ausgeblichene Plastikblumen und ein dreckiges Eucharistietuch schmücken den Altar. *Selig, die zum Hochzeitsmahl des Lammes geladen sind,* Worte auf bröckligem Putz. Und etwas schlichter, etwas zu direkt: *Feiert die frohe Botschaft.* Sie macht einen unsicheren Knicks und bekreuzigt sich wie Mrs. Slauenwhite damals im Zug, als sie an den Friedhöfen vorbeikamen. Im Gang bleibt sie stehen. Sie sind so weit gefahren! Und das soll schon alles sein?

»Selig, die so schnell wie möglich hier wegkommen«, donnert Jewel. Er steht direkt hinter ihr, nass geschwitzt, mit offenem Hemd. Sie kann das eine Ende seiner Narbe sehen. »Die frohe Botschaft, Mama, ist, dass das Reserverad kaputt ist. Wer weiß, was Bucky damit angestellt hat.« Er werde zu Fuß losgehen müssen. Er fragt nicht, ob es ihr etwas ausmacht, allein zurückzubleiben. Sie hat auch gar keine Wahl, bei ihren Knien. »Bleib hier, warte auf mich. Irgendwo da unten werde ich schon jemanden finden.« Er wirkt wesentlich energischer als sie.

Er macht sich auf den Weg.

Draußen geht eine warme Brise. Sie muss pinkeln, obwohl sie sich mit dem Wasser beim Mittagessen sehr zurückgehalten hat. Hinten bei den schäbigen, arg vom Tannenwald bedrängten Apfelbäumen steht ein Klohäuschen, ein Zweisitzer. Das mondsichelförmige Loch in der Tür ist voller Spinnweben. Überall sind Namen und Daten eingeritzt. Über dem Plumpsklo schwirren Fliegen. Oje, wie das stinkt, es erinnert stark an die Hütte in den Grounds. Sie hält sich die Nase zu und versucht, an etwas anderes zu denken. Wenn sie sich wenigstens die Hände waschen könnte!

Sie tritt heraus, legt den Haken an die Tür und entdeckt einen Pfeil, der an einen Fichtenstamm genagelt ist. Harz dringt an der Stelle heraus. Gleich dort ist auch ein bemooster Pfad. *Gib ihnen zu trinken, die durstig sind,* steht auf einem Schild, die Buchstaben sind eingebrannt. Feuchtigkeit zieht ihr zwischen die Zehen. Ein paar Schritte weiter ist eine Senke mit einem winzigen, in Sandstein eingefassten Teich. *Hier dürft ihr rasten, die Heilige Jungfrau sei mit euch.* Die Tasche mit den leeren Flaschen liegt hinter dem Auto, natürlich. Sie hockt sich vorsichtig hin und sieht ins Wasser. Es ist kaum einen Fuß tief. Aus einem winzigen Riss sprudelt ein wenig trübes Wasser hervor, sie muss schon sehr genau hinsehen. Sie schiebt die Ärmel hoch und taucht eine Hand hinein.

Das Wasser ist erschreckend kalt, leblos, die Steine sind glitschig. Was hat sie sich denn vorgestellt? Sprudel vielleicht, Ginger Ale? Ein Brennen oder Kitzeln? Heiliges Feuer, irgendetwas Heiliges. Aber sie sollte die Fläschchen holen. Rebecca hat sich extra die Mühe gemacht, sie auszuwaschen, hat beinahe das ganze Bleichmittel aufgebraucht. Die Brise beschwichtigt sie, auf einem Ast sitzt ein Rotkehlchen und zwitschert. Sie streift die Schuhe ab, krempelt sich die Hosenbeine hoch und zieht die Kniestrümpfe aus. Die Venen liegen wie verknotetes Garn unter der Haut, ihre Schienbeine glänzen. Sie hat Hühneraugen an den Zehen und gelbe Nägel. Der Wind seufzt, ändert kaum merklich die Richtung. Er ist ein wenig aufgefrischt und zupft an ihren kurzen Locken. Ob Jewel schon den halben Weg geschafft hat? Wie lange wird es wohl dauern, bis er jemanden findet? Eine Gebetszeile flattert ihr im Kopf herum: *Steh ihm bei.* Wandern ist nicht gerade seine Stärke – mit Sport hatte er nie etwas am Hut, nicht, dass sie wüsste. Er hatte ja immer Angst wegen seiner Brust. Was, wenn er sich verläuft? Aber es gibt ja nur diesen einen Weg, auch wenn er sich schlängelt und tief zerfurcht ist. *Was bringt es, sich Sorgen zu machen,* zwitschert das Rotkehlchen. *Hat sich noch nie gelohnt.*

Sie taucht noch einmal die Hand hinein, schöpft etwas Wasser. Soll sie es probieren? Ist es trinkbar? *Na klar, wenn du ein Waschbär bist, ist es trinkbar,* würde Jewel wahrscheinlich sagen. Und Rebecca: *Pass auf, dass du auf der Reise keinen Durchfall kriegst.* Ist ja egal. Wenn sie jetzt die Flaschen füllt, können sie losfahren, sobald er wieder da ist. Zeit hat sie genug. Die Sonne ist gerade erst hinter dem Kirchturm hervorgekommen, der die Bäume überragt. Ihr fällt wieder die Frau mit dem Rheuma ein, dieses Bild, wie sie die Hände eintaucht. Davon, dass man das Wasser trinken muss, ist keine Rede gewesen. Sie zieht die Hosenbeine höher, krempelt sie hoch bis über die Knie. Die Narben sehen aus wie die Kartoffeldrucke, die Robert in der Schule gemacht hat. Es ist, als hätte sie in einer Farbpfütze gekniet, in einem tiefen, leeren Blau. Die Farbe eines Abendhimmels, nach all den Jahren.

»Am Himmel, da funkeln die Sterne …«, summt sie vor sich hin und zuckt zusammen, als sie sich die Knie mit Wasser kühlt. Leise spricht sie einen Segen, wenn man es so nennen kann. Was soll's, sie ist ja ganz allein. Sie kneift sie Augen zusammen, bis die Narben eine sanftere, hellblaue Farbe haben. *Gegrüßet seist du, Maria, voll der Gnade, du bist gebenedeit unter den Frauen.*

Als die Sonne hinter der kleinen Turmspitze wegkippt, humpelt sie zum Wagen. Sie hat ihre Handtasche auf dem Sitz liegen lassen. Sie findet die Dose mit dem Aspirin, die sie in letzter Minute noch eingesteckt hat. Sie ist durstig, richtig durstig. Und völlig ausgehungert. Wann hat sie zu Mittag gegessen? Ihre Zehen fühlen sich feucht und sandig an, sie hat die Strümpfe zu früh wieder angezogen. »Wo ist er wohl jetzt?«, fragt sie und betrachtet das kleine, steile Dach, auf dem ein Vogel von der Größe eines Truthahns sitzt. Ist das etwa ein Adler?

Mit der Pillendose in der Hand geht sie noch einmal zielstrebig zu dem Teich. Das Wasser wird trüb, das Aspirin beginnt zu sprudeln. Sie stellt sich Rebecca vor, wie sie *Acetylsalicylsäure* sagt. Sie weiß alles besser. Tötet es die Keime?

Wahrscheinlich nicht. Sie trinkt trotzdem einen Schluck. Es schmeckt sauer und torfig. Sie drückt den Deckel drauf und schüttelt das Döschen. Sie macht sich schon wieder Sorgen um Harry. Flügel schlagen, es sind Krähen. In den Sträuchern quatschen die Eichhörnchen. Sie steckt das Döschen ein und geht, da sie nichts Besseres zu tun hat, zu dem kleinen Friedhof.

Das Abendlicht fällt durch die Bäume und färbt die umgefallenen Grabsteine orange ein. Die Namen und Daten sind kaum noch zu erkennen. *Einst eine florierende Gemeinde,* stand in dem Artikel. Sie geht zurück, tritt noch einmal in den schäbigen Kirchenraum. Schatten füllen die Ecken aus, verhüllen bald auch den Altar. Nur hier und dort blitzt noch etwas auf. Sie versucht sich vorzustellen, dass ein Priester die Eucharistie feiert. Die Hostie ist ein winziger Edelstein in einem Bach aus Licht. Einen Augenblick lang hat sie das Gefühl, unter Wasser zu sein.

Sie spricht ein paar Gebete, um sich die Zeit zu vertreiben. Als draußen die Krähen auf einen Schlag zu krächzen anfangen, fallen ihr die Fernsehbilder von den Rollstuhlfahrern ein, die auf die Grotte zueilen. »Nicht nur für Harry, sondern für alle Kranken«, betet sie und presst die Hände ineinander. Alle sollen etwas davon haben. Warum kleinlich sein? Sie hat das Wasser abgefüllt, ihre Knie sind gebadet. Trotzdem fällt es ihr schwer, Mitleid aufzubringen für all jene, die Hilfe nötig haben. Zeit ist eigentlich genug, aber sie hat ja immer Harry vor Augen. Mrs. Slauenwhites Enkelin nimmt die Pille, und der Schwiegersohn raucht Gras. Eine andere von den Frauen hat einen krebskranken Mann. In ihrem Herzen ist gar nicht genug Platz für all die Leiden der Welt, für die Armen und Obdachlosen, für die Beinahe-

Obdachlosen wie Miss Van Buskirk und den verrückten Benny. Sie hat ja genug mit sich selbst zu tun und mit Harry und allen, besonders mit Robert. Der Herr sei ihr gnädig, denkt sie, selbst ein Märtyrer würde das nicht mitmachen.

Orangefarbene, dann rote Sonnenstrahlen fallen lodernd durch die Fenster herein. Sie hört ein Kratzen, vielleicht von Waschbären, die nach Nahrung suchen. *Oh, ihr Kleingläubigen,* hört sie aus den Kratzgeräuschen heraus. Sie fasst sich ein Herz und tritt wieder nach draußen. Sie hat einen solchen Durst, dass sie noch einmal zum Teich hinübergeht. Plötzlich stellt sie sich vor, dass unter ihr Bergleute verschüttet sind, die ihre eigene Pisse trinken müssen. Sie hat keine Ahnung, woher diese Vorstellung kommt. Es ist jetzt so dunkel, dass Bäume und Wasser schwarz sind. Ihre Hände, ihre Kleidung sind tiefviolett eingefärbt, alles andere löst sich auf im Blau. Es ist ganz still, nur der Wind pfeift durch die Äste: feucht, duftend, lebendig. Nichts und doch alles, denkt sie, nicht mehr, nicht weniger. Sie kniet am Teich, Mondlicht, ein dünner Streifen, liegt über ihrem Spiegelbild, das sich in der Brise kräuselt, gespenstisch vor einer zerklüfteten Wand aus Bäumen. Weihnachtsbäume, ein Wald wie ein Zeltlager.

Sie stolpert zurück – es ist jetzt vollständig dunkel, tiefschwarz, wie es nur auf dem Land sein kann –, tastet sich in den Vorraum der Kapelle. Es wäre dumm, hier oben Angst zu bekommen. Wen oder was soll sie denn fürchten? Sie tastet die Holzverkleidung ab, sucht nach einem Schalter. Aber da ist nur die eine Kerze. Als sie nach draußen in den schwächer werdenden Mondschein tritt, fällt eine Erinnerung wie eine Sternschnuppe vom Himmel, in einem weiten, sengenden Bogen. Die Erinnerung nimmt ihr den Atem, hebt sie auf und setzt sie anderswo wieder ab, und zwar genau in dem Zeitsprung, als alles auseinanderfiel. Ein Riss in der Dunkelheit, als der Boden unter ihr nachgab, sie spürte, wie sie in der Luft hing. Ein Gedanke durchbohrt sie: *Helena.* Draußen in der Dunkelheit heult etwas.

Und dann noch einmal, als sie zum Wagen geht. Aber sie nimmt es kaum wahr, sie ist anderswo. Ihre Knie sind wieder glatt und geschmeidig. Sie steht unten an der Treppe und atmet tief durch. In ihrem Inneren hallt ein Weinen nach. Sie trägt noch ihr Nachthemd und bummelt, als hätte sie den ganzen Tag lang Zeit. Sie holt die Milch herein, betrachtet sich im Garderobenspiegel, reibt sich den großen, kugelrunden Bauch – und das um kurz vor neun am Morgen. *Ein Schiff brennt*, schreit der Kerl, der unter ihnen wohnt. Und von oben dringt Heulen. Die Kleine zahnt schon wieder. Das Fenster ist beschlagen, ihr Atem dampft. *Wo bist du denn, Dolly?*, ruft Harry. Sie nimmt alle Kraft zusammen, steigt die Treppe hinauf und setzt ein Lächeln auf: Nicht das Zahnfleisch zeigen, Zahnfleisch, das wie der Filz aussieht, der die Akkordeontastatur einfasst.

Sie löst die Finger des Kindes ab und zieht sich an, einmal noch. *London Bridge bricht zusammen, bricht zusammen.* Helena zerrt an ihren kratzigen Strümpfen, knickt ein und heult. Lucy ist in der Küche und spritzt Wasser auf die Eierpfanne. Sie schürt das Feuer, schlägt die Eier auf und lässt sie hineingleiten: eins, zwei, drei. Die Babyfinger krabbeln an ihr herauf. Heiß, heiß, heiß! Harry ruft aus dem Schlafzimmer: *Wo hast du meine –?*

Es ist so dunkel, Lucy tastet nach dem Türgriff, reißt die Wagentür auf. Das Wageninnere leuchtet auf, ein Nachtfalter flattert davon. Sie braucht Streichhölzer: Das ist es.

Zitternd, verwirrt sitzt sie auf dem Beifahrersitz. Sie kann ihre Knie kaum spüren. Sie öffnet den Aschenbecher. Nur Kippen, sonst nichts, die Hälfte mit Lippenstift.

Mein Gott, Dolly. Harrys Stimme hallt über die Flure und Treppenhäuser der vergangenen Jahrzehnte. *Riecht es nicht verbrannt? Lucy, hast du meine –?* Aber sie ist ja gerade dabei, Helenas Finger zu lösen, sie wegzuschieben ... *London Bridge* auf den Lippen, und ... Es vergeht überhaupt keine Zeit, nicht der Bruchteil einer Sekunde, sie kann die Finger nicht lösen, sie kann weder hauen noch schieben noch drücken, da ist ihr Mund schon aufgerissen, sie schreit, der Schrei bleibt ihr im Hals stecken, das Fenster ist eingedrückt, in der Decke ist ein Loch, ein Windstoß reißt ihr die Hand von ... Reißt sie so schnell von sich, dass sie nur noch gesehen hat – oh gütiger Gott, Allmächtiger –, wie die Pfanne in den Himmel schoss und milchige Eier spritzte. Sie schoss nach oben, aus dem Haus, zog Teile des Hauses als Schweif hinter sich her wie ein Komet. Und sie selbst spürte, wie sie zum Himmel gesogen wurde. Sie schleuderte, wirbelte durch den Raum, ihr Körper ging ein paar Schritte, drehte sich wie eine Winde, wurde geworfen, losgelassen. Es war schneller als der Schall. Eine Hand, schweißnass wie ihre eigene, die am Tag zuvor die Treppe geschrubbt hatte, es war die Hand, die sie rettete, gemeinsam drehten sie sich in dem Strudel.

Die Luft im Wagen ist so dicht, so nah wie die Hand, die durch Metall und Glas, durch Splitter und Scherben nach ihr gegriffen hat. Zitternd öffnet sie das Handschuhfach und wühlt darin. Eine Schachtel Zigaretten, noch nicht geöffnet. Reparaturquittungen, eine Anleitung, eine Stiftlampe mit leeren Batterien, aber keine Streichhölzer. Der Wald scheint näher zu kommen. Ein längst vergessenes Traumbild von Weihnachtsbäumen, die sich in einem Schneesturm beugen, mehrere Straßenzüge lang. Die kopflosen Geister der Krankenschwestern, Soldaten, die sich zwischen ihnen hindurchwinden. Der kreischende Wind: ein schreiendes Baby …

Sie ist vollkommen auf sich gestellt. Noch einmal geht sie, einen Fuß vor den anderen setzend, in die Kapelle. Die Wände haben die Farbe von dreckigem Schnee. Sie rollt sich innerlich ein, zieht sich zusammen wie eine Knospe und legt sich auf eine Bank. Das abgenutzte Holz wie Trümmer.

Wenn du nur …, rufen die Stimmen höhnisch, eine Dreifaltigkeit: Harrys Stimme, Mamas und die winzige, kindliche Stimme von Helena. *Elinors Stimme? Das kann nicht sein!* Wenn sie nur etwas geduldiger gewesen wäre! Gütiger Gott, wie die heilige Jungfrau. Wenn sie nur ein Herz gehabt hätte wie Hiob und die winzigen, krabbelnden Finger fest in ihrer Hand gehalten!

KAPITEL 20

Scheinwerfer und ein heulender Motor, sie wacht auf. Suchende Strahler gleiten über splittriges Holz und Wasserflecken. Stimmen – sie schreckt hoch. »Mama, bist du noch hier?«, ruft Jewel. Als hätte sie loswandern oder davonfliegen können. »Da bist du ja«, brummelt er. Nein, sie ist nicht verschwunden, nicht gefressen worden. »Sparst du Strom, oder was?«, hänselt er sie, während ein Fremder mit einer Mütze sie mit einer Taschenlampe anstrahlt. »Das heilige Wasser hat sie wohl in Schwung gehalten«, sagt er.

Er reicht ihr einen Pappbecher: Kaffee. Kaum heiß genug, um ihr die Hände zu wärmen. Er erzählt, wie verdammt schwer es war, diesen Kumpel hier aufzutreiben. »Alles in Ordnung, Mama? Sicher?« Obwohl es so dunkel ist, erkennt sie, wie erschöpft und erleichtert er ist. Sie bleibt sitzen, während die beiden im Schein des zweiten Autos den Reifen wechseln. Der Motor heult ein paarmal auf. Der Kaffee ist dünn, aber süß. Sie ist ganz steif. Jewel rutscht neben ihr auf die Bank und wischt sich die Stirn ab. Er tut, als wollte sie hierbleiben. »Die Betten sind ein bisschen hart, Mama, und Kabelfernsehen haben sie auch nicht. Gehen wir.« Aber wie eine Decke hat sich das Schweigen um sie gelegt. Sie hat überhaupt keine Lust, die Stille gegen das einzutauschen, was sie draußen erwartet. Ihr fällt nur ein zu fragen, ob er ihre Handtasche gesehen hat.

»Ist sie nicht im Wagen? Ach so, ja, hab ich vergessen«, sagt er hastig, »du wolltest ja bummeln gehen.« Er macht sich über sie lustig! Sie berührt sein Handgelenk, es ist klebrig und heiß. Er hilft ihr auf, scheint selbst zu wanken, als er vor ihr steht. Der Schein der Taschenlampe streift sein Kinn. Sie bittet ihn um einen Dollar. »Ist doch egal«, sagt sie zu sich selbst, als sie ihn mit zitternder Hand in das Glas steckt.

Schweigend machen sie sich auf den Weg. Es ist, als würden sie einen dunklen Schacht hinabrauschen, ihre einzige Orientierung sind die Rücklichter des Pick-ups. Die kühle Luft, die durch das geöffnete Fenster dringt, riecht erdig. Der Pick-up hat noch nicht einmal gebremst, da heult schon ein Hund an seinen Rädern. Der Kerl winkt sie durch in Richtung Fernstraße. Sie hat das Gefühl, sie hätte Wochen auf diesem Berg verbracht. Sie sehnt sich danach, nach Hause zu kommen, aber daran ist überhaupt nicht zu denken. Es ist viel zu spät, um noch zurückzufahren.

»Verdammt«, murmelt Jewel plötzlich. Ihm sind Rebeccas Fläschchen eingefallen. Sie sind leer. »Die bringt mich um.« Sie lächelt müde und streicht über ihre Handtasche mit der in ein Taschentuch gewickelten Aspirindose. Ein Lastwagen schießt vorbei, gleich dahinter ein Wohnmobil, das ein Auto hinter sich her zieht. In der Ferne blinkt ein schwaches Licht: ein Motel am Fuß des dunklen Bergs. Ein bemalter Felsblock heißt sie willkommen. Auf einem Schild ist zu lesen, dass es freie Zimmer gibt – und Köderwürmer im Angebot. Neben der Rezeption befindet sich ein Café, in dem ein einsamer Fernseher blinkt. Sie wollen schon weiterfahren, da kommt eine Frau heraus und winkt. Die Küche habe schon zu, aber ein Sandwich könne sie ihnen noch anbieten. Ein Zimmer hätte sie, mit zwei Einzelbetten. Die anderen Zimmer seien nicht gemacht. »Nehmen wir«, sagt Jewel.

Im Café baumeln Fischernetze von der Decke, darin Seesterne und eine Boje. An den Wänden hängt rostiges Werkzeug. Jewel sieht sich nervös um, er sucht ein Telefon. Er will wissen, wie die beiden zurechtkommen. Beim Gedanken an Rebecca und Harry läuft ihr ein Kribbeln die Arme hinauf. Seit Sonnenuntergang hat sie nicht mehr an sie gedacht, jetzt macht es sie schaudern. Jewel kommt zurück, setzt sich und verkündet, dass alles in Butter sei. »Papa ist quietschfidel.« Die Frau bringt die Sandwiches: Supermarktbrot und Scheiblettenkäse. Jewel wirft einen kurzen Blick darauf und schlingt seins herunter. Lucy trinkt einen großen Schluck Wasser, das verdächtig nach der Quelle schmeckt.

»Hat sie seine Pillen auch nicht vergessen?«

»Nein, natürlich nicht.«

Ihr ist, als wäre sie gerade mit der Apollo gelandet. Das Terrain ist ein anderes, aber ihre Füße sind dieselben. Solange es dunkel ist, bedeutet ihre Abwesenheit wenig, und doch unfassbar viel. Mit Entfernung hat das gar nichts zu tun. Sie hätte nie für möglich gehalten, dass sie sich einmal so frei, so befreit fühlen würde.

Das Zimmer ist einigermaßen sauber. Alles gibt es zweimal. Die Betten sind schmal, das Bettzeug ist ausgewaschen. Die Lampen erinnern Lucy an geschmolzene Lava. Sie inspiziert alles genau, obwohl ihr die Knie wehtun, dann erst geht sie ins Bad und zieht sich das Nachthemd an. Sie schaut in den langen, fleckigen Spiegel. Das Nylon klebt ihr an den faltigen Schenkeln. Ihre Knie sehen aus wie knorriges Holz. Sie reibt sie mit der Avon-Creme ein, die Rebecca ihr zugesteckt hat, die heißt irgendwas mit Jungbrunnen und riecht nach Gurke. Obwohl sie so erschöpft ist, legt sie Klopapier auf die Brille, bevor sie sich hinsetzt. Sie hat ihren Bademantel vergessen. Auch ein Geschenk von Rebecca. Dunkle Malvenfarbe, flauschig. Auf so etwas kann eigentlich nur eine Marryatt kommen.

Jewel müht sich mit den kaputten Jalousien ab, dann mit dem Fernseher. Kein Bild. »Stell dir mal vor, du müsstest so leben.« Er meint wohl, auf dem Berg. »Wie Bucky mit seinem ganzen Zurück-zur-Natur-Quatsch. Mama, mir würde es ja schon reichen, wenn er mal deinen Garten in Ordnung bringen würde.« Vielleicht ist dies der richtige Augenblick, um die Sache mit dem Geld anzusprechen. Aber sie sinkt in die Matratze wie in einen Teig und vergisst alles. Auch den Berg. Beinahe aufgeregt stellt sie fest, dass sie in einem kleinen Zimmer eingesperrt ist, dass sie gefangen ist und doch freier als je zuvor. Verrückterweise fällt ihr gerade ein Rennfahrer in einem frisierten Auto ein, den sie einmal im Fernsehen gesehen hat. Im allerletzten Moment ist er an den anderen vorbeigezogen und hat gewonnen. Sie wirft einen Blick auf die Handtasche, in der die Aspirindose steckt. Ihr ist beinahe schwindlig.

Das Bettzeug rutscht immer herunter. »Wie war das Bett?«, wird Rebecca besorgt fragen. Sie wünscht sich jetzt etwas Festes: trockene Gartenerde, den Küchenboden. Jewel streckt sich auf seinem Bett aus, ohne das Licht auszuschalten, und sagt, sie solle ihn treten, falls er schnarche. Es ist ein halbes Leben her, seit sie das letzte Mal in seiner Nähe geschlafen hat. Sie hat sein Zimmer vor Augen, als es noch seins war, die Fotos aus dem Krieg, die sie zufällig gefunden hat. Der Gedanke gibt ihr einen Stich. Plötzlich drängt es sie, seine Kindheit zu erfassen, seine Jugend, und ihm alles zurückzugeben. Sie kramt die Aspirindose heraus und schüttelt sie, hält sie an die schmutzige Lampe. Kleine Flecken im Schirm, wo Fliegen hängen, wie die Flecken auf einem Röntgenbild, Schatten auf der Lunge. »Weißt du noch, Liebling?«, flüstert sie bedächtig. Das alte Haus, meint sie. Damals, als sie noch mit ihm spazieren gegangen ist. »Die Scheune oben bei der Villa«, sagt sie, um ihn aus der Reserve zu locken, aber er zuckt nur mit den Achseln. Sie schürft im Gedächtnis, sie bohrt, und sie weiß doch, dass es hier nichts mehr gibt, was sie noch begreifen muss.

Er setzt sich auf, gegen sein Kissen gelehnt, und trinkt den Rest seiner Cola. »Wo Babineau und diese Typen immer das Holz geholt haben? Becky erinnert sich vielleicht. Warum?«

Nichts. Nur so. Was sie eigentlich wissen will, hat mit Miss Van Buskirk zu tun. Aber nach ein paar Sekunden schnarcht er schon. Mit steifen Gliedern steht sie auf und nimmt ihm die Dose aus der Hand. Sie trägt keine Brille, seine Züge wirken weicher, nicht mehr so schroff. Wenn sie die Augen zusammenkneift, ist er wieder ihr kleiner Junge. Er liegt da, sie hat ihm gerade Schlaflieder gesungen. Sie neigt sich herab, legt ihm die Hände auf die Wangen und hält seinen Kopf, als könnte er aufwachen und sich von ihr abwenden. Seine Haut unter den Bartstoppeln ist feucht und klebrig, so kühl und verbraucht wie die Luft im Zimmer. Ihr Herz ist eine Qualle, die aufgeht und sich wieder zusammenzieht. Sie küsst seine Wangen, bis er entsetzt die Augen aufschlägt: »Mama? Was machst du denn da?« Sie ist beschämt – beschämt und beschenkt, denkt sie, als er ihr den Arm um die Schulter legt und sie zu sich herabzieht. Sie windet sich heraus, schiebt sich wieder unter ihre glatte

Bettdecke, zieht die Beine an. *Kommt die Nacht, bin ich geborgen.* Ein Anfang nur, ein winziges Fünkchen. All die Jahre war es so weit weg, unerreichbar. *Und falls ich sterb' noch vor dem Morgen, dann nimm dich meiner Seele an.*

Am Morgen nimmt sich Jewel nicht einmal die Zeit, sich zu rasieren, er geht und lädt die Taschen in den Wagen. Es gibt Tee und Haferplätzchen zum Frühstück, »Sägemehlplätzchen«, wie er sagt. Vor dem Motel, auf der anderen Seite der Straße, ist das Wasser, glatt und blau wie der Mantel der heiligen Muttergottes. In der Ferne liegen bleiche, stille Hügel. Sie sieht es und will jetzt unbedingt nach Hause. Aber ein Stück weiter ist eine Gerberei, in der Jewel ein Schaffell kauft. Der Rand des Fells rollt sich ein wie die Haut des Grindwals, den sie damals mit ihrem Vater gesehen hat, ein Schafspelz wie Walspeck. Papa, denkt sie. Es ist so lange her. Auf einmal strömt alles wieder auf sie ein. Sie ist vier, ihre Hand steckt in seiner, das riesige Tier hängt an einem Haken, die Innereien liegen dampfend auf dem Kai. »Es gibt nichts Besseres, wenn man bettlägerig ist«, sagt Jewel. Gegen das Wundliegen. Hoffentlich hat Rebecca nicht vergessen, Harry zu wenden. Jewel hat es offenbar nicht mehr eilig. Er untersucht den Schalldämpfer, beinahe demonstrativ, auf allen vieren, prustend und schnaufend. Er will wohl unbedingt noch ein bisschen Sightseeing machen, zeigt auf etwas: »Ist das nicht ein ...?« Ein Weißkopfseeadler, oder ein Geier. Seit wann interessiert er sich für Vögel?

Die Möwen purzeln durch die Luft, auf der Suche nach dem Land. Sie macht den Fehler, laut zu bemerken, dass das Wasser auf der einen Seite des Damms seidig-glatt ist, auf der anderen aber rau. Sofort sucht Jewel nach einer Stelle, wo er halten kann. Hinter ihnen staut sich der Verkehr. Falls mit dem Wagen etwas nicht stimmt, kann es so schlimm nicht sein, sonst hätte er es eiliger, nach Hause zu kommen. »So was sieht man ja nicht jeden Tag«, sagt er. Sie lacht trotz der neuerlichen Bauchschmerzen. Die Sorge ist wie ein Virus.

Jewel biegt ohne Vorwarnung auf eine Nebenstraße ab. Schon bald sind sie auf einem kurvigen, unbefestigten Weg, der zu einer Bootsrampe führt. »Ob Robert seiner Mutter auch hilft?« Sie kann ihre Sorgen nicht verbergen. Es ist das erste Mal, dass sie ihn erwähnt. »Es ist gar nicht so leicht, Harry zu bewegen, weißt du.« Er fährt jetzt im Schritttempo, bewundert eine Fischfabrik. »Mach dir keine Sorgen. Becky wird sich schon helfen lassen«, sagt er und hustet. »Weißt du, es gab einen kleinen Notfall, als ich gestern Abend angerufen habe.« Oh Gott, ist bei Harry etwas ausgelaufen? Sie zieht an ihren platt gelegenen Locken. »Der Klempner war da. Alte Rohre im Bad«, sagt er, wahrscheinlich hat er ihre Gedanken gelesen.

Es dauert eine Ewigkeit, bis sie den Ort erreichen, an dem sie wieder auf die Fernstraße gelangen. Es ist ein kleines Städtchen, das sie erkennt. Sie folgen den Schildern. Plötzlich klackert es laut, Metall kratzt über den Asphalt. Sie scheppern eine Allee entlang. Der Wagen hört sich an wie eine Salutkanone, die immer wieder gezündet wird. Aber sie schaffen es doch bis zu einer Werkstatt. Es dauert und dauert, bis sich endlich jemand den Schaden ansieht. Sie sitzen draußen, sehen dem Verkehr hinterher, der an ehemals stattlichen, inzwischen etwas heruntergekommenen Häusern vorüberrauscht, die nur noch geschäftlich genutzt werden. Ein Friseur, bei dem man sich auch Ohrlöcher stechen lassen kann: mit Nadel und Eiswürfel? Oder mit einer raffinierten kleinen Pistole? Jewel sitzt krumm da, schwitzt, raschelt mit seiner Zeitung. Er scheint voller Sorge zu sein. Kein Wunder, bei dem Ärger, der teuren Reparatur. Er ist ganz rot im Gesicht, atmet schnaufend und abgehackt. Er zündet sich eine Zigarette an und drückt sie gleich wieder aus.

Ein Stück weiter an der Straße steht ein großes, graues Haus. Das muss es sein, denkt sie und wird immer unruhiger. Aber Mrs. Edgehill ist sicher längst gestorben. Stahlschiebefenster statt der hübschen, bleiverglasten Scheiben. Jewel keucht ungeduldig. Es könnte gestern gewesen sein: diese überkorrekte Frau, das blinde Mädchen mit der rosafarbenen Haarschleife.

Endlich kommt der Mechaniker heraus. Er trägt eine verschmierte Chirurgenkappe. »Fertig«, sagt er. Sie steigt ein, der Wagen riecht nach Fett. Jewel schlurft hinter dem Mann her, um zu bezahlen. Es dauert ziemlich lange. Vielleicht akzeptieren sie keine Kreditkarten? Sie macht sich schon wieder Sorgen, weil sie so lange weg gewesen sind. Was erwartet sie, wenn sie zurückkommen? Warum braucht der Junge so lange? Der Junge – sie meint natürlich Jewel. Wahrscheinlich beklagt er sich über den Preis, schimpft über die »Wegelagerer«.

Der Mann klopft an die Scheibe. Er scheint sauer zu sein, nein, eher erschrocken. »Kommen Sie schnell«, sagt er undeutlich, er wisse nicht genau, was da drinnen passiert sei.

Jewel hängt schlaff in einem Stuhl, Kreditkarte und Quittung liegen auf dem Boden. Er hat die Beine ausgestreckt, sein Gesicht ist blutleer. Seine fleischige Hand liegt auf seiner Brust, auf dem feuchten, zerknitterten Hemd.

Sie rüttelt ihn, reißt ihm die Knöpfe auf, ihr keuchender Atem zerfließt im heißfeuchten Nachmittag. Jemand ruft einen Krankenwagen. Es ist, als würde in ihrem Inneren alles stillstehen, als würde der Tag selbst stillstehen. Die Tankstelle ist eine Hitzewelle, ein schmieriger Strom, der sie nicht fortträgt. Der Augenblick brennt sich ein, brennt sich auf ewig in ihr Gedächtnis. Jewel atmet ein einziges Mal rasselnd auf. Sie hat es doch gehört! Aber nein, nein, nein, jetzt steht auch das still. Er ist so blass, seine Bartstoppeln kratzen auf ihrer schweißnassen Handfläche, ihr Herz pocht, als läge es unmittelbar unter der Haut, das Pochen drängt durch Poren und Falten. Ihr Liebling. Ihr Junge. Eine zarte Linie, eine winzige Falte am Ansatz ihres kleinen Fingers, eine Linie von zweien: ihre Babys, ihr Schicksal. Sie fällt zurück in die Vergangenheit, weigert sich, weigert sich, den Sprung in die Gegenwart zu wagen, in eine Gegenwart, in der er nicht atmet. Einen Moment lang flattern seine Wimpern. Licht! Als hätte er ihr einen Streich gespielt. Ha, Mama, reingelegt. »Mama«, ist das Einzige, was sie hört. Ja, er lächelt. Aber er lächelt aus tiefer Dunkelheit heraus, aus der Vergangenheit, aus dem Nichtsein. *Mama.* Ihre Gedanken stülpen sich über das Wort wie ein Schalltrichter, über einen Laut, der immer schon Echo gewesen ist.

»Nein, nein, nein«, hört sie sich weinen, es ist ein kindliches Weinen, sie drückt sich an seine feuchte Brust und weint, streicht ihm über die Wange, die noch warm ist. Sein schlaffer Körper. Eine Wanduhr. Der Zeiger rückt vor, zitternd. Ist es schön fünf? Ein Geruch: Schmiere auf erkaltender Haut. Aus seinem Hosenbein tropft etwas auf den Boden. Ein Sanitäter setzt ihm behutsam das Stethoskop auf die Brust, sucht einen Puls. Er ist ihr Ein und Alles, er ist der Grund, warum sie einen Fuß vor den anderen setzt, warum sie damals aus den eisigen Wellen herausgekommen ist. Das Heulen des Kleinen – sein Gesicht, das Antlitz des Erbarmens.

Die Dinge müssen in einer bestimmten Reihenfolge angegangen werden. Dies und das ist zu veranlassen. Aber sie ist aus der Zeit herausgefallen. Sie kann nicht telefonieren, kann nicht fahren. Sie ist starrsinniger, als sie sich selbst kennt. Sie will ihren Sohn nicht zurücklassen, kann das Krankenhaus nicht hinter sich lassen, das seine Leiche aufgenommen hat. Schließlich setzt jemand sie in einen Bus. Als er losfährt, hat sie das Gefühl, zerrieben zu werden. Sand, wo vorher ein Herz aus Granit war. Ein Strand, Mineralien. Da kommen die Tränen, Salz rinnt ihr über das Gesicht.

Der Taxifahrer, der sie vom Busbahnhof nach Hause bringt, fragt, ob etwas nicht in Ordnung sei. Kein Wort. Sie steigt aus, bekommt keinen Ton heraus. Der Gartenzaun ist unverändert. Sie steigt die Stufen hinauf, die Nacht ist eine dünne Hülle. Aus dem Haus kommt Musik, und ein merkwürdiges Gelächter, eine Art Eselswiehern. Jewel ist nirgends und überall. Er ist der Druck auf ihrer Haut, er ist ihr Geist. *Du setzt einen Fuß vor den anderen, so machst du das, gut, mein Kleiner, gut!* Babyschritte, Jewel lernt laufen. Irgendwie wird sie es schon ins Haus schaffen.

Rebecca steht oben an der Treppe, ihr Gesicht leuchtet, sie strahlt. Doch noch bevor sie fragen kann, versteht sie, dass etwas nicht stimmt. »Wo ist er denn?« Ein Klingeln in ihrem Gehirn. Sie muss nichts sagen, Rebecca weiß es auch so. Sie sackt auf der Treppe zusammen. Lucy gelingt es irgendwie, an ihr vorbei in Harrys Zimmer zu kommen. Sie weiß ja längst, wer dort ist, um zu helfen. Miss Van Bienenwachs, Elinor, sitzt am Bettrand, hat die Arme ausgebreitet, ein schaukelndes Don Noble. *Für Elise* – es dauert eine Weile, bis Lucy es erkennt, sie hat das Stück früher oft gehört, Mama hat es auf dem Klavier gespielt. Es ist ihr immer düster vorgekommen, aber Elinor spielt es zügig, jubilierend. Elinor, ihr eigenes, *Helena,* und die Dringlichkeit, das Bewusstsein dort oben auf dem Berg, ist kohlrabenschwarz und sickert in die Ritzen im Asphalt, unter die Betonwellen, wo sie abkühlt wie etwas Vulkanisches, die Vulkane, die sie aus dem Fernsehen kennt. Sie muss sich um Harry kümmern, um seine Schwäche, um sein Herz. Sie könnten in einer Gießerei sein, in der Gießerei, die vor Jahren zerstört wurde. Eine einzige Wand ist stehen geblieben, qualmend, ein Mahnmal des Todes, und mittendrin, in ihrer eigenen Mitte, verhärtet sich das Schwarze, das Jewel umfasst hat.

Es ist ihr schon beinahe egal, dass die Fremde, die verlorene, wiedergefundene Fremde, das ganze Haus auf den Kopf gestellt hat. Sie wollte vermutlich nur ein wenig aufräumen, und dann ist es mit ihr durchgegangen. Reinlichkeit und Gottesfurcht gehören natürlich zusammen, das erkennt sie, als sie Miss Van Buskirk – Elinor – in die Augen sieht, sich an ihr vorbeischiebt, ohne ein Wort zu sagen, und sich an Harry schmiegt. Sie sucht noch nach Worten, um es ihm zu sagen – *nicht mehr da, nicht mehr da* –, und schon in diesem Moment ist es, als würde etwas in ihr aufgehen, wie ein Schmetterlingsblütler am Strand, der sich einen Weg durch den Sand bahnt und zum Licht hervorbricht. *Denn ich schaue wie durch eine dunkle Scheibe, dann sehe ich dich von Angesicht zu Angesicht.* Sie spürt Jewels Gewicht, das auf sie herabdrückt. *Wenn ich mit meinem Glauben Berge versetzen kann, aber die Liebe nicht, dann bin ich nichts.*

Und was ist denn die Liebe? Ihre Kehle brennt wie damals, als sie diese Hitzewallungen hatte. Veränderungen, Wendungen, im Leben, im Herzen.

Miss Van Buskirk ist wirklich seltsam, das hat auch Jewel gesagt. Als sie aufsteht und das Akkordeon absetzt, hat Lucy Visionen vom Urwald. Noch einmal strömen die Bilder des Berges auf sie ein, und die heiße Werkstatt, ihr Junge, erschlafft. Die Bilder schmelzen, beginnen zu fließen. Helenas warme, winzige Finger, die ihr entgleiten. Seine große, raue Hand.

»Armes, liebes Kind«, flüstert sie jemandem ins Ohr, nicht Elinor, sondern Rebecca. Ihr Gesicht ist nass, ihre Tränen schmecken nach Haarspray.

»Entschuldigen Sie«, sagt Helena-Elinor-Helinor leise und streicht, streichelt mit ledriger Hand. Das macht sie gut, sie hat offenbar Übung darin. Und doch liegt etwas Kühles in ihrem Blick, ein schwer auszumachendes Blau. Fältchen um die Augen. Irgendwo auf der anderen Seite des Northwest Arm rumpelt ein Zug, und eine Frau reibt ihr den Rücken. Rebecca sitzt starr da und schweigt. Aber Lucy hört Stimmen in ihrem Innern, Stimmen von ganz kleinen Kindern. Sie können kaum sprechen, aber sie kennen doch jedes Wort.

Helenas Haare sind hinten mit einem rosafarbenen Schmetterlingsclip zusammengefasst. Letztes Mal trug sie ein schmutziges Tuch. Harry macht furchtbare Geräusche, er wimmert wie ein Hund. »Ganz ruhig, Harry«, tröstet ihn Helena. Für Lucy ist es, als wären sie allein, als würden sie sich schon eine ganze Weile kennen, aber dann führt sie die rissige Hand an den Mund und kaut sich die Nägel. Lucy entdeckt eine Narbe an ihrem Daumen, einen winzigen Krater wie eine Impfnarbe. Helenas Stimme scheint von weit her zu kommen, als sie fragt, ob jemand Tee möchte. Ein bisschen wie Robert damals, der in seiner Sputnik aus Pappe saß und erklärte, er sei vom Mars. Sie hört, wie Harry ruft: *Lucy? Da brennt doch was!* Und das Weinen oben im Haus, ihre winzige Tochter, und sie selbst, die ruft: *Ich komme schon!* Die Milch hatte zu lange draußen auf dem Treppenabsatz gestanden, sie war halb gefroren, die Sahne drückte oben aus der Flasche. Sie stellte sich vor, wie sie wohl schmecken würde. Sie hatte solchen Heißhunger, als sie schwanger war, auf Sahne und braunen Zucker, ein Wunder, dass sie und Jewel nicht kugelrund geworden waren. *Lass dir das mal auf der Zunge zergehen, Harry.* Welche Mühe sie hatte, die Treppe hinaufzukommen. *Dolly, wenn sie nicht wegen der Zähne heult, dann ist sie bestimmt wieder am Kratzen!* Helena hatte die Windpocken. *Was hast du mit meinen verdammten Manschettenknöpfen gemacht?* Die Milch auf der Arbeitsplatte, die Eier, die ins kochende Wasser glitten. *Such sie doch selbst!* Der Ärger in ihrer Stimme. *Vorsicht! Heiß!* Ein Klaps.

Als sie jetzt ihre Stimme wiederfindet, ist sie dünn, ein Flüstern nur. »Wie soll ich Sie denn nennen?« Denn sie ist völlig aufgelöst, wie eine Socke, die von der Stricknadel gerutscht ist. Undeutlich erkennt sie, dass neben Harrys Pillendose ein Zettel liegt. Elinor – »Nennen Sie mich einfach Elinor« – flüstert verlegen, dass ein Rohr repariert worden sei, unten im Keller, der Klempner habe etwas in der Wand gefunden, ganz unten am Boden. Einen Zettel? Rebecca sieht kurz auf, ihr Make-up ist von dünnen Strömen durchzogen. Niemand habe sich einen Reim drauf machen können.

Harry hat endlich aufgehört zu schluchzen. Lucy drückt ihm die Hand, als würde ihr Leben davon abhängen. »Harry«, sagt sie, ein feuchtes Krächzen. »Es gibt da etwas, das ich dir sagen muss.« Als wüsste er es nicht längst. Sie sieht Helena an, *Elinor,* während sie es sagt, sie sieht sie durch einen Schleier: eine Frau im Fernsehen, die Antenne ist verrutscht. Langsam versucht sie, dem Gespenst ein anderes Gesicht, eine andere, eine winzige, wortlose Stimme zu geben. Rebecca sitzt da, starr und leer, denn das Ende, das sie sich zurechtgelegt hat, ist eher bitter als süß. Und doch steigt ihr eine helle, kokette Wärme in die Wangen. Harry macht die Augen nicht auf. Seine Lippen zittern. Aber er erwidert ihren Händedruck. »Ich weiß, Lucy. Die Mädchen haben es mir gesagt.« Seine Worte geben ihr neuen Halt. Elinor hievt das Akkordeon auf ihren Schoß und quetscht ganz leise *Twinkle, Twinkle, Little Star* heraus, als gäbe es etwas zu feiern. Ein Schlaflied ist das, vielleicht.

Sie flieht aus dem Zimmer, aus dem Haus, und es ist, als würden die Sterne, die wankenden Sternbilder, unter Schmerzen leiden. Der arme, eroberte Mond scheint auch, er ist rund wie der Flummi, den Robert einmal hatte. Der Ball titsche so stark, prahlte er, dass er ein Auto zerstören könne. Der Wind ist klebrig, der Rasen nass, ihre Zehen fühlen sich taub an, sie sinkt auf die Knie. Mit den Lilien ist es schon vorbei, aber die Astern blühen, dabei ist es eigentlich noch zu früh. Unten diese winzigen Blüten, und oben die Sterne, *die Himmelskörper,* sagt eine Stimme, die Jewels sein könnte. Der Fachausdruck eines Amateurs. Es ist noch kein Jahr her, dass Harry gestürzt ist. Umso erschreckender ist das alles, und ungerecht. Warum kann man Sorgen nicht wegkürzen, sie mitnehmen und fallen lassen wie beim

Bruchrechnen? Sie ist tief von dem Wunsch erfüllt, die Erde zu küssen. Da quietscht es auf der Veranda.

»Sie holen sich hier draußen den Tod.« Schon tappt sie in die Falle von Elinors unheimlicher Ruhe.

»Wie haben Sie uns gefunden?«, fragt sie. Eine dumme Frage, sie weiß ja, dass es Rebecca war. Sie atmet schwer, ihre armen, vergifteten Knie brennen, ein stechender Schmerz. Sie betrachtet den Schweif dort oben, das schwächer werdende Funkeln: Für jeden, der jemals auf dieser Erde gewandelt ist, gibt es einen Stern. Es gibt einen für sie und einen für Elinor, die auf der Treppe hockt. Ein unheimliches Bild: Das Licht, das aus der Küche fällt, schimmert über ihrem Kopf wie ein Heiligenschein. Und einen Stern für Jewel. *Im Namen des Vaters und des Sohnes und des Heiligen Geistes.* Die Wörter rieseln durch sie hindurch. Sie reibt sich die Augen. Elinor schlüpft still ins Haus.

Lucy schleicht sich durch den Vorraum, rosafarbenes Licht fällt herein. Sie geht durch den Flur, ihre Füße berühren das Parkett kaum. Im Wohnzimmer auf der Couch liegt Elinor, sie hat sich eine Decke genommen. Sie schläft nicht, sie ruht sich nur ein wenig aus. Lucy muss einen Stuhl heranziehen, um an das Tässchen zu kommen. Wie schlimm, wenn es ihr jetzt hinfallen würde! Die Federn klagen, als sie sich an Elinors Füßen hinsetzt. Sie hält es ihr hin. *Der Herr gibt, und der Herr wird nehmen.* Und ist in ihm, oder in ihr, nicht alles möglich? Nur ein Schatten eines Lächelns auf Elinors Gesicht. Sie hält das Tässchen in der Hand. Lucy hat das Gefühl, sie könnte ihre Flügel ausbreiten. Einen Moment lang scheint sie zu schweben, doch dann denkt sie an Jewel und landet hart auf der Erde. Tief und schwarz ist ihre Trauer. »Kannst du mich nicht Mama nennen?« Das

Wort ist so rau, dass es wehtut. Sie wünscht, sie könnte sich darunter verstecken.

Elinor lächelt in die Tasse. Welche Geheimnisse hütet sie? »Ich hatte auch eine Mutter. Aber sie ist nicht am Leben geblieben«, sagt sie. Es ist verrückt. Als die Dämmerung ins Wohnzimmer dringt, kommt es Lucy vor, als wäre eine Welle über sie hereingebrochen, und so, wie sie trocknet, strafft das Salzwasser ihre Haut. Sie erlaubt Elinor, der Krankenschwester, die auch Flaschen auswäscht, ihr nach oben zu helfen. Sie sieht zu, als Elinor Jewels altes Bett frei räumt und Einkaufstüten zur Seite schiebt. Wer weiß, was da drin ist? Will sie verreisen? Das Licht im Fenster beleuchtet nichts. Nebenan fragt Harry immer wieder nach dem Datum. Eine raue, freundliche Hand zieht ihr die Decke ans Kinn, während der Geruch von Kerosin in ihrer Erinnerung heraufdringt, und Zeltbahnen und eine Nonne, die ihr ein zappelndes Neugeborenes hinhält. Sie dämmert vor sich hin, ihre Gedanken bröckeln. *Denn jeder wird mit Feuer gesalzen werden, und jedes Schlachtopfer wird mit Salz gesalzen werden.*

Das Licht sticht ihr in die Augen, als sie sie öffnet, ein Schleier der Trauer liegt über dem, was sie sieht. Aber sie spürt einen Druck an der Hüfte, ein Gewicht, das neben ihr liegt. Es ist Robert, der in seiner Uniform daliegt, eingerollt. Er trägt diese ekelhaft stinkende grüne Jacke, eine zerfetzte Jeans und verdreckte Turnschuhe. Er bewegt sich im Schlaf. Sie riecht Bier, sie riecht Erbrochenes. *Ich weiß doch, was du angestellt hast.* Sie spielt mit seinen Locken. Die Decke ist feucht, es ist Spucke, aber das stört sie jetzt nicht. In der Hand hält er ein altes, zusammengeklapptes Taschenmesser seines Vaters, das sie verloren geglaubt hat. Ihr Magen zieht sich zusammen, als sie daran denkt, was sie verloren haben. Erschrocken setzt sie sich im Bett auf. Sie rüttelt ihn wach, vorsichtig, zärtlich. »Du musst dich zusammenreißen, Schatz.« Aber ist das nicht genau, was ein Vater sagen würde? Sein Vater? Seine Mutter bestimmt nicht.

Noch vor der Beerdigung holt Robert den Wagen ab, am gleichen Tag, an dem Rebecca den Bericht vom Krankenhaus bekommt. Man hätte nichts tun können, es sei nicht vorhersehbar gewesen und nicht zu verhindern. So schreiben sie zumindest. Ein kleines Stück Metall, ein Granatsplitter, der sich in die Herzklappe gebohrt hat, eine alte Kriegsverletzung. Eine tickende Zeitbombe, sein winziges Geheimnis.

St. Columba. Die Kerzen flackern. Lucy konzentriert sich weder auf den Sarg noch auf Pastor Langille oder die Fenster, sondern auf den zerknitterten Anzug von Robert, der vor ihr sitzt, und auf das kleine tränenförmige Stück Haut, das Rebeccas Kleid am Rücken frei lässt. Sie blickt zu der Figur am Kreuz, ein Apfel an einem Baum. Ihre Tränen sind Essig. Die bleiverglaste Muttergottes daneben, die ihren Jungen hält, mag sie gar nicht anschauen, nicht einmal, als seine Wangen in einem schmalen Streifen Sonne aufleuchten. *Die Frucht deines Leibes.* Der Priester erhebt seine Stimme: »Der Leib und das Blut Christi, der gestorben ist und euer Leid auf sich genommen hat.« Welch hemmungslose Hingabe, was für eine verrückte Liebe. *Wir sind Narren um Christi willen.* »Verarschen kann ich mich alleine«, sagt Harry später. Er reicht Rebecca aus dem Rollstuhl heraus die Hand.

Im Keller der Kirche haben die Liga-Damen Häkeldeckchen ausgebreitet und einen Totenschmaus angerichtet: Tee und Selbstgebackenes. Sie verteilen, schenken nach, drücken Lucy und flüstern ihr Mitgefühl. Eine von ihnen sieht wie Mrs. Slauenwhite aus, die aber inzwischen tausend Jahre alt sein müsste. Offenbar die Tochter. Lucy ist dankbar, auch wenn sie die Gesichter nicht mehr auseinanderhalten kann, Namen vergessen hat. Der Gedanke, dass all diese Leute ihren Tee schlürfen wie der trinkende Vogel, den Harry immer auf dem Fernseher stehen hatte, gibt ihr Mut. Selbst der Anblick von Benny, der in einem bunt karierten Anzug aufgetaucht ist und sich den Pappteller volllädt, gibt ihr Mut. Er ist ergraut wie der kauzige Alte, der jetzt langsam schlurfend auf Harry zukommt und ihn mit seinem Gehstock anstößt. Elinor versucht noch, den Rollstuhl zu drehen, aber der Mann klammert sich an Harrys Schulter. »Das ist ja was, verdammt« sagt er mit schlotternden Backen und senkt den Blick vor Lucy. »Und er war noch so jung. Tut mir wirklich leid für euch zwei beide.«

Diese Schimpansenaugen, dieser vertraute Blick. Meine Güte, wie lange ist das jetzt her? Alles, was irgendwie dazu geeignet war, einen Ton zu erzeugen, hat er verhökert. Immer wieder ist er vorbeigekommen. War nicht viel besser als Benny. »Ein netter Junge, euer Jewel«, sagt er noch. »Soviel ich weiß. Er war ja ein Kind damals.« Edgar Boutilier: Er ist schuld, dass Harry mit der Geige angefangen hat. Da hat er sich genau den Richtigen ausgesucht. Harry hat damals doch selbst alles Mögliche verkauft oder verpfändet. Was hätte sie denn tun können, statt wegzuschauen?

Als Elinor Harry zu einer Gruppe von Männern schiebt, die bei Black's gearbeitet haben, humpelt Boutilier mit und weicht ihm nicht von der Seite. Als Lucy Harry die Hand auf die Schulter legt, tut er, als wäre sie überhaupt nicht da. »Muss wohl 'ne Menge gesehen haben, so ein alter Soldat. Was meinst du, Harry?« Sein Blick ist unstet, seine Augen ein bisschen zu hell. »Hör zu«, fährt er fort, »ich wollte nicht, dass er das sieht.« Lucy weiß, was er meint: die Nacht auf dem Wasser. »Der verdammte Babineau hatte es nicht anders verdient. Aber ich wusste ja nicht, dass der Junge bei euch war. Ehrlich, Mensch, ich hab ihn in dem Boot nicht gesehen.« Harry will gerade etwas sagen, als eine Frau kommt – eine von Birdies Töchtern? – und Edgar wegzieht. Seine Sohlen schlurfen über den gestrichenen Estrich.

»Wer war denn der alte Sack?«, will Robert wissen. Harry putzt sich die Nase, statt zu antworten, drei scharfe Stöße.

Trauer ist eine Düsternis, die nur von einem endlosen Nebelhorn begleitet wird. Doch in einem Traum lacht Helena. Sie steht irgendwo über ihr, in blauem Licht, in heiligem Schein. Lucy sieht an sich hinab und erkennt das Baby, das sie in sich trägt, einen winzigen Daumen wie eine Strickmasche. Sie presst, ihr Körper öffnet sich. Dann ist der Junge schon groß. Er läuft durch die in Reihen gepflanzten Lilien, und als sie die Hand nach ihm ausstreckt, ist er verschwunden. Nichts als ein Häufchen Asche, die der Wind verstreut. Sie purzelt auf die Sonne zu, sieht glitzerndes Wasser, sogar den Meeresboden. Zerbrochenes, Porzellan, mit Algen bewachsenes Elfenbein. Und dort die sonnengesprenkelten Gesichter ihrer beiden Kinder, die lachend zu ihr aufschauen, so, wie es ihr am liebsten ist.

Arbeit macht frei. Ein schlimmer Spruch, den die Nazis auf einen Torbogen geschrieben haben. Sie hat es letzten Herbst im Fernsehen gesehen, mit Harry. Ob Jewel solche

Dinge gesehen hat? Was bringt es, sich darüber Gedanken zu machen? Vielleicht sollte sie sich jetzt um das kümmern, was vor ihr liegt. Mit dem Stricken kommt sie nicht weiter. Sie muss die fallen gelassenen Maschen immer wieder aufnehmen, was mindestens so schwer ist, wie durchtrennte Nerven zu reparieren. Aber sie hat ja Eier und Zitronen, sie kann einen Kuchen backen. *Mit den Lippen und mit den Händen sollst du ihn ehren.* Sie leben von Elinors »Spezialitäten«, von schnellen Aufläufen, die sie zu machen gelernt hat, als die Dinge zu Hause »nicht so gut liefen«. Der Tee, den sie kocht, ist schwach. Lucy erkennt bald, warum: Sie hängt die gebrauchten Teebeutel an die Wäscheleine und verwendet sie wieder. Wer spart, leidet keinen Mangel: So ist sie erzogen worden, erklärt sie mit einigem Stolz. Das erste Wort, das sie gesagt habe, sei *Helener* gewesen. Als ihr Vater gestorben sei, sei sie auch ein bisschen gestorben. Dann sei ihre Mutter krank geworden, und ihr Bruder habe mehr Zeit damit verbracht, Erntehelfer aufzugabeln, als zu ernten. Da habe sie selbst angefangen zu arbeiten, dabei hätte sie lieber nur Klavier gespielt.

So viele Fragen hat Lucy. Elinors Leben ist ein Puzzle, bei dem eine Menge Teile fehlen. Hin und wieder verrät sie etwas. Erzählt, wie sie zum ersten Mal ihre Tage bekommen hat. Es war bei einem von Mutters Kaffeekränzchen, alle waren entsetzt. Blutstropfen auf dem Teppich, auf dem Reitermotiv. Sie erzählt, dass ihr in der Schule ein Talisman gestohlen wurde, eine Kaninchenpfote. Was sie über den Bruder erzählt, den zwanzig Jahre älteren Stiefbruder, würde Lucy lieber nicht hören. Auch nicht, wie ein Reh den Obstgarten verwüstet hat, wie jemand Elinor verdächtigt hat, das Milchgeld gestohlen zu haben, weshalb sie überhaupt aus Coltsfoot, dem Dorf im Valley, abgehauen ist und schließlich in die Stadt kam und bei Benny einzog, obwohl er alt genug war, um ihr Vater zu sein.

Überall im Haus riecht es nach Scheuermittel, alles ist blitzblank geschrubbt. Selbst Harry hat Pomade im Haar. *Nur einen Tupfer.* Elinor kann es nicht lassen, ihn zu necken. Lucy dämmert in ihrer Trauer vor sich hin, der Staubsauger schluckt jeden kleinsten Fussel, jede kleinste Milbe. Und droht, auch sie zu verschlucken. Vor den weißen Küchenschränken sieht Elinors Haar stahlgrau aus, ihre Haut gelblich. Ein kleines Kind unter einer im Schnee festgefrorenen Aschelade: *Eine Perle in einer gusseisernen Muschel, unverletzt.* Jedes Mal, wenn sie daran denkt, dreht sich ihr Magen um. Sie fragt: »War es denn schön, wo du aufgewachsen bist?« Aber die Gesichter aus dem vergilbten Zeitungsausschnitt lösen sich bereits auf, so wie es manchmal den Anschein hat, eine Fensterscheibe würde sich im Regen auflösen. Wenn Elinor das Akkordeon nimmt, um zu spielen, verändert sich etwas. Ihre verschiedenen Leben strömen zusammen, werden eins. Es liegt Anmut darin, wie die Noten überlaufen, so klar wie der Wasserkamm am Rand eines Damms. Nicht zurückschauen. Anmut, das ist der Friede, den Lucy mit dem schließt, was niemand sonst wissen kann, nicht einmal Elinor selbst.

Der Kuchen ist gerade fertig, da kommt Rebecca. Es ist das erste Mal seit der Beerdigung, dass sie sich wieder ordentlich angezogen hat. »Du backst?« Sie ist fassungslos. Rebeccas Gesicht sieht ohne Make-up viel kleiner aus, als wäre sie weiter weg. Lucy muss an Lil denken, an die besoffene Lil, die sich nicht mehr im Griff hatte. Gütig, ja liebevoll verfolgt Rebecca, wie Elinor Harry das Mittagessen bereitet. Eine solche Güte hätte Lil niemandem entgegengebracht, erst recht nicht einer Frau. Rebecca beugt sich herab, sie flüstert. Lucy hat Angst, dass sie in Tränen ausbrechen wird. Aber es geht nicht um Jewel. Es geht um etwas, das Elinor im Vertrauen erzählt hat. Dass die alte Mrs. Van Buskirk jedes Jahr im Dezember, statt Elinors Geburtstag richtig zu feiern, einen Kuchen bestellte, auf dem *Alles Gute zum Jubiläum* stand. »Das ist doch wohl die Höhe, oder?« Aber bestimmt mehr, als Lil jemals für Rebecca getan hat. Darauf könnte sie wetten, und nicht nur, weil sie der anderen unwilligen Mutter eine Rechtfertigung liefern will.

Rebecca legt den Kopf zur Seite und sieht an die Decke. Hört sie etwas? »Weißt du, Mama, als sie zum ersten Mal gekommen ist, hat sie Benny erzählt, sie würde nur mal kurz Zigaretten holen gehen.« Sie macht Harry nach, kneift die Augen zusammen, was lustig aussehen soll. Und das tut es auch. Lucy würde am liebsten laut lachen, selbst als Rebecca erklärt, dass Benny leider völlig von Elinor abhängig ist.

Lucy schluckt. »So wie Jewel sich ganz auf dich gestützt hat?« Sie wollen beide instinktiv einen Schritt zurücktreten, aber Lucy fasst Rebeccas Arm. »Du warst sehr gut zu ihm. Ich weiß das doch, auch wenn ich es dir so nie gesagt habe.«

»Wegen meiner Mutter«, sagt Rebecca, mit Sarkasmus in der Stimme, und starrt sie an.

Lucy holt tief Luft und sieht ihr in die Augen: »Ja, es kann sein, dass ich dich für ihre Eskapaden verantwortlich gemacht habe.«

Harry fragt Robert immer wieder nach seinen Plänen, dabei weiß er, dass gerade alles in der Schwebe ist. Erst macht er sich rar – so rar wie sein Vater damals, wenn Lucy Rinderzunge gekocht hatte –, aber dann taucht er eines Tages einfach so auf. Das Flurlicht fällt auf seine fahle Haut, sie kann nicht anders, als die Arme auszubreiten und ihn fest an sich zu drücken. Das Geld spielt jetzt keine Rolle mehr. Er ist so dünn. Das kann doch nicht gesund sein, denkt sie, während er nicht aufhört, von Sheryl zu reden, ja, ja, seine Freundin. Ob er irgendwie helfen könne? Vielleicht nicht mit dem Zaun, aber im Garten? »Du kannst doch eine Dahlie nicht von einer Pusteblume unterscheiden«, sagt sie leise. »Aber wenn die Lilien jetzt nicht versorgt werden …« Die Wolken in den letzten Tagen erinnern sie an die Quellwolken in Westernfilmen, die für sie immer bedeuten: *Los jetzt, mein Kälbchen, mach, dass du fortkommst.* Aber Robert hat für solche Dinge keinen Blick. Es sieht aus, als würde es gleich regnen. Und doch trägt er Turnschuhe mit Löchern. Elinor kümmert sich um Harry. Vielleicht haben sie Glück, und es bleibt eine Weile trocken. Aber sie findet die Gartengeräte nicht. Sie sucht den ganzen Vorraum nach der Handschaufel ab. Immerhin eine Gelegenheit, die Frage zu stellen, Harrys Frage. Er sagt, dass sie Weihnachten schon in Vancouver sein wollen, es gebe da einen Park, wo die Leute ihre Zelte aufschlagen.

»Ihr wollt in einem Zelt wohnen? Im Dezember?«

Sie wühlt in dem Durcheinander herum. Da zieht er etwas aus der Tasche und hält es ihr hin, wie man eine wiedergefundene Socke hinhalten würde. Er errötet, drückt ihr ein kleines Bündel Geldscheine in die Hand. Einer, Zweier, Fünfer. Sie weiß überhaupt nicht, wie viel es gewesen ist. »Ich wollte es nicht klauen, Oma«, sagt er und sieht sie dringlich an.

Sie findet die kleine Schippe, hält sie locker in der Hand. Der Schmerz dieser Enttäuschung kehrt noch einmal zurück. »Übers Knie sollte ich dich legen und dir den Hintern versohlen. Einen Schlag für jeden Dollar, Bucky.« Sie ist schon dabei, sich die Regenhaube zuzubinden, da sieht er immer noch erschrocken zu Boden.

Harrys Weste und seine Unterhosen hängen an der Wäscheleine. Und etwas, das wie winzige, schmutzige Handtaschen von Meerjungfrauen aussieht. *Wer spart, leidet keinen Mangel.* Sie stellt sich Jewel vor, wie abfällig er bei diesem Satz schnauben würde. »Fräulein Muttern-und-Schrauben hat der Alte sie immer genannt«, sagt Robert gehässig und will wissen, wie lange Elinor bei ihnen bleibt. Im Tonfall seines Vaters setzt er nach: »Solange ihr jemand was zu futtern gibt, wahrscheinlich.«

»Solange sie uns beistehen kann«, korrigiert sie mit einer Schärfe, die ihr selbst neu ist.

Im Regen klebt ihm das T-Shirt bald an der Haut. Sie läuft noch einmal ins Haus, um einen Schirm zu holen. Dann zeigt sie ihm, wo er graben soll. Der Regen ist so stark, dass er den Lilien die Köpfe herabdrückt. Robert kniet und sieht auf den Dreck und sagt, er habe nicht vorgehabt, das Geld zu behalten. »Ich weiß, dass du mir nicht glaubst, aber es stimmt«, sagt er. Und sie weiß, dass er nur hofft, dass sie es Jewel nicht erzählt hat.

Sie schützt sich erst einmal selbst mit dem Schirm. Eine Weile sagt sie nichts. »Dein Vater wäre sehr enttäuscht gewesen. Wenn er es gewusst hätte.« Dann beugt sie sich herab und hält ihm den Schirm hin, während er Wurzeln herausrupft und mit erstaunlichem Einsatz zerhackt. »Sei vorsichtig, sie leben doch«, sagt sie. Der alte Mantel, den sie für diese Zwecke aufbewahrt hat, saugt sich mit Regen voll. Sie hat die Lilien schon vor Augen: wie sie sich vermehren und den ganzen Garten bevölkern werden. Die Feldlilien mit den bleichen Wurzeln. Sie sind kräftig, saftig im Vergleich zum Gras. Sie hakt sich bei ihm ein, zeigt auf verschiedene Stellen: Hier und da und dort. Er gräbt ein paar Löcher und sieht sie durch sein strähniges Haar an.

»Müssen wir das unbedingt heute machen?« Er würde lieber morgen wiederkommen, oder am Samstag.

Sie würde ihm am liebsten eine runterhauen. Aber als sie ihn so sieht, muss sie doch lachen. »Ich dachte, du brauchst das Geld«, sagt sie hinterhältig. »Du willst doch bald abreisen, oder?« Er findet einen Wurm und schreckt angeekelt zurück. Dann zuckt er mit den Achseln, drückt die Zwiebeln in die Erde. Langsam lehnt er sich zurück.

»Scheiße, mir reicht's«, sagt er leise. Er hält sich für klüger als sie. Er findet sich zu klug für diese Welt. »Wenn ich erst mal an der Westküste bin –«

Jetzt, wo eine dritte Person eingezogen ist – um nicht zu sagen, ein drittes Rad am Wagen –, kommt ihr das Haus ziemlich klein vor. Das Bad ist der einzige Ort, an dem man mal für sich ist. Harrys Gehhilfe dient als Handtuchhalter. Selbst dieser Raum fühlt sich anders an, als hätten jüngere, kräftigere Hände ihn gebaut. Was Harrys Pflege betrifft, sind sie sich oft nicht einig. Elinor ist sich sicher, dass er besser schläft, wenn der Fernseher aus ist. Manchmal hat sie das Gefühl, in ihrem eigenen Haus nur zu Gast zu sein. Sie versucht, alles so reinlich zu hinterlassen, wie sie es vorgefunden hat. Wenn Elinor zu Benny geht, ist sie richtig erleichtert. Sie findet Elinors Putzfibel, das fleckige Buch, das sie sich von Rebecca zurückgeholt hat, und liest: *P für Plan. Wer sich bei der Hausarbeit nicht an einen Plan hält,* steht dort, *arbeitet ineffektiv, belastet seine Nerven und verschwendet seine Zeit. Die Kinder ärgern sich, und der Ehemann ist schlecht gelaunt, wenn er nach Hause kommt. Falls Sie nicht in der Lage sind, aufzuholen, dann warten Sie lieber, bis der Plan Sie einholt.* Amen dazu, denkt Lucy. Die armen Frauen. Was soll man gegen diese gesammelten Weisheiten vorbringen?

Eines Nachmittags fragt Rebecca nach dem Wasser. Lucy muss eine Weile überlegen, bevor sie versteht, was sie meint. Die Aspirinflasche steckt noch in ihrer Handtasche, wie ein Andenken. Wahrscheinlich liegen die leeren Flaschen noch immer im Kofferraum. Obwohl Robert ihre Tasche vorbeigebracht hat, und das Schaffell für Harry. Jetzt ist es ein Andenken, nicht nur eine Unterlage für den Rollstuhl. Wenn Harry darauf sitzt, sagt er immer, dass er das Gefühl habe, Jewel würde ihm den Hintern streicheln. Wenn sie so etwas hört, hat sie Angst, dass er nicht mehr ganz richtig im Kopf ist.

Sie dreht die Flasche auf und benetzt ihre Fingerspitzen. Ihre Wangen sind ganz heiß, als sie seinen schlaffen Unterkiefer fasst. *Dein Wille geschehe.* »Die Welt ist voller Leichtgläubiger«, sagt Elinor und geht hinunter, um sein Essen zu holen. »So ein Hokuspokus«, grummelt Harry und schiebt die Flasche von sich. »Weg damit!« Rebecca riecht daran und meint, das hätte Lucy sich sparen können, da hätte sie gleich etwas von dem Zeug nehmen können, das Pastor Wie-heißt-er-noch gesegnet hat. Sie hätten sich alle eine

Menge Ärger erspart. Niemand sagt etwas, aber dann hält Rebecca Harry die Flasche an die Lippen. »Sei kein Spielverderber. Stell dir einfach vor, es ist Bier.« Er nimmt einen kleinen Schluck, und sie flüstert: »Steh auf und geh, Sünder!« Jewel hätte es nicht anders gemacht, er hätte bestimmt den Fernsehprediger nachgeahmt, den sie sich manchmal aus Spaß anschauen. Lucy ist entsetzt – um Harry willen. Aber er prustet und lacht, und Rebecca bekommt feuchte Augen und kichert mit.

»Was seid ihr so albern?«, fragt Elinor, als sie mit dem Tablett kommt. Harry sieht sie an wie ein Vögelchen, dessen Mutter gerade zum Füttern ins Nest zurückgekehrt ist. »Und? Spürst du schon was?« Sie massiert ihm die Schulter, nimmt das Akkordeon, setzt es sich auf den Schoß. *Welch ein Freund ist unser Jesus* spielt sie, ein beschauliches Lied, und doch klatscht er, dass die Matratze wackelt, als hätte einer seiner alten Kumpels auf einen Schluck vorbeigeschaut. So wie Elinor jetzt grinst – mit weitem, geradem Mund –, hat er auch immer gegrinst. Sie steckt ihm die Pille in den Mund – »Sesam, öffne dich« – und gibt ihm das Zauberwasser zum Runterspülen. Ganz kurz gelingt es Lucy, sich eine Hand mit einem Handschuh vorzustellen, die ein mit Ruß bedecktes Kind, ein Teerbaby, zärtlich, ja übervorsichtig streichelt.

Rebecca sprenkelt ein paar Tropfen auf Harrys Bein. »Weiche von mir, Satan!« Es sei ihr verziehen: Sie hat noch nie gemerkt, wann es genug ist. Mit dem Rest gießt Elinor das Usambaraveilchen, dann legt sie ihrem Vater das Akkordeon auf den Schoß. Sie setzt sich hinter ihn und drückt auf den Balg, während er eine Melodie spielt. Sie strahlt. Wenn Lucy nicht so nachsichtig wäre, würde sie ihr Strahlen für bösartig halten. Aber sie versucht einfach, sich das Kind vorzustellen – mit einem rosa Kleidchen, mit Zöpfen. Die kleine Hand, die Finger, die über die Tasten gleiten. »Waren deine Eltern eigentlich musikalisch?«

»Nicht die Bohne«, sagt Elinor.

Lucy gibt sich mit den Resten des Würstchenauflaufs zufrieden, denn Rebecca geht es nicht so gut. Robert ist unten mit seiner Freundin zugange. Der Fernseher läuft – *Mod Squad?* –, und sie riecht wieder dieses Gras. Sie steht an der Spüle und versucht, nicht an den winzigen Jewel zu denken, der immer im Spülwasser rumgepatscht hat. Sheryl verdrückt sich, Robert kommt und stinkt nach Tabak. Nein, nach diesem üblen Gras. Der Gedanke erfüllt sie mit unbestimmter Sorge. Aber was kann sie denn tun? Drohen kann man ihm nicht, dazu ist er zu groß. Bestechen kann man ihn auch nicht mehr. Er wühlt im Kühlschrank nach etwas Essbarem. Seine Augen sehen verweint aus, er hat einen roten Fleck am Hals. Das Mädchen ist am Ende noch ein Vampir! »Was hast du denn?«, fragt sie, aber er sagt keinen Ton. Ein Bild schießt ihr durch den Kopf: Jewel in seinem Bettchen. Und noch eins: Wie sie in Schwester Jeromes Büro saßen, an dem Tag, als Lucky, der Hund, zugeschlagen hat.

»Wenn dein Vater dich so sehen würde.« Sie sagt es mit einer Stimme, die so fest ist wie Jewels, wenn er ihr manchmal durch die Wolken etwas zuflüstert. »Schatz, wenn du gehen willst, dann geh. Dann hat es keinen Sinn, hier herumzuhängen. Aber um Himmels willen«, platzt es schließlich aus ihr heraus, »gib nicht einfach auf!«

»Du bist es doch, die aufgegeben hat«, sagt er, »du mit

deinem Himmel und deinem Gott. Wenn es Gott wirklich gäbe, warum würde er dann diesen ganzen Mist zulassen?«

Elinor stellt die Waschschüssel auf, holt Harrys Rasierer und sein Old Spice. Sie hält ihm den Spiegel hin, er soll es selbst machen. Seine Hand zittert. Lucy kann es nicht mit ansehen, sie will ihm helfen. Aber Elinor beharrt darauf, dass er es versucht. Sie hat ja recht, aber einfacher ist es deshalb noch nicht. Vielleicht kann Lucy etwas von Elinor lernen: nämlich die Dinge auch mal sich selbst zu überlassen. Als er fertig ist, wäscht ihm Elinor das Gesicht ab. Wie ein Priester, der eine winzige Stirn benetzt, denkt Lucy: Helenas Taufe. Wie sie gekreischt und mit den gelben Fäustchen gefuchtelt hat, wie Harry sich davongestohlen hat, um ein Bierchen zu trinken. *Gib ihr einen Kuss von mir, Dolly. Wehe, sie schläft nicht, wenn ich nach Hause komme.*

Lucy ist unten, da hört sie einen Schrei: »Komm rauf, schnell!« Sie rennt hinauf, so schnell sie kann, und sieht noch, wie Elinor Harry in den Rollstuhl manövriert, der beinahe vornüberkippt. So ähnlich war es, als sie Robert zugeschaut hat, wenn er Riesenrad gefahren ist. Sie stand unten, weil es zu voll war, und dachte: Wenn ich nur da oben in dem schäbigen Plastiksitz säße. Harry hat es sich auf seiner Schafspelzwolke gemütlich gemacht. *Schlafende Babys soll man nicht wecken,* fällt ihr plötzlich ein, es sind die Worte der Damen in dem Keller, nicht im Keller von St. Columba, sondern in dem anderen, damals, als sie Jewel gestillt und ihren eigenen Schock verarbeitet hat. Eine schneeweiße Decke der Erinnerung, schneeweiß und schwarz wie Teer.

Jetzt hängt Harry schief über dem Rollstuhl, er ist beinahe schon aufgestanden. Sie eilt auf ihn zu, versucht, ihn vorsichtig wieder hineinzusetzen, aber Elinor geht dazwischen. Er setzt die dunkelgrünen Pantoffeln auf den Boden, versucht, sich aufrecht zu halten und weiter hinaufzuschieben. Sein Gesicht ist ganz rot. Er zittert wie ein Reiher, der unsicher die Flügel ausbreitet, bevor er sich in die Luft erhebt. Elinor streckt ihm eine Hand entgegen, er schlurft auf sie zu. Einen Fuß vor den anderen, es sind Babyschritte. »Komm schon, Junge, du schaffst es.« Sie fallen sich in die Arme. »Wo ein Wille ist, da ist ein Weg«, sagt Elinor.

Nur ist es Lucy, als hätte ihr Herz ausgesetzt. Ein Summen, wo eigentlich ein Puls sein sollte, vielleicht ist es bloß die Luft in ihrer Lunge. Ihr bleibt nichts übrig, als das Gesicht an seinen breiten Nacken zu drücken und sich zu verstecken.

»Das müssen wir feiern!«, kreischt Elinor.

Irgendjemand muss doch Robert wecken, wenn Rebecca es schon nicht schafft. Sonst wacht der Junge nie auf. »Wann will er denn eigentlich los?« Die Frage kommt von Harry. *Gib nicht auf, Mama.* Anfangs ist diese Stimme aus dem Himmel sehr fordernd gewesen, jetzt wird sie allmählich schwächer, nachsichtiger. Aber irgendjemand muss ein Auge auf Robert haben. Er ist achtzehn und eigentlich noch ein Baby. *Wenn der Herr ein Fenster schließt, macht er, oder sie, irgendwo anders eine Tür auf.* Es heißt, dass Benny die Hippies aus dem Haus seiner Mutter verjagen will, damit er mit Elinor dort einziehen kann. Sie hat sogar einmal davon gesprochen, in See zu stechen, Bennys Taue zu kappen und sich hinaustreiben zu lassen. Zum Glück hat Harry das nicht gehört. Wer weiß, vielleicht ist Fernweh ansteckend.

»Steh auf!«, ruft sie. Sein Opa würde sagen: »Krieg den

Arsch hoch!« Es ist Mittag, sie hat etwas in der Tasche, einen Fünfzig-Dollar-Schein. Eine Spende, auch wenn ihm mit einem Tritt in den Hintern vielleicht besser gedient wäre. Aber vielleicht ist es ein Anstoß. Er wird essen müssen, wenn er unterwegs ist. Heute ist er besonders träge. Er liegt schlaff und stur im Bett und rührt sich nicht. Sie spürt ein Stechen im Hals, als wären ihre Knieschmerzen nach oben gekrochen. Na und? Sie zieht ihm die Decke weg. So weit hat sie sich seit Ewigkeiten nicht vorgewagt. Sie erschrickt, als sie die Haare am Bauch und an den Oberschenkeln sieht. Er kneift die Augen zusammen, weil er die Welt nicht hereinlassen will, nicht einmal die kleine Welt seines Zimmers. An der Wand hängen Fotos, mehrere Reihen grauer, mit Klebestreifen festgemachter Schnappschüsse. *Widerspenst'ge Grete, was wächst in deinem Beete?* Auf einem der Fotos posiert sein Vater mit dem Fuß auf dem Rücken eines Mannes, auf einem Feld voll uniformierter Männer. Überall liegen Helme herum, Jewels winziges Gesicht ist zu erkennen, sein ernsthafter und dabei triumphaler Ausdruck.

»He, was zum Teu –«, grunzt Robert, noch halb schlafend. Er will sich umdrehen.

Sie nimmt einen eiskalten Waschlappen und hält ihn an seine Wange. Er soll nicht den ganzen Tag verplempern. Er windet sich, gibt ein Schnurren von sich, das sie von Harry kennt. Es ist schon so lange her. Sie hat manchmal das Gefühl, den jungen Harry hat sie sich nur eingebildet. Zu dieser Erinnerung gehört der Geruch von Teppichkleber. Er schlägt ein Auge auf, sieht sie böse an, steht endlich auf.

»Schatz, ich dachte, wir könnten spazieren gehen.« Er sieht sie an, als hätte sie ihn gebeten, ein Auto zu klauen.

»Die frische Luft würde dir guttun«, sagt sie. »Da kannst du besser denken.« Er schiebt sie aus dem Zimmer, knallt die Tür hinter ihr zu. Sie hört, wie er sich anzieht. Kein Mucks von Rebecca, die oben ist. »Wie geht's eigentlich Sheryl?«, fragt Lucy durch die Holztür.

»Keine Ahnung«, kommt es griesgrämig zurück.

Friss oder stirb, sagt die mäkelnde Stimme des Mannes, der mit den Leichen posiert hat. Robert nimmt eine Scheibe Brot, stopft sie sich in den Mund. »Wollen wir an den Strand?« Sie stößt ihn mit der Schulter an und trifft seine Rippen, so groß ist er. Zumindest beklagt er sich nicht, er ist ja noch gar nicht ganz wach. »Da unten, wo die alte Hütte war, wo Opa und dein Vater und ich ...«, sagt sie mit schwacher Stimme. »Meinst du, da gibt es was zu sehen? Wahrscheinlich nicht viel.« Ida Trott erwähnt sie nicht, und nicht den Tag, an dem er gegen den Reifen getreten hat. Sie sagt auch nicht, dass es Zeiten gegeben hat, in denen sie überall lieber hingegangen wäre als in die Grounds.

Er zuckt mit den Achseln, trottet schweigend neben ihr her. Es ist ein perlgrauer Tag geworden: schwach glänzende Felsen unterhalb der Straße, erste rötliche Flecken in den Bäumen, die sich im Meer spiegeln. Die Kiefern sind alle geschlagen worden, hier entsteht etwas Neues. Sie erkennt den Ort kaum wieder. Trotzdem schleicht sich von unten etwas seltsam Tröstliches herauf, es wächst aus Wurzeln und Felsen. Sie würde sich hier blind zurechtfinden.

Erlen brennen in herbstlichem Rot und verschlucken die Trümmer der Villa. Im Sumpf liegen hier und da Planken, die einmal zur Scheune gehörten. Robert stapft an Idas achteckiger Hütte vorbei, als wäre auch sie längst abgerissen. Aber da steht noch der Kleinbus. In der schwachen Sonne sieht die Windschutzscheibe aus wie mit Spinnweben überzogen. Über ihnen setzt sich das Blau durch, ein Düsenflugzeug zieht lautlos seine Bahn. Die Kondensstreifen verbinden die Wolken miteinander, schlagen einen Pfad wie die brennenden Metallsplitter damals, Schiffsteile und Seelen, die zerstieben wie Milch und Eier und Parfüm, unsichtbar wie ein Splitter im Herzen, oder ein Baby, das die dunkle Enge hinter sich lässt, um den Weg in die Welt anzutreten.

Es fällt ihr nicht sonderlich schwer, mitzuhalten, auch wenn sie ein wenig außer Atem ist. Sie zupft an seinem Ärmel, sie muss ihm etwas zeigen, auch wenn er es schon tausendmal gesehen hat. Da vorn, der Eisenschaft. Der Knöterich steht so hoch wie Bambus, Bambus, der in Japan wächst oder wuchs, in Hiroshima. Sie kommt sich winzig vor. Die abgestorbenen Blüten sind scharf wie Stacheldraht.

»Hier, mein Schatz.« Ihre Stimme ist rau und leise. Es sieht aus, als hätte jemand den Schaft kürzlich gestrichen. Er liegt auch nicht mehr im Dreck, sondern auf einem Betonfundament. Scherben von Bierflaschen glitzern. Dort, ein Schild: *Der Anker der* Mont Blanc, *6. Dezember 1917.* Er zieht die Hand aus der Tasche, fasst ihn an, betastet das Metall, das kühl ist und löchrig, als hätte die Luft daran gefressen. Sie hat das Geld in der Tasche, wartet auf den richtigen Moment, um es ihm zu geben. Aber erst rafft sie den Mantel hoch, dass ihre Knie sichtbar werden. Dieses Blau ist ein Gebet.

Die Feuchtigkeit zieht ihr zwischen die Zehen. Sie spürt, wie sich ihre Haare kräuseln, als sie sich zum Ufer durchschlagen. Sie rutscht beinahe aus, nimmt seinen Arm, spürt, wie angespannt er ist. »Dein Vater ...«, sagt sie leise. Ihr

Herz schwillt an, aber er hat sie gar nicht gehört. Er beobachtet etwas auf dem Wasser, vielleicht eine Scharbe, einen einsamen Seetaucher. Sie hält sich an ihm fest, so gut es geht, zitternd trotz der spätsommerlichen Wärme. Die Festigkeit seiner Muskeln gibt ihr Halt, die Wärme, die durch den blödsinnigen Kaki dringt. Auf einmal ist sie den Tränen ganz nah – vor Glück, weil er bei ihr ist. Noch ist dieses Glück nur ein zarter Spross, ein winziger Trieb. Eigentlich haben sie nichts gemeinsam, und doch gehören sie zusammen wie Zirkuskinder. Vielleicht spürt er es ja auch, kann es nur nicht ausdrücken. Hinter den Brombeersträuchern liegt etwas, das wie ein Matratzenkern aussieht. Dort hat Babineaus Hütte gestanden, Arties Liebesnest.

Als sie endlich an die Uferfelsen kommen, hakt er sie fest unter. In den Algen hängt Müll, lauter Dinge, von denen sie sich abwenden will. Doch das Wasser zieht sie an, wie immer, und tilgt, was vor ihm liegt. Sie kann sich nicht wehren und sucht die Felsen ab wie eine Krähe, wie ein Aasfresser, der nach etwas Ausschau hält, das glänzt und nichts kostet.

»Was ist nur los mit den Leuten? Das Meer kann doch nicht alles schlucken«, ein Satz, den sie einfach sagen muss. Sie drückt ihm den Schein in die Hand – voller Sorge, voller Scham, denn wer weiß, wie er es aufnehmen wird. Rebecca hat sie einmal *Unsere Frau der tränenden Herzen und eingelegten Senfgurken* genannt, da war sie zwar nicht dabei, aber trotzdem. Rebecca ist ihre Avon-Lady – und beinahe so etwas wie eine Tochter. In ihrem Inneren steigt eine Wolke auf, ein Atompilz, der von seinem jungenhaften Lachen über die Bucht geblasen wird. »Oma, Scheiße, oder ...?« Sie könnte schon allein wegen dieser Sprache verzweifeln, da steckt mehr als nur ein bisschen Marryatt drin, und außerdem – aber sie schließt die Augen, sieht nur noch ihre Lider flimmern. *Der Herr sei uns gnädig, den Vätern und Müttern, die gesündigt haben, und er gebe uns Hoffnung, selbst wenn wir sie an Dingen festmachen müssen, die wir nie zu Gesicht bekommen werden.*

Sie schaut auf. Robert hockt auf einem Felsen voller Algen. »Scheiße, Oma, das ist ja irre.« Verrückt, meint er, und das heißt gut. Es ist eine Flasche. Keine Flaschenpost, das wäre zu schön, aber ein Fünkchen der Erinnerung an damals, als sie mit ihrem Vater über die Molen spaziert ist. Robert rutscht zu ihr herüber und hält sie ihr hin. Sie ist ganz alt, eine Milchflasche, wie man sie früher vor den Häusern abgestellt hat. Und noch völlig in Ordnung. Sie betrachtet sie aus der Nähe, zuckt vor dem Gestank zurück, hat Mühe, das Gleichgewicht zu halten. Eine Menge Tierchen haben sich darin eingenistet, Strandschnecken und Krebse voller Algen. Sie wohnen darin wie Einsiedlerkrabben in leeren Muscheln.

Die Enttäuschung steht Robert ins Gesicht geschrieben, diese schleichende Unruhe. Aber als er noch einmal auf den Felsen klettern will, um die Flasche hinunterzuwerfen, packt sie sein Handgelenk und hält ihn fest. »Warte mal, es ist doch ein Andenken. Siehst du das denn nicht?« Er hält inne und wirft ihr einen nachsichtigen Blick zu. Er hat Jewels Augen. Statt zu antworten, schiebt er die Flasche beinahe zärtlich in eine Felsspalte.

DANK

Ich danke meinen Verwandten, meiner Familie und meinen Freunden, die mich unterstützt haben, besonders denjenigen, die den Roman in den verschiedenen Fassungen gelesen haben. Ich danke auch dem *Canada Council for the Arts* für die großzügige Unterstützung sowie dem *Writer-in-Residence*-Programm der Acadia University und Dr. Thomas Raddall Jr. Zahlreiche andere haben mir mit ihrem Fachwissen geholfen – etwa über die Pflege von Schlaganfallpatienten und den Umgang mit dem Akkordeon. Auch ihnen sei gedankt. Mein besonderer Dank gilt den Überlebenden der Explosion, deren Beharrlichkeit mich mit Demut erfüllt. Ihre Geschichten sind über die Jahre in verschiedenen regionalen Zeitungen erschienen und wurden von Janet Kitz aufgezeichnet, deren Buch *Shattered City* eine wichtige Quelle für meine Arbeit war. Weniger bedrückend waren die wertvollen Hinweise von Alma Chestnut Moore in ihrem Buch *How to Clean Everything* (New York: Simon and Schuster, 1952). Auch dieser Autorin sei hiermit gedankt. Zum Schluss danke ich meinen Jungen, meinem Vater, meiner Tante Elizabeth und den Freunden von St. Paul, die mich inspiriert haben, sowie Marc Coté für seine brillante Lektoratsarbeit und Don Sedgwick, Shaun Bradley, Jane Buss und vor allem Bruce Erskine, die mir zur Seite gestanden haben. Sheree, Cindy und Dawn Rae danke ich für ihre Weisheit und für den Mut, den sie mir zu allen Zeiten zugesprochen haben.